괴물이라 불린 남자

THE LAST MILE

괴물이라 불린 남자

데이비드 발다치 장편소설 | 김지선 옮김

북로드

너무 일찍 우리 곁을 떠나간 눈부신 두 빛,
앨리슨 파커와 애덤 워드의 추억에 바칩니다.

그리고
용기와 우아함으로 불굴의 정신력을 보여줘
내게 영감을 준 비키 가드너에게.

001

마스, 멜빈.

그들은 항상 그를 이렇게 불렀다. 성을 먼저, 이름을 나중에. 이름이 불리면 그는 재깍 대답해야 했다. 언제, 어디서든. 심지어 변기에 앉아 있을 때도 예외가 아니었다. 가본 적도 없는 군대에 와 있는 기분이었다. 이곳에 온 것은 그의 의지와 전혀 무관했다.

"마스, 멜빈."

"예, 교도관님. 여깁니다, 교도관님. 똥 싸는 중이었습니다, 교도관님."

제가 달리 갈 데가 어디 있겠습니까, 교도관님.

그들이 그러는 이유를 몰랐지만, 굳이 물어볼 마음도 들지 않았다. 대답을 들어봐야 그에게는 털끝만치도 의미가 없을 테니까. 교도관의 곤봉이 옆머리로 날아들지나 않으면 다행이었다.

헌츠빌의 텍사스 주립 교도소에서 그는 그보다 더 걱정해야 할 거리가 수두룩했다. 1849년에 문을 연 이곳은 론스타주(텍사스주의

별칭./옮긴이)에서 가장 오래된 감옥으로, 붉은 벽돌 벽 때문에 '벽
집'이라 불렸다.

또한 이곳에는 사형 집행실이 있었다.

마스의 공식 호칭은 죄수 7-4-7, 그 비행기하고 같다. 그런 이
유로 그가 수감돼 있던 사형수 사동의 교도관들은 그를 '점보'라고
불렀다. 마스는 거인까지는 아니지만, 그렇다고 왜소한 편도 아니
다. 그가 똑바로 서면 많은 사람이 그를 올려다봐야 한다. 물론 많
은 사람을 볼 일은 없었지만. 189센티미터, 제대로 재면 2센티미
터가 더 붙었다.

마스가 자신의 신장을 이토록 정확히 아는 이유는 단 하나, 내셔
널 풋볼 리그 드래프트 때 정밀 측정했기 때문이다. 그 절차가 진
행되는 동안, 마스는 시장 광장에 세워진 채 예비 주인들에게 여기
저기 쿡쿡 찔리며 검사받던 노예 조상의 기분이 이랬을까 싶었다.
뭐, 노예 조상들과 달리 자신은 선수로 몇 년간 뛰고 나면 망가진
몸을 수리할 돈이 잔뜩 남으리라 생각했지만.

마스는 그때도 지금도 104킬로그램이다. 지방이라고는 없는 단
단한 바윗덩이 같은 몸이다. 여기서 식사랍시고 주는 쓰레기를 매
일 먹는데도 그랬다. 거대한 공장에서 가공되는, 콘크리트에서 카
펫까지 온갖 것을 만드는 데 쓰이는 화학 물질들과 지방과 나트륨
을 들이부은 그런 쓰레기를 먹고도.

너희의 그 똥 덩어리로 나를 부드럽게 죽여줘.

마스가 이곳에서 보낸 시간은 이곳에 있지 않았던 시간 못지않
게 길었다. 그리고 그 시간은 그리 빨리 지나가지 않았다. 20년이
20년 같지 않았다. 200년은 족히 될 것 같았다. 그렇지만 더는 상
관없다. 곧 끝날 테니까. 오늘이 바로 그날이다.

그의 마지막의 마지막 청원.

거부당했다.

그는 죽은 목숨이었다.

마스는 동쪽으로 100킬로미터 좀 떨어진 텍사스주 리빙스턴에 있는 폴룬스키 교도소의 사형수 사동에서 헌츠빌 교도소로 이감됐다. 장장 20년이 흐른 뒤에야 주 당국이 미뤄온 숙제를 해치우려는 모양이었다. 소식을 전하는 변호사의 창백한 얼굴에 암울한 그림자가 어려 있었다. 그래도 그 여자는 내일 아침 잠자리에서 일어날 것이다.

나는 아닌데…….

곧 뚜벅뚜벅 다가오는 구두 소리가 들릴 것이다.

번쩍거리는 족쇄를 든 건장한 교도관들의 거친 숨소리. 하루만 지나면 그를 까맣게 잊어버릴 근엄한 교도소장. 성경을 꼭 붙들고 소리 내어 읽어 내리는 경건한 목사. 이곳을 벗어날 때는 뭔가 영적으로 매달릴 대상이 있어야 하는 법이다. 교도소 이야기가 아니다. 삶을 벗어날 때 말이다.

텍사스는 다른 어떤 주보다 수감자들을 더 많이, 고작 30년 동안 500명도 더 넘게 사형했다. 1819년부터 거의 한 세기 동안 교수형이 집행됐다. 그 후 '올드 스파키'라고들 부르는 전기의자가 쓰이기 시작해 40년도 넘는 세월 동안 361명이 감전사했다. 텍사스주는 이제 사람들을 저세상으로 보낼 때 독극물 주사를 쓴다. 이러나저러나 죽는 것은 매한가지다.

법적으로 오후 6시 이전에는 사형을 집행할 수 없다. 마스는 자정에 데리러 온다는 말을 들은 기억이 났다. 이런 일을 질질 끌다니 최악이다. 얼마나 길고 얼마나 개똥 같은 하루가 되겠는가.

걸어 다니는 산송장. 마스는 그렇게 불려왔다. "속이 다 시원하네." 교도관들에게 이런 말을 수도 없이 들었다.

돌아보고 싶지 않다. 이 모든 일의 진원지를 생각하고 싶지 않다. 그렇지만 어떻게 그러지 않을 수 있을까. 그리하여 마지막 순간이 다가오자, 마스는 그들을 생각하기 시작했다. 로이와 루신다 마스. 그의 살해당한 백인 아버지와 흑인 어머니.

그 시절 그런 조합은 색다르다 못해 금기시됐다. 서부 텍사스에서는 확실히 그랬다. 지금이야 흔해졌지만. 요즘 헌츠빌 교도소에 들어오는 피라미들은 쉰 가지는 족히 되는 다양한 인종을 이리저리 뒤섞어놓은 것처럼 보인다. 최근에 들어온 어떤 불한당은 백인과 흑인을 부모로 뒀는데, 그의 부모들 또한 전통적이지 않은 부부에게서 태어났다. 그렇게 해서 그 신참, 젤리를 한 봉지 슬쩍하려다 가게를 통째로 날려버린 그 얼간이는 흑인, 백인 그리고 중동인의 짬뽕에다 중국인도 소량 첨가돼 있었다. 게다가 무슬림이었다. 물론 그 남자가 하루에 다섯 번씩 무릎 꿇고 기도하는 것을 마스가 직접 눈으로 본 것은 아니지만 말이다. 실제로 이런 곳에서조차 이슬람 계율을 신실하게 실천하는 무슬림들이 있었다. 어쨌든 콜로라도 출신의 그 신참은 이름이 안와르인데, 사람들에게 자기는 안와르가 아니라 알렉시스가 되고 싶다고 말하고 다녔다.

마스는 감방 침상에 일어나 앉아 시계를 봤다. 시간이 됐다. 이 일을 하는 것도 이제 마지막일 것이다. 그의 흰색 죄수복 등판에는 D 자와 R 자가 커다랗게 검은색으로 찍혀 있었다. '사형수 사동(death row)'의 약자였다. 마스는 그 글자가 방울뱀 소리 같다고 생각했다. 사람들이 냅다 꽁무니를 빼게 만든다는 점에서.

시원한 콘크리트 바닥으로 내려가 팔굽혀펴기를 200회 했다.

처음에는 주먹을 쥐고, 다음에는 손끝으로, 그리고 마지막에는 개가 기지개 켜는 듯한 자세로. 머리카락을 박박 밀어버린 정수리가 콘크리트 바닥에 살짝 닿아야 한 번으로 쳤다. 다음 순서는 딥 스쿼트 300회. 여섯 세트로 나눠 하는데 매 세트를 포효와 함께 마쳤다. 마스는 이것을 '수중 폭탄'이라 불렀다. 그 후 힘, 균형, 관절 그리고 무엇보다도 유연성을 단련하기 위해 요가와 팔라테스를 했다. 다리를 쭉 펴고 앉아 이마와 발가락을 맞댔다. 이는 마스 같은 근육질의 거한에게 보통 어려운 동작이 아니다. 다음은 마치 산성용액을 끼얹은 듯 복근을 활활 타게 만드는 복부와 코어 운동 1000회 차례였다. 마스는 바위처럼 단단한 복사근과 멋지게 갈라진 에이트 팩을 가졌다. 배꼽이 팽팽하게 당겨져 한때 탯줄이 붙어 있던 자리가 아니라 점처럼 보이는 것은 모두 그 덕분이었다. 그다음은 거의 그가 고안한 연속 동작으로, 사방을 전력으로 치면서 근력을 키우는 운동이었다.

그는 스파이더맨, 또는 천장에 거꾸로 매달려 춤추는 프레드 애스테어 같았다. 교도소에서는 시간이 남아돌아서 이런 것들을 계획할 여유가 충분했다. 그의 삶은 무척 규칙적이었지만, 어떻게 보면 꽤 한가하기도 했다. 거의 모든 수감자가 아무것도 하지 않고 그저 빈둥거렸다. 뭔가를 배우는 등 나중에 사회에 나가 적응하기 위한 노력도 하지 않았다. 교도소의 비공식 좌우명은 간단했다. 사회 적응은 계집애들이나 하는 거지.

마지막 순서는 무릎을 가슴까지 차올리면서 하는 제자리 뛰기였다. 어찌나 오래 했는지 그만 시간의 흐름을 놓치고 말았다. 다른 날이면 몰라도 오늘 이러고 있는 건 미친 짓이다. 하지만 여기 들어온 이래 거의 하루도 빠짐없이 해온 일이라 마음 한구석에서는 이것이 그가 할 수 있는 최후의 저항처럼 느껴지기도 했다. 절대로 그들이 빼앗아 갈 수 없는 것. 최후의 만찬은 없었다. 텍사스 주 당국은 이제 그 서비스를 접었다. 마스는 이곳에서 배급하는 쓰레기가 마지막 순간 자기 배 속에 있기를 바라지 않았다. 차라리 빈속으로 죽는 편이 낫다.

면회객은 없었다. 면회 오고 싶어 할 만한 사람이 아무도 남지 않았으니까. 지난 20년간 줄곧 그랬듯, 마스는 외톨이였다. 이튿날 신문에 뭐라고 실릴지 궁금했다. 실려봤자 고작 몇 줄짜리 단신이겠지만. 흑인 한 명이 또 론스타주의 독극물 스파 처방을 받았다는 소식이 뭐 그리 새롭겠는가. 빌어먹을. 사진을 실을 가치조차 없으리라. 그렇지만 그들은 그가 유죄 판결을 받은 죄목을 똑똑히 적어놓을 것이다. 그건 거의 확실했다. 그리고 그것은 많은 이에게 마스에 대한 유일한 기억으로 남으리라.

멜빈 마스, 살인자.

가만히 앉아 열을 식혔다. 땀이 비 오듯 흘러 땀보다 훨씬 지저분한 것들이 짙게 밴 콘크리트 바닥을 물들였다. 듣기로 사형수들은 죽음을 향해 걸어가기 전, 바닥에 똥을 싼다고들 한다.

침상에 앉아 머리를 벽에 기대고 호흡이 정상으로 돌아오기를 기다렸다. 마스는 예전 감방에 있을 때 사방 벽에 애칭을 붙여줬다. 리드, 수, 조니, 벤. 4인조 슈퍼 히어로 '판타스틱 포' 멤버들 이름이었다. 할 일이라곤 하나도 없는 곳에서 그가 할 수 있는 일은 이것밖에 없었다. 그는 온갖 잡다한 생각들로 하루하루를 때워나갔다.

마스는 섹시한 수 스톰을 떠올리며 백일몽을 꾸곤 했지만, 실제로 그가 감정을 이입하는 대상은 벤 그림, 괴물이었다. 운동선수로

서 마스는 좋은 의미의 괴물이었다. 그에게는 똘똘이 리드처럼 사려 깊은 면도 있었다. 수의 어린 남동생인 화염 인간 조니 스톰에게도 동질감을 느꼈는데, 매시간 매초 자신이 불타고 있는 듯 느꼈기 때문이다. 아마도 이곳에서의 매일이 똑같기 때문이 아닐까. 하루도 불 꺼질 날 없는 생지옥.

오늘은 마스가 이곳에서 보내는 7342일째 날이다. 그의 마지막 날. 다시 시계를 봤다. 시침이 다섯 번 움직이면 최후의 심판이다.

교도소에 수감된 직후 독방에서 1년을 보냈다. 이유는 단순했다. 마스는 자신의 인생이 끝났다는 생각 말고는 그 어떤 생각도 할 수 없었다. 꿈은 산산이 깨어졌으며, 고된 노력은 무로 돌아갔다. 완전히, 쫄딱 망했다. 그는 자포자기한 나머지 수감자 셋을 작살내고 교도관 대여섯 명과 대치하다가 그들이 테이저건으로 그를 제압한 뒤 죽도록 팰 때까지 버텼다. 그 죄로 어떤 벌을 받았던가. 1년간 빛이 들어오는 곳이라곤 창문은커녕 가느다란 틈새가 전부인, 6제곱미터도 안 되는 감방에서 하루 24시간을 보내야 했다. 다른 인간의 목소리 한번 들을 수 없었다. 다른 인간의 얼굴 한번 볼 수 없었다. 다른 인간과 살갗 스치는 느낌 한번 받아보지 못했다. 음식과 화장지, 가끔씩 수건과 비누, 그리고 더 가끔씩 대충 빤 죄수복이 문구멍으로 들어왔다.

샤워는 독방 한구석에서 했는데, 물이 얼음장 같든가 펄펄 끓든가 둘 중 하나였다. 맨바닥에서 자고, 혼자 중얼대고, 소리 지르고, 욕설을 내뱉다 결국 흐느꼈다. 좋든 싫든 인간은 어쩔 수 없는 사회적 동물임을 그때 깨달았다. 다른 인간과의 교류가 없으면 미쳐버리고 만다.

실제로 마스는 독방에서 거의 미쳐버렸다. 169일째였다. 지금도 또렷이 기억한다. 하루가 지날 때마다 벽에 숫자를 새겼기 때문이다. 덕분에 손끝은 너덜너덜해지고 빠지기 직전인 손톱에서는 피가 줄줄 흘렀다. 정신이 망가지기 직전이었다. 아주 작은 조각 하나밖에 남아 있지 않았다. 그는 그 조각이 마치 거대한 해일 속 구명조끼나 폭풍 속 항구인 것처럼 매달렸다. 그는 상상 속 여자 친구 타티아나에게 집중했다. 마스의 마음속에서 그녀는 이제 결혼해서 아이를 여섯이나 줄줄이 낳느라 엉덩이가 펑퍼짐해지고, 몸이 잔뜩 불었으며, 성질이 더럽고, 매사 불만투성이였다. 그리고 마스를 너무나 그리워했다. 이 상상 속 인물은 그에게 완벽 그 자체였다. 그녀의 얼굴, 그녀의 몸, 마스에 대한 그녀의 끝없는 사랑은 그가 169일째 날에 죽지 않고 살아남게 했고, 그 후 196일을 더 버티게 했다.

독방 문이 열리고 마스가 처음 본 것은 타티아나의 얼굴이었다. 하지만 몸뚱이는 '대물'이라는 별명에 걸맞게 135킬로그램 거구인, 악마 같은 젊은 인종차별주의자 교도관이었다. 그는 마스에게 얼른 그 잡종 궁둥짝을 끌고 나오지 않으면 남은 평생 독방에서 지푸라기나 씹으며 살게 해주겠다고 위협했다.

이후 마스는 다른 사람이 됐다. 독방으로 돌아갈 만한 짓은 절대로 아무것도 하지 않았다. 다시 독방에 갇히느니 차라리 자신을 죽이고 말았을 것이다. 절대로 사형 집행실로 끌려갈 때까지 기다리지 않았을 것이다.

사형 집행실. 그 방은 복도 맨 끝에 있었다. 그곳까지 가는 복도는 '최후의 1마일'이라고 불렸다. 실제 거리는 1마일, 즉 1.6킬로미터는커녕 겨우 9미터에 불과했다. 하지만 오히려 다행이었다. 사형수 대부분이 목적지에 닿기 전에 주저앉아버린다니까. 그러면 덩치 큰 교도관들이 일으켜 세워서 남은 길을 떠메고 갔다. 용감하든 아니든, 텍사스의 형 집행에 예외는 없다.

대법원에서 독극물 주사에 의한 죽음이 지나치게 잔인하고 비인간적이라는 공방이 벌어졌다. 사형수들이 죽기 전에 끔찍한 고통을 겪는 경우가 종종 있었기 때문이다. 하지만 대법원은 결국 독극물 주사를 유지하자는 쪽의 손을 들어줬다. 끔찍한 고통 따윈 빌어먹을, 알 게 뭐냐는 듯. 어차피 사형수들의 희생자들 역시 끔찍한 고통과 공포를 겪지 않았는가. 누가 이를 잘못된 판단이라고 비난할 수 있을까. 마스는 그저 그들이 실수 없이 모든 것을 잘 처리하기만 바랐다.

사형 집행실은 그리 크지 않다. 가로 3미터, 세로 4미터가 채 안 되는 방으로, 철문을 열고 들어가면 보이는 벽돌 벽에 기운을 북돋아주려는 듯 청록색 페인트를 발라놨다. 방의 목적을 생각하면 도무지 어울리는 색이라고 할 수 없다. 사형당하러 온 거지 카리브해로 쉬러 온 게 아니니까.

그리고 편안한 베개가 놓이고 질긴 가죽 끈이 달려 있는 바퀴 달린 들것이 방 한가운데 놓여 있다. 양옆의 두 방에서 벽을 거의 절반쯤 채운 커다란 유리창으로 그 방을 들여다볼 수 있다. 하나는 희생자들의 유족들을 위한 방이고, 또 하나는 사형수의 가족들을 위한 방이다. 마스가 사형당할 때 그 두 집단은 일치할 것이다. 그리고 두 방 다 텅 비어 있을 것이다.

몸을 뒤척이자 역한 땀 냄새가 코를 찔렀다. 자신이 남겨놓고 온 몇 안 되는 좋은 기억들로 저절로 의식이 흘러갔다. 마스는 대학 미식축구계에서 거인까지는 아니지만 러닝백(쿼터백 뒤에 서 있다가 쿼터백에게 공을 받아 전진하는 역할을 하는 공격수./옮긴이)치고는 체구

15

가 꽤 큰 편이었다. 가장 중요한 점은 그에게 재능이 있었다는 것이다. 내셔널 풋볼 리그는 마스에게 성공의 보증 수표나 다름없었다. 최고학년 때는 하이즈먼 트로피(대학 미식축구계에서 1년간 가장 크게 활약한 선수에게 주어지는 권위 있는 상./옮긴이) 최종 후보에 올랐는데, 후보들 중 테일백(러닝백 중 공을 받아 뛰는 역할을 하는 선수./옮긴이)은 그 혼자뿐이었다. 나머지는 모두 쿼터백(각 플레이를 개시하고 어떤 플레이를 할지 결정하는 공격 팀의 핵심 선수./옮긴이)이었다. 마스는 그 어떤 상대가 막아서든 간에 밟고 지나가든가 따돌리든가 아니면 그냥 밀치고 달릴 수 있었다. 블로킹도 잘했다. 유연한 두 손은 백필드에서 나오는 공을 놓치는 법이 없었다. 그는 누가 막아서든 본능적인 측면 몸놀림으로 거의 매번 첫 번째 수비수를 제치고 빠져나갔다. 내셔널 풋볼 리그의 큰손들이 어서 옵쇼 할 보기 드문 재능이었다.

필요할 경우 언제든 터보 엔진을 켜고 쌩하니 날아가면 그만이었다. 점수를 올리고 공을 심판에게 건넨 뒤 사이드라인(직사각형 경기장의 긴 쪽./옮긴이)으로 가면 코치가 장하다며 엉덩이를 토닥였다.

드래프트 때 잰 마스의 40야드 달리기 공식 기록은 4.31초다. 무려 20년 전 기록이다. 코너(와이드리시버 앞에 서서 수비하는 선수, 정식 명칭은 코너백./옮긴이)나 리시버(쿼터백으로부터 패스를 받는 역할을 하는 선수, 정식 명칭은 와이드리시버./옮긴이)라고 해도 엄청난 속도였다. 하물며 그는 들이받고 들이받히는 게 일상인, 어깨가 태평양만큼 넓은 러닝백이었다. 지금 기준으로 봐도 결코 평범한 재주가 아니었다. 하늘이 내린 재능이었다. 팔방미인이었다. 타고난 괴물. 사람들은 그를 그렇게 불렀다.

마스의 땀에 전 얼굴에 웃음이 번졌다. 그렇다. 성공의 보증 수

표. 두둑한 연봉이 따라오는 확실한 보증 수표. 당시는 신인 선수들의 연봉 상한선이 도입되기 한참 전이었다. 그는 금세 큰돈을 쓸어 담을 것처럼 보였다. 으리으리한 저택, 미끈하게 빠진 차들, 섹시한 여자들, 사회적 존경까지 덤으로 따라올 것이 분명했다.

동료 선수들 누구나 마스가 제일 먼저 뽑힐 거라고 했다. 5위 안에 드는 것도 떼어놓은 당상이었다. 하이즈먼을 놓고 겨룬 그 쿼터백들보다는 확실히 앞섰을 것이다. 거지 같은 2년을 보낸 뉴욕 자이언츠, 거지 같은 수많은 해를 보낸 탬파베이 벅스. 두 팀 다 드래프트 선택권을 잘 뽑았고, 두 팀 다 그에게 눈독을 들이고 있었다. 손 큰 구단주들이 그를 데려오기 위해 은행을 비울 거라는 소문이 돌았다. 젠장, 언젠가 그의 이름을 딴 슈퍼볼 상품이 만들어질 수도 있었다. 모든 게 좋아 보였다. 모두 그가 엉덩이가 닳도록 뛰어서 이뤄낸 것이었다. 공짜로 얻은 건 하나도 없었다. 엄청난 장애물들이 있었지만, 그는 그것들을 몽땅 뛰어넘었다.

그리고 그때 배심원단이 말했다. "우리는 피고인을 유죄로 평결합니다." 프로 미식축구계의 그 누구도 더는 4.31 마스, 멜빈에게 눈길을 주지 않았다. 점보기는 추락했다. 생존자는 없었다. 그리고 몇 분 지나 그의 존재 역시 세상에서 사라질 것이다. 그의 시신을 수습해줄 사람조차 없었다. 아마도 초라한 공동묘지에 눕게 되리라.

마스는 마흔두 번째 생일을 두 달을 앞두고 있었다. 마흔한 살 생일이 마지막이 될 줄은 상상도 못 했다. 다시 시계를 봤다. 시간이 다 됐다. 시계가 그에게 그렇게 말했다. 복도를 걸어오는 발소리들도 그렇게 말했다. 마음은 이미 오래전에 정리했다. 남자답게 죽으리라. 등을 꼿꼿이 펴고, 고개를 빳빳이 들고.

그런데 갑자기 목구멍에서 뭔가가 울컥 치밀어 오르면서 눈시

울이 뜨거워졌다. 호흡을 가다듬어 평정심을 유지하려고 애썼다. 이제 모두 다 끝이다. 감방을 둘러보며 폴룬스키 교도소 사형수 사동의 벽들을 떠올렸다.

나중에 봐, 수, 당신은 좋은 여자였어. 아디오스, 조니. 행운을 빌어, 벤. 잘 지내, 리드.

일어서서 등을 벽에 갖다 댔다. 등을 꼿꼿이 세우고 싶었다.

잠드는 거나 마찬가지야. 다만 다시는 깨어나지 않을 뿐. 그게 다야. 잠드는 거나 마찬가지라고.

감방 문이 열리자 남자들이 서 있는 게 보였다. 양복쟁이 셋에 제복이 넷. 양복쟁이들은 겁에 질린 표정이고, 제복들은 화난 얼굴이다. 뭔가 이상했다. 게다가 성경을 든 성직자가 보이지 않았다. 뭔가가 어긋난 게 분명했다.

비쩍 마른 체구에 어울리는 가는 테 안경을 쓴 남자가 조심조심 감방에 발을 들여놨다. 자칫 잘못하다가 문이 닫혀서 이 안에 영영 갇혀버릴까 봐 겁이 나는 모양이었다. 마스는 그 기분에 진심으로 공감할 수 있었다. 다른 양복쟁이들이 바짝 긴장하는 게 보였다. 여기 어딘가에 언제 터질지 모를 폭탄이 설치돼 있다는 말이라도 듣고 온 것처럼.

비쩍 마른 안경잡이가 헛기침하며 목청을 가다듬었다. 그는 바닥을, 벽을, 천장을, 천장 높이 달린 하나뿐인 전등을 훑어봤다. 마스만 빼고 사방을 훑어봤다. 마치 자신에게서 1.5미터밖에 떨어져 있지 않은 땀범벅에 커다란 잡종 쓰레기가 갑자기 투명 인간이라도 된 것처럼. 남자가 다시 목청을 가다듬었다. 마스의 귀에는 마치 세상에서 가장 큰 하수구에서 세상의 모든 배설물이 떠내려가는 소리처럼 들렸다. 비쩍 마른 안경잡이가 바닥을 내려다보며 말했다.

"귀하의 사건에 예기치 못한 일이 발생해 형 집행이 연기됐습니다."

마스, 멜빈은 아무 대꾸도 하지 못했다.

0 002

마스는 여전히 등에 경고가 적힌 흰 죄수복을 입고 있었지만, 사라진 것도 있었다. 사형수 사동 감방에서 이 방으로 옮겨질 때 족쇄를 차지 않은 것이다. 교도소에 들어온 이후, 이런 일은 처음이었다. 비록 마스가 혹시라도 소동을 벌일 경우에 대비해 교도관대여섯 명이 벽을 따라 죽 늘어서 있기는 했지만.

맞은편에 남자 넷이 앉아 있었다. 아는 얼굴은 하나도 없었다. 몽땅 백인으로, 죄다 후줄근한 양복 차림이었다. 가장 젊은 남자가 마스와 비슷한 나이로 보였다. 다들 먼 우주 어딘가로 사라져버리고 싶어 하는 표정이었다.

남자들이 마스를 바라봤다. 마스 역시 질세라 남자들을 빤히 쳐다봤다. 아무 말도 하지 않을 작정이었다. 그를 파티에 데려온 것은 저쪽이다. 음악은 저들 쪽에서 시작해야 한다.

가운데 앉아 있던 남자가 자기 앞에 놓인 서류 몇 장을 뒤적이다가 마침내 입을 열었다.

"상황이 어떻게 돌아가는 건지 분명 궁금하실 겁니다. 마스 씨."

마스는 고개를 약간 갸웃했을 뿐 입은 여전히 꽉 다문 채였다. 백인이 그에게 '씨' 자를 붙여 부른 건 정말 오랜만이었다. 언제가 마지막이었더라……. 빌어먹을, 백인이 그를 그렇게 부른 적이 있기나 한지 기억나지 않았다. 내셔널 풋볼 리그 선발 테스트에서 마스는 그냥 '미친놈'이라고 불렸다. 교도소에서는 자기들 내키는 대로 아무렇게나 불렀고.

남자가 말을 이었다. "실은 어떤 남자가 귀하가 유죄 판결을 받은 그 살인 사건의 진범이라고 자백했습니다."

마스는 눈을 몇 번 깜박이고 자세를 좀 더 똑바로 했다. 수많은 쿼터백에게 동네북 노릇을 해온 거대한 손을 테이블에 올렸다.

"그 남자가 누굽니까?" 자신의 목소리가 묘하게 낯설었다. 마치 다른 사람의 입을 빌려서 말하고 있는 것 같았다.

남자가 테이블에 함께 앉아 있는 동료들 중 가장 연장자이고 직위도 가장 높아 보이는 남자의 눈치를 살폈다. 그가 남자에게 고개를 끄덕였다.

남자가 말했다. "찰스 몽고메리라는 남자입니다."

"지금 어디 있습니까?"

"앨라배마 주립 교도소에 있습니다. 실은 그도 형 집행을 기다리는 중입니다. 아, 물론 다른 범죄로요."

"정말 그 남자가 그랬다고 믿습니까?" 마스가 물었다.

"조사 중입니다."

"그 남자가 뭘 알고 있던가요? 살인에 관해서 말입니다."

남자가 다시 나이 든 남자를 쳐다봤다. 이번에는 그도 판단이 서지 않는 듯했다. 마스는 그런 그들을 똑바로 바라봤다.

"확실한 증거가 없다면 내 형 집행을 중지시킬 리 없잖습니까? 그저 앨라배마의 어떤 수감자가 자기가 진범이라고 말했다고 해서? 그건 아닐 것 같은데요. 그자는 분명히 뭔가를 알았을 겁니다. 진짜 살인범이 아니면 모를 뭔가를요."

나이 든 남자가 고개를 끄덕였다. 마스를 보는 눈빛이 조금 달라졌다. "진짜 살인범이 아니면 모를 몇 가지 것들……. 예, 그 말씀이 정확히 옳습니다."

"좋아요, 그렇다면 납득이 되네요." 마스가 한 차례 심호흡하고 대꾸했다. 말은 그렇게 했지만 쉽게 납득할 만한 상황은 아니었다.

"몽고메리 씨를 아십니까?" 처음 말을 꺼냈던 남자가 물었다.

마스가 남자 쪽으로 시선을 돌렸다. "당신이 그 이름을 말하기 전까지는 들어본 적도 없습니다. 왜요?"

"그냥 몇 가지 사실을 분명히 하려는 것뿐입니다."

마스가 다시 고개를 끄덕였다. 남자가 어떤 '사실'을 염두에 두고 있는지 정확히 알 수 있었다. 마스가 몽고메리를 고용해 부모를 살해했을까?

"나는 그 남자를 모릅니다." 마스는 심드렁하게 대꾸하고 방을 휘 둘러봤다. "자, 그러면 이제 어떻게 되는 거죠?"

"귀하는 몇 가지 사항이 입증될 때까지 교도소에 있을 겁니다."

"그러다 입증 안 되면요?"

나이 든 남자가 말했다. "귀하는 살인죄로 기소됐고, 적절한 절차를 거쳐 유죄 판결을 받았습니다, 마스 씨. 그 유죄 판결은 오랜 세월에 걸쳐 수차례 청원이 있었는데도 불구하고 그대로 유지됐습니다. 그리고 그 형 집행 일정이 오늘 밤으로 잡혀 있었습니다. 그 모든 게 몇 시간 만에 뒤집힐 수는 없습니다. 절차를 밟으려면 시간이 필요합니다."

"그래서 그놈의 절차라는 마법 지팡이를 다 휘두르는 데 얼마나 오래 걸린답니까?"

남자가 고개를 저었다. "지금으로선 확실히 말씀드릴 수 없습니다. 저도 그럴 수 있으면 좋겠습니다만, 가능한 일이 아닙니다. 몽고메리 씨를 좀 더 철저히 취조하기 위해 앨라배마로 사람들이 가 있습니다. 그리고 텍사스주 당국이 수사를 재개했습니다. 정의 구현을 위해 저희가 할 수 있는 모든 노력을 다하고 있다는 점만은 분명히 말씀드릴 수 있습니다."

"글쎄요. 그자가 내 부모를 죽였다고 말했는데도 내가 여전히 교도소에서 죽음을 기다려야 하는 처지라면, 나로서는 정의 구현이 안 되고 있다고 할 수밖에 없겠는데요."

"인내심을 발휘하셔야 합니다, 마스 씨."

"20년간 인내심을 발휘했으면 충분히 한 것 같은데요."

"그렇다면 조금 더 기다려달라고 부탁드려도 큰 불편을 드리는 건 아니겠죠."

"이 사실을 내 변호사도 압니까?"

"연락해서 지금 오는 중입니다."

"그분도 이 조사단에 참여해야죠."

"그렇게 될 겁니다. 저희는 이 일이 한 점 의혹 없이 투명하게 처리되기를 바랍니다. 일말의 의혹도 용납하지 않을 겁니다. 다시 말씀드리지만 저희의 목적은 오로지 진실입니다."

"곧 마흔두 살이 됩니다. 흘러가버린 내 인생은 어떡하실 겁니까? 그 수많은 시간을? 그걸 어떻게 다 갚아줄 건가요?"

남자의 얼굴이 딱딱해지고 어조가 좀 더 고압적으로 변했다. "저희는 전문적인 절차에 따라 한 번에 한 가지씩만 처리해야 합니다. 그게 옳은 방식입니다."

마스는 눈을 재빨리 깜빡이면서 남자들을 둘러봤다. 이 남자들이 자신과 같은 처지에 놓였다면 과연 그렇게 차분하고 인내심 있게 대처할 수 있을지 궁금했다. 아마 다 죽여버리겠다고 고함치면서 이 일에 조금이라도 관련 있는 사람은 몽땅 다 고소해서 알거지로 만들겠다고 으름장을 놨겠지. 하지만 마스는 그냥 한 번에 한 가지씩만 처리해야 한다. 인내심을 가져라. 크게 불편할 것도 없지 않은가. 마스는 이를 악물었다. 젠장, 지옥에나 떨어져! 마스는 자신의 감방으로, 자신이 안전하다고 느끼는 유일한 장소로 돌아가고 싶었다. 그는 바로 자리에서 일어섰다. 그의 갑작스러운 행동에 남자들이 놀란 표정을 지었다.

마스가 말했다. "이 상황이 전부 정리되면 알려주십시오, 예? 내가 어디 있을지는 잘 아실 테니 굳이 말씀드리지 않아도 되겠죠?"

"사실은 몇 가지 더 여쭤볼 게 있습니다, 마스 씨." 처음 말을 꺼낸 남자가 말했다.

"내 변호사를 통해 전달하면 되겠네요." 마스는 퉁명스럽게 대꾸했다. "내가 하고 싶은 말은 다했습니다. 이제 공은 당신네 쪽으로 넘어간 것 같군요. 댁들은 나에 관해, 그리고 내 혐의에 관해 모르는 게 없겠죠. 댁들이 지금 해야 할 일은 그 몽고메리라는 자식한테도 똑같이 해주는 겁니다. 그자가 정말 내 부모를 죽였다면, 나는 여기서 나갔으면 합니다. 빠를수록 좋겠군요."

교도관들이 마스를 도로 감방으로 데려갔다. 아침이 다 지나기 전에 그는 호송차를 타고 폴룬스키 교도소의 사형수 사동으로 이감됐다. 예전 감방으로 가는 길에 교도관 하나가 마스에게 속살거렸다.

"네가 여기서 나갈 수 있을 것 같아, 이 애송아? 난 아니라고 본다. 그 양복쟁이들이 하는 말은 그냥 한 귀로 흘려버리라고. 너는 살인자야, 점보. 그리고 네가 지은 죄로 죽게 될 거야."

마스는 걸음을 멈추지 않았다. 교도관을 보려고 고개를 돌리지도 않았다. 갈대라는 별명처럼 비리비리한 체구에 목젖만 툭 튀어나온 깡패 새끼. 아무 이유도 없이 툭하면 마스의 등에 곤봉을 내리꽂는 놈이다. 아니면 아무도 안 볼 때 얼굴에 침을 뱉거나. 그렇다고 놈에게 주먹이라도 휘둘렀다간 이곳에서 영원히 썩게 될 것이다. 앨라배마의 몽고메리라는 작자가 어떻게 되든 상관없이.

감방 문이 철컹 닫혔다. 마스는 갑자기 다리가 후들거려 침상에 쓰러지다시피 앉았다. 그러나 곧장 다시 몸을 일으켜 오랜 습관에 따라 콘크리트 벽에 등을 기대고 앉아 문을 마주 봤다. 아무도 콘크리트 벽 저편에서 그를 공격할 순 없다. 문이라면 이야기가 다르지만.

마스는 머릿속으로 지난 10시간 동안 일어난 모든 일을 되새겨봤다. 형이 집행될 예정이었다. 거기에는 대비가 돼 있었다. 그런 일에 대비한다는 게 가능하다면 말이다. 그리고 모든 게 끝나기 직전, 형이 연기됐다. 앨라배마의 그 작자가 저들을 납득시키지 못한다면 사형당하게 될까? 그 답이 아마도 그렇다는 쪽으로 기운다는 것을 마스는 알았다. 젠장, 빌어먹을. 텍사스는 그렇게 만만한 곳이 아니다.

눈을 감았다. 지금 자기 기분이 어떤지 알 수 없었다. 행복? 초조감? 안도? 불안감? 마스는 그것들을 몽땅 느끼고 있었다. 하지만 어떻게 해도, 무슨 수를 써도, 자신이 이곳을 결코 떠나지 못할 거라는 생각이 머릿속을 강하게 지배했다. 그 '조사'로 무엇이 밝혀지든 간에. 숙명론 따위에 빠진 것이 아니다. 그저 현실을 똑바로 바라보는 것일 뿐.

교도관들에게 들리지 않도록 소리 죽여 노래를 부르기 시작했다. 이런 상황에서 물색없는 짓일지도 모르지만, 도저히 가만히 있을 수 없었다.

아 성자들이, 아 성자들이, 아 성자들이 행군할 때, 아 하느님 저도 그 행렬에 서고 싶습니다, 성자들이 행군할 때.

003

그해의 마지막 날, 에이머스 데커는 렌터카를 탄 채 오하이오와 펜실베이니아 경계선 부근에 있는 버거킹의 드라이브스루 줄에 서서 뭘 주문할지 고민 중이었다. 데커의 거의 전 재산이 차 뒷좌석과 트렁크에 실려 있었다. 몇 가지는 아직 벌링턴의 창고에 남아 있었다. 그것들을 남겨두고 오기가 매우 힘들었지만, 그렇다고 다 가져오기에는 차가 너무 작았다.

그는 키가 195센티미터에, 끼니때 뭘 먹었느냐에 따라 몸무게가 최저 135킬로그램에서 최고 180킬로그램 사이를 오가는 거한이다. 대학 미식축구 팀 선수로 내셔널 풋볼 리그에 진출했지만, 선수로서의 경력은 거기서 끊겼다. 강력한 태클을 당한 충격으로 뇌가 이상을 일으켜 거의 완벽에 가까운 기억력을 갖게 됐기 때문이다. 과잉기억증후군, 전문 용어로는 그렇게들 부르는 증상이다. 듣기엔 꽤 폼 나지만 실제로는 전혀 그렇지 않다.

하지만 어느 날 밤 귀가했다가 아내, 처남 그리고 딸이 잔혹하게 살해된 것을 발견한 데 비하면 그쯤은 아무것도 아니었다. 그 살인자는 더 이상 살아 있지 않다. 데커가 그렇게 되게 만들었다. 그 사건이 종결된 것을 계기로 데커는 오하이오주 벌링턴을 떠나 버지니아주로 이사하게 됐다. FBI에서 특수한 직책을 맡은 것이다.

이 같은 상황에 어떤 감정을 느껴야 할지, 여전히 갈피를 잡을 수 없었다. 그래서 와퍼 두 개, 프렌치프라이 라지 두 개, 그리고 그의 큼지막한 손으로도 들기 힘들 만큼 사이즈가 큰 콜라를 주문했다. 불안할 때면 그는 마구 먹어댔다. 정말로 불안할 때, 그는 음식물 쓰레기 처리기나 다름없었다.

주차장에 차를 세우고 게걸스레 음식을 먹어치웠다. 프렌치프라이에 묻어 있던 소금이 손가락에 들러붙고 무릎에 떨어졌다. 창밖에는 싸락눈이 흩날리고 있었다. 느지막이 출발했지만, 그는 이미 잔뜩 지쳐버렸다. 밤새 운전해 목적지까지 갈 생각은 아니었다. 펜실베이니아주에서 모텔을 잡아 하룻밤 묵고 이튿날 남은 길을 마저 갈 작정이었다.

FBI에서 그의 상관이 될 특수 요원 로스 보거트는 모든 여행 경비가 합리적인 수준에서 상환될 거라고 알려줬다. 실제로 버지니아행 항공권을 끊어주려고도 했다. 하지만 데커가 사양했다. 차로 가고 싶었다. 혼자 있을 시간이 필요했다. 벌링턴에서 만난 기자, 알렉산드라 재미슨도 함께 FBI에서 일하기로 했다. 그녀는 데커 가족의 살인 사건을 조사하는 과정에서 명석함을 드러냈다. 보거트는 자신의 평범하지 않은 팀에 그녀를 합류시키고 싶어 했다.

보거트는 벌링턴을 떠나기 전에 데커에게 팀에 대한 자신의 비전을 상세히 들려줬다. 그의 팀은 FBI의 콴티코 기지 부근에서 일하게 될 것이다. FBI 요원들과 특수한 전문 기술을 가진 민간인들이 협력해 미제 사건을 들춰내, 모쪼록 해결해내는 것이 보거트가 이 괴짜 팀을 만든 목적이었다.

미제 사건을 해결하기는커녕 그냥 사회 부적응자 집단이 되는 것 아닐까. 데커는 생각했다.

이스트코스트로 이사해 모든 것을 지우고 완전히 새 출발 하게 된 상황에 대해 자신의 기분이 어떤지, 스스로도 잘 알 수 없었다. 그렇지만 벌링턴에 아무것도 남아 있지 않다는 건 알았다. 어디든 가지 못할 이유가 없다. 적어도 지난주에는 그런 심정이었다. 하지만 지금 그때의 자신감은 흔적도 남아 있지 않았다.

크리스마스가 다가왔다 지나갔다. 오늘은 신년 전야다. 사람들은 밖으로 몰려 나가 파티를 하고 다가오는 새해를 축하하고 있겠지. 그 사람들 사이에 데커의 자리는 없었다. 그에게는 축하할 게 아무것도 없었다. 새로운 일자리와 새로운 삶 말고는. 그는 가족을 잃었다. 그 무엇도 그들을 대신할 수 없다. 그에게 축하할 일 따위는 두 번 다시 생기지 않을 것이다.

쓰레기봉투를 주차장 수거함에 던져 넣고 다시 차를 몰았다. 라디오를 켰다. 내셔널 퍼블릭 라디오 지역 방송국에 채널을 맞췄을 때는 정각에 가까운 시간이었다. 뉴스가 나오고 있었다. 톱뉴스는 드라마처럼 생의 마지막 순간에 목숨을 건진 사형수 이야기였다. 아마 마지막 순간의 크리스마스 선물이었을 거라고, 아나운서가 말했다.

그 남자의 이름은 멜빈 마스였다. 20년도 더 전에 친부모를 살해한 혐의로 유죄 판결을 받았다. 모든 청원이 기각됐고, 텍사스주 당국이 죄에 대한 응분의 벌로 그의 목숨을 빼앗을 준비를 마쳤다. 그런데 충격적인 새로운 증거가 나타났다. 앨라배마의 한 수감자가 죄를 자백했다. 진짜 살인범이 아니면 알 수 없을 상세한 사실을 털어놨다.

한때 전국 대학 미식축구 선수를 대상으로 하는 하이즈먼 트로피 최종 후보였던, 그리고 내셔널 풋볼 리그 드래프트의 최고 유망주였던 마스는 지금 철창 뒤에 앉아 앞으로 실시될 조사의 결과를 기다리는 신세였다. 그렇지만 조사 결과, 진범이라고 주장하는 자의 자백이 사실로 입증되면 자유의 몸이 될 거라고 아나운서는 보도했다. 철창 뒤에서 20년이나 보낸 뒤에야. 내셔널 풋볼 리그의 꿈은 물론 물 건너갔지만, 좀 늦은 감이 있어도 마침내 정의가 실현될 거라고 했다.

빌어먹을. 데커는 라디오를 끄면서 생각했다. 멜빈 마스가 참 정의롭다고 생각하겠다.

그때 그의 머릿속에서 소용돌이가 일기 시작했다. 기억들이 질서 정연하게 시간순으로 과거를 비췄다. 굳이 과잉기억증후군의 힘을 빌리지 않고도 떠올릴 수 있는 기억이었다. 멜빈 마스는 텍사스 대학의 스타 러닝백이었다. 그의 팀인 롱혼스는 전국에 방송되는 정규 시즌의 마지막 주에 오하이오 버크아이스와 맞붙었다. 데커는 버크아이스의 라인배커(디펜스 라인 바로 뒤에 서서 활약하는 수비수./옮긴이)였다. 라인배커치고는 키가 컸고, 제법 괜찮은 선수였지만 출중하지는 못했다. 덩치, 힘, 강인함이 있었지만 진정 뛰어난 선수들이라면 갖춰야 할 위력과 절대적인 운동 신경이 없었다.

마스는 그날 오후 데커와 버크아이스를 시궁창에 처박았다. 텍사스는 결국 터치다운을 다섯 번 하며 엄청난 점수 차로 승리했고, 오하이오주가 전국 우승컵을 손에 쥘 기회를 철저히 짓뭉갰다. 마스 혼자서 네 번이나 점수를 올렸다. 세 번은 러닝 플레이(쿼터백이

스크리미지 라인 뒤에 있는 러닝백에게 직접 공을 전달해 전진하는 작전./ 옮긴이)로, 한 번은 버크아이스의 35야드 선에서 패스 받은 공을 들고 달려서.

데커는 똑똑히 기억했다. 백필드에서 뛰어나오는 마스를 저지하는 것이 그 경기에서 데커가 맡은 역할이었다. 그는 마스가 공을 잡자마자 자신이 가진 모든 힘을 다해 그를 들이받았다. 그렇지만 마스는 두 발로 멀쩡히 버텼고, 귀신같은 몸놀림으로 코너를, 이어서 세이프티(필드 가운데 배치되는 수비수./옮긴이)를 따돌리더니 또 다른 세이프티를 제치고 골라인 근처까지 갔다. 그동안 데커는 뒤쪽으로 족히 30야드는 떨어진 경기장 바닥에 벌렁 누워 있었다. 마스가 그날 그를 농락한 게 다섯 번은 되는 것 같다. 코치들이 나중에 녹화 영상으로 확인한 바로는 사실 열 번이었다.

데커는 그 태클에 실패한 이후 벤치로 보내졌다. 롱혼스는 6분도 안 남은 시점에 28점이나 앞서 있었다. 인터셉트로 다시 공을 잡은 롱혼스는 한 점을 더 보태려고 했다. 버크아이스의 선두인 미들 라인배커를 들이받은 것 역시 마스였다. 장차 포티나이너스에서 12년간 선수 생활을 하게 될 에디 키스라는 화강암 벽은 어찌나 세게 들이받혔는지 마스가 그날의 마지막 득점을 기록하는 순간, 뒤쪽 엔드존을 향해 날아가고 있었다.

멜빈 마스.

데커는 그 남자라면 내셔널 풋볼 리그에서 승승장구하는 것도 식은 죽 먹기일 거라고 생각했었다. 그런 마스가 체포된 것은 당시에도 큰 이야깃거리였다. 데커가 빅 리그에서 살아남으려고 발버둥 치느라 여력이 없는 사이 멜빈 마스의 체포와 유죄 판결은 마침내 과거 속으로 흐려져갔다.

감옥에서 20년이라니. 그것도 어쩌면 저지르지 않았을지도 모를 범죄 때문에.

또 다른 남자가 자백했다. 진짜 살인범이 아니면 알 수 없을 세부 사항들을 알고 있었다. 그것은 데커의 가족 살인 사건과 너무나 비슷해서 그의 평범하지 않은 머리로도 도저히 그 확률이 납득되지 않았다.

데커는 펜실베이니아를 곧장 가로질러 남쪽에 있는 메릴랜드로, 그리고 그 남쪽에 있는 버지니아를 향해 달리기 시작했다. 차를 세우고 하룻밤 묵으려던 계획은 잊었다. 그의 머리는 민감했고, 깨어 있었고, 생각하고 있었다. 그는 멜빈 마스를 생각하는 중이었다. 과거에서 튀어나온 이름.

데커는 운명은커녕 그 사촌 격인 세렌디피티(뜻밖의 행운 같은 우연이라는 뜻./옮긴이)조차 믿지 않았다. 그렇지만 무언가가 그로 하여금 바로 그 순간에 라디오를 켜게 만들었다. 햄버거를 2분만 더 오래 먹었더라면, 또는 화장실에 들렀더라면 그의 이야기를 듣지 못했을 것이다. 그렇지만 데커는 그의 이야기를 들었다. 그 의미는 무엇일까? 확신이 서지 않았다. 또한 자신이 멜빈 마스라는 이름을 과거로 돌려보낼 수 있을지도 확신이 서지 않았다.

몇 시간 후, 데커는 보거트가 알려준 주소에 도착했다. 세계 최대의 미 해군 기지 중 하나이자 연방 법 집행 기관들 여럿의 보금자리인 콴티코 해군 기지였다. 시설은 높은 담장에 가려져 있었다. 보안 문 앞에는 제복을 입은 남자들이 심각한 표정을 하고 자동 화기를 들고 서 있었다.

에이머스 데커는 문간으로 다가가 차창을 내리고 긴 숨을 들이쉰 다음 새로운 삶을 시작할 준비를 했다.

0 004

방 세 칸. 대략 감방만 한 침실. 그 반의반만 한 욕실. 그리고 주방을 포함해 다른 모든 용도를 담당하는 세 번째 방. 그래도 에이머스 데커가 지난 1년 반 동안 익숙해진 공간보다는 훨씬 넓었다.

가방을 내려놓고 새집을 둘러봤다. 잠을 좀 자둬야 했지만, 전혀 피곤하지 않았다. 때로는 하루 종일 잘 수도 있지만 때로는, 지금 같은 때는 그의 머리가 휴식을 허락하지 않았다. 마치 뇌에 불이 붙은 것 같았다.

주방 공간 맞은편에 작은 테이블이 하나 있었다. 테이블에 쪽지가 붙어 있는 노트북이 놓여 있었다. 쪽지는 보거트 요원이 적어놓은 것이었다.

이 노트북은 자네 거야. 보안 와이파이에 접속할 수 있을 거야. 나중에 들르겠네.

데커는 시계를 확인했다. 새벽 5시였다. 보거트는 그가 도중에 차를 세우고 하룻밤 쉬었다가 아마도 나중에, 그러니까 그날 오후 나 저녁쯤 도착하리라 생각했을 것이다. 커피를 타서 설탕을 산더미처럼 넣고 테이블로 가져왔다. 의자에 앉아 노트북을 열었다. 온라인에 접속해 '멜빈 마스'라는 이름을 검색했다. 요 며칠 새 마스를 다룬 기사가 꽤 많았다. 하나도 빼놓지 않고 읽으면서 완벽한 기억력으로 하나도 지워지지 않도록 뇌에 새겨 넣었다. 그 남자의 과거에 관해 더 많이 알고 싶었다. 그리고 몇 분 후 데커는 자신이 원하는 것을 찾아냈다.

멜빈 마스는 매년 4월 시작되는 내셔널 풋볼 리그 드래프트의 핵심이었다. 양친, 로이와 루신다 마스를 살해한 혐의를 받고 체포되기 전, 그는 최고 5위 안에 들 것으로 기대됐다. 데커는 화면에 뜬 입자가 거친 마스 부부의 사진을 봤다. 로이는 얼굴선이 굵은 백인이었다. 흐릿한 사진 속에서도 꿰뚫어 보는 듯한 눈동자가 형형했다. 흑인인 루신다는 깜짝 놀랄 만큼 아름다운 여자였다. 풍성한 머리숱이 어깨까지 드리워졌고, 웃느라 얼굴에 주름이 가 있었다. 보는 이까지 따라 웃게 만드는 웃음이었다.

극과 극인 부부로군. 적어도 표면적으로는. 흥미로워.

데커는 커피를 홀짝이고 계속 스크롤을 내렸다.

범행은 4월 2일 일어났다. 시신은 위층 침실에서 발견됐다. 둘 다 산탄총에 맞아서 얼굴이 알아볼 수 없게 훼손됐고, 그 후 불탔다. 집은 차도에서 멀찍이 떨어져 있었다. 부부는 텍사스 시골에 살았다. 주변에 그들이 죽어가는 소리를 들을 만한 사람이 아무도 없었다.

시신을 발견한 것은 신고를 받고 출동한 소방관들이었다. 불이 꺼지자 집은 범죄 현장이 됐다. 근처 주민들은 모두 마스 부부를 알았다. 정확히 말하면 멜빈을 알았다. 미식축구 경기장에서 보여 준 재능 덕분이었다. 텍사스 고교 미식축구계의 전설이었던 그는 대학에서도 롱혼스 팀 선수로서 그 명성을 이어갔다. 그는 부모가 살해당했을 때 어디 있었을까?

그는 바로 전 학기에 대학을 조기 졸업했다. 꼬박 3년간 여름 학기를 들은 덕분이었다. 당시 알려진 바에 따르면, 그는 평생의 계획이 서 있었다. 그는 드래프트를 앞두고 학업의 의무에서 벗어나고 싶어 했다. 그는 철저한 남자였다. 알려진 바에 따르면 그랬다. 편견을 가진 사람들은 미식축구 선수들이 남들을 짓밟고 지나갈 순 있어도 대화를 이어갈 능력은 없다고 생각하지만, 그는 그렇지 않았다. 내셔널 풋볼 리그의 한 팀과 계약 협상을 앞둔 그는 에이전트를 두지 않았다. 하지만 직접 알아보기도 하고 전, 현직 선수들과 상의하면서 모든 것을 놀라울 만큼 잘 해결해나가고 있었다.

그렇다면 다시금, 마스는 어디 있었는가?

경찰은 모텔 방에서 혼자 자고 있는 그를 찾아냈다. 방값은 신용카드로 지불됐다. 덕분에 그를 찾아낼 수 있었다. 그의 설명은 단순했다. 친구네 집에 놀러 갔다. 집에 가려고 차를 몰고 친구 집을 나섰다. 그런데 차에 문제가 생기는 바람에 하룻밤 자고 가려고 집으로 가는 길에 있는 유일한 모텔에 묵었다. 양친이 살해당한 사실은 경찰이 그의 방문을 두드리기 전까지 전혀 알지 못했다.

당시는 누구나 휴대폰이나 이메일 주소, 또는 페이스북이나 트위터 계정을 갖기 전이었다. 따라서 통신망을 완전히 벗어나 누구의 연락도 전혀 받을 수 없는 상황이 실제로 가능했다. 지금은 아무도 믿지 않을 소리지만.

마스가 처음부터 용의자였던 것은 아니다. 범죄 관련 정보에 대한 포상금이 제시될 때까지도 그는 수사와 동떨어져 있었다. 경찰 수사가 진행되면서 얼마의 시간이 흘러갔다. 데커는 마스에게 혐의가 돌아간 과정을 상세히 서술해놓은 기사를 꼼꼼히 읽었다. 마스의 친구가, 마스가 경찰에게 말한 시각보다 더 일찍 자신의 집을 나섰음을 기억해냈다. 모텔은 그 집에서 1시간도 안 되는 거리에 있었다. 그날 밤 왜 얼마 되지도 않은 남은 거리를 그냥 운전해 가지 않았는가? 이미 말했듯, 마스는 차에 문제가 생기는 바람에 모텔로 들어갔다고 말했다. 이튿날 모텔을 나와 차를 점검해달라고 아버지에게 전화할 생각이었다고 했다.

그 이야기의 유일한 문제점이 그가 경찰이 시키는 대로 시동을 걸자 차가 바로 포효하면서 깨어났다는 점이었다. 마스는 모텔에 도착한 순간, 엔진이 푸드득거리면서 멈췄다고 말하는 것 말고는 아무런 해명도 제시하지 못했다. 그는 주차장까지 차를 밀고 들어가야 했다고 주장했다. 그러는 동안, 또 한 가지 곤란한 사실이 밝혀졌다. 그날 밤 늦은 시각에 그의 차와 비슷한 차를 그의 부모 집 근방에서 봤다는 목격자가 나타난 것이다.

모텔 직원은 마스가 새벽 1시 15분에 체크인 했다고 진술했다. 친구는 마스가 자신의 집을 나선 게 밤 10시라고 했다. 친구의 집에서 그의 집까지는 차로 겨우 1시간 40분 거리였다. 따라서 그에게는 집까지 운전해 가서 양친을 살해한 후 차를 몰고 모텔로 와서 체크인 할 시간이 충분했다.

모텔 직원은 마스가 부스스하고 불안해 보였다고 증언했다. 또한 마스가 입고 있던 옷이 뭔가에 물든 것처럼 보였다고도 했다. 모텔 직원이 마스가 입고 있었다고 묘사한 옷은 경찰이 찾아왔을 때 입고 있던 옷이 아니었다. 따라서 피 묻은 옷가지를 어딘가에 버리고 모텔에서 새 옷으로 갈아입었다는 추정이 가능했다.

또 다른 곤란한 사실은 마스 부부가 살해될 때 사용된 산탄총이 마스의 총이었다는 것이다. 사냥용 총으로, 마스는 그 총으로 엽조와 칠면조를 사냥한 적이 있었다. 다시 말해 흉기에 그의 지문이 있었다. 그리고 마스 부부의 시신에 불을 붙일 때 쓰인 가솔린은 그 집 차고에 있던 것이었다. 다행스럽게도 집이 전소되지 않아 발견된 사실이다. 화재로 피해를 입은 곳은 시신이 발견된 침실뿐이었다. 마지막으로 루신다 마스의 것과 일치하는 혈흔이 차에서 발견됐다. 이는 법의학적으로 강력한 유죄의 증거였다.

데커는 커피를 한 잔 더 마시려고 자리에서 일어났다. 어느새 바깥이 훤히 밝아오고 있었다. 시간이 그렇게 흐른 줄 전혀 몰랐다. 데커는 도로 자리에 앉아 계속 자료를 읽었다. 다음 질문으로 넘어갈 차례였다. 마스에게 양친을 죽일 만한 동기가 있었는가?

경찰은 그를 체포해 살인으로 기소하고 자신들의 추론을 공개했다. 드래프트가 다가오고 거액의 계약이 기대되는 상황에서, 문제는 결국 돈으로 수렴됐다. 부모는 마스가 떼어주려고 마음먹은 것보다 더 많은 돈을 원했을 것이다. 그로 인해 말다툼이 벌어졌을 것이다. 일생일대의 중요한 기회를 앞둔 마스는 구설수에 오르고 싶지 않았을 것이다. 미식축구 계약에 더해 내심 짭짤한 광고 수입을 바라고 진즉부터 이미지 관리에 신경을 써온 터였다. 다시 말하지만, 그는 평생의 계획이 이미 다 서 있었다. 어쩌면 부모가 그 계획에 걸림돌이 됐을지도 모른다. 적어도 검사 측 주장은 그랬다.

이 문제를 해결할 방법으로, 마스는 양친을 살해할 계획을 짜고 이를 실행에 옮겼다. 알리바이를 위해 친구 집에 들렀다가 밤늦게 집으로 돌아가 부모를 죽이고 모텔로 차를 몰았다. 그러나 많은 살인범이 그렇듯, 그 역시 사소한 것들 때문에 덜미를 잡혔다. 모든 것을 망쳐놓은 것은 타임라인이었다. 제아무리 치밀한 계획을 세우더라도, 자신이 어딘가에서 자고 있었다고 주장한 시간에 실제로는 다른 장소에서 누군가를 죽이고 있었다면, 타임라인은 절대 난공불락이 될 수 없다. 아무리 가느다란 실금이라도, 반드시 어딘가가 어긋나게 돼 있다. 경찰이 그 실금을 집중적으로 파헤치기 시작하면 틈새가 점점 벌어져서 거짓말 전체가 무너지게 돼 있다. 멜빈 마스의 경우가 바로 그랬다.

검사 측은 동기를 입증해냈고, 가능성도 입증해냈다. 범행이 마스 자신의 총으로 저질러졌으니, 필수 조건인 수단도 충족됐다. 이렇게 그들은 유죄를 입증하기 위한 필수 요소 세 가지를 모두 갖췄다. 검사 측은 곧 합리적 의심 수준을 넘어 이 모두를 설득력 있게 입증하는 데 착수했다.

목격자들이 행렬을 짓듯 배심원단 앞에 차례로 나타나 증언했다. 모자이크가 윤곽을 드러내기 시작했다. 테네시 대학 졸업생이고, 따라서 텍사스 미식축구 선수의 팬일 가능성이 희박한 검사가 능숙한 솜씨로 증거들을 멋지게 기워냈다.

변호사 측은 허점을 파고들려고 애썼지만 아무런 소용도 없었다. 변론은 마스를 증인석에 세우지도 않은 채 끝났다.

배심원단은 법원 화장실을 한 번 써보기도 전에 유죄 평결을 내렸다.

마스는 공정한 재판을 받았다. 증거는 입증 책임을 충족했다. 로이와 루신다 마스는 외동아들인 멜빈에게 살해당했다. 마스에게 사형이 구형됐다. 마스의 내셔널 풋볼 리그 경력은 시작도 되기 전에 끝나버렸다. 그의 남은 생도 마찬가지였다.

상황 종결.

그런데 마스의 형 집행일이 다가왔을 때, 다른 남자가 나타나 자신이 진범이라고 자백했다. 찰스 몽고메리. 데커는 노트북 화면에 뜬 그 남자의 사진을 뜯어봤다. 백인, 70대. 근육질, 강인하고 야비한 인상. 기다란 전과 기록을 가진 베트남 참전 용사. 경미한 범죄로 시작해 점점 심해지다 결국 아주 심각한 범죄를 저질렀다. 여러 해 전에 저지른 몇 건의 살인 사건으로 앨라배마 교도소에서 사형을 기다리던 처지였다. 몽고메리의 말이 진실이라면 멜빈 마스의 소송은 어떻게 그처럼 한심하게 옆길로 새버린 걸까?

기사들에 따르면 몽고메리는 경찰이 표준 관행에 따라 그 오랜 세월 동안 밝히지 않은 범죄의 자세한 부분들을 알고 있었다. 실제로 어느 정도 알고 있는 것이 분명하다. 그런데 도대체 왜 나선 거지? 어차피 감옥에 들어왔으니까? 후회돼서? 얼마 안 있으면 죽을 목숨이라서? 범죄자들이 자신이 저지른 죄에 얼마나 무뎌질 수 있는지 누구보다 잘 아는 데커가 보기에 몽고메리는 후회할 부류 같지 않았다. 그냥 흔한 살인자 같아, 아니 살인자다워 보였다.

데커는 남은 커피를 다 따르고 도로 자리에 앉았다. 누가 문을 두드렸다. 시계를 봤다. 7시 반. 문을 열었다. 특수 요원 보거트가 데커의 눈길을 맞받았다. 그는 큼지막한 서류 가방을 들고 있었다. 40대 중반, 큰 키와 군살 없는 몸매, 멋들어지게 은빛이 섞인 검은 머리카락이 눈에 띄는 남자였다. 어려운 임무를 맡아 사람들을 지휘하다 보면 저절로 몸에 배는 차분한 권위가 느껴졌다. 아내와 별거 중으로, 이혼 절차를 밟고 있고 아이는 없었다. 그 뒤에는 알렉스 재미슨이 서 있었다. 갈색 머리의 훤칠한 미인. 그녀는 데커를 보자마자 감정이 풍부한 눈을 반짝 빛냈다. 손에는 요깃거리로 가득 찬 봉투가 들려 있었다.

재미슨이 의기양양하게 말했다. "깜짝 방문이에요. 새해 복 많이 받아요!"

보거트가 얼굴을 환히 빛내며 말했다. "일찍 도착했다고 전해 들었어. FBI에 잘 왔네."

에이머스 데커가 말했다. "조사하고 싶은 사건이 있는데……."

데커는 베이컨, 달걀, 치즈 비스킷을 우적우적 씹었다. 재미슨과 보거트는 그동안 노트북으로 데커가 찾아놓은 멜빈 마스 기사를 읽었다.

보거트가 마침내 고개를 들고 말했다. "흥미로운 사건이긴 한데, 우리 관할권이 아니야, 에이머스."

데커는 손에 든 것을 마저 먹어치우고 입가심으로 커피를 한 모금 마신 후 포장지를 둘둘 말아 주방 카운터 옆 쓰레기통에 던졌다. 3점 슛. 성공이다.

"그…… 우리 관할권이라는 게 정확히 뭐지?"

보거트는 대답 대신 서류 가방을 열고 커다란 바인더를 꺼내 데커에게 건넸다.

"알렉스에게도 하나 줬어. 우리가 검토 중인 사건들이야. 읽어봐. 나중에 회의에서 논의할 거야."

"지금 여기 다 모여 있잖아. 이게 회의지."

보거트가 말했다. "팀원이 두 명 더 있어."

재미슨이 말했다. "한 사람은 나도 만났어요, 에이머스. 당신 마음에 들 거예요."

데커의 눈길은 보거트에게 그대로 꽂혀 있었다. 보거트가 물었다. "그래, 이 멜빈 마스라는 사람하고 아는 사이였다고?"

"대학 때 상대 팀 선수였어. 내 기억에 내가 그 친구한테 한 말은 '이 새끼, 그게 어떻게 가능하냐?'가 전부였지만."

"그렇게 잘했어?"

"내가 본 선수 중 최고였어."

재미슨이 말했다. "음, 그런데 그가 감옥에서 나오게 될지도 모른다는 거죠? 잘됐네요."

"무죄라면 말이죠." 데커가 정정했다.

"어, 그렇죠, 물론."

"절대적으로 확실해지기 전에는 석방되지 않을 것 같은데……." 보거트가 지적했다.

데커가 노트북을 가리켰다. "매년 무죄로 밝혀져 석방되는 사람이 수백 명이나 되는 거 알아?"

"수감되는 사람들의 수에 비하면 지극히 미미한 비율이야." 보거트가 약간 켕기는 표정으로 대꾸했다.

"미국의 전체 수감자 중 2.5~5퍼센트는 무죄로 추정돼. 그건 그런 사람들이 2만 명 가까이 된다는 뜻이지. DNA 검사가 재판에서 최초로 사용된 게 1985년이야. 그 뒤로 330명이 DNA 검사를 받고 무죄로 판명됐어. 그런데 DNA 검사를 이용할 수 있는 경우는 전체 사건 중 겨우 7퍼센트에 불과해. 그리고 FBI는 DNA 검사가 이용된 사건 중 25퍼센트에서 용의자를 배제할 수 있었어. 즉 무고한 수감자의 비율이 지금보다 더 높을 수 있다는 거지. 어쩌면 훨씬 더 높을지도 몰라."

"자네가 이 사건을 제법 알아봤다는 건 확실히 알겠군." 보거트가 냉담하게 말했다.

긴 침묵이 뒤따랐다.

"데커." 보거트가 말했다. "이건 정말이지 우리 일이 아니야. 우리가 하려는 일은 미제 사건을 수사해 살인범을 찾아내는 거야."

"마스가 살인자가 아니라면?"

"그럼 이 몽고메리라는 남자가 살인자겠지."

"그 사람도 아니라면?"

"자기가 짓지도 않은 죄를 자백할 사람이……." 보거트가 약간 당황한 표정으로 말을 더듬었다. "좋아. 자네 사건에서 일어난 일이 정확히 그거니까, 무슨 말을 하려는 건지는 알겠어. 하지만 그건 그거고."

"최소한 그…… 팀에서 생각이라도 해볼 수 없어?"

보거트는 잠시 골똘히 생각에 잠겼다. "가능성 있는 여러 사건들을 검토해본 후 어떤 것을 맡을지 투표로 정할 생각이었어. 그 정도 유연성은 발휘해도 괜찮겠지."

"특정 사건을 위해 로비해도 돼요?" 재미슨이 물었다.

"안 될 거 없죠." 보거트가 그렇게 대답하고는 살짝 웃으며 덧붙였다. "민주주의라면 나도 누구 못지않게 좋아한답니다."

"난 우리가 이 사건을 맡아야 한다고 생각해." 데커가 고집스럽게 말했다.

"그럼 우리가 다른 팀원들한테 이 사건을 맡자고 로비하면 돼요, 에이머스." 재미슨이 재빨리 말했다. "보거트 요원이 말한 것처럼."

데커가 노트북을 내려다봤다. 보거트와 재미슨 둘 다 그를 지켜봤다. 두 사람은 데커가 한번 마음을 굳히면 절대 변하지 않는 완고하고 융통성 없는 사람이란 것을 잘 알았다. 또한 그것이 그가 도저히 어쩔 수 없는 기질이란 것도 알았다. 그는 그냥 원래 그렇게 생겨먹은 남자였다.

보거트가 말했다. "자네가 예정보다 일찍 와서 원래 내일로 잡혀 있던 회의를 오늘 오후 2시로 앞당겼어." 그가 데커의 구겨진 옷과 헝클어진 머리를 흘깃 봤다. "좀 씻어야 할 테니까 1시 45분쯤 데리러 올게. 그리 멀지 않거든."

데커가 잔뜩 구겨진 자신의 옷을 내려다봤다. 뭔가 말하려다가 고개를 끄덕이곤 도로 자기 노트북을 응시했다.

보거트는 일어섰지만 재미슨은 여전히 자리에 앉아 있었다. 그가 의아해하자 그녀가 말했다. "나는 여기 있을래요."

뚱한 표정으로 재미슨을 보던 보거트가 데커에게 말했다. "에이머스, 한배를 타게 돼 반가워."

데커는 여전히 자기 노트북만 들여다보고 있었다. 보거트는 고개를 절레절레 흔들며 돌아서서 방을 나섰다.

재미슨이 데커를 바라보며 말했다. "그동안 많은 변화가 있었나 보네요. 짧은 시간치고는."

데커가 어깨를 으쓱했다.

"마스 사건의 어떤 점이 그렇게 당신을 끌어당기는 거죠? 미식축구 상대 팀에 있었던 선수라서?"

"누가 난데없이 등장해 자백했다는 게 마음에 들지 않아요."

"당신 가족 사건 때 그랬던 것처럼?"

데커가 노트북을 접고 의자에 등을 기댔다. "다른 '팀'원들 이야기나 좀 해봐요."

"아직 한 명밖에 못 만났어요. 리사 대븐포트라는 시카고 출신 임상심리학자예요. 30대 후반쯤 돼 보이던데, 사람이 무척 좋더라고요. 물론 실력도 뛰어나고요."

"일이 어떤 식으로 진행되는 거죠?"

"보거트 말마따나, 맡을 사건을 우리가 투표로 정하는 거죠."

"그렇지만 우리가 투표할 사건들은 결국 누군가가 취합한 것 아닙니까? 그 누군가가 사전 선택을 하는 셈이죠."

"음, 맞아요." 재미슨이 데커의 바인더를 가리켰다. "어쨌든 후보 사건들이 거기 있어요. 모두 흥미롭죠. 당신은 마스 사건을 추가하면 되겠네요. 보거트가 그렇게 말했잖아요."

"실제로 그렇게 말한 건 아니에요. 그 사건이 자기 관할권 밖이라고 했죠. 우리가 로비해서 다른 팀원들의 동의를 받아내야 한다고. 그러니까 내가 투표에서 지면 우린 그걸 맡을 수 없어요." 데커가 그녀를 응시했다. "당신의 한 표는 나한테 줄 건가요?"

"당연하죠, 에이머스."

그가 다른 데를 쳐다봤다. "고마워요."

재미슨은 놀랐다. 이런 일에 고맙다고 하다니 평소의 데커답지 않았다.

"좀 씻을래요?" 재미슨이 그가 무안해하지 않도록 조심스레 물었다. "운전대를 오래 잡았잖아요. 잠도 안 자고 계속 운전해서 온 것 같은데."

"맞아요. 그리고 좀 씻어야 하는 것도 맞아요. 하지만 갈아입을 만한 옷이 없네요."

"원하면 회의 전에 같이 쇼핑을 가줄게요."

"회의부터 하고요."

"언제든 좋아요, 에이머스. 아무 때고 도와줄게요."

"이렇게 잘해줄 필요 없어요."

재미슨은 예의상 거절하는 다른 사람들과 달리, 데커는 사실을 말하고 있다는 것을 알았다.

"난 우리 둘 다 삶에서 큰 변화를 맞았다고 생각해요. 그리고 우리는 꽁꽁 뭉칠 필요가 있어요. 이 일을 하다 보면 내가 맡고 싶은 사건이 생길 수도 있잖아요. 그러면 나도 당신 지지가 필요하지 않겠어요?"

생각에 잠긴 얼굴로 그녀를 바라보던 데커가 이윽고 고개를 끄덕였다. "당신은 겉보기보다 더 복잡한 사람이군요."

"그랬으면 좋겠네요." 그녀는 그렇게 말하고 희미하게 미소를 지었다.

"지나간 내 20년을 무슨 수로 돌려받죠? 어디 그 문제에 대해 이야기 좀 해보시죠?"

멜빈 마스는 교도소 접견실에서 변호사와 마주 앉아 있었다. 메리 올리버는 30대 중반으로 적갈색 머리를 짧게 잘랐고 반짝이는 녹색 눈에 뿔테 안경을 썼다. 갸름한 예쁜 얼굴에는 주근깨가 듬성듬성 나 있었다.

"안타깝게도 돌려받을 수 없어요, 멜빈. 무슨 수를 써도 그건 불가능해요. 그리고 몽고메리의 자백이 아직 인정받은 것도 아니에요. 우리 너무 앞서 나가진 말자고요."

"나는 그 자식을 알지도 못해요. 만난 적도 없고요. 그 작자들이 나를 찾아와서 알려주기 전까지 그 자식이 세상에 존재하는지조차 몰랐다고요. 그러니 그치들은 내가 그 사람한테 내 부모를 죽이라고 돈을 줬다는 소리 따위를 해선 안 돼요. 어쨌든 그걸 입증할 수 없다면 나는 여기서 나가는 거죠, 그렇죠?"

올리버는 앞에 놓인 서류들을 뒤적였다. "어디 좀 보자고요. 사실 이건 그렇게 간단한 문제가 아니에요. 우리는 절차를 밟을 시간을 줘야 해요, 알겠어요?"

마스가 자리에서 벌떡 일어나 뒤쪽 벽을 치자 방 가운데 서 있던 건장한 교도관이 그를 노려봤다. 교도관은 그들의 접견 내용을 듣지 못할 만큼 충분히 멀리 있었지만, 필요하다면 언제든 개입할 수 있을 만큼 가까이 있었다.

"절차요? 예전에 그 절차를 밟을 시간을 줬다가 내가 어떤 꼴이 됐는지 좀 보라고요. 메리, 그들은 빌어먹을, 내 인생을 송두리째 빼앗아 갔어요."

"배신감이나 이용당한 기분이 드는 건 당연해요, 멜빈. 당신이 느끼는 이 모든 감정은 자연스러운 거예요."

마스는 뭐든 좋으니 뭔가를 있는 힘껏 치고 싶었다. 그때 교도관의 손이 곤봉으로 가는 것이 보였다. 마스의 엉덩이를 걷어차줄 수 있다는 기대감에 입가가 실룩대는 것도 보였다. 제발 핑계만 줘라, 새끼야.

마스는 평정을 찾고 자리에 앉았다. "그래서 이 절차를 다 밟기까지 얼마나 더 기다려야 합니까?" 거의 평소 어조였다.

"워낙 흔치 않은 일이다 보니 정해진 일정표가 없어요." 올리버는 그가 좀 차분해진 것을 보고 안도하는 표정을 지으며 설명했다. "하지만 매분 매초 돌아가는 상황을 내가 꼼꼼히 주시하고 있을게요, 멜빈. 약속해요. 내가 그 사람들을 다그칠게요. 그리고 만약 늑장을 부리기라도 하면 아주 탈탈 털어버릴게요. 맹세해요. 진정을 낼게요."

마스가 고개를 끄덕였다. "당신이 그렇게 해줄 건 나도 알아요."

"틀림없이 당신에게는 너무나도 힘든 일일 거예요. 이 이야기를 처음 들었을 때 나도 엄청 놀랐으니까요. 당신 부모님하고 찰스 몽고메리라는 작자가 무슨 관계인지는 나도 아직 몰라요."

"음, 무슨 관계가 있었더라도 나는 아무 말도 못 들었어요. 어쩌면 모르는 사람일 수도 있잖아요. 그냥 집에 침입해서 죽였을 수도 있죠."

"그렇지만 외부인이 침입했다는 증거가 없었어요. 도난당한 것도 전혀 없었고요. 그게 바로 경찰이 당신을 조사하기 시작한 이유잖아요."

"메리, 날 믿는 거 맞죠?" 마스가 재빨리 물었다.

"그럼요. 당연히 믿죠."

멜빈은 그녀를 뚫어져라 바라봤다. 마음속에 삐딱한 생각이 스쳐 지나갔다. 아무렴, 믿으시겠지.

"내가 살던 동네에서는 아무도 문을 잠그고 다니지 않았어요. 그리고 누가 몰래 들어와 도둑질하고 싶어 할 만큼 우리 부모님이 뭘 그렇게 많이 가진 것도 아니었고요. 아버지는 전당포에서 일하셨어요. 어머니는 부업으로 바느질을 하고, 스페인어를 가르치고, 남들이 버린 쓰레기를 치우셨죠." 마스가 고개를 저었다. "내셔널 풋볼 리그에 가면 그 모든 걸 바꾸려고 했는데……. 집을 사드릴 생각이었어요. 저축도 하고, 두 분이 더 이상 일하지 않아도 되게 하려고 했어요. 계획이 다 서 있었다고요." 그가 손바닥으로 테이블을 세게 쳤다. "계획이 다 서 있었다고요."

"알아요, 멜빈." 올리버가 달래듯 말했다.

"나는 여기 갇혀서도 늘 이건 엄청난 실수니까, 결국 누군가가 진실을 밝혀내겠지 했어요. 몇 달만 참으면 교도소를 나가서 공을 던지고 있겠지. 그러다 1년이 가고, 또 1년, 또 1년이 갔죠. 그리고 다시 5년이 흘렀어요. 그리고 다시 10년이. 그리고 다시……. 빌어먹을!"

마스는 조용히 고개를 숙인 채 머리를 좌우로 거칠게 흔들었다. 눈물 한 방울이 광택제로 번들거리는 테이블에 떨어졌다. 마스는 눈물방울을 손으로 쓸어버렸다.

"여기서 나가면, 그런 다음엔 뭘 하죠? 나는 가족도 없고, 일자리도 없고, 아무것도 없는데……."

"텍사스주 당국에서 보상해줄 거예요."

"얼마나요?"

"최고 2만 5000달러요."

마스가 믿기지 않는다는 표정으로 그녀를 올려다봤다. "2만 5000달러라고요! 내 지난 20년에 대해?"

"터무니없이 불공정하다는 건 알지만, 현재 법이 그래요."

"내가 내셔널 풋볼 리그에 갔으면 얼마나 많이 벌 수 있었는지 알아요?"

"훨씬 많죠. 알아요."

"그래서 한 2만 5000달러, 아니 그게 '최고'니까 그만큼도 못 받아 나가면 그 후엔 어쩌죠?"

"그건 우리가 도와줄게요. 머물 곳을 찾도록 도와줄게요. 그리고 일자리도요."

"무슨 일자리요? 비질? 아버지가 다녔던 그 옛날 전당포에 취직해도 되겠네요. 텍사스의 그 동네에서는 전당포가 아주 성업이었죠. 그야 아무도 개뿔도 가진 게 없었으니까."

"우리 그냥 한 번에 한 걸음씩만 나가자고요." 올리버가 목소리를 평온하고 침착하게 유지하려 애쓰며 말했다.

"심지어 날 내보내주더라도 공식 사면은 안 해줄지 몰라요. 그럼 두 건의 중죄 모살 혐의가 내 전과로 따라붙는데, 누가 그런 사람을 쓰려고 하겠어요? 당신이 말해볼래요? 어디 한번 말해봐요!"

마스는 올리버의 불안감이 점점 커지는 것을 느낄 수 있었다. 조그마한 백인 여자, 크고 화난 흑인 남자. 그게 그녀의 시점이다. 그녀에게 보이는 건 그게 전부다. 그리고 그녀는 내 편이다. 마스는 고개를 돌리고 마음을 가다듬었다.

"빌어먹을, 우리가 왜 이런 이야기를 하고 있는지도 모르겠네요, 메리. 어차피 결국 나를 내보내주지도 않을 텐데."

"멜빈, 당신이 무죄라면 내보내줘야만 해요."

"나는 빌어먹을, 20년 전부터 무죄였어요." 그가 쏘아붙였다. "지금은 뭐가 다른데요?"

"내 말은, 무죄라는 결정적 증거가 있으면 당신을 감옥에 가둬둘 수 없다고요."

"아, 그래요? 이 나라에 그런 친구들이 한 트럭은 될걸요. 당신 말마따나 무죄가 입증된 친구들. 그것도 이미 수년 전에 말이에요. 다들 어떻게 됐을 것 같아요? 그냥 그대로 갇혀 있어요. 한 친구는 청원 시효가 지나버렸죠. 그 친구가 그런 일을 하지 않았다는 걸 다들 아는데도 완전 망해버린 거예요. 또 다른 친구, 이 친구는 자기가 저지르지도 않은 범죄 때문에 옥살이를 했는데, 어떤 개 같은 법적 조항들 때문에 4년을 더 복역해야 한대요. 그 후에는 봐서 내보내줄지도 모른다나. 또 다른 친구는 교도관한테 주먹질하는 바람에 복역 기간이 늘어났어요. 원래 감옥에 올 만한 짓을 하지도 않았는데. 그러니 내 앞에서 그 작자들이 나를 어떻게 해야만 한다는 소리 하지 마요. 그 작자들은 원래 자기들 멋대로 할 뿐이니까. 그게 진짜 현실이라고요."

"당신 경우에는 그런 일이 일어나지 않도록 우리가 책임질게요." 올리버는 소지품을 챙기기 시작했다. "이제 그만 가봐야겠어요. 뭐든 알아내면 곧장 연락할게요."

마스가 자리에서 일어나는 올리버를 올려다봤다. "나는 당신에게 화난 게 아니에요, 메리. 나는 그냥…… 모든 게 다 화나서 그래요, 지금은."

"다 이해해요." 올리버가 진심을 담아 살갑게 답했다. "내 말 믿어요. 당신은 지금 정말 침착하게 처신하고 있어요. 나라면 어림도 없을 만큼요."

다음 순간 그녀는 가고 없었다. 마스는 교도관이 와서 궁둥짝을 들라고 명령할 때까지 우두커니 앉아 있었다. 도로 족쇄가 채워졌다. 갈대가 나타나 소몰이라도 하듯 곤봉으로 그의 등을 세게 찔렀다. 마스는 아파서 얼굴을 찌푸렸다.

"네 '변호사'가 뭐라고 했냐, 점보?" 갈대가 물었다.

마스는 오랜 습관에 따라 침묵을 지켰다.

"아, 비밀이라 이거지? 맞아. 너하고 그 여자하고 단둘이서만. 걔랑 자고 싶지, 점보? 백인 여자 궁둥이가 탐나지? 올라타고 싶어? 예전 같으면 불법이었어. 검둥이가 백인 여자 올라타는 거 말이야. 지금도 불법이어야 하는데. 백인 여자애들은 짐승이 저희한테 올라타는 걸 좋아하지 않거든. 안 그래?"

갈대가 마스의 잔허리 쪽을 다시 쿡 찔렀다.

마스는 등을 돌려 그를 똑바로 마주봤다. "내가 여기서 나가면 우리 술 한잔합시다. 어때요? 내가 교도관님을 찾아가죠. 자리 한

번 가집시다."

갈대는 콧방귀를 뀌었지만, 마스의 뼈 있는 한마디가 1톤 트럭처럼 그를 들이받았는지 이윽고 미소가 사라졌다. 감방으로 가는 길에 더는 곤봉으로 찌르지 않았다.

0 007

그날 오후 1시 30분에 보거트와 재미슨이 돌아왔을 때 데커는 샤워와 면도를 마치고 다른 옷으로 갈아입은 뒤였다. 그래 봤자 청바지, 플란넬 셔츠와 스웨터, 진흙이 말라붙은 부츠가 전부였지만. 벌링턴에 있을 때 변호사로 위장하느라 사둔 정장이 있지만 지저분한 데다 더플백 밑바닥에 처박혀 있어 꺼낸다 한들 도저히 입을 만한 상태가 아닐 것이다.

보거트는 태브 칼라가 달린 풀 먹인 정장 셔츠에 페이즐리 무늬 타이를 맨 산뜻한 정장 차림이었다. 재미슨은 정장 바지와 크림색 셔츠에 재킷을 걸치고 최신 유행인 듯한 끈 달린 힐을 신었다. 데커의 평상복 차림에 비하면 둘 다 결혼식에라도 가는 것 같았다. 그렇지만 데커로서는 최선을 다해 차려입은 것이었다. 둘 다 그가 적어도 노력은 했다는 점을 높이 사는 듯했다.

"준비됐어?" 보거트가 웃음 띤 얼굴로 말했다.

데커가 고개를 끄덕였다. 내용을 이미 다 읽고 외워버려서 크게 필요 없을 듯하지만 어쨌든 바인더도 챙겼다. 보거트의 차로 걸어 가는데, 위가 쪼그라드는 것 같았다. 배가 고파서가 아니라 긴장 때문이었다. 이 상황에 걸림돌이 있다면 데커가 사람들 대하는 것을 너무나 불편해한다는 사실이었다. 과잉기억증후군은 그가 남들 앞에서 냉담하고, 어색하고, 불편하게 만들었다. 그건 데커가 어떻게 해볼 수 있는 일이 아니었다. 뇌가 그의 성격을 멋대로 굴절시켜버렸다. 뇌를 자신의 나머지 부분과 분리된 것처럼 생각한다니 이상하게 들리겠지만 데커 같은 머리를 가지고 있으면 그냥 현실적으로 그럴 수밖에 없다.

'팀'에 합류하려면 타인과 협력해야 한다는 것을 알고 있었지만, 정작 코앞의 일이 되자 데커는 여기 오기로 한 자신의 결정에 의문이 들기 시작했다. 내가 내 무덤을 판 것 아닐까? 그것도 아주 깊고 넓게?

보거트의 중형차 앞 좌석에 올라탄 데커는 긴 다리를 구겨 넣으며 의자를 끝까지 밀었다. 안전띠를 있는 대로 잡아당겨 겨우겨우 배 위에 걸쳤다. 재미슨은 데커가 가능한 한 편하게 앉을 수 있도록 보거트 뒤쪽에 앉았다.

"다른 팀원들에 관해 말해줄 수 있어?" 데커가 물었다. "대븐포트에 관해서는 알렉스한테 좀 들었어."

"리사는 사이코패스와 소시오패스를 다루는 데 전문가라서 합류하게 됐어. 자기 분야에서 무척 명망이 높고 그 주제에 관해 책도 몇 권 써냈지. 요주의 인물들의 성격과 성향 분석을 맡아줄 거야. 그들이 어떤 동기로 그렇게 움직이는지 우리한테 알려주는 거지. 물론 우리 FBI에는 이미 그런 일을 하는 사람들이 있어. 하지만 나는 연방 법 집행 기관의 시각에서 벗어난 새로운 시선으로 사건을 보는 것도 좋은 방법이라고 생각해."

"꽤 괜찮은 이론 같네요." 재미슨이 끼어들었다.

"다음은 토드 밀리건, FBI 요원이야. 남자, 30대 중반. 좋은 현장 요원이지. 경쟁을 통해 이 팀에 합류하게 됐어. 얼른 시작하고 싶어서 잔뜩 들떠 있어."

"그 사람은 FBI 요원이 아닌 사람들하고 협력하는 게 괜찮대?" 데커가 물었다.

"그 점은 아무 문제 없어." 보거트가 대꾸했다. "그렇지 않으면 경쟁에서 밀려났겠지."

데커는 백미러로 재미슨을 바라봤다. 보거트의 장담을 썩 신뢰하는 표정은 아니었다.

20분 후 차는 콴티코 해군 기지 부지에 있는 한 벽돌 건물 앞에 멈춰 섰다. 건물에는 FBI 아카데미와 실험실 및 ViCAP 등 많은 부서가 있었다.

일행이 차에서 내리는데, 보거트가 재킷 단추를 채우며 말했다. "ViCAP이 자기네 공간을 쓰라고 내줬어요. 그쪽의 운영 지원도 받게 될 겁니다."

"ViCAP이라면 강력범 체포 프로그램을 말하는 건가요?" 재미슨이 말했다.

보거트는 고개를 끄덕이고, 두 사람이 들어갈 수 있도록 문을 잡아줬다. "1985년에 설립됐죠. 연쇄 살인을 비롯해 보통 성범죄 쪽 강력 범죄를 다루는 팀이에요. 중대 사건 대응 팀 소속이죠."

"그리고 그 위에는 국립 강력 범죄 분석 센터가 있고." 데커가 지적했다.

보거트가 다시 고개를 끄덕였다. "위계가 좀 복잡하지."

"어쩌면 좀 지나치게." 데커가 평가했다.

"어쩌면." 보거트가 퉁명스레 대꾸했다.

일행은 불을 환히 밝혀놓은 복도를 걸어갔다.

"그래서 앞으로 우리가 할 일은 ViCAP이 이미 하고 있는 일이랑 어떻게 다르죠?" 재미슨이 물었다.

"ViCAP은 사실 주와 연방의 다양한 법 집행 기관들이 각자 관할권에서 일어난 사건을 조사하는 데 이용하는 주요 데이터베이스예요. 물론 현장에서 직접 사건을 조사하는 연방 수사 팀도 있죠. 하지만 그런 팀에 FBI 요원이 아닌 외부 인력을 활용하는 경우는 우리가 거의 처음일 겁니다. 이를 실현하기 위해 약간의 술수와 협상이 필요했어요. 일부 윗선에선 우리가 하려는 일을 지지하지 않아요. 오히려 외부인을 불러들인 게 실수라고 생각한다는 점을 말해둬야겠네요. 우리가 그들이 틀렸음을 입증할 수 있으면 좋겠군요."

데커가 말했다. "논쟁을 위해 이의를 제기하자면 우리가 그들이 옳았음을 입증하면 어떻게 되지?"

보거트가 어깨를 으쓱했다. "그러면 우리 예산이 날아가고, 우리는 다들 뭔가 다른 업무를 맡게 되겠지. 덤으로 내 경력은 바닥에 처박힐 테고."

재미슨이 단호히 말했다. "우리, 그런 일이 절대로 일어나지 않게 하자고요!"

보안 초소를 지나자 보거트가 신분증 배지로 문을 열었다.

"다 왔어요." 그가 두 사람에게 들어가라는 몸짓을 하며 말했다.

문턱을 넘기 전, 데커는 미식축구 경기장을 밟기 직전에 종종 그랬던 것처럼 배 속이 울렁거리는 것을 느꼈다. 불안감, 아드레날린, 기대감이 뒤섞인 불편한 느낌이었다. 그 시절은 오래전에 가버린 줄 알았는데. 확실히 아니었다.

이제 시작이다.

그는 걸음을 뗐다.

데커의 시선이 방 안을 휩쓸며 단단한 물체에 부딪혀 튕겨 나오는 레이더처럼 모든 것을 흡수했다. 두 사람이 있었다. 리사 대븐포트는 그의 오른편에 있었다. 나이는 30대 후반쯤. 옅은 금발을 짧게 쳤고, 갸름하고 매력적인 얼굴에선 육감적인 입술과 반짝이는 파란 눈이 도드라졌다. 작은 엉덩이와 균형 잡힌 넓은 어깨, 호리호리하고 운동선수 같은 몸매를 지녔다. 그녀는 데커의 눈길이 자신을 스치자 옅은 웃음을 지어 보였다.

토드 밀리건은 테이블에 그녀와 마주 앉아 있었다. 키는 180센티미터, 몸무게는 80킬로그램쯤 돼 보였다. 보거트와 마찬가지로 군살 한 점 없는, 아무리 달려도 숨이 차지 않을 듯한 몸매였다. 군인처럼 바짝 깎은 검은 머리, 인상을 쓰지 않아도 고랑이 져 있는 이마 아래 연갈색 눈동자가 번뜩였다. 허리는 그가 매고 있는 줄무늬 타이만큼이나 꼿꼿했다. 남자에게선 환영하는 분위기를 전혀 찾아볼 수 없었다. 그냥 진지함밖에 없는 사람처럼 보였다.

둘 다 두툼한 바인더를 앞에 올려놨다. 바인더 옆으로 무수히 많은 쪽지가 튀어나와 있는 것이 보였다. 둘 다 단단히 준비하고 온 게 분명했다. 보거트가 소개를 마치자 모두 자리에 앉았다.

커다란 텔레비전이 벽 하나를 거의 다 차지하고 있었다. 보거트가 자기 앞에 놓인 노트북을 켜더니 자판을 몇 번 두드렸다. 텔레비전 화면이 켜지자 모두의 눈길이 그리로 쏠렸다.

보거트가 말했다. "여기 우리가 들여다봐야 할 사건 스무 건이 줄을 서 있습니다. 현실적으로 우리는 한 번에 한 사건에만 집중할 수 있겠죠. 나는 양이 아니라 질 위주로 접근할 생각입니다. 여러분에게 미리 전해드린 사건들은 다양한 내부 기준을 적용해 훨씬 더 큰 모집단에서 추려낸 것들입니다."

밀리건이 단호하고 명확한 목소리로 말했다. "저는 모릴로 사건을 파헤쳐볼 만하다고 생각합니다. 바위처럼 확실한 접근 각도가 몇 가지 있습니다."

"반가운 말이군." 보거트가 말했다. "그렇지만 모두가 같은 출발선에 설 수 있도록 사건을 먼저 간략히 개괄했으면 하네."

밀리건의 눈, 코, 입이 아주 약간 가운데로 모였다. 보거트의 말이 완벽하게 합리적임에도 밀리건이 그 말을 핀잔으로 받아들이고 기분이 상했음을 데커는 알 수 있었다. 보거트가 각 사건의 요점을 화면에 띄우며 체계적으로 사건들을 훑었다.

다른 사람들은 각자 바인더를 보면서 화면을 따라가고 있었다. 밀리건은 바인더를 펼치지도 않는 데커를 보며 좀 놀란 눈치였다. 보거트가 데커의 과잉기억증후군을 사람들에게 귀띔해주지 않은 모양이었다. 데커는 보거트가 보여주는 화면과 완벽히 보조를 맞춰 머릿속 페이지를 넘기고 있었다.

보거트가 설명을 다 마치고 좌중을 둘러봤다. "하고 싶은 말씀이 있으신가요?"

밀리건이 말했다. "저는 여전히 모릴로 사건을 재수사해야 한다고 생각합니다. 우리 팀이 개입했을 때 성과를 볼 가능성이 가장 높은 사건이거든요. 그의 혐의가 그리 강력하지 않은 데다 핵심적인 증거 하나가 거의 철저히 무시됐습니다. 더 확실한 용의자가 있을 것 같습니다. 이 프로그램이 안정적으로 출발하려면 그 사건이 제격입니다."

보거트가 나머지를 둘러봤다. "다른 분들 생각은 어때요?"

데커가 말했다. "내 생각에 모릴로 사건은 가만 놔둬도 될 것 같은데."

"왜죠?" 밀리건이 날카롭게 물었다.

"왜냐하면 그가 유죄일 확률이 지극히 높으니까요."

데커를 돌아보는 밀리건의 두툼한 목이 마치 코브라처럼 불끈거렸다. "무슨 근거로요?"

"불일치?"

"예를 들면?"

"모릴로는 해군의 민간 하청업자였어요. 진술서 2쪽을 보면 그는 인디애나주 마틴 카운티 소재 크레인 해군 기지에 출근하러 그날 오전 9시에 집을 나섰다고 경찰에게 말했습니다. 그리고 오전 8시 15분 기지에 도착했다고 했고요."

"그거야 그가……." 밀리건이 기세 좋게 입을 열었지만 데커는 무시하고 계속 말했다.

"그건 당시 마틴 카운티와 해군 기지가 2006년 4월 2일 기준으로 중앙 시간대에서 동부 시간대로 옮겨졌기 때문이죠. 따라서 모릴로가 집을 나선 시각은 동부 표준시로는 오전 9시였지만 중앙 표준시로는 오전 8시였습니다."

"맞아요." 밀리건이 못마땅한 투로 수긍했다. "그래서 불일치라는 건 뭡니까?"

"모릴로에게는 피해자들을 죽일 동기가 있었어요. 게다가 목격자가 있었죠. 바히티 사다트. 사다트는 오후 6시 15분 자기 가게 건너편 길가에 모릴로가 있는 걸 봤다고 했습니다. 법의학을 비롯한 증거들에 따르면 범행 시각은 6시 19분입니다. 범행 현장은 사다트의 가게에서 약 15킬로미터 떨어져 있으니, 모릴로가 당시에 거리를 걷고 있었다면 그것은 그에게 확고한 알리바이가 됐겠죠."

"그렇지만 경찰은 사다트가 무슬림이라는 이유로 그 사실을 무시했어요." 밀리건이 끼어들었다. "당시는 중동과의 전쟁이 한창이라 편견이 심했어요. 하지만 사다트의 증언은 바위처럼 확고했죠. 모릴로의 중요한 알리바이가 될 수 있었는데, 배심원단이 무시해버린 겁니다." 밀리건이 말을 멈추고 데커를 뜯어봤다. "당신이 그런 편견을 가진 사람이 아니기를 바랍니다."

데커는 그 말도 무시하고 말을 이었다. "사다트는 저녁 기도를 마친 직후였다고 했습니다. 그때 모릴로를 봤다고요. 그가 그 사실을 명확히 기억한 이유는 기도용 양탄자에서 막 고개를 들어 상점 앞 창문을 봤기 때문입니다. 그는 모릴로를 정확히 알아봤다고 했습니다."

"맞아요." 갈수록 조바심을 드러내며 밀리건이 말했다. "당신이 내 주장에 힘을 실어주려는 것 같네요."

"사다트가 그때 막 끝냈다고 말한 기도는 마그립이었습니다. 하루 중 네 번째로 하는 기도죠."

"맞아요. 신실한 무슬림은 하루에 다섯 번 기도하죠. 누구나 아는 사실이에요."

"글쎄요. 실제로는 그 사실을 모르는 사람이 훨씬 많습니다. 그리고 당시에는 아마 모르는 사람이 지금보다 더 많았을 거고요. 핵심은, 마그립은 해넘이 전에는 시작할 수 없다는 겁니다. 이슬람교는 그 점에 아주 엄격하죠. 그리고 그날 인디애나주의 해넘이 시각은 오후 7시 12분이었습니다. 사다트가 고개를 들었더니 가게 앞을 지나가는 모릴로가 보였다고 증언한 시각보다 1시간 가까이 뒤죠. 물론 사다트도 사람이니 몇 분쯤 착각할 수도 있고, 그걸 크게 비난할 일은 아닙니다. 그렇지만 당시 하늘에는 아직 해가 쨍했을 겁니다. 무슬림이라면 절대 그렇게 해넘이가 아닌 게 분명한 시각에 해넘이 기도를 시작하지 않아요. 그리고 확실히 어떤 무슬림도 해가 지기 거의 1시간이나 전에 해넘이 기도를 마치지 않고요."

밀리건의 턱이 살짝 아래로 떨어졌다. 보거트와 재미슨은 눈길을 주고받았다. 대븐포트는 데커를 뚫어져라 쳐다봤다.

데커가 덧붙였다. "거기다 사다트는 창밖으로 모릴로를 봤다고 했는데, 파일에 있는 경찰의 그림을 보면 창이 있는 상점 전면은 서쪽을 면해 있습니다."

재미슨이 말했다. "무슬림은 동쪽을 향해 기도하죠. 메카가 있는."

보거트가 덧붙였다. "사다트는 모릴로를 등지고 있었을 거야. 당연히 기도용 양탄자에서 고개를 들었을 때 모릴로를 볼 수 없었고. 아무도 그 점을 추궁할 생각을 못 했다는 게 정말 놀라워."

데커가 말했다. "지금도 많은 미국인이 무슬림의 관습을 잘 모르는데, 당시에는 더 그랬겠죠. 대부분 수니파와 시아파가 어떻게 다른지도 모를 겁니다. 아마 조사해보면 모릴로와 사다트가 서로 아는 사이고, 이 알리바이를 미리 짜뒀음이 밝혀질 겁니다. 비록 소용은 없었지만. 그러면 모릴로의 죄를 입증하는 결정적 증거가 될 수도 있었겠죠. 그렇지만 그는 자기가 있어야 할 곳인 감옥에 이미 들어가 있으니 굳이 시간 낭비 안 해도 될 것 같은데요.”

밀리건은 화가 머리끝까지 치민 얼굴로 의자에 몸을 파묻었다.

데커가 보거트를 응시했다. “이제 멜빈 마스 사건 이야기를 해도 될까?”

“잠깐 기다려요.” 밀리건이 부르짖었다. “당신은 오늘 막 여기 왔다고 들었어요. 그 전에 바인더를 받은 겁니까?”

보거트가 대꾸했다. “아니, 오늘 아침에 받았어. 내가 직접 바인더를 가져다줬지.”

밀리건이 다시 데커를 봤다. “그럼 그 많은 사건 중에서 하필이면 모릴로 사건을 콕 집어서 그런 세세한 내용을 겨우 몇 시간 만에 파헤쳤다는 겁니까?”

“굳이 뭘 파헤칠 필요도 없던데요. 진술과 보고를 읽은 게 답니다. 거기에 전부 다 나와 있어요.”

“무슬림 기도에 대해선 원래 그렇게 자세히 아셨다?”

데커가 어깨를 으쓱했다. “독서가 취미라서요.”

“그럼 해넘이 시간대는?” 밀리건이 물고 늘어졌다.

“나는 그 지역 출신입니다. 따져볼 필요도 없이 바로 알았죠.”

“2006년의 어느 특정한 하루에 대해서?”

“예.” 데커가 냉랭하게 대꾸했다.

밀리건이 힐난조로 말했다. “내가 모릴로 사건에 관심 있다는 걸 미리 알았죠?”

“이 방에 들어오기 전까지 당신이란 사람이 세상에 존재하는지도 몰랐어요." 데커가 무심하게 대꾸했다. 그리고 다시 보거트를 쳐다봤다. "이제 마스 사건을 이야기해도 될까? 정말이지 바인더의 다른 어떤 사건도 그것만큼 흥미로워 보이지 않거든. 모릴로 사건만 봐도 사다트의 증언은 거짓말이고, 그 사람들을 죽인 건 모릴로야. 우리는 여기에 죄인을 풀어주자고 모인 게 아니니까 다음 단계로 나아가야 할 것 같은데."

도끼눈을 뜨고 데커를 노려보는 밀리건 앞에서 대븐포트는 웃음이 새어 나오는 입을 손으로 가렸다. 보거트가 미처 뭐라고 대답하기도 전에 대븐포트가 먼저 입을 열었다. "우리가 마스 사건을 맡아야 한다는 데 한 표요."

데커가 그녀에게 호기심 어린 눈길을 보냈다. "나는 아직 아무런 설명도 하지 않았는데요."

"당신이 방금 하는 걸 봤으니까요, 데커 씨. 당신의 선택을 믿을게요." 그녀가 보거트를 쳐다봤다. "로스, 우리 투표 진행할까요?"

보거트가 재미슨과 데커를 차례로 본 후 말했다. "좋아요. 멜빈 마스 사건을 맡는 데 찬성하는 사람은 모두 손을 들어주세요."

손 네 개가 올라갔다. 밀리건만 홀로 반대했다.

데커가 앞으로 몸을 기울였다. "좋아. 이제 시작할까요?"

0 009

2시간 후, 이튿날 다시 모이기로 하고 회의가 끝났다. 데커와 재미슨이 건물을 나서는데, 대븐포트가 쫓아왔다. 보거트는 밀리건과 할 말이 있는 듯 뒤에 남았다.

"두 분 바쁘지 않으면 한잔하러 가실래요?" 대븐포트가 그렇게 물으며 두 사람의 눈치를 살폈다. "기지에서 차로 5분만 가면 괜찮은 가게가 있어요."

재미슨이 어정쩡한 표정을 지었다. "우리가 보거트 요원의 차를 얻어 타고 와서요."

"그리로 오라고 하고 먼저 가 있으면 되죠. 내가 문자를 보내놓을게요. 그냥 내일 회의 전에 그 사건 이야기를 좀 더 알아두고 싶어서 그래요. 돌아갈 때는 로스나 내 차를 타면 되고요. 나도 차를 가져왔거든요."

재미슨이 데커를 쳐다봤다. "그래도 괜찮겠어요?"

데커가 대답했다. "바에서 요깃거리도 파나요? 아직 점심 전이라서요."

"당연하죠." 대븐포트가 데커의 커다란 몸집을 바라보며 말했다.

"그럼 갑시다." 데커가 말했다.

* * *

더 다이브. 싸구려 술집이라는 뜻의 이름과 잘 어울리는 가게였다. 군인과 경찰과 노동자, 그리고 이따금 양복쟁이들이 몰려드는 집합소. 데커 일행은 바에서 가장 멀리 떨어진 뒤쪽 테이블에 앉았다. 아직 이른 시각인데도 바는 신년 축하 분위기로 왁자지껄했다. 디지털 주크박스가 계속 울부짖었다.

대븐포트가 데커 옆자리를 잽싸게 차지했다. 재미슨은 두 사람 맞은편에 앉았다. 보거트를 위해 의자를 하나 더 끌어다 놨다. 그는 대븐포트의 문자에 20분쯤 뒤 합류하겠다고 회신했다.

일행은 맥주와 주전부리를 주문했다. 데커는 칠리, 칩스, 치즈로 쌓은 언덕을 자기 앞에 가져다 놨다. 대븐포트는 플랫브레드 약간, 재미슨은 프렌치 어니언 수프를 주문했다.

대븐포트가 말했다. "첫 회의가 순조로웠던 것 같아요. 밀리건이 좀 풀이 죽긴 했지만요."

"영역 다툼이죠." 재미슨이 지적했다. "우리 같은 외부인이 FBI 조사에 참여하는 게 썩 내키지 않나 봐요."

"뭐, 자기가 적응해야지 어쩌겠어요." 대븐포트는 가볍게 대꾸하고 맥주를 한 모금 들이켠 후 자기 앞의 언덕을 파헤치기 시작한 데커를 쳐다봤다. "아까 꽤 대단하던데요, 에이머스. 에이머스라고 불러도 되죠?"

데커가 입에 넣은 음식을 꿀꺽 삼키고 대븐포트에게는 눈길도 주지 않은 채 대꾸했다. "흥미 없는 사건에 시간을 낭비하고 싶지 않았을 뿐입니다. 그리고 에이머스라고 불러도 돼요."

"멜빈 마스 사건에는 확실히 흥미가 있고요."

"맞아요."

"그 사건 이야기를 할 때 대학 미식축구 경기에서 그 사람 팀하고 맞붙은 적이 있다고 했죠. 그 사실이 당신의 관심을 끈 건가요? 아니면 그 사건이 벌링턴에서 당신한테 일어난 일하고 비슷하다는 사실 때문에 관심이 생긴 건가요? 회의에서는 그 이야기를 하지 않더군요."

데커가 음식에서 서서히 눈길을 들어 대븐포트를 쳐다봤다. 재미슨은 그녀에게 의혹에 찬 시선을 보냈다.

"내가 그 이야기를 하지 않은 건 그게 우리가 그 사건을 맡을지 여부와 아무런 실질적 관련이 없기 때문입니다."

"왜 그래요, 에이머스. 그렇게 좋은 머리를 가진 사람이. 미식축구를 하다가 뇌에 외상을 입고 공감각 및 과잉기억 증후군을 겪게 됐다면서요? 그런 유사성을 놓치기에는 당신 머리가 너무 좋을 텐데요."

"보거트한테 들었습니까?"

대븐포트가 고개를 끄덕였다. "일주일 전에 미리 와 있었거든요. 이곳에 적응하고 로스와 유용한 대화를 나눌 시간이 있었죠. 당신 사건을 막 종결짓고 온 터라 그 일에 관해 자세한 이야기를 들을 수 있었어요. 나는 어차피 팀에 합류하기로 했으니까요."

"그래도 보거트가 당신한테 그 이야기를 꼭 해야만 했나 하는 생각이 드네요." 재미슨이 방어적으로 말했다.

대븐포트가 항복의 표시로 장난스럽게 양손을 쳐들었다. "제발 오해하지 말아줘요. 로스가 전부 다 말해준 건 아니에요. 그렇지만 에이머스의 가족과 멜빈 마스의 양친 살인 사건 간 유사점을 파악하기에는 충분했죠. 내 생각에는 몹시 흥미로운 사례 연구감이 될 것 같아요."

"내 증상에 관한 이야기도 보거트한테 들은 겁니까?" 데커가 말했다.

"음, 맞아요. 나는 임상심리학자예요. 인지적 이상은 내 하위 분야죠. 시카고 외곽의 인지 연구소에도 아는 사람이 좀 있어요. 비록 당신이 거기 다닌 건 한참 전이지만요."

데커가 냅킨으로 입가를 훔쳤다. "그렇지만 중요한 건 마스가 유죄냐 무죄냐를 판단하는 겁니다. 그 이상도, 그 이하도 아니죠. 내 인지적 이상은 그 일과 전혀 아무런 관련도 없어요. 그리고 나는 '사례 연구감'이 되고 싶은 마음이 조금도 없습니다."

대븐포트가 맥주잔을 손가락으로 훑었다. "당신 생각이 그렇다면야 어쩔 수 없죠. 솔직히 내가 보기엔 아까운 기회를 낭비하는 것 같지만요. 그렇지만 불쾌했다면 사과할게요. 당신 기분을 상하게 할 마음은 전혀 없었어요. 내 의도는 그게 아니었어요."

데커는 어깨만 으쓱할 뿐 아무 말도 하지 않았다.

잠시 후 보거트가 들어와 일행에 합류했다. 그가 자리에 앉자 웨이트리스가 다가와 주문을 받았다.

웨이트리스가 가기를 기다렸다가 보거트가 말했다. "오늘 일은 미안해. 밀리건이 과했어. 지금 그 이야기를 하고 오는 길이야. 우리는 서로 쌈박질이나 하자고 모인 게 아니니까. 우리는 한 팀이야. 그리고 팀에 남고 싶은 사람은 그걸 행동으로 보여줘야 해."

"그 사람은 의견을 냈고, 그에 대해 논쟁이 벌어졌을 뿐이야." 데커가 말했다. "나는 전혀 기분 상하지 않았어."

"논쟁을 좀 더 프로답게 할 수도 있었지. 자기 주장을 의도적으로 깎아내리려고 한다는 식으로 말하다니 너무하잖아."

보거트는 주문한 와인이 나오자 한 모금 마셨다. "내가 벌링턴에서 일어난 일의 일부를 브리핑해줬다는 이야기를 리사가 했나 모르겠네."

"들었어요." 재미슨이 말했다. "그리고 에이머스의 증상을 안다는 이야기도요." 덧붙이는 말에는 약간 심통이 묻어 있었다.

보거트는 재미슨의 불편한 심기를 눈치채지 못한 듯했다.

"에이머스한테 인지 연구소에 지인이 있다는 이야기를 하던 중이었어요." 대븐포트가 말을 보탰다.

"대븐포트 씨는 내 이상을 멜빈 마스 사건 수사와 연관시키지 않겠다고 약속했어." 데커가 덧붙였다.

대븐포트가 맥주잔을 들었다. "인정. 그리고 제발 나를 리사라고 불러줘요."

보거트가 말했다. "마스는 아직 텍사스 교도소에 있습니다. 제일 먼저 거기부터 가봐야 할 것 같군요. 그의 양친이 살해당한 집은 교도소에서 서쪽으로 수백 킬로미터 떨어져 있죠."

"그리고 그다음 차례는 앨라배마에 있는 찰스 몽고메리고." 데커가 말했다.

"그렇지."

대븐포트가 말했다. "그를 만나러 가기 전에 우리가 알아둘 게 있을까요? 마스하고 몽고메리라는 사람 사이에 어떤 접점이 있을 가능성이 있나요?"

"경찰이 바로 그걸 알아내려고 노력 중입니다." 보거트가 말했다. "그리고 여러분 모두에게 단도직입적으로 말씀드리면 이 일은 아주 섬세하게 진행돼야 합니다. 텍사스주 당국은 이 시점에 연방이 개입하는 걸 그리 곱게 보지 않을 겁니다. 솔직히 말해 우리가 개입하는 것 자체를 따지고 들면 얼마든지 따지고 들 수 있는 상황이죠. 만약 압박이 들어오면 버텨낼 수 있을지 장담할 수 없군요." 보거트가 데커를 향했다. "바인더에 있는 사건들은 모두 미리 개입을 승인받은 것들이었어, 에이머스. 마스 건은 당연히 그런 사전 조율이 없었지."

"그럼에도 할 수는 있지." 데커가 말했다.

"맞아. 그런데 내가 겪은 바에 따르면 텍사스 사람들은 대체로 워싱턴 D.C. 놈들이 자기네 일에 이래라저래라 참견하는 걸 썩 좋아하지 않더라고."

"그 사건에 관련된 전체 기록을 입수할 수 있나요?" 재미슨이 말했다. "그것부터 몽땅 훑어야 해요. 지금 우리가 가진 건 에이머스가 인터넷에서 찾아낸 게 전부잖아요."

"몇 군데 전화를 넣어서 뭘 할 수 있는지 알아보죠." 보거트가 대답했다.

"어쨌든 조금이라도 빨리 마스를 만나러 가야 해요." 대븐포트가 덧붙였다. "직접 만나면 그 사람의 심리적 성향에 대해 여러분에게 더 잘 알려드릴 수 있을 거예요."

"찬성." 보거트가 대답하고, 데커를 응시했다. "모릴로 사건은 잘 처리했어, 에이머스. 역시 이번에도 모두가 놓친 부분을 잘도 짚어내더군."

데커는 다른 데 정신이 팔려서 그의 말을 듣고 있지 않았다. 그가 생각에서 깨어나 말했다. "찰스 몽고메리에게 가족이 있는지 확인해야겠어."

"뭐요? 왜요?" 대븐포트가 물었다.

데커는 대답하지 않았다. 그냥 다시 생각에 잠긴 눈길로 멍하니 다른 곳을 응시할 뿐이었다.

* * *

바에서 이야기를 마친 후 재미슨과 데커는 재미슨의 차를 세워 둔 데커의 집 앞으로 왔다.

"뭐, 그럭저럭 괜찮게 진행된 것 같네요. 밀리건이 좀 재수 없게 굴긴 했지만." 재미슨이 데커를 응시했다. "당신 생각은 어때요?"

"어떤 사람인지 알겠더군요."

"대븐포트는요?"

"능력은 확실히 있는 것 같아요."

"그런데?"

"그런데 자신만의 꿍꿍이가 있죠."

"그게 당신이고."

"어쩌면."

재미슨이 데커를 살피며 말했다. "여기서 15킬로미터쯤 가면 남자 옷 파는 데가 있어요. 10시까지 해요. 내가 미리 알아놨어요."

데커가 그녀를 흘긋 봤다. "내 몰골이 그렇게 형편없어요?"

"옷이 사람을 만든다는 말도 있잖아요."

"누군지는 몰라도 나를 못 본 사람이 만든 말이네요."

"나는 쇼핑하면 머리가 더 잘 돌아가더라고요." 재미슨이 밝은 목소리로 말했다.

"그리고 내가 무슨 돈이 있어서 옷을 사겠어요?"

재미슨이 신용 카드를 들어 보였다. "보거트가 줬어요. 필요한 거 있으면 사라고요. 분명히 당신 옷도 거기 포함될 거예요." 이어 재빨리 덧붙였다. "그리고 월급도 나올 거고요."

데커가 그녀를 쳐다봤다. "월급요?"

"당신은 어떨지 몰라도 다들 무료 봉사할 순 없잖아요. 보거트하고 돈 이야기 안 해봤어요?"

데커가 한숨을 내쉬었다.

"안 했다는 것으로 알게요. 우선은 당신이나 내가 벌링턴에서 벌던 것에 비하면 훨씬 짭짤하다는 것 정도만 알아둬요."

"정말입니까?"

"정말이에요. 그리고 이 일이 잘 풀리면 우리는 각자 살 집을 구해야 해요. 언제까지나 기지에 머물 순 없으니까요. 그리고 당신에게는 렌터카가 아닌 자기 차도 필요할 것 같네요."

"그런 생각은 해보지도 못했어요."

"내 말 믿어요. 내 생각이 맞아요."

* * *

3시간 후, 두 사람은 데커가 입을 옷을 잔뜩 짊어지고 남성복 가게를 나섰다. 아무것도 고민할 필요가 없었다. 그냥 가장 큰 사이즈를 사면 됐다. 바지, 셔츠, 신발, 양말, 속옷, 그리고 필요할 경우 돛으로 써도 괜찮을 것 같은 커다란 재킷 두 벌.

재미슨은 데커가 입어본 모든 것의 색상과 액세서리에 대해 조언했다. 삼면거울 앞에 선 데커가 말했다. "투피스 정장을 입은 고래가 따로 없네요."

"운동도 못 할 정도는 아니잖아요. 지금 묵는 곳에서 2분만 걸어가면 체육관이 있어요. 그리고 그 바로 옆에는 경주로가 있고요."

데커가 자기 옷으로 갈아입고 탈의실에서 나오자 재미슨이 그를 위해 모아놓은 운동복 더미를 들어 올렸다. 사이즈 320의 테니스화도 함께였다.

"XXXX사이즈면 맞아요?" 그녀가 물었다.

"신축성이 좋으면 맞을 겁니다."

그녀는 데커를 집까지 태워다 주고 사 온 것들을 같이 옮겨줬다.

"도와줘서 고마워요." 데커가 말했다.

"오히려 내가 고마워요."

"뭐가요? 내 퍼스널 쇼퍼 노릇을 하게 해줘서요?"

"아니요, FBI 일을 하게 해줘서요. 나 혼자였다면 보거트가 불러주지 않았을 거예요. 데려오고 싶은 건 당신인데, 거기 내가 덤으로 얹혀 온 거죠."

"자신을 믿어요."

"아, 내 능력을 입증하기 위해 엉덩이가 닳도록 노력할 작정이에요. 하지만 어쨌든 나를 문간에 들여놔준 건 당신이에요."

"정말 이 일이 잘될 것 같아요?"

"그건 아무도 모르죠. 난 몰라서 더 짜릿한데."

"과연 내 인생에서 더 이상의 짜릿함이 필요한지 모르겠네요."

"그럼 여기 잘못 온 것 같아요."

1 1 10

오전 6시. 데커는 눈을 깜빡이다 일어나 앉았다. 한순간 자신이 어디 와 있는지 몰라 주위를 둘러봤다. 버지니아. 콴티코. FBI 일. 맞아.

데커는 일어나서 욕실로 향했다. 그 후 주방으로 가서 창밖을 내다봤다. 날이 밝으려면 아직 멀었다. 커피를 마시면서 사건 자료를 훑어볼 요량으로 커피포트를 꺼냈다. 그러다 산만 한 배를 내려다보고, 그저 침대에서 일어나 소변을 본 것만으로 숨이 턱에 차는 상황에 한숨을 내쉬었다.

"젠장." 욕설이 절로 나왔다.

침실로 돌아가 재미슨이 사준 운동복을 꺼내 입었다. 고맙게도 약간의 신축성이 있었다. 다음으로 허리를 숙여 테니스화를 신었다. 신생아 신발 같았다. 집을 나와 아파트 단지 층계를 걸어 내려갔다. 왼편에 재미슨이 이야기한 체육관이 보였다. 불이 훤했다. 운동하는 소리가 바깥까지 들렸다.

당연하지. A 유형(경쟁적이고 성취 지향적인 성격./옮긴이)이라면 벌써 일어나서 뛰고 있을 시간이지. 이 동네야 A 유형 천지일 테고.

느릿느릿 발을 끌며 건물에 들어섰다. 신분증은 잊지 않고 챙겨 왔다. 안내대의 젊은 직원이 수건과 사물함 열쇠를 건넸다. 데커는 열쇠를 돌려주고 수건만 받았다.

"스쿼트를 하시면 아주 장관이겠는데요." 젊은 남자가 데커의 어마어마한 허리둘레를 곁눈질하며 말했다.

"합니다. 앉았다 일어날 때마다."

데커는 한숨과 함께 대답하고 널찍한 운동 공간으로 들어섰다. 남녀 할 것 없이 놀라울 정도로 군살 하나 없는 사람들이 격한 운동을 질투가 날 만큼 가볍게 해치우고 있었다. 데커는 구석으로 가 수건을 내려놓고 힐끗 거울을 봤다가 다시는 그러지 않기로 마음먹었다.

스트레칭을 하기 전 잠시 심혈관계 워밍업을 한 것만으로 숨이 가빠오는 게 느껴졌다. 포기하지 않고 스트레칭으로 넘어갔다. 미식축구를 한 가닥이 있어서 겉보기보다 유연한 편이다. 선수 시절에 비할 순 없지만. 오랫동안 아무 느낌도 없었던 척추 곳곳이 주인에게 말을 걸어오기 시작했다. 그래도 슬슬 몸이 풀리고 있었다.

젊은 여자 하나가 지나갔다. 라이크라 소재 반바지에 FBI 신분증이 꽂혀 있었다. 지방이 지레 겁먹고 도망갈 것 같은 엄청난 몸매의 미인이었다. 데커가 몸을 굽혀 발가락을 건드리고 이어 양 손바닥을 바닥에 대는 것을 보고 여자가 말했다.

"굉장하네요."

"음, 이제 그만 다른 곳을 봐주셨으면 합니다. 여기서부터는 쭉 내리막길이거든요."

여자가 소리 내 웃고 자리를 떴다.

데커는 몸풀기를 마치고 웨이트 운동으로 넘어가 근육이 그만하라고 비명을 지를 때까지 자신이 할 수 있는 모든 것을 했다. 그 후 메디신볼을 쥐고 잠깐 코어 운동을 했다. 본격적으로 땀이 흐르기 시작하자 오히려 기분이 상쾌해졌다.

"좋아요. 못 믿을 만큼 감탄했어요."

고개를 돌려보니 운동복 차림의 재미슨이 서 있었다.

"오는 겁니까, 가는 겁니까?"

"가는 거예요. 문 열자마자 들어왔거든요. 체육관 저쪽에 있었어요. 나가려는데 당신이 보이더라고요." 재미슨이 데커의 팔을 다독였다. "잘하고 있어요, 데커."

데커는 메디신볼을 내려놓고 어깨를 으쓱했다. "조금씩, 조금씩, 맞죠?"

"같이 집까지 걸어갈래요? 우리 집은 당신 집에서 조금만 더 가면 되거든요."

"경주로를 걸으면서 땀을 식힐까 생각하고 있었어요."

"잘 생각했어요. 그럼 사무실에서 봐요. 식료품실하고 냉장고는 들여다봤어요?"

"뭐가 들어 있다는 건 알아요."

재미슨은 약간 눈치를 보는 것 같았다. "당신이 여기 오기 전에 내가 미리 장을 좀 봐놨어요. 용서해줘요. 대체로 건강식이에요. 그래서 아침에 내가 그 느글느글한 샌드위치를 사다 준 거예요. 건강으로 가는 길에 오르기 전에, 음, 마지막 만찬이랄까."

"어느 정도나 건강식인데요?"

재미슨이 억지로 웃음을 짜냈다. "보물찾기의 기쁨은 당신이 직접 느껴봐요. 회의 시간 15분 전에 데리러 갈게요."

재미슨은 그렇게 말하고 가버렸다.

몇 분 후 데커는 운동을 마쳤다. 얼굴의 땀을 문질러 닦고 경주로로 향했다. 체육관 뒤편에 있는 경주로는 허리까지 오는 담장에 둘러싸여 있었다. 평소보다 약간 더 걸음을 빨리해서 무릎이 나가겠다 싶을 때까지 경주로를 돌았다. 그러다가 점점 속도를 떨어뜨렸다. 심장이 거칠게 뛰고 땀이 줄줄 흘렀다. 쾌감과 피로감이 동시에 느껴졌다. 날이 추워서 숨을 내쉴 때마다 작은 구름이 피어올랐다.

순간 뭔가가 바람처럼 쌩하니 스쳐 지나가는 바람에 데커는 하마터면 넘어질 뻔했다. 다가오는 낌새를 전혀 눈치채지 못했다. 뒤돌아보니 토드 밀리건이 데커에게 눈길을 고정한 채 뒷걸음질로 달리고 있었다. 고급 운동복에 싸인 몸매가 감탄스러울 만큼 훌륭했다. 몸에 착 붙는 압박복 밑으로 뚜렷하게 갈라진 식스팩이 선명히 드러났다.

"어이, 데커, 속도를 올리지 않으면 발길에 치이는 수가 있어요."

밀리건이 다시 앞을 향해 달려갔다. 운동선수처럼 빨랐다. 정말 재수 없는 자식이었다. 1분 후 누가 등 뒤에서 다가오는 소리를 들은 데커는 밀리건이 벌써 한 바퀴를 돌아 또 자신을 앞지르러 왔나 했다. 거치적거리지 않으려고 비켜서는데 목소리가 들려왔다.

"좋은 아침!"

리사 대븐포트가 가볍게 달려와 멈춰 섰다. 역시 운동복 차림이었다. 대븐포트는 양손을 무릎에 짚고 몇 차례 길게 심호흡했다.

"좋은 아침이에요." 데커가 말했다.

대븐포트가 팔다리를 쭉쭉 늘이며 스트레칭을 시작했다. "달리기를 막 끝내려는데 당신이 보였어요."

"내가 원래 잘 보이는 편이죠. 그런데도 밀리건 요원은 나를 들이받을 뻔했지 뭡니까? 참 신기한 일이죠."

"그러게요." 대븐포트가 짐짓 무심히 대꾸했다.

"그냥 경주로를 따라 걷던 중이었어요. 체육관에 갔다 왔거든요."

"운동하면 에너지가 샘솟는 것 같아요. 정말 좋아요."

"나도 그래요. 보면 알겠지만."

대븐포트가 크게 웃었다. "당신은 대학에서 미식축구 선수로 뛰었잖아요. 그때는 분명 몸매가 끝내줬겠죠."

"그랬죠. 오래전 일이지만."

"얼마 전까지만 해도 그랬잖아요."

"무슨 소리죠?"

"당신은 순경이었다가 나중에 형사로 승진했죠. 그때도 멀쩡한 상태였을 텐데요."

데커는 다시 걷기 시작했다. 대븐포트는 그와 보폭을 맞춰 함께 걸었다. 아니, 그러려고 애썼다.

"그것도 한참 옛날 같네요."

"하지만 실은 그렇지 않잖아요. 음, 20개월도 안 됐나?"

"나에 관해 아는 게 많나 봐요."

"내가 호기심이 좀 많아요, 에이머스. 그리고 당신은 끝내주는 연구 대상이고요."

"왜요? 내 뇌가 뻥 터져서 내가 아무것도 잊지 못하니까? 보통 사람들에게는 색깔과 무관한 것들을 나는 빨간색, 노란색, 파란색으로 보니까?"

"그게 내 분야인걸요. 관심 없는 척은 못 하겠어요. 당신이 얼마나 희귀한 사례인지 알기나 해요?"

"솔직히 그런 생각은 해본 적도 없어요."

대븐포트는 무슨 말을 하려다가 그냥 입을 다물었다. "음, 만나서 반가웠어요. 샤워하러 가야겠어요. 이따 사무실에서 봐요."

그녀는 등을 돌려 반대 방향으로 뛰어갔다. 멀어지는 대븐포트의 뒷모습을 한참 동안 지켜보던 데커는 경주로 가장자리의 벤치로 뒤뚱뒤뚱 걸어갔다. 심장 박동이 제 리듬을 찾고 뇌졸중의 위험이 확실히 사라졌다고 느껴지자 그제야 의자에서 일어섰다. 천천히 집까지 걸어가 샤워하고 새 옷으로 갈아입었다. 지난밤에 입고 다시 입어보는 건데도 아주 조금이나마 헐렁해진 것 같았다. 기분 탓이겠지.

냉장고 속을 확인했다. 두유, 신선한 오렌지 주스, 요구르트, 사과, 유기농 달걀 한 상자, 아홉 가지 곡물로 만든 빵, 아주 퍽퍽해 보이는 닭 가슴살, 칠면조 간 것, 카놀라유로 만든 '버터'. 서랍에는 싱싱한 채소들이 들어 있었다. 식료품실을 살폈다. 보기만 해도 건강에 좋을 듯한 시리얼, 저염 땅콩버터, 꿀, 저염 수프, 유기농 파스타, 이름조차 생소한 '오르조', 각종 비타민, 아마인유, 에너지바, 바나나, 물과 섞어 마시는 에너지드링크, 다양한 향의 스포츠드링크 두 상자. 과자나 초콜릿, 아이스크림 따위는 흔적도 없었다. 데커는 다람쥐 똥에 섞여 나온 나뭇가지처럼 생긴 시리얼을 그릇 가득 담고 두유를 붓고 바나나를 썰어 얹었다.

재미슨이 베푼 작은 온정인지, 커피는 있었다. 그렇지만 크림은 무지방이고 설탕은 데커가 본 적은 있되 써본 적은 없는, 가공하지 않은 갈색 물질이었다. 어제 썼던 정제 설탕은 재미슨이 압수해 간 게 분명했다. 커피를 끓이고 컵과 그릇을 주방 공간에 놓인 작은 테이블로 가져가 아침을 먹었다.

음, 그래도 배가 채워지긴 하네. 데커는 컵과 그릇과 숟가락을 설거지하며 생각했다. 손목시계를 봤다. 회의 시간까지 30분쯤 남아 있었다. 그 전에 재미슨이 데리러 올 것을 생각해도 시간이 남았다. 의자에 앉아 창밖의 북적대는 길거리를 내다봤다. 콴티코는 하루 중 어느 때라고 할 것 없이 항상 북적였다. 데커는 자신이 이 거대한 생태계의 작은 톱니바퀴처럼 느껴졌다. 이런 것을 원했을까? 진심으로?

데커는 눈을 감았다. 비록 그러고 싶지 않았지만, 그의 결코 실수하지 않는 기억이 그의 집에서 일어난 가족의 죽음으로 휘몰아쳐갔다. 그 후 고통에 몸부림치던 그 몇 달로, 그리고 결국 살인자들을 추적해 응징한 순간까지. 그리고 그 같은 결말에도 불구하고 그가 진정한 성취감을 끝내 느끼지 못했다는 깨달음으로.

다시 눈을 떴을 때 그의 눈은 물기로 촉촉했고, 몸은 떨리고 있었다. 시간은 상처를 치유해주지 못했다. 결코 잊지 못하는 사람에게는 불가능한 일이다. 그들의 죽음은 그 일이 일어났을 때만큼이나 지금도 여전히 새롭게 충격적이었다. 시각만이 아니라 머릿속 이미지들에 들러붙은 감정적 손도끼들도. 죽는 날까지 변하지 않을 사실이다.

창밖을 내다본 순간, 때마침 재미슨의 소형차가 건물 앞에 와 섰다. 데커는 눈을 비비고 일어서서 뺨을 두 번 때렸다. 과거에 살든가, 아니면 모험에 나서 자신에게 내일을 살아낼 힘이 있는지 확인하든가 결정할 때다. 그리고 그 결정은 다른 것들보다 쉬울 것이다. 데커는 문간으로 향했다.

1 11

문 두드리는 소리에 마스는 흠칫 놀랐다. 문 아래쪽 구멍이 벌컥 열렸다.

"궁둥짝 끌고 이리 와." 목소리가 명령했다.

마스는 고분고분 침상에서 일어나 문에서 등을 돌리고 뒷짐을 진 채 손이 구멍에 닿을 때까지 허리를 숙였다. 손목에 수갑이 채워졌다. 몸을 펴고 문간에서 비켜서서 문이 열리기를 기다렸다.

대물이었다. 그는 이곳에 마스만큼이나 오래 있었다. 세월이 갈수록 그의 야비함은 더해만 갔다. 믿을 수 없을 만큼 거대한 대물의 몸집이 감방 문의 열린 틈새를 가득 메우다시피 했다. 날카로운 눈빛과 웃음이 그의 얼굴을 서로 차지하려고 싸우고 있었다.

"무슨 일입니까?" 마스가 물었다.

"닥쳐! 내가 언제 말하라고 했어?"

대물 뒤에서 다른 교도관 둘이 나타나 마스의 발에 족쇄를 채웠다. 마스는 『크리스마스 캐럴』에 나오는 유령 말리처럼 사슬을 쩽

그랑거리며 복도로 거칠게 끌려갔다. 복도 양쪽으로 늘어선 감방의 정사각형 닭장 철망 틈새로 수감자들이 얼굴을 비집고 내다봤다. 위스키와 담배 냄새가 뒤섞인 대물의 후끈한 숨결이 마스의 얼굴에 훅 끼쳤다.

"운 좋은 줄 알아." 대물이 말했다. 매 음절 발음할 때마다 두툼한 목이 열정적으로 요동쳤다. "당분간은 사형수 사동에서 벗어났으니. 일반 사동으로 가게 됐어. 사람들이 네 초콜릿색 궁둥짝을 보면 열렬히 환영해줄 거야, 점보."

마스는 자신이 운이 좋다고 생각하지 않았다. 일반 사동으로 돌아간다는 것은 오로지 한 가지 의미밖에 없었다. 마스는 비공식적 사형을 향해 가고 있었다. 그의 사형을 향해서.

* * *

감옥에서 살아남고 싶다면 전략과 전술이 필요하다. 죽이고 싶은 사람이 있다면 이 역시 전략과 전술이 필요하다. 안전한 감방과 사형수 사동에서 마스를 끌어낸 것은 전략이다. 마스를 살해할 계획의 전술들은 곧 드러날 터였다.

마스는 다른 건물로 끌려갔다. 자동 유압 펌프의 날카로운 작동음과 함께 두 번째 문이 쾅 닫히자 대물이 두툼한 손을 어깨에 얹어 마스를 멈춰 세웠다.

"여기가 종점이야, 점보."

수갑은 벗겨졌지만 족쇄는 그대로였다. 교도관들은 그를 남겨두고 뒤돌아 가버렸다. 마스는 주위를 둘러봤다. 그는 이제 사형수 사동인 12동을 나와 다른 모든 수감자들과 함께 감옥의 개방 구역에 있었다. 팬티만 입은 수감자, 웃통을 벗은 수감자, 죄수복 바지를 잘라 입은 수감자 들이 우글거렸다. 달력상으로는 겨울이지만 실내는 숨 막힐 듯 더웠다. 머리 위에서 돌아가는 환풍기만으로는 태양을 뒤덮은 독가스 층처럼 위쪽에 드리운 두텁고 습하고 매캐한 공기를 움직이기에 역부족이었다.

몇몇 수감자는 바닥에 볼트로 고정해둔 테이블에 앉아 있었다. 몇몇은 선 채 이야기를 나누고 있었다. 몇몇은 팔굽혀펴기를 하거나 벽에 설치한 가로대에서 턱걸이를 하고 있었다. 지독한 땀 냄새, 담배 연기, 그리고 교도소 특제 마약의 알싸한 곰팡내가 마치 파도처럼 마스에게 밀어닥쳤다. 교도관들은 굳은살 박인 손바닥을 곤봉으로 가볍게 두드리며 어정거렸다. 그들의 눈은 시빗거리를 찾아 그 공간을 휘휘 돌아보고 있었다. 그 눈길은 결국 몇 번이고 마스에게로 돌아왔다. 마스가 오늘의 특별 초대 손님인 게 분명했다.

쇼가 막 시작되려는 참이었다. 다들 좋은 관람석을 차지하려고 분주하게 움직였다. 지금 이곳에서 유일하게 빠진 것은 팝콘이었다. 수감자들 또한 마스를 보려고 몸을 돌렸다. 팔굽혀펴기와 턱걸이도 멈췄다. 땀투성이 손을 문질러 닦고 벽 쪽으로 가서 등을 대고 섰다. 그리고 가만히 기다렸다. 그들의 얼굴에는 이렇게 쓰여 있었다. '하느님, 제가 아니라서 감사합니다.'

소식은 신속히 퍼졌다. 사형 직전까지 갔던 마스가 밖으로 나갈지도 모른다. 밖으로 나간다고? 어허, 그건 아니지. 적어도 두 발로 멀쩡히 걸어 나가는 건 안 될 말이야.

마스는 수갑이 파고들었던 손목을 문질렀다. 지금은 오히려 통증이 반가웠다. 통증을 느낀다는 건 살아 있다는 뜻이니까. 언제 상황이 변할지 모른다. 그래도 지금 이 순간, 그는 숨 쉬고 있었다.

한 층 위 개방 구역을 빙 둘러싼 좁은 통로를 올려다봤다. 대물이 그를 내려다보고 있었다. 히죽대는 꼬락서니가 혼자 보기 아까울 정도였다. 그 옆에는 자라다 만 갈대가 똑같이 고소해죽겠다는 표정을 짓고 있었다. 귀족들은 위, 검투사들은 아래.

마스는 자신을 지켜보는 수감자 무리와 눈길을 마주쳤다. 특히 두 놈이 그를 주시하고 있었다. 백인, 마스를 능가하는 덩치, 교도소 바벨로 만든 근육, 문신, 턱수염, 광기 어린 눈, 썩은 치아. 두 남자는 밀반입하거나 여기서 만든 것에 중독된 상태였다.

거기 너는 트위들디, 그 옆의 너는 트위들덤(『이상한 나라의 앨리스』에 나오는 쌍둥이 형제./옮긴이).

마스는 두 남자가 누군지, 무슨 죄를 지어서 여기 오게 됐는지 알지 못했다. 그래도 그들이 정확히 어느 과에 속하는지 금세 알아볼 수 있었다. 그들은 인간이 아니었다. 우리에 갇힌 동물이었다. 그렇지만 지금 이 순간, 그들은 우리에 있지 않았다. 개방 구역에 풀려나 있었다.

나와 함께. 그리고 내 다리는 사슬에 묶여 있지.

마스는 목을 쭉 늘였다. 엉킨 근육이 풀리면서 쾌감과 뻐근함이 동시에 느껴졌다.

저 옛날 사우스웨스트 콘퍼런스 시합에서 요리조리 태클을 피해 자신의 미래를 향해 달리던 러닝백 시절로 돌아가, 자신의 눈앞에 펼쳐진 구장을 살폈다. 자기보다 덩치 큰 남자들하고 맞부딪히면서도 어떻게 해서든 거의 늘 승리를 거두던 그였다. 마스의 머릿속에서 구장이 칸칸으로 나뉘었다. 그 한 칸 한 칸은 그가 헤쳐나가야 하는 존재들이었다. 그는 운 좋게 모든 것을 동시에 볼 수 있는 시야를 가지고 태어났다. 아마도 운동선수에게는 가장 큰 축복이리라. 그리고 오랜 세월이 지난 지금도 그 재능은 여전했다. 호흡이 느려지면서 신경이 안정되고 근육이 이완됐다. 실제로 기분도 좋아졌다.

내 인생의 20년. 빌어먹을 20년. 내면의 분노가 갑자기 태산처럼 크게 부풀어 올랐다. 그간 억눌려온 좌절감의 크기였다. 누군가는 그 대가를 치러야 했다. 그리고 그렇게 될 것이다. 점보는 지금 지극히 고난도의 착륙을 시도하려는 참이었다. 마스는 두 수감자에게 다가가려는 듯 앞쪽으로 발을 끌며 판세를 읽었다. 짝패는 그의 예상대로 움직였다. 등을 돌려 그에게서 멀어졌다. 나환자와 어울리고 싶어 하는 사람은 없다. 병이 옮을지도 모르니까.

다시 좁은 통로를 올려다봤다. 대물과 갈대를. 마스는 그들이 자신에게서 뭘 보기를 기대하는지 알아차렸다. 공포. 그는 대신 씩 웃었다. 그리고 그는 그들의 얼굴에서 자신이 보고 싶은 것을 봤다. 놀라움.

고개를 돌리니 트위들디와 트위들덤은 이제 무리에서 떨어져 나와 먹이를 찾아 배회하는 들개처럼 그를 에워싸고 있었다. 텍사스에는 들개가 많다. 들개는 늘 무리 지어 사냥한다. 상처 입은 동물들을 뒤쫓아 도망치느라 숨이 차게 만든 다음, 떼로 덤벼 목숨을 빼앗는다. 하지만 마스는 부상당하지 않았고, 숨이 차지도 않았다. 그들이 보상으로 뭘 받기로 했을지 궁금했다. 마약, 담배, 어쩌면 한물간 창녀라도 잠깐 들여보내주기로 했나? 어쨌든 원하는 걸 얻으려면 애 좀 써야 할 거다.

트위들디와 트위들덤은 둘 다 30대로, 마스보다 몇 살은 더 젊어 보였다. 거칠고 흉터가 있고 단련됐다. 어느 정도까지는. 문제는 항상 정도였다. 이 한 쌍이 감옥의 단련도 등급에서 어디쯤인지, 마스는 곧 파악하게 될 것이다.

마스는 트위들덤을 곁눈으로 살피며 트위들디에게 천천히 다가갔다. 트위들디는 그를 정면으로 들이받으려고 하는 라인배커였다. 그것이 크고 힘세 보이는 그의 역할이었다. 그는 마스가 곧장 자신을 향해 다가오자 약간 놀라는 눈치였다. 그의 표정을 보니 상황을 긍정적으로 생각하고 있는 것 같았다. 마스가 먼저 나섰으니 일이 더 쉬워지겠다고 생각하는 게 분명했다. 트위들디인 줄 알았는데 트위들덤인가.

다른 녀석은 첫 번째가 실패할 경우에 대비한 안전장치였다. 트위들디가 쓰러지면, 마스를 이 세계에서 떠나보내는 임무는 그에게 넘어갈 것이다. 마스는 트위들덤을 곁눈질했다. 놈은 준비 태세를 갖추며 슬슬 달아오르고 있었다. 내심 짝패가 실패하기를 바라고 있을지도 모른다. 그러면 이 안에서 절대 무너지지 않을 평판을 쌓을 기회가 자신에게 돌아올 테니까.

그가 뭐라고 떠벌려댈지 귀에 들리는 듯했다. 멜빈 마스를 내가 아작 냈지. 그 살인자 새끼 말이야. 내셔널 풋볼 리그의 성공 신화. 태어나서 그렇게 덩치 크고 야비한 새낀 처음 봤다니까. 하지만 내가 놈의 궁둥짝으로 바닥을 문질러 닦았지. 여기서 앞으로 족히 40년은 그 이야기를 떠들어댈 것이다. 그런데 한 가지 문제가 있었다. 일은 결코 그런 식으로 돌아가지 않을 것이다. 마스는 트위들디와 트위들덤이 살 시간이 40년은 고사하고 40초도 남지 않았다고 생각했다. 각오해라, 고깃덩어리. 여기 점보가 간다.

"별일 없어, 형씨?" 마스가 트위들디에게 말했다.

"너 같은 동생 둔 적 없는데?" 트위들디가 을러댔다.

"알아, 친구. 그냥 말 걸어본 거야. 별일 아니잖아, 안 그래?"

트위들디의 대답은 입에서 나오지 않았다. 그는 손에 감춰뒀던 면도날을 번뜩이며 폭발적인 속도로 마스에게 다가섰다. 칼날은 그의 배에서 명치로 올라갈 것이다. 그는 빠르고 군더더기 없는 동작에 치명상을 입고 막대한 출혈을 일으킬 것이다. 끔찍한 고통은 덤이리라. 죄수들과 교도관들이 트위들디에게 작업 공간을 만들어주려는 듯 뒤로 물러났다. 그들은 마스가 쓰러지는 광경을 기대했다. 그런데 예상과 정반대되는 장면이 펼쳐졌다.

이미 어깨를 낮추고 몸을 웅크려 거대한 허벅지를 팽팽히 긴장시키고 있던 마스는 족쇄에도 아랑곳없이 마치 발사된 포탄처럼 앞으로 튀어 올랐다. 손으로 면도날을 쥔 트위들디의 손목을 조이는 동시에 오른쪽 어깨로 트위들디의 목울대를 들이받아 턱을 위로 아예 젖혀버렸다. 상대는 목이 기이한 각도로 꺾이는 바람에 엄청난 고통을 느끼며 기절했다. 더는 회복 불가한 지점까지 압박을 받은 척추가 뚝 하고 꺾이는 소리가 들렸다. 그리고 끝났다. 그처럼 간단하게.

의식을 잃은 트위들디는 입에서 피를 흘리며 서 있던 자리에 그대로 구겨지듯 쓰러졌다. 손에서 면도날이 떨어졌다. 라인배커 아웃.

마스가 면도날이 떨어진 바닥을 가리켰다. "저기요, 이 사람이 날붙이를 가졌는데요." 가장 가까이에 있는 교도관에게 말했다. "다들 조심해요. 행여 누가 다치면 안 되니까."

트위들덤을 곁눈질한 마스는 예상이 맞았음을 확인했다.

자기보다 더 큰 쌍둥이가 순식간에 당한 것을 본 트위들덤은 이제 망설이고 있었다. 하지만 다른 모든 녀석들과 특히 대물이 지켜보고 있는데 어떻게 끝까지 가지 않을 수 있겠는가. 그는 가야 했다. 다른 길이 없었다. 나중에 배때기에 면도날을 맞지 않으려면. 원래 그런 것이다. 미국의 교도소는 더 이상 교도소가 아니었다. 남자들이 17세기로 되돌아가는 아수라장의 짐승 우리였다. 강자는 더한 강자를 만나기 전까지만 살아남고, 약자는 매번 죽어나가는 곳. 트위들덤이 고함지르며 최고 속도로 달려들었다.

정말이지, 식은 죽 먹기나 다름없었다. 트위들덤은 온몸이 근육 덩어리였지만 엄청나게 느렸다. 팔뚝만 굵었지 대퇴사두근은 더없이 빈약했다. 그리고 그는 이제 그 불균형에 값비싼 대가를 치르려는 참이었다. 마스는 다시금 허리를 한껏 숙이고 빙글 돌아 면도날을 쥔 트위들덤의 팔을 막아낸 다음 그의 배에 어깨를 쑤셔 박고 몸을 쏘아 올렸다. 130킬로그램대 공격수들을 저 높이 날려버렸던 바로 그 동작이었다.

110킬로그램 정도의 트위들덤은 마스 위로 솟구쳐 하늘 높이 날아갔다. 군중이 갈라졌다. 트위들덤이 콘크리트에 거칠게 착륙해 무시무시한 속도로 매끄러운 표면을 미끄러져 콘크리트 블록 벽을 머리로 들이받았다.

압박에 못 이긴 척추가 부러지면서 키가 2센티미터는 줄어들었다. 그는 다시는 움직이지 않았다. 차도 없는 데서 교통사고를 당한 셈이었다. 입에서 피가 새어 나왔다. 면도날이 쨍그랑하고 바닥에 떨어졌다. 트위들디와 트위들덤은 카운트가 끝날 때까지 일어나지 못했다. 그들의 상처에서 흘러나온 피가 더러운 바닥에 고였다. 그들의 마지막 흔적. 텍사스 교정 시스템이여, 안녕.

마스는 그들이 죽었는지 어떤지 알지 못했다. 솔직히 관심도 없었다. 어쩌면 정의란 탄탄한 대퇴사두근을 통해 실현되는 것인지도 모른다. 마스가 대물을 올려다보며 소리쳤다.

"저 남자도 면도날을 가지고 있습니다, 교도관님. 사방에 칼이 널려 있네요. 소장님께 보고하셔야 할 것 같아요."

교도관들이 마스를 쓰러질 때까지 곤봉으로 때리기 시작했다. 하지만 내내 마스의 얼굴은 웃음으로 가득했다.

"빌어먹을, 댁은 누굽니까?"

병원 침대에서 방금 깨어난 멜빈 마스가 올려다봤다.

에이머스 데커가 그를 굽어봤다. "당신은 세계 최고의 행운아인지도 모릅니다, 마스 씨."

"웃으라고 하는 소립니까?"

마스는 똑바로 일어나 앉으려 했지만, 손목이 침대 난간에 수갑으로 묶여 있고 전신에 안 아픈 데가 없어서 쉽지 않았다. 얼굴은 풍선처럼 잔뜩 부풀어 있었다. 데커는 큼지막한 손으로 마스의 허리를 받치고 베개를 괴웠다. 그리고 자신도 의자 하나를 끌어당겨 앉았다.

마스가 그를 뜯어봤다. "혹시 내가 그쪽을 압니까?"

"당신이 20년쯤 전에 굴욕을 준 오하이오주의 라인배커를 기억한다면요."

마스는 눈을 찡그리고 데커를 위아래로 훑었다. "내가 경기장에서 굴욕을 준 사람이 어디 한두 명이라야지. 그런데 그쪽은 라인배 커치고 꽤 크네요. 살이 찐 겁니까?"

"한 45킬로그램쯤. 당신은 거의 그대로인 것 같군요."

"누구시죠?"

"FBI에 협력하고 있습니다."

"요원이에요?"

"아니요, 그냥 같이 일하는 사람입니다."

"그런 직책도 있는지 몰랐네요."

"사실은 없습니다."

"여긴 왜 왔죠?"

"당신 사건 때문에 왔습니다. 최근의 국면 전환 때문에요."

"FBI가 내 사건에 왜 관심을 갖는 거죠?"

"제가 관심이 있으니까요."

"그럼 첫 질문으로 다시 돌아가야겠네요. 빌어먹을, 댁은 도대체 누굽니까?"

데커가 신분증을 들어 보였다. "에이머스 데커입니다."

"내가 행운이라는 소리는 뭡니까? 별로 운이 좋은 것 같다는 생각은 들지 않는데……."

"이유는 세 가지입니다. 누군가가 나타나서 당신이 사형 선고를 받은 살인 사건의 진범이라고 자백했기 때문에 당신이 석방될 수도 있다는 것. 그리고 그렇게 얻어맞고도 뼈가 하나도 부러지지 않았고 영구 손상도 전혀 없다는 것. 의사들이 뇌진탕이긴 하지만 비교적 경미한 편이라고 하더군요. 당신 머리가 무척 단단하다는 뜻이죠."

"그리고 셋째는?"

"당신이 당한 폭행에 관해 교도관 두 사람이 동료를 고발했어요. 그러니 당신은 거기서 벌어진 일에 대해 법적 책임을 지지 않아도 됩니다."

"무슨 일이 벌어졌는데요?"

"한 남자는 죽었고, 또 한 남자는 마비됐죠."

"그리고 한패인 대물은요?"

"지금 그 일을 수사 중이라 텍사스주 당국에 의해 구금돼 있습니다."

마스가 씩 웃더니 이어 큰 소리로 웃음을 터뜨렸다. 간신히 아문 입술이 다시 터지며 피가 흐르기 시작했다.

"빌어먹을, 이런. 대물이 철장 안에 있다고요? 기적이네요."

"대물은 잊어버리세요. 당신에게 초점을 맞춰야 합니다."

마스가 데커에게 눈길을 고정했다. "우리가 대학 미식축구 팀에서 맞서 싸웠다는 게 정말입니까?"

"당신 팀 롱혼스가 터치다운을 다섯 번 하며 우리 팀 버크아이스를 이긴 거 기억납니까? 콜럼버스에서 말입니다."

마스가 다시 씩 웃었다. "이런, 혹시 내가 경기하는 걸 보고 도대체 그게 어떻게 가능하냐고 물어본 사람입니까?"

데커가 고개를 끄덕였다. "예, 당신이 세 번째 터치다운을 한 다음이었죠."

마스가 고개를 저었다. "내가 무슨 대답을 할 수 있었겠어요? 토할 정도로 노력했다고밖에. 하지만 많은 부분은 하느님이 주신 거였죠."

"나한테는 하느님이 그렇게 후하지 않았어요."

마스가 주변을 둘러봤다. "그런데 여기는 어딥니까?"

"무슨 일이 벌어졌는지 들은 후, 우리가 당신을 당신 고향 집 근처 병원으로 이송시켰습니다."

"그쪽은 언제 여기 왔어요?"

"우리는 6시간쯤 전에 도착했습니다."

"계속 '우리'라고 하네요."

"팀하고 같이 왔거든요."

"FBI가 내 사건에 관심이 있다? 왜죠? 그냥 어떤 작자가 자백했다는 이유만으로? 그게 그렇게나 특이한 일인가요?"

"충분히 특이하죠. 거기다 다른 사건하고 다소 비슷한 점도 있고요."

"무슨 사건인데요?"

"내 가족이 관련된 사건요. 자세한 건 모르셔도 됩니다. 그냥 놀라운 유사점이라고만 말씀드리죠."

"그래서 그게 그쪽이 여기 있는 이유다?"

데커는 마스를 뜯어봤다. 사람들을 가늠하는 데 일가견이 있는 그에게도 마스는 속을 읽어내기 쉽지 않은 상대였다.

"부모님에 관해 뭔가 알려주셨으면 합니다."

"다른 팀원들은 어디 있습니까?"

"제가 하는 말이 미덥지 않아서 그러십니까?"

"나는 그 누구의 그 어떤 말도 믿지 않아요."

"그분을 믿으세요, 멜빈." 누군가의 목소리가 들려왔다.

병실 문 쪽을 보니 담당 변호사 메리 올리버가 서 있었다. 올리버는 침대로 다가와 마스의 묶여 있지 않은 손을 붙잡았다. 마스는 자세를 바로잡았다.

"하느님 감사합니다. 무사했군요." 올리버가 눈물이 그렁그렁한 눈으로 말했다.

"난 괜찮아요, 메리. 이 남자를 알아요?" 마스가 데커를 가리키며 물었다.

"보거트 특수 요원과 이야기하고 오는 길이에요. 데커 씨는 진짜 대단한 분이에요, 멜빈."

데커가 덧붙였다. "우리는 진실을 알아내기 위해 여기 왔습니다."

마스가 베개에 도로 기대어 앉았다. "진실? 이 오랜 세월이 흐른 뒤에야? 젠장, 행운을 빌어요."

"그 행운이 당신을 자유롭게 해줄지도 모르죠." 데커가 지적했다.

"내가 그 감옥으로 돌아가야 합니까?" 마스가 물었다.

데커는 고개를 저었다. "그런 일이 벌어졌으니, 우리는 당신을 다른 곳으로 옮길 겁니다."

"어디로요?"

"연방이 보호하게 될 겁니다."

"그게 무슨 소리죠?"

"당신에 대한 보호 관찰 책임이 우리한테 넘어온다는 뜻입니다. 당신이 여기서 재활 치료를 받는 동안 연방 수사관 두 명이 함께 할 겁니다. 그 후 진상이 밝혀질 때까지 우리의 보호를 받게 될 거고요."

"텍사스주 당국이 그걸 허락했다고요?"

"주 당국이 꽤 난처한 상황에 처해 있거든요." 올리버가 말했다. "즉 당신이 그들을 고소할 수 있다는 거죠."

"진심으로 하는 말이에요?"

"교도관 하나가 주도한 모의로 인해 당신은 죽기 직전까지 갔어요. 그리고 그 후 교도관들이 하마터면 당신을 때려 죽일 뻔했죠.

그러니 당신은 그 사람들한테 민사 소송을 걸 자격이 있어요. 교도관을 비롯해 교도소에서 그 일에 관여한 모든 사람에게 형사 소송을 걸 수 있고요."

데커가 말했다. "그 일이 잘되길 빕니다. 하지만 내가 여기 온 이유는 그게 아닙니다." 그가 마스를 봤다. "나는 당신의 양친이 살해당한 사건 때문에 여기 왔습니다."

마스가 고개를 돌려 데커를 응시했다. "알고 싶은 게 뭡니까?"

"전부 다요."

"종이하고 펜을 가져오세요. 할 말이 많으니까."

"나는 기억력이 좋습니다. 뭘 잊는 법이 좀처럼 없죠."

병실 문이 열리더니 재미슨이 들어왔다. 데커가 한 말을 들은 게 분명했다. 그녀가 녹음기를 들어 보였다.

"하지만 내 기억력은 그만큼 좋지 못해요. 그래서 늘 이걸 쓴답니다."

"이쪽은 알렉스 재미슨, 이쪽은 멜빈 마스입니다." 데커가 말했다. "이분도 우리 팀이죠."

두 사람이 악수를 나눴다.

재미슨이 말했다. "내 동료는 이 사건을 정말로 맡고 싶어 했어요. 이 사람이 아니었으면 우리는 여기 오지 못했을 거예요."

"맞아요. 나한테도 그렇게 말하더군요." 마스가 데커를 똑바로 쳐다보면서 말했다.

"부모님이 살해당하신 날 밤 이야기를 해주세요." 재미슨이 녹음기를 켜는 사이, 데커가 말했다.

"내키지 않으면 안 해도 돼요, 멜빈." 올리버가 마스의 어깨를 감싸듯 한 손을 올리며 재빨리 말했다. "심각한 폭행을 당했잖아요."

마스가 말했다. "난 괜찮아요. 처음부터 시작하는 게 좋겠죠?"

"네."

그리고 마스는 이야기하기 시작했다. 이야기는 족히 1시간도 넘게 이어졌다. 중간중간 데커가 끼어들어 물어보거나 애매한 부분을 확인했다. 마스가 말을 마치자 데커는 잠시 침묵했다가 질문하기 시작했다.

"그날 밤 친구네 집에 갔었다고요?"

"그래요, 이미 말했듯이. 친구 이름은 엘런 태너입니다."

"엘런 태너와는 언제 어디서 처음 만났습니까?"

마스가 얼굴을 찌푸렸다. "그게 무슨 상관입니까?"

"현재로선 모든 게 다른 모든 것과 상관있다고 봐야 합니다." 데커가 사무적으로 말했다.

마스가 길게 숨을 들이쉬고 부어오른 입술을 핥은 후 말했다. "우리 팀이 참석한 대학 동문 모임에서 만났어요. 사건이 일어나기 몇 주 전쯤이었죠. 열혈 미식축구 팬이었어요. 예쁘고, 재미있고, 똑똑했죠. 우리는 죽이 잘 맞았어요. 사실 자주 만났어요. 그리고 그날 밤에도 만나기로 약속했죠."

"그리고 그 집으로 차를 타고 갔습니까?"

"맞아요."

"거기 있는 동안 뭘 했습니까?"

"맥주를 두어 잔 마셨어요. 엘런은 마리화나를 좀 피웠지만 나는 거절했어요. 내셔널 풋볼 리그에서 뛸 기회를 날려버리고 싶지 않았거든요."

"그 여자하고 잤습니까?"

"엘런이 그렇다고 증언했죠."

"당신 기억으로는요?" 재미슨이 물었다.

"그래요. 우리는 섹스를 했어요. 뭐 잘못됐습니까?"

"그리고 나서 집을 나온 겁니까?"

"맞아요. 다음 날 트레이너하고 훈련 약속이 돼 있어서 집에 가서 조금이라도 자두고 싶었어요. 그랬는데 차가 퍼져버린 거예요. 그래서 모텔에 차를 세우고 거기서 밤을 보냈습니다."

"문제는, 태너와 모텔 직원이 말한 시간이 당신 이야기와 일치하지 않는다는 겁니다."

마스가 눈을 문질렀다. "알아요. 두 사람이 증언하는 걸 들었으니까. 그래도 내가 아는 대로 말할 수밖에 없잖아요. 그리고 내가 엘런 집을 언제 나섰는지는 내가 확실히 알아요. 언제 모텔에 체크인 했는지도요."

데커가 의자에 등을 기댔다. "그런데 당신 신용 카드가 사용된 시각은 당신이 아니라 모텔 직원의 말을 뒷받침해줍니다."

"내가 그걸 모를까 봐 하는 소리예요?" 마스가 이를 갈았다.

"그냥 표면상 말이 안 되는 걸 말이 되게 만들려고 애쓰는 중입니다. 그리고 당신이 거짓말하는 건 우리에게 전혀 도움이 되지 않습니다."

갑자기 마스가 자신을 침대에 묶어둔 수갑을 잡아챘지만 수갑은 꿈쩍도 하지 않았다. 마스의 거친 움직임에 재미슨과 올리버가 펄쩍 뛰어 물러났다. 하지만 데커는 근육 하나 움찔하지 않았다.

마스가 베개에 기대어 앉아 숨을 거칠게 몰아쉬었다. "나는 거짓말하지 않았습니다."

"알겠습니다." 데커가 침착하게 대꾸했다.

"그리고 어쩌면 댁이 나를 도우러 온 게 아닐 수도 있죠. 내가 평생 감옥에 처박혀 있게 하려고 왔는지 어떻게 알아. 아니면 주사를 맞게 하거나. 댁이 텍사스주 당국 편인지 알 게 뭐냐고."

"데커가 왜 그러겠어요?" 재미슨이 물었다.

"빌어먹을, 내가 어떻게 압니까?" 마스가 쏘아붙였다. "몽고메리라는 놈이 내 부모를 죽였다고 자백했을 때 그 사람들이 댁을 불러들였을지. 내가 감옥에서 절대 나올 수 없게 이 일을 철저히 망쳐놓으라는 말을 듣고 왔을지도 모르지."

모두가 침묵에 잠겨 있는데 데커가 입을 열었다. "어쨌든 그 시간의 공백을 설명할 수 있습니까?"

"그걸 할 수 있다면 20년 전에 벌써 했겠죠, 빌어먹을. 아뇨, 못해요."

"좋습니다. 그럼 설명할 말이 없다는 거군요. 우리가 그 부분에 관해 뭔가 조사해볼 만한 여지도 전혀 없습니까?"

마스가 화난 눈빛으로 쏘아봤다. "이봐요. 나를 믿지 않을 거면 그냥 가버려요. 댁이 나를 감옥에서 꺼내주고 싶은 게 아니라면 이렇게 헛소리나 늘어놓으면서 아까운 시간을 허비하고 싶지 않으니까."

데커가 일어섰다. "오해하신 것 같은데요, 마스 씨. 나는 당신이 무죄라고 믿는다고도, 당신을 감옥에서 꺼내주고 싶다고도 한 적 없습니다. 다만 진실을 알아내고 싶다고 했을 뿐이죠. 진실이 밝혀진다는 게 당신이 유죄라는 뜻이라면, 그들은 당신에게 주사를 놓을 수 있고, 당신은 죽겠죠. 왜냐하면 그게 응분의 대가니까요. 그 전까지 우리는 계속해서 이 사건을 조사하고, 이 사건이 이끄는 곳으로 따라갈 생각입니다. 이제 확실히 아셨습니까?"

재미슨과 올리버가 불안한 눈길을 교환했다. 마스와 데커는 서로를 응시했다. 마스는 데커가 어떤 사람인지 알아내려고 애쓰는 듯했다. 그리고 데커의 생각은 이미 다른 데로 옮겨 가 있었다.

"이제 서로를 이해할 수 있게 된 것 같군요. 그래요." 마스가 말했다.

그렇지만 데커는 이미 문간으로 가고 있었다. 데커가 가버리자 마스는 재미슨을 돌아봤다.

"젠장, 저 사람은 늘 저런 식이에요?"

"대체로 그렇다고 봐야 할 거예요." 재미슨이 대답했다.

데커는 해변에 부딪혀 부서지는 파도처럼 점점 기세를 올리며 복도를 걸어갔다. 뒤쪽에서 재미슨이 종종걸음으로 다가오는 소리가 들렸다. 복도 저 앞쪽에 보거트와 대븐포트가 서 있었다. 밀리건은 남쪽으로 약 20분 거리에 있는 임대 사무실을 정리하는 중이었다. 팀원들 숙소는 동네 모텔로 잡았는데, 거기가 그마나 이 근방에서 가장 좋은 시설이었다.

재미슨이 마침내 데커를 따라잡았다. "그거 좀 그만하면 안 돼요?" 말투에 짜증이 묻어났다.

데커가 재미슨을 내려다봤다. "뭘 말입니까?"

"그렇게 방을 나가버리는 거요."

"내가 할 말은 다 끝났어요. 그래서 나온 겁니다. 그건 그렇고, 왜 키노아를 사준 겁니까? 농담 아니고 그게 사람 먹는 음식인 건 맞아요?"

재미슨이 히죽 웃었다. "요즘은 당신이 하도 말라서 바로 옆에 있어도 못 보고 지나칠 지경이에요."

"그렇겠죠. 당신한테 정면으로 돌진하는 1톤 트럭처럼요."

두 사람이 다른 두 요원에게 다가가자 보거트가 말했다. "지금까지 새로 알아낸 건?"

데커가 어깨를 으쓱했다. "말하긴 아직 일러. 진술에 문제가 있어. 다른 방식으로 설명할 수 있을지 알아봐야겠어."

"음, 20년이나 지났으니 흔적이 말끔히 지워졌을 텐데."

대븐포트가 말했다. "내가 나중에 그 남자하고 이야기해볼게요. 그러고 나서 그 남자의 심리 상태에 관한 보고서를 작성하죠."

보거트가 데커와 재미슨에게 말했다. "재촉하는 건 아닌데, 혹시 그 사람이 거짓말하고 있는 것 같진 않아요?"

재미슨이 심란한 표정을 지었다. "이제 처음 만났는걸요. 하지만 꼭 답을 해야 한다면, 아니요, 나는 그 사람이 거짓말하고 있는 것 같지 않아요."

"어떤 특별한 이유가 있습니까?"

"데커에게 자기를 믿지 않으면 짐을 싸서 가버리라고 하더군요. 아직 사형의 위험에서 벗어나지 못한 남자가 보일 법한 반응은 아니죠. 죄가 있다면 지푸라기라도 붙잡으려고 할 텐데 말이에요."

보거트가 데커를 향했다. "다른 덧붙일 만한 건?"

"없어." 데커가 등을 돌려 복도를 걸어가기 시작했다.

재미슨이 한숨을 쉬었다. 보거트는 즐거운 표정을 지었다.

대븐포트의 얼굴에 호기심이 어렸다. "저 사람, 어디로 가는 거예요?"

"파헤치러요. 파헤칠 겁니다." 보거트가 대꾸했다. "그리고 저 친구를 따라잡으려면 우리도 걸음을 재촉해야 할 거예요."

* * *

그들이 임대 사무실에 자리 잡고 앉아 종이와 노트북 화면을 들여다보기 시작한 지 시간이 좀 지났다. 그곳에는 남자들뿐이었다. 재미슨과 대븐포트는 마스에게 더 물어볼 것이 있어서 병원에 남았다.

데커는 새 옷으로 갈아입었다. 콴티코에서 보낸 마지막 일주일간 그는 매일 아침 일찍 일어나 체육관에 갔다가 경주로로 향했다. 심지어 조깅도 잠깐 했고, 시험 삼아 일립티컬(팔다리를 교차하며 타원형으로 움직이게 하는 운동 기구./옮긴이)도 해봤다. 그리고 재미슨이 사다 놓은 음식만 먹었다. 식사는 가볍게 하되, 하루에 네 끼나 다섯 끼로 나눠 자주 먹으라는 재미슨의 조언을 따랐다. 워낙 과체중이었기에, 얼마 안 되는 운동과 약간 더 나아진 식사만으로도 9킬로그램이라는 큰 감량 효과를 볼 수 있었다. 아마 대체로 수분의 무게겠지만. 맨 끝자리였던 허리띠 구멍이 끝에서 세 번째까지 옮겨 갔다. 바지가 헐렁헐렁해졌다. 그럼에도 불구하고 데커는 여전히 병적 비만 상태였다.

밀리건이 그를 곁눈질하며 부루퉁하게 말했다. "전보다 좋아 보이네요, 데커."

"그래요. 그렇다고 경주로에서 들이받지는 마요. 아직은 당신이 반동으로 튕겨 나가서 다칠 위험이 더 높으니까."

그 말은 FBI 요원에게서 흔치 않은 웃음을 끌어냈다. "노력하고 있잖아요. 충분히 잘하는 거예요."

"자, 파헤쳐볼 만한 실마리가 있는지 이야기해봅시다." 보거트가 말했다.

밀리건이 말했다. "엘런 태너는 더 이상 이 지역에 살지 않습니다. 어디로 갔는지 기록도 없고, 그 여자를 아는 사람도 전혀 없어요. 텍사스 대학에 확인해봤는데 거기 학생도 아니었어요. 20년이나 지난 터라 추적할 길이 막막하네요. 결혼해서 남편 성으로 바꿨을 가능성도 있고."

"그리고 그 모텔 직원, 아까 이름이 뭐랬지?" 보거트가 물었다.

"윌리스 시몬. 실은 그 남자도 추적해봤어요. 2001년 플로리다주에서 심장 마비로 사망했어요."

"태너와 시몬 사이에 뭔가 접점이 발견됐나?" 보거트가 물었다.

"아니요. 두 사람은 공통된 지인이 없었어요. 나이도 한참 차이 나고. 접점이라곤 전혀 보이지 않아요."

데커가 말했다. "두 사람이 돈을 받고 거짓말했다고 칩시다. 돈 거래를 추적할 방법이 있나요?"

밀리건이 어이없다는 표정으로 데커를 봤다. "20년이나 지나서요? 거기 이용된 은행들도 폐업했을 마당에. 아니면 합병됐든가. 거기다 그 사람들이 뭐 하러 거짓말했겠어요? 누가 그 사람들한테 돈을 주겠어요?"

"지금 나는 마스가 진실을 말한다고 가정하고 있어요. 그렇다면 마스가 제시한 시간표와 태너와 시몬이 제시한 시간표가 다른 이유를 설명할 수 있어야 해요."

밀리건이 고개를 저었다. "나는 마스가 거짓말했을 가능성이 훨씬 높다고 봐요. 그렇지 않으면 한낱 대학 미식축구 선수를 둘러싼 엄청난 음모가 돼버릴 테니까요. 그리고 그 동기가 뭔지 도무지 짐작도 가지 않는군요."

보거트가 끼어들었다. "그렇지만 일단 여기 온 이상 다각도로 수

사해봐야 해. 모든 각도로."

밀리건이 불만이 역력한 얼굴로 쪽지를 내려다봤다. "경찰하고 이야기해봤어요. 당시 일하던 경찰 대부분 은퇴했지만, 아직 한 명 남아 있더라고요."

"뭐라고 하지?" 보거트가 물었다.

"이전에 여기서 살인 사건이 일어난 적은 한 번도 없었대요. 강도, 실종, 주정뱅이들의 난투극, 훔친 차로 폭주하는 어린애들, 심지어 장난이랍시고 암소를 훔쳐 간 사람도 있었지만, 어쨌든 겨우 그런 정도였죠. 그러니 이 범죄는 그 동네에 엄청난 충격을 줬을 겁니다."

"그런 것치고는 멜빈 마스를 꽤 신속히 체포했던데요."

밀리건이 데커를 응시했다. "그야 증거가 워낙 압도적이었으니까요."

"현재까지 양친에 관해 우리가 아는 게 뭐죠? 루신다는 어디 출신입니까?" 데커가 물었다.

밀리건이 종이를 몇 장 뒤적였다. "알아내지 못했어요. 남편도 그렇고, 별로 참고할 만한 게 없던데요."

"바느질은 어디서 배웠을까요? 경찰 보고서에 그것도 수입원으로 적혀 있던데. 마스도 오늘 그 이야기를 했어요."

밀리건이 웃음을 참으려 애썼다. "바느질요? 나도 그건 도통 짐작이 안 가네요."

"그리고 스페인어도 가르쳤어요." 데커가 말했다.

보거트가 말했다. "텍사스에서는 발에 차이는 게 스페인어 하는 사람이야."

"그렇지만 그 여자가 텍사스 출신인지 아닌지 모르잖아." 데커가 지적했다. "내 말은, 히스패닉이라면 스페인어를 하는 것도 이해가 가. 하지만 그 여자는 흑인이었어."

"음, 내가 알기로는 흑인들도 배우면 스페인어를 할 수 있을걸요, 데커." 밀리건이 비꽜다. "그리고 바느질도요."

데커는 이 말에는 못 들은 척하지 않았다. "우리는 지금 추론 중이에요. 그러니 빈틈을 메우기 위해 모든 가능성을 살펴봐야 해요. 물론 바느질하고 스페인어를 누군가한테서 배웠겠죠. 그리고 나는 그걸 어디서 어떻게 배웠는지가 궁금합니다."

밀리건이 말했다. "알겠어요. 그걸 그렇게나 중요하게 생각한다면, 직접 알아보는 건 어때요? 당신이 그러겠다면 나는 아무 불만 없습니다."

"그럴 작정입니다. 그 여자는 잡역부로도 일했죠?"

"맞아요. 동네 주변 곳곳을 청소했습니다."

"바쁘게 살았군요. 다른 혈연은?"

"내가 알아낸 바로는 없었어요. 남편의 경우도 마찬가지고요."

"이상하다는 생각 안 들어요? 둘 중 한 사람이 혈혈단신이라면 그런가 보다 하겠는데, 어떻게 둘 다?"

밀리건이 고개를 저었다. "오래전 일이잖아요. 어쩌면 이사를 갔을 수도 있죠. 누구나 다 대가족 출신은 아니니까요. 먹고사느라 바쁘다 보면 연락이 끊기기도 하고. 두 사람에 관해 특기할 만한 건 아들뿐인 것 같아요. 그 아들에 관해서는 이야기가 참 많았죠. 심지어 살인 사건이 일어나기 전에도요. 정말 엄청난 선수였거든요. 참 아까워요."

보거트가 말했다. "마스 가족을 계속 파헤쳐봐."

밀리건은 고개를 끄덕였지만 그다지 열의가 있어 보이지는 않왔다.

"부부는 산탄총에 피격된 후 불태워졌습니다." 데커가 말했다.

"어째서 둘 다?"

밀리건이 대꾸했다. "혹시 신원 확인을 막기 위한 수법이라고 의심하는 거면, 그건 아니에요. 둘 다 치과 기록으로 신원이 명확히 밝혀졌으니까요."

"그러면 왜죠?" 데커가 따지고 들었다.

"상징적인 행위?" 보거트가 대답했다. "마스가 그런 거라면 그들을 자기 삶에서 지우고 싶었는지도 모르지. 태우는 건, 적어도 마스의 시각에서는 그 목적을 달성하는 거였는지도 몰라."

"하지만 자기가 그 범행을 저질렀다고 말한 찰스 몽고메리가 있잖아. 그와 이야기해봐야겠어."

"준비 중이야." 보거트가 대답했다.

"마스 가족의 집은 여기서 멀지 않지?"

"맞아. 지금은 폐가야. 그런 일이 있었으니 거기서 살고 싶어 하는 사람이 없을 만도 하지."

"마스가 묵었다고 한 모텔은?"

밀리건이 대답했다. "철거됐어요. 지금은 쇼핑센터가 됐죠."

"그럼 엘런 태너의 집은?"

"아직 거기 있지만 그 사람은 떠난 지 오래예요. 그러니 거기 가봐도 뭘 발견할 수 있을지 모르겠네요."

"음, 모르니까 가봐야죠. 갑시다."

데커가 방을 나가자 밀리건이 보거트의 소매에 손을 얹었다.

"팀장님, 그래요. 모릴로 사건은 가장 좋은 후보가 아니었어요. 인정합니다. 하지만 우리 바인더에는 이보다 훨씬 전망 좋아 보이는 다른 사건들이 수두룩해요."

"아직은 그냥 시작 단계일 뿐이잖아."

밀리건이 손길을 거뒀다. "저 친구를 엄청 믿으시네요."

"맞아. 그래. 저 친구는 스스로 신뢰를 얻어냈거든."

보거트가 데커를 따라 방을 나섰다. 밀리건도 머뭇거리며 따라 나섰다.

관목이 웃자라고 나뭇가지가 빽빽하게 지붕을 인 것처럼 하늘을 덮어 가린 그 황폐한 곳에서, 집은 마치 길을 잃은 것처럼 보였다. 엉킨 덤불을 지나가려면 손도끼가 있어야 할 것 같았다. 데커는 맨손과 커다란 덩치만으로 장애물을 헤치고 나아갔다. 보거트와 밀리건이 뒤에 바짝 따라붙었다. 무너진 현관 앞에 도달한 일행은 건물 정면을 올려다봤다. 합판을 대놓은 위층 창문 바깥쪽에 아직도 검댕이 묻어 있었다.

"시신들이 발견된 방인가 보군요." 데커가 지적하자 보거트가 고개를 끄덕여 수긍했다.

"조심해서 들어가야 할 겁니다." 밀리건이 말했다. "얼마나 버텨줄지 모르겠네요."

데커는 눈에 띄게 위태로워 보이는 곳을 피해 현관에 조심스레 발을 디뎠다. 바로 앞까지 가서 문을 밀어봤다. 꿈쩍도 하지 않았다. 커다란 어깨로 밀치자 마침내 나뭇결이 쩍 갈라지면서 문이 덜

컹 열렸다. 전기는 당연히 끊겨 있었다. 일행은 그럴 줄 알고 미리 성능 좋은 손전등을 준비했다. 안으로 들어선 일행은 내부가 예상했던 것처럼 쓰레기장이 아닌 데 놀랐다. 하지만 곳곳에서 곰팡내와 썩은 냄새가 풍겼다.

보거트가 한 손으로 코를 막았다. "빌어먹을. 여기서 그냥 숨을 쉬어도 괜찮을지 모르겠네."

데커가 고개를 들었다. "지붕과 창문이 버텨줬어. 그래서 실내가 더 엉망이 되지 않은 거야."

손전등으로 방을 훑었다. 걸음을 내디딜 때마다 조금씩 조금씩 어둠이 빛에 밀려났다. 작은 집이라 1층과 딸린 차고를 훑어보는 데는 그리 오래 걸리지 않았다. 지하실은 없었다. 남은 것은 2층뿐이었다. 데커가 계단에 발을 올리자마자 뇌에서 파란색 불꽃이 튀었다. 불의의 일격에 발을 헛디디는 바람에 몸이 살짝 휘청했다. 밀리건이 그의 팔을 붙잡았다.

"괜찮아요?"

데커는 고개를 끄덕였지만 실은 괜찮지 않았다. 파란색이 튄 것은 그의 옛집에서 가족의 시신을 봤을 때뿐이었다. 그리고 그 이후로 매번 그곳을 찾아갈 때마다 그랬다. 일렉트릭 블루, 그 색은 데커가 가진 모든 감각을 압도했다. 불안했고, 불편했다. 이겨내야 해. 데커는 눈을 재빨리 깜빡였지만 눈을 뜰 때마다 어김없이 파란색이 다시 나타났다. 공감각이 이런 건 줄 누가 알았겠어.

그는 곧 무너질 듯 위태로운 층계를 조심스레 골라 밟으며 2층으로 올라갔다. 2층에는 침실이 두 칸 있었다. 마스의 방과 그 부모의 방이었다. 부부는 침실을 같이 썼다. 데커는 첫 번째 침실에 발을 들여놨다. 마스의 방인 듯했다. 침대가 그대로 있었다. 리듬

앤드블루스 가수인 루서 밴드로스와 키스 스웨트의 포스터가 삭긴 했지만 여전히 붙어 있었다. 벽에 붙어 있는 다른 포스터가 이 방이 부부 침실이 아님을 확실히 알려줬다. 슈퍼모델 나오미 캠벨과 클라우디아 시퍼의 너덜너덜해진 포스터들이었다.

"혈기 왕성한 미국의 남성이로군." 밀리건이 평했다. "이거야 원. 타임캡슐이라도 연 기분이네요."

"산탄총 선반은 어디 있었죠?" 데커가 물었다.

밀리건이 반대편 벽을 가리켰다. "저쪽요. 한 칸짜리 선반으로, 아래 달린 작은 서랍에 탄약 상자가 들어 있었어요."

일행은 다음으로 부부 침실로 향했다. 데커는 한쪽 벽에 기대서서 경찰 보고서에 있던 그림을 머릿속으로 불러냈다. 두 시신은 앞 창 바로 밑에 나란히 누워 있었다. 로이가 창 쪽이고, 루신다가 그 옆, 침대 쪽이었다. 유리는 열 때문에 검게 그을리고 박살 나 있었다. 집 바깥쪽에서 합판을 대 뻥 뚫린 곳을 가려놨다. 아들 방과 달리, 이 공간은 비어 있었다.

"가구는 어떻게 됐지?" 데커가 물었다.

"몽땅 증거물로 가져갔나 보군." 보거트가 말했다. "소방관들이 불길과 싸우는 동안 가연성 물질을 밖으로 내가야 했을 테고."

데커가 고개를 끄덕였다. "어쩌면 확실히 알아봐야 할지도 몰라. 저기 벽에 난 네모난 자국들이 뭔지도 말이야. 사진이 걸려 있던 자국 같은데, 그 사진들은 어떻게 됐을까?"

밀리건이 말했다. "몇 군데 전화해서 알아볼 수 있어요."

데커는 벽장문을 열고 그 안을 손전등으로 비췄다. 문을 도로 닫으려다 말고 문득 안으로 몸을 숙였다.

"이것 좀 봐요."

보거트와 밀리건이 데커에게 다가가 불빛이 비추는 자리를 응시했다.

"'AC+RB'?" 보거트가 벽장 안 옆쪽 벽에 누군가가 써놓은 빛바랜 글자를 읽었다. "저게 무슨 뜻이지?"

데커가 휴대폰 카메라로 그 글자를 찍었다. "나도 몰라. 어쩌면 마스 부부가 이 집을 사기 전부터 있었을 수도 있지."

"어쩌면."

"어쩌면 마스 부부가 썼을 수도 있고. 그렇다면 중요할지도 몰라." 데커가 주변을 둘러봤다. "911에 화재 신고를 한 게 누구지?"

밀리건이 말했다. "안 밝혀진 것 같은데요."

"당시에는 휴대폰 쓰는 사람이 별로 없었어요. 그리고 이 지역에서 신호가 잘 잡혔을 것 같지도 않고. 그러니 틀림없이 그냥 지나가는 차는 아니었을 텐데."

"뭐, 그럴 수도 있죠. 그랬다면 집에 가서 걸었겠죠."

보거트가 지적했다. "그럼 누가 걸었는지 알았을 거야. 추적할 수 있으니까."

밀리건이 고개를 끄덕였다. "제가 확인해볼게요."

일행은 도로 아래층으로 내려갔다. 앞서 보고 지나쳤던 것이 뒤늦게 데커의 시선을 끌었다. 고교 미식축구 유니폼을 입은 젊은 멜빈 마스의 빛바랜 사진. 작은 선반에는 더 오래된, 나이대가 다양한 마스의 사진들이 있었다.

"아직 이 사진들이 남아 있다니 놀랍군." 보거트가 말했다.

"당신이 말했듯, 살인이 벌어졌던 집에 들어오고 싶어 하는 사람은 별로 없으니까. 그리고 이 부근에 사람이 그리 많이 살지도 않고. 그냥 지나가던 사람이라면 길에서 이 집을 볼 수 없을 거야. 특히 모든 게 웃자란 지금 같은 상황이라면." 데커는 주변을 좀 더 둘러봤다. "흥미로운 건 오히려 보이지 않는 것들이지."

"그게 뭐죠?" 밀리건이 물었다.

"로이와 루신다 마스의 사진요." 데커가 밀리건을 돌아봤다. "그들은 마치 존재하지도 않았던 것 같군요."

데커는 시계를 봤다.

그들이 맨 처음 찾아간 곳은 사건 당일 밤 멜빈 마스가 만난 엘런 태너의 집이었다. 작고 낡은 집은 외따로 떨어져 있었다. 30킬로미터 이내에 다른 집은 한 채도 없었다. 당시에는 아마 지금보다 더 고립돼 있었을 것이다.

"젊은 여자 혼자서 왜 이렇게 외진 곳에 살았을까요?"

데커의 질문에 보거트도, 밀리건도 답을 가지고 있지 않았다.

그다음 순서는 옛 모텔 터였다. 그곳은 이제 쇼핑센터가 돼 있었다. 마스 부부의 집은 마지막 행선지였다. 세 지역 모두 동일한 주도로 근방에 있었다. 경로는 거의 일직선에 가까웠다.

데커가 말했다. "엘런 태너의 집에서 모텔까지는 1시간 거리예요. 그리고 모텔에서 마스 부부의 집까지는 약 40분 거리고."

운전대를 잡은 밀리건이 고개를 끄덕였다. "마스가 태너의 집을 나온 건 밤 10시였어요. 그러니 1시간쯤 후, 그러니까 11시에 모텔에 도착했다면 말이 돼요. 하지만 모텔 직원은 마스가 오전 1시 15분에 체크인 했다고 증언했어요. 그러니 40분쯤 더 가서 양친을 죽이고 도로 차를 몰아 1시간쯤 후 모텔에 도착하는 건 식은 죽 먹 기였을 거예요. 검사 측은 그렇게 주장해서 기소를 성립시켰죠."

"식은 죽 먹기까지는 아니죠." 데커가 반박했다. "집으로 간 다음 산탄총으로 양친을 죽이고 시신에 불까지 질러야 했으니까요. 그 러자면 시간이 좀 걸렸을 겁니다."

"그렇지만 불가능하진 않아요. 그건 부정할 수 없죠."

"그리고 경찰 보고서에 따르면 검시관이 추정한 살해 시간대에 마스의 차와 일치하는 차가 그 집 부근을 떠나는 걸 목격한 사람 이 있었어." 보거트가 말했다.

"맞아요." 밀리건이 말했다. "목격자는 이곳에 본사가 있고, 마스 부부를 아는 장거리 트럭 운전사였어요."

보거트가 고개를 끄덕였다. "그 남자는 5년 전에 죽었어. 그러니 그 남자 말은 들어볼 수 없지."

데커가 말했다. "그렇지만 우리에게는 찰스 몽고메리가 있잖아. 그 남자 말은 들어볼 수 있어."

"앨라배마 쪽에서 회신이 왔어. 준비는 다 됐어. 모레 만나러 가 면 돼."

데커의 휴대폰이 울렸다. 재미슨이었다.

"마스하고 이야기를 나눴어요. 대븐포트가 지금 보고서를 작성 하는 중이에요."

"대븐포트는 뭐라고 해요?"

"잘 모르겠어요. 워낙 조심스러운 사람이라서."

"당신 생각은 어때요?"

"그 남자는 무척 진정성 있어 보였어요, 에이머스. 물론 아주 교활한 사람일 가능성도 있죠. 어느 쪽인지 솔직히 잘 모르겠어요."

"그 남자가 당신한테 뭔가 새로운 이야기를 하던가요?"

"그렇지는 않아요. 그냥 자기는 무죄라고만 계속 말하더라고요. 우리는 양친이 살해당한 날 밤의 행적을 캐물었어요. 그런데 그 비는 시간을 해명하지 못했어요. 자기가 아는 건 모텔에 자러 갔다가 경찰이 방문 두드리는 소리에 깨어났다는 것뿐이래요."

"흠, 20년이면 이야기를 지어낼 시간이 차고도 넘쳤을 텐데……. 그런데 신경 쓰이는 게 하나 있어요."

"뭔데요?"

"그 남자가 이 모든 걸 계획했다면 왜 비는 시간에 대한 타당한 설명을 내놓지 못하는 걸까요? 그게 문제가 되리라는 걸 모르지 않았을 텐데."

귀를 기울이고 있던 보거트가 끼어들었다. "범죄자가 실수를 저지르는 건 흔한 일이야. 그리고 흔히 실수를 저지르는 부분이 바로 시간표지, 에이머스. 동시에 두 곳에 있을 수는 없으니까. 자네는 누구 못지않게 그걸 잘 알 텐데."

"실수를 저지르긴 하지만, 그렇게 심하게 저지르지는 않아." 데커가 맞섰다. "15분, 어쩌면 30분은 대충 때울 수 있어도 몇 시간은 아니라고. 그렇게 커다란 구멍이라니. 다른 부분은 꼼꼼히 챙겨 놓고선 왜 그렇게 중요한 부분은 대충 넘어갔을까? 내 말은, 그냥 그게 이상하다는 거야."

재미슨이 물었다. "언제 돌아올 거예요?"

"1시간쯤 후에요."

데커는 전화를 끊고 창밖의 고속 도로와 그들 앞에 펼쳐진 방대한 텍사스주를 내다봤다. 저 먼 지평선까지 모든 곳이 똑같아 보였다. 눈을 감고 마음속 한구석의 찜찜한 부분에 주의를 집중했다. 데커를 바라보던 보거트가 낌새를 챘다. 벌링턴에서 자주 봤던 모습이었다.

"뭐야?" 보거트가 물었다.

데커가 눈을 감은 채 대답했다. "산탄총, 그 후 불."

"무슨 말인지 모르겠어."

"그들은 산탄총으로 살해당한 후 불태워졌어."

"경찰 보고서에 그렇게 나와 있잖아. 맞아. 그게 어쨌는데?"

데커는 검게 그을린 시신들의 사진을 머릿속에 떠올렸다. 과잉 기억증후군의 좋은 점은 뭐든 있는 그대로, 아무리 사소한 부분이라도 빠짐없이 볼 수 있다는 점이다. 아무것도 보태지지 않고, 아무것도 누락되지 않았다. 마치 거울처럼 모든 게 선명했다.

"권투 선수처럼."

"뭐라고?"

"시신들이 권투 선수 같은 포즈로 있었어."

밀리건이 그를 응시했다. "맞아요. 불은 근육, 힘줄, 인대를 수축시키고 뻣뻣하게 만들죠. 불이 붙기 전에 희생자가 죽어 있었든 살아 있었든 상관없이 말이에요. 주먹이 꽉 쥐어지고, 팔이 구부러져요. 마치 링에서 방어 자세를 취하고 있는 선수처럼 보이죠."

"그래서 권투 선수 자세라고 부르는 거죠." 데커가 여전히 눈을 감은 채 대꾸했다. "부부의 사인이 산탄총 피격인 건 틀림없어."

밀리건이 어깨를 으쓱했다. "근거리 산탄총 피격으로 인한 두부 부상은 늘 치명적이죠. 그러라고 쏘는 거니까."

데커가 눈을 떴다. "그러면 왜 시신을 태웠죠? 이미 죽어 있었다면? 상징적인 이유에서 그랬을 것 같지는 않아요."

보거트가 말했다. "경찰 보고서에도 그런 의문이 제기돼 있지만, 답을 찾지는 못했어. 다시 말하지만, 시신의 신원 확인을 어렵게 만들기 위해서였다면 헛수고였지. 치과 진료 기록으로 확인됐으니까. 그리고 만약 그 수법이 통했더라도 불에 탄 시신에서 DNA를 채취하면 됐어."

"어쩌면 살인범은 그걸 몰랐을 수도 있잖아."

"멜빈 마스가 그걸 몰랐을 수도 있다는 말인가요?" 밀리건이 말했다.

데커는 그 말을 무시했다. "그들이 로이와 루신다 마스라는 건 확실합니까?"

"그 점에는 의문의 여지가 없어요. 심하게 불타긴 했지만, 두부에 산탄총을 맞았음에도 불구하고, 치아는 치과 기록으로 신원을 입증하고도 남을 만큼 멀쩡했거든요. 그들은 마스 부부였어요."

"그래도 여전히 내 질문에는 대답이 되지 않아요. 왜 굳이 죽은 사람들을 태워야 했을까?"

차는 침묵 속에 몇 킬로미터를 더 달렸다.

마침내 보거트가 말했다. "어쩌면 살인범이 공황을 일으켰는지도 몰라. 흔히 그렇듯이, 증거를 없애려는 시도였을 수 있지. 화재로 시신이 전소되기를 바랐을 수도 있고."

"그래 봤자 연기가 잔뜩 나서 누군가가 알아차리고 소방서에 전화했잖아. 시신을 그냥 가만히 놔뒀더라면 한참 후에 발견됐을 수도 있는데."

밀리건이 끼어들었다. "음, 아들이 부모를 죽인 게 아니라면 그날 아침 집에 돌아와 시신을 발견했겠죠. 그보다 집이 타서 무너졌을 가능성이 더 높지만요."

"믿을 만한 사망 추정 시각은 없습니까?"

"야외에서 불에 탄 시신이라면 곤충학자가 곤충 증거를 발견할수도 있죠. 파리가 알을 깠다거나 그런 것들 말이에요. 실내라고해도 불가능한 건 아니에요. 하지만 그런 증거는 없었어요. 파리들은 원래 불에 탄 시신에는 알을 낳지 않거든요. 심하게 그을린 희생자의 사망 시각을 분석하는 가장 정확한 방법은 뼈를 검사하는겁니다. 화학 분석하고 현미경 분석. 하지만 그러려면 미세 방사선촬영술이니 전자 현미경 검사니 하는 것들이 필요하죠."

데커가 고개를 끄덕였다. "하지만 20년 전 텍사스 시골 동네에서 그런 걸 하기는 힘들었겠죠."

"오늘날이라고 해서 과연 사정이 다를지 의심스러운데." 보거트가 꼬집었다. "그래서 사망 시각은 대체로 자정 10분 후, 소방서에걸려온 전화로 결정됐어. 소방관들은 11분 후에 출동했지. 5분 후시신을 발견했고."

"그럼 12시 26분인가?"

"맞았어."

"시신에 불이 붙은 시각이 자정 즈음이라고 칩시다." 밀리건이말했다. "그럼 마스에게는 범행을 저지를 시간이 충분해요. 태너의집에서 곧장 집으로 갔다고 가정하면요. 범행을 저지르고, 차로 돌아와 모텔로 향하는 거죠."

보거트가 대꾸했다. "시신들이 그보다 오랫동안 탔다면 불길이번져 집이 지금보다 더 손상됐을 거야. 그러니 마스가 살인을 저지르고 불을 지른 다음 자정이나 그 직후에 떠났다면 소방관이 현장에 도착하기 전에 불탔을 시간은 고작해야 30분 전후일걸."

데커가 고개를 저었다. "모텔에서 여기까지는 40분 거리야. 모텔 직원은 그가 1시 15분에 체크인 했다고 했잖아. 그러면 35분 정도가 비어."

보거트가 말했다. "어쩌면 차를 몰고 쏘다녔을지도 모르지. 냉정을 되찾으려고 애쓰면서 주차장에 앉아 있었을 수도 있고. 내 말은, 방금 자기 친부모를 죽인 거잖아, 에이머스."

"40분간 차를 몰고 돌아오면서도 얼마든지 마음을 추스를 수 있어. 주차장에 앉아 있었다면 바위처럼 확고했을 알리바이를 스스로 깨뜨린 격이지. 태너와 모텔 직원이 증언한 시각이 맞다면 애초에 알리바이는 생각도 안 했다는 소리야. 하나도 말이 안 돼."

"그렇지만 우리 시나리오 중에는 그나마 그게 제일 그럴싸한데."

"그렇지만 거기엔 큰 문제가 있지."

"대체 뭐 말이에요?" 밀리건이 물었다.

"20년도 더 전인 그 당시에 신용 카드 시스템은 아마도 수동식이었을 겁니다. 특히 텍사스의 시골 모텔이라면 더더욱. 전자식 타임스탬프는 없었을 거예요. 그러니 요는 모텔 직원의 말을 믿느냐, 멜빈의 말을 믿느냐죠."

밀리건이 고개를 저었다. "그건 내가 확인했습니다. 모텔 주인이 1시 16분에 계좌를 확인하기 위해 카드 회사에 전화했어요. 그게 법정에 증거로 제시됐죠."

"그래도 아무것도 증명되지 않아요."

"왜 안 된다는 건지 모르겠네." 밀리건이 짜증 난 투로 말했다. "그리고 잊지 마요. 그 남자의 차에서 루신다 마스의 혈흔이 발견됐어요. 그 남자가 자기 부모를 죽이지 않았다면 그건 어떻게 설명해야 하죠?"

"마스하고 다시 이야기해봐야겠어요."

"뭐에 관해서?" 보거트가 물었다.

"가장 핵심은, 신용 카드와 현금에 관해서."

"빌어먹을, 그게 도대체 이 일하고 무슨 상관인데요?"

병원 침대에 누워 있는 마스의 쏘아보는 듯한 시선이 데커의 냉랭한 시선에 부딪혔다. 보거트는 당혹스러운 표정으로 데커 옆에 서 있었다. 밀리건은 차에서 기다리며 전화 거는 임무를 맡았다.

데커가 목청을 가다듬고 말했다. "그냥 지나쳐버려도 될 정도로 사소한 건 없다고 이미 말했을 텐데요. 숙박 요금은 25달러였습니다. 왜 그냥 현금으로 내지 않았습니까? 왜 신용 카드를 꺼냈죠?"

"내 변호사는 어디 있습니까? 메리는 어디 있어요?"

"간 것 같은데요. 전화로 부른 뒤 올 때까지 기다려도 되지만, 그냥 내 질문에 대답하는 게 더 빠를 겁니다." 그러고는 조금 뒤 덧붙였다. "그래서 왜 신용 카드로 냈습니까?"

"20년도 더 지난 일이에요. 생각이 안 나요."

"잠시만 시간을 내서 기억을 되짚어봐요. 많은 걸 바라는 것도 아니잖아요."

마스는 부루퉁한 얼굴을 했지만, 결국 데커의 표정에 드러난 간절함에 못 이겨 베개에 등을 기대고 앉아 생각에 잠겼다. 한 1분쯤 후 마스가 입을 열었다.

 "처음에는 현금으로 내려고 했던 것 같아요. 카드 쓰는 걸 좋아하지 않았거든요. 하지만 현금이 모자랐어요. 아니, 한 푼도 없었던 것 같아요."

 "여자를 만나러 가면서 현금도 챙기지 않았다고요? 외식하고, 영화 보고, 포장 음식을 샀습니까? 그러느라 돈을 다 쓴 겁니까?"

 "우리는 밖에 나가지 않았어요. 엘런의 집에 있었어요. 그녀가 요리해줬어요. 맥주도 좀 마셨고요."

 "그리고 약은 안 했고요. 그녀가 마리화나를 피웠다고 했죠?"

 "음, 엘런만 피웠고, 나는 안 피웠어요."

 "그런 허허벌판에 사는 이유를 물어본 적 있습니까?"

 "아니요. 그냥 그럴 만한 이유가 있겠지 하고 말았어요. 아마도 집세가 쌌나 보죠."

 "그녀는 대학생이었습니까? 직장이 있었습니까?"

 "뭔가 홍보 관련 일을 했던 것 같아요. 어떤 동창회 행사 이야기를 했던 것 같기도 하고. 딱 보기에도 그런 타입이었어요. 정말 예뻤거든요. 정말 외향적이고."

 "그래서 모텔 직원에게 돈을 내려고 했을 때 현금이 없다는 걸 알았나요?"

 "그런 것 같아요. 맞아요."

 "엘런 태너를 만나러 가기 전에는 현금이 있었는지 기억납니까?"

 "음, 내가 그 집을 나선 후에는 현금이 전혀 없었고, 거기 있는 동안에도 돈을 전혀 쓰지 않았으니까, 없었다고 봐야겠죠."

"그 말은 내 질문에 대한 답이 못 됩니다. 태너의 집에 가기 전에 지갑을 들여다봤습니까? 그리고 만약 봤다면 돈이 있었습니까?"

마스가 보거트를 봤다. "왜 이러는 건지 그쪽은 알아요?"

보거트가 아무 대꾸도 않자 마스는 다시 데커를 봤다. "기억이 안 납니다. 됐어요? 그냥 기억이 안 난다고요."

"신용 카드는 어디서 났습니까?"

"동창회 행사 같은 데서 만들지는 않았어요. 정식 카드였어요."

"내가 궁금한 건 그게 아닙니다. 그냥 어디서 났는지만 알면 돼요."

"부모님이 만들어주셨어요. 나는 대학교를 졸업했으니까요. 마지막 두 학기는 우등생 명단에도 들었고요. 상으로 주신 거죠. 한도는 낮았지만 신용 카드가 있다는 것 자체가 굉장한 일이었습니다. 처음 생긴 신용 카드였어요." 마스는 무덤덤하게 덧붙였다. "처음이자 마지막이었지만."

"그리고 그걸로 모텔 숙박료를 냈고요?"

"맞아요. 운이 좋았죠. 현금이 없었으니까."

"직원이 수동식 기계에 카드를 긁었나요?"

"맞아요. 손으로 앞뒤로 미는 거요."

"모텔 직원은 문제없는 카드인지 확인하기 위해 카드 회사에 전화를 걸었다고 증언했습니다. 전화하는 걸 봤나요?"

"봤어요. 놀라운 일도 아니죠. 한밤중에 난데없이 젊은 흑인 녀석이 나타나 떡하니 카드를 내밀었으니. 아마 훔친 카드라고 생각했을 겁니다. 그 사람은 대학 미식축구 팬이 아니었나 봐요."

"그래서 당신이 서 있는 앞에서 전화를 걸었나요?"

"맞아요."

"전화에 대고 뭐라고 하던가요?"

"기억이 안 나요. 요금을 청구하는 데 문제없는지 확인할 때 하는 그런 말이었겠죠. 정말이지 신경 써서 듣고 있지 않았어요."

데커가 천천히 고개를 끄덕였다. "그때가 새벽 1시 15분경이었다는 거죠."

"그건 개소리예요. 기껏해야 11시쯤이었어요. 엘런의 집에서 모텔까지는 길어야 1시간 거리예요. 그건 내가 확실히 알아요. 그 길을 한두 번 다닌 것도 아니고."

"그게 당신이 집으로 가는 합리적인 길이었나요?"

"유일한 길이었어요."

"그리고 차가 퍼졌다?"

"모텔 옆을 지나가는 바로 그 순간에요. 운이 좋았죠."

"어쩌면 그리 운이 좋았던 게 아닐지도 모르죠. 그래서 모텔에서 그날 밤을 보내기로 마음먹은 겁니까?"

"아니요. 처음에는 차를 손봐서 시동을 걸려고 했어요. 그런데 안 되더라고요. 주차장에 한 5분쯤 서 있으면서 시동을 걸어보려고 했는데 완전히 퍼졌더라고요. 그래서 모텔 사무실로 갔죠. 뒤쪽 작은 방에서 직원이 나왔어요. 그 사람에게 차에 문제가 생겼다고 했어요. 견인 회사에 전화를 걸어달라고 했죠."

"그랬더니 뭐라던가요?" 데커가 재빨리 물었다.

"견인 회사가 한 군데밖에 없는데, 오려면 2시간쯤 걸릴 거랬어요. 그리고 이미 문을 닫았을 시간이라고."

"당신은 그 말에 납득했고요?"

"그랬어요. 사실 전에는 차가 고장 난 적이 한 번도 없었거든요. 아버지가 차를 잘 다루셨어요. 문제가 생기면 뭐든 직접 손보셨죠.

자동차 수리소에 갈 일이 없었어요. 그래서 나는 그 동네를 훤히 알았지만 가장 가까운 견인 회사가 어디 있는지는 몰랐어요. 우리 집에 갔다 왔다고 했죠?"

"예."

"거긴 텍사스의 허허벌판이에요. 그 모텔은 당시 몇 킬로미터 근 방에서 유일한 모텔이었고요."

"그래서 당신은 견인차를 부를 수 없다는 걸 알고 모텔에 머물 기로 마음먹은 겁니까?"

"자고 나서 아침이 되면 견인 회사에 전화할 생각이었어요. 아니 면 아버지에게 해도 되고. 그런데 그 후 경찰이 와서 무슨 일이 일 어났는지 알게 됐죠."

"경찰은 신용 카드 사용 내역을 보고 당신이 어디 있는지 찾아 냈고요?"

"아마 그런 것 같아요."

보거트가 끼어들었다. "왜 그날 밤 부모님께 전화하지 않았죠? 데리러 오라고 하면 됐을 텐데."

데커가 그에게 동조하는 표정을 지으며 마스를 돌아봤다.

"그땐 휴대폰이 없었으니까요. 모텔 전화를 써도 됐지만 늦은 시 간이라 잠든 부모님을 깨우고 싶지 않았어요."

"부모님이 이튿날 아침에 일어나서 당신이 집에 안 온 걸 알면 걱정하실 거라는 생각은 들지 않던가요?" 보거트가 물었다.

"이것 봐요. 나는 다 자란 성인 남자였어요. 외박을 처음 하는 것 도 아니었고요. 집에서 나올 때, 늦게 들어오거나 아니면 엘런 집 에서 자고 훈련하러 바로 갈 수도 있다고 말씀드렸어요. 내 짐은 차에 두고 다녔고요. 그러니 부모님은 내가 집에 오기를 기다리지 않으셨을 거예요."

"그러면 왜 엘런의 집에서 자지 않았죠?" 데커가 물었다.

마스가 수갑 찬 자신의 손을 내려다봤다. "우리는 섹스를 했어요. 엘런은 정말 끝내줬죠. 여자하고 잔 건 20년 전 그때가 마지막이에요. 그렇지만……."

"그렇지만 뭡니까?" 보거트가 물었다.

"나는 드래프트가 끝나면 부자가 될 거였어요. 그리고 엘런은, 내 생각에 엘런도 거기에 한몫 끼고 싶어 하는 것 같았어요."

"뭐요? 결혼요? 만난 지 얼마나 됐다고."

"그게 문제였어요. 그리 오래된 관계가 아니었거든요. 사실 한 달도 채 안 됐었죠. 그녀와 결혼할 생각이 전혀 없었어요. 빌어먹을, 내가 앞으로 어디 가서 살게 될지도 모르는 판국에 결혼이라니……. 모든 건 어느 팀이 나를 드래프트하느냐에 달려 있었죠."

"그래서 다퉜나요?"

"다퉜다고 하고 싶진 않네요. 의견을 교환했다고 해두죠."

"그 '의견 교환'의 결과가 뭐였습니까?" 데커가 물었다.

"자기 집에서 얼른 꺼져달라고 정중하게 부탁하더군요. 그래서 그렇게 했어요."

데커가 한숨을 내쉬었다. "처음 물어봤을 때는 이튿날 아침 트레이너와 훈련 일정이 잡혀 있어서 집에서 자려고 그 집을 나왔다고 했잖아요."

"그러니까, 씨발 그게 도대체 무슨 상관인데요!" 마스가 부르짖었다. "앨라배마의 그 작자가 우리 부모님을 죽였다고 자백했다면서요. 나는 좀 가만히 내버려두고 그 자식한테 가서 따져보는 게 어때요?"

"그쪽에게도 물어볼 겁니다." 보거트가 말했다. "하지만 우리는 당신에게도 물어볼 게 있습니다."

마스가 데커를 손가락질하며 소리쳤다. "이 남자는 내가 거짓말하고 있다고 생각해요. 내가 당해도 싸다고 생각한다고요. 컬럼버스에서 자기 엉덩이를 밟고 지나간 일로 나한테 억하심정이 있는 게 분명해요. 롱혼스가 버크아이스를 짓밟았다 이거죠. 씨발, 내가 장담하는데 이 남자는 객관적일 수 없어요. 나를 기소한 그 작자처럼 말이에요. 그 검사가 테네시 사람이었던 거 알아요? 동창회 회장에다 무슨 무슨 감투를 잔뜩 쓴 작자였죠. 웃기고들 있어. 내 말이 틀렸어요?"

데커가 말했다. "당신에게는 놀라운 이야기일지도 모르지만, 대다수 사람들의 삶은 미식축구를 중심으로 돌아가지 않아요. 졸업한 이후, 나는 버크아이스 경기를 본 적도 없어요. 당신이 20년쯤 전에 롱혼스에서 뛰었든 내 엉덩이를 밟고 지나갔든 나는 전혀 관심 없어요. 내가 관심 있는 건 오직 당신 부모님한테 무슨 일이 일어났느냐뿐입니다."

"잘됐네요. 내가 아는 건 당신한테 이미 전부 다 말했어요. 그것으로도 부족하다면, 안타깝지만 나도 어쩔 수 없죠."

마스는 몸을 틀어 벽을 보고 누워버렸다.

보거트는 데커를 봤다. 데커의 시선은 여전히 마스에게 못 박혀 있었다.

"어머니의 혈흔이 당신 차에서 발견됐죠. 그게 당신한테서 묻었다는 것 말고 다른 설명이 가능합니까?"

"아니요."

"이전에 어머니가 차에 타신 적 있습니까? 그때 어쩌면 어디를 베였다거나 코피를 흘렸다거나?"

"아니요. 그런 일은 한 번도 없었어요. 어머니는 내 차를 타신 적이 없어요."

"부모님하고는 사이가 좋았습니까?"

"갑자기 무슨 말이에요?" 마스가 등을 돌린 채 물었다.

"음, 재판 중에 검사가 제시한 동기에 따르면……."

"그 남자가 무슨 말을 했는지는 나도 알아요." 마스가 말을 끊으면서 다시 돌아누웠다. 표정이 한층 차분해져 있었다. 어쩌면 체념한 것 같기도 했다. "부모님은 내가 프로로 가게 될 걸 아셨지만 나한테 아무런 요구도 하지 않으셨어요. 나는 두 분을 봉양할 생각이었어요. 두 분께 집이랑 새 차를 사드리고, 편하게 사시도록 할 거였죠. 계획이 다 서 있었다고요."

데커가 고개를 갸웃했다. "당신은 계획을 잘 세우죠. 그렇죠?"

"그게 뭐 잘못이에요?"

"전혀 잘못이 아니죠. 그렇지만 검사 측이 내세운 목격자들은 당신 부모님에 관해 다른 말을 했더군요. 그분들이 당신이 드리려고 한 것보다 더 많은 돈을 원했다던데요."

마스가 느릿느릿 말했다. "두 분 다는 아니에요."

보거트가 날카롭게 말했다. "그렇다면 두 분 중 한 분은 그런 말을 한 게 사실이군요. 그 증언이 사실이었습니까? 당신은 우리한테 두 분이 전혀 아무런 요구도 하지 않았다고 했어요. 그렇다면 당신이 우리에게 거짓말했다는 건가요?"

마스가 신경질적으로 입술을 핥았다. "아버지가요. 그 일이 있기 전 몇 달 동안 마치 다른 사람이 된 것 같았어요. 우울해하면서 아주 사소한 일로도 어머니하고 나한테 벌컥 화를 내곤 하셨죠. 머리에 뭔가 문제가 생긴 게 아닌가 싶을 정도로요. 그런데 그게 돈 때문이었나 봐요. 내가 첫 계약으로 대략 얼마쯤 벌게 될지 아시게 된 거죠. 그때는 신인 선수 연봉 상한제가 생기기 전이었어요. 나는 최선을 다했고, 세 손가락 안에 든다면 대략 700만 달러 정도 계약 보너스를 기대할 수 있었죠. 20년 전이었어요. 요즘으로 치면 그게 대략 얼마쯤일지 알아요?"

"1050만 달러도 넘죠." 데커가 말했다.

마스가 그를 신기하게 쳐다봤다. "맞아요. 어떻게 알았죠?"

"대충 찍어봤어요. 그냥 보너스였다고요?"

"맞아요. 계약 기간 동안 더 많이 받을 테지만, 그때 문제가 된 건 계약 보너스였죠. 그리고 나는 7년 계약 정도를 예상하고 있었어요. 3년이면 빠져나올 수 있을 거고. 올스타에 들고 앞장서서 리그를 이끌면 백지 수표가 손에 들어오는 거였죠. 그러니까, 내 다음번 계약에 비하면 신인 계약금 정도는 푼돈에 불과했어요."

"그렇지만 결국 그 기회를 얻지 못했죠." 데커가 말했다.

"꼭 그렇게 아픈 데를 찔러야겠어요?" 마스가 쏘아붙였다.

"그래서 아버지가 뭐라고 하셨습니까?"

"내가 두 분을 봉양하길 바라셨어요. 나는 그럴 거라고 말씀드렸고요."

"그런데?"

"그런데…… 그런데 뭔가 문서로 된 걸 원하셨어요. 법적 효력이 있는 그런 거요."

보거트가 데커를 봤다. "이 이야기는 공판 기록에 없는데."

데커가 마스에게 시선을 고정했다. "그래, 없었지. 그 이유가 뭐죠, 멜빈?"

마스가 똑바로 일어나 앉았다. "내가 법정에서 증언하지 않은 이유 중 하나예요. 변호사가 내가 이 부분에 관해 질문을 받으면 다 털어놔야 할 거라고 우려했거든요."

"뭘 털어놔요?"

"내가 신인 계약금의 30퍼센트를 부모님께 양도한다고 쓴 한 장짜리 계약서에 서명했다는 사실요."

"그 계약서는 어떻게 됐습니까?" 보거트가 물었다.

"지금 와서 그게 중요할 것 같지는 않은데요." 마스가 한숨을 내쉬었다. "없애버렸어요."

"어떻게요? 혹시 태웠습니까?" 보거트가 몰아세웠다.

"이봐요. 이 이야기가 나한테 별로 유리하지 않다는 것쯤은 나도 알아요."

"그건 너무 부드러운 표현인데요." 보거트가 응수했다.

마스에게서 눈길을 떼지 않은 채 데커가 말했다. "보거트 요원, 잠시 우리 둘만 있게 해줄 수 있어?"

보거트가 안 된다고 하려는데 데커가 덧붙였다. "그냥 전직 미식축구 선수 둘이서 오랜만에 잠깐 일대일로 한판 붙어보고 싶어서 그래. 딴 뜻은 없어."

보거트가 느릿느릿 일어섰다. "복도에 나가 있지."

등 뒤에서 문이 닫히자 데커는 의자를 침대로 약간 더 가까이 가져갔다. 그리고 큼지막한 손을 침대 난간에 얹었다.

마스가 말했다. "좋아. 상황이 어떻게 돌아가는지 알겠어요. 댁은 그냥 나를 속여서 감옥에 확실히 처박아두려고 여기까지 온 거죠. 좋아요. 내 변호사가 오기 전에는 한마디도 더 안 할 겁니다."

"이미 말했잖습니까, 멜빈. 나는 진실을 알아내려고 여기 왔습니다. 당신이 부모님을 살해하지 않았다면 나는 그걸 입증해 당신을 감옥에서 꺼내주고 완전한 사면을 받아내기 위해 온 힘을 다할 겁니다."

"나는 부모님을 죽이지 않았어요. 그런데도 주사를 기다리면서 20년간 감방에 앉아 있었어요. 그리고 좀 더 기다렸다가 다시 주사를 맞을 준비를 해야겠죠. 그게 어떤 기분인지 알기나 해요?"

"감히 짐작도 안 가요."

마스는 그 대답에 은근히 놀란 눈치였다. 그는 문 쪽을 한번 바라보고 말했다. "파트너한테는 왜 나가라고 한 거죠?"

"FBI를 빼고 나하고만 이야기하면 좀 더 편안해하지 않을까 싶어서요."

"어차피 FBI하고 같이 일하잖아요."

"2주 전까지는 주머니에 든 60달러가 전 재산이었죠. 오하이오 한복판 쓰레기장에서 살았어요. 거지 같은 사설탐정 일을 제외하면 미래도 없었죠." 데커가 잠시 말을 멈췄다. "아직도 당신 변호사를 불러주길 바란다면, 나는 지금 바로 가겠습니다." 그러고는 자리에서 일어섰다.

"기다려요. 그쪽은……, 당신은 내 사건이 당신 가족하고 뭔가 관련이 있다고 했죠?"

"맞아요. 몇 가지 유사점이 있어요."

"당신 가족한테 무슨 일이 있었는데요?"

데커가 다시 의자에 기대앉았다. "누군가한테 살해당했어요. 내 아내, 딸 그리고 처남이 말이에요. 어느 날 밤 퇴근하고 돌아온 내가 시신들을 처음으로 발견했죠."

마스의 얼굴에서 적대감이 흔적도 없이 사라졌다. "젠장, 젠장, 미안해요."

"누구도 체포되지 않은 채 16개월가량이 지나갔어요. 그러다가 어떤 작자가 경찰서로 걸어 들어가 자백했죠."

"빌어먹을, 그 사람이 범인이었어요?"

데커가 마스를 응시했다. "그보다는 좀 더 복잡했어요."

"그렇군요." 마스는 갈피를 잡지 못하는 듯 보였다.

"그렇지만 우리는 죄지은 자들을 잡았어요. 그리고 그들은 죗값을 치렀죠."

"교도소에 들어갔나요?"

"아니요. 무덤 속에 있습니다."

그 말에 마스의 눈이 휘둥그레졌다.

"그렇지만 그건 과거고 이미 지나간 일이에요. 우리는 지금 현재 이야기를 해야 돼요. 당신의 현재요."

마스가 어깨를 으쓱했다. "내가 무슨 말을 했으면 좋겠어요, 데커? 나는 부모를 죽인 혐의로 기소된 흑인 남자예요. 두 분 중 한 분은 백인이었죠. 자, 여기는 남부예요. 여기는 텍사스라고요. 내가 미식축구 스타였을 때는 다들 나를 사랑했죠. 하지만 유죄 판결을 받자 내 곁에는 친구 하나 남지 않았어요. 그저 어떻게든 사형만은 면해보려고 발버둥 치는 흔한 흑인 죄수가 되고 말았죠. 빌어먹을. 텍사스는 다른 어떤 주보다 사형당하는 사람이 많아요. 그리고 그 중 엄청 많은 사람이 흑인이죠."

"부모님하고의 계약은요?"

"내가 결백한 건 분명 사실이지만, 나는 그냥 변호사가 시키는 대로 했어요. 나는 미식축구 경기를 주도하고 터치다운으로 점수를 올릴 수 있었어요. 그렇지만 법과 재판은 아무것도 몰랐죠."

"당신 변호사는 그 계약에 관해 알고 있었다는 거죠?"

"네, 내가 말했어요. 그렇지만 그걸 밝히지 않았다고 변호사가 의무를 다하지 않은 건 아니에요. 그런 걸 밝혀내는 건 검사 측이 할 일이죠."

"이론적으로는 그렇죠."

"하지만 도덕적으로는 개소리죠. 나도 알아요. 나는 증언석에 서서 직접 내 이야기를 하고 싶었어요. 내가 직접 사람들에게 그 일에 대해 설명하고 싶었어요. 그렇지만 변호사가 그러지 않는 편이 유리할 거라고 하길래 그런가 보다 했어요. 그래서 안 했죠. 그 후 우리는 재판에서 졌고, 나는 이래저래 완전 망해버렸죠."

"그 계약서는 어떻게 했습니까?"

"변기에 넣고 물을 내려버렸어요. 그렇지만 확실히 말할 수 있어요. 나는 부모님께 그 돈을 드리는 데 아무런 불만도 없었어요. 미식축구로 버는 돈보다 더 큰 돈이 들어올 광고 계약이 진행 중이었거든요."

"그런데 그 모든 게 물 건너갔죠."

마스가 피곤한 듯 고개를 저었다. "내 40야드 전력 달리기 기록보다 더 빨리."

"부모님 이야기를 좀 해봐요."

"알고 싶은 게 뭔데요?"

"두 분의 과거에 관해 알고 싶습니다. 어디 출신인지, 두 분 다 텍사스에서 태어나셨는지, 아니면 어디 다른 데서 오셨는지."

마스가 당혹스러운 표정을 지었다. "내가 뭘 얼마나 알려줄 수 있을지 잘 모르겠네요. 그런 이야기를 통 안 하셨거든요."

"친척들은 어때요? 당신이 찾아가거나 당신을 찾아온 친척이 있나요?"

"그런 일은 한 번도 없었어요."

"친척이 없다고요?"

"없어요. 우리는 어디를 가는 법이 없었어요. 아무도 우리를 보러 오지 않았고요."

"상당히 특이하네요."

"지금 와서 생각해보면 그런 것 같아요. 하지만 우리 집은 그냥 원래 그랬어요. 부모님은 나 하나만 애지중지하셨죠. 나는 좋았어요. 그래서 더 좋았어요."

"아버지 이야기를 해봐요."

"거한이셨어요. 내 덩치하고 키는 아버지를 닮은 거예요. 황소처럼 튼튼하셨죠. 어머니도 173센티미터 정도로 여자치고는 큰 편이셨어요. 그리고 이 이야기는 꼭 하고 싶은데, 진짜 잘 뛰셨어요. 어렸을 때 어머니랑 같이 밖에서 뛰곤 했어요. 전력 달리기도 잘하고 지구력도 좋으셨어요. 고등학생이 되기 전까지는 같이 뛰면 내가 먼저 뻗을 정도였죠."

"그렇다면 속도는 어머니를 닮은 거군요."

"아마 그런 것 같아요."

"아버지도 젊었을 때 운동선수였는지도 모르겠군요."

"모르겠어요. 한 번도 그런 말씀은 안 하셔서."

"집에 두 분 사진이 전혀 없더군요. 원래는 있었나요?"

마스가 베개에 등을 기댔다. "두 분은 사진 찍는 것을 별로 좋아하지 않으셨어요. 거실 선반에 내가 고등학교 때 찍은 게 하나 있었던 건 기억나요. 그게 전부였어요."

데커가 눈을 가늘게 뜨고 그를 봤다.

"좀 이상하게 들리는 거 알아요. 하지만 당시에는 다들 그랬어요. 그때는 전혀 이상하다는 생각을 못 했어요."

"부모님의 오래된, 흐릿한 사진을 본 적 있습니다. 하지만 당신 눈으로 본 어머니의 모습이 어땠는지 듣고 싶군요."

마스의 얼굴에 웃음이 번졌다. "어머니는 정말 아름다우셨어요. 누구나 인정했죠. 어쩌면 모델 같은 걸 하셨는지도 모르겠어요. 당신 형편으로는 꿈도 못 꿀 여자하고 결혼했다고, 아버지가 자주 그러셨죠."

데커가 휴대폰을 보여줬다. "부모님 방 벽장에서 찍은 사진입니다. 이게 무슨 뜻인지 혹시 압니까?"

마스가 화면을 들여다봤다. "AC, RB? 무슨 뜻인지 전혀 모르겠는데요. 이게 부모님 방 벽장에 있었다고요?"

"맞아요."

"몰라요. 부모님 방 벽장은 한 번도 들여다본 적이 없어요."

"알겠습니다. 아버지는 전당포에서 일하셨고, 어머니는 스페인어를 가르치고 삯바느질하셨죠?"

"맞아요."

"어디서 일감을 받았습니까?"

"동네에 있는 어떤 회사에서 삯일해줄 사람을 찾았었어요. 돈은 별로 많이 주지 않았지만, 출근을 안 해도 됐거든요."

"그리고 스페인어는요? 학교에서 교편을 잡으셨나요?"

"아니요. 애들이 아니라 성인들을 가르치셨죠. 대체로 백인 아저씨들요. 막노동이나 그런 걸 하려고 국경을 넘어오는 사람이 많았거든요. 그런 사람들에게 일을 시키려면 고용주가 스페인어를 알아야 하잖아요. 우리 어머니는 그런 사람들을 가르치셨어요."

"어머니는 어디서 스페인어를 배우셨나요? 모국어였나요?"

"아니요. 잘은 모르지만 아닐 거예요. 어머니는 히스패닉이 아니셨어요. 흑인이셨죠. 나보다 훨씬 피부가 검으셨어요. 아마 틀림없이 미국 토박이셨을 거예요."

"무슨 근거로 그렇게 말하는 건가요?"

"미국인처럼 말하셨으니까요. 외국 억양도 전혀 없었고요."

"어머니께 스페인어를 배웠습니까?"

"띄엄띄엄 조금씩요. 하지만 주로 영어를 썼어요. 아버지가 그 부분에 꽤 까다롭게 구셨거든요. 우리는 스페인 사람이 아니야. 우리는 미국 사람이야. 툭하면 그러셨죠. 어머니가 집에서 스페인어 쓰는 걸 좋아하지 않으셨어요."

"어머니는 다른 일도 하셨나요?"

"바느질하고 스페인어 수업은 별로 돈이 되지 않았어요. 그래서 동네 청소 회사에서 일하셨죠. 다림질도 하시고. 장담하는데, 어머니의 다림질 실력은 프로였어요. 빌어먹을, 내가 학교에 입고 갈 청바지까지 다려놓으셨죠."

"부모님의 과거에 관해 물어본 적 있습니까?"

"할머니, 할아버지에 관해 궁금해했던 기억이 나요. 3학년 때 학교에서 조부모님의 날을 열었어요. 다른 애들은 거의 다 할머니, 할아버지가 있어서 학교에 찾아오셨죠. 그래서 아버지께 물어봤어요. 그랬더니 두 분 다 돌아가셨다고 하더군요. 그 이상은 아무 말씀도 안 하셨어요."

"어떻게 돌아가셨는지 말씀해주셨나요?"

마스가 자유로운 손으로 침대 난간을 철썩 때렸다. "젠장, 그게 뭐가 중요하죠? 설마 우리 아버지가 자기 부모님을 죽였다고 생각해요? 그리고 내가 내 부모님을 죽였고?"

"아니요. 나는 당신이 부모님을 죽였다고 생각하지 않습니다. 당

신 아버지가 부모님을 죽였는지 어쨌는지는 모르지만. 그랬을 수
도 있겠죠."

마스는 뭐라 하려고 입을 벌렸다가 멈칫했다. 그리고 데커를 똑
바로 쏘아봤다. "빌어먹을, 그게 도대체 무슨 뜻이죠?"

"당신은 부모님에 관해 아무것도 모릅니다, 멜빈. 친척들에 관해
서도 전혀 아는 게 없고. 부모님 댁에는 두 분 사진이 한 장밖에 없
었어요. 당신들에 관해 아들에게 뭔가를 말씀해주신 적도 한 번도
없죠. 왜 그랬을 거라고 생각합니까?"

"두 분이 뭔가 숨기는 게 있었을 거라는 뜻인가요?" 마스가 천천
히 물었다.

"적어도 그 부분을 파헤쳐볼 만한 가치가 있어 보이네요. 두 분
이 정말 뭔가를 숨겼다면 그것 때문에 다른 누군가가 두 분을 살
해하려고 했을 수도 있으니까요."

1 18

"로이와 루신다 마스에 관해 새로 발견한 게 있습니까?" 보거트가 물었다.

팀원들은 다 같이 임시 사무실의 테이블에 둘러앉아 있었다.

밀리건이 데커를 보며 말했다. "그래요. 인정할 수밖에 없네요. 우리가 그 사람들에 관해 알아낼 수 있는 게 정말 전혀 없다는 사실이 좀 이상하긴 합니다. 두 사람 명의로 발급된 사회 보장 번호가 있지만, 추적해봤더니 전혀 아무것도 나오지 않았어요."

"전혀 아무것도?" 보거트가 말했다. "훔친 번호 같아?"

"가능하죠. 20년 전 파일에 운전면허증이 있긴 한데, 그것뿐이에요. 두 사람에 관해 다른 건 아무것도 발견하지 못했어요."

"로이 마스는 직장이 있었어요." 재미슨이 말했다. "루신다도 마찬가지였고요. 월급에서 사회 보장세를 공제받아야 하고, 세금 환급 신청도 해야 됐을 텐데요."

"우리가 알아낸 바로는 없었어요." 밀리건이 대꾸했다. "남자가 일한 전당포는 오래전에 폐업했어요. 어쩌면 월급을 현금이나 현물로 줬을지도 모르죠. 여자 쪽도 마찬가지였을 가능성이 있고요. 거기다 세금 환급을 신청하지 않는 사람은 쌔고 쌨어요. 벌이가 시원찮은 사람들은 어차피 돌려받을 것도 없으니까요."

"아무리 그래도 파일은 있어야죠." 재미슨이 지적했다. "아니면 연방 법 위반이라고요."

"그걸 무시하는 사람도 쌔고 쌨죠." 밀리건이 맞섰다. "그리고 마스 부부는 그런 부류였던 게 분명합니다. 왜냐하면 국세청에도 부부에 관한 기록이 전무하거든요. 그리고 텍사스주는 개인 소득세가 없어요."

"집은?" 보거트가 물었다. "혹시 융자를 받았나?"

"제가 알아낸 바로는 없었어요. 그렇지만 부동산 등기부에는 로이와 루신다 마스가 소유주로 등록돼 있었어요."

"그래." 보거트가 말했다. "다음 단계로 밀어붙일 만한 실마리가 별로 없네."

밀리건이 데커를 보며 말했다. "제가 좀 알아봤어요. 경찰은 911에 화재 신고 전화를 건 사람이 누군지 확인할 수 없다더군요. 알았더라도 기록이 벌써 오래전에 지워졌을 거예요. 그리고 집 안에 있던 것들에 관해서도 물어봤어요. 벽에서 없어진 사진들이랑 그런 것들에 관해서요. 경찰은 범죄 현장 사진을 전혀 찍어놓지 않은 게 분명해요. 그냥 시신들만 찍었어요."

"세심하지 못했군." 보거트가 나무라듯 말했다.

"마스가 결백하다고 봅니까?" 밀리건이 물었다.

"그런 쪽으로 기울어지고 있죠." 데커가 말했다.

"어째서?" 보거트가 물었다.

"차의 혈흔. 나는 마스에게 어머니의 혈흔이 그의 차에 있는 이유를 해명해줄 두 가지 가정을 제시했어. 어느 쪽도 경찰이 반박할 수 없는, 타당하고 충분히 무죄를 뒷받침해줄 만한 가정이었지. 하지만 마스는 둘 다 부정했어. 어머니가 자기 차에 탄 적도 없다더군. 죄가 있었으면 그중 어느 시나리오에라도 덥석 매달렸을 텐데, 그러지 않았어."

다른 사람들은 서로 눈길을 주고받았다. 데커가 방금 한 말의 타당성이 머리에 입력되는 중이었다.

"마스를 시험하려고 한 말이었어요?" 대븐포트가 물었다.

"그리고 마스는 통과했죠." 데커가 대꾸했다. "적어도 내 머릿속에서는요."

데커가 스테이플러로 묶어놓은 문서 다발을 들어 올렸다. "마스 부부 검시 보고서의 나머지 부분입니다. 검시관실에서 방금 온 거예요. 엉뚱한 데 잘못 들어가 있더라고요."

"그걸 어떻게 알았지?" 보거트가 물었다.

"보고서 앞장에 총 36쪽이라고 돼 있는데, 뒤에 붙어 있는 건 서른네 장밖에 되지 않았어. 그래서 전화로 물어봤지."

재미슨이 말했다. "새로 찾은 페이지에 중요한 게 있나요?"

"하나 있었어요. 루신다 마스는 교모세포종 4기였어요."

모두 경악하는 눈길로 데커를 봤다.

"뇌종양 말이에요?" 대븐포트가 물었다.

"말기 뇌종양이죠. 보고서에 따르면."

"멜빈은 그런 말이 전혀 없었잖아요." 재미슨이 말했다.

"몰랐나 보죠." 데커가 대꾸했다.

밀리건이 말했다. "그런데 그게 이 사건하고 무슨 상관이죠?"

"상관이 있는지 없는지는 나도 모릅니다." 데커가 말했다. "그 여자는 이미 죽어가고 있었어요. 물론 그 전에 누군가가 죽였지만요." 데커가 대븐포트를 응시했다. "그 일은 잠시 옆으로 밀어놓고 우선 아들에게 집중합시다. 그 남자의 심리적 기질에 관해 어떤 결론을 내렸습니까?"

대븐포트가 종이 몇 장을 꺼냈다. "지능이 평균치를 훨씬 넘어요. 공부 머리랑 실생활 머리를 다 갖췄어요. 경영 전공으로 조기 졸업. 어리바리한 것과는 거리가 멀어요. 흥미로운 점이 있다면 어느 순간은 속을 꽁꽁 감추고 있는 것 같다가 또 어느 순간은 아주 솔직해 보인다는 거예요. 가령 자기는 결백하다며 기소는 잘못된 거라고 아주 강력하게 주장할 때라든가."

"감옥에서 20년을 보낸 남자라면 충분히 그럴 만도 하죠." 보거트가 지적했다. "시스템을 어떻게 가지고 놀아야 하는지 배웠을 겁니다."

"그럴지도 모르죠." 대븐포트가 말했다. "당연히 그런 경우도 본 적 있어요. 그렇지만 마스는 뭔가 다른 구석이 있어요. 그게 뭔지 콕 집어 말하기 어렵네요. 어쨌든 그 남자는 찰스 몽고메리에 관해 너무나 궁금해하고 있어요. 몽고메리가 안다고 주장한, 그가 진범임을 입증해줄 자세한 사실에 관해 알고 싶어 해요. 그리고 당국이 일종의 청부 살인 시나리오로 자신과 몽고메리를 엮을까 봐 걱정하고요. 심지어 자기가 결백한 게 밝혀져도 감옥에서 나오지 못할 거라고 굳게 믿고 있더군요. 사실, 그 점에서는 다소 편집증이 있어 보여요."

"음, 교도소에서 살해당하기 직전까지 갔던 걸 생각하면 그 편집증이 근거 없는 생각이라고는 못 하겠네요." 데커의 말에 대븐포트가 날카로운 시선을 던졌다.

"마스가 20년 전에 그 남자를 고용해서 자기 부모를 죽이라고 시켰다면 몽고메리는 왜 이제야 나섰을까요?" 재미슨이 물었다. "왜 하필 마스가 사형되기 직전에?"

"타이밍이 좀……." 대븐포트가 입을 열었다.

"지나치게 딱 들어맞는달까." 데커가 그녀를 대신해 말을 맺었다.

보거트가 물었다. "그래서 자네는 이 모든 게 계획이라고 생각하는 거야? 몽고메리에 의한?"

데커가 고개를 저었다. "그 남자는 앨라배마 감옥의 사형수 감방에 있어. 마스가 사형당할 줄 무슨 수로 알았겠어?"

다른 이들은 그저 멍한 표정으로 데커를 바라봤다.

데커가 말했다. "그러니까 우리는 몽고메리 본인에게 직접 물어봐야 해."

"그 남자가 당신에게 진실을 말해줄 거라고 생각해요?" 대븐포트가 데커의 표정을 자세히 살피며 물었다. "죽음을 앞둔 사람의 솔직함으로?"

"그런 건 기대하지도 않아요." 데커가 대꾸했다.

* * *

1969년 개소한 홀먼 교도소는 재소자 수가 수용 인원을 한참 뛰어넘어 터져 나가기 직전이었다. 남부 앨라배마의 여름 기온은 섭씨 37도를 가뿐히 넘어서지만, 이곳은 에어컨도 없이 오직 산업용 환풍기에 의지해 뜨거운 공기를 순환시켰다. 담장 안에서 자행되는 악명 높은 폭력 때문에 '남부의 도살장'이라는 별명이, 그리고 앨라배마의 밑바닥이라는 지리적 위치 때문에 '구덩이'라는 별명이 붙은 이곳에 앨라배마주 사형수 사동이 있었다.

데커와 팀원들은 민간 항공기를 타고 이곳에 도착했다. 모두 FBI 마크가 찍힌 윈드브레이커를 걸치고 재킷에 신분증을 달았다. 감옥 앞쪽 출입구를 향해 걸어갔다. 보거트가 든 서류 가방이 그의 허벅지에 찰싹찰싹 부딪히는 소리가 났다.

보거트, 데커, 밀리건이 무기를 제출하고 교도소 보안 초소를 통과하자 교도관이 일행을 면회실로 안내했다.

"몽고메리에 관해 말씀해주세요." 가는 길에 데커가 교도관에게 말했다.

"외톨이예요. 말썽은 안 부려요. 누굴 괴롭히지도 않고, 자기가 당하지도 않고. 좀 희한하긴 하죠."

"뭐가 말입니까?" 보거트가 물었다.

"앨라배마에서는 사형수에게 형 집행 방식을 직접 고르게 해주거든요. 독극물 주사가 아니라 전기의자를 고른 사람은 처음 봤어요. 잠든 채 가는 걸 마다하고 튀겨달라고 자청한 이유가 도대체 뭘까요?"

보거트와 데커는 서로를 마주 봤다. 일행은 계속 걸어가 면회실에서 무거운 족쇄를 차고 있는 찰스 몽고메리와 마주 앉았다. 건장한 교도관 두 명이 주변을 지키고 서 있었다.

몽고메리는 막 일흔둘이 된 백인 남자로 키는 180센티미터보다 약간 커 보였다. 머리를 박박 밀어놓아 왼쪽 윗부분의 움푹 팬 곳이 눈에 띄었다. 갈색 눈동자에 치아는 고른 편이지만 니코틴으로 누렇게 착색됐고, 몸매는 약간 물러 보였지만 한때는 단단했을 것 같았다. 팔꿈치 윗부분은 근육질에 문신투성이였으며, 귓불에 구멍이 여러 개 뚫려 있었지만 교도소 규정에 따라 귀고리는 하지 않았다.

몽고메리가 눈을 들어 일행과 눈을 마주쳤다. 보거트로부터 시작해 왼쪽에서 오른쪽으로 갔다가 다시 왼쪽으로 돌아왔다. 그렇게 죽 훑어보더니 수갑을 찬 자신의 손으로 시선을 떨어뜨렸다.

보거트가 말했다. "몽고메리 씨, 나는 FBI 특수 요원 보거트입니다. 이쪽은 내 동료들입니다. 우리는 텍사스에서 일어난 로이와 루신다 마스 살인 사건에 관해 최근 당신이 자백한 내용을 논의하러 왔습니다."

몽고메리는 여전히 고개를 들지 않았다. 보거트는 데커를 잠깐 바라봤다가 말을 이었다.

"몽고메리 씨, 우리는 당신이 마스 부부를 살해했다고 주장한 그날 밤에 있었던 일을 자세히 듣고 싶습니다."

몽고메리가 퉁명스럽게 말했다. "주장이 아니라 사실이라니까. 그리고 나는 이미 할 말 다했어."

딱히 적대감이 느껴지지 않는, 단순히 사무적인 어조였다.

"그건 감사합니다만, 본인에게 직접 들어야 해서요."

"뭐 때문에?" 몽고메리가 여전히 눈을 내리깐 채 물었다.

데커는 그 남자를 살펴보며 외양과 거동의 아주 자잘한 부분까지 머릿속에 새겼다.

"여기서 폭행을 당하신 겁니까?" 데커가 물었다. "아니면 베트남에서?"

몽고메리가 고개를 들었다. 초점 없는 시선은 그 사형수가 무척 위험한 인물임을 분명히 보여줬다.

"뭐라고?" 그가 나직이 물었다.

대답 대신 데커는 자신의 정수리 왼쪽을 살짝 건드렸다. "그 파인 부분은 두개골 일부를 절단한 흔적이죠. 폭행이었습니까? 전투 중 부상 같은 거였나요? 베트남에서 복무한 것으로 아는데요."

"박격포 탄이 5미터 거리에서 터지는 바람에. 친구 놈은 죽었지. 나는 머리에 구멍이 났고."

"기록에 따르면 육군이었더군요." 보거트가 지적했다.

"18보병 연대, 1대대, 포트 라일리." 몽고메리가 녹음기처럼 줄줄 읊었다.

"전쟁 후 언제 귀국했습니까?"

"1967년, 그리고 한 달 후 제대했지."

"직업 군인이 될 생각은 없었습니까?" 데커가 물었다.

몽고메리는 그에게 퉁명스러운 눈길을 던졌다. "그러게. 내가 왜 나왔을까. 그 재밌는 데서."

보거트가 서류 가방에서 파일 하나를 꺼냈다. "그래서 마스 부부가 살해당했을 때 텍사스에 있었다는 말이죠?"

"없었으면 곤란하지. 내가 그 사람들을 죽였는데."

"그 과정을 자세히 말씀해주세요. 어떻게 진행됐습니까?"

몽고메리가 짜증스러운 표정으로 보거트를 바라봤다. "내가 왜 그래야 되는데. 맥 파일에 다 적혀 있을 거 아냐."

"그냥 모든 걸 확실히 하려는 겁니다. 그리고 본인에게 직접 설명을 듣고 싶습니다. 그게 우리가 여기까지 온 이유입니다."

"내가 말하고 싶지 않다면?"

"억지로 시킬 순 없죠." 데커가 말했다. "그런데 왜 나서기로 결심했는지 궁금합니다."

"내 선고는 아나?"

"네."

"그런데 그게 뭐가 문제야? 내가 내 마음의 짐을 좀 덜고 가겠다는데. 또 알아? 저세상에 가면 저 위에 계신 분이 좀 너그럽게 봐주실지."

"그 말씀은 알겠습니다. 하지만 마스 씨를 풀어주려면 말씀하신 내용을 확인할 필요가 있습니다. FBI에서 하면 주 당국보다 일이 더 빨리 진행될 수 있죠. 서로 목적이 같다면 손을 잡는 것이 어떨까요?"

"댁은 FBI에서 일하기에는 쩌도 너무 찐 것 같은데."

"나는 예외적인 경우라서요."

"왜 예외지?"

"왜냐하면 나는 진실을 알아내고 싶으니까요. 도와주실 수 있습니까?"

몽고메리는 체념한 듯 한숨을 내쉬었다. "씨발. 뭐 해될 거 있나? 좋아." 그는 수갑 찬 손으로 마른세수를 하고 자세를 고쳐 앉았다. "외상 후 스트레스 장애라고 들어봤나?"

데커가 고개를 끄덕였다. "들어봤습니다."

"그 작자들이 그 검사를 받게 해주지는 않았지만 내가 바로 그거거든. 그 동네에서는 온갖 거지 같은 것들이 노상 활활 타고 있었지. 탄약이니 화학 무기니 하는 것들 말이야. 머리 위에서는 엿 같은 고엽제가 비처럼 쏟아지고, 게다가 베트콩들이 우리한테 뭘 쏴댔는지 빌어먹을 알 게 뭐야. 날이면 날마다 그런 것들을 숨 쉴 때마다 죄 들이켰으니……. 그러니 내가 만신창이가 안 되고 배기냐고. 암에 안 걸린 게 신기할 노릇이지. 그 와중에 박격포 탄이 바로 옆에서 터진 거야." 그가 손으로 자기 머리를 가리키자 수갑이

짤랑거렸다. "그래서 두개골 일부를 잘라냈지, 망할. 어쩌면 그때 뇌의 일부까지 같이 잘라냈는지도 몰라. 그렇다고 해도 절대 말해줄 재향군인국이 아니지만. 두통이 시작된 게 바로 그때부터였어."

"퍼플하트 훈장을 받으셨죠." 보거트가 말했다.

"그까짓 게 뭐라고. 먹고 떨어지라고 주는 거."

데커가 끼어들었다. "그때부터 두통이 시작됐다고요?"

"그렇지. 재향군인국은 내 말을 들은 척도 안 했어. 덕분에 치료는 구경도 못 했지. 나는 그래도 살아보려고 나름 노력했단 말이야. 결혼도 하고, 직장에도 꼭 들러붙어 있으려고 했는데. 애를 쓰면 뭐 해. 소용이 있어야지. 두통이 멈추질 않는데. 거기다 의사들까지 더는 처방전을 안 써준다고 버티니 별수 있나. 스스로 문제를 해결하러 나설 수밖에."

"마약을 구하려고 했다는 말씀인가요?" 대븐포트가 물었다. "통증 때문에?"

"처음에는 소박했어. 약값이나 벌어보려고 했지. 그러다가 그냥 약을 가진 작자들한테서 뺏으면 되겠구나 하는 생각이 들더라고. 중간상을 쳐내고 생산자와 직접 거래하는 거지." 그가 험악하게 웃었다. "그런 효율성은 육군에서 배웠지."

대븐포트가 물었다. "당신이 복용하던 약은 아마 중독성이 높았을 거예요. 그래서 끊을 수 없게 된 거죠."

"그래. 완전히 약쟁이가 돼버렸지. 약만 얻을 수 있다면 못 할 짓이 없었어."

"그러다가 어떻게 됐죠?" 데커가 물었다.

"그러다가 상황이 그냥 눈덩이처럼 불어났어. 내가 내가 아니라 딴사람이 된 것 같았지. 전이라면 꿈도 못 꿨을 짓을 하고 다녔어.

사람들을 다치게 하고, 도둑질하고. 눈 하나 깜짝 않고 해치웠어. 그 전에도 이런저런 한심한 짓거리로 몇 차례 체포당한 적은 있지만 빵에 간 적은 한 번도 없었거든. 그런데 첫 결혼이 파투 나고 일자리하고 집까지 몽땅 잃고 나니까 어느새 전국을 떠돌고 있지 뭐야. 어떻게든 두통을 멈춰보려고 발악하면서 말이야."

"그러다가 마스 부부를 만난 겁니까?"

몽고메리는 다시 고개를 떨어뜨리고 이마에 깊은 주름을 만든 채 양 엄지손가락을 맞대고 눌렀다.

"이봐. 나는 그 사람들 이름도 몰랐어, 처음에는."

"알겠습니다. 어쨌든 그날 밤으로 우리를 안내해주시겠습니까?" 데커가 말했다.

"전날 밤에 그 촌구석에 처음 들어갔어. 그냥 지나던 길이었지. 그 동네에는 아는 사람 하나 없었거든. 신호등이라고는 딱 하나 있는 똥구덩이 같은 동네였어."

"전날 밤이라고 하셨죠. 어디에 묵었습니까?" 보거트가 물었다.

몽고메리가 보거트를 보며 얼굴을 잔뜩 일그러뜨렸다. "내가 그럴 돈이 어디 있어? 주머니가 텅텅 비었는데. 땡전 한 푼 없었다고. 주린 배를 달랠 돈도 없는데 묵을 곳이 다 뭐야. 그냥 차에서 잤지."

"계속하세요." 데커가 말했다.

"이튿날 차를 몰고 가는데 전당포가 보였어. 작은 시내에 있는 전당포. 처음에는 진짜 아무 생각도 없었는데, 갑자기 생각이 나데. 혹시 뭔가를 잡힐 수도 있을지 모르니 들어가보자고. 훈장하고 옛날에 군대에서 받은 권총이 있었거든. 그것들을 잡히면 밥 사 먹을 돈은 나오지 않을까 해서. 마침 연료도 간당간당했고. 탱크를 채울 수 있으면 다음번 시궁창까지 가보자 했지. 어쨌든 거기서 그 남자를 만난 거야. 그 커다란 백인 녀석."

"로이 마스 말이군요." 재미슨이 말했다. "거기서 일했죠."

몽고메리가 고개를 끄덕였다. "당시에는 그게 그 사람 이름인지도 몰랐어. 어쨌든 내 물건을 꺼내서 보여줬지. 그랬더니 그 자식이 그런 개똥 같은 것엔 관심 없다지 뭐야. 텍사스에는 재향 군인이 우글거린다나. 보관함을 가리키기에 보니까 사람들이 잡혀놓고 끝내 찾으러 오지 않은 총하고 낡은 훈장이 가득하더라고."

보거트와 데커가 눈길을 교환했다.

몽고메리가 말을 이었다. "어쨌건 난 뚜껑이 열려버렸어. 그 자식에게 재향 군인이냐고 물었더니 당신이 그걸 알아서 뭐하냐면서 혹시 동냥질하러 온 거면 자기도 입에 풀칠하기 바쁜 처지니까 딴 데 가서 알아보라고 하데. 그러고 있는데 문이 열리더니 다른 손님이 들어오더라고. 나는 한쪽 구석으로 가서 지켜봤지. 그 자식이 금전 등록기를 여는데, 돈이 잔뜩 들어 있는 거야. 이 자식이 거짓말했구나. 돈이 있으면서. 입에 풀칠하는 수준이 아니었어. 그래서 더 뚜껑이 열렸지."

"그래서 어떻게 했습니까?" 보거트가 물었다.

"내 차로 돌아가서 기다렸지. 육군에서 인내심도 배웠거든. 일단 그 자식을 사냥하기로 마음먹자 얼마든지 기다릴 수 있었어. 밤 9시쯤인가 가게를 닫고 자기 차에 올라 출발하데. 뒤따라갔지. 자기 집으로 가는데, 집이 무슨 허허벌판 한가운데 있더라고. 주변에 다른 집은 한 채도 없었어. 뭐 나한테는 좋은 일이었지. 그 남자가 집으로 들어가기에 나도 차를 세우고 따라 내렸어."

"당신이 몰던 차종은 뭐였습니까?" 데커가 물었다.

몽고메리는 머뭇거리지 않았다. "77년식 암청색 V형 8기통 폰티액 그랑프리. 녹슨 똥차에 덩치는 집채만 했어. 그 망할 놈의 후드에 헬리콥터를 착륙시키고도 남았을걸."

"그걸 그렇게 상세하게 기억하다니 놀랍군요."

"한 1년은 아예 차에서 살았으니까."

"차는 당신 소유였습니까?" 데커가 물었다.

몽고메리가 눈길을 들어 그를 봤다. "어딘가에서 훔쳐서 테네시의 한 폐차장에서 번호판을 갈았어. 어딘지는 기억 안 나."

"그래서 집 밖에서 기다렸습니까?"

"맞아. 그 자리에서 감시했지. 아까도 말했지만 군대에서 배운 대로 말이야. 아무한테도 들키지 않고 창문 안을 들여다볼 수 있었어. 사람은 둘뿐인데. 그 남자하고 마누라 같은 여자하고. 여자가 흑인이었던 게 기억나. 남자가 백인이었으니까 깜짝 놀랐지."

"알겠습니다. 그다음엔 어떻게 됐죠?"

"아마 밤 11시 반이나 그쯤 될 때까지 기다렸어."

"확실합니까?" 데커가 물었다.

몽고메리의 얼굴에 잠깐 놀란 듯한 표정이 스쳤다. "그래. 왜?"

"그냥 확인하려는 겁니다. 계속하세요."

"뒷문으로 들어갔어. 총을 꺼내 들고. 문을 안 잠갔더라고."

"어떤 종류의 총이었습니까?" 보거트가 물었다.

"군대에서 받은 내 총. 전당포에 맡기려던 거."

데커가 고개를 끄덕였다. "그래서 그다음에는요?"

"아래층에는 아무도 없었어. 불이 꺼지고 위층 불이 켜지는 걸 보고 들어갔거든. 잠자리에 든 것 같았지. 층계를 살금살금 올라갔는데 어느 방으로 들어갔는지 헷갈리는 거야. 아무 방에나 들어갔더니 아무도 없었어. 여자애들 포스터가 벽에 붙어 있고, 운동 장비가 잔뜩 널려 있기에 이 집 애 방이구나 했지. 혹시라도 애가 침대에서 자고 있으면 어쩌나 했는데, 비어 있었어."

"그래서 그때 그걸 본 겁니까?" 데커가 물었다. 그 말에 재미슨과 대븐포트의 눈빛이 날카로워졌다.

몽고메리가 입술을 핥더니 고개를 끄덕였다. "그래. 벽 시렁에 놓인 산탄총이 보였지. 그걸 보는데, 내 권총은 쓰면 안 되겠구나 하는 생각이 들었어. 그걸 실마리로 나를 추적할지도 모르니까. 왜, 탄도학인가 하는 그런 걸로 말이야."

"당신 총이 없으면 불가능합니다." 보거트가 지적했다.

"그야 그렇지. 하지만 나를 체포하면 내 총을 갖게 될 수도 있잖아." 몽고메리가 반박했다.

"계속하세요." 데커가 말했다.

"산탄총을 내린 다음에 시렁에 딸려 있는 작은 서랍에서 탄환을 찾아내 장전했지. 그런 다음 부부 침실로 갔어. 침대에 잠들어 있는 걸 깨웠더니 똥을 지릴 만큼 겁을 집어먹더라고. 남자가 나를 알아보는 눈치였어. 전당포에서 가져온 돈을 내놓으라고 했지. 그럼 살려주겠다고. 그랬더니 매일 밤 주인이 챙겨 가서 은행의 야간 예금 투입구에 넣어두기 때문에 주고 싶어도 못 준다지 뭐야. 그 말에 제대로 뚜껑이 열려버렸어. 나는 그놈이 거기 주인인 줄만 알았는데 그냥 하찮은 점원 놈이었던걸. 그 망할 곳의 주인이라도 되는 것처럼 허세를 부려놓고는. 나는 나한테 거짓말하는 새끼들이 딱 질색이야. 봐주려야 봐줄 수가 없지. 내가 장담하는데 그 새끼는 아마 군복을 입어본 적도 없을걸. 그런 주제에 감히 날 깔봐? 동냥은 못 준단 소리를 해?" 몽고메리는 판결을 내리듯 고개를 저었다. "빌어먹을, 자기가 뭐나 되는 줄 알고? 이 몸이 그런 걸 참아 줄 리 없지. 그래서 그 새끼를 갈겨버렸어. 그랬더니 마누라가 비명을 질러대데. 내가 그 여자를 어떻게 살려두겠어, 안 그래? 그래서 여자도 마저 쏴버렸지."

몽고메리는 갑자기 말을 멈추고 재미슨과 대븐포트를 살폈다.

"뭐 문제 있습니까?" 데커가 물었다.

"그 여자를 쏴버리고 나도 마음이 좋지는 않았어. 하지만 달리 어쩔 도리가 있어야지." 그가 어깨를 으쓱했다. "사람을 죽인 게 그때가 처음은 아니었지만 말이야. 전쟁터에서만 그런 것도 아니었고. 그렇지만 여자를 죽인 건 그때가 처음이었다고. 그 남편 놈이야 잘못한 게 있지만 여자는 아무 잘못도 없었는데."

"그리고 그다음에는 뭘 했죠?" 자기가 루신다 마스를 죽여놓고 엉뚱하게 남편 탓을 하는 남자에 대한 역겨움을 억누르며 데커가 물었다.

밀리건은 이 모든 이야기를 태블릿에 입력하느라 여념이 없었지만 그 역시 욕지기가 난다는 표정이었다.

"나는 제정신이 아니었어. 내 말은, 그런 상황에서는 아드레날린이 솟구치거든. 그렇지만 그 상황이 지나가면 약에서 깨어난 기분이 되지. 우울한데. 처음에는 얼른 내빼자는 마음밖에 없었어. 그때 시신들을 내려다보는데 다른 생각이 나는 거야. 그 집을 염탐하다가 차고를 얼핏 봤거든. 그때 기름통을 본 게 기억났어. 냉큼 뛰어내려 가서 그걸 가져다가 두 사람 위에 냅다 붓고는 불을 질러버렸지."

"왜 그랬죠?" 보거트가 물었다.

"내 생각엔……." 몽고메리가 불안한 기색을 드러냈다. "어쩌면 시체하고 집이 다 타버리면 화재로 죽은 줄 알지 않을까 싶어서. 그럼 누가 그 사람들을 쐈다고는 생각 못 할 테니까."

"산탄총은 어떻게 했습니까?" 데커가 물었다.

"도로 시렁에 올려놨지."

"그런 다음에 떠났습니까?"

"그래. 차에 올라타서 죽어라 꽁무니를 뺐어."

"빠져나가는 길에 다른 차를 봤습니까?" 데커가 물었다.

몽고메리가 고개를 저었다. "머릿속이 곤죽이 돼서 육군 탱크 대대가 지나가도 못 봤을걸."

"장갑을 끼고 있었습니까?" 데커가 물었다.

"장갑?"

"산탄총을 집어 들었을 때요."

"아, 그래, 장갑을 끼고 있었지. 지문이 남으면 안 되겠다 싶어서. 육군에 있었을 때 기록을 남겼으니까." 몽고메리가 말을 멈추고 데커를 봤다. "그리고 그게…… 다야."

"아닌 것 같은데요. 멜빈 마스는 어떻게 알았습니까?"

"아, 그거." 몽고메리가 기다렸다는 듯 대답했다. "작년에야 알았어. 여기 감옥에서 어떤 녀석이 마스 이야기를 하더라고. 텍사스의 어떤 사내한테 들었다면서."

"그 녀석 이름을 아십니까?" 보거트가 물었다.

"도니 크로켓." 몽고메리가 냉큼 대답했다.

"지금은 어디 있죠?"

"관 속에. 녀석도 사형수 감옥에 있었거든. 넉 달 전에 형이 집행됐지."

보거트와 데커가 시선을 교환하는 동안 대븐포트는 몽고메리의 얼굴에서 눈길을 떼지 않았다.

대븐포트가 물었다. "그 사람이 왜 당신한테 멜빈 마스 이야기를 했죠?"

"모르셨나?" 몽고메리가 씩 웃으면서 대꾸했다. "나도 미시시피 대학에서 공 좀 잡아본 몸이거든. 풀백이었지. 경기 내내 남들 몸뚱이 들이받는 게 일이었어. 테일백을 빛내주려고. 그야, 내 나이가 훨씬 많다 보니 마스하고 경기해본 적은 없고. 나중에야 그 친구 이야기를 들은 거야. 텍사스에서 내가 한 일하고 상관있을 거라는 생각 못 했지. 그러다가 감방 동료한테 자세한 이야기를 듣고, 마누라한테 구글에서 찾아보라고 시켰어. 그 부모 사진을 보니까 내가 죽인 그 사람들이 맞더라고."

"왜 자진해서 나서기로 마음먹은 겁니까?" 데커가 물었다. "하느님이 더 잘 봐주실 것 같아서?"

몽고메리가 어깨를 으쓱했다. "이봐. 나야 어차피 죽을 몸이잖아. 내 인생은 내 손으로 말아먹었지만, 이 마스라는 친구는 나 때문에 많은 걸 잃었지. 그냥 그걸 조금 갚아주고 싶었어. 가기 전에 착한 일 하나쯤 해야 할 것 아냐." 그는 말을 멈추고 데커에게 탐색하는 듯한 시선을 던졌다. "그 친구 놔주는 거 맞지? 그 친구는 제 부모 안 죽였어. 내가 죽였지."

"어디 두고 봅시다. 그게 우리가 여기 온 이유니까요."

"그 집에 관해 내가 아는 건 지역 경찰에게 죄다 털어놨어. 경찰에서 공개하지 않은 자세한 이야기들까지. 내가 한 거라니까. 더 무슨 말이 필요하다는 거야?"

"당신이 많은 말을 한 건 맞습니다."

보거트가 물었다. "그럼 멜빈 마스는 실제로 만나본 적도 없다?"

몽고메리가 고개를 저었다. "없어요, 요원님. 그 친구는 한 번도 못 봤어. 그날 밤 집에 있었다면 그 친구도 내 손에 죽었겠지만."

모두 잠시 침묵에 잠겼다. 보거트가 메모를 내려다보는 동안 데커는 몽고메리를 뜯어봤다. 재미슨과 대븐포트는 그런 데커를 지켜봤다.

데커가 마침내 입을 열었다. "그래서 나중에 재혼했다고요?"

몽고메리가 고개를 끄덕였다. "한 2년쯤 지나서. 난 그때 벌써 50대였고, 레지나는 나보다 스무 살 아래였지. 아이도 낳았어. 그만 손 씻고 좀 잘 살아보자 했는데 참 안 도와주데." 그가 자신의 머리를 다시 가리켰다. "두통이 돌아왔어. 잠시도 안 아픈 순간이 없었지. 완전히 돌겠는 거야. 개짓거리하고 다녔지. 보다 못한 레지나가 아들 녀석을 데리고 도망가버렸어. 나는 은행 강도질을 하고 마약을 팔다가 거래 상대를 한둘인가 죽였는데 어쩌다 보니 주 경찰관까지 하나 죽였지 뭐야. 그래서 지금 이 신세가 됐지."

"부인은 지금 어디 사십니까?" 데커가 물었다.

그 말에 몽고메리의 눈썹이 꿈틀했다. "그건 왜 물어?"

"그분하고 이야기할 필요가 있습니다."

"뭐 때문에?" 몽고메리가 재차 물었다.

"그분도 이 사슬의 일부니까요. 우리는 모든 고리를 살펴봐야 합니다."

몽고메리는 그 말을 한참 곱씹었다. "여기서 한 30킬로미터쯤 떨어진 곳에 살아. 감옥에 주소가 있어. 내가 여기로 이감됐을 때 거기로 이사 왔지."

"재혼한 지는 얼마나 됐습니까?"

"한 18년쯤인가. 나는 그중 9년을 감옥에 있었어. 말했다시피 아내는 구제 불능이 된 나를 두고 떠났었어. 빌어먹을. 토미는 그때 완전히 아기였지. 그래도 내가 사형 선고를 받으니까 면회 와주데. 정식으로 이혼하지는 않았어. 아마 나한테 미안했던 모양이지."

"아이가 몇입니까?" 데커가 물었다.

"토미 하나. 제 엄마하고 같이 사는데 여기는 절대 안 와. 탓하려는 건 아니야. 내가 저를 보살펴주지 않았는데 나를 보살펴줘야 할 의무가 있나? 애 엄마 말로는 꽤 뛰어난 미식축구 선수래."

"부인은 자주 오나요?" 대븐포트가 물었다.

몽고메리가 그녀를 바라봤다. "매주, 시계태엽처럼."

"마음이 고우시네요." 대븐포트의 말에 몽고메리가 경계하는 표정을 지었다.

"누구 또 면회 오는 사람이 있습니까?" 데커가 물었다.

"나한테 다른 사람이 어디 있겠어."

"변호사나 그런 사람도 없습니까?"

"붙여주려고는 했어. 하지만 잘 안 됐지. 그냥 가버렸어."

데커가 말했다. "형 집행일은 언제죠?"

"어제 기준으로 3주 후."

대븐포트가 물었다. "왜 독극물 주사 대신 전기의자를 택했죠?"

모두의 눈길이 그녀에게 쏠렸다.

몽고메리가 씩 웃었다. "내가 앞으로 가게 될 데를 생각하면 더운 데 익숙해지는 편이 낫겠다 싶어서. 그리고 번쩍하고 화려하게 가는 것도 나쁠 것 없잖아."

"부인은 앞으로 어쩌실 계획이랍니까?" 데커가 물었다.

"어딘가 다른 곳에서 새로 출발해야겠지."

"그렇군요. 부인을 만나면 안부 전해드리죠."

"내가 옳은 일을 하고 있는 거 맞겠지?" 몽고메리가 불안한 어조로 물었다.

"그 대답은 제가 할 수 있는 게 아니죠. 한 가지만 더, 마스 부부한테 돈이나 물건 같은 걸 훔쳤습니까?"

몽고메리가 경계의 빛을 띠고 데커를 올려다봤다. "아니, 경찰이 내가 그랬대?"

"그 부근에서 다른 범죄를 저질렀습니까?"

"아니. 이미 말했잖아. 그들을 죽인 다음 잽싸게 내뺐다고."

"거기 머물면서 일용직 노동 같은 걸 하지는 않았다?"

몽고메리는 데커를 정신 나간 사람인 양 쳐다봤다.

"그 둘을 살해하고 나서?"

"그래서 안 했다는 거죠?"

"안 했다고. 빌어먹을."

"그곳을 떠나서 얼마나 멀리까지 갔습니까?"

"몰라."

"기억나는 도시 이름 없습니까?"

몽고메리는 잠시 생각에 잠겼다. "애빌린이던가. 맞아, 그거야. 20번 주간 고속 도로를 타고 동쪽으로 쭉 갔어. 그랬더니 곧장 애빌린이 나오데."

"대략, 음, 한 300킬로미터? 아마 차로 한 3시간 거리?"

"내 짐작으론 그쯤 될 거야. 그래."

"알겠습니다. 감사합니다."

떠날 채비를 하는데 몽고메리가 그들을 불렀다. "마스한테 내가 미안해한다고 전해줄 수 있어?"

데커가 그를 돌아봤다. "솔직히 별로 좋은 생각 같지 않은데요."

그들은 차를 몰아 곧장 레지나 몽고메리의 집으로 향했다. 몽고메리의 말대로 교도소에서 겨우 20분 거리에 있었다. 금방이라도 비를 뿌릴 듯 하늘이 잔뜩 찌푸려 있었다. 기온이 낮은 것을 감안하면 어쩌면 비가 아니라 눈이 내릴 수도 있었다. 비록 앨라배마의 이 지역에는 눈이 거의 오지 않지만.

보거트가 운전대를 잡고 데커가 그 옆에 탔다. 대븐포트는 뒷좌석에서 태블릿에 뭔가를 끼적이고 있었다. 옆자리의 밀리건 역시 자기 태블릿으로 같은 일을 하고 있었다.

밀리건 왼쪽에 앉은 재미슨이 말했다. "참 무서운 사람이던데요."

"음, 적어도 사람들이 더는 그 사람 때문에 겁먹을 필요 없겠죠." 보거트가 말했다.

"당신은 그 사람이 머리 부상 때문에 그 온갖 짓거리를 한 거라고 봐요?"

"나도 모르죠. 법의 눈으로 보면 그렇든 아니든 그건 중요하지 않아요."

"난 아닌 것 같아요." 재미슨이 의심 가득한 목소리로 말했다.

"리사, 당신 의견은 어때요?" 보거트가 백미러로 대븐포트를 응시하면서 물었다.

대븐포트가 태블릿에서 고개를 들었다. "내 솔직한 감으로는 그 남자가 진실을 말하는 것 같아요. 뭔가 숨기는 게 많은 건 분명한데, 한편으로는 진심으로 후회하는 것처럼도 보이거든요. 외상 후 스트레스 증후군에 시달리고 있고, 두부 부상이 뇌의 주요 영역들에 영향을 미쳤다면 그 사람이 나중에 한 짓이 설명돼요."

대븐포트는 데커가 자신의 말을 귀담아듣지 않고 창밖을 내다보고 있음을 눈치챘다.

"당신은 어떻게 생각해요, 에이머스?"

대븐포트는 아무 대답도 듣지 못하자 앞으로 손을 뻗어 그의 어깨를 툭 쳤다. 데커가 움찔하더니 그녀를 돌아봤다.

"미안해요. 당신이 몽고메리를 어떻게 생각하는지 알고 싶어요."

"내 생각엔 우리가 레지나 몽고메리를 어떻게 생각할지가 더 중요할 것 같은데요."

"그런가요? 왜요?" 대븐포트가 어리둥절한 표정으로 물었다. "그러고 보니 당신이 아까 몽고메리에게 가족이 있는지 알아내야 한다고 했죠."

"맞아요. 얼른 그 답을 얻을 수 있으면 좋겠네요."

레지나 몽고메리는 줄지어 선 낡은 2세대용 주택들 중 한 채에 살고 있었다. 못 몇 개만 더 녹슬고 흰개미가 몇 군데만 더 갉아먹으면 바로 무너질 듯한 낡고 초라한 집이었다. 일행은 건물 앞에 차를 세웠다. 풀 한 포기 자라지 않는 앞마당에는 넝마나 다름없는 인조 가죽으로 지붕을 씌운 낡은 크림색 뷰익이 서 있었다. 거리 전체가 말라죽은 것처럼 보였다. 멀리서 화물 열차의 기적 소리가 들려왔다.

일행은 막 떨어지기 시작한 이슬비를 맞으며 앞문으로 다가갔다. 문에는 눈높이쯤에 금이 간 피라미드 모양의 유리가 끼워져 있었다. 보거트가 문을 두드렸다.

대븐포트가 말했다. "옆집은 버려진 것 같아요."

"여기 있는 집 중 절반이 버려진 것 같은데요." 보거트가 말했다.

이윽고 다가오는 발소리와 문 여는 소리가 들렸다. 레지나 몽고메리는 중키에 마른 편이었다. 머리카락은 갈색이지만 거의 하얗게 세어 있었다. 빛바랜 청바지, 플랫슈즈, 허리께가 때에 전 스웨터를 걸치고 있었다.

일행은 신분을 밝히고 집 안으로 안내됐다. 작은 거실에는 낡은 싸구려 가구 몇 점이 놓여 있었다. 레지나는 일행을 주방으로 데려가 의자에 쌓여 있던 상자들과 종이 더미를 치운 후 주방 가운데 놓인 작은 테이블에 둘러앉혔다. 의자가 네 개뿐이라 밀리건과 대븐포트는 서 있었다. 불안한 시선으로 일행을 차례로 둘러보던 레지나는 문간에서 FBI 배지를 꺼내 보여준 보거트에게 눈길을 고정했다.

"원하는 게 뭐죠?" 레지나가 단도직입적으로 물었다.

"그냥 몇 가지 여쭤보고 싶은 게 있어서요. 남편분하고 이야기를 나누고 온 참입니다."

"혹시나 해서 하는 말인데, 우리가 이혼하지 않은 건 사실이지만, 같이 안 산 지는 한참 됐어요. 그이는 몇 년이나 감옥에 있었거든요."

"그렇지만 법적으로는 아직 부인 남편이죠."

"그건 그래요."

"남편분이 로이와 루신다 마스를 살해했을지도 모른다는 걸 언제 아셨습니까?"

레지나는 의자에 등을 기대고 골똘히 생각하는 표정을 지었다. "내가 그이를 면회하러 감옥에 갔을 때요."

"날짜를 기억하십니까?"

"아니요. 정확한 날짜는 몰라요. 나는 일주일에 한 번씩 면회를 가요. 잠깐 생각 좀 해보고요." 레지나는 테이블에 놓인 담뱃갑을 집어 한 대 피워 물고는 콧구멍으로 연기를 내보냈다. "두 달쯤 전인가. 아마도 그럴 거예요. 그렇지만 확실하진 않아요."

"놀라셨습니까?"

"왜요? 그이가 사람들을 죽였다고 해서요? 아뇨, 염병. 그이가 가끔 막가는 건 나도 알고 있었거든요. 전에도 사람을 죽인 적 있어요. 그래서 사형 선고를 받았죠. 앨라배마주 경찰을 죽였어요. 절대 사형 선고를 벗어날 수 없는 범죄죠, 염병."

"본인이 한 일이 맞는지 확인하려고 부인께 온라인으로 마스 부부 사건에 대해 알아보라고 했다면서요?"

"맞아요. 도서관에 갔었어요. 집에는 컴퓨터가 없거든요. 그 부부 사진이랑 그 외에 몇 가지 정보를 출력해서 면회 갈 때 가져다줬어요. 바로 알아보던데요."

"부인이 남편분한테 당국에 알리라고 하셨나요?"

레지나는 고개를 저었다. "아니요. 그이 생각이었어요. 그렇지만 나도 그게 옳은 일이라고 생각했어요. 그이가 저지른 짓에 약간이나마 보상하는 방법으로요."

데커는 집 안을 둘러보며 눈에 띄는 모든 것을 머릿속으로 촬영했다. "남편분의 형이 집행된 후에는 어떻게 하실 계획인가요?"

레지나가 콧방귀를 뀌었다. "무슨 계획이 있겠어요. 이런 데 살면서 집세도 간신히 내는 처지에. 잡화점에서 하루 종일 일하다 퇴근하면 저 길모퉁이에 있는 맥도날드에서 파트타임을 뛰어서 간신히 먹고사는 처지라고요."

"아드님은 같이 삽니까?"

레지나가 고개를 끄덕였다. "토미. 착한 애예요. 그애는 괜찮을 거예요."

"남편분에게 듣기로 뛰어난 미식축구 선수라던데요."

레지나가 고개를 끄덕였다. "맞아요. 우리 애는 훌륭한 선수죠."

"아드님은 아버지를 만나러 가지 않나요?"

레지나는 심사가 뒤틀린 표정으로 데커를 쳐다봤다. "아니요. 왜 그래야 되죠?"

"남편분이 이 일을 겪는 동안 부인께서 곁을 지켜주시다니 정말 대단하세요." 재미슨이 말했다.

"함께 살면서 좋을 때도 있었어요. 좋을 때가 몇 번쯤은 있었죠. 그리고 무엇보다 그이는 토미 아버지예요. 모든 게 염병할 정부 탓이에요. 그이는 나라를 위해 싸우다가 머리통 한쪽이 뜯겨 나가기까지 했는데, 나라가 그이를 위해 해준 건 대체 뭐죠? 아무것도 없잖아요. 그건 범죄나 다름없어요, 염병."

"그 점에 대해서는 부인 말씀에 동의할 사람이 아주 많을 겁니다." 대븐포트가 말했다.

"달리 저희한테 해주실 말씀 없습니까?" 보거트가 물었다.

"그 밖에 내가 아는 건 하나도 없어요." 레지나가 손목시계를 흘깃 봤다. "그리고 일하러 가야 해요. 출근 시간까지 20분밖에 안 남았어요."

레지나는 일행을 문간으로 배웅하고 등 뒤에서 거칠게 문을 닫았다.

보거트가 데커를 봤다. "좋아. 이제 어쩌지?"

"하울링 쿠거스를 보러 가야지."

* * *

일행이 데커가 휴대폰으로 위치를 파악한 고등학교에 도착했을 때는 빗방울이 좀 더 규칙적으로 떨어지고 있었다.

"우리가 여기 온 이유가 뭐라고?" 보거트가 물었다.

"아까 하울링 쿠거스라고 했어요?" 대븐포트가 말했다.

데커가 끄덕였다. "레지나 몽고메리의 집에서 사진들을 봤어요. 아들이 하울링 쿠거스 미식축구 팀 운동복을 입고 있더군요."

"알겠어요. 당신은 그 아이하고 이야기해보고 싶은 거군요. 하지만 그 아이는 한 번도 아버지를 찾아가지 않았다면서요." 재미슨이 지적했다.

"나는 그 애한테 아버지에 관해 묻고 싶은 게 아니에요."

보거트는 방문객 주차장에 차를 세우고 교무실로 들어갔다. 몇 분 후, 일행은 교감과 함께 체육관으로 향했다.

"오늘 수업은 끝났어요." 남자는 일행과 함께 복도를 걸어가면서 말했다. "그렇지만 미식축구 팀은 체육관에서 훈련하고 있죠."

"미식축구 시즌은 끝나지 않았나요?" 보거트가 물었다.

남자가 웃었다. "여기는 앨라배마입니다. 미식축구 시즌에 진정한 끝이란 없죠. 그리고 우리가 이번 시즌 콘퍼런스 챔피언 대회에서 우승했거든요. 선수들은 내년에도 그러고 싶어 하죠. 그래서 그냥 평소보다 약간 더 훈련을 하는 중이에요."

남자는 코치와 이야기를 나눈 후 그들을 체육관에 남겨둔 채 떠났다. 1분쯤 기다리니 코치가 토미 몽고메리를 데려왔다. 토미는 잘생긴 아이로, 아버지보다 키가 크고 어깨가 넓고 팔뚝이 굵었다. 다리는 그보다 더 굵었다. 일행을 둘러보는 그의 시선이 그리 곱지 않았다.

"우리 노친네 일로 오셨다고 코치님께 들었어요."

"맞아요." 보거트가 말했다.

"저는 그 사람에 관해 할 말이 아무것도 없어요. 왜냐하면 그 사람을 알지도 못하거든요. 한 번도 같이 살아본 적이 없어요. 거기서 그 사람을 치워버리면 오히려 기쁠 거예요. 그러고 나면 그 사람이 내 인생에서 영원히 사라질 테니까."

데커는 준비 운동을 하는 다른 선수들을 바라보며 물었다. "학생은 무슨 포지션을 맡고 있죠?"

토미가 그를 올려다봤다. "왜요? 미식축구 좀 아세요?"

"약간은요. 학생은 오펜시브나 디펜시브 라인을 맡기엔 덩치가 작은 편이네요. 라인배커라기도 그렇고. 그렇지만 팔다리가 길어요. 바위 같은 장딴지와 허벅지에 손가락은 온통 굳은살투성이고. 공을 많이 만지고 스크리미지 라인보다 더 멀리까지 뛰죠. 그러니 학생은 세이프티나 테일백 아니면 리시버일 겁니다."

데커를 보는 토미의 눈빛이 달라졌다. "공을 잡아보셨군요. 저는 테일백이에요."

재미슨이 자랑스럽게 말했다. "데커는 오하이오주 대표 팀에서 뛰었어요. 그 후에는 클리블랜드 브라운스에 들어갔죠."

토미의 턱이 벌어졌다. "젠장, 진짜예요?"

데커가 말했다. "이 팀의 가장 좋은 러닝 플레이(쿼터백이 스크리미지 라인 뒤에 있는 러닝백에게 직접 공을 전달해 전진하는 작전./옮긴이)는 뭐죠?"

"폭죽이라고 부르는 작전이 있어요. A-갭(수비 라인맨들이 늘어서면 그 사이사이에 빈틈이 생기는데, 중앙의 두 빈틈은 A-갭, 중앙에서 가장 먼 양 끝의 빈틈은 C-갭, 그 중간의 두 빈틈은 B-갭이라고 한다./옮긴이) 풀백에게 공을 날릴 것처럼 속이고 왼쪽 가장자리에 있는 내게 던져요. 내가 B-갭으로 질러가 이리저리 몸을 틀어서 수비수를 헷갈리게 만들어 따돌리고 라인을 넘으면 타이트엔드가 배커에게 컷백(공을 가진 선수의 반대 방향 또는 라인 중앙으로 빠르게 방향을 전환하는 것./옮긴이)을 하고, 그럼 나는 코너백을 들이받고 잽싸게 내빼죠. 세이프티의 태클에 당하지 않는 한 적어도 10야드 거리에는 늘 먹혀요. 보통은 서드 앤드 롱 상황(총 세 번의 공격 기회 중 세 번째에서 6야드 이상 전진해야 하는 상황./옮긴이)에서 하는데, 왜냐하면 그때는 가로막혀 있지 않고 커버 투(세이프티 두 명이 필드를 반으로 갈라 맡는 전술./옮긴이)를 하는 세컨더리(수비 팀 후위 선수./옮긴이)는 우리가 패스할 것으로 넘겨짚고 방심하거든요."

"도무지 무슨 소린지 한마디도 못 알아먹겠네." 대븐포트가 갈피를 못 잡겠다는 표정으로 말했다.

"나도 마찬가지라고 말하면 당신 기분이 조금 나아질지 모르겠군요." 보거트가 대꾸했다.

데커는 포메이션을 짓고 있는 선수들을 바라봤다. "타이트엔드의 역할이 배커를 저지하는 거라면 분명히 그를 그쪽으로 보내겠군요."

토미가 대꾸했다. "예, 추가 블로킹 담당이죠."

"하지만 그는 제대로 쓰이고 있지 않아요." 데커가 토미를 돌아봤다. "좋아요, 코치에게 몸 흔들기는 치워버리라고 해요. A-갭 페이크로 어쨌거나 안쪽 라인맨은 발이 묶였을 테니까. 그러니 시간 낭비하지 말라고 하라고요. 학생은 B-갭으로 곧장 날아가고 싶죠? 그럼 레프트 태클이 부딪혀 넘어져서 가장자리를 봉쇄하게 해요. 가드가 배커를 저지하러 오면 타이트엔드가 풀려나요. 그러면 그의 뒤를 쫓아 필드로 가요. 세이프티가 와서 플레이를 하려고 하면 그더러 왼쪽 어깨로 막아서 바깥으로 밀치게 해요. 그동안 학생은 안쪽으로 세게 밀어붙이고. 코너백이 커버 투를 하고 있으면 아마도 이미 그 피치 때문에 바깥 가장자리에 신경 쓰느라 바쁠 거예요. 그러면 당신 팀은 리시버가 그를 블로킹하고 있을 테니까, 그쪽은 그리 걱정하지 않아도 됩니다. 힘이 달리지만 않으면 10야드보다 훨씬 멀리까지 갈 거예요. 다른 세이프티가 들어오는 각도를 능가할 정도로 빠르다면 어쩌면 엔드존까지 갈 수 있을지도 모르고."

토미가 활짝 웃었다. "젠장, 우아, 고마워요."

"천만에. 혹시 장학금 제의 들어온 거 있어요?"

"1학년 때부터 줄곧 받고 있어요. 졸업반 되려면 아직 1년이나 남았는데 벌써 세 군데서 들어왔어요. 디비전1에서 두 곳, 디비전2에서 한 곳."

"굉장하네요. 잘됐군요. 저기, 우리는 어머니하고 이야기했어요. 그분의 앞날에 관해서요. 학생 아버지가 가시고 나면……." 데커는 말끝을 흐리면서 토미에게 은근히 기대하는 시선을 보냈다.

"네."

"그 후 1년만 더 있으면 학생도 여길 떠나겠죠. 어머니가 생활하시는 데 어려움이 없어야 할 텐데요."

"아, 어머니는 괜찮을 거예요. 그 돈도 있고 뭐 그러니까."

보거트가 뭐라 말하려 했지만 데커가 끼어들었다. "맞아요, 그돈. 어머니가 막 그 이야기를 하시려던 참인데 출근 시간이 다 되는 바람에 급히 나와야 했죠."

"큰돈이죠. 그 정도면 어머니가 편히 지내시기에 넉넉할 거예요."

"어머니도 그러시더군요. 그런데 어디서 난 돈인지 알아요?"

"보험요. 우리 인간쓰레기 아버지가 생명 보험을 들어놨대요. 참 별일이 다 있죠."

"사형당할 경우에도 보상해준다는 건가요?" 보거트가 물었다.

"네. 제 말은, 어머니 말로는 그렇대요."

"많은 돈이라는 게 그거군요." 데커가 말했다. "얼마나 많은지 알아요?"

"아니요. 정확히는 몰라요. 그렇지만 제가 졸업하고 나면 어디든 제가 갈 대학 쪽으로 이사 가서 거기 자리 잡고 살 거랬어요. 집도 사고, 일도 안 해도 된다고 하셨어요." 토미가 말을 멈췄다. "제말은, 어머니는 늘 제 곁에 있어줬거든요. 알죠. 남자들은 대개 대학에 가면 어머니하고 가까이 사는 걸 바라지 않아요. 그렇지만 아시다시피 우리는 힘들게 살았고, 어머니는, 무슨 말인지 아시겠어요?" 그는 약간 민망한 표정으로 말을 맺었다.

"무슨 말인지 정확히 알아요. 경기에 행운이 따르길 빕니다." 데커가 관자놀이를 두드렸다. "그리고 절대 머리로는 들이받지 마요. 그럴 가치가 없어요."

일행은 토미를 남겨두고 다시 차로 걸어갔다.

"어떻게 알았어요, 데커?" 대본포트가 말했다.

"알다니, 뭘요?"

"레지나 몽고메리에게 돈이 생길 거라는 거?"

"토미가 말해주기 전까지는 몰랐어요. 하지만 의심은 했죠."

"의심은 왜 했지?" 보거트가 물었다.

"왜냐하면 죽은 사람은 현금이 있어도 쓸 데가 없으니까."

"찰스 몽고메리가 오늘 앨라배마주 법정에서 판사에게 당신 부모님을 살해했다고 증언했습니다."

데커는 의자에 앉아 병원에 딸린 시설에서 일주일째 재활 훈련을 하고 있는 멜빈 마스를 구경하며 팔걸이에 올려놓은 손을 까딱거렸다. 마스는 아주 멀쩡해 보였다. 붓기는 아픔과 함께 가라앉았다. 의사들이 그에게 완벽히 건강하다는 진단서를 떼줬다. 퇴원은 이튿날로 잡혀 있었다. 마스는 들어 올리고 있던 아령을 내려놓고 수건으로 얼굴을 닦았다.

"그래서 그게 정확히 무슨 뜻이죠?"

"진실만을 말한다는 선서하에 공식 진술을 했다는 뜻입니다. 당신 부모님 살해에 관한 세부 사항들을 포함해서요."

"그리고 법정이 그걸 수용했다고요?"

데커가 고개를 끄덕였다. 그는 오늘 혼자서 이곳을 찾아왔다. 마스와 잠깐 단둘이 이야기할 시간이 필요했다.

"그래서 이제 어떻게 되죠?"

"그 진술은 당신 사건의 관할권을 가진 이곳 텍사스주 법정으로 넘겨졌습니다. 법정에서 검토를 마친 후 결정을 내릴 겁니다."

"나를 기소한 사람들은 어떻게 되죠?"

"그 사람들은 은퇴했어요. 하지만 주 당국의 법률가들이 모든 상황을 검토 중입니다. 그 사람들이 몽고메리를 믿기로 결정하고 당신을 지지하면, 내 생각에 법정은 당신을 풀어주는 것 말고는 다른 선택지가 없을 겁니다. 그것도 당장요."

마스가 수건을 목에 감았다. 딱 붙는 티셔츠 위로 팽팽한 근육이 드러났다. 마스가 데커 맞은편에 와 앉았다.

"그 일이 전부 끝나기까지 얼마나 걸릴까요?"

"그리 오래는 아닐 겁니다."

"어떤 사람이었어요?" 마스가 조용히 물었다.

"누구, 몽고메리요?"

마스가 바닥을 쳐다보며 고개를 끄덕였다.

"아마 당신이 감옥에서 봐온 많은 사람과 마찬가지일 겁니다."

"그러니까 심심풀이로 남을 해치는 게 취미인 막장 인생 개새끼라고요?"

"베트남전 참전 군인이었습니다. 거기서 독성 물질 때문에 두통을 얻었다더군요. 통증을 견딜 수 없었답니다. 재향군인국에서 원조를 받지 못해서 약값을 벌려고 범죄에 발을 들였고요."

"그런데 우리 부모님은 왜 죽였답니까?"

"정말 듣고 싶어요? 그래 봤자 달라질 건 하나도 없어요."

마스가 데커를 올려다봤다. "말해줘요."

"그냥 운이 나빠서 그 시간, 그 장소에 있었던 거죠. 몽고메리는 당신 아버지가 일하던 전당포에 물건을 잡히려고 했답니다. 그런데 받아주지 않았다고, 무시당했다고 하더군요. 뚜껑이 열려서 집까지 몰래 따라가 돈을 내놓으라고 했더니 아버지가 자기는 거기 직원일 뿐이라고, 주인이 돈을 매일 밤 은행에 넣는다고 했답니다. 그래서 그 일을 저지른 거죠. 당신 방에서 찾아낸 당신 산탄총으로. 그리고 차고의 기름통하고."

마스는 바닥을 뚫어지게 바라봤다. "그래서 그 말을 믿어요?"

"그곳에 있지 않았다면 알 수 없을 상세한 부분들을 알고 있더군요."

마스가 다시 고개를 들었다. "당신은 그 사람이 그랬다고 믿느냐고요."

데커는 아무 말도 하지 않았다.

"당신은 그를 믿지 않는군요."

"내가 뭘 믿느냐는 중요하지 않아요. 중요한 건 진실이 뭐냐는 거죠."

"그리고 그건 내 질문에 대한 대답하고는 거리가 한참 멀고요." 마스가 짜증스럽게 말했다. "모든 일을 그렇게 복잡하게 만들어야만 직성이 풀립니까, 데커?"

"내 일은 진실을 알아내는 거니까요, 멜빈. 처음 만났을 때 말했을 텐데요. 지금 이 순간, 나는 아무도 믿지 않아요."

"나도 포함해서요?"

"당신 경우에는 믿음 쪽으로 기울고 있어요. 평소에 비하면 빠른 편이에요. 아마도 당신이 너무 귀여운 타입이라서 그런가 봅니다."

마스가 크게 웃었다. "유머 감각이 있는 줄은 미처 몰랐네요."

"실은 없어요. 당신한테 옮았나 봐요."

"그래서 이 모든 일이 결정되는 동안, 나는 어디에 있게 되죠?"

"FBI가 관리하는 안가요. 오스틴에 있습니다."

"텍사스 대학에서 경기했을 때 이후로 처음 가보겠네요."

"그렇겠군요." 데커가 잠시 뜸을 들였다. "물어볼 게 있습니다."

"좋아요. 물어봐요."

"당신 어머니의 전체 검시 보고서를 읽었습니다."

마스가 몸을 굳히며 데커에게 경계의 눈빛을 보냈다. "그래서 그게 뭐요? 뭘 보기라도 했어요?"

"검시관이 당신 어머니가 말기 뇌종양이라고 결론 내린 것을 봤습니다."

마스는 비틀대다 하마터면 의자에서 떨어질 뻔했다. 손바닥으로 바닥을 치고 몸을 곧추세워 간신히 균형을 되찾았다.

"반응을 보니 몰랐던 모양이군요."

"헛소리하지 마요." 마스가 소리쳤다.

"보고서에 따르면 아닙니다. 종양 사진들이 있었거든요. 산탄총 피격으로 손상이 심했기 때문에 사진은 보여드리지 않을 생각입니다."

마스가 믿을 수 없다는 듯 휘둥그레진 눈으로 데커를 바라봤다. "어머니는 나한테 한마디도 안 하셨어요. 아무 말씀도요."

"아프신 티가 전혀 안 났나요?"

마스가 수건으로 얼굴을 누르고 흐느끼기 시작했다. 예상하지 못한 상황에 데커는 물러앉아 마냥 기다렸다. 마침내 흐느낌이 잦아들었다. 마스가 얼굴을 문질러 닦고 느릿느릿 바로 앉았다. 가슴께가 아직 들썩이고 있었다.

"살이 빠지셨어요. 식욕이 별로 없으셨고요. 그리고 머리가 아프다고 하셨어요. 편두통이라고 하셨는데…….”

“병원에 가신 적 있습니까? 치료를 받으신 적은요?”

“믿을 수 없어요. 뇌종양이 있는데 나한테 말하지 않으셨다고요? 어머니가 죽어가고 있었는데, 두 분이 당신들의 유일한 자식에게 그 이야기를 꺼낼 생각도 하지 않았다고요?”

“충격인 건 압니다, 멜빈. 그렇지만 어머니가 치료를 시작하셨다면 당신이 알았겠죠, 그렇죠?”

“글쎄요. 나는 집을 자주 비웠어요. 그렇지만 어머니는 머리카락이 빠지거나 그런 증상이 없으셨어요. 그랬다면 알아차렸겠죠.”

“마지막까지 여전히 일하셨나요?”

마스가 고개를 들었다. “아니요. 아버지가 어머니더러 좀 쉬는 게 좋겠다고 해서요. 나는 그냥 내가 돈을 벌게 돼서 그런가 보다 했죠. 정말 꿈에도…….” 목소리가 차츰 잦아들었다.

“두 분이 시내의 병원에 가셨을까요?”

“아마 그랬겠죠. 치과는 주치의가 있었어요. 그리고 어머니는 가끔 척추 지압을 받으셨어요. 일을 워낙 많이 하다 보니 몸이 뻣뻣해지셨죠.”

“의사 이름을 압니까?”

“아니요.” 마스가 말을 멈췄다. “머릿속이 내 생각으로 꽉 차 있었던 것 같아요, 데커. 정말이지 부모님께는 별로 신경을 못 썼어요. 미식축구 때문에 하도 바빠서요. 그렇지만 그래도 두 분을 사랑했어요. 두 분을 잘 모시려고 했어요. 그런데……., 빌어먹을.”

마스가 고개를 떨어뜨렸다. 그의 얼굴이 죄의식과 고통으로 가득했다.

“당신은 나이에 비해 많은 걸 떠안고 있었어요, 멜빈. 나라면 자신을 그리 심하게 탓하지 않겠어요."

"뇌종양 말이에요. 그게 두 분의 죽음하고 뭔가 관계가 있다고 생각해요?"

"그게 어떻게 가능할지 모르겠어요. 하지만 지금 모르는 게 도서관을 채우고도 남을 정도라서……."

마스가 자세를 고쳐 앉으며 다시 얼굴을 문질러 닦았다. "그 사람들이 풀어주면 나는 뭘 해야 되죠, 데커?"

공허한 목소리였다. 마스는 마치 존재하는 줄도 몰랐던 세계에서 길을 잃은 소년 같은 눈빛으로 데커를 응시했다. 데커는 이 질문에 어쩔 줄 몰라 하며 침묵을 지켰다.

마스가 다시 고개를 떨어뜨리고 말을 이었다. "바깥세상으로부터 격리됐을 때 나는 스물두 살이 좀 안 됐어요. 지금은 마흔두 살이 다 됐고요. 그때는 어린애였고, 지금은 성인이죠. 그래도 그때는 계획이 있었어요. 잔뜩 있었죠. 이제는 내가 뭘 해야 할지, 빌어먹을, 감도 안 와요."

데커를 올려다본 그는 자신을 마주 보는 텅 빈 얼굴을 보고 고개를 돌렸다. "됐어요. 내가 알아서 할게요. 늘 그래왔듯이."

"우리 한 번에 한 걸음씩만 갑시다, 멜빈."

"그래요. 맞아요." 마스가 멍하니 말했다.

데커가 앞으로 몸을 기울였다. 애초에 여기 와서 하려고 한 이야기를 꺼낼 시간이었다. "당신이 범인이 아니고 찰스 몽고메리 또한 범인이 아니라면 어떨까요?"

마스가 당혹스러운 표정으로 자세를 고쳐 앉았다. "뭐라고요?"

"제삼의 답은 뭐죠, 멜빈? 그게 내가 알고 싶은 겁니다."

"제삼의 답?"

176

"당신 부모님의 과거는 너무 모호해요. 당시에는 아무도 그걸 살펴보지 않았어요. 왜냐하면 당신이라는 확실한 범인이 있었으니까요. 그런데 그 이야기를 그냥 믿기엔 구멍이 너무 많아요. 그 구멍들 중에 두 분이 살해당한 이유를 설명해줄 뭔가가 있을지도 몰라요."

"예를 들면요?"

"나도 몰라요."

"왜 몽고메리의 말을 믿지 않죠? 그 남자는 우리 집에서 있었던 일을 알잖아요."

"실제로 그 일을 저지른 누군가에게 들었을 수도 있죠."

"그렇지만 왜 그런 일을 하죠? 저지르지도 않은 범죄를 자백하다니."

"왜냐하면 어차피 죽은 목숨이니까요. 살인죄 두 건쯤 보태진들 어떻겠습니까? 두 번 사형할 수 있는 것도 아니고. 그리고 그 대가로 아내와 아이가 평생 자리 잡게 해주겠다고 누가 제의한다면?"

마스가 무너지듯 의자에 기댔다. "평생 자리 잡게 해줘요? 그러자면 거금이 들 텐데. 우리 부모님은……. 거금을 가진 누군가가 우리 부모님에게 관심을 가질 이유가 도대체 뭐죠? 그리고 그런 사람이 왜 이 오랜 세월이 흐른 뒤에야 나를 감옥에서 꺼내주고 싶어 하는 거죠?"

"거기에 대한 답은 아직 몰라요. 그냥 온통 질문뿐이에요."

마스가 땀투성이 손으로 얼굴을 문질렀다. "당신이 하는 이 온갖 미친 소리 때문에 경기가 날 지경이에요. 처음에는 어머니가 암이었다고 하더니 이제는 또 이런 소리를……."

그는 화가 난 것 같았다.

"나는 어쩌면 당신이 진실을 알고 싶어 할지도 모른다고 생각했습니다. 진짜 진실을요. 저지르지도 않은 일로 인생의 20년을 잃었다면, 나라면 분명 나를 거기다 처박은 게 누군지 알고 싶을 겁니다. 그리고 그 이유도요."

마스가 몇 초쯤 그를 빤히 보다 고개를 끄덕였다. "그래요. 나도 그래요. 그래서 내가 어떻게 도우면 되죠?"

"부모님에 관해 할 수 있는 한 모든 기억을 떠올려봐요. 두 분 말씀 중에 뭔가 이상하다 싶었던 것. 뭔가 이상해 보이는 편지나 전화를 받은 적이 있다든가, 누가 찾아왔다거나. 두 분의 출신 배경을 알 수 있을 법한 거라면 뭐든 좋아요."

"생각 좀 해봐야겠어요."

"천천히 해요. 나는 어디 안 가니까. 당신도 그렇지만."

밀리건은 커피 잔을 내려놓고 테이블 맞은편의 데커를 응시했다. 팀원들은 오스틴의 애플비스 레스토랑에서 저녁 식사를 하고 있었다. 마스는 재활 시설에서 퇴원해 그곳으로 옮겨졌다. 바깥에는 비가 퍼붓고 있었다. 일행은 찰스 몽고메리에 관해 알아낸 모든 세부 사항을 살펴보느라 긴 하루를 보내고 난 후였다.

밀리건이 말했다. "몽고메리가 죽으면 정말 돈을 줄 보험이 있어요."

"그렇지만 고작해야 3만 달러예요." 데커 옆자리에 앉은 재미슨이 말했다.

"그래도 그 아내에게는 큰돈이죠, 확실히." 밀리건이 대꾸했다.

"집을 사고 더는 일을 안 해도 될 만큼 큰돈은 아니죠." 대븐포트가 지적했다.

"토미가 과장했을 가능성도 있잖아요." 밀리건이 반박했다.

"나는 그렇게 생각하지 않아요."

밀리건이 말했다. "그냥 속 시원히 말하는 게 어때요? 당신 생각에는 몽고메리가 거짓말하고 있는 것 같다고요. 데커, 우리는 한 팀이라고요. 정보를 공유할 필요가 있어요."

데커가 포크를 내려놓고 냅킨으로 입가를 훔쳤다. "문제는 현금 흐름이에요."

"뭐라고요?" 밀리건이 공격적으로 말했다. "아내 쪽 말입니까?"

"아니요. 남편 쪽요."

데커는 립을 먹고 싶었지만 정작 시킨 것은 샐러드였다. 립을 주문하려고 입을 막 여는 순간, 그를 보는 재미슨의 표정에 죄책감을 이기지 못하고 풀떼기를 고른 것이다. 7킬로그램 가까이 더 빠져서 이제는 고질병 같던 무릎 통증이 사라졌다. 그렇지만 불쑥 밀려드는 반항심에서 암스텔 라이트 맥주를 한 병 주문했다. 병을 비운 데커는 정말 내키지 않는 일을 마지못해 해야 하는 사람처럼 밀리건을 건너다봤다.

"몽고메리는 마을에 도착했을 때 돈이 한 푼도 없었다고 했어요. 그게 전당포를 찾아간 이유였죠. 시내로 차를 모는 길에 그 사람 배뿐 아니라 기름 탱크도 텅 비어 있었어요. 그리고 그 사람은 우리한테 마스 부부를 죽인 후 그곳을 냅다 빠져나갔다고 했죠. 그 사람은 그들 부부에게서도, 그 누구에게서도 아무것도 훔치지 않았어요. 떠나기 전에 일한 것도 아니고요. 애빌린까지 곧장 운전해 갔다고 자기 입으로 말했는데, 거기까지는 논스톱으로 약 3시간 거리예요."

"좋아요. 그래서요?"

"몽고메리는 77년식 V형 8기통 그랑프리를 몰았어요. 내가 찾아봤어요. 신차는 고속 도로 주행 거리가 1갤런당 28킬로미터쯤 되죠. 그런데 20년이나 됐으니 잘해야 20킬로미터를 넘기기 어려웠을 겁니다. 그만한 거리를 가려면 최소 15갤런은 들었을 거라는 뜻이죠. 그리고 당시 기름은 1갤런에 1달러 남짓했어요. 그러니 만약 그 사람이 텅 빈 탱크와 지갑으로 그곳에 와서 텅 빈 탱크와 지갑으로 떠났다면 기름이 떨어지지 않고 무슨 수로 애빌린까지 갈 수 있었을까요? 그뿐만 아니라 그 사람은 마스 부부를 죽이려고 그들 집까지 그 먼 길을 운전해 갔죠. 그것만으로도 거의 2갤런은 들었을 텐데. 그러니 한번 말해봐요. 그게 어떻게 가능하죠?"

대븐포트와 재미슨이 재빨리 눈길을 교환했다.

보거트가 목청을 가다듬었다. "그건 그 사람이 거짓말했거나 착각한 거겠지."

데커가 대꾸했다. "나는 그 사람이 착각했다고는 생각하지 않아. 그러기엔 세부 사항이 너무 구체적이었어. 이야기를 지어냈을 때 그 점을 깜빡하고 놓친 거야."

"우아." 밀리건이 말했다. "그 지어낸 이야기는 그럼 어디서 난 거죠?"

"필시 누군가가 말해줬겠죠."

"내 머리로는 그건 엄청나게 정당성이 부족한 논리적 비약 같은 데요."

"글쎄, 그냥 내 머리와 당신 머리의 차이라고 해두죠."

밀리건은 그 말에 얼굴을 잔뜩 구기며 커피 잔을 들었다. "그런데 멜빈의 차에 루신다의 혈액이 묻어 있었다는 것 기억합니까? 그 여자는 그 차를 탄 적도 없었다면서요. 그렇다면 그 피가 어떻게 거기 묻은 거죠? 몽고메리가 거기에 피를 묻혔다는 건 말이 안 되잖아요, 빌어먹을."

그때 보거트의 휴대폰이 울렸다. 그는 잠시 가만히 듣고만 있다가 딸깍 끊었다. 그가 팀원들을 둘러봤다. "텍사스 법정이 마스에게 완전 사면을 단행하기로 지금 막 결정했습니다. 마스는 곧 석방될 겁니다."

"정말 좋은 소식이네요." 재미슨이 말했다.

"그 사람이 결백하다면요." 밀리건이 부루퉁하게 말했다. "그렇지 않다면 그리 좋은 소식이라고 할 수 없죠."

"그 사람이 앨라배마로 갈 생각이 있을지 모르겠네요." 보거트가 말했다.

"앨라배마요?" 대븐포트가 물었다. "왜요?"

"피해자의 유족은 형 집행을 지켜볼 자격이 있습니다. 그리고 비록 몽고메리가 정확히 그 살인으로 유죄 판결을 받은 건 아니지만, 실제로 자백했고, 그의 다음번 사형 기회를 기다릴 수도 없는 노릇이니까요."

"가서 본인한테 직접 물어보면 알겠지." 데커가 말했다.

* * *

마스는 오스틴 외곽에 있는, FBI 요원 세 명이 경호하는 임대 주택 침실에 앉아 있었다. 담당 변호사인 메리 올리버는 방금 온 모양이었다. 데커, 보거트 그리고 나머지 팀원들이 찾아갔을 때 그녀는 마스를 껴안고 있었다.

"이렇게 될 줄 알았어요." 마스가 말했다. "그렇지만 여전히 믿기지 않아요."

올리버가 말했다. "당신 기록은 공식 법정 절차에 따라 말소될 거예요. 나는 이미 주 당국에 보상 신청을 올렸어요. 최대치 보상을 받는 데 아무 문제도 없을 거예요."

돌아가며 다들 축하해주고 나자 보거트가 다가오는 몽고메리의 형 집행 이야기를 꺼냈다. "내가 몇 군데 전화해봤어요. 당신이 원하면 참관이 허가될 겁니다."

마스가 데커를 쳐다봤다. "어떻게 생각해요? 내가 가야 할까요?"

데커는 잠시 생각했다. "그게 당신한테 뭔가 마침표를 찍어줄 것 같다면 그래요."

"그렇지만 당신은 그 사람이 진범이라고 생각하지 않잖아요."

"내가 틀렸을 수도 있죠." 데커가 잠시 뜸을 들였다. "게다가 우리가 앨라배마로 가야 할 이유가 하나 더 있어요."

"그게 뭐죠?"

"몽고메리 부인요."

* * *

이튿날, 법정 절차가 열렸다. 판사가 일어난 일에 관해 사과하고 마스의 모든 혐의를 공식적으로 말소했다. 판결이 내려지는 동안 마스는 싸구려 정장 차림으로 메리 올리버 옆에 서 있었다.

"마스 씨, 모쪼록 당신의 여생이 오로지 긍정적인 사건들로만 가득하기를 기원합니다." 판사가 그렇게 말하고 판사봉을 치자 절차가 끝났다.

법정 바깥에 적잖은 취재진이 와 있었다. 다들 마스와 그의 이야기를 담아 가고 싶어 했다. 그렇지만 보거트, 데커, 밀리건이 한발 앞서 그 틈바구니를 비집고 들어갔다. 데커가 자신의 덩치를 볼링

공처럼 이용해 흔들리는 마이크들의 물결을 헤치고 대기 중인 자동차로 마스를 호위했다.

일행이 속도를 올려 출발하자 데커가 말했다. "당신은 오늘 전국적인 뉴스거리가 될 겁니다."

"아직도 그 일에 관심을 갖는 사람이 있다니 놀랍네요." 마스가 말했다.

"있을 거예요. 그렇지만 24시간 뉴스 사이클이 한 바퀴 돌 때까지만이죠."

보거트가 마스에게 뭔가를 건넸다. 마스는 그것을 내려다봤다. "휴대폰이에요?"

재미슨이 대답했다. "정확히는 스마트폰이에요. 그걸로 인터넷에 접속할 수 있어요. 이메일이랑 문자도 보내고, 트위터, 인스타그램, 스냅챗도 하고, 사진도 찍고, 텔레비전이랑 영화도 볼 수 있죠. 아, 그리고 전화도 걸 수 있어요." 이어 싱긋 웃으며 덧붙였다. "그렇지만 음란 채팅은 당신을 나락으로 떨어뜨릴 거예요. 그러니 그건 잊어요."

마스가 휴대폰 화면을 손가락으로 문질렀다. "따라잡아야 할 게 많은 것 같네요."

"음, 그래도 반대 경우보다는 낫겠죠." 데커가 지적했다.

* * *

마스는 더 이상 수감자가 아니므로 교도관 없이, 족쇄 없이 여행할 수 있었다. 그는 유나이티드 에어라인 항공기에 데커와 나란히 앉았다. 보거트의 자리는 복도 건너편이었다. 재미슨과 대븐포트는 보거트 뒷자리였다. 밀리건은 텍사스에 남아 사건을 수사하겠다고 자원했다.

마스가 창밖을 내다봤다. "비행기는 오랜만에 타보네요. 옛날이랑 변한 게 거의 없는 것 같아요."

데커는 자세를 고쳐 앉아 허용되는 최대 각인 0.1센티미터만큼 의자를 젖혔다. "한 가지 달라진 점이 있죠. 좌석이 더 좁아졌다는 거. 내가 엄청 커진 것일 수도 있지만."

마스의 눈길은 계속 창밖에 머물렀다. "내가 텍사스를 떠날 수 있으리라곤 생각도 못 했어요."

"할 수 있을 줄 생각도 못 해본 일이 그것만은 아니겠죠."

"사형을 참관하는 건 이번이 처음이에요."

"그냥 알아두는 게 좋을 것 같아서 그런데, 몽고메리는 독극물 주사 대신 전기의자를 골랐어요."

마스가 그를 날카롭게 응시했다. "빌어먹을, 대체 왜요?"

"나도 몰라요. 앨라배마는 수감자에게 선택권을 주는데, 그게 그 사람 선택이었어요."

"그 사람 부인이 거기 올까요?"

"참관 자격은 있어요. 올지 안 올지는 모르겠지만. 온다 해도 아들은 데려오지 않을 거예요."

"그리고 만약 그 사람이 내 부모님을 죽이지 않았다면요?"

"그 사람이 다른 몇 명을 죽인 건 확실해요. 그 사람의 사형 선고는 법에 따라 정당화됐어요."

마스는 고개를 끄덕였다. "무고한데 억울하게 사형당한 사람이 얼마나 될 것 같아요?"

"단 한 명이라도 너무 많죠. 그리고 분명히 한 명은 넘을 테고."

"몇 분만 늦었으면 나도 거기 낄 뻔했죠."

"그래서 처음 만났을 때 내가 말했잖아요. 당신은 운 좋은 사람이라고. 정말 운 나쁜 사람이 될 뻔하긴 했지만."

"그래요. 자, 내 운이 지속되길 빌어봅시다."

고개를 비행기 앞쪽으로 돌린 마스는 조종사가 화장실에 가려고 나오자 승무원이 음료수 카트를 굴려 조종실 앞을 막아놓는 것을 봤다.

"언제부터 저러기 시작했죠?" 마스가 물었다.

"9/11 테러 이후로요." 데커가 대꾸했다.

"아, 그럴 만도 하네요."

마스가 데커를 보며 말했다. "우리가 거기 가는 이유 중에는 몽고메리 부인도 있다고 그랬죠."

"맞아요."

"왜요?"

"지난 몇 년간 몽고메리를 방문한 건 단 한 사람, 그 아내뿐이었으니까요."

"그렇군요. 그게 왜 중요하죠?"

"만약 이 모든 게 설정된 거라면, 전화로 이루어지지는 않았을 겁니다. 이런 일은 직접 만나서 해야 돼요. 그를 직접 만난 사람은 아내가 유일하죠. 아내가 교도소로 가서 남편에게 해야 할 일을 말해줬을 겁니다. 아주 사소한 부분까지 포함해서 그 남자가 전체를 제대로 이해하도록요. 이 모든 걸 실수 없이 해내도록 만들기 위해 아마 몇 번이고 연습했을 겁니다."

"그렇다면 그의 아내가 내 부모님을 죽인 진범과 접촉했겠네요. 이 일을 시작한 건 그 아내군요. 남편이 아니라."

"나는 그렇게 보고 있습니다."

"그렇지만 그의 아내가 자기에게 접촉해 온 사람이 누군지 우리한테 가르쳐줄 것 같지는 않은데요."

"그렇겠죠. 나도 그럴 거라고는 기대 안 해요."

"그럼 우린 어떻게 해야 하죠?"

"할 수 있는 한 많은 걸 알아낸 다음 그걸 그 사람 눈앞에 들이대야죠."

"그리고 그 사람이 스스로 입을 열기를 바라는 건가요?"

"그래요. 내가 전에 생각해보라고 한 거, 혹시 뭐 좀 떠올랐어요?"

마스가 창밖을 내다봤다. 비행기가 어느새 앨라배마에 내려앉고 있었다.

"많이 생각해봤어요. 솔직히 다른 생각은 아예 할 수도 없었죠."

"그래서요?"

마스가 자기 오른쪽 귀 뒤를 가리켰다. "아버지는 딱 이 자리에 흉터가 있었어요. 어렸을 때 아버지하고 방바닥에서 말타기 놀이를 하다가 처음 봤어요. 왜, 그냥 막 난리 치고 노는 거 있잖아요. 그걸 만지면서 아버지한테 물어봤어요. 그런데 아버지가 갑자기 엄청나게 화내시는 거예요. 그게, 정말 맞아죽겠구나 싶을 정도로요. 그때 어머니가 방으로 들어와서 무슨 일이 있었는지 듣고는 아버지를 진정시켰어요. 그 뒤로 아버지는 저랑 절대로 그렇게 놀아주지 않으셨어요. 그리고 머리를 훨씬 길게 기르셨죠."

"흉터를 가리려고?"

"맞아요. 적어도 내 생각엔 그런 것 같아요."

"어머니한테 그 흉터에 대해 물어본 적 있나요?"

"아니요. 너무 무서웠거든요. 아버지가 그러시는 걸 처음 봤으니까요. 그때는 정말 무서웠어요."

데커가 앞 좌석 등받이를 쳐다봤다. "혹시 총상이나 자상처럼 보였나요?"

"총은 아니었어요. 그보다는 길게 베인 것 같았어요."

"그럼 칼?"

"네, 내 생각엔 그런 것 같아요. 그게 별거 아니라는 건 나도 알아요."

"음, 적어도 그건 우리가 몰랐던 사실이에요, 멜빈. 그게 어떤 의미인지 알아내야 해요."

목요일 오후 5시 30분.

찰스 몽고메리의 시간이 이제 30분 남았다. 그는 자판기에서 최후의 만찬을 뽑아 먹었다. 바비큐 샌드위치와 코카콜라 한 캔. 그의 위는 그 식사를 굳이 소화시킬 필요가 없을 것이다.

보거트, 데커, 마스는 한쪽 참관실 맨 앞줄에 앉아 있었다. 재미슨은 불참하기로 결정했다. 대븐포트는 데커 바로 뒤에 앉았다. 방에는 세 사람이 더 있었다. 둘은 언론인이고, 하나는 앨라배마 변호사 협회 사람이었다. 마스를 제외하면 유가족은 아무도 없었다. 언론인들이 마스를 알아보고 인터뷰를 시도했지만 보거트가 배지를 번뜩이며 재빨리 막아섰다.

커튼이 내려져 있어 형 집행실은 보이지 않았다. 옆쪽의 다른 방에서는 사형수의 가족들이 착석 허가를 받았다. 거기도 커튼이 내려져 있어서 레지나 몽고메리가 왔는지 알 수 없었다.

마스는 불안한 기색이 역력했다. 참관실이 시원한데도 얼굴에

땀방울이 송골송골 맺혔다. 데커가 그것을 알아차리고 마스의 어깨에 자신의 큼지막한 손을 얹었다.

"버틸 수 있겠어요? 아니면 여기서 나가고 싶어요?"

마스가 몸을 숙여 몇 차례 심호흡했다. "그냥 내가 이 상황에 얼마나 가까이 갔었는지 생각나서 그래요."

데커가 손을 치웠다. "하지만 이건 당신이 아니에요, 멜빈. 다른 사람이에요. 그렇지만 당신이 원한다면 우리는 그만 가도 돼요."

마스가 몸을 쭉 폈다. "아뇨. 괜찮아요."

"확실해요?"

"네."

보거트가 두 사람 쪽으로 몸을 기울였다. "저기 옵니다."

몽고메리가 교도관 열두 명에게 에워싸인 채 이전 화요일에 그들과 면회한 유치장을 나서고 있었다. 일행은 성경을 들고 기도문을 읊는 목사를 따라 형 집행실로 향했다. 스피커에서 찬송가가 흘러나왔다.

형 집행실에는 바퀴 달린 들것 대신 전기의자가 놓여 있었다. 고속 도로 차선을 그리는 노란색 페인트를 연상시키는 색깔 때문에 '옐로 마마'라는 별명이 붙은 그것은 1920년대에 한 영국인 수감자에 의해 만들어졌다. 거대하고 튼튼해 보였다.

목사는 고개를 숙인 채 물러나 데커와 다른 사람들이 있는 참관실로 들어왔다. 그리고 그 줄 끝에 자리를 잡고 성경을 읽기 시작했다. 교도관들이 몽고메리를 둘러싸고 방으로 들어갔다. 이제 커튼이 걷혀서 몽고메리는 참관실을 볼 수 있었다.

레지나 몽고메리가 와 있는 것이 보였다. 아들은 같이 있지 않다. 몽고메리의 시선이 아내에게 잠시 머물렀지만, 아무런 대화도 오가지 않았다. 입 모양으로 뭔가를 전하려는 시도도 없었다. 레지나가 먼저 고개를 돌렸다.

교도소장이 사형 집행 영장을 소리 내어 읽은 후 몽고메리에게 마지막으로 남길 말이 있느냐고 물었다. 몽고메리는 다시 아내를 봤다. 뭔가 말하려는 것 같더니 고개를 젓고 외면했다. 이윽고 그의 시선이 멜빈 마스를 발견하고 그에게 머물렀다. 두 남자의 눈길이 얽힌 그 고통스러운 순간은 짧고도 길었다. 몽고메리는 다시 아무 말도 없이 눈길을 돌렸다. 얼굴에 후회의 빛은 보이지 않았다. 데커가 보기에는 역겨움에 가까웠다.

교도소장이 옆에 있는 또 다른 방으로 들어갔는데, 거기서는 한 남자가 누군가와 통화 중이었다. 주지사가 혹시라도 마지막 순간에 집행 유예를 지시하지는 않았는지 확인하기 위한 절차였다. 그런 일은 없었다. 교도소장이 진행하라는 신호를 보냈다.

형 집행실을 나서는 교도관 열 명과 돌아오는 교도소장이 서로 엇갈렸다. 남은 두 교도관은 몽고메리의 수갑과 족쇄를 벗기고 의자에 앉힌 후 팔, 다리, 머리를 나무로 된 옐로 마마의 몸체에 비끄러맸다. 전극이 연결된 금속 헬멧이 머리에 씌워졌고, 그 위에 다시 두건이 씌워졌다. 몽고메리의 팔과 다리에도 전극이 연결됐다. 의자에 연결된 플러그가 콘센트에 꽂혔다. 교도소장이 발전실로 들어가 레버 몇 개를 당겨 의자를 깨웠다. 마스가 의자 팔걸이를 꽉 붙잡더니 거친 숨을 몰아쉬었다.

데커가 마스의 어깨에 팔을 올리고 속삭였다. "거의 끝났어요."

데커는 레지나 몽고메리를 건너다봤다. 여자는 바닥을 내려다보고 있었다. 데커는 다시 몽고메리를 봤다. 얼굴은 두건에 가려져 보이지 않았지만 몸은 노란 목재에 기댄 채 팽팽히 긴장하고 있었다. 마치 옥좌에 새겨진 석재 부조 같았다. 교도관 하나가 '준비'라고 쓰인 간판을 집어 발전실로 통하는 유리창을 향해 들어 올렸다. 두 교도관이 방을 나서자 문이 쾅 닫히는 소리가 일행의 귀에 들려왔다.

한 교도관이 문을 두 번 두들겨 정해진 신호를 보냈다. 교도소장은 즉각 총 두 번 중 첫 번째 전기 충격을 의자로 흘려보냈다. 8암페어와 1850볼트로, 각각 34초간 지속됐다. 전류는 마치 박격포처럼 몽고메리를 때렸다. 데커는 그가 등으로 의자를 들이받는 것을 봤다. 몽고메리가 묶인 채 몸부림쳤다. 그 힘에 못 이겨 다리에 붙인 전극 하나가 떨어져 나갔다. 머리에서 김이 오르기 시작했다. 살 타는 냄새가 참관실로 스며들었다. 외마디 비명 소리를 듣고 고개를 돌린 일행은 레지나 몽고메리가 기절해 의자에서 떨어지는 순간을 목격했다. 그녀를 도우러 달려가는 교도소 직원들의 발소리가 들렸다.

두 번째 전류가 흐르자 몽고메리가 걷잡을 수 없이 몸을 떨기 시작했다. 그가 비명을 지르고 숨을 들이켜고 다시 비명을 지르는 소리가 일행의 귀에 들려왔다. 몽고메리가 앞으로 쓰러지려 했지만 의자에 묶인 터라 움직일 수 없었다. 살이 타는 냄새가 더 짙어졌다. 모공으로 곧장 뚫고 들어오는 것 같았다. 작은 불꽃 하나가 두건에서 피어오르더니 의자에 앉은 사람과 함께 명을 다했다.

"아이고 하느님." 대븐포트가 가쁘게 숨을 몰아쉬었다. 그러고는 자리에서 펄쩍 뛰어오르더니 그대로 방을 뛰쳐나갔다. 복도에서 토악질하는 소리가 들렸다.

이윽고 전력을 보내던 발전기 전원이 꺼지고 작동음이 잦아들었다. 커튼이 내려갔다. 여전히 김이 오르고 있는 죽은 남자의 모습이 사라졌다. 일행은 더욱 많은 발들이 달려오는 소리와 이윽고 소화기가 분사되는 소리를 들었다.

끝이었다.

"내 인생에서 가장 긴 몇 분이었어요." 여전히 잿빛 안색에 메스 꺼운 표정을 지우지 못한 대븐포트가 말했다.

일행은 교도소 근처에 잡아놓은 호텔 로비의 테이블에 둘러앉아 있었다.

데커가 그녀를 흘끗 봤다. "몽고메리는 어땠을지 생각해봐요."

대븐포트가 그를 보더니 얼굴을 살짝 붉혔다. "알아요. 그런 뜻으로 한 말이 아니었어요. 그냥…… 너무 끔찍했어요."

재미슨은 비록 참관하지 않았지만 다른 사람들 못지않게 심란하고 기분이 가라앉은 티가 역력했다.

"그 남자가 실제로 죽었는지 확인하던가요?"

보거트가 지친 듯 고개를 끄덕였다. "그렇게 하도록 법으로 정해져 있어요. 의사가 들어가서 검사했어요. 집행 시각 5분 후에 몽고메리의 사망 선고가 이루어졌습니다. 레지나 몽고메리는 정신이든 뒤, 교도소 담당 의사에게 진찰을 받았어요. 나중에 주 경찰이 차로 집까지 바래다줬고요."

데커가 마스를 돌아봤다. 마스는 감옥을 나선 이래 한마디도 하지 않았다. 마치 자신이 어디 있는지도 모르는 것 같았다.

"괜찮아요?" 데커가 물었다.

마스가 고개를 저었다. "그 남자한테 불이 붙었어요."

"더는 의자를 쓰지 않게 된 게 그 때문이죠. 잘못될 여지가 너무 많거든요. 앨라배마주는 사형수들에게 직접 고르게 하는 걸 그만둬야 해요."

대븐포트가 사납게 말했다. "그보다 아예 사형 제도를 폐지하는 게 낫겠죠." 그리고 마스를 봤다. "당신은 사형 직전까지 갔었어요. 결백한데. 그것만으로도 폐지하기에 충분해요. 두 번째 기회는 없다고요."

마스는 그저 묵묵히 고개를 끄덕여 보이고는 눈길을 피했다.

보거트가 말했다. "그건 내 선에서 결정할 수 있는 일이 아니니 오늘 밤 그 문제로 토론한다고 해서 답이 나올 것 같지는 않네요. 다들 잠을 좀 자고 나서 내일 다시 모이는 게 좋을 것 같군요." 그러고는 데커를 쳐다봤다. "여기 있는 동안 더 하고 싶은 거 있어?"

"레지나 몽고메리하고 다시 이야기해보고 싶어. 돈의 출처가 어딘지 알아낼 필요가 있어."

"그 여자 입을 열기가 쉽지 않을 텐데요." 재미슨이 지적했다. "저번에 거의 쫓겨나다시피 했잖아요."

"그렇지만 뭔가 실수로 발설할 수도 있고, 어쩌면 입을 다무는 것 자체가 우리 질문에 대한 답이 될 수도 있어요."

보거트가 일어섰다. "다시 말하지만, 오늘 밤에 다른 일은 없는 겁니다. 그냥 일찌감치 여기서 파합시다. 나는 뭘 더 할 수 있는 상태가 아니에요. 사형 참관이라는 게 사람을 아주 진이 빠지게 만드네요. 적어도 나는요."

보거트가 떠났다. 여전히 떨고 있는 대븐포트도 그 뒤를 따랐다. 재미슨이 일어나려는데 데커가 그녀의 팔을 낚아챘다.

"잠깐만요, 알렉스."

"뭐예요?"

데커는 먼저 재미슨을, 그리고 마스를 봤다. "두 사람 어디 좀 갈 생각 있어요? 지금 바로. 내 생각엔 우리가 기다려야 할 이유가 없어요."

* * *

그들은 한참 동안 문을 두드렸다. 레지나 몽고메리는 그들이 순순히 갈 마음이 전혀 없다는 것이 분명해진 후에야 문을 열어줬다. 그녀는 사형 참관 때 옷차림 그대로 문간에 도전적으로 섰다.

"원하는 게 뭐예요?" 여자가 쏘아붙였다.

데커가 말했다. "그냥 부인께 좀 여쭤보고 싶은 게 있어서요."

"남편이 방금 사형당했어요. 나를 좀 가만 놔둘 수 없어요?" 레지나가 째지는 소리로 덧붙였다.

"그 심정 충분히 이해합니다, 부인. 정말 중요한 일이라고 생각하지 않았다면 이렇게 찾아뵙지 않았을 겁니다. 좀 들어가도 될까요? 기껏해야 몇 분이면 됩니다."

재미슨에서 마스 쪽으로 시선을 옮긴 레지나의 얼굴이 역겨움에 뒤틀렸다.

"뭐예요, 저 사람도 같이?"

"이분이 핵심입니다." 데커가 말했다. "이분은……."

"빌어먹을, 저 사람이 누군지 모를까 봐! 나는 그냥……. 내 말은 나는 아무것도……."

"길어야 몇 분이면 됩니다. 그리고 마스 씨하고 관련된 일이라 같이 들어야 합니다. 제발 부탁드립니다, 몽고메리 부인."

재미슨이 앞으로 한 발짝 나서서 레지나의 손을 잡았다. "그냥 같이 앉아서 이야기나 좀 해요. 뭐 좀 드셨어요? 차라도 한 잔 드시면 신경을 안정시키는 데 도움이 되지 않을까요? 오늘 그런 일을 겪고 어떻게 버티고 계시는지 저는 상상도 안 가요. 너무 마음이 아파요."

"나는, 그건 그러니까, 나는 아무것도 먹을 수 없어요. 그렇지만 뜨거운 차 정도라면……. 그래요."

"그냥 어디 있는지만 알려주시면 제가 바로 차려 올게요."

재미슨이 레지나를 부드럽게 안으로 이끌었고, 데커와 마스가 그 뒤를 따랐다. 재미슨이 뒤돌아보자 데커가 표정으로 고마움을 드러냈다.

재미슨에게 부엌에 뭐가 어디 있는지 알려주고 돌아온 레지나 몽고메리는 비좁은 거실에 놓인 커피 테이블 앞에 마스와 함께 앉았다. 재미슨은 가스레인지에 찻물을 올려놓고 컵과 티백이 든 상자를 찾아 꺼냈다. 그리고 물이 끓기를 기다리며 일행에게로 돌아갔다. 레지나 맞은편에 앉은 재미슨의 눈길이 그녀를 훑다가 잠시 손목에 머물렀다. 놀란 표정이 떠올랐다.

레지나는 데커를 응시하고 있었다. "그래서요?" 영 못마땅한 투였다.

"아드님이 여기 있습니까?" 데커가 물었다.

"아니요." 레지나가 날카롭게 대답했다. "친구네 집에 보내놨어요. 그 편이 최선이겠다 싶어서요. 그 애가 이 일을 겪어야 할 이유는 전혀 없어요."

"잘 생각하셨습니다."

레지나는 데커 옆에 앉아 있는 마스를 보며 입매를 일그러뜨렸다. 마스도 지지 않고 그녀를 똑바로 쳐다봤다. 그가 뭐라고 말하려는데 데커가 먼저 입을 열었다.

"토미에게 보험금 이야기를 들었습니다."

레지나가 화들짝 놀랐다. "뭐라고요? 언제? 그 애가 어디 있는지는 어떻게 알았죠?"

"하울링 쿠거스요." 데커가 건너편 테이블 위의 사진을 가리켰다.

"아, 그래서 뭐요? 그이가 생명 보험을 들어놨어요. 내가 수익자고요. 문제될 거 하나도 없어요."

"3만 달러죠?"

레지나가 다시 움찔했다. "그 말은 누구한테 들었어요?" 따지는 투였다.

"우리는 FBI 요원입니다, 부인. 알아내는 게 일이죠."

찻주전자가 휘파람 소리를 내자 재미슨이 일어나서 주방으로 차를 준비하러 갔다. 차를 컵에 따르고 나서 크래커가 있을까 해서 주변을 둘러보던 재미슨은 주방의 작은 수납공간을 가려놓은 커튼을 들췄다가 깜짝 놀랐다. 재미슨은 크래커 한 상자와 땅콩버터를 선반에서 재빨리 집어 들고 싱크대로 돌아갔다.

"어이, 데커?" 재미슨이 소리쳐 불렀다. "나 좀 도와줄래요? 몽고메리 부인은 우리가 얼른 용무를 마치고 가기를 바라실 거예요."

데커는 재미슨의 요청에 뚱한 태도로 일어서서 주방으로 향했다. 재미슨은 크래커에 땅콩버터 바르는 손을 멈추지 않으면서 커튼 쪽으로 고갯짓했다. "확인해봐요." 나직한 목소리였다.

등을 돌려 거기에 뭐가 있는지 본 데커는 재빨리 재미슨을 돌아봤다. 그녀가 눈썹을 세웠다. "저것 말고도 본 게 또 있어요."

1분 후, 재미슨은 차를, 데커는 땅콩버터 크래커가 담긴 접시를 들고 거실로 돌아왔다. 두 사람은 마치 목석처럼 마스를 응시하고 있는 레지나 앞에 가져온 것을 내려놨다.

"고마워요." 레지나가 말했다. 그녀는 차를 한 모금 홀짝이고 크래커를 오물거렸다. 이제는 시선을 내리깔고 있었다.

그동안 재미슨은 방을 둘러보다 현관문 옆에 서 있는 옷걸이에 시선을 고정했다. 이번에는 놀란 표정을 짓지 않았다.

레지나가 찻잔을 내려놨다. "왜 보험금을 신경 쓰는 거죠?"

데커가 말했다. "토미가 그러는데 아드님이 진학할 대학 근처로 부인이 이사 가실 계획이라면서요. 집을 살 거고, 앞으로는 일하실 필요도 없을 거라던데요."

레지나는 한동안 침묵을 지켰다. 이윽고 별것 아니라는 듯 손을 휘저었다. "그냥 어린애가 한 말 가지고. 애들은 뜻도 모르고 아무 말이나 지껄이잖아요. 그 애가 진학할 대학 근처로 내가 이사 갈 계획인 건 맞아요. 하지만 일은 계속해야죠. 그리고 집을 사긴 뭘 사요. 아무 일도 안 하고 집에서 놀고먹으려면 3만 달러 가지고는 어림도 없어요."

"그렇다면 부인은 일을 계속하셔야 한다는 거죠?"

"내 말 못 들었어요? 그래요. 계속 일해야겠죠. 당신 눈엔 내가 부자 같아요? 나는 평생 허리가 부러지게 일했어요. 쓰러질 때까지 일하다가 혹시나 토미가 내셔널 풋볼 리그에 들어가면 그때나 그 애한테 얹혀살까."

마스가 말했다. "저라면 거기에 너무 희망을 걸지 않겠습니다. 그 가능성은 100만 분의 1 정도거든요."

레지나가 마스를 쳐다봤다. "그쪽도 미식축구를 했다면서요. 그렇게 들었어요."

"그건 거친 스포츠예요. 토미에게 차라리 의사나 변호사가 되라고 하세요. 그 편이 훨씬 건강한 은퇴 생활을 누릴 수 있을 겁니다."

"댁이 내 남편한테 화난 건 알지만, 그래도 그이가 결국 앞으로 나서줬잖아요. 안 그랬으면 댁이 감옥에서 나올 일도 없었겠죠."

"그 사람 아니었으면 애초에 제가 감옥에 갈 일도 없었겠죠. 그 사람은 우리 부모님을 살해했어요. 그러니 제가 고마워하지 않더라도 양해해주셨으면 좋겠네요."

레지나가 고개를 흔들며 중얼거렸다. "어쩌면 인간들이……."

데커는 마스의 어깨에 손을 올려 당장이라도 덤벼들 것 같은 그를 저지하며 물었다. "보험금은 언제쯤 타게 됩니까?"

"그걸 댁이 왜 신경 쓰죠?"

"몇 가지만 여쭤보면 된다고 말씀드렸습니다, 몽고메리 부인. 더 빨리 대답하실수록 저희는 여기서 더 빨리 나갈 겁니다. 그 반대일 수도 있고요."

레지나는 찻잔을 들어 한 모금 홀짝이고 크래커를 먹은 뒤 말했다. "청구해야 돼요. 며칠쯤, 어쩌면 일주일쯤 걸리겠죠. 그이가 죽은 걸 그쪽에서 인정 안 해줄 것 같진 않군요."

"그렇군요." 데커가 재미슨을 보고 고개를 끄덕였다.

재미슨이 레지나의 손목을 가리켰다. "시계가 예쁘네요. 카르티에 맞죠?"

레지나가 황급히 다른 손으로 시계를 가렸다. "아니, 아닌데요."

"겉면에 카르티에라고 써 있잖아요." 재미슨이 지적했다.

레지나가 손을 내려다봤다. "10달러 주고 산 거예요."

"어디서요?"

"까먹었어요."

"위조품 거래는 불법입니다." 데커가 말했다.

"그럼 나한테 판 사람을 찾아서 체포하시든가요."

데커가 일어서서 주방으로 가 커튼을 젖히고 거기 쌓인 상자들을 가져왔다.

레지나가 펄쩍 뛰었다. "빌어먹을, 도대체 무슨 짓이에요? 당신은 이럴 권리가 없어요. 그건 내 거야."

"샤넬, 니먼 마커스, 색스, 버그도프 굿맨, 지미 추. 다들 아주 좋은 물건을 만드는 회사들이죠. 그리고 아주 비싸고." 재미슨이 현관문 옆 옷걸이에 걸린 가방을 가리켰다. "그리고 저건 에르메스 가방이죠. 나도 돈이 있으면 하나 사고 싶네요."

레지나의 안색이 창백해졌다. "죄다 짝퉁이에요. 안 그러면 내 형편에 저런 걸 어떻게 사겠어요?"

데커는 말했다. "짝퉁 제조업자들이 옆면에 브랜드명이 찍힌 상자에 물건을 담아 배송하는지는 몰랐네요. 보통은 그냥 길바닥에 늘어놓고 팔지 않나."

레지나는 아무 대꾸도 하지 못했다. 그저 차를 한 모금 더 마시고 크래커를 먹을 뿐이었다.

"상자 안을 봐도 되겠습니까?" 데커가 물었다.

"안 돼요!"

"왜 안 되죠?"

"수색 영장 있어요?"

"사실은 없어도 됩니다."

레지나가 눈을 동그랗게 뜨고 데커를 봤다. "왜 없어도 돼요?"

"저는 경찰이었지만 배지를 반납했거든요."

"그렇지만 FBI 요원하고 같이 다니잖아요!"

"요원이 아니라 민간인 자격이에요. 배지를 단 적도, 선서한 적도 없죠."

레지나의 저항에도 아랑곳없이 데커는 상자들을 열고 휴대폰 카메라로 내용물을 찍었다. 그러고 나서 몸을 숙여 레지나의 코앞에 얼굴을 들이댔다. "이것들을 산 경로를 추적하는 것쯤은 식은 죽 먹기입니다. 보험금을 수령하기 전이라고 본인이 이미 말씀하셨으니 보험금으로 사셨을 리도 없죠. 그러니 진실을 말씀해주시면 어떻겠습니까, 부인? 돈이 어디서 났죠?"

"염병, 무슨 소리를 하는지 전혀 모르겠네요!"

"꼭 그런 식으로 나오셔야겠습니까?"

"내 집에서 나가요."

마스가 말했다. "당신 남편이 내 부모님을 죽였다고 거짓말하도록 누가 당신한테 돈을 준 거죠? 그게 누구입니까?"

레지나가 마스를 보고 사납게 대꾸했다. "염병할. 네가 뭔데 나한테 그따위 소릴 해? 너 따윈 아무것도 아니야. 겨우……."

"겨우 뭡니까?" 마스가 말을 잘랐다. "댁 같은 잘난 백인들 앞에서는 입을 닥치고 있어야 하는 유색인 남자?"

"내 집에서 나가!" 레지나가 소리쳤다.

"나는 인생의 20년을 잃었어!" 마스가 되받아쳤다.

레지나가 데커를 봤다. "경찰을 부르기 전에 내 집에서 당장 나가요.”

데커가 말했다. “경찰을 부르시죠. 그러면 우리는 우리가 알아낸 걸 경찰에게 말할 테니까. 그리고 부인이 받은 돈을, 그리고 그 이유를 알아낼 작정입니다. 그렇게 되면 골치 아픈 일을 아주 많이 겪게 될 겁니다. 사실, 감옥에 가겠죠.”

레지나가 망연자실했다. “도대체 내가 뭘 어쨌다고.”

“사법 방해 시도. 모의. 살인범 원조와 교사.”

“아니야!”

“마스 부부를 살해한 진범을 도와준 게 곧 그런 겁니다. 그리고 그 모든 범죄에 대한 누적 처벌을 감안하면 부인은 아들의 대학 근처로 이사 갈 걱정은 안 하셔도 될 겁니다. 부인의 주거는 정부에서 제공할 테니까요.” 데커가 잠시 말을 멈췄다. “평생 동안 말입니다.”

레지나 몽고메리는 다시 기절할 듯한 얼굴이 됐다. 그녀는 심호흡을 몇 차례 하고 말했다. “내 집에서 나가요.”

“좋으실 대로. 저희는 내일 다시 올 겁니다. 경찰과 함께.” 데커가 휴대폰을 꺼냈다. “웃으세요.” 그러곤 카르티에 시계를 찍었다.

“나가!” 레지나가 소리쳤다. 데커에게 찻잔을 던지려고 했지만 재미슨에게 팔을 붙들렸다. 찻잔은 바닥에 떨어져 산산조각이 났다. 데커는 나가는 길에 에르메스 가방도 찍었다.

집 밖으로 나온 재미슨은 데커를 봤다.

“빼도 박도 못하게 유죄네요.”

“맞아요. 저 여자는 유죄예요. 그건 그렇고 안에서는 정말 잘했어요, 알렉스.”

재미슨이 웃었다. “내가 끗발 날리는 분야가 있죠. 특히 하이패

203

선 쪽요."

마스가 덧붙였다. "당신이 옳았어요, 데커. 누가 정말 저 여자에게 돈을 먹였어요."

"이제 그게 누군지만 알아내면 됩니다."

데커는 총천연색 꿈을 꾸고 있었다. 방들, 번호들, 요일 이름들이 뒤섞였고, 저마다 서로 다른 색색의 반짝이는 테두리를 두르고 있었다. 비교적 새로운 현상이었다. 그렇지만 인지 연구소의 한 의사가 말해줬듯, 뇌는 늘 진화하고 데커는 때때로 자신을 기다리는 새로운 경험들을 발견하게 될 터였다.

그런데 소음이 계속 방해했다. 데커는 방을 나가 새롭고 컴컴하고 신비로운 어딘가로 막 들어가려는 참이었다. 풀어야 할 퍼즐로. 그런데 그 소음이 다시 다가와 마치 윙윙거리는 각다귀처럼 귓가를 간지럽혔다. 데커가 하려는 일을 죄다 망쳐버렸다. 마침내 깊은 물속을 헤엄쳐 나와 수면에 닿으려는 수영 선수처럼, 데커는 색채들로부터 멀어져 다시 숨을 쉬기 시작했다. 눈을 뜨자 또 다른 색이 보였다.

침대 옆 탁자에 놓인 휴대폰에서 밝은 빛이 새어 나오고 있었다. 휴대폰이 진동하고 있었다. 몸을 일으켜 휴대폰을 확인하니 화면에 뜬 시각은 새벽 3시, 발신자는 보거트였다.

"여보세요?"

"데커, 한 10분쯤 뒤에 로비에서 볼 수 있어?"

"무슨 일이야?"

"레지나 몽고메리."

"그 사람이 왜?"

"죽었어."

* * *

5분 후 로비로 내려온 데커는 먼저 대븐포트가, 다음으로 재미슨이 내려오는 것을 지켜봤다. 잠시 후 보거트가 로비로 성큼성큼 들어왔다.

"바깥에 차를 대놨어."

"멜빈은 어디 있어?" 데커가 물었다.

"멜빈은 이 일에 관여시키지 않는 게 최선일 것 같아."

"그 여자가 죽었다고 했지. 어떻게?"

"우선 차에 타자고."

"아들은 어떻게 됐지? 토미는? 그 애는 괜찮아?"

"애는 집에 없었어. 친구네 집에 있었어. 그리고 지금은 미식축구 코치 집에 가 있어."

일행은 보거트를 따라 호텔을 나서 자동차에 올라탔다. 보거트가 운전대를 잡고 데커가 조수석에 탔다. 여자들은 뒷좌석을 차지했다.

차가 호텔을 나와 도로로 접어들자마자 데커가 물었다. "어떻게 죽은 거야?"

"아직 잘 몰라."

"어떻게 모를 수가 있어?"

"집이 몽땅 날아가버렸거든. 여전히 돌무더기를 뒤지는 중이야."

"아이고 맙소사." 대븐포트가 탄식했다.

"그렇지만 레지나는 찾아낸 거지?" 데커가 물었다.

"그래, 신원이 확인됐어. 그러니까 경찰에 따르면 시신이 좀 훼손됐다고 하지만, 마스 부부의 시신하고는 달랐어. 현장에서 신원이 확실히 밝혀졌어."

"그렇군. 폭발이라……. 가스였나?"

"매립된 프로판 탱크를 쓰는 집이었으니까. 맞아, 그럴 수 있지."

"아니면 뭔가 다른 것일 수도 있나?"

보거트가 데커를 흘끗 쳐다봤다. "그게 무슨 말이야?"

데커가 뒷좌석의 재미슨을 돌아봤다가 다시 보거트를 봤다. "아까 밤에 그 여자를 찾아갔었어."

"뭐라고?" 보거트가 외쳤다. "자네하고 또 누구?"

"재미슨, 멜빈, 나. 내 생각이었어."

"왜?"

"내가 생각한 게 있었거든."

"나한테는 알리고 싶지 않았고?"

"오늘은 이만하면 됐다고 했잖아. 나는 기다리고 싶지 않았어."

보거트는 화난 동시에 실망한 것처럼 보였다.

재미슨이 재빨리 말했다. "우리가 알아낸 건 아침에 전부 보고하려고 했어요, 보거트 요원."

"그래요, 아주 고맙군요." 보거트가 빈정댔다.

"그렇지만 우리는 많은 걸 알아냈어." 데커가 말했다.

"말해봐."

데커는 레지나 몽고메리의 집에서 있었던 일을 전부 들려줬다.

보거트는 전체 내용을 머리에 새긴 후 말했다. "데커, 지난밤에 그 이야기를 해줬더라면 내가 그 사람의 집 주변에 경호를 세웠을 거야. 아니, 그보다 신문하기 위해 현장에서 데려왔겠지. 그러면 그 사람은 살아서 오늘 우리한테 진상을 털어놨을 거야."

데커가 등받이에 몸을 기대고 창밖을 내다봤다. "그래, 이제 생각해보니 알겠어."

"자네 뇌가 우리 모두를 합친 것보다 더 잘 돌아간다고 해서 자네가 항상 옳을 순 없어."

데커가 한숨 쉬었다. "맞아. 미안해. 내가 다 망쳐버렸어."

"자네가 한 일은 그 정도가 아니야. 자네 행동이 레지나 몽고메리 살해의 빌미가 됐을 가능성도 얼마든지 있어."

데커는 아무 말도 하지 않았다.

"이 팀을 짤 때 내가 구상한 건 우리가 당연히 한 팀으로 협력하는 거였어. 그렇게 독불장군처럼 구는 건 도움이 안 돼, 데커. 결국 그 모든 일에 책임을 져야 하는 건 나야. 몽고메리에게 일어난 일도 포함해서."

"나는, 나는 무슨 말을 해야 할지 모르겠어." 데커는 어쩔 줄 몰라 했다.

보거트가 그에게 딱딱한 시선을 보냈다. "이 이야기는 나중에 하지. 그렇지만 끝난 건 아니야. 알겠지?"

재미슨과 대븐포트가 불안하게 지켜보는 가운데 데커가 고개를 끄덕였다.

보거트가 냉랭하게 말했다. "이제 이게 어떻게 된 일인 것 같은지 자네 생각을 말해줘."

냉정을 되찾은 데커가 입을 열었다. "누가 지난밤에 우리를 지켜보고 있었거나, 아니면 우리가 떠난 직후 레지나가 누군가한테 전화를 걸어서 무슨 일이 있었는지 말했겠지. 그러니 당신이 옳아. 우리가 거기 간 건 그 사람이 살해당한 결정적 요인이야." 데커가 말을 멈췄다. "그렇지만 나는 그 사람이 결국 죽었을 거라고 생각해."

고속 도로 진입 경사로로 꺾어 들어가던 보거트가 주먹으로 연료계를 쳤다. "어째서 그렇지?"

"그 여자는 느슨한 매듭이었으니까. 남편의 형이 집행돼서 자백을 무르고 싶어도 무를 수 없게 될 때까지는 살려둬야 했겠지. 그들은 이미 약속한 보수의 일부를 여자한테 줬어. 덕분에 그 여자가 그 온갖 것을 살 수 있었지. 하지만 남편이 죽었는데, 왜 여자를 계속 살려두겠어? 여자는 너무 많은 걸 알았어. 과연 이 일의 배후를 정확히 알았는지는 잘 모르겠지만, 어쨌든 누군가와 접촉했어. 그리고 우리한테 그 이야기를 털어났다면 우리가 그걸 따라 배후를 추적할 수도 있었겠지. 그러니 레지나는 사라져야 했을 거야."

보거트가 고개를 끄덕였다. "말이 되는군."

"이제 여자를 없애버렸으니 우리는 기회를 잃었지." 데커가 손바닥으로 대시보드를 치자 다들 앉은 자리에서 펄쩍 뛰어올랐다. "여자를 그렇게 놔두는 게 아니었어. 내막을 끝까지 파헤쳤어야 했는데." 데커가 보거트를 봤다. "내가 다 망쳐났어."

"하지만 애초에 그 여자를 의심한 건 자네뿐이었잖아. 그 여자 집으로 가서 뭘 알아낼 수 있을지 보자고."

데커는 멍하니 고개를 끄덕였지만 표정은 희망적이지 않았다. 나는 천치야. 그 여자는 내가 천치라서 죽은 거야.

* * *

첫 폭발에 모든 것이 날아가지 않았다 해도 뒤이은 화재로 남은 것들마저 사라졌다. 그 건물의 다른 쪽에 사는 사람이 없었던 것이 다행이었다. 근처의 다른 건물 여러 채도 상당한 손상을 입었지만, 다행히 레지나 몽고메리 말고 치명상을 입은 사람은 없었다.

데커는 집 부근을 살폈다. 불은 꺼졌다. 레지나의 집은 엄청난 손상을 입었다. 신원을 확인할 뭔가가 남아 있다는 것이 진정 기적 같았다. 레지나는 건물이 화재로 전소하기 전에 폭발로 멀리 날아간 것이 분명했다. 소방관들은 앞마당에서 시신을 발견했다고 경찰에 보고했다.

보거트가 화재 현장에서 한참 떨어진 곳에 차를 대는 바람에 일행은 꽤 먼 길을 걸어가야 했다. 안개처럼 가벼운 비가 내리기 시작해 죽어가는 불에서 피어오르는 연기에 가세했다. 마치 안개 속을 산책하는 것 같았다.

일행이 구급차 뒤쪽에 모이자 지역 경찰 한 사람이 시신을 덮어놓은 시트를 들췄다. 레지나 몽고메리가 분명했다. 얼굴은 불에 탔지만 그 외에는 멀쩡했다. 폭발의 위력으로 인한 뇌진탕이 직접적인 사인일 수도 있을 듯했다. 한쪽 다리가 없었고, 오른팔 아래 부분도 마찬가지였다.

"아직 카르티에 시계를 차고 있네." 재미슨이 말했다.

시신을 훑고 난 데커의 시선이 건물 잔해로 향했다. 짧은 거리 양쪽에 늘어선 집들 앞에 사람들이 나와 서서 도대체 이게 무슨 우라질 난리 통인지 궁금해하고 있었다. 몇몇은 낡아빠진 로브를 걸쳤고, 아예 속옷 바람인 사람들도 있었다. 프로판 탱크가 건물마다 따로 있어서 당국은 사람들을 대피시키지 않았다. 메인 파이프를 따라 흐르는 천연가스가 폭발했다면 응당 그랬어야 했겠지만. 보거트는 잠시 짬을 내 지역 경찰에게 무슨 일이 일어났을지에 관한 자신들의 가설을 들려줬다.

한 경찰이 말했다. "방화 전문가를 데려올 생각입니다. 누군가의 의도적 범행이라면 알아낼 수 있을 겁니다. 반드시 흔적이 남게 돼 있거든요."

음울하게 주위를 둘러보는 네 사람을 그곳에 남겨두고 경찰은 보고하러 자리를 떴다.

"폭발의 시작점을 찾아내더라도 범행을 저지른 사람에 관해서는 아무런 실마리도 찾지 못할지도 몰라요." 대븐포트가 말했다.

보거트와 재미슨이 이 당연한 의견에 고개를 끄덕였다. 그러나 데커는 한때 건물이 서 있던 자리를 응시할 뿐이었다. 관심이 다른 데 가 있는 것이 분명했다.

"뭔데?" 데커가 한눈파는 것을 알아차린 보거트가 물었다.

"여기서 나가는 길은 하나뿐이야. 잠복 중인 누군가를 가려줄 만한 건 전혀 없어. 주도로에서 이만큼 멀리 떨어진 거리라면, 여기 와서 이 같은 범행을 저지른 자는 누군지 몰라도 차를 거기다 두고 걸어오는 위험을 무릅써야 했겠지. 그게 아니라면 뭔가를 들은 사람이 있을 거야. 아니면 뭔가를 봤거나." 데커가 보거트를 돌아봤다. "뭔가 보거나 들은 사람이 있대?"

"그건 내가 확실히 알아볼 수 있지."

보거트가 파괴된 건물 근처에 모여 잉걸불에 물을 들이붓는 소방관들을 지켜보는 경찰들에게 다가갔다. 그리고 몇 분쯤 이야기를 나눈 후 돌아왔다.

"여기 오자마자 집집마다 찾아가 모든 주민에게 진술을 받았대. 하지만 폭발이 일어나기 전에 뭔가를 보거나 들은 사람은 아무도 없다는데."

데커는 늘어선 건물들과 건물 앞에 서 있는 사람들을 위아래로 훑어봤다. "몽고메리 집하고 붙어 있는 건물은 비어 있나?"

보거트가 고개를 끄덕였다.

데커가 다시 늘어선 건물들을 위아래로 훑었다. "다른 빈집은?"

"모르겠는데."

"음, 저기 하나 빼고는 모든 건물 앞에 사람들이 서 있군."

데커가 왼쪽에서 네 번째 건물을 가리켰다. 캄캄했고, 데커의 말마따나 그 앞에 아무도 서 있지 않았다.

"차가 없지만 그건 아무 의미도 없지. 여기 사는 사람들이 다들 차를 가지고 있는 건 아니니까." 보거트가 지적했다. "그리고 빈집일 수도 있고."

데커는 머릿속으로 레지나 몽고메리를 방문한 두 번의 기억을 재생했다. 보거트와 함께 왔을 때는 아무것도 보지 못했다. 그렇지만 지난밤에는 저 집에 불이 켜져 있고 집 앞에 차 한 대가 서 있었다.

데커가 보거트에게 이 이야기를 하면서 덧붙였다. "4도어 도요타 아발론이었어. 내가 서 있던 위치에서는 번호판이 안 보였어. 그렇지만 집 앞에 차가 남긴 타이어 자국이 있어. 생긴 지 얼마 안된 거야."

"좋아. 그러면 상황을 다른 시각으로 볼 수 있지. 누군가가 저기 있었을 수도 있어."

"직접 보러 가자. 지원을 대동하는 편이 합리적일 거야."

데커가 총을 꺼내는 사이 보거트의 신호를 본 경찰 하나가 잰걸음으로 다가왔다. 귓속말로 몇 마디 지시를 들은 경찰은 동료들과 함께 무기를 꺼내 들고 불 꺼진 집으로 가 그곳을 포위했다. 경찰 하나가 문 앞에, 다른 경찰 셋이 그 뒤에, 그리고 다시 그 뒤에 데커와 보거트가 섰다. 맨 앞의 경찰이 문을 마구 두들긴 후 신분을 밝히고 문을 열라고 했다. 아무런 응답도 없었다.

경찰은 한 번 더 외치고 문을 박차 열었다. 엉성한 목재가 발길질 한 번에 주저앉았다. 동시에 뒷문이 박살 나고 경찰 두 무리가 좁은 공간으로 밀려들었다. 1분 후 아무 이상 없음이 확인됐다. 데커를 비롯한 일행이 건물 진입을 허가받았다. 그다지 볼 만한 것은 없었다. 텅 비어 있었다. 가구 한 점도, 다른 무엇도 없었다.

"사람이 있었던 곳처럼 안 보이는데요." 대븐포트가 말했다.

"그렇지만 누군가가 있었어요." 데커가 말했다.

마스는 믿기지 않는 듯 연거푸 고개를 저었다. "누가 방금 그 여자를 죽였다고요? 그 여자의 집을 날려서?"

데커가 고개를 끄덕였다. 그들은 재미슨, 대븐포트와 함께 호텔 로비에 앉아 있었다.

"그래도 그 아들은 무사하다고요?" 마스가 물었다.

"그 애는 괜찮아요. 그저 양친을 같은 날 여의었을 뿐이죠."

"정말 그 여자가 살해당했다고 생각해요?"

"만약 우연이라면, 내가 살면서 본 것 중 가장 엄청난 우연이겠죠. 하지만 나는 아주 사소한 우연도 믿지 않는 사람입니다."

"누가 한 짓인지 알아요?"

"그 여자를 매수한 누군가겠죠. 카르티에 시계와 비싼 옷들, 그리고 아들과의 더 나은 삶을 약속한 누군가."

"토미가 위험할까요?" 재미슨이 물었다.

"보거트가 주 경찰에 보호를 지시했어요." 데커가 말했다. "그 애 어머니가 아들한테 뭔가 이야기했을 것 같지는 않지만, 그래도 그 여자를 죽인 자는 그걸 확신할 수 없겠죠. 토미는 우리하고 이야기했을 때 그걸 보험금으로만 믿고 있었어요."

마스가 데커를 응시했다. "이제 어떻게 하죠?"

그때 보거트가 심란하고 동요된 표정으로 걸어왔다.

재미슨이 말했다. "뭐예요? 또 누가 살해당한 건 아니죠?"

보거트가 고개를 저으며 대븐포트 옆의 빈 의자에 몸을 던졌다. "아니요. 그건 아니에요." 그가 일행을 외면하며 말했다. "사실은 좀 더 복잡한 일이에요."

데커가 보거트를 주시했다. "우리한테 뭐 할 말 있어?"

보거트가 고개를 들어 데커를 봤다. "방금 워싱턴 D.C.에서 전화가 왔어. 우리는 공식적으로 이 사건에서 손을 떼게 됐어."

"뭐라고요?" 재미슨과 대븐포트가 동시에 외쳤다.

"다른 식으로 말씀드리죠. 본부는 이것을 사건으로 보지 않아요. 미제 사건으로는요. 마스 씨는 결백한 몸이 됐어요. 진짜 살인범이 자백해서 최후의 대가를 치렀죠. 그러니 끝. 본부는 우리가 고향으로 돌아오길 바랍니다."

"그렇지만 레지나 몽고메리의 죽음은 어쩌고?" 데커의 눈길은 보거트에게 못 박혀 있었다.

"적어도 본부가 보기엔 무관해. 한낱 사고일 뿐. 그리고 확실히 FBI 관할은 아니지."

한 사람 한 사람 차례로 둘러보던 마스가 보거트에게 시선을 고정했다. "그래서 그게 정확히 무슨 뜻이죠, 요원님?"

"정확히 우리가 짐을 꾸려서 여기를 떠나 콴티코로 돌아가야 한다는 뜻이죠. 일이 이런 식으로 돌아가서 유감입니다. 밀리건한테는 내가 알리죠. 그는 텍사스에서 바로 출발하면 될 겁니다."

"이 소식을 들으면 기뻐 날뛰겠군." 데커가 건조하게 말했다.

보거트가 일어서서 마스에게 한 손을 내밀자 마스 역시 일어서서 악수를 나눴다.

"이런 식으로 떠나서 유감입니다, 마스 씨. 나라면, 내가 선택할 수 있는 일이라면 이렇게 하지 않았을 겁니다. 어쨌든 최고의 행운이 따르길 빕니다."

"그래요." 마스가 당황한 기색으로 대꾸했다. "아무렴요. 고맙습니다."

데커가 말했다. "조심해서 가, 보거트 요원."

보거트는 그리 놀라지 않았다. "그래서 자네는 안 오겠다?"

"나는 끝날 때까지 사건을 떠나지 않아. 여기 남아서 끝을 봐야겠어."

"데커, 제발 이성에 귀를 기울여. 자네가 할 수 있는 일이 아니야."

"나는 할 수 있어. 그리고 할 거야."

"그렇지만 자네를 고용한 건……."

"사직할게." 데커가 단호하게 말했다.

보거트가 깊이 숨을 들이켰다. "정말 제대로 생각한 거 맞아?"

"했어. 비록 오래 걸리지는 않았지만."

보거트가 두 여자를 돌아봤다. "두 분은 어쩌실 겁니까?"

재미슨이 확고하게 말했다. "데커하고 여기 남을래요."

보거트의 시선이 대븐포트에게로 옮겨졌다. "당신은?"

대븐포트는 그만큼 확신이 있어 보이지 않았지만, 데커를 흘끗 본 후 보거트의 눈길을 피하며 말했다. "나도 남을래요."

보거트가 천천히 고개를 끄덕였다. "내 팀과 프로젝트는 여기서 끝인가 보군요."

"미안해요, 보거트 요원." 재미슨이 말했다.

보거트는 뜻밖에도 빙그레 웃었다. "당신은 그럴지도 모르죠. 그렇지만 저 사람은 아닐걸요." 그가 데커를 쳐다봤다.

"개인적인 이유는 전혀 없어. 그렇지만 찰스 몽고메리는 로이와 루신다 마스를 죽이지 않았어. 나는 누가 그랬는지 알아낼 거야."

"행운을 빌어. 나도 남아서 도울 수 있으면 좋겠는데. 하지만 자네와 달리 내겐 선택의 여지가 없군."

보거트가 돌아서서 떠났다.

마스가 재빨리 데커를 봤다. "어이, 이봐요. 꼭 이럴 필요 없어요. 여러분이 나 때문에 몽땅 할 일이 없어지는 건 바라지 않아요."

"지금 이 순간 내 할 일은 당신 부모님한테 무슨 일이 일어났는지 알아내는 겁니다, 멜빈." 데커가 말했다. "FBI의 지원 따윈 아무래도 상관없어요."

"그렇지만 저 사람은 당신 친구잖아요."

"보거트 요원은 여전히 내 친구예요. 그리고 저 친구는 전혀 아무 문제도 없을 겁니다. 명령을 따르고 있으니까요."

"그렇지만 이 일이 끝나도 다시 저 사람하고 같이 일을 못 할지도 모르잖아요."

데커가 재미슨을 본 후 다시 마스를 봤다. "그건 우리 문제예요, 멜빈. 당신 문제가 아니라."

대븐포트가 물었다. "우리는 이제 뭘 하죠?"

데커가 대답했다. "더 이상 FBI하고 같이 있지 않으니까, 경찰이 우리에게 협조할 이유가 없어요."

"일이 훨씬 어려워지겠네요." 대븐포트가 지적했다.

"그래서 우리는 경찰에게 그 말을 안 할 겁니다."

"경찰에게 거짓말하라고요? 내 입으로 남겠다고 했지만, 이 일 때문에 골치 아픈 일에 말려드는 건 사양하겠어요."

"거짓말한다고는 안 했어요. 말을 안 한다고 했죠. 아무 일도 없었던 것처럼 그냥 조사를 계속하면 됩니다. 만약 경찰이 우리가 여전히 FBI과 함께 일하고 있다고 생각한다면, 그건 그쪽 착각이죠."

"그렇지만 데커, 보거트가 경찰에 FBI가 현장에서 철수한다고 알릴 게 뻔하잖아요."

데커가 보거트 쪽을 보니, 그는 엘리베이터를 기다리면서 이쪽으로 의미심장한 눈길을 던지고 있었다.

"아니, 나는 안 그럴 거라고 봐요."

재미슨이 말했다. "좋아요. 리사가 하던 말을 이어서, 이제 뭘 하죠?"

데커가 재미슨을 바라봤다. "살인범을 잡아야죠."

"어떻게요?"

"실마리가 있으니까 그냥 그것들을 따라가기만 하면 돼요."

"무슨 실마리요?" 대븐포트가 말했다.

"날아가버린 집. 베이지색 4도어 도요타 아발론. 그리고 그 건물에 살던 사람 또는 사람들에 관해 이웃들이 해주는 말. 또 레지나에게 간 돈의 경로도 추적해야죠."

마스가 물었다. "정말 그렇게 하면 답이 나올 거라고 생각해요?"

데커가 일어섰다. "미식축구 경기에서 승리의 열쇠가 뭐죠?"

"준비요." 마스가 자동적으로 대답했다.

"맞아요. 조사 현장에서 준비란 모든 사소한 사실들을, 그것이 커다란 답으로 이어질 거라는 희망을 품고 살펴본다는 뜻입니다.

그리고 내 경험상, 범죄자를 찾으려면 똥구덩이를 깊이 파헤쳐야 해요. 왜냐하면 그게 그자들이 사는 곳이니까요. 자, 갑시다."

데커가 성큼성큼 로비를 나섰다.

마스가 재미슨을 봤다. "빌어먹을, 진짜 항상 저러는군요."

2 26

건물이 폭발한 자리는 몇 시간째 이어진 폭우로 늪이 돼버렸다. 데커, 재미슨, 대븐포트는 레인코트와 장화 차림으로 그곳을 둘러보고 지역 경찰들과 이야기를 나누며 실마리를 찾아다녔다. FBI 소속도, 지역 경찰 소속도 아닌 마스는 일행이 타고 온 렌터카에서 구경만 해야 했다.

"연소 촉진제나 타이머나 폭탄 재료 같은 증거는 발견하지 못했습니다, 요원님." 일행의 안내를 맡은 경찰이 말했다.

데커는 남자가 말한 '요원'이라는 직함을 굳이 정정하지 않았다. 그리고 데커의 FBI 신분증은 모두가 볼 수 있도록 레인코트 앞자락의 눈에 띄는 자리에 매달려 있었다. 재미슨과 대븐포트도 마찬가지였다.

데커는 잔해 현장을 둘러봤다. "아직 뭔가 발견될 가능성이 있어 보입니까?"

"보통은 이쯤 되면 그랬을 겁니다. 여기 있는 저희는 폭발 사고

라면 겪을 만큼 겪어봤거든요. 사람들이 뭔가 날려버리기를 좋아해서 어떤 걸 찾아봐야 할지 알죠. 저희는 폭발 패턴을 알고, 보통 어떤 인위적인 도구가 쓰였는지 찾아봅니다. 그런데 지금으로선 모든 게 사고를 가리키고 있어요. 이 건물은 정말 낡고 형편없는 상태였습니다. 그리고 아무래도 지하 프로판 탱크에 연결된 파이프와 밸브가 새것 같은 상태는 아니었을 것 같군요. 전에도 이런 것들이 폭발한 적이 있거든요. 그냥 저 혼자 터지는 거죠."

데커가 고개를 끄덕였다. "알겠습니다. 하지만 타이밍이 달랐다면 훨씬 납득이 갔을 겁니다."

경찰이 이해한다는 듯 고개를 주억거렸다. "그 여자분의 남편이 바로 직전에 사형된 것 말씀이시죠?"

"맞아요."

"그분이 자살했다고 생각하시는 건 아니죠."

"자폭하는 방법으로요?" 데커가 회의적으로 말했다.

"아니요. 그렇지만 머리를 오븐에 넣거나 그 비슷한 방법을 시도했다가 그대로 폭발했을 가능성도 있거든요. 그분이 흡연자였다고 하셨죠. 어떤 이유로 성냥을 켰을 수도 있어요."

"그것도 가설이 될 수 있겠네요. 하지만 내 생각에는 맞는 가설 같지 않군요."

데커가 경찰과 헤어져 대븐포트와 재미슨에게 합류했다.

"다음은 뭐죠?" 흠뻑 젖은 대븐포트가 못마땅한 기색을 감추지 않으며 물었다.

"폭발 원인을 발견하지 못했다니까, 이제는 이웃들하고 이야기해봅시다."

"그냥 비가 멈출 때까지 기다렸다 하면 안 돼요?"

"당신은 그래도 됩니다."

데커가 등을 돌려 가장 가까운 집으로 향했다.

재미슨이 대븐포트를 쳐다봤다. "올 거예요?"

데커를 보는 대븐포트의 얼굴에 짜증이 스쳤다. "멜빈하고 같이 기다릴까 해요. 그 편이 훨씬 생산적일 것 같군요."

대븐포트는 차를 향해 어슬렁어슬렁 걸어갔고 재미슨은 데커의 뒤를 서둘러 쫓아갔다.

* * *

여섯 번째 건물에 사는 사람들까지 모두 도요타 아발론을 보지 못했다고 했다. 일곱 번째 건물에서 문을 열어준 사람은 작디작은, 허리가 굽은 백발 노파였다. 거의 100살은 돼 보였다. 보풀이 인 흰색 목욕 가운을 입고 지팡이를 짚은 노파는 거대한 데커를 바라보기 위해 고개를 한껏 젖혀야 했다. 데커는 코카콜라 유리병처럼 두꺼운 노파의 안경을 보고 중요한 정보를 얻을 희망을 일찌감치 접었다. 일행을 안으로 들이는 노파는 자못 들뜬 기색이었다. 그 이유는 노파의 말을 빌리자면 '나랏일 하는 남자'가 그녀의 말을 들으러 왔기 때문이었다.

"그리고 나랏일 하는 여자도요."

일행이 작고 낡아빠진 커피 테이블에 둘러앉자 노파가 고개를 주억이며 재미슨에게 웃음을 지어 보였다. "이제는 FBI도 여자가 남자보다 더 일을 잘할 수 있다는 걸 알게 된 모양이구먼."

"그런가 봐요." 재미슨이 그렇게 대꾸하며 데커에게 장난스러운 표정을 지었다.

"내 이름은 퍼트리샤 브레이지만 패티라고 불러도 돼요. 우리 가족하고 친구들은 다들 그렇게 부르니까……. 그러니까 살아 있을 적에는 그렇게 불렀다고. 이젠 정말 나 혼자 남았네. 아홉 남매 중 내가 마지막이에요."

"그 말씀 들으니 마음이 아프네요, 패티." 재미슨이 말했다.

브레이가 무릎으로 뛰어오른 살찐 얼룩 고양이를 쓰다듬었다. "그렇지만 혼자는 아니야. 이 녀석은 테디라고 해요. 열여섯 살인데, 나와 이 녀석 중 누가 더 오래 살지 아무도 모르지."

데커가 물었다. "이웃집에 일어난 일에 대해 들으셨습니까?"

브레이가 고개를 끄덕이더니 입매를 일그러뜨리며 인상을 썼다. "레지나하고는 잘 알고 지냈어요. 그이 인생도 참. 그래도 토미가 잘 자란 걸 보면 하느님이 보살피신 게지. 젊은 애가 참 착해요. 우리 집 일도 여러 번 봐줬어요. 그 애가 자라는 걸 쭉 봐왔어요. 그 모자는 그이 남편이 저 길 끝의 교도소로 이감되면서 여기로 이사 왔지."

"저희도 압니다."

"사람들이 그 남자를 전기의자에 앉히자마자 이런 일까지……." 노파가 탄식했다. "맙소사, 토미는 이제 고아가 되고 말았네요. 누가 그 애를 보살펴주려나? 이제 겨우 고등학생인데."

"지금 그 문제를 알아보는 중입니다. 지금은 미식축구 코치 집에서 신세를 지고 있다더군요."

"아이고, 그거 참 고마운 일이구먼. 그 애는 미식축구에 소질이 있어요. 레지나가 그 애 자랑을 아주 입에 침이 마르도록 했지. 정말 자랑스러워했는데."

"두 분이 대화를 자주 하셨나 보군요?"

"아, 그럼요. 내가 빵 구운 거랑 먹을 거랑 바리바리 싸 들고 자주 놀러 갔거든. 이제는 그러기에도 너무 늙어서, 레지나가 나 대신 장을 봐주고, 집안일도 좀 도와주고 그랬어요. 토미를 보내서 도와주기도 하고. 세상에서 제일 착한 사람이었는데."

재미슨을 보는 데커의 표정에 얼핏 죄책감이 어렸다. "그런 분이었는지 몰랐네요."

"조금 전에도 말했지만 그이는 인생이 순탄치 않았어요. 하지만 요즘 들어서는 좀 행복해 보였지. 음, 터널 끝의 빛이 보여서 그랬으려나. 남편 일도 그렇고 전부 다 말이에요. 거기다 그이 인생에는 토미가 있었지. 아마 그걸 붙들고 살지 않았나 싶어요. 애가 좋은 대학에 들어가는 걸 보려고. 애를 보살피려고."

"혹시 부인께 앞으로 어떻게 하겠다는 이야기를 하던가요?" 재미슨이 물었다.

"아, 그럼요. 여기를 뜰 거라더군요. 나는 좀 서운하기도 했죠. 하지만 그이는 아직 남은 인생이 길고, 나야 뭐 남은 게 많지 않으니까. 토미가 대학에 가면 따라갈 거랍디다. 내 말은, 자기가 대학에 다니겠다는 게 아니라, 근처에 살 거라고. 왜, 아들 뒷바라지하면서 말이에요. 다시 말하지만 그이한테는 그 애밖에 없었지."

"재정적으로 어떻게 꾸려갈지도 말하던가요?" 데커가 물었다.

"보험금이 좀 있다던데. 그래서 나는 그 남편도 웬일로 써먹을 데가 있구나 했죠."

"지난밤에 혹시 뭔가 수상한 걸 보셨습니까?"

"수상해요? 가스 폭발 사건인 줄만 알았는데."

"경찰이 아직 조사 중이라서요. 이 단계에서는 모든 가능성을 살펴봐야 하죠."

"아, 아무렴, 알겠어요. 나는 일찌감치 잠자리에 들었어요. 뭘 잘 못 먹었는지 속이 부대껴서. 그랬는데 폭탄 터지는 소리 같은 게 들리지 뭐야. 옷을 걸치고 현관문으로 갔더니……." 브레이의 목소리가 잦아들면서 테디를 쓰다듬던 손이 떨리기 시작했다.

재미슨이 재빨리 노파의 손등에 자신의 손을 얹었다. "괜찮아요. 그 이야기는 안 하셔도 돼요. 무슨 일이 일어났는지 저희도 잘 알아요."

데커가 물었다. "평소하고 다른 건 아무것도 못 보셨나요?"

"못 봤어요. 내 기억으로는." 브레이가 갑자기 주위를 둘러봤다. "무슨 손님 대접이 이렇담? 다들 뭐 좀 마실래요? 커피? 날씨가 난리도 아니던데."

"아뇨, 괜찮습니다. 괜찮아요." 데커가 말을 멈추고 다음 질문을 떠올렸다. "좋습니다. 그럼……."

재미슨이 말했다. "제가 부인께 커피를 좀 끓여드릴까요? 말씀하셨듯 날씨가 난리도 아니니까요."

데커는 말을 자르고 끼어든 재미슨에게 못마땅한 표정을 지었지만 브레이는 따뜻한 미소로 화답했다. "아이고, 아가씨, 그래주면 너무 고맙지. 두 분이 문을 두드렸을 때 주전자를 막 올려놓은 참이었어요."

"커피에 뭐 넣을까요?"

"그냥 블랙커피요."

브레이가 킥킥거리자 재미슨이 깔깔 웃었다. 데커는 초조한 표정으로 앉아 있었다. 브레이는 재미슨이 가져온 커피 잔을 받아 한 모금 홀짝인 후 옆에 있는 테이블에 내려놨다. 노파가 다시 데커에게 집중했다.

"나한테 뭘 물어보려고 했죠, 젊은이?"

"댁에서 두 집 건너 건물 앞에 도요타 아발론이 주차된 걸 보신 적 있습니까?"

"아발론?"

"네."

"베이지색 4도어, 그건가?"

데커가 허리를 약간 더 꼿꼿이 세웠다. "맞습니다."

"그 차 이름이 아발론인지는 몰랐네. 어제 여기 있었어요."

"몇 시였습니까?"

브레이가 안경을 벗어 소매 단으로 렌즈의 얼룩을 문질렀다. "아, 한 6시쯤이었나. 저녁 뉴스가 막 나오고 있었으니까 분명히 그럴 거예요. 이제는 아무도 텔레비전으로 뉴스를 안 보지. 나도 알아요. 그 대신 컴퓨터나 심지어 휴대폰으로 본다면서! 그렇지만 나는 월터 크롱카이트를 보는 게 좋았거든. 비록 이제는 텔레비전에 월터 같은 사람이 안 나오지만, 그래도 여전히 즐겨 봐요. 그래, 6시에 산책 다녀오라고 테디를 밖에 내놨는데, 그때 봤어요. 바로 앞에 세워놨더라고."

"번호판은 적어두지 않으셨겠죠?" 데커가 노파가 도로 끼고 있는 두꺼운 안경을 눈여겨보며 물었다.

"A하고 R하고 숫자 4가 있었어요. 아, 그리고 조지아주 번호판이었고."

데커가 깜짝 놀랐다. "조지아주 번호판요? 확실한가요?"

"아무렴. 우리 애들하고 자동차 게임을 진절머리 날 만큼 했거든. 알죠? 주 번호판 세는 거. 예전에는 아이들을 재울 수 있게 차 뒤에 침대를 싣고 장거리 운전을 했지. 안전벨트는 식료품이 쏟아지지 않게 붙들어두는 용도였고. 조지아주 번호판이라면 볼 만큼 봤어요. 조지아 복숭아가 한복판에 있지. 복숭아가 그려진 다른 주 번호판은 하나도 없을걸. 아닌가?"

"맞습니다. 하나도 없죠." 데커가 재미슨을 재빨리 쳐다봤다. "운전석에 앉은 사람은 보셨습니까?"

"그 건물은 대체로 비어 있었어요. 그러니까 건물주가 세를 놓는데, 여기 사는 사람들은 더 나은 곳에서 살 형편이 안 되는 사람들뿐이거든. 나처럼 말이지. 내 수입은 복지 수당이 전부예요. 내가 그 차를 눈여겨본 이유는 그게 좋은 차, 비교적 새 차였기 때문이에요. 이곳 사람들은 대부분 차가 없거든. 일하러 갈 때는 주도로에서 버스를 타거나 자전거를 타고. 레지나는 차가 있었지만 대략 25년쯤 돼서 퍼지기 직전이었어요. 앞에 서 있던 차가 아발론이랬던가?" 데커가 고개를 끄덕였다. "음, 그 차는 아주 새것처럼 보였지."

"그걸 몰던 사람은요?" 데커가 다시 물었다.

"아, 맞아. 음, 그 남자도 봤어요."

"남자였군요."

브레이가 다시 데커를 올려다봤다. "음, 내가 방금 그렇게 말하지 않았나?"

재미슨이 웃음을 참으려 애쓰며 말했다. "그 남자가 어떻게 생겼는지 말씀해주실 수 있나요?"

"덩치가 컸어요. 하지만 당신 정도는 아니었고." 브레이가 데커를 위아래로 가늠했다. "그렇지만 비슷했어요. 적어도 키는 말이에요."

"나이는요?" 데커가 물었다.

"당신처럼 젊지도 않고, 나만큼 늙지도 않았어요. 아마 한 일흔

정도 됐을까. 대머리였나 그 비슷했어요. 옆머리는 셌고, 턱수염이
나 그런 건 전혀 안 길렀어요. 인정머리 없게 생겼고."

"뚱뚱했습니까, 말랐습니까?"

"둘 다 아니었어요. 꽤 탄탄해 보이던데. 다부지고. 배가 나오거
나 그렇진 않았어요." 노파가 무릎을 손바닥으로 찰싹 때렸다. "이
동네에서 뚱뚱하지 않은 노인을 보면, 맨 처음 무슨 생각이 들게
요? 어, 암 환자구나. 바로 그거지. 안 그래요? 식사 조절. 내가 그
덕을 봤지. 나는 젊었을 때 늘 요새 사람들이 디저트 접시라고 부
르는 접시로 밥을 먹었거든. 그런데 사람들은 왜 자기가 비만이 됐
는지 궁금해한다니까. 음, 그 이야기는 아예 시작도 말아야지." 브
레이가 다시 데커를 봤다. 데커는 13킬로그램 넘게 빼고도 여전히
상당한 과체중이었다. "아, 미안해요, 젊은이. 아무 뜻 없이 한 말이
에요. 당신은 아주 멀쩡해 보여. 하지만 탄수화물을 좀 줄이면 더
멀쩡해지겠지."

데커는 그 말을 무시하고 말했다. "그 남자가 인정머리 없게 생
겼다고 하셨죠. 얼마나 가까이서 보셨습니까? 저녁 6시경이면 틀
림없이 무척 어두웠을 텐데요."

대답 대신 브레이는 안경을 가리켰다. "내가 박쥐처럼 눈이 어
두워서 밤은커녕 낮에도 아무것도 못 보는 그런 늙은이인 줄 아나
본데, 이걸 쓰면 양쪽 눈 시력이 모두 2.0이거든. 의사가 그랬어요.
거기다 내가 이래 봬도 백내장 한번 안 온 사람이야. 그리고 그 남
자가 앞쪽 현관에 서 있어서 실외등 덕분에 아주 잘 보였어요. 아,
그리고 걸을 때 약간 절뚝거리던데." 브레이는 잠시 생각에 잠겼
다. "오른 다리가 문제였던 것 같아요."

"누가 그 남자를 찾아오진 않았습니까?"

브레이가 고개를 저었다. "솔직히 말해서 나는 그 남자가 그냥 잠깐 거기 숨어 지내는 거라고 생각했어요. 전에도 그런 일이 있었거든. 사람들은 이런 곳을 보면 그냥 닻을 내리고 들어와 산다니까. 재산권은 뭐 먹는 거냐 하고."

재미슨이 걱정스럽게 말했다. "패티, 그 남자한테 혹시 지켜보는 걸 들키진 않으셨어요? 그게 정말 문제가 될 수도 있어서 그래요."

대답 대신 브레이는 목욕 가운 주머니에서 날씬한 9밀리짜리 소형 베레타 권총을 꺼냈다.

"내 비록 보기엔 약하고 눈도 어두울 것 같아도 아가씨, 3미터 안에 있는 건 뭐든 이 아이로 맞힐 수 있어요. 대인 저지에 효과적이지. 그 자리에서 바로 주저앉힐 수 있다고. 특히 거기에 쏘면 직방이지."

"그러시고도 남을 것 같네요." 데커가 말했다.

"아발론과 남자에 대해 수배령을 내리겠습니다." 범죄 현장을 지키고 있던 앨라배마 경찰이 데커에게 브레이와의 대화를 전해 듣고 말했다. "증거가 다소 빈약하지만, 해볼 만한 가치는 있어요. 다른 실마리가 많은 것도 아니고."

데커는 그 남자가 아직 앨라배마주에 있을 거라는 희망적인 생각은 별로 들지 않았다. 레지나 몽고메리의 건물이 날아갔을 때는 근처에 있었더라도, 지금쯤이면 멀리 가고도 남았으리라.

데커는 보거트가 빌린 차에서 기다리던 대본포트, 마스, 재미슨과 합류했다. "여기서 더 할 일이 없어요. 호텔로 돌아갑시다."

차를 몰고 돌아가는 길에 마스가 말했다. "그 사람 아들 이야기 좀 해주세요. 토미랬죠?"

"이 동네 고등학교에 다녀요. 내년에 졸업반으로 올라가고. 이미 몇 군데 대학에서 제의를 받았다더군요. 옛날 당신처럼 러닝백이에요."

"이 모든 일이 끝나면 그 애는 어떻게 되죠?"

"어딘가에 친척이 있다면 아마도 그쪽에 가서 같이 살게 되겠죠. 미식축구 코치가 받아준다면 졸업할 때까지 신세를 질 수도 있고요."

마스가 고개를 끄덕인 후 비가 멈출 기미 없이 퍼붓는 창밖을 내다봤다. 날씨가 쌀쌀해지고 있었다.

"왜요?" 데커가 호기심 어린 표정으로 마스를 보며 물었다.

"이유는 없어요. 그냥 알고 싶었어요. 아이한테는 힘든 일이잖아요. 부모님을 여읜다는 건."

"어른한테도 힘든 일이죠." 데커가 말했다.

* * *

호텔에 도착한 일행은 보거트가 가기 전에 며칠 치 방값을 더 지불했음을 알게 됐다. 렌터카도 같은 기간 동안 쓸 수 있었다.

"이 일로 나중에 보거트가 뒤통수를 맞지 않아야 할 텐데." 대본포트가 말했다. "이러는 건 그 사람으로선 큰 위험을 무릅쓴 거예요. 사건에서 손을 떼라는 명령을 받은 처지에 말이에요."

"사건에서 손을 떼도록 명령받은 건 우리 모두 마찬가지예요." 재미슨이 말했다.

"팀이 오래가지 못해서 아쉬워요. 정말 보람찬 활동이 될 수도 있었을 텐데."

"지금 떠난다면 당신은 아마 팀에 남을 수 있을 겁니다." 데커가 말했다. "저쪽에서 팀을 다시 꾸릴 의향이 있다면요."

대본포트가 데커를 응시했다. "내가 떠났으면 좋겠어요?"

"여기 남아 있을 사람은 모두 이 사건에 100퍼센트 전념했으면 합니다."

"쏟아지는 빗속에서 조사하는 걸 내켜 하지 않았다고 하는 말이 에요?" 대븐포트가 날카롭게 대꾸했다.

"내 말은 정확히 지금 말한 뜻밖에 없어요." 데커가 평온하게 말했다.

대븐포트는 당장 뭐라고 쏘아붙일 것 같더니 이윽고 표정을 바꿨다. "맞아요. 미안해요." 그러고는 불안한 눈빛으로 자신의 두 손을 내려다봤다. "그냥 머릿속에서 사형 순간이 떠나질 않아요. 너무 많은 게 바뀌어버렸어요. 내가 정말 이 일을 하고 싶은 건지 더는 확신이 없어졌어요."

재미슨이 그녀의 어깨에 한 손을 얹었다. "이해해요, 리사. 나는 겁이 나서 갈 생각도 못 했잖아요."

대븐포트가 공허한 웃음을 지었다. "내가 당신처럼 영리했다면, 당신처럼 했다면 좋았을 텐데." 그러고는 데커를 건너다봤다. "당신은 아마 내가 징징이라고 생각하겠죠."

데커는 고개를 저었다. "내가 아는 이른바 터프가이들 중에도 그걸 보러 갈 엄두도 못 냈을 남자가 수두룩해요."

"그렇지만 나는 평정을 잃었는걸요."

"나라면 그 일로 자신을 너무 탓하지 않겠어요. 우리가 이 일을 해결하려면 당신 재능이 꼭 필요해요."

대븐포트는 재미슨의 격려하는 듯한 미소를 보고 다시 데커를 돌아봤다. "고마워요. 내가 가진 모든 걸 당신한테 줄게요. 그래서 우리 다음 행보는 뭐죠?"

"적어도 한 가지 단서에 대해서라도 좀 더 파고들어볼 만한 증거가 필요해요. 여기서든 아니면 텍사스에서든. 레지나가 살해당했다는 사실은 우리가 방향을 옳게 잡았다는 증거예요. 그 여자는 돈을 받고 남편한테 멜빈의 부모님을 죽였다고 거짓말하게 시켰어요. 그렇다는 건 원래 범죄에 어떤 식으로든 관여한 사람이 20년이 지난 지금, 저 바깥 어딘가에 있다는 뜻이죠. 진짜 살인범도 포함해서요."

마스가 몸서리쳤다. "하지만 누군가가 이토록 오랜 세월이 지나서 나를 구하겠다고 이 모든 성가신 일들을 떠맡을 만한 이유가 뭔지 도무지 상상도 안 가요."

"어쩌면 그게 동기를 말해줄지도 모르죠."

대븐포트가 동의의 뜻으로 고개를 끄덕였다. "사실 그게 중요한 지점이에요." 마스를 보며 말했다. "어쩌면 당신에게는 당신도 모르는 동맹이 있을지도 몰라요."

"그렇지만 그게 어떻게 가능하죠?" 마스가 물었다. "그리고 왜 이제서야?"

데커가 대답했다. "우리는 그 타이밍을 파헤쳐야 해요."

저녁때가 이미 지나서 다들 배가 고팠다. 일행은 호텔에서 한 블록 떨어진 식당으로 가서 급히 배를 채웠다. 호텔로 돌아온 후 데커는 각자 사건에 대해 고민해보고, 이튿날 아침에 다시 모여 추적해볼 만한 실마리들을 이야기하자고 제의했다. 다들 인사하고 흩어졌다. 데커가 엘리베이터를 타고 방으로 올라가 씻고 옷을 벗은 뒤 막 침대에 오르려는데 누가 방문을 두드렸다.

데커가 일어나며 물었다. "누구세요?"

"잠깐 시간 있어요, 에이머스? 이야기 좀 하고 싶어요."

대븐포트였다.

데커는 대답하기 전에 잠시 고민했다.

그의 망설임을 감지한 듯 대븐포트가 말했다. "정말 오래 안 걸릴 거예요."

데커가 문을 열었다. 대븐포트가 양손에 맥주를 한 병씩 든 채서 있었다.

데커가 맥주병에 눈길을 준 뒤 대븐포트를 내려다봤다. "다이어트 중인데요."

"그럴 줄 알고 라이트 맥주를 가져왔어요. 끽해야 90칼로리밖에 안 돼요. 그리고 오늘 그런 일이 있었으니 아마도 탄수화물이 필요할 거예요."

두 사람은 자리에 앉아 맥주를 홀짝였다.

"그래서요?" 데커가 물었다.

"우리는 출발이 좋지 않았죠."

데커가 어깨를 으쓱했다. "나는 괜찮았는데요."

"나는 마음을 열고 솔직하게 대하는 게 최선의 방책이라고 생각해요."

"그렇군요."

"그러니까 마음을 열고 솔직하게 말할게요. 나는 보거트한테 당신 이야기를 듣고 나서야 팀에 합류하겠다고 했어요."

데커가 맥주를 한 모금 더 마시고 의자에 등을 기댄 채 창밖에서 들리는 빗소리에 귀를 기울였다. "보거트한테 내 이야기를 들은게 왜 그렇게 결정적인 영향을 미쳤죠?"

"오해하진 마요. 나는 그의 제안에 진심으로 관심이 있었어요. 솔깃하기도 했고요. 확실히 내 분야에서 할 수 있는 건 다해봤거든요. 그리고 나는 다가온 기회를 놓치지 않는 사람이에요. 전형적인

A 유형 과잉 성취자죠. 부모님 두 분 다 학자셨고, 외동딸인 내게 온 정성을 쏟으셨어요. 나는 모든 면에서 우등생이었어요. 그것으로도 모자라 컬럼비아로 가기 전에 스탠퍼드 칼리지에서 장거리 선수로 뛰기까지 했어요."

"대단하군요. 하지만 그건 내 물음에 대한 답이 아닌데요."

"내 자랑을 늘어놓자는 게 아니에요. 내가 하고 싶은 말은 로스가 불렀을 때 내가 팀에 합류하게 만든 게 당신이었다는 거예요."

"우리가 처음 만났을 때도 그 비슷한 말을 했죠."

"나도 알아요."

"그리고 내 사건하고 멜빈 사건의 유사점들, 당신은 그게 매혹적인 사례 연구감이 될지도 모른다고 생각했다고 했죠."

"맞아요."

"그리고 나는 이 일이 내 인지적 이상과는 전혀 상관없을 거라고 했어요. 멜빈이 유죄냐 무죄냐에만 집중할 거라고."

대븐포트가 맥주를 홀짝였다. "그리고 나는 당신한테 그건 기회를 낭비하는 거라고 했죠."

"맞아요. 그런데 도대체 왜 그렇다는 거죠?"

"내가 하는 전문적 연구에 당신을 포함시키도록 허락해줄지 알고 싶었어요. 그 독특한 정신적 능력을 범죄와 싸우는 데 발휘하겠다고 결심한 사실 때문에 당신이 더욱 독특하게 여겨졌거든요. 엄청나게 흥미로운 논문이나 심지어 책 소재도 될 수도 있을 것 같았어요. 잘하면 베스트셀러도 노려볼 만하다 싶었죠." 대븐포트가 유혹하듯 덧붙였다.

데커가 맥주병을 비웠다. "나는 그딴 데 아무 관심도 없어요."

대븐포트가 체념한 듯 그를 봤다. "당신을 만난 지 대략 5분 만에 나도 그걸 알았어요."

"그래서 어쩔 셈인가요?"

"나는 이미 끝까지 여기 남겠다고 결정했어요. 이 사건을 풀기 위해 내가 가진 모든 걸 당신한테 줄게요."

"어째서죠?"

대븐포트는 대답하려는 듯 입을 열었지만 머뭇대면서 병 라벨을 갈기갈기 찢었다. "당신이 들으면 대체 뭔 소린가 싶을 정도로 전문적인 표준 답변을 줄 수도 있어요. 아니면 진실을 말해줄 수도 있고요."

"후자를 택하죠."

대븐포트가 다가앉아 처음으로 데커를 똑바로 쳐다봤다. "사형 참관 때문이에요. 그 남자가 그렇게 죽은 거요. 어쩌면 자업자득이라고 생각할 수도 있죠. 지금 사형 제도의 장단점을 두고 논쟁하자는 건 아니에요. 하지만 멜빈 마스는 실제로 결백한데 사형 직전까지 갔잖아요. 결백한데 사형에 처한 사람이 얼마나 많을까요?"

"내가 전에 말했듯 단 한 명도 너무 많죠. 그래서 오늘 밤 여기 왜 온 겁니까?"

"이미 말했듯 우리는 첫발을 잘못 내디뎠어요. 오해하지 마요. 다 내 잘못이에요. 다만 우리가 이 사건에 본격적으로 덤벼들기 전에 바로잡고 싶은 것들이 있어서 그래요."

"좋아요. 바로잡았다고 칩시다."

대븐포트가 희미하게 웃어 보였다. "그냥 그렇게요?"

"그냥 그렇게요. 내일은 새로운 날이니까요."

대븐포트가 데커의 말뜻을 곱씹으며 고개를 끄덕였다. "아마 우리 모두는 자신을 증명해야 하나 봐요. 날마다 새롭게요."

"그게 내 생각이에요." 데커가 병을 들어 올렸다. "라이트 맥주, 고마워요."

대븐포트가 자리에서 일어섰다. "이야기 들어줘서 고마워요." 떠나려고 몸을 돌렸다가 다시 데커를 돌아봤다. "로스한테 당신 가족 이야기를 들었을 때 정말 너무 마음이 아팠어요, 에이머스. 너무 마음이 아팠어요."

데커는 그녀와 눈을 마주쳤지만 아무 말도 하지 않았다.

"언제까지나 잊지 못한다니 얼마나 힘들까요?" 대븐포트의 표정과 말투에 안타까움이 가득했다.

"아마 당신 짐작보다 더 힘들 겁니다."

대븐포트가 떠났다.

데커는 병을 내려놓고 창가로 갔다. 바깥에서는 비가 이제 억수로 퍼붓고 있었다. 데커는 자신의 완벽한 기억의 페이지를 레지나 몽고메리와의 만남으로 급속히 넘겼다.

카르티에 시계. 니먼 마커스 세 상자. 샤넬 두 상자. 색스 둘. 버그도프 굿맨 하나. 지미 추 하나. 그리고 에르메스 가방.

데커는 컴퓨터를 꺼내 각 브랜드의 온라인 상점으로 가서 자신이 본 물품을 검색하고 가격을 확인했다. 머릿속으로 총액을 냈다. 5만 4000달러에 몇 푼 더. 에르메스 가방 하나만도 1만 9000달러가 넘었다. 시계는 1만 4000달러. 지미 추는 1만 달러. 데커는 고개를 저었다.

물건을 담아 다니고 시간을 확인하고 발을 감싸는 데 단돈 3만 4000달러. 누군지 몰라도 이 일의 배후는 자금력이 있다. 레지나 몽고메리는 훨씬 더 많은 돈이 들어오기를 기대하고 있었음이 분명했다. 찰스 몽고메리와의 불행한 결혼 생활에 대한 막대한 보수.

실제로 그것을 누릴 수는 없었지만. 찰스가 죽고 나면 레지나는 소모품이었다. 잔인한 일이다. 비정한 일이다. 하긴 결백한 남자가 20년간 감옥에 처박혀 썩어가게 놔둔 자들에게 달리 뭘 기대할 수 있겠는가.

　데커는 옷을 벗고 침대로 들어갔다. 이 사건을 맡은 지 시간이 좀 지났다. 데커는 자신들이 손에 넣은 얼마 안 되는 실마리가 전부일까 봐 절박한 두려움을 느꼈다.

작은 체육관에는 트레드밀 한 대, 먼지투성이 덤벨들이 얹힌 선반, 언제 적 물건인지 모르겠는 낡은 운동용 자전거, 메디신볼 하나가 전부였다. 데커는 트레드밀에 올라 몇 분 간격으로 속도를 조금씩 높이며 걸었다. 걸으면서 벽에 고정해놓은 텔레비전을 봤다. 뉴스가 나오고 있었다. 주요 뉴스는 찰스 몽고메리의 사형이었다. 집이 폭발하면서 그의 아내가 사망했다는 소식이 따라 나왔다.

"확률이 얼마나 되죠?" 한 뉴스 캐스터가 물었다. "둘 다 같은 날 저런 식으로 사망할 확률 말이에요."

같은 날에 죽지 않았어. 데커는 생각했다. 레지나는 엄밀히 말해 자정이 지나서 죽었다. 그러니 이튿날 죽은 것이다. 그렇긴 해도 그 말의 요점은 반박할 수 없었다. 확률이 얼마나 될까? 글쎄, 데커가 알기로 그런 확률은 사실 꽤 높았다. 남편이 탈 없이 죽는 것을 확인하고 나서 누군가가 레지나를 살해할 계획이었다면.

체육관 문이 열리더니 운동복을 입은 멜빈 마스가 걸어 들어왔다. 그는 데커에게 고개를 끄덕여 인사하고 스트레칭을 시작했다. 마스가 운동을 시작하자 데커는 구경하는 데 정신이 팔려 자신이 뭘 하고 있었는지조차 까맣게 잊었다. 집중력은 물론이고, 그 미친 듯한 훈련 강도는 눈으로 보면서도 믿기 어려울 정도였다. 마흔둘이 다 된 마스의 운동 능력을 넋 나간 듯 구경하던 데커는 하마터면 트레드밀에서 떨어질 뻔했다. 데커는 아예 트레드밀을 꺼버리고 구경하는 데 집중했다. 마침내 운동을 끝낸 마스가 테이블에서 새 수건을 집어 들어 땀을 닦았다.

"얼마나 자주 했습니까?" 데커가 물었다.

"지난 20년간 매일요."

"대단하군요. 그냥 구경만 하는데도 내가 심장 마비가 올 것 같았어요."

마스가 어깨를 으쓱했다. "덕분에 버텼죠. 안 그랬으면 돌아버렸을 겁니다. 무슨 말인지 알아요?"

데커가 고개를 끄덕였다. "무슨 말인지 압니다."

스툴에 앉아 데커를 올려다보는 마스의 표정에 경계심이 어려 있었다. "당신 생각에는 이게 어떻게 된 일 같아요, 진짜로?"

"누가 당신을 미워했어요. 그러고 나서 누가 당신에게 미안해했고요."

마스가 놀란 표정을 지었다. "뭐라고요?"

"그 사람들은 당신에게 누명을 씌워 감옥에 넣었고, 사형당하기 직전까지 내버려뒀어요. 그러다가 몽고메리 부부를 매수해서 거짓 자백으로 당신을 감옥에서 꺼내췄고요."

"같은 사람들이라고 생각해요?"

"20년이나 지났지만, 확실히 가능하긴 하죠."

"왜 마음이 변했을까요? 내 부모님을 죽이고, 나를 감옥에 보내고, 그런 다음 나를 꺼내주다니……. 전혀 말이 안 되잖아요."

"동의해요. 그들은 그 죄를 당신한테 덮어씌웠어요. 당신이 가장 그럴싸한 용의자였기 때문이죠."

"그렇다면 내 부모님을 죽인 이유는 뭐죠?"

"그분들이 뭔가를 알았거나 봤거나 들었거나 했기 때문이겠죠."

"그분들은 서부 텍사스의 작은 시골에 사는 평범한 사람들이었어요, 데커."

"당신이 그분들을 알았을 때는 그랬겠죠. 하지만 당신이 태어나기 전에는 전혀 다른 삶을 살았는지도 몰라요, 멜빈. 그리고 어쩌면 거기서 도망치려고 서부 텍사스로 왔을 수도 있고요."

마스가 고개를 끄덕였다. "다른 설명보다는 그게 더 말이 될 것 같네요. 두 분이 뭔가 좋지 않은 일에 연루됐다고 생각해요?"

"가능성은 있죠. 뭔가 좋은 일에 연루된 사람이 살해당하는 일은 흔치 않으니까요."

"내 부모님을 그런 관점으로 보려니 쉽지 않네요."

"아버지 얼굴 흉터는요?"

"그래요, 알아요. 그 생각을 하고 있었어요. 미친 듯 화를 내셨죠. 우리 노친네가 그러는 건 그때 처음 봤어요."

"어쩌면 더 젊었을 때는 더 자주 그랬을 수도 있어요."

"누가 아버지한테 그 상처를 냈다고 생각해요? 나중에 두 분을 찾아내서 죽인 나쁜 놈들이?"

"꼭 그렇진 않아요."

"그럼 뭐죠?"

"성형 수술에 실패했기 때문일 수도 있죠."

마스는 하마터면 의자에서 떨어질 뻔했다. "뭐, 뭐라고요?"

"만약 아버님이 누군가에게서 도망치고 있었다면, 외모를 바꾸고 싶었을 가능성이 얼마든지 있어요. 그 한 가지 방법이 성형 수술이고요. 그렇지만 그럴 돈이 없거나 합법적 외과의를 찾아갈 상황이 아니었을 수도 있죠. 그래서 뒷골목에서 장사하는 누군가를 택한 겁니다. 흉터는 그 결과고."

"그렇지만 어머니는요? 어머니는 아무 흉터도 없었는데요."

"도망친 후에 만났을지도 모르죠. 어머니는 아버지가 있었던 나쁜 세계하고 무관하셨을 수도 있고."

"그래요. 좋아요. 어머니가 범죄자라는 건 상상이 안 가요. 정말 착한 분이셨거든요. 나한테 목소리 한번 높이신 적 없을 정도로. 언제나 차분하셨어요."

"문제는 두 분의 과거를 어떻게 추적하느냐죠."

마스가 얼굴의 땀을 문질러 닦았다. "그래야 하나요?"

데커가 당황스러운 표정으로 그를 봤다. "그래야 하느냐니, 뭘 말입니까?"

"이 일을 더 밀어붙이는 거요. 내 말은, 우리 부모님은 이미 돌아가셨잖아요. 나는 감옥에서 나왔고요."

"그래서 당신은 진실을 알고 싶지 않다고요?"

"진실을 알았는데 만약……."

"만약 당신 아버지가 실제로 나쁜 사람이었다면?"

"당신 같으면 당신 노친네가 그런 사람이었다는 걸 굳이 알아내고 싶겠어요?" 마스가 방어적으로 말했다.

"그들은 당신을 20년간 가둬놨어요, 멜빈. 당신 양친을 살해했고. 그들이 죄과를 치르게 만들고 싶지 않습니까? 부모님을 죽인

자들이 정의의 심판을 받는 걸 보고 싶지 않아요?"

"알아요. 알아요." 멜빈이 참담한 표정으로 말했다. "그 짓을 저지른 놈들이 빠져나가기를 원하지 않아요. 그냥 다만……"

"다만 뭡니까?" 데커가 엄하게 말했다. "당신 인생에서 이것보다 더 중요한 다른 일이 있습니까?"

"왜 그렇게 관심이 많아요?" 마스가 부르짖었다. "빌어먹을, 당신 가족도 아니잖아요."

"그렇지만 빌어먹을, 내 가족도 같은 일을 당했죠. 누군가가 그들을 죽였어요. 나는 그 일에서 등을 돌리고 내 삶을 계속 살아갈 수도 있었어요. 그런데요, 멜빈. 나는 당신한테 이것만은 말해줄 수 있어요. 멀어지려고 애쓸 수는 있지만, 그런다면 당신 삶은? 그건 살 가치가 없어요."

데커는 수건을 움켜쥐고 트레드밀을 내려와 체육관 출구로 향했다. 그가 문간에 멈춰 서서 마스를 돌아봤다.

"나 혼자만의 생각일지 몰라도, 당신은 그해에 하이즈먼을 탔어야 해요. 그걸 탄 친구는 프로에서 겨우 몇 년밖에 못 뛰었고, 그다지 많은 걸 이룩하지도 못했죠. 당신이라면 그해의 신인 공격수 상도 탔을 겁니다. 식은 죽 먹기로요. 기회를 얻지 못해서 그런 거지, 당신이 부족해서 슈퍼스타가 못 된 게 아니에요. 당신은 할 수 있었어요."

데커가 등 뒤로 문을 닫았다.

마스는 스툴에 걸터앉은 채 계속 바닥만 응시했다.

데커가 전화기에 대고 말했다. "보거트?"

"그쪽 일은 어떻게 돼가? 아직 앨라배마에 있는 것 같던데."

"맞아. 이쪽은 영 더뎌. 레지나 몽고메리를 죽인 남자에 대해선 실마리를 얻은 것 같기도 해. 목격자 같은 사람도 있고. 여기 경찰들이 추적 중이야."

"그나마 다행이군."

"호텔 방값을 며칠 치 더 내줘서 고마워. 그리고 렌터카도."

"천만에. 당신들이 손가락이나 빨고 앉아 있으면 내 마음이 편하겠어?"

"콴티코에 돌아가 있나?"

"그래."

"거기선 당신한테 뭘 시켰어?"

"지금으로서는 그다지."

"왜 그렇지?"

"그 이야기는 하기가 좀 그래."

"혹시 당신 팀원 대부분이 조사를 계속하기로 결정한 것과 관련 있는 거야?"

"만약 그렇다면 그게 자네한테 중요한가?"

"이 일이 당신 경력에 해가 되는 건 내가 바라는 게 아니야."

"배는 이미 떠난 것 같은데."

"그 말을 들으니 유감이로군."

"세상사가 그렇지, 뭐. 어쩌면 다양한 분야 출신들로 팀을 꾸린다는 내 거창한 포부가 처음부터 어리석은 것이었을 수도 있고."

"나는 어리석다고 생각하지 않아." 데커가 직설적으로 말했다.

"인정해, 데커. 당신은 같이 일할 사람이 필요 없어. 뭐든 거의 혼자 알아낼 수 있잖아."

"벌링턴에서 나는 도움이 필요했어. 내 가족의 살인자들을 찾아내기 위해서."

"우리 없이도 거기 도달했을 거야."

"어쩌면 그랬을지도 모르지. 어쩌면 아니었을 수도 있고. 다른 건 다 잘돼가고 있어?"

"뭐, 내 결혼 생활 말이야? 사실은 오늘 아침에 이혼 서류를 받았어. 웃기지? 그렇게 많은 일을 겪고도 어쩌면 우리가 다시 잘될 수 있을지도 모른다고 생각했다는 게."

"그래서 놀랐나?"

"그래, 놀랐어. 그리고 곧 전처가 될 그 여자는 그다지 잘 팔리지는 않는 화가하고 사귀고 계신 모양이야. 그래서 두둑한 이혼 수당을 받아내려고 나를 들볶는 중이지."

"좋은 변호사가 필요하겠군."

"좋은 변호사라면 이미 있어. 문제는 그쪽도 마찬가지라는 거지. 그건 그렇고 나한테 부탁하고 싶은 게 뭐야? 잡담이나 하자고 전화했다고 생각하기에는 내가 자네를 너무 잘 알거든."

"미친 소리처럼 들릴 줄은 아는데, 나 대신 뭘 좀 알아봐줄 수 있을까?"

전화기 너머로 보거트의 한숨 소리가 들렸다. 하지만 딸깍거리는 펜 소리도 함께 들렸다. "예를 들면 어떤?"

"예를 들면 로이와 루신다 마스가 증인 보호 프로그램에 있었다든가······."

"뭐라고?" 보거트가 외쳤다.

"그들은 밝혀낼 수 있는 과거가 전혀 없어. 그들이 재배치됐을 가능성이 있다고 생각해."

"그렇지만 증인 보호라니 어째서?"

"그렇다면 아들 말고 다른 누군가가 그들을 죽일 만한 좋은 동기가 생기니까."

"찰스 몽고메리는?"

"그의 아내는 그가 자백하도록 만들기 위해 매수됐어. 내가 그 여자의 작은 집에서 본 물건들은 총 5만 달러어치가 넘어. 게다가 그건 선수금이었겠지. 그들은 잔금을 줄 필요가 없도록 여자를 죽이고 싶었을 거야. 거기다 우리도 그 여자를 압박하고 있었고. 압박에 못 이겨 실수로 뭔가를 입 밖에 낼 수도 있으니까, 여자는 죽어야 했어."

보거트는 잠시 침묵을 지켰다. "연방 보안관이 증인을 잃은 적이 한 번도 없다는 걸 자네도 알 텐데."

"어쩌면 자기들이 마스 부부를 잃었다는 사실을 아무도 모르길 바랐을 수도 있잖아."

"그건 심각한 혐의인데."

"그리고 그건 꽤 큰 사건이야. 그러니 균형이 맞지."

"그리고 그들이 증인 보호 프로그램에 있었다면 왜 연방 보안관이 마스의 재판 때 나서지 않았을까?"

"글쎄, 그들이 증인 보호 프로그램에 있었던 걸 아무도 몰랐다면 그쪽에 알아볼 생각을 못 했겠지. 그리고 피치 못할 상황이 아니라면 연방 보안관이 자진해서 나섰을지도 의심스럽고."

"그렇지만 그들은 그 재판에 관해 알게 됐을 거야. 결백한 남자가 감옥에 갈 가능성을 알게 됐을 거라고."

"멜빈에게는 불리한 증거가 상당했어. 그러니 실제로 멜빈이 그들을 죽였다고 믿었을지도 몰라. 그렇다면 그들이 애초에 프로그램에 들어간 이유하고는 아무런 관련이 없어지지."

"좋아. 내가 자네를 위해 그걸 알아본다고 쳐. 그럴 수 있다고 확실히 말하는 건 아니야. 어쩌면 그러다가 연방 보안관과 관련된 커다란 지렁이 깡통을 열게 될 수도 있어."

"이해해."

"내가 만약 한다 치고, 그리고 그들이 누군가 과거의 인물에게 살해당했다 치고, 그래도 마스가 감옥에서 풀려날 수 있도록 몽고메리가 매수당해 거짓 자백한 건 어떻게 설명할 건데?"

"아직까지는 설명할 수 없어."

"마스 생각이야?"

"아니, 내 생각이야. 마스는 자기 부모의 과거에 관해 아무것도 몰라."

"그거야 장담할 수 없지. 부모한테 뭔가 들었을지도 모르잖아."

"그랬을지도 모르지. 그렇지만 그들이 그 프로그램에 있었다면 그건 누가 그들을 죽였을지 알려주는 실마리가 될 수도 있어."

"정말 그랬을지도 모르겠군. 내가 알아보고 연락할게."

"보거트, 앞서 일은 미안해. 그럴 뜻은 없었어."

수화기 저편에서 한숨 소리가 들려왔다. "알아. 자네는 오로지 사건 생각밖에 없으니까."

"그게 아니라 진실을 찾아낼 생각밖에 없는 거지."

"행운이 따르길 빌어."

보거트가 전화를 끊었다. 데커는 휴대폰을 내려놨다.

증인 보호 프로그램을 떠올린 것은 사실 며칠 됐지만, 운동을 마치고 샤워하는 동안 그 생각을 곱씹어보고 마침내 연방 보안관에 공식 질의를 넣어달라고 보거트에게 부탁하기로 마음을 굳혔다. 로이와 루신다 마스가 증인 보호 프로그램에 있었다면 많은 것이 설명된다. 그들의 개인적 과거가 없는 것, 그들이 서부 텍사스 촌구석에 나타난 것, 로이 마스의 얼굴 흉터, 종국적으로 그들이 살해된 것. 그렇지만 최근에 일어난 일은 그것으로 설명할 수 없었다. 즉 누군가가 몽고메리 부부에게 돈을 줘 멜빈 마스를 감옥에서 꺼내준 것. 누가 그런 일을 벌였을까? 그의 양친을 죽이고 그에게 누명을 씌운 바로 그 사람? 지난 20년간 그를 감옥에 처박아놓고 사형 직전까지 내몬 사람? 아니, 그건 그들일 수 없었다. 그렇다면 누구란 말인가? 데커는 그 답을 찾아내지 못하면 이 사건을 만족스럽게 끝맺지 못할 것 같아 두려웠다.

호텔 로비로 내려간 데커는 자신을 기다리고 있던 재미슨을 발견했다.

"밥 먹었어요?" 그녀가 물었다.

데커는 고개를 저었다. 두 사람은 로비를 나와 식당으로 들어갔다. 달걀 프라이, 팬케이크, 소시지와 베이컨, 굵게 빻은 옥수수, 튀기듯 구운 빵이 나오는 성대한 미국식 아침 식사를 주문하려던 데커는 재미슨이 도끼눈 뜨는 것을 봤다. 데커는 어쩔 수 없이 오렌지 주스, 구운 식빵, 그리고 달걀흰자 오믈렛을 주문했다. 그는 음식을 먹으면서 재미슨에게 자신의 생각을 이야기했다.

"증인 보호? 그거 흥미롭네요. 아마 그걸로 몇 가지 질문은 해결될 것 같은데요." 재미슨이 말했다.

"그렇지만 중요한 답은 찾을 수 없습니다. 왜 멜빈이 자유의 몸이 됐는가?"

"맞아요. 그건 답을 찾을 수 없겠군요."

데커는 호텔 체육관에서 마스와 만난 이야기나, 사건을 끝까지 밀고 나가는 데 대해 그가 갑자기 망설이는 태도를 보였다는 이야기는 하지 않았다. 마스가 무슨 생각을 하는가는 데커에게 전혀 중요하지 않았다. 설령 그가 사건을 포기하고 싶어 하더라도 상관없었다. 필요하다면 혼자서라도 계속할 작정이었다. 그는 대신 재미슨에게 대븐포트와의 대화를 이야기했다.

"흠, 그래도 라이트 맥주를 가져갔군요." 재미슨이 말했다. "그래서, 책 계약이라 이거죠? 안 그래도 궁금했는데."

데커가 좀 놀란 얼굴로 그녀를 봤다. "왜요?"

재미슨이 찜찜한 표정을 지었다.

"왜요?" 데커가 재차 물었다.

"왜냐하면 전에 벌링턴에서 우리가 당신 가족의 살해 사건을 조사할 때 나도 같은 생각을 했거든요."

"무슨 생각? 그 일을 책으로 쓰려고 했다고요?"

"그 일에 관해서, 그리고 당신에 관해서요. 당신은 흥미로워요, 에이머스. 그건 부정할 수 없어요."

"내가 흥미롭다면, 그건 오로지 미식축구 구장에서 겪은 외상성 뇌 부상 때문일 뿐입니다. 다른 사람들에게 널리 알려 권장할 만한 비결은 아니죠."

"그렇지만 당신의 머리, 당신의 기억력은요?"

데커가 포크를 내려놨다. "그래서 당신은 아직도 나에 관한 책을 쓰고 싶어요?"

그를 보는 재미슨의 얼굴에 짜증이, 이어 죄책감이 스쳤다. "아니요. 더는 아니에요."

"다행이군요. 왜냐하면 그럴 경우 내 도움 없이 혼자 해야 할 테니까요, 재미슨."

"무슨 말인지 알아요. 내 말은, 나는 이제 당신을 알잖아요." 재미슨이 식당을 휘휘 둘러봤다. "그래서 우리는 뭘 하죠? 앨라배마에 머무르며 경찰이 뭘 찾아낼지 확인하나요?"

데커가 고개를 저었다. "앨라배마 사건은 그냥 한 여파일 뿐이에요. 찰스 몽고메리가 사형당한 것. 레지나 몽고메리가 살해당한 것. 그 모든 것의 원인은 텍사스에 있어요. 그곳이 우리가 가야 하는 곳이에요."

"그렇지만 이 일은 실제로 텍사스 이전에 시작된 것 아닌가요? 내 말은, 마스 부부가 증인 보호 프로그램에 있었다면 말이에요."

"맞아요, 재미슨. 그렇지만 거기에 도달하려면 먼저 텍사스를 거쳐야 해요. 왜냐하면 멜빈에게는, 이 모든 일이 시작된 곳이 바로 거기니까요."

다음 순간 데커가 얼어붙었다.

"왜 그래요, 에이머스?"

데커가 웅얼거렸다. "하이즈먼?"

"하이즈먼이라니. 뭐요, 그 트로피?"

데커가 일어섰다. "아니요. 그걸 둘러싼 온갖 야단법석요."

"그게 무슨 상관이죠?"

"어쩌면 그게 이 모든 일의 기폭제일지도 몰라요."

330

"난 몰라요." 마스가 말했다.

데커, 대븐포트, 재미슨은 마스의 호텔 방에서 테이블을 사이에 두고 그와 마주 앉아 있었다. 데커와 마찬가지로, 마스도 운동을 마친 후 샤워하고 새 옷으로 갈아입었다.

"당신은 분명히 뭔가를 알고 있을 겁니다." 데커가 끈질기게 물고 늘어졌다. "당신은 하이즈먼 트로피 최종 후보였어요. 시상식을 위해 뉴욕으로 갔을 테죠. 부모님도 함께 갔나요?"

"아니요." 마스가 냉큼 대답했다. "내가 그러자고 했지만 두 분 다 싫다고 하셨어요. 아버지는 출근해야 하고, 어머니는 아버지만 두고 어디 가는 걸 좋아하지 않으셨거든요."

"아들이 하이즈먼을 타는데 아버지가 전당포 출근을 하루도 못 뺀다고요?" 대븐포트는 못 믿겠다는 투였다.

마스가 그녀를 봤다. "이상하게 들리는 거 알아요. 그렇지만 당시에는 안 그랬어요. 나는 시상식에 가기로 했어요. 나야 당연히 두 분이 오셨으면 했지만, 그게, 사방에서 카메라하고 마이크 세례를 받느라 정신없었어요. 어차피 두 분하고 같이 보낼 시간이 많지 않았을 거예요."

데커가 의자에 도로 등을 기댔다. "시상식을 앞두고 누가 당신 부모님을 인터뷰한 적이 있나요? 내가 알기로 최종 후보들의 배경과 가족에 대한 기사를 내는 게 관행일 텐데요."

마스가 고개를 끄덕였다. "맞아요. 그런 요청을 받았어요. 텍사스 대학을 통해 들어왔죠. ESPN이랑 그 밖에도 몇 군데에서 부모님에 관한 기사를 신고 싶어 했어요. 오스틴의 신문은 물론이고 《뉴욕타임스》에서도 전화가 왔죠."

"그래서요?" 데커가 물었다.

"부모님이 죄다 거절하셨어요. 아무하고도 이야기하고 싶어 하지 않았어요."

"이상하다고 느끼지 않았나요?"

"지금 생각해보면 그렇네요. 그렇지만 이해해줘야 해요. 어휴, 당시에는 주변의 모든 게 시속 100만 킬로미터로 달려가는 것 같았어요. 숨 쉴 시간도 없었을 정도였다고요. 일주일에 한 번씩 누가 나를 뭔가로 임명하는 식이었어요. 젠장, 심지어 내가 나온 초등학교에서도 멜빈 마스의 날을 만들어 초청 강연을 시켰다고요. 그러다 보니 부모님에 대해 생각할 시간이 많지 않았어요. 두 분이 나를 자랑스러워하시는 건 알았어요. 그래서 괜찮았죠."

재미슨이 말했다. "두 분은 분명히 그러셨을 거예요. 그렇지만 대중 앞에 나서기를 망설였다는 건 어쩌면 뭔가 의미가 있을 수도 있어요."

재미슨이 데커를 봤다. 데커가 고개를 끄덕였다.

재미슨이 낮은 목소리로 말했다. "데커는 당신 부모님이 증인 보호 프로그램에 있었다고 생각해요."

마스가 눈이 휘둥그레져서 데커를 보며 입을 쩍 벌렸다.

대븐포트가 덧붙였다. "그러면 말이 돼요, 실제로. 그리고 많은 게 설명되죠." 데커를 봤다. "우리가 그걸 입증할 수 있을까요?"

"알아보는 중이에요." 데커는 계속 마스에게 시선을 고정한 채 말했다.

마스가 말했다. "왜 우리 부모님이 증인 보호 프로그램에 있죠? 그건, 말하자면 범죄자가 한패를 밀고하고 들어가는 데 아닌가요?"

"꼭 그렇지는 않아요. 결백한 사람들이 나쁜 종자들을 솎아내는 데 협조했기 때문에, 그 결과 목숨이 위태로워져서 증인 보호 프로그램에 들어가는 경우도 있어요."

마스는 골똘히 생각에 잠겼다. "말이 되는 것 같네요. 그렇지만 두 분은 나한테 그런 이야긴 전혀 없으셨어요."

"그러셨을 거예요." 대븐포트가 말했다. "당신에게 말했다가 나쁜 결과로 이어질 수도 있으니까요. 실수로 뭔가를 입 밖에 낼지도 모르고. 분명 되도록 사람들에게 알리지 않는 게 연방 보안관의 기본 지침일 거예요."

마스는 고개를 끄덕였지만, 여전히 그 가능성 앞에서 망연자실한 표정이었다.

데커가 몸을 꿈지럭댔다. "부모님이 초등학교 행사에 오셨나요?"

냉정을 되찾은 마스가 대답했다. "네, 제 기억에 두 분이 오신 건 그때 한 번뿐이었어요. 그냥 강당에서 열린 작은 행사였어요. 아이들하고 선생님들을 대상으로 강연했죠. 그 후 꼬마 몇 명이 명판을 가져와서 선물로 줬어요. 교장 선생님하고 담임 선생님 몇 분과 같이 사진도 찍었고요."

"부모님은요?"

"객석에 계셨어요."

"무대로 올라오지 않으시고요?"

"어림없죠. 두 분은 절대 그러지 않으셨어요. 그런 일을 싫어하셨거든요. 그냥 배경으로 머물고 싶어 하셨죠."

"그리고 같이 학교를 나섰나요?"

마스가 회상에 잠긴 듯 눈썹을 찌푸렸다. "맞아요. 그랬어요." 그는 약간 움찔하더니 데커를 곁눈질했다. "학교를 나서는데 지역 방송사 취재진이 와 있었어요. 예상하지 못한 거였죠. 일종의 기습 인터뷰였어요. 그렇지만 나하고만 말했어요. 그 자리에서 짧게 인터뷰했죠. 학창 시절에 관해서, 내가 받은 상에 관해서요. 기분 좋은 이야기들요."

"부모님은요?"

"내 뒤에 있었어요."

"카메라에도 찍혔겠군요."

"아마 그랬던 것 같아요. 카메라맨이 군중을 훑었어요."

"당신은 부모님 이야기를 했나요?"

"그래요. 내가 뒤돌아서서 두 분을 가리켰고……." 마스가 말을 멈췄다.

"그리고 그 영상이 텔레비전에 방영됐나요?"

마스가 멍하니 고개를 끄덕인 후 입을 열었다. "ESPN이 그 후 이틀 동안 방영했어요. 본 기억이 나요."

데커가 물러나 앉았다. "거기서 이 모든 일이 시작된 거로군요."

"무슨 뜻이죠?"

"당신 부모님이 전국 방송 채널에 나온 거요."

"그렇지만 당신은 우리 아버지가 성형 수술을 했을 가능성이 있다고 했잖아요. 얼굴을 바꾸려고."

"그랬지만 충분히 바꾸지 못했는지도 모르죠."

대븐포트가 물었다. "데커, 당신은 누군가가 텔레비전에서 마스 부부를 보고 텍사스로 와서 그들을 죽였다고 말하는 건가요?"

"이론상으로는요. 맞아요."

"그리고 그 짓을 저지른 사람이 마스 부부가 애초에 증인 보호 프로그램에 들어간 이유였고?" 재미슨이 물었다.

데커가 고개를 끄덕였다.

마스가 물었다. "그렇지만 그건 아주 오래전 이야기잖아요."

"어떤 사람들은 찾을 때까지 절대 멈추지 않아요." 데커가 말했다. "이건 경험에서 나온 말이에요. 어떤 사람들에게는 세월의 경과가 아무런 의미도 없어요."

재미슨은 데커를 힐끗 쳐다봤지만, 아무 말도 하지 않았다.

"내 부모님이 그 뭐, 증인 보호 프로그램에 있었는지 확실히 알아낼 수 있나요?"

"보거트한테 우리 대신 알아봐달라고 했어요."

"보거트한테?" 대븐포트가 외쳤다.

"어쩌면 시간이 걸릴 수도 있어요." 데커가 덧붙였다.

"우리는 그동안 뭘 하죠?" 재미슨이 물었다.

"이미 말했듯이 텍사스로 돌아가야죠."

"레지나 몽고메리를 죽였을지도 모를, 그 남자는 어쩌고요?" 대븐포트가 물었다.

"내 생각에 그 남자는 이미 텍사스에 가 있을 것 같아요."

"왜요?" 대븐포트가 물었다.

"왜냐하면 도무지 이해할 수 없는 큼지막한 의문 덩어리가 있거든요."

"예를 들면?" 재미슨이 물었다.

"말하자면 사람을 죽이는 남자. 그리고 동시에 누군가를 구하는 남자."

3 31

데커와 마스는 비행기 탈 돈이 없었다. 재미슨과 대븐포트는 있었다. 두 사람은 기꺼이 남자들의 항공권을 자기들 신용 카드로 사주려고 했지만 둘 다 사양했다. 마스는 남에게 뭘 받는 것이 마음 편치 않다고 말했다.

"우리는 FBI가 임대해준 렌터카를 타고 텍사스로 돌아갈게요." 데커가 말했다. "두 분이 먼저 비행기를 타고 가 계시면 우리가 호텔로 두 분을 만나러 가죠."

"정말 그러고 싶어요?" 대븐포트가 물었다. "우리는 두 사람하고 같이 차를 타고 가도 괜찮은데……."

"멜빈하고 나는 이야기하면서 가면 돼요. 그리고 우리하고 그렇게 오랫동안 같이 차를 타고 가려면 두 분이 불편할 겁니다. 착륙하면 거기서 방을 잡을 수 있을 거예요. 보거트가 우리 한 사람당 닷새 치 정부 바우처를 승인했다고 이메일로 알려줬어요. 내가 전달해줄 테니 그걸 이용해요. 도착하면 지역 경찰에 연락해서 우리가 떠난 이후 무슨 일이 일어났는지 확인해줘요."

"일어나요?" 재미슨이 말했다. "예를 들면 어떤?"

"뭐든 설명이 안 되는 거요."

"당신은 설명이 안 되는 걸 좋아하지 않죠. 알아요."

"아니요. 그렇지 않아요. 실은 증오해요."

* * *

두 여자가 항공편을 예약하는 동안 데커는 차에 기름을 넣고 얼마 안 되는 짐을 꾸렸다. 마스 역시 그렇게 했다. 텍사스주는 감옥을 떠나는 마스에게 옷과 신발을 비롯한 생필품을 살 약간의 돈과 그걸 담을 더플백을 제공했다. 데커는 텍사스로 출발하기 전에 메리 올리버와 이야기를 나눴다. 올리버는 주 당국에게 마스의 공식 보상을 받아내기 위해 제출할 서류를 준비하느라 바빴다. 또한 다른 전략을 염두에 두고 있는데 나중에 알려주겠다고 귀띔했다.

"무슨 전략요?" 데커가 물었다.

"멜빈이 감옥에서 20년을 보낸 데 대해 진정한 보상을 받게 해주는 거죠. 2만 5000달러로는 어림도 없어요."

"운전해서 가려면 얼마나 걸릴까요?" 렌터카로 출발할 때 마스가 물었다.

"17시간 남짓. 여기서 거기까지는 1500킬로미터도 넘게 가야 하니까요."

"중간에 안 쉬고요?" 마스가 물었다.

"모르죠. 운전은 교대로 해야 될 거예요. 어떻게 되나 봅시다."

"데커, 나는 운전대를 잡아본 지 20년도 넘었어요. 심지어 면허도 없다고요."

데커가 어이없다는 표정을 지었다. "뭡니까? 경찰차에 붙들리기라도 할까 봐 그래요?"

"맞아요. 나를 도로 감옥에 처넣으려 할걸요."

"나라면 그런 걱정은 접어두겠어요. 혹시라도 그렇게 되면, 내가 또라이라 당신에게 총을 겨누고 강제로 시켰다고 할게요."

"그래도 장거리 운전이잖아요. 아무리 둘이 나눠서 해도."

"나는 운전하는 걸 좋아해요. 생각하는 데 도움이 되거든요."

"교대할 거라면 당신이 운전하는 동안 나는 자둬야 하잖아요. 반대도 마찬가지고."

"그럼 그러기 전에 먼저 이야기 좀 합시다."

"내가 체육관에서 말한 거 아직도 생각하고 있어요?"

"당연하잖아요."

"내 입장에서도 좀 생각해줘요. 그 오랜 세월 동안 감옥에 처박혀 있던 사람은 바로 나예요. 그야 당연히 진실을 알고 싶죠. 하지만 나는 남은 삶을 어떻게 살아야 할지도 생각해야 해요. 그리고 뭔가 일이 틀어져서 다시 감옥으로 돌아가야 할지도 모른다고 생각하면 똥을 지릴 만큼 겁나요."

데커는 운전대를 손가락으로 잡고 앞창 너머를 응시했다. 차가 서쪽으로 향하는 20번 주간 고속 도로에 오르자 데커는 액셀러레이터를 밟았다. 그러곤 정속 주행 장치를 켜고 좀 더 편안한 자세로 앉았다.

"둘 다 하면 되잖아요."

"내가 그럴 수 있을까요?"

"내 가족이 살해당했을 때 나는 내 인생의 깨어 있는 매 순간을 그들을 죽인 자를 알아내는 데 바쳤어요. 심지어 꿈속에서도 그 생각이 떠나지 않았어요. 완전히 사로잡혀 있었죠."

"그게 당신한테 도움이 됐다고 생각해요?"

"아니요. 그렇지 않았어요. 나는 그 때문에 모든 걸 잃었어요. 일자리, 집, 내가 가진 거의 모든 걸 잃었죠. 그렇지만 그건 중요하지 않았어요."

"왜 안 중요했죠?"

"왜냐하면 나는 이미 내게 진정 유일하게 의미 있었던 것들을 잃어버렸으니까요."

마스가 한숨을 쉬며 창밖을 응시했다.

"가족 이름을 물어봐도 돼요?"

"아내 이름은 카산드라였어요. 그렇지만 나는 캐시라고 불렀죠. 딸은 몰리. 처남은 조니였어요."

"그들의 시신을 당신이 처음 발견했고요?"

"그래요."

"그건 분명 당신한테 일어날 수 있는 가장 나쁜 일이었겠군요."

"나는 그들이 파란색으로 보였어요."

마스가 데커를 재빨리 봤다. "예? 다시 말해줄래요?"

"나는 공감각증후군이 있어요."

"공감…… 뭐라고요?"

"공감각요. 감각 경로가 뒤엉키는 거죠. 예컨대 나는 특정한 수를 색으로 봐요. 그리고 내 가족의 죽음은 파란색으로 보였죠. 나는 죽음이 파란색으로 보여요. 그리고 과잉기억증후군도 있어요."

"그게 뭐죠?"

"완벽한 기억."

"빌어먹을, 그건 행운이네요. 태어날 때부터 그랬어요?"

"아니요. 내셔널 풋볼 리그의 그 경기 전까지는 한 번도 그런 적이 없어요."

마스가 믿기 어렵다는 눈빛을 보냈다. "당신이 내셔널 풋볼 리그까지 갔다고요? 대학 경기가 끝인 줄 알았어요."

"클리블랜드 브라운스의 선수 명단에 올라 레귤러 시즌 딱 한 경기를 뛰어봤죠."

"딱 한 경기요? 젠장, 무슨 일이 일어났기에?"

"어떤 친구가 킥오프에서 나를 있는 힘껏 들이받았어요. 나는 구장에서 두 번 죽었죠. 혼수상태에서 깨어나보니 내 뇌가 변해버렸더라고요. 딴사람이 돼 있었죠."

왜 아무런 대꾸가 없나 싶어 살펴보니 마스는 입을 쩍 벌린 채 그를 보고 있었다.

"그렇게 해서 당신이 그 증상을 얻었군요. 그 과잉 어쩌고 하는. 완벽한 기억이라고요?"

데커가 고개를 끄덕였다.

"아, 좀, 괜히 나 놀리려고 헛소리를 막 지어내는 거죠." 마스가 불쑥 말했다.

데커가 고개를 저었다. "나는 헛소리 같은 거 더는 취급 안 해요. 왜냐하면 완벽한 기억을 얻으면서 내 인격이 바뀌어버렸거든요. 알겠지만 뇌는 그것도 통제해요. 뇌의 특정 영역들이."

"당신에게 일어난 일은 분명 흔하지 않을 텐데요."

"아주 드물죠."

"그렇지만 당신이 일하는 데는, 수사 같은 그런 일을 하는 데는 모든 걸 기억한다는 게 틀림없이 편리할 것 같아요."

"편리하죠. 그렇지만 그럴 때를 제외하면 썩 좋다고 하기 어려워요."

두 남자는 잠시 침묵을 지켰다.

"왜 나한테 그 이야기를 하는 거죠?" 마스가 물었다. "내 말은, 당신이 그렇게 개인사를 털어놓으니까 좀 놀라워서요. 우리가 친한 친구 사이도 아니잖아요. 서로 거의 알지도 못하는데…….

"당신한테 닥친 일에 정답이나 오답이 존재하지 않는다는 걸 당신이 알았으면 해요. 나는 내가 원하는 게 뭔지 알아요. 당신 부모님한테 무슨 일이 일어났는지 알아내는 것. 그리고 누가 당신에게 누명을 씌웠는지도. 그렇지만 그건 내가 원하는 거죠. 당신은 나하고 상황이 달라요. 당신 말마따나. 우선순위도 다르고. 그렇지만 나는 내가 내 일을 정말 잘한다는 걸 당신이 좀 알아줬으면 좋겠어요. 다른 건 다 못해도 이 일만은 잘해요. 그러니까 당신이 나와 함께 이 사건에 덤벼든다면, 우리가 결국 그 끝에 도달할 가능성이 충분히 있어요."

마스가 데커를 살폈다. "저기, 사실은 이제 당신이 기억나요. 그러니까 시합 때요. 당신 기술은 완벽했어요. 경기장에서 모든 걸 흠잡을 데 없이 해내더군요. 코치가 구상한 그대로 백필드에서 나오는 나를 막아섰죠."

"하지만 속도나 민첩함은 배울 수 있는 게 아니죠. 방향을 바꾸는 순발력이나 시계도. 당신은 그걸 몽땅 가졌고요."

"애초에 공평한 싸움이 아니었어요." 마스는 당연한 사실을 말한다는 투였다. "하지만 나는 내 길이 그것밖에 없었으니까요. 그래서 당신보다 더 절실했을 거예요. 나 같은 처지의 남자는 많죠. 당신은 다른 선택지가 있었겠지만."

"다행이죠. 어차피 내셔널 풋볼 리그에서 그리 오래는 못 버텼을 테니까요. 누가 나를 들이받지 않았더라도."

"부모님한테 무슨 일이 일어났는지 꼭 알아내고 싶어요. 그리고 당신이 내가 거기까지 가도록 도와줄 수 있다는 걸 알아요."

"계속 가겠다는 뜻입니까?"

"예, 그런 것 같아요."

"한 가지 더요, 멜빈."

"뭡니까?"

"이따금 진실을 아는 것이 모르는 것보다 더 아플 수 있어요."

마스가 데커를 쏘아본 후 대꾸했다. "내가 계속 가겠다고 한 다음에야 그걸 알려주다니, 정말 고맙군요."

마스는 등받이를 젖힌 후 눈을 감고 잠을 청했다.

　그들은 텍사스로 돌아왔다. 그렇지만 목적지까지는 아직 800킬로미터나 남아 있어서 8시간은 더 달려야 했다. 텍사스에서는 모든 것이 특대형이었다. 저녁 시간이라 두 남자 다 몹시 허기졌다. 그리고 화장실에도 가야 했다. 데커는 고속 도로에서 벗어나 잡화점과 기념품점에 식당 겸용 바까지 갖춘 거대한 휴게소의 주차장으로 들어섰다. 주차장은 뒤에 총 시렁을 실은 지나치게 큰 픽업트럭들과 트레일러를 두 개 매단 세미 트럭들로 거의 꽉 차 있었다. 문에서 6미터나 떨어진 거리에서도 건물 안 음악 소리가 들렸다.

　두 남자는 안으로 들어가 볼일을 본 후 바와 밴드로부터 멀찍이 떨어진 뒤쪽 단체석으로 향했다. 먹을 것과 마실 것을 주문하고, 마스는 남녀 손님들을 둘러봤다. 많은 사람이 카우보이모자를 쓰고 부츠를 신고 라인 댄스를 추고 있었다. 오른편에는 당구대, 왼편에는 비디오 오락기들이 있었다.

　밴드가 휴식에 들어가자 당구공 부딪히는 소리와 당구하는 남자들의 허세 떠는 소리가 들려왔다. 데커는 한 손에 당구대를, 다른 손에 맥주병을 든 채 자신들을 주시하는 젊은 남자 무리를 바라봤다. 마스를 돌아보니 그는 싱글싱글 웃으며 맥주를 홀짝이고 있었다.

"뭡니까?" 데커가 물었다.

"20년 만에 처음 마시는 맥주라서요."

"그렇군요."

데커는 물을 마셨다.

마스가 즐거운 듯 그를 곁눈질했다. "그나저나 다이어트는 어떻게 돼가요?"

"어떻게 돼가고는 있어요."

"미식축구 몸매로 다시 돌아가려고 그래요?"

"아니요. 다음번 생일 때까지 살아서 축하를 받으려고요."

마스의 웃음이 희미해졌다. "그래요. 나도 그래요." 시계를 봤다. "지금쯤이면 두 여자분이 도착했겠네요."

"사실 6시간 전에 착륙했어요. 휴대폰으로 항공편을 추적했거든요."

"그런 게 가능해요? 휴대폰으로?"

"따라잡아야 할 게 많군요."

"맞아요. 그래서 당신은 그들이 뭘 할 수 있을 것 같아요?"

"무슨 일이 벌어지고 있는지 알아내야죠. 지역 경찰은 아직 우리가 연방 수사관이라고 생각하고 있으니까, 잘하면 협조를 얻을 수 있을지도 모르죠."

"당신은 뭘 하고 싶은데요?"

"당신을 옛집으로 데려가고 싶어요. 거기를 둘러보다 보면 뭔가 떠오를지도 모르니까."

"내가 거기 가고 싶어 하지 않는다면요?"

"그럼 안 가도 돼요. 강요할 마음은 없어요."

"그 밖에는요?"

"보거트가 증인 보호 프로그램 쪽을 알아보는 중이에요. 그리고 레지나가 그 온갖 물건들을 사들이는 데 쓴 자금도 아직 추적 중이고요."

"좋아요."

"부모님에 관해 뭔가 더 기억난 건 없나요?"

"생각하는 중인데, 아직은 아무것도 떠오르는 게 없네요."

"어쩌면 고향으로의 여행을 해야 할 수순인지도 모르겠네요."

"어쩌면요."

"알겠지만 그건 정교한 계획이었어요. 여자와 모텔 직원을 매수해서 꾸민."

"다시 말해줄래요?"

"엘런 태너요. 그녀도 한패였어요. 그날 밤 그 집에서 만나자는 건 그 여자 생각이었죠, 맞죠?"

"어, 맞아요."

"그리고 그 여자는 당신을 일정 시간 동안 붙들어뒀어요. 그 후 말다툼을 벌이고 당신은 떠났죠. 그리고 그 여자는 시간에 관해 거짓말했고, 당신 눈을 피해 당신 지갑에 혹시 현금이 들었는지 확인해서 들어 있었으면 빼놨을 겁니다. 당신이 신용 카드를 쓸 수밖에 없도록."

"왜 그 여자가 그런 일들을 했겠어요?"

"레지나하고 같은 이유겠죠. 그 일을 하도록 돈을 받은 겁니다."

"그럼 모텔 직원은요?"

"그 남자는 당신을 기다리고 있었어요."

"내 차가 자기 모텔 바로 앞에서 고장 날 줄 그 남자가 도대체 무슨 수로 알고요?"

"이튿날 아침, 경찰이 들이닥쳤을 때 완벽하게 움직인 그 차 말입니까?"

"그들이 내 차에 장난질을 쳤다는 거예요?"

"어쩌면 당신이 태너의 집에 있는 동안 그래놨겠죠."

"그렇지만 나는 그 직원이 신용 카드 회사에 전화하는 소리를 들었어요."

"그래요. 밤 11시나 그쯤 당신이 실제로 거기 갔을 때요. 다만 카드 회사에 전화한 게 아니었겠죠. 어쩌면 자동 응답기에 대고 말했을 수도 있어요. 하여간 그건 중요하지 않아요. 아마도 신용 카드 정보를 적어놓은 후 나중에, 새벽 1시 15분쯤에 다시 전화했을 겁니다. 그래야 그게 카드 회사 공식 기록에 당신 체크인 시간으로 남을 테니까. 직원이 긁은 수동 기계에는 타임스탬프가 없었어요. 그는 시간이나 분은 안 쓰고 날짜만 적었어요. 통화 기록을 남기기 위해 카드 회사에 전화했죠. 그리고 짜잔, 당신 알리바이가 창밖으로 날아간 겁니다."

마스가 맥주를 내려놨다. "개자식!"

"그래요. 나도 그렇게 생각했어요. 개자식이라고."

"보통 수고를 한 게 아니네요. 철저한 계획에다가."

"그건 정말 그럴 만한 엄청난 이유가 있을 거라는 뜻이죠."

데커가 드레싱도 치지 않은 샐러드를 야금야금 씹었다.

"맛이 어때요?" 마스가 양상추, 오이, 당근 썬 것에 눈길을 주면서 물었다.

"사실대로 말할까요? 똥을 먹는 편이 낫겠어요."

마스는 피식 웃으며 데커가 입에 든 것을 삼키길 기다렸다.

데커가 말했다. "그들은 치밀한 음모로 당신에게 누명을 씌웠고, 그 후 당신을 감옥에서 꺼내줬어요. 왜일까요?"

"같은 사람인지 모르잖아요."

"나는 그 부분을 꽤 확신해요."

"그러면 당신 말마따나 왜일까요?"

"그건 100만 달러짜리 질문이에요, 멜빈. 왜 그랬을까요?"

두 남자는 식사를 마치고 계산하고 밖으로 나왔다. 차로 가는 길에 데커가 욕설을 내뱉었다. "빌어먹을."

마스가 그를 흘끗 봤다. "뭡니까?"

데커가 미처 대답하기 전에, 안에서 그들을 주시하던 남자들이 주차된 차 사이에서 나타났다. 일당은 두 사람을 재빨리 에워쌌다. 5 대 2인 데다 상대는 20대였다. 다들 키가 크고 근육질에 거칠어 보였다.

데커가 대장인 듯한 남자에게 눈길을 보냈다. "무슨 일이죠?"

덩치 큰 남자가 마스를 가리켰다. "그쪽은 사형수 사동에 있던 그 친구지, 아닌가? 텔레비전에서 봤는데."

마스는 대꾸하지 않았다.

"내가 지금 너한테 말하고 있잖아, 인마." 그 남자가 말했다.

데커는 이 불한당들을 전혀 상대하고 싶지 않았지만, 마스가 제대로 열 받아서 상대를 죽이는 상황만은 피하고 싶었다. "도로 들어가 당구나 치지그래요, 응?"

남자는 데커를 무시하고 계속 마스를 노려봤다. "제 부모를 죽이고도 감옥에서 나와? 그게 어떻게 말이 되는지 내 앞에서 한번 지껄여봐라, 이 개자식아."

데커는 마스의 얼굴에 떠오른 표정을 봤다. 표정이 썩 마음에 들지 않았다.

남자가 말을 이었다. "듣자 하니 미식축구를 했다며? 빌어먹을, 내 꼬마 동생이 네 궁둥이를 밟고 지나가고도 남겠다, 이 애송아."

데커가 남자에게 말했다. "그냥 가요, 당장!"

남자가 데커를 봤다. "빌어먹을 댁이 뭔데 이래라저래라야?"

데커는 FBI 신분증을 내보였다. "이게 나다." 그리고 코트 자락을 벌려 총을 보여줬다. "그리고 이게 나한테 너더러 씨발 꺼지라고 말할 권리를 준다."

FBI 신분증과 총을 본 남자의 얼굴이 한층 더 역겹게 일그러졌다. "어이, 애송아, 이쪽이 뭐, 네 보모라도 되냐?"

데커는 마스가 근육을 긴장시키는 것을 보고 그의 어깨에 한 손을 올렸지만 마스의 시선은 계속 상대에게 꽂혀 있었다.

"그만 좀 가시지."

남자가 패거리를 돌아봤다. "저 계집애가 지금 팬티를 적시고 있을 것 같지 않냐?"

패거리가 왁자하게 웃었다.

"가라고 했어." 데커가 마스를 봤다. "그냥 차로 가요. 이 녀석들은 내가 상대할게요."

마스가 제정신이냐는 표정으로 데커를 봤다.

"그냥 가요, 멜빈!"

마스가 머뭇대다 자리를 벗어나려고 등을 돌렸다. 그때 남자가 앞으로 성큼 나와 마스의 뒤통수를 갈겼다. 마스가 천천히 뒤돌아보는데, 데커가 남자에게 말했다. "그렇게 죽고 싶나?"

남자가 대꾸했다. "그렇게 죽고 싶은 건 저 새끼인 것 같은데. 아마 지금은 아니라도 우리가 녀석을 손봐준 다음에는 차라리 죽는 게 낫겠다 싶을걸."

데커는 한숨을 쉬면서 문간에서 당장 뛰쳐나오려고 도사린 거대한 황소 같은 마스를 응시했다. 데커는 다시 욕설을 내뱉고 남자를 돌아봤다. "너, 이름이 뭐야?"

남자는 데커에게 얕잡아 보는 표정을 지었다. "왜? 어디에 찌르기라도 하려고?"

"아니, 그냥 내 상대가 누군지 알고 싶어서."

"내 이름은 카일이다, 개새끼야. 그리고 말 나온 김에 우리는 네가 연방 요원이든 아니든 겁 안 나. 그건 여기서 아무 의미도 없다고." 남자가 재킷을 벌려 총을 보였다. "그리고 그냥 알아둬. 총은 우리도 다 있어."

"알았다, 카일. 이분하고 싸우고 싶다 이거지. 몇 가지 기본 규칙을 정하자."

카일이 콧방귀를 뀌었다. "기본 규칙은 무슨……."

"씨발, 닥쳐!" 데커가 고함쳤다. 이 작자들 때문에 데커는 인내심의 한도에 도달했다.

카일이 얼어붙었다.

데커는 숨을 들이쉬고는 이 사람들이 여기 없는 것처럼, 자기 혼자 있는 것처럼 마음을 진정시키려고 했다. 그가 무기를 꺼냈다. "하나, 누구든 총을 뽑으면 내가 불알을 쏴버릴 거야. 둘, 너희는 내가 말할 내용에 구두로 합의해야 한다." 휴대폰을 꺼내 영상 녹화를 시작했다. 자신이 화면에 잡히도록 휴대폰을 들어 올린 후 말했다. "싸움의 결과와 무관하게, 너희 중 누구도 어떤 이유로든 결코 마스 씨에게 고소를 제기하지 않는다. 만약 너희 중 하나 이상이 죽는다 해도, 생존자 중 누구도 마스 씨에게 민사든 형사든 그어떤 법적 청구도 하지 않는다."

"무슨 개수작이야?" 카일이 말했다.

"너는 거기에 아무런 불만도 제기할 수 없다."

"왜 안 되지?"

"네 말마따나 저분은 계집애니까." 데커가 휴대폰으로 카일을 가리켰다. "말해, '나는 동의한다.'"

다른 남자 넷이 카일을 쳐다봤다. 카일이 내뱉듯 말했다. "동의한다."

다른 남자들은 서로를 마주 봤고 한 명씩 그대로 따라 말했지만, 같은 수준의 열의는 보이지 않았다.

"좋아." 데커가 카일을 봤다. "이제, 네 가장 가까운 혈육의 휴대폰 번호를 줘."

카일이 경계하는 투로 되물었다. "뭐, 왜?"

데커가 마스를 보고 다시 카일을 봤다. "왜냐하면 이분이 너를 죽일 거니까, 이 멍청아."

데커가 물러서서 고개를 끄덕이자, 마스가 곧장 카일에게 다가가 말했다. "너 먼저 날려."

"왜?" 카일이 외쳤다.

"왜냐하면 내가 먼저 이 일을 시작했다는 말은 절대 듣고 싶지 않거든."

카일이 등을 돌려 친구들에게 조용히 입 모양으로 뭐라고 지시했다. 그리고 나서 확 돌아서서 예고도 없이 마스의 턱을 강타했다. 아니, 강타하려고 했다. 마스가 팔로 그 주먹을 쉽사리 막아내지 않았다면.

카일은 비명을 지르며 한 발 물러났다. "너 때문에 팔이 부러졌잖아, 빌어먹을……."

그는 문장은 끝맺지 못했다. 마스가 카일의 얼굴에 주먹을 어찌나 세게 날렸는지, 카일이 땅에서 붕 떠올랐다가 의식을 잃은 채 포장도로에 불시착했기 때문이다. 펄쩍 뛰어 물러난 카일의 패거리가 그를 내려다봤다. 입에서 피가 흘러나오고, 코가 부러졌으며, 그 옆 아스팔트에는 이 세 대가 흩어져 있었다.

"다음." 데커가 기대에 찬 표정으로 다른 남자들을 보며 말했다.

다른 남자들은 카일을 떠메고 황급히 꽁무니를 뺐다.

데커가 총을 권총집에 넣고 마스에게 다가갔다. "갑시다." 데커가 조용히 말했다. 두 남자는 차로 성큼성큼 걸어가 차에 올라타 그곳을 떴다. 마스는 손 관절을 문지르며 창밖을 내다봤다.

그를 보던 데커가 물었다. "기분 아직 안 풀렸죠. 풀렸어요?"

마스가 고개를 저었다. "이 정도론 어림없죠."

33

마스는 잠시 가만히 서서 그것을 올려다봤다. 건조하고 쾌청한 날이었다. 1월인데도 점점 열기가 올라왔다. 마스가 데커를 쳐다봤다. 그 옆에는 재미슨과 대븐포트가 서 있었다.

데커가 말했다. "괜찮아요?"

마스가 살짝 고개를 끄덕였다. 시선은 옛집에 못 박힌 채였다. 일행은 현관에서 한 발짝 떨어져 있었다.

"안에 들어가봤다고 했죠?" 마스가 말했다.

데커가 고개를 끄덕였다.

"안에 뭐가 있던가요?"

"별로 없었어요. 그렇지만 그건 중요하지 않아요. 중요한 건 당신이 여기 와서 뭔가를 떠올리느냐죠."

그들은 이곳에 돌아오자마자 재미슨과 대븐포트가 있는 모텔로 가서 체크인 했다. 두 여자는 지역 경찰들과 이야기를 나누고 그다지 진척이 없었음을 확인했다. 사실 텍사스 당국은 이제 마스가 사면을 받았으니 그 사건이 완결됐다고 여기는 듯했다.

"메리 올리버를 만났어요." 재미슨이 마스에게 말했다. "주 당국에 당신의 보상 신청을 올렸대요."

"얼마나 걸릴까요? 나는 돈도 일자리도 아무것도 없어요."

"장담할 순 없지만, 빠른 검토를 요청했대요. 올리버는 허용되는 최대한도로 받게 될 거라고 낙관하던데요."

"그래요. 2만 5000달러." 마스는 그렇게 중얼거렸다.

데커가 앞장서서 집으로 향했다. 데커가 힘으로 밀어붙이자 낡은 경첩들이 부러지면서 고통스러운 신음을 토했다. 마스는 데커를 따라 안으로 들어가면서 살짝 얼굴을 찌푸렸다. 여자들이 그 뒤를 따랐다. 일행은 잠시 거실에 서 있었다. 재미슨과 대븐포트가 주변을 둘러보는 동안 데커의 시선은 계속 마스에게 못 박혀 있었다. 마스는 얼어붙은 것 같았다. 마치 방금 1990년대로 이송되기라도 한 것처럼.

"천천히 해요." 데커가 조언했다.

마스가 사진들이 놓인 선반으로 다가갔다. 미식축구 유니폼을 입은 자신의 사진을 집어 들고 내려다봤다.

"기억의 선로를 천천히 걸어봐요." 데커가 말했다.

"그렇지만 이건 나처럼 느껴지지도 않아요." 마스가 대꾸했다. 다른 사진들을 하나하나 차례로 봤다. "이것들 전부 다요. 몽땅 다 다른 사람처럼 느껴져요."

대븐포트가 말했다. "인생이 너무 극적으로 바뀌어서 그래요, 멜빈. 과거가 알아보기도 힘들 정도로 멀어진 거죠."

"그럼 당신 부모님의 사진은 없는 거군요?" 데커가 지적했다. "고등학교 때 찍었다던 사진만 빼고?"

"그래요. 이미 말했지만 두 분은 사진 찍는 걸 안 좋아하셨어요. 그게 내가 여기 살 때 본 두 분의 유일한 사진이었어요."

"부모님 사진을 찍은 건 누굽니까?"

"나예요."

"당신 사진은 누가 찍어줬죠? 아버지 아니면 어머니?"

"어머니요."

"그렇군요."

"왜요?"

"그냥 궁금해서요."

일행은 1층을 다 둘러봤다. 마스는 이곳저곳에서 자주 멈춰 서서 물끄러미 응시했다.

데커가 물었다. "당신은 사냥용 산탄총이 있었죠. 부모님한테 다른 무기가 있었나요?"

마스가 멍하니 고개를 끄덕였다. "아버지가 권총을 두 정 가지고 계셨어요. 9밀리 하나랑 45구경 하나요. 예쁜 녀석들이었어요. 낮에는 케이스에 넣고 자물쇠를 잠가뒀다가 밤이면 한 자루를 꺼내 침대로 가져가셨죠."

"그건 어떻게 됐죠?" 재미슨이 물었다.

"모르겠어요."

대븐포트가 데커를 응시했다. "경찰 보고서에는 산탄총 이외의 무기를 찾아냈다는 이야기가 전혀 없었어요."

"찰스 몽고메리도 여기서 뭘 가져갔다는 말은 전혀 없었고요." 재미슨이 덧붙였다.

데커가 고개를 끄덕였다. "당신 아버지가 자다가 갑자기 침입자 때문에 깨어났다면 그 총으로 방어했겠군요."

"그게 뭘 의미할까요?" 대븐포트가 갑자기 호기심을 드러내며 물었다.

"그들이 이야기를 지어낼 때 이 부분을 깜빡했다는 거요." 데커가 말했다. "멜빈, 누군가한테 권총 이야기를 한 적 있습니까?"

"아니요. 아무도 묻지 않았어요."

"당신은 재판에서 이 사실에 대해 증언하지 않았고요." 데커가 덧붙였다. "그렇다면 그 총들은 어떻게 됐을까요?"

대븐포트가 주변을 둘러봤다. "나중에 누가 가져갔을 수도 있잖아요."

데커가 고개를 저었다. "경찰은 이곳을 꼭대기부터 밑바닥까지 샅샅이 뒤졌습니다. 어떤 넝마주이가 뭐라도 주워 갈까 해서 들어오기 한참 전에요. 그리고 만약 권총 두 정을 발견했다면 증거물 목록에 기록해놨을 겁니다. 그런데 그러지 않았죠. 그건 권총들이 여기서 발견되지 않았다는 뜻입니다." 그가 마스를 봤다. "아버지가 권총들을 케이스에 넣고 잠가두셨다고 했죠. 어디였습니까?"

"복도 벽장 속 이동용 권총 케이스요."

"얼마나 크죠?"

"0.1제곱미터 정도요."

"보여줘요."

다들 벽장으로 갔고 마스가 그 지점을 가리켰다. 옷걸이 위 선반이었다. 처음 왔을 때 벽장 속을 살펴봤던 데커는 이미 거기에 권총 케이스가 없음을 알고 있었다.

데커가 말했다. "당신 부모님은 여기서 발견된 당신 소유의 산탄총으로 살해당했습니다. 그리고 시신이 불태워졌어요. 경찰이 총에 관해 조사할 이유가 없었겠죠. 그래서 안 했고." 그가 마스를 홀끗 봤다. "권총 케이스에 관해 누가 알고 있었습니까?"

마스가 어깨를 으쓱했다. "내가 알았고, 어머니도 알았죠. 우리 집에 찾아오는 사람은 아무도 없었어요. 그러니 아마 다른 사람은 아무도 몰랐을 거예요."

"그것들이 사라진 걸 보면 분명 누군가가 알았을 겁니다." 데커가 덧붙였다. "왜 아버지는 권총을 두 정씩이나 가지고 계셨죠?"

"텍사스에서는 누구나 총을 가지고 있어요."

"산탄총, 소총이라면 그렇죠. 하지만 어째서 권총을 두 정이나?"

"우리는 촌구석에 살았잖아요. 안전을 위해서 아니었을까요."

"아버지가 침대로 가져갈 때 말고 다른 때도 권총을 본 적이 있나요?"

"어느 날 밤, 아버지가 소제하고 계실 때요."

"아버지가 소제하는 걸 본 적은 그때뿐입니까?"

마스가 고개를 끄덕였다.

"그게 언제였죠?"

"그게 왜 중요하죠?" 마스는 따지듯 되물었지만 이내 생각에 잠겼다. "확실하진 않아요. 대략 한……."

"당신이 초등학교에 강연하러 갔을 무렵요? 어쩌면 그 며칠 뒤?"

마스가 놀라서 데커를 봤다. "맞아요. 그걸 어떻게 알았죠?"

재미슨이 대꾸했다. "누가 텔레비전을 보고 자신을 알아볼지도 모른다고 생각하셨겠죠."

대븐포트가 덧붙였다. "그래서 당신 아버지는 과거의 누군가가 찾아올 가능성에 대비한 거죠."

데커가 말을 맺었다. "그리고 그들은 확실히 찾아왔고요."

재미슨이 호기심 어린 표정으로 데커를 봤다. "알겠어요. 그 사람들이 부모님에게 복수인지 뭔지를 한 건 이해가 가요. 하지만 멜빈한테 누명을 씌운 건 왜죠?"

"어쩌면 연좌제에 따른 앙갚음일지도 모르죠." 데커가 대답했다. "일가족을 몰살하고 싶었을 수도 있고요."

"그렇다면 왜 그냥 나도 같이 죽이지 않았죠?" 마스가 물었다. "왜 그렇게 공들여 함정을 꾸민 거죠?"

"그 대답을 알았으면 좋겠는데, 나도 몰라요." 데커가 말했다. "하지만 어떤 이유에선가 그들은 자기들이 저지른 죄과를 당신이 치르기를 원했어요."

대븐포트가 목청을 가다듬자 다른 사람들이 그녀를 돌아봤다. 그녀는 불안한 시선으로 마스를 응시했다. "내가 지금 하려는 말은 반드시 사실이 아닐 수도 있어요, 멜빈."

"뭡니까?" 마스가 퉁명스레 물었다. "뭐가 사실이 아닐 수도 있다는 겁니까?"

"당신 부모님을 살해한 자가 누군지는 몰라도, 뭔가 잘못된 것, 또는 자기가 생각하기에 잘못된 것을 모방했을 수도 있어요." 대븐포트가 재빨리 덧붙였다. "그들이 그런 일을 당했을 수도 있다는 뜻이에요."

"잠깐 기다려요. 빌어먹을. 내 부모님이 다른 누군가에게 범죄를 저질렀다는 겁니까? 누군가를 죽여서 그들이 앙갚음한 거라고요?"

"그냥 가능성일 뿐이에요." 대븐포트가 조심스레 말했다. "그리고 아마 타당한 것도 아닐 거예요."

"내 부모님이 범죄자였을 리 없어요!"

"앞서 말했듯 범죄자가 아닌 수많은 사람이 증인 보호 프로그램에 들어가요." 데커가 말했다. "그리고 당신 부모님이 그 경우에 속할 가능성도 충분해요."

"그래요. 어쨌든 언제쯤이면 확실히 알게 될까요?"

"멀지 않았으면 합니다. 위층으로 올라가보고 싶어요?"

"아니요." 그렇지만 마스는 말과 달리 계단으로 향했다.

"이게 아직도 여기 있다니 믿기지가 않네요."

일행은 마스의 침실에 있었다. 마스는 벽에 붙어 있는 포스터들을 물끄러미 봤다.

"내 침대……." 마스가 침대 헤드보드에 손을 올렸다. "20년 전으로 돌아간 것 같아요." 멍한 목소리였다.

"하지만 그건 사실이 아니에요, 멜빈." 데커가 말했다. "오늘은 오늘일 뿐이에요."

데커는 마음을 진정시키려고 넓은 등을 한쪽 벽에 기댔다. 보거트와 함께 왔을 때와 마찬가지로 2층으로 향하는 첫 계단을 밟자마자 파란색이 그를 기습했던 것이다. 재미슨이 데커를 봤지만 왜 그러는지는 알지 못했다. 대본포트 역시 궁금해하면서 격려하는 듯한 미소를 지어 보였다. 일행이 침실에 있어서 데커는 색깔과 화해할 수 있었다. 즉 적어도 겉으로는 내색하지 않고 할 일을 할 수 있었다.

"생각나는 게 좀 있어요?" 데커가 물었다.

마스가 방바닥에 찍힌 작은 발자국 주위를 걸어 다녔다. "내 다른 물건들은 어떻게 됐죠?"

"부모님이 살해당한 후 집에 돌아와본 적 있습니까?"

"아니요. 범죄 현장이라서 안 된다더라고요. 친구들 집에서 신세를 졌어요. 그러다가 체포됐죠. 두 분이 돌아가시고 나서 여기 돌아온 건 오늘이 처음이에요."

대븐포트가 그에게 다가갔다. "침대에 앉아서 눈을 감고 그냥 당신이 여기 마지막으로 있었을 때 집 안 또는 방 안을 마음속에 떠올리고 돌아다닌다고 상상해보면 도움이 될지도 몰라요. 어쩌면 우리한테 도움이 될 뭔가를 떠올릴 수 있을지도 모르고요."

"그게 정말 효과가 있을 거라고 생각해요?"

"아니면 내가 당신한테 최면을 걸어볼 수도 있고요."

마스가 콧방귀를 뀌었다. "나는 최면 같은 데 걸리는 사람이 아니에요."

"정말로요?" 대븐포트가 웃으며 말했다. "내기할래요?"

마스의 자신감이 한풀 꺾였다. "어떻게 하는 건데요?"

"침대에 앉아요."

마스가 마치 이 헛짓거리에 언제쯤 제동을 걸 셈이냐고 묻는 듯 데커와 재미슨을 번갈아 봤다. 둘 다 아무 말도 하지 않았다. 마스가 대븐포트를 돌아봤다.

"침대에 앉아요." 그녀가 말했다. "해될 거 없어요. 약속해요."

마스가 앉았다. 대븐포트가 그 앞에 서더니 주머니에서 펜을 꺼냈다. 그리고 마스 눈높이보다 약간 높은 위치로 펜을 들었다.

"이 펜을 계속 쳐다볼래요?"

"바보 같아요."

데커가 말했다. "멜빈, 그냥 해봐요. 시도해볼 가치는 있어요."

마스가 한숨을 내쉬고 펜에 초점을 맞췄다. "좋아요. 이제 뭐 어떡해요?"

"그냥 펜을 따라가요."

대븐포트가 펜을 천천히 위아래로 움직인 후 양옆으로 움직이기 시작했다. 그러는 내내 나지막하게, 대화하는 듯한 어조로 말했다. 마스는 대븐포트의 말대로 펜이 가는 곳으로 시선을 따라 보냈다. 펜의 움직임은 느리고 리드미컬했고, 그녀의 목소리 역시 거기에 맞춰 달라졌다.

이윽고 마스가 고개를 저었다. "멍청한 짓이에요."

대븐포트가 펜을 든 채 말했다. "운동선수들은 시합에 들어가기 전에 머릿속의 한 점에 초점을 맞추는 연습을 한다더군요. 당신도 해봤어요?"

"음, 네."

"미식축구 구장에 나갈 준비를 하고 있다고 생각해요. 고개를 꼿꼿이 들어요. 몸에 힘을 빼고. 하지만 집중해요." 대븐포트가 데커를 곁눈질했다. "당신은 오하이오주 대표 팀과 시합 중이고 데커를 다시 날려버리려는 참이에요." 그 후 펜을 가리켰다. "이게 그 지점이에요, 멜빈. 당신은 여기까지 올 수 있어요. 큰 경기예요. 당신의 명운이 걸렸죠. 그냥 집중해요. 이 펜이 골라인이에요. 가서 해치워요."

마스가 펜을 응시했다. 그의 시선이 대븐포트가 펜을 들어 올린 각도에 맞춰 여전히 약간 위쪽을 향했다.

대븐포트가 데커에게 속삭였다. "미식축구 작전 용어들을 좀 들려줘요. 낮고 고른 톤으로요."

데커는 극도로 미심쩍어하는 기색이었다.

대븐포트가 어르듯 말했다. "할 수 있어요, 에이머스. 토미 몽고메리한테 말했던 것처럼만 해요."

데커가 고개를 끄덕이더니 툭툭 끊어지는 낮은 목소리로 마스에게 구장에서의 시나리오를 들려주기 시작했다. 공을 낚아챘다. 마스가 공을 받았다. A-갭은 막혔고 B-갭은 가능성이 보인다. 마스는 라인배커의 눈을 읽어야 했다. 왼쪽에서 스트롱 세이프티가 왔다. 오른쪽 가드는 1초만 블록을 유지하면 빛을 볼 수 있었다. 그때 대븐포트가 데커에게 그만 말하라는 신호를 보냈다.

데커가 이야기하는 동안 대븐포트는 펜을 더 느리게 움직였고 마스는 시선으로 그것을 따라갔다. 마침내 대븐포트는 펜을 허공에 들어 올린 채 멈췄다. 마스는 그것을 보고 있었다. 멍한 표정에, 눈동자는 흐려진 채 고정됐다.

"멜빈, 내 말 들려요?" 대븐포트가 물었다.

"네." 마스가 평소와 다른 목소리로 대답했다.

대븐포트는 서서히 펜을 내렸지만 마스의 눈길은 같은 자리에 못 박힌 채였다.

대븐포트가 말했다. "당신은 텍사스 대학에 있어요. 기억나요?"

마스가 고개를 끄덕였다.

"당신은 이제 부모님하고 같이 집에 있어요. 알겠죠?"

"네."

"지금은 부모님이 ESPN에 출연한 후예요. 두 분은 그걸 알았어요. 맞죠?"

"네."

"어떻게요?"

"전당포 동료가 아버지한테 말했어요. 아버지가 화를 냈어요."

"두 분은 지금 이상하게 굴고 있어요. 아닌가요?"

"네."

"어떻게 이상한지 말해줄 수 있어요?"

"불안해요. 그리고 화를 내요. 엄청 속상해해요."

"아버지가 텔레비전에 나와서 그런가요?"

"네."

"무엇 때문에 속상해하는지 말씀하시던가요?"

"아니요."

"어머니는 어때요? 어머니도 그 이야기를 하셨나요?"

"어머니는 그냥 아버지를 가만 놔두면 괜찮아질 거라고 하셨어요. 어머니는…… 어머니는 그 이야기를 하고 싶어 하지 않으세요."

"당시 아버지가 뭔가 평소에는 안 하던 일을 하셨나요?"

"집에 늦게 들어오셨어요. 그리고 식사를 안 하셨어요. 술을 많이 드셨고요."

"아버지와 어머니가 말다툼하셨나요?"

"두 분이 고함지르는 걸 들었어요. 그렇지만 뭐라고 하시는지는 알아들을 수 없었어요."

"뭔가 들은 말이 있나요?"

마스의 이마가 움푹 팼다. "스페인어 같은 말……. 이상한 말. 어머니가 말했어요."

"그게 뭐였죠?"

이마가 더욱 움푹 팼다. "츠…… 초차요."

"초차, 확실해요?"

마스가 고개를 끄덕였다. "초차. 찾아봤거든요. 스페인어가 맞았고 뜻이 두 가지 정도 있었어요. 창녀를 가리키거나 또는⋯⋯." 여기서 그는 약간 움찔했다. "또는 여성의 은밀한 신체 부위를 가리켜요. 저는 두 분이 무슨 소리를 하시는 건지 몰랐어요. 이해되지 않았어요."

"당시에 관해 또 생각나는 건 없나요?"

대븐포트는 침묵에 잠긴 마스를 끈기 있게 기다렸다.

"어느 날 밤, 집에 왔는데 아버지가 의자에 앉아 계셨어요. 어머니는 안 계셨고요."

"좋아요. 계속해요."

"아버지한테 오늘 하루 어떻게 보내셨느냐고 물었어요. 그러자 아버지가 저를 보는데 그 표정이⋯⋯."

"그래요."

마스의 눈에 눈물이 차올랐다. "무서웠어요. 마치⋯⋯ 아버지가 저를 미워하시는 것 같았어요."

"그랬군요. 아버지한테 말했나요?"

마스가 고개를 저었다. "무서웠어요. 방으로 올라가는데 아버지가 뭐라고 말씀하셨어요."

"뭐라고 하시던가요?"

"아버지가⋯⋯ 미안하다고 하셨어요."

대븐포트가 데커와 재미슨을 쳐다봤다. 표정으로 보건대 예상외의 대답임이 분명했다. 그렇지만 데커는 놀라지 않았다.

대븐포트가 마스를 돌아봤다. "뭐가 미안한지 말씀하시던가요?"

마스가 고개를 저었다. "그러곤 그냥 일어서서 나가버리셨어요."

"아버지가 무슨 뜻으로 하신 말씀인지 혹시 짐작이 가요?"

마스는 다시 고개를 저었다. "다음 날 어머니한테 물어봤어요."

"뭐라시던가요?"

"그냥 울음을 터뜨리면서 방에서 뛰쳐나가셨어요."

"경찰한테 이 이야기를 했나요?"

"아니요. 생각이 안 났어요. 제 말은, 뭐가 문제인지 몰랐으니까요. 그게 두 분을 죽인 누군가하고 관련 있을 거란 생각은 전혀 못 했어요."

대본포트가 데커에게 속삭였다. "더 물어볼 건요?"

데커가 마스의 시야에 들어가지 않도록 조심하면서 앞으로 나서더니 대본포트의 귀에 대고 뭐라고 속삭였다. 대본포트가 흠칫 하면서 기묘한 표정으로 데커를 본 후 이윽고 마스를 돌아봤다.

"멜빈, 당신 아버지는…… 당신 아버지가 당신한테 사랑한다고 말한 적이 있나요?"

재미슨이 놀란 눈으로 데커를 봤다.

마스는 똑바로 계속 앞만 보고 있었다. "아니요. 그런 적은 한 번도 없었어요."

"좋아요. 이제 셋까지 세면 깨어날 거예요. 당신은 우리가 나눈 이야기를 전혀 기억하지 못할 겁니다. 알겠죠?"

마스가 고개를 끄덕였다.

대본포트가 셋까지 세자 마스의 눈에 서서히 초점이 돌아왔다. 그가 일행을 올려다봤다.

"나는 최면 같은 데 걸릴 사람이 아니라니까요." 마스가 말했다.

"초차." 데커가 말했다.

마스가 그를 쏘아봤다. "뭐라고요?"

"당신은 최면에 걸렸어요. 부모님이 말다툼할 때 어머니가 초차라고 말한 거 기억해요?"

마스가 놀란 표정을 지은 후 천천히 고개를 끄덕였다. "네, 그 말을 들으니까 이제 기억나요. 그게 중요하다고 생각해요?"

"그럴 수도 있죠."

데커가 방 한구석에 눈길을 보냈다. "바닥의 저 긁힌 자리는 뭐죠? 뭐가 있었죠?"

"책장요."

"어떤 책들이 있었나요?"

"여러 가지요. 내가 어릴 때부터 꽤 자랐을 때까지 읽은 책이 꽂혀 있었어요. 10대 때는 책을 많이 안 읽었죠." 마스가 갑자기 피식 웃었다.

"뭡니까?" 데커가 재빨리 물었다.

"아무것도 아니에요."

"말해봐요."

"그냥 어릴 때 아버지가 책을 읽어주신 게 생각나서요. 우습잖아요. 커다란 터프가이가 남자애한테 책을 읽어주는 모습이."

"어떤 책이었죠?" 데커가 물었다.

"그냥 책이었어요." 마스가 다시 피식 웃었다. "심지어 연기까지 했다니까요. 왜, 그 온갖 말도 안 되는 대사들을요. 다른 때는 전혀 그러지 않으셨는데."

"무슨 책이었습니까?" 데커가 몹시 심각한 어조로 물었다.

마스가 소리 내어 웃었다. "『아기 돼지 삼 형제』요. 아버지는 자신이 커다란 못된 늑대라며 아기 돼지 세 마리를 잡아먹겠다고 하셨어요. 가끔은 너무 몰두해서 좀 무서울 때도 있었죠."

데커가 아주 오랫동안 마스를 응시했다. 재미슨과 대븐포트는 그런 데커를 응시했다.

"데커, 왜 그래요?" 재미슨이 물었다.

마스는 덧붙였다. "그냥 그림책이었어요, 데커. 동화책요."

"그렇군요." 데커는 골똘히 생각에 빠져 건성으로 대답했다.

데커의 휴대폰이 울렸다. 화면을 내려다봤다. "보거트예요." 데커는 전화를 받은 뒤 가만히 듣고 있더니 두 가지를 물었다. "고마워, 보거트 요원, 정말 고마워." 그가 전화를 끊고 다른 사람들을 봤다.

"뭐예요?" 재미슨이 말했다. "감질나게 하지 마요."

"보거트가 연방 보안관에게 응답을 받았어요."

"우리 부모님이 증인 보호 프로그램에 있었군요." 마스가 담담한 어조로 말했다.

"아니요." 데커가 말했다. "아니었어요."

두 여자가 그의 눈길을 맞받았다. 한 사람은 어른이고, 1분도 더 나이가 들지 않을 것이다. 또 한 사람은 아직 아이고 언제까지나 아이일 것이다. 왜냐하면 둘 다 지금은 죽었으니까.

데커는 모텔 방 의자에 앉아서 아내와 아이의 사진을 내려다봤다. 슬프거나 절망적일 때, 아니면 그냥 그들의 얼굴을 보고 싶을 때 데커는 언제고 사진을 꺼냈다. 그들을 잊을 걱정은 없었다. 그의 머릿속 어둑한 구석으로 그들이 희미해져갈 걱정은 없었다. 그의 머릿속에는 어둑한 구석이 없으니까. 그곳은 언제나 타임스퀘어다.

그는 폐소 공포증을 느끼고 있었다. 온몸이 찌부러지고, 그것을 막을 아무 힘도 없는 것 같았다. 로이 마스도, 루신다 마스도 증인 보호 프로그램에 없었다는 소식은 강력한 한 방이 돼 그를 비틀거리게 만들었다. 데커는 너무나 확신에 차 있었다. 보거트는 거듭 재확인했다고 말했다. 그리고 연방 보안관은 거짓말할 이유가 전혀 없다. 만약 증인을 잃었다면 그들은 거기에 관해 산더미 같은 문서를 작성했을 것이다. 데커는 실마리를 손에 넣었고 몇 가지 진척을 봤지만 그게 전부였다. 그것들 중 무엇도 그가 간절히 원하는 것을 줄 기미를 보이지 않았다.

진실. 이따금 모든 피조물 중에서 가장 손에 넣기 힘들어 보이는 그것.

사건을 해결할 전망과 더불어 식욕도 곤두박질쳤는지, 허리띠 구멍이 한 칸 더 앞으로 왔다. 마스 부부를 누가 죽였는지 알려줄 테니 뺀 살을 도로 붙이라고 시킨다면 데커는 기꺼이 그렇게 할 것이다. 비록 그들 부부가 연방 보안관의 보호하에 있지 않았더라도, 어두운 과거를 지녔을 가능성은 여전히 남아 있었다. 데커가 알아내야 하는 것은 그 과거가 뭐냐는 거였다. 그리고 그렇게 하려면 정보가 필요했다. 그게 첫 번째 문제였다. 두 번째는 누가 왜 몽고메리를 매수했는지 알아내는 것이었다.

자리에서 일어나 창가로 갔다. 또다시 내리기 시작한 비가 열기를 식히고 있었다. 하늘도 그이 기분을 아는지, 구름이 가득한 쌀쌀하고 을씨년스러운 날이었다. 텍사스의 이 지역은 비가 흔치 않았다. 지금 날씨는 확실히 이상했다.

완벽한 기억 때문에 어떤 사람들은 데커를 기계처럼 바라봤다. 그리고 예전에 비하면 사회성이 한참 떨어지는 데커는 어떤 면에서 실제로 감정이 없는 것처럼, 심하게 말하면 로봇처럼 보였지만, 그래도 아직 감정을 느꼈다. 슬픔도 느끼고, 우울도 느꼈다. 완벽한 기억은 전혀 아무 도움도 되지 않았다. 오히려 더 악화시킨다면 모를까.

문 두드리는 소리에 데커는 화들짝 놀랐다.

"누구세요?"

"나예요."

주머니에 사진을 밀어 넣고 문을 여니 마스가 서 있었다.

"잠깐 시간 있어요?"

"네."

마스가 방으로 들어왔다. 두 남자는 서로 한 발짝쯤 떨어져 앉았다. 데커가 미처 무슨 일인지 묻기도 전에 마스가 뭔가를 꺼내 건넸다. 데커는 건네받은 사진을 내려다봤다. 남자는 키가 무척 컸다. 새치가 살짝 섞인 갈색 곱슬머리가 머리통을 감싸고 있었다. 강퍅해 보이지만 잘생긴 얼굴이었다. 코는 부러졌다가 잘못 붙었는지 살짝 휘었다. 눈은 무감하고 활력이 보이지 않았다. 작은 입은 얼굴 아래쪽에 마치 누가 금을 그어놓은 것처럼 팽팽하게 당겨져 있었다.

여자는 남자와 그야말로 극과 극이었다. 훤칠한 키에 날씬한 몸매. 풍성한 머리카락이 넓은 어깨로 폭포수처럼 쏟아졌다. 흑갈색 피부에는 잡티 하나 없었다. 데커는 그 얼굴에서 단 하나의 흠결도 찾을 수 없었다. 눈은 생명력으로 춤췄다. 입꼬리를 올리며 눈부시게 웃고 있었는데, 전염성이 강한 웃음이었다. 데커는 사진을 보면서 자신의 입꼬리가 따라 올라가는 것을 느꼈다.

마스를 올려다봤다. "분명 당신 부모님이겠군요. 전에 말한, 당신이 찍었다는 사진이겠죠?"

마스가 고개를 끄덕였다.

"어디서 났습니까?"

"늘 가지고 있었어요. 교도소로 가져갔죠."

"더 일찍 보여줄 수도 있었잖아요."

마스가 눈을 문질렀다. "네, 그럴 수도 있었죠."

"그런데 왜 이제야?"

"당신이 두 분을 그냥 작은 퍼즐 조각들이 아니라 진짜 사람들로 봐줬으면 해서요, 데커. 어머니의 웃음을 봐줬으면 했어요. 그리고 아버지의 눈을요. 그냥 알아줬으면 했어요. 두 분이…… 두 분이 이 세상에 존재했다는 걸."

데커가 다시 사진을 내려다봤다. 한 남자의 솔직한 속내를 들었기 때문인지 다소 긴장한 기색이었다. 그리고 어쩌면 자신의 솔직하지 못한 속내 때문에.

"무슨 말인지 알겠어요, 멜빈. 언제 찍은 겁니까?"

"고등학교 졸업식 때요. 두 분이 정말 자랑스러워하셨어요. 이미 텍사스 대학에 등록한 상태였죠. 나는 장래가 밝았어요. 어머니가 많이 우셨어요."

"아버지는요?"

마스는 망설였다. "그만큼은 아니었어요."

"아버지들은 원래 좀 그렇죠."

"맞아요."

"어머니가 정말 아름다우셨군요. 경이로울 정도예요."

"맞아요. 그러셨어요."

길고도 짧은 그 순간, 두 남자의 눈길이 얽혔다.

"마음속에 뭔가 다른 게 있습니까?" 데커가 물었다.

"내가 존재하지 않는 것 같아요, 데커."

"왜 그런 말을 하죠?"

마스가 데커를 응시했다. "나는 그 사진에 있는 두 사람에 관해 아는 게 하나도 없어요. 어디서 왔는지, 정말 누구였는지, 왜 살해당했는지, 하나도요. 두 분 사이에서 나온 내가 두 분한테 아무 의미도 없다면, 나는 뭐가 되죠?" 그러고는 양손을 들어 올렸다. "나는 아무것도 아니에요."

침묵 속에서 분침이 한 번 똑딱이고 이어 빗줄기가 기세를 올리기 시작했다. 북소리 같은 빗소리가 두 남자의 심장 박동에 발맞춰 행군하는 듯했다. 데커가 아내와 딸의 사진을 꺼내 마스에게 건넸다. 마스가 사진을 봤다.

"당신 가족이에요?"

데커가 고개를 끄덕였다.

"따님이 엄청 귀엽네요."

"엄청 귀여웠죠."

마스가 어쩔 줄 몰라 했다. "얼마나 보고 싶을지 상상이 가요."

데커가 몸을 숙였다. "핵심은, 멜빈, 내가 그들에 관해 모든 걸 알았다는 겁니다. 모든 걸요. 수수께끼가 전혀 없었어요."

"그렇군요." 마스는 이 대화가 어디로 가고 있는지 감을 잡지 못한 채 천천히 대꾸했다.

"그리고 그들이 가버렸어요. 그리고 나는…… 나 역시 아무것도 아니에요. 당신하고 똑같아요."

마스가 마치 주먹질이라도 하고 싶은 듯한 표정을 지었다. "그래서 그게 다예요? 그것 말곤 아무것도 없다고? 그러면 빌어먹을, 우리는 뭘 위해 이 일을 하고 있는 거죠?"

"우리가 이 일을 하고 있는 건 다른 뭔가가 있을지도 모르기 때문이죠. 모든 게 우리한테 달렸어요."

"그렇지만 당신이 방금 한 말은……."

"나는 내가 아무것도 아니라고 말했어요. 오늘은요. 하지만 내일은 다를지 또 누가 압니까. 우리가 가진 유일한 보장은 그것뿐이에요. 이 나라는 크고 자유로워요. 누구나 뭔가를 할 기회가 있어요."

"나는 달라요."

"왜죠?"

"빌어먹을, 왜겠어요? 나는 흑인이잖아요. 당신은 백인이고. 세상에서 제일 큰 차이죠."

"그렇게 생각해요?"

"그렇게 생각 안 해요? 더 큰 차이가 있어요?"

"나는 좀 더 롱혼스와 버크아이스의 관점에서 생각하고 있었어요. 거기서는 인종 따위가 중요하지 않잖아요. 그냥 이기는 게 중요하지."

마스가 쓴웃음을 지었다. "말은 그럴싸하네요. 하지만 그렇다고 현실이 바뀌진 않아요. 사면을 받았든 안 받았든, 나는 흑인 출소자예요. 트럭 운전사 식당의 그 개자식들 잊었어요?"

"그 자식들은 잊어버려요. 그런 인간쓰레기들은 사회에서 낙오된 치들이니까. 그렇지만 이 일의 진짜 배후를 알아내면 모든 게 달라질 수 있어요, 멜빈." 마스가 고개를 저었지만 데커는 말을 이었다. "사람들 중 절반은 아직도 당신이 당신 부모님을 죽였다고 생각해요."

"그 사람들이 무슨 생각을 하든 전혀 관심 없어요."

"내 말 들어봐요."

마스는 더 뭐라고 말하려 했지만 입을 다물고 시무룩한 얼굴로 고개를 끄덕였다.

데커가 말을 이었다. "진실보다 더 강한 건 없어요. 일단 진실이 당신 편에 서면 좋은 일들이 일어나게 마련이에요. 당신이 흑인이

든, 백인이든, 아니면 그 중간의 누구든."

"그렇지만 당신은 두 분이 증인 보호 어쩌고 하는 데 있었다고 생각했잖아요. 그런데 아니었어요. 그러니 이제 출발점으로 돌아온 셈이죠."

"시합이 잘 안 풀려서 첫 홀이 막히면 어떻게 했죠? 에라 모르겠다 하고 구장에 드러누워버렸습니까?"

"젠장, 어떻게 했을 것 같아요?"

"어떻게 했는데요?"

"스스로 다른 홀을 찾아내서 뚫고 달렸죠."

"그게 우리가 할 일이에요, 멜빈. 우리는 다른 구멍을 찾아내서 뚫고 달릴 겁니다."

"어떻게요?"

"아버지가 혹시 집에 금고를 두셨습니까?"

"금고요? 아니요."

"아니면 직장에 금고가 있었을까요? 아버지만 손댈 수 있는?"

"직장에 금고가 있긴 했지만, 주인이 정말 재수 없는 놈이라고 그러셨어요. 뭘 빼돌리기라도 할까 봐 하루 종일 아버지를 감시한다고요. 거기서 몇 년을 일했는데도 말이에요. 그러니 아버지가 그 금고에 손댈 수 있는 유일한 사람이었을 리는 절대 없어요."

"그러면 대안은 하나밖에 안 남는군요."

　데커와 마스는 석조 건물 앞에 서 있었다. 머리 위에서는 먹구름이 새로 모여들고 있었다.

　데커가 물었다. "텍사스 퍼스트 내셔널 은행? 여기가 확실해요?"

　"고등학생 때, 그리고 나중에 대학에 갔을 때 여기에 계좌가 있었어요. 부모님을 따라와서 만들었죠. 두 분이 여기에 저축하셨어요. 얼마 안 되는 돈이었지만."

　"당신 생각보다 더 많았을지도 몰라요."

　"두 분이 돈이 있었다면 왜 안 쓰셨겠어요?"

　"현금이라고는 안 했어요." 데커가 은행 정문으로 이어지는 넓은 층계를 오르며 대꾸했다.

　안으로 들어간 데커가 은행원에게 문의했고, 곧이어 부지점장이 두 남자에게 왔다. 40대 초반으로 보이는 부지점장은 안경을 썼고 땅딸막한 몸매에 정장 재킷의 앞섶 사이로 올챙이배가 튀어나와 있었다. 악수하려고 손을 내밀던 남자는 마스를 보더니 입을 쩍 벌렸다.

"멜빈 마스?"

마스가 고개를 끄덕였다. "우리가 아는 사이입니까?"

"나 제리 비브스야. 같은 고등학교에 다녔는데."

마스가 남자를 좀 더 자세히 살폈다.

비브스가 변명조로 말했다. "미식축구는 안 했어. 타고난 체격이 그쪽이 아니라서."

마스가 남자와 악수를 나눴다. 데커가 옆구리를 살짝 찌르자 마스가 뒤늦게 미소를 짜냈다. "그래, 제리, 기억난다. 어떻게 지내?"

"잘 지내지. 결혼해서 애가 넷이야. 회사의 사다리를 올라가려고 발버둥 치는 중이지. 오륙 년쯤 버티면 지점장이 될 것 같아."

"잘됐네, 친구."

마주 본 두 남자 사이로 어색한 시선이 오갔다.

"들었어. 감옥에서 나왔다면서." 비브스는 안절부절못했다.

"그래, 다른 남자가 자백해서."

"정말 말도 안 되는 일이야." 비브스가 마스의 감탄스러운 몸매를 훑어봤다. "너는 여전히 유니폼을 입어도 될 것 같다."

"그래, 입혀만 준다면야."

데커가 헛기침하자 비브스가 그제야 그에게 주의를 돌렸다. 데커는 FBI 신분증을 번뜩였다. 비록 배지는 없었지만, 비브스는 그것만으로도 상당히 감탄한 눈치였다. 즉각 자세를 더 똑바로 하고 재킷 단추를 채웠다.

"네, 데커 요원님, 뭘 도와드리면 될까요?"

"정보가 좀 필요합니다."

비브스가 자신들을 바라보는 행원들과 세 고객을 건너다봤다.

"제 사무실로 가시겠습니까?" 비븐스가 서둘러 제의했다.

비븐스의 '사무실'은 일부가 유리로 막힌 작은 칸막이 방이었다. 비븐스가 두 사람에게 의자를 권하고 책상 앞에 가서 앉았다.

"어떤 종류의 정보 말씀이십니까?" 비븐스가 물었다.

"이곳에 로이와 루신다 마스의 계좌가 있었다고 알고 있는데요."

비븐스는 대답 대신 양손을 하나로 모아 책상에 올려놨다.

"그렇다는 뜻입니까?" 데커가 물었다.

"찾아봐야 할 것 같은데요."

데커가 책상에 놓인 컴퓨터에 눈길을 보냈다. "그러시죠."

"그게 적절한 승인이 있어야 합니다. 저희는 고객의 프라이버시를 존중하거든요."

"그건 알겠습니다만, 마스 부부는 둘 다 사망했습니다."

비븐스는 안색이 변해 재빨리 마스를 쳐다본 뒤 양손을 책상에서 들어 올려 의자 팔걸이에 얹었다. "어, 그렇죠. 물론 그건 압니다. 하지만 그러면 두 분의 법적 대리인이……."

"없습니다." 데커가 말을 끊었다.

"가장 가까운 친족이나."

데커가 마스의 어깨를 두드렸다. "바로 여기 앉아 있네요."

비븐스가 다시 마스를 봤다. "그렇군요."

마스가 말했다. "내가 승인할 테니 찾아보고 이분한테 말해줘, 제리."

비븐스가 자판을 두드리기 시작했다. 두어 차례 화면을 띄워 밑으로 훑었다. "계좌가 있긴 있었는데 20년쯤 전에 해지됐네요."

"정확한 날짜를 알 수 있을까요?" 데커가 물었다.

비븐스가 날짜를 알려줬다.

마스가 말했다. "돌아가시기 이틀 전이네요."

데커가 고개를 끄덕였다. "해지되기 전에 얼마나 들어 있었는지 알 수 있을까요?"

비븐스가 자판을 좀 더 여러 번 두들긴 후 거래 내역을 뽑았다. "약 5500달러입니다."

데커와 마스 둘 다 실망한 표정을 지었다.

비븐스가 말했다. "혹시 종잣돈 같은 걸 기대했다면 미안해, 멜빈." 이어 덧붙였다. "네가 오랫동안 감옥에 있었던 거 알아."

데커가 말했다. "다른 계좌는 없나요?"

비븐스가 화면을 응시했다. "아니요. 그냥 당좌 예금 계좌 말고는 없었습니다."

마스의 표정에서는 모든 희망이 사라졌지만 데커는 이제부터가 시작이라는 투였다. "금고는요?"

마스가 흠칫하고 데커를 봤다.

비븐스가 자판을 좀 더 두드렸다. "맞아요. 금고가 있었네요. 어떻게 아셨죠?"

데커가 대꾸했다. "그냥 운 좋게 맞힌 거죠. 금고에 관해 저희가 뭘 알 수 있을까요?"

"음, 계좌하고 대략 동일한 시기에 해지됐네요. 컴퓨터에 기록이 있습니다. 멜빈, 네 아버지가 금고를 닫고 모든 필요한 서류에 서명하셨어."

"그럼 그 금고에 뭐가 있었는지 알 방법은 전혀 없습니까?"

비븐스가 고개를 저었다. "금고의 내용물에 대한 내역을 남기는 건 고객의 구체적 요구가 있는 경우에 한해서입니다. 그 외의 경우에는 프라이버시가 엄격히 유지됩니다."

"그걸 해지하고 내용물을 전부 꺼내 가신 거죠?" 데커가 물었다.

"맞습니다."

"금고가 얼마나 컸습니까?"

비븐스가 자판을 좀 더 두드렸다. "더블이라고 하는 최대형이었습니다. 꽤 많은 게 들어가죠."

"당시 은행에서 일했던 분 중에 우리가 이야기해볼 만한 분이 있습니까?"

"아, 아니요. 제가 여기서 제일 오래 있었어요. 14년째입니다. 지점장은 3년 전 엘패소에서 옮겨 왔고요. 다른 사람들도 모두 여기 있은 지 5년이 안 됩니다." 비븐스가 데커의 어깨 너머를 본 후 말했다. "제가 뭐 더 도와드릴 일이 있을까요?"

데커가 등 뒤를 돌아보니 두 사람이 비븐스와 상담하려고 줄을 서 있었다.

"아니요. 도와주셔서 감사합니다."

음울한 날씨가 건물을 나서는 두 남자를 기다렸다 덮쳤다.

마스가 소리쳤다. "이 거지 같은 상황을 믿을 수 없어요. 어머니가 암으로 죽어가고 있었는데 나한테는 입도 뻥긋 안 했다니. 거기다 이제는 아버지가 도대체 뭐가 들었는지 짐작도 안 가는 금고를 가지고 있었다는 걸 알게 됐고. 마치 내 인생이 아니라 남의 인생을 살아온 것 같아요."

"그리고 아버지는 죽기 이틀 전에 그걸 해지했죠." 데커가 지적했다.

"뭔가 닥쳐오고 있다는 걸 아버지가 알았다고 생각해요?"

"당연히 알았겠죠. 내가 궁금한 건 이겁니다. 그 금고에 있던 내용물을 대체 어떻게 했을까요?"

두 남자는 그날 늦은 시각에 모텔 로비에 인접한 호젓한 공간에서 재미슨과 대븐포트를 만났다. 데커는 은행에서 제리 비븐스와 만난 결과를 들려줬다.

재미슨이 말했다. "그렇다면 비록 증인 보호 프로그램은 아니었더라도, 마스 부부에게 뭔가 비밀이 있긴 있었군요."

대븐포트가 덧붙였다. "아무도 밝혀낼 수 없는 과거라니. 심지어 FBI조차." 그리고 마스를 보며 말했다. "로이와 루신다 마스도 본명이 아니었겠죠."

데커가 말했다. "AC와 RB. 이 이니셜이 그 집 옷장 벽에 쓰여 있었잖아요. 그게 본명의 이니셜인지도 몰라요."

"젠장." 마스가 그들을 외면한 채 고개를 저으며 욕설을 내뱉었다. 알지도 못하는 남의 꿈속에 들어와 여기저기 들이받고 있는 사람처럼 보였다.

데커가 말했다. "증인 보호 프로그램에는 없었지만, 틀림없이 누군가로부터 도망치고 있었을 겁니다."

"아니면 어떤 집단으로부터." 재미슨이 정정했다. "조직 폭력단 같은."

"조직 폭력단!" 마스가 부르짖었다. "됐어요. 거기까지만 합시다. 우리 부모님은 빌어먹을 조직 폭력단에 있지 않았으니까요. 알겠어요?"

데커가 날카롭게 말했다. "현실은, 멜빈, 지금으로서는 우리 중 누구도 두 분이 뭐에 연루됐는지 모른다는 겁니다. 당신도 포함해서요. 그렇지만 그게 뭐였든, 두 분이 그걸 피하기 위해 새 신분을 만들고 텍사스의 작은 시골에 숨어 살아야 할 정도로 충분히 심각했죠."

"그리고 금고의 내용물은 누군가의 유죄를 입증하는 뭔가일 수도 있고요." 재미슨이 말했다.

"그렇지만 우리가 그 금고에 뭐가 있었는지 알아낼 방법이 전혀 없잖아요." 대븐포트가 덧붙였다. "내 말은, 벌써 20년이나 지났으니까요. 그리고 멜빈, 당신 양친을 죽인 누군가가 그걸 가져갔을지도 몰라요."

"어쩌면 아닐 수도 있어요." 데커가 말했다.

모두 데커를 돌아봤다.

"좀 더 설명해줄래요?" 대븐포트가 요청했다.

"도저히 설명 안 되는 한 가지 의문은, 누가 왜 몽고메리 부부를 매수해서 멜빈을 감옥에서 꺼내주려고 했느냐죠." 데커는 그렇게 말하며 일행을 한 사람 한 사람 차례로 둘러봤다.

"나는 포기했어요." 마스가 마침내 물었다. "왜죠?"

"금고에 들었던 걸 찾아내지 못했기 때문이 아닐까요? 그래서 그게 아직 어딘가에 돌아다니고 있는 거죠. 그리고 그들은 당신이 그게 어디 있는지 안다고 생각하고요."

"그럴싸한 이론이네요." 대븐포트가 말했다.

"하지만 그렇다 해도 왜 이렇게 오랜 세월을 기다렸을까요?" 재미슨이 물었다.

"멜빈의 형 집행일이 확정되자 당황했을지도 모르죠. 지금이 그걸 되찾을 마지막 기회라고 생각한 것 아닐까요?"

마스가 당혹스러운 표정을 지었다. "그렇지만 데커, 나한테 접촉하려고 한 사람은 아무도 없었어요. 아니면 나를 납치해서 내가 아는 걸 불게 만들려고 하거나. 물론 난 아는 게 없지만 말이에요."

"어쩌면 우리한테 지금 우리가 하고 있는 일을 시킬 계획인지도 모르죠. 그걸 찾아내는 거."

"그리고 우리가 그걸 찾아낸 순간 덮쳐서, 뭐, 우리를 몽땅 죽이고요?" 대븐포트가 못 미덥다는 투로 말했다.

"어쩌면요. 어쩌면 아닐 수도 있고요."

"그렇게 확실하게 말해줘서 고마워요." 대븐포트는 은근히 짜증이 난 눈치였다.

"수사란 게 원래 단순하지 않아요." 재미슨이 응수했다. "우리가 벌링턴에서 해결한 사건은 90도로 방향을 꺾었지만, 거기 도달하기까지 수 킬로미터는 발품을 팔면서 묻고 다녀야 했어요. 그리고 처음에는 중요해 보이지 않았던 게 알고 보니 핵심이었죠."

"그랬군요. 하지만 데커, 당신 이론은 구멍이 너무 많아요."

"구멍이 숭숭 뚫렸죠." 데커가 순순히 수긍하자 대븐포트는 놀란 듯했다. "그래서 그건 그냥 이론일 뿐이에요. 나중에 얼마든지 뒤집힐 수 있어요. 하지만 우리는 어쨌거나 그 가능성에 덤벼들어야 해요."

마스가 불안한 시선을 보냈다. "그래서 당신은 누가 아직 나를 노리고 있을지도 모른다고 생각해요?"

데커는 잠시 생각에 잠겼다. "그럴 가능성이 높은데, 그게 사실이라면 우리가 답을 찾고 있다는 것도 알겠죠. 은행에서 우리를 보고 우리가 뭘 하고 있는지 추론했다면, 우리가 빈손으로 은행을 나선 것도 알 테고요."

"그렇다면 뭔가를 발견할 때까지 우리를 그냥 계속 내버려둘지도 모르겠네요." 마스가 천천히 말했다.

"맞아요."

"기억력이 참 좋은 작자들이네요. 내가 태어나기도 전 일이라면 40년도 더 된 이야기인데."

"음, 기억력이라면 나 역시 어디 가서 빠지지 않죠."

"훌륭하시네요."

고개를 든 마스의 눈에 로비로 들어오는 메리 올리버가 보였다.

"메리, 이쪽이에요." 마스가 일어서서 안내 데스크로 향하던 올리버에게 손을 흔들었다. 베이지색 바지 정장 차림의 올리버는 생글생글 웃는 얼굴이었다.

"무슨 좋은 일 있나 봐요." 대븐포트가 말했다.

"텍사스주가 최대 2만 5000달러 보상에 동의했어요, 멜빈."

"우아, 그거 참 굉장하네요." 마스가 말했다.

"그리고 나는 당신이 감옥에서 당한 일에 관해 소를 제기하려고 준비 중이에요. 한 5000만 달러짜리로요."

마스가 놀라서 말을 잊은 채 올리버를 들여다봤다. 그러다 마침내 입을 열었다. "농담하는 거예요?"

"멜빈, 당신은 죽을 뻔했어요. 주 교정 체제의 대리인인 교도관들이 가담한 음모 때문에요. 그리고 내가 알아보니까 그 교도관들한테는 다른 소송도 걸려 있더라고요. 그런데도 주 당국은 그들한테 아무런 징계 조치도 취하지 않았죠. 고의적 직무 유기라고밖에 볼 수 없어요."

데커가 물었다. "당신이 전에 말한 전략이 그건가요?"

올리버가 고개를 끄덕였다. "그래요. 맞아요."

데커가 마스를 봤다. "음, 5000만 달러면 당신이 내셔널 풋볼 리그에서 뛰지 못한 데 대해 적어도 금전적 보상은 되겠군요."

올리버가 덧붙여 말했다. "헛바람 불어넣을 생각 없어요. 시간이 걸릴 거고, 되리란 보장도 못 해요. 하지만 나는 최선을 다할 거예요."

마스는 잠시 말을 잇지 못하다가 올리버를 껴안았다. "고마워요, 메리. 고마워요."

일행은 자리에 앉아 마스가 평정을 되찾기를 기다렸다. 주 경찰셋과 사복 경찰 하나가 바로 앞에 와서 설 때까지 아무도 그들이 다가오는 것을 눈치채지 못했다.

데커가 그들을 알아차리고 말했다. "뭘 도와드릴까요?"

경찰들은 데커를 무시하고 마스를 에워쌌다.

"마스 씨, 일어나주십시오." 사복 경찰이 배지를 번뜩이며 강력계 형사라고 신분을 밝힌 후 말했다.

"뭐요? 왜요?" 마스가 물었다.

"일어서주십시오." 이번에는 좀 더 단호했다.

"무슨 일로 이러는 겁니까?" 마스 대신 올리버가 일어서서 말했다. "내가 이분 변호사인데요."

"의뢰인과 말씀 나눌 기회는 나중에 드리죠. 지금은 아닙니다. 부디 일어서십시오, 마스 씨. 요청은 이번이 마지막입니다."

마스가 데커를 쳐다보자 데커가 고개를 끄덕였다. 마스는 일어서서 자동으로 뒷짐을 졌다. 사복 경찰이 신호를 보내자 경찰 하나가 앞으로 나와 수갑을 채웠다.

사복 경찰이 말했다. "당신을 로이와 루신다 마스 살인죄로 체포합니다." 그리고 마스에게 미란다 원칙을 고지했다.

"이분은 이미 사면을 받았어요!" 올리버가 믿기지 않는다는 투로 쏘아붙였다.

"그 사면은 철회됐습니다. 그래서 저희가 온 겁니다."

"그럴 순 없어요!" 올리버가 말했다.

사복 경찰이 올리버에게 서류 한 다발을 건넸다. "법원 명령에 바로 그렇게 돼 있습니다. 가시죠, 마스 씨."

경찰들에게 끌려가는 마스를 향해 올리버가 외쳤다. "멜빈, 서에서 봐요." 그리고 서류의 첫 장을 재빨리 읽었다.

"뭐라고 써 있어요?" 재미슨이 자리에서 일어나면서 물었다.

다 읽은 올리버의 얼굴이 하얗게 질렸다. 그녀가 데커에게 흘끗 눈길을 던졌다.

데커가 한숨을 쉬고 나직이 내뱉었다. "설마 이렇게까지 할까 싶었는데……"

"뭘요?" 재미슨이 쏘아붙였다.

"알고 있었어요?" 올리버가 따지듯 물었다.

"짐작은 했죠."

"젠장, 무슨 일이 벌어지고 있는 건지 제발 누가 설명 좀 해줄래요?" 재미슨 옆에 같이 일어나 있던 대븐포트가 소리 질렀다.

데커가 입을 열었다. "그간 우리의 수사 결과, 몽고메리 부부가 누군가에게 매수당해 찰스가 로이와 루신다를 살해했다고 거짓으로 자백했을 가능성이 힘을 얻었어요. 그리고 멜빈이 석방되고 사면된 이유는 오로지 그 자백 하나뿐이었죠." 데커가 올리버를 쳐다봤다. "내 말 맞습니까?"

올리버는 아무 말 없이 고개만 끄덕였다.

"아, 맙소사." 재미슨이 탄식했다.

"그 말뜻은……." 대븐포트가 입을 열었다.

데커가 말을 잘랐다. "그 말뜻은 텍사스주 당국의 시각에서 멜빈은 자신의 양친을 죽였다는 겁니다. 따라서 사면이 철회된 거죠."

"우리가 알아낸 걸 그쪽에서 어떻게 알았죠?" 재미슨이 물었다.

"텍사스도 사람들을 앨라배마로 파견해 몽고메리를 조사했으니까요. 그리고 우리가 앨라배마 당국에 우리의 의혹과 발견한 사실을 알렸고요. 틀림없이 거기서 그걸 텍사스 쪽에 전달했겠죠."

"그렇지만 마스는 몽고메리가 거짓말한 것과 아무 관련도 없잖아요." 재미슨이 말했다.

"멜빈의 사건에서 그건 법적으로 중요하지 않아요." 올리버가 말했다. "지금은 아무것도 변하지 않은 거나 마찬가지예요. 자백이 없으면 선고가 복구돼요. 몽고메리가 거짓말했다면 그의 증언은 무의미해지죠."

재미슨이 경악해서 데커를 돌아봤다. "그렇다면 우리의 수사가 마스를 도로 감옥으로, 아니 어쩌면 무덤으로 보낸 거라고요?"

데커는 대답하지 않았다. 휴대폰을 꺼내 든 채 마스가 방금 전교도소로 출발하기 위해 서 있던 모텔 출구를 돌아보고 있었다. 마스가 차에 실려 떠나는 것을 지켜보던 그는 휴대폰에 숫자 하나를 찍었다. 벨이 두 번 울리고 상대가 전화를 받았다.

"보거트, 지옥에나 가라고 해도 할 말이 없는데, 엄청난 부탁이
있어."

3 338

"일동 기립." 건장한 집행관이 말했다.

족쇄를 찬 한 사람을 포함해 법정의 모든 사람이 일어섰다. 목젖이 툭 튀어나오고 머리카락이 몇 가닥 남지 않은 쭈그렁 노인 매슈스 판사가 벤치 뒤 문간에 나타나더니 계단을 올라 판사석에 앉았다.

"착석." 집행관의 명령에 따라 모두 다시 자리에 앉았다.

메리 올리버는 족쇄를 찬 마스 옆에 앉아 있었다. 재미슨과 함께 가서 산 정장을 입은 데커는 그의 다른 편에 앉아 있었다. 주 검사는 검사석에서 잔뜩 폼을 잡고 있었다. 솜털 같은 흰색 머리카락 한 줌이 분홍빛 두피를 사수하고 있는 50대 중반의 남자였다. 풀을 너무 먹여 뻣뻣한 셔츠 목깃이 어쩐지 그 남자의 거동과 어울렸다. '마스, 멜빈'이라는 딱지가 붙은 파일이 남자 앞에 놓여 있었다. 남자는 곧 하려는 말을 연습이라도 하듯 소리 없이 입술을 달싹거렸다.

방청석 둘째 줄에는 대븐포트와 재미슨이 앉아 있었다. 마스가 체포됐다는 소문이 퍼졌는지 적지 않은 기자들이 자리를 차지하고 있었다. 멍한 표정의 지역 주민 수십 명이 나머지 방청석을 채우고 있었다.

판사가 변호인석과 검사석 양측에 앉은 사람들을 눈여겨본 후 헛기침했다. "피고인 측이 청원을 올렸으니 그쪽부터 먼저 들어봅시다."

올리버가 자리에서 일어나 투피스 정장 재킷의 주름을 펴고 셔츠 커프스를 매만졌다. "존경하는 재판장님, 이 사건에서 주 당국의 행위에 대해 간략히 말씀드리자면 다음과 같습니다. 주 당국은 제 의뢰인인 마스 씨에게 부당한 유죄 판결을 내려 20년 이상 옥살이를 시킨 후 사형 직전까지 가게 만들었고, 결백에 대한 증거가 제시되자 그제야 오류를 인정했습니다. 그 후 그를 석방하고 완전한 사면을 단행했으며, 또한 부당한 투옥에 대해 최대한도의 보상금 지불을 명했습니다. 물론 그 2만 5000달러는 감옥에서 보낸 20년도 넘는 세월을 보상하기에 턱없이 부족한 금액입니다." 숨을 들이쉬는 그녀는 정의의 분노로 부풀어 오르는 것처럼 보였다. "그리고 자유를 준 직후 주 당국은 사면과 자유를 일방적으로 철회하고 그를 체포해, 이제 그는 족쇄가 채워진 채 우리 앞에 앉아 있습니다. 재판도 없이, 변호인의 중재도 없이 이루어진 이 모든 과정은 그에게서 정당한 절차를 박탈했습니다. 이것이 제가 인신 보호 청원을 올린 이유입니다. 제 의뢰인을 억류한 주 당국의 행위는 의심할 여지 없는 명백한 불법입니다. 따라서 저는 즉각 석방을 요구하며, 사면과 보상이라는 두 조건이 이 법정에서 그대로 인정되고 이행되기를 요청하는 바입니다."

올리버가 마스의 어깨에 한 손을 올리고 덧붙였다. "그 조처에 조금이라도 부족함이 있다면 이는 정의를 우롱하는 것이며, 지속 불가능하고 위험한 선례를 구축할 것입니다. 주 당국이 제 의뢰인과의 협의를 일방적으로 어긴다면, 미래에 다른 피고인들에 대해서도 그러지 않으리라는 보장이 없습니다."

"이해했습니다." 매슈스 판사가 주 검사를 돌아봤다. "젱킨스 씨, 변호인이 매우 귀담아들을 만한 주장을 했습니다. 나로서는 주 당국이 식언한다는 것이 탐탁지 않습니다. 피고의 변호인이 주 검사실에서 제시한 협의를 신뢰할 수 없다면 법 체제에 큰 혼란이 일어날 겁니다."

자리에서 일어난 젱킨스가 재킷 단추를 채우고 뻗친 머리카락을 매만진 후 마스와 올리버에게 못마땅한 시선을 보냈다. 이윽고 판사만을 바라보며 입을 열었다. "존경하는 재판장님." 길게 잡아늘이는 말투였다. "주 당국이 취한 행위는 어디까지나 양심에 의거한, 유일하게 가능한 행위였습니다. 지금 상황이 다소 평범치 않다는 것은 누구보다 먼저 저 자신이 인정하는 바이나……."

"평범치 않은 정도가 아니죠." 매슈스 판사가 말을 잘랐다.

"비록 그렇다 할지라도, 마스 씨가 감옥에서 석방된 이유는 단 하나뿐이었습니다." 여기서 검사는 말을 멈추고 강조하기 위해 한 손가락을 세웠다. "그건 다른 남자, 앨라배마주 당국에 의해 각종 극악무도한 죄목으로 사형당해 이제는 고인이 된 찰스 몽고메리가, 마스 씨가 앞서 사형 선고를 받은 살인 사건의 진범이라고 자백했기 때문입니다. 적절한 조사를 거쳐, 몽고메리 씨가 실제로 진범만이 알고 있을 그 범죄에 대한 정보와 지식을 가졌음이 밝혀졌습니다. 그리고 이제 FBI의 수사에 크게 힘입어, 몽고메리 씨와 증거를 인멸하기 위해 살해당한 듯한 그의 부인이 거액을 받고 거짓 자백을 했다는 의미심장한 사실이 명백히 밝혀졌습니다. 따라서 몽고메리 씨는 로이와 루신다 마스의 살해에 재판장님이나 저와 마찬가지로 전혀 무관하다는 것이 거의 분명한 사실입니다, 존경하는 재판장님. 그러므로 마스 씨의 원래 유죄 판결이 옳고 정당했다는 것이 주 당국의 입장이며, 해서 그의 구금은 타당할 뿐더러 법적으로도 적절하다 할 것입니다."

젱킨스가 마스에게 다시 한 번 경멸 어린 냉담한 시선을 보냈다. "그리고 저는 텍사스주의 형법 시스템을 기만하려는 대담한 시도에 마스 씨가 어떤 식으로든 관여했는지 여부를 주 당국이 철저히 조사할 것임을 말씀드리고자 합니다. 그가 몽고메리 씨의 거짓 자백에 따른 최대 수혜자이기 때문입니다."

올리버가 벌떡 일어섰다. "제 의뢰인이 이 일에 어떤 식으로든 관여했다고 믿을 만한 증거는 단 하나도 없습니다, 존경하는 재판장님."

젱킨스가 발끈했다. "거짓으로 밝혀진 자백이 피고인의 예정된 사형 직전에 제시됐습니다. 우연이라기엔 너무 시기가 딱 맞아떨어지는 것 같습니다만."

올리버가 그에게 어이없다는 표정을 지어 보인 후 냉소가 뚝뚝 떨어지는 어조로 말했다. "그렇겠죠. 분명 마스 씨가 사형수 사동에 갇혀 있으면서 손을 썼겠죠. 이 기적적인 자백이 때맞춰 등장해 자신을 구해주도록요. 그것도 굳이 형 집행실로 끌려가기 직전까지 기다렸다가."

"부디 전문 법조인으로서 품위 있는 태도를 유지해주시기 바랍니다." 젱킨스가 쏘아붙였다.

올리버가 말을 이었다. "그럼에도 불구하고 주 당국은 몽고메리 씨 주장의 진위 여부를 조사할 충분한 시간적 여유가 있었습니다. 주 당국은 그렇게 한 결과로, 제 의뢰인에게 완전한 사면을 단행했습니다. 이제 이 협의를 철회하는 것이 허용된다면 사면의 신성함은 더럽혀질 것이고, 장차 그 누구도 주 당국이 사면을 단행할 때 다시금 철회되리라는 공포 없이 그것을 신뢰할 수 없을 것입니다."

젱킨스가 반박했다. "하지만 유죄 판결을 받은 살인자들이 공공에 풀려나지 않도록 하는 것은 명확히 주의 이익에 부합하는 조치입니다."

매슈스 판사가 끼어들었다. "음, 내가 보기에는 주 당국이 이 난장판을 자초한 것 같습니다, 젱킨스 씨. 그리고 주 당국이 그 협의를 일방적으로 철회할 수 있다면, 전체 사면 체제의 기틀이 어지럽혀질 거라는 올리버 씨의 주장에는 타당한 부분이 있습니다."

젱킨스가 양 손바닥을 펼쳐 보였다. "존경하는 재판장님, 저희가 바라는 것은 그저 사건을 좀 더 충실하게 조사하는 것뿐입니다. 그리고 그러는 동안 피고인을 구금하는 것은 절차상 적절하고 정당한 조치입니다. 이점이 명백히 단점을 압도합니다. 피고인은 결백할 경우, 아무런 피해도 입지 않을 것입니다. 그리고 유죄일 경우에는 도주의 기회를 얻지 못할 것입니다. 그는 공동체에 아무런 연이 없으므로 저희는 그에게 도주의 우려가 있다고 봅니다."

올리버가 반박했다. "피고인은 여권이 없고, 그 어떤 종류의 유효한 신분증도 없으며, 텍사스주 덕분에 일자리나 돈도 없습니다. 저는 그에게 도주의 우려가 있다고 보지 않습니다."

"멕시코 국경이 근거리에 있습니다." 젱킨스가 맞섰다. "그곳에는 이 나라로 들어오려는 이들을 위한 구멍이 숭숭 뚫려 있고, 이

나라를 떠나려는 이들의 경우도 마찬가지입니다."

매슈스 판사는 확신이 서지 않는 표정으로 그들을 내려다보다 올리버를 향해 말했다. "젱킨스 씨의 입장에 완벽히 동의한다고는 할 수 없지만, 주 당국이 조사를 진행하는 동안 마스 씨를 구금하도록 허용해도 해로울 것은 없어 보입니다."

그 순간 데커가 일어서자, 법정의 모든 눈이 우뚝 솟은 그의 존재에 쏠렸다. 뒤엉킨 시선들 때문에 데커는 배 속이 울렁거리고 신경이 곤두서는 것 같았다. 다른 사람들과 상호 작용하는 것을 좋아하지 않기 때문이다. 그리고 그는 자신이 판사에게 하려는 말이 온전한 진실이 아니라는 점이 아무래도 썩 마음에 들지 않았다. 그렇지만 이 계획을 짜낸 사람은 다름 아닌 그 자신이었다. 끝까지 밀어붙이는 것 말고는 아무런 선택지가 없었다.

"허락해주신다면, 재판장님, 제가 한 말씀 올려도 되겠습니까?" 데커가 물었다.

"귀하는 누구입니까?" 매슈스 판사의 어조에 기대감이 살짝 묻어났다.

데커는 얼굴에 솟은 땀방울을 문질러 닦았다. 겨드랑이 밑이 축축해지는 것이 느껴졌다. 갑자기 현기증이 밀려왔다. 한순간 법정에서 이대로 기절해버릴 것 같다는 위기의식이 그를 압도했다. 데커가 살짝 떨리는 목소리로 대답했다. "에이머스 데커입니다. FBI의 위임을 받고 이곳에 왔습니다."

젱킨스가 재빨리 끼어들었다. "전적으로 텍사스주 관할권에 속한 사건에 FBI가 관여할 여지는 전혀 없어 보입니다만."

데커는 판사에게 눈길을 고정했다. "FBI는 이 사건에 이미 관여했습니다, 존경하는 재판장님. 사실 변호인이 앞서 지적했듯 몽고메리 씨의 자백에 의혹이 제기된 것은 저희 노력의 결과입니다."

"하지만……." 젱킨스가 입을 열었다. 그러나 매슈스 판사가 손을 들어 가로막았다.

"유의미한 주장입니다. 데커 요원, 하던 말을 끝맺어주세요."

태어나 처음으로, 방 안의 누구도 죽지 않았는데 데커는 모든 것을 더없이 생생한 파란색으로 보고 있었다.

"데커 요원?" 매슈스 판사가 의아한 듯 묻자 젱킨스가 콧방귀를 뀌며 데커에게 조소의 눈빛을 보냈다.

해치워라, 데커. 지금 당장 A-갭에 뛰어들어. 태클해. 지금이다.

데커가 눈을 떴다. 목소리에 흔들림이 없고 자신감이 넘쳤다. "FBI는 이 사건이 처음 보기보다 훨씬 복잡하다고 믿습니다. 또한 저희는 마스 씨가 결백하다고 믿습니다."

"무슨 근거로요?" 젱킨스가 성급히 끼어들었다.

"저희가 진행 중인 수사에서 밝혀진 사실들이 그 근거입니다. 저희는 이 사건이 다수의 주에 걸쳐 영향력을 미치고 있는 인물들과 관련돼 있을 가능성이 있다고 봅니다. 이는 확고히 FBI의 영역에 속합니다."

매슈스 판사가 물었다. "귀하가 밝혀낸 결과들을 법정에 제시할 수 있습니까, 데커 요원?"

"제 상관인 특수 요원 로스 보거트가 팀을 이끌고 있습니다, 존경하는 재판장님. 법정에서 연락을 취하고자 할 경우, 자신의 연락처를 알려줄 권한을 제게 위임했습니다. 그분이 모든 자세한 사실을 제공할 것입니다."

재미슨과 대브포트가 놀라서 눈길을 주고받았다.

"법원만 알고 텍사스주 검찰은 알면 안 됩니까?" 젱킨스가 소리쳤다.

"그 정보가 공판정에서 전달돼서는 안 될 타당한 이유가 있습니까?" 매슈스 판사가 물었다.

"보거트 요원이 모두 해명할 것입니다, 존경하는 재판장님. 이는 실로 민감한 문제라, 대중에게 공개될 경우 저희 수사에 역효과를 미쳐 책임 있는 자들이 범행으로 인한 체포와 기소를 피하게 만들 수 있다고 믿습니다."

"당신이 말한 내용은 이 문제가 해결될 때까지 마스 씨가 구금 상태에 있어서는 안 될 이유를 전혀 해명해주지 않습니다." 젱킨스가 지적했다.

판사가 뭐라고 하기 전에 데커가 먼저 대꾸했다. "죄송합니다. 마스 씨가 교도관들의 폭행으로 죽음 직전까지 갔었고, 그 전에는 다른 교도관에게 매수된 두 수감자가 마스 씨를 살해하려 한 일이 있었으니 그 부분은 굳이 거론하지 않아도 될 줄 알았는데, 제 생각이 짧았나 봅니다. 더불어 마스 씨가 이 악랄하기 그지없는 불법 행위에 대해 텍사스 교정 체제에 수백만 달러의 소송을 제기한 사실도 있고요. 문제가 된 교도관의 친구나 공모자 들이 발각되지 않아서 여전히 교도관으로 근무 중인데, 제 생각에는 그들이 마스 씨를 그다지 반겨줄 것 같지 않습니다. 따라서 마스 씨를 교도소로 돌려보내는 것은 어떻게 보더라도 마스 씨의 안전을 보장하는 행위로 간주할 수 없습니다. 오히려 그와 반대로, 마스 씨의 사형 집행 영장에 서명하는 행위일 가능성이 높습니다."

매슈스 판사가 젱킨스를 쏘아봤다. "이 말이 사실입니까?"

판사의 분노한 표정을 보자 젱킨스의 낯빛이 약간 창백해졌다. "존경하는 재판장님, 그 같은 불운한 행위가 일어나긴 했지만, 저희는 마스 씨가 주 당국의 구금하에서 다시 위험에 처하는 일이 없으리라 믿습니다."

"불확실한 경우에는 안전이 최선입니다." 데커가 말했다. "우리는 젱킨스 씨의 생각이 오판일 그 어떤 가능성도 피해야 합니다. 마스 씨가 결백하다고 밝혀진 후에 감방에서 죽은 채로 발견된다면, 그 상황은 어떻게 봐도 그에게 이롭다 하기 어려울 것입니다. 하지만 아마도 텍사스주의 의견은 다르겠죠?"

판사가 그 말에 콧방귀를 뀌었다. 젱킨스는 말없이 데커를 노려봤다.

데커가 말을 이었다. "마스 씨가 폭행당한 후 FBI는 주 당국의 승인하에 그의 신병을 인도받았고, 다시 그렇게 할 준비가 돼 있습니다."

매슈스 판사가 다시 데커에게 주의를 돌렸다. "FBI의 승인을 받았습니까?"

"다시 말씀드리지만, 보거트 요원이 모든 필요한 확약과 세부 사항을 제공할 것입니다."

판사가 젱킨스를 돌아봤다. "나는 이에 의거해 장차 다른 사실들이 밝혀져 다른 행동 방침이 필요한 시기가 올 때까지, 피고인이 데커 요원과 FBI의 보호하에 석방될 것을 명합니다."

"그렇지만, 존경하는 재판장님." 젱킨스가 못마땅한 투로 입을 열었다.

"나는 판결을 내렸습니다. 그러니 거기서 그만두세요, 프랭크! 당신들이 이 일을 처리한 방식이 썩 마음에 든다고 말하기 어렵군요. 그러니 내가 자진 출두 서약만 받고 피고인을 석방하지 않은 것을 다행인 줄 아세요." 매슈스 판사는 판사봉을 두드린 후 일어서서 판사실로 사라졌다.

법원 직원들이 마스의 족쇄를 풀어주는 사이 젱킨스가 데커를 노려보며 말했다. "젠장, 댁이 무슨 짓을 한 건지 알고 있었으면 좋겠군요."

나도 그래요, 데커는 생각했다. 나도 그래요.

339

마스는 조수석에 앉아 수갑이 파고들었던 손목을 문질렀다.

"고마워요." 운전대를 잡은 데커에게 말했다.

올리버, 대븐포트, 재미슨은 뒷좌석에 있었다. 일행이 법정을 나설 때 데커는 입을 꾹 다문 채, 그들의 얼굴에 마이크와 노트패드를 들이대는 기자들을 그대로 밀치고 갔다. 주차장을 가로질러 차로 가는 길에 재미슨과 대븐포트가 아무리 질문을 퍼부어대도 한마디도 하지 않았다. 이윽고 재미슨이 앞 좌석으로 손을 뻗어 그의 어깨를 세게 툭 쳤다.

"방금 있었던 일을 설명해줄 거예요, 아니면 내가 당신하고 한판 붙어야겠어요?"

백미러를 흘끗 본 데커는 재미슨이 적당히 넘어갈 분위기가 아님을 눈치챘다. "보거트 요원에게 부탁했더니 그 친구가 들어주겠다고 했어요."

"그래서 이게 합법적인 일이다?" 재미슨의 말에 올리버가 흠칫 놀랐다.

올리버가 말했다. "데커, 내가 법정에서 벌어진 사기 행각에 부지불식간에 연루됐다고 말하고 있는 건 아니죠?"

"사기 행각은 없었어요. 멜빈은 우리 보호하에 있어요. 그리고 내가 판사한테 한 말은 모두 사실이고요."

"판사는 당신을 요원이라고 생각했잖아요." 대븐포트가 지적했다.

"판사가 그렇게 말했죠. 나는 그렇게 말한 적 없어요."

"그렇지만 당신은 그 말을 바로잡지도 않았잖아요."

"나한테는 그럴 의무가 없고, 그건 중요하지도 않아요. 보거트는 요원이 맞고 이 건에 대해 나를 지원해줄 거예요." 데커가 올리버를 쳐다봤다. "그리고 당신은 소송을 제기한 거 맞죠?"

"네."

"그럼 우린 괜찮아요."

마스가 말했다. "음, 그들이 다시 와서 나를 잡아간다면 나는 안 괜찮아요. 판사가 말하는 거 당신도 들었잖아요. 장차 다른 사실들이 밝혀지면 판사는 그들에게 그러라고 허락할 수도 있어요. 또 다른 행동 방침이라고 했잖아요. 그리고 그 젱킨스라는 작자는 뚜껑이 열린 것 같더라고요. 지금 이 순간에도 나를 텍사스 교도소에 도로 처넣을 수를 짜내고 있을 거라고 장담해요."

"그러지 않는다면 오히려 놀랄 일이죠." 데커가 수긍했다. "그런 일이 절대 일어나지 않도록 우리가 막을 수밖에 없어요."

"어떻게요?" 대븐포트가 물었다.

재미슨이 대꾸했다. "사건을 해결해야죠."

벨이 울리자 데커는 휴대폰을 어깨와 귀 사이에 끼운 채 계속 차를 몰았다. 머리 위 하늘이 점점 어두워졌다. 더욱 많은 비를 약속하는 듯했다. 하지만 인정머리 없는 날씨도 데커의 주의를 끌지는 못했다. 그는 휴대폰 저편의 목소리에 귀를 기울이는 동시에 머릿속에서는 다른 것들을 생각하고 있었다. 이윽고 고맙다는 인사와 함께 휴대폰을 내려놨다.

"앨라배마 경찰이었어요. 그 렌터카를 추적했대요. 퍼트리샤 브레이가 알려준, 조지아 번호판을 단 베이지색 도요타 아발론요. 아서 크랜들이라는 남자가 빌렸답니다." 데커가 마스를 봤다. "떠오르는 거 있어요?"

"아니요."

"그럴 줄 알았어요. 가짜 이름이니까. 사용한 신용 카드도 가짜였어요. 면허증도 아마 위조였겠죠."

"그 사람이 맞는 거 확실해요?" 재미슨이 물었다.

"지금 저쪽에서 바로 그걸 확인 중이에요."

"젠장, 도대체 뭐가 어떻게 돌아가는 겁니까?" 마스가 물었다.

"느슨한 매듭." 데커가 말했다. "그저 느슨한 매듭들이죠."

"레지나 몽고메리를 매수해 남편이 자백하게 시킨 후 그 여자를 죽인 남자가 아서 크랜들이라는 게 우리 생각인가요?" 마스가 말했다.

"그건 실명이 아니라니까요."

"그래요. 그건 알겠어요. 그렇지만 내가 교도소에서 나올 수 있었던 건 그 사람이 그렇게 한 덕분이었어요."

"그리고 우리가 이야기했듯, 그건 그 사람이나 아니면 그 사람의 고용주에게 해될 뭔가를 당신이 가졌다고 그쪽에서 생각했기 때문일 수 있고요."

"그렇지만 그건 말이 안 돼요, 데커. 내가 뭔가를 안다 쳐도, 그건 사실이 아니지만, 그냥 내가 사형당해서 그걸 무덤으로 가져가게 놔두면 그만 아닌가요?"

대븐포트가 말했다. "어쩌면 당신이 가졌다고 생각하는 뭔가를 자기들 손에 넣어야만 할 절실한 이유가 있는지도 모르죠. 그래서 당신이 가서 그걸 가져오길 바라면서 감옥에서 꺼내줬을지도."

"그렇다면 애초에 나한테 왜 살인 누명을 씌웠죠?"

"당시에는 그게 가장 좋은 방법이라고 생각했나 보죠." 재미슨이 의견을 내놨다. "당신 양친을 죽이고, 당신한테 누명을 씌우고, 당신을 평생 멀리 치워버리는 게. 정말이지 그렇게라도 설명하지 않으면 도저히 말이 안 되니까요."

"아니, 그렇지 않아요." 데커가 반박했다.

"그럼 뭐예요?" 재미슨이 호기심을 드러냈다.

"우리는 멜빈에게 누명을 씌우고 그의 양친을 살해한 누군가가 지금 그 금고에 있던 걸 찾는 사람하고 동일 인물이라고 가정하고 있어요. 하지만 현실은 서로 다른 두 집단일 수도 있어요. 각자 목표가 다른."

"맙소사." 대븐포트가 말했다. "지금 상태로도 충분히 복잡하지 않아요?"

"아닌가 봅니다." 데커가 마스를 응시했다. "어머니 주치의는 누구였습니까?"

"어머니 주치의요? 왜요?"

"뇌종양을 진단한 의사가 있을 거 아닙니까?"

"기억이 안 나요."

"생각 좀 해봐요."

"주치의가 누군지가 정말 중요하다고 생각해요?" 대븐포트가 물었다.

"지금 이 사건에서 중요하지 않은 건 하나도 없어요."

데커는 새벽 5시까지 곤히 잤다. 세차게 퍼붓는 빗소리에 바깥을 내다보려고 침대에서 일어나 창가로 비틀비틀 걸어갔다. 비, 바람, 이따금 번쩍거리는 번개, 그리고 뒤따라오는 천둥의 굉음. 이 사건처럼 비참한 날씨군.

자신의 발을 내려다본 데커는 순간 자신이 자기 발을 볼 수 있다는 사실에 놀랐다. 그게 가능할 정도로 배가 줄어든 것이다. 정말 오랜만이었다……. 침대 끝에 걸터앉아 다리를 쭉 폈다. 오금이 당겼다. 허리 아래쪽은 더 당겼다. 데커는 육체적으로 과거의 자신이 돼 있었다. 그렇지만 정신적으로는?

데커는 눈을 감고 거의 20개월 전, 그가 가진 모든 것을 잃은 그 시점으로 자신의 완벽한 기억을 보냈다. 색이 다가오는 것이 보였다. 마치 큰 생선에 들러붙은 기생충처럼 기억에 목말을 타고 있었다. 파란색.

파란색은 그의 가족이 살육당한 것을 발견한 기억 위로 쏟아진

색이다. 마치 누가 그가 가진 가장 소중한 것 위에다 인정사정없이 페인트 통을 내던진 것 같았다. 아니면 장난기가 발동해 거대한 펜으로 사방에 잉크를 흩뿌렸거나.

핵심은 과거형이었다. 몰리와 캐시는 가버렸다. 무슨 짓을 해도 그들을 도로 데려올 순 없다. 마지막 숨을 쉬는 순간까지, 데커는 그들을 아주 세세한 부분까지 완벽하게 기억할 것이다. 그건 축복이자 저주였다.

샤워하고 깨끗한 옷으로 갈아입은 데커는 바깥으로 곧장 통하는 모텔 방문을 열었다. 1층에는 건물 끝에서 끝까지 지붕 달린 포치가 있었다. 일행은 모두 1층에 묵었다. 데커의 방이 한쪽 끝, 가운데는 마스의 방과 재미슨의 방, 그리고 반대쪽 끝은 대븐포트의 방이었다.

데커는 쉬지 않고 양동이째 들이붓는 것 같은 빗줄기 속에서 지지목에 기대선 채 어둠을 응시했다. 데커는 기만을 좋아하지 않는다. 거짓말을 좋아하지 않는다. 나쁜 짓을 하고도 대가를 치르지 않고 빠져나가는 것을 좋아하지 않는다. 사람들이 나쁜 짓을 저질렀다. 돌이킬 수 없었다. 그리고 그건 그들의 선택이었다. 그러니 그들은 그 나쁜 선택의 결과를 감당해야 한다.

손목시계를 확인했다. 6시가 약간 지나 있었다. 태양은 세계의 다른 쪽에서 아직 올라오는 중이었다. 다 떠오른 뒤에도 여전히 두꺼운 먹구름 커튼 뒤에 가려져 있을 것이다. 모텔에는 커피숍이 딸려 있었다. 데커는 머리 위의 지붕 덕에 비를 맞지 않고 그곳까지 갈 수 있었다.

2분 정도 걸린 것 같았다. 세 사람은 이미 아침을 먹는 중이었다. 커피를 따라주는 웨이트리스의 얼굴이 피곤해 보였다. 웨이트리스는 들어서는 데커를 보고 작은 식당 쪽을 가리켰다. 데커는 마음대로 테이블을 고를 수 있었다. 다른 사람들로부터 가능한 한 먼 자리를 골랐다. 자리에 앉아서 메뉴판을 집어 들고 훑어봤다. 심장 마비로 안내하는 표지판이 따로 없었다. 한 입만 먹어도 콜레스테롤이 미쳐 날뛸 것 같았다. 웨이트리스가 다가오자 데커는 커피, 오렌지 주스 한 잔, 토스트를 주문했다.

"달걀흰자 있나요?" 데커가 물었다.

웨이트리스가 멀거니 바라보자 데커가 다시 물었다. "혹시 모둠 과일은?"

데커의 푸짐한 몸매를 훑어본 여자가 안됐다는 듯이 미소 지었다. "네, 그럼요. 갖다 드릴게요. 건강한 음식들로만 든든히 챙겨드리죠."

웨이트리스가 자리를 떴다.

1분 후 커피가 나왔다. 데커는 한 모금 홀짝였다. 비가 쉬지 않고 창문을 때려댔지만 맛있고 따뜻한 커피가 뼛속까지 데워주는 것 같았다. 데커는 도로 의자에 몸을 파묻고 눈을 반쯤 감은 채 집중했다.

요점 1 : 로이와 루신다 마스는 아들이 태어나기 전으로 거슬러 올라가는 비밀스러운 과거가 있다. 부부는 이름을 바꾸고 그 알 수 없는 과거로부터 도망쳤다. 로이 마스의 얼굴 흉터는 아마 성형 수술 때문일 것이다.

요점 2 : 부부는 살해당하기 얼마 전에 전국으로 방영되는 스포츠 방송에 나왔다.

요점 3 : 로이 마스는 사망하기 직전에 금고를 비웠다. 그 내용물과 현재 소재는 알 수 없다.

요점 4 : 루신다 마스는 말기 암 환자였다.

요점 5 : 부부는 살해당했고 아들은 범인 누명을 썼다.

요점 6 : 마스는 사형일이 잡혀 있었지만 찰스 몽고메리의 자백으로 목숨을 건졌다.

요점 7 : 마스는 석방됐다.

요점 8 : 찰스 몽고메리는 사형당했다.

요점 9 : 찰스 몽고메리의 자백은 거짓임이 거의 확실하다.

요점 10 : 레지나 몽고메리는 남편의 자백으로 금전적 보수를 받았다.

요점 11 : 레지나 몽고메리 살해범은 아마도 도요타 아발론을 탄 남자일 것이다.

요점 12 : 누군가가 그 금고에 들어 있던 것을 원한다.

요점 13 : 그리고 그 누군가는 마스에게 누명을 씌운 누군가와 다른 사람일 수 있다.

이제 주로 이와 관련해서 질문들이 잇따라 나왔다. 누가 몽고메리를 매수했는가? 만약 아발론을 탄 남자라면, 이유는? 마스가 석방되면 뒤를 밟아 금고 내용물의 소재를 알아내려고? 만약 그게 사실이라면 목적을 달성하기 위해 무척 조잡한 방식을 택한 셈이다. 마스가 그게 지금 어디 있는지 알 거라고 확신하기는커녕 그 내용물을 아는지조차 알 수 없는 상황 아닌가? 그리고 왜 20년이나 지난 지금에야? 왜 그 당시에 하지 않고? 아니, 이 모든 거추장스러운 일들을 하기에 앞서 왜 마스 부부를 죽이기 전에 고문해서 내용물이 어디 있는지 털어놓게 만들지 않았을까? 어쩌면 고문했을 수도 있어. 그랬는데도 비밀을 무덤까지 가져간 거지.

데커는 이 모든 질문에 답할 수 있는 타당한 이론을 전혀 떠올릴 수 없었다. 그리고 이 사실은 그를 거지같이 우울하게 만들었다. 기억력이 완벽하다고 해서 답이 늘 저절로 나오는 것은 아니다. 누가 거짓말하면 데커는 그 거짓말을 선명히 기억할 수 있지만, 다른 사실들과 대조해 그 진술의 모순을 밝혀내기 전에는 그것이 거짓인지 알 수 없다. 그런데 지금 데커의 가장 큰 문제점은 모순이 아니다. 단순히 아는 게 적다는 것이다.

"머리에서 김이 모락모락 오르고 있네요."

고개를 드니 마스가 서 있었다. 데커는 앉으라고 손짓했다. 마스가 자리에 앉았다.

"내가 물어본 거 생각 좀 해봤어요?" 데커가 물었다.

마스가 고개를 끄덕였다. "밤새 그 생각을 했어요. 말해줄 게 하나도 없어요, 데커. 나는 마치…… 바보가 된 것 같아요. 내 삶은 미식축구만을 둘러싸고 돌아갔어요." 마스는 뭔가 다른 말을 하고 싶은 마음이 간절하지만 할 말이 떠오르지 않는 듯했다. 그는 그냥 고개를 저었다.

"자신을 좀 더 믿어봐요. 뭐가 떠오를 수도 있잖아요." 그때 웨이트리스가 데커의 식사를 들고 왔다.

"커피를 드릴까요? 아니면 식사를 주문하시겠어요?" 웨이트리스가 마스에게 물었다.

"그냥 커피만 주세요."

웨이트리스가 토스트와 과일 그릇을 데커 앞에 내려놨다. "여기 있어요. 틀림없이 곧 스키니 팬츠를 입게 될 거예요."

마스는 무슨 말인가 하는 표정으로 데커를 봤지만 아무것도 묻지 않았다. 웨이트리스가 가고, 데커는 포크로 과일을 가득 떠서 먹고 토스트도 한 입 베어 물었다.

"당신은 뭔가 떠오른 게 있나요?" 마스가 물었다.

"떠오른 것들이야 많죠. 대체로 답이 없는 질문들이라 그렇지."

"저기, 한 가지 기억난 게 있긴 해요."

"뭡니까?" 데커가 재빨리 물었다.

웨이트리스가 마스의 커피를 가져다주러 다시 왔다. 그녀가 떠나기를 기다렸다가 마스가 말했다. "당시 시내에서 유일한 개인 병원이 스코치 대로에 있었어요. 어머니가 의사를 보러 갔다면 거기였을 거예요. 다니던 치과도 거기 있었거든요."

데커가 고개를 끄덕였다. "좋아요. 오늘 확인해봅시다."

"그렇지만 그게 무슨 도움이 될지 아직 잘 모르겠어요."

"수사는 정밀과학이 아니에요. 뭔가가 말이 되기 시작할 때까지 빈틈을 메워나가는 식으로 진행되죠."

"메리하고 이야기해봤어요. 아직도 화나 있더라고요. 덕분에 텍사스주에 소송을 걸어 아주 탈탈 털어버리겠다고 더욱 작심했더군요."

"좋은 친구를 뒀군요."

"마지막 변호사가 사임했을 때는 이제 정말 끝이구나 싶었어요. 그때 메리가 나타나서 사건을 맡아줬죠. 우리는 한참 동안 많은 이야기를 나눴어요. 메리는 내 변호사 노릇만 하지 않았어요. 당신 말마따나 친구였어요. 우리는 법적인 문제에 관해서만 이야기하지 않았어요. 메리는 자기 가족 이야기를 해주고 우리 가족에 관해서도 물었어요. 비록 내가 말할 수 있는 게 많지는 않았지만요. 그래도 메리는 관심 있게 들어줬죠. 내가 말하고 싶은 만큼, 아무리 시간이 걸려도 기꺼이 귀를 기울여줬어요. 메리는 내가 어머니와 아버지를 어떻게 생각하는지 알았어요. 내가 결코 두 분을 죽였을 리 없다는 걸 잘 알았어요."

"그렇군요, 멜빈."

마스가 주위를 둘러봤다. "그건 그렇고 나는 재미슨이 당신하고 같이 여기 있을 줄 알았어요."

"왜요?"

"재미슨 방이 바로 내 옆이잖아요. 여기 오는 길에 혹시 식사할 건지 물어보려고 문을 두드렸는데 대답이 없더라고요."

"안에 인기척이 안 나던가요?"

"네. 아무 소리도요. 왜요?"

"이렇게 이른 아침에 여기 말고 다른 갈 만한 곳이 있을까요?" 데커가 테이블에 지폐 몇 장을 올려놓고 일어섰다.

마스도 따라 일어섰다.

"뭔가 잘못된 것 같아요?" 마스가 물었다.

"그걸 알아내는 게 우리 일이죠."

두 사람은 서둘러 식당을 나와 재미슨의 방으로 향했다. 데커가 문을 요란하게 두드렸다.

"알렉스? 알렉스, 안에 있어요?"

데커가 손을 내려 총을 꺼내자 마스가 한 걸음 물러났다. "내가 문을 박차고 들어갈까요?" 그가 데커에게 물었다.

"둘이서 뭐 해요?"

돌아보니 재미슨이 걸어오고 있었다.

"젠장, 도대체 어디 갔다 온 겁니까?" 안도한 데커가 총을 도로 집어넣으며 물었다.

"방에 샴푸가 없어서요. 안내 데스크에 받으러 갔는데 아무도 없어서 100만 년 동안 기다렸어요. 그리고 작은 기념품점에 들러서 물을 사서 오는 길이에요. 아무 문제 없는 거죠?"

"이제 문제없어요." 마스가 말했다. "그냥 좀 걱정했어요."

"음, 어쨌든 고마……."

미처 말을 끝맺기 전, 재미슨은 일행을 향해 달려오는 한 여자를 봤다. 유니폼을 입은 60대 여자는 숨이 턱 끝까지 차 있었다.

"뭔가 잘못된 것 같아요." 여자가 말했다.

"무슨 말입니까?" 데커가 물었다.

"제발 빨리 와줘요." 여자가 되돌아서서 온 길로 도로 뛰어갔다.

일행은 그 뒤를 쫓아 달려갔다. 모퉁이를 돌아 U자형 모텔의 반대편 끝에 도달했다. 여자가 반쯤 열린 방문을 가리켰다.

"대븐포트의 방이잖아요." 재미슨이 말했다.

데커는 다시 총을 꺼내 들고 문으로 다가가 천천히 밀어 열었다. 들여다보니 방이 아수라장이었다. 그들은 재빨리 방을 수색했다. 대븐포트가 사라졌다. 그리고 제 발로 간 것은 분명히 아니었다.

"보거트와 밀리건이 이리로 오는 길이에요." 데커가 말했다.

데커는 막 통화를 마치고 마스, 재미슨과 함께 자신의 방에 앉아 있었다. 경찰이 와서 대븐포트의 실종에 관해 조사했지만 쓸 만한 사실은 아무것도 발견하지 못하고 떠났다. 대븐포트가 몸싸움을 벌인 것은 분명했다. 하지만 뭔가 들은 사람이 아무도 없었다. 모텔의 그쪽 부분은 대체로 비어 있었다.

"FBI가 이 사건을 다시 맡게 되나요?" 재미슨이 피곤한 듯 눈을 문지르며 멍하니 물었다.

"대븐포트가 납치된 걸 FBI에 대한 공격이라고 여기나 봐요. 엄밀히 말해 대븐포트가 그들을 위해 일하다 납치된 건 아니지만."

데커가 재미슨을 뜯어봤다. 파리한 낯빛에 충격을 받은 기색이 역력했다.

"알렉스, 총 가지고 있어요?"

재미슨이 날카로운 시선을 던졌다. "총요? 아니요. 왜요?"

"내가 한 자루 구해주고 어떻게 쓰는지도 알려줄게요."

"정말 그래야 한다고 생각해요?"

"최근 상황을 감안할 때 당신은 안 그래도 된다고 생각해요?"

재미슨이 고개를 돌리고 신경질적으로 양손을 몸 앞에 모았다.

마스가 말했다. "이해가 안 가요. 왜 대븐포트를 납치한 거죠? 왜 내가 아니고? 그들이 원하는 사람은 나잖아요. 대븐포트는 그 금고에 뭐가 있었는지 결코 알 수 없는데."

"그쪽에서는 그런지 아닌지 확실히 알 수 없죠, 멜빈." 데커가 지적했다. "그리고 우리 인정합시다. 대븐포트는 당신보다 더 쉬운 목표물이에요. 그런데도 방이 엉망이 됐죠. 그건 대븐포트가 몸싸움을 벌였다는 증거예요. 대신 당신을 습격했으면 어땠을지 상상이 가요? 당신이 그들을 죽였을 수도 있어요."

마스가 천천히 고개를 끄덕였다. "당신 말이 맞는 것 같아요."

데커의 얼굴이 갑자기 수심에 잠겼다. "사실 내가 틀렸을지도 몰라요." 그가 자리에서 일어섰다.

"어디 가요?" 재미슨이 물었다.

"대븐포트의 방을 보러요."

"지역 경찰들이 이미 둘러봤잖아요."

"그러니 이제 우리 차례죠."

* * *

방으로 들어간 데커는 한쪽 벽에 등을 기대고 오랫동안 방을 훑어봤다. 고개가 마치 등대 불빛처럼 이편에서 저편을 휩쓸었다. 재미슨은 그 옆에 서 있었다. 마스는 불안하고 어쩔 줄 몰라 하는 표정으로 문간에서 어정거렸다.

"뭐가 좀 보여요?" 마스의 물음에 초조함이 묻어났다.

"대븐포트가 한 50킬로그램쯤 나갔나요?" 데커가 말했다.

그 질문에 놀랍다는 표정을 지으며 재미슨이 대꾸했다. "아마 그쯤일 것 같아요. 키는 나랑 비슷했어요. 그리고 깡말랐고."

"대븐포트는 달리기 선수였어요." 데커가 생각에 잠겨 말했다. "그러니 말랐겠죠."

그의 시선이 뒤집힌 테이블, 옆으로 쓰러진 의자, 부서진 램프, 침대 옆 석고 보드, 그리고 마지막으로 흐트러진 침대로 달렸다.

재미슨이 말했다. "그 일이 일어났을 때 대븐포트는 잠들어 있었군요. 침입자가 깨운 거죠."

마스가 말했다. "아니면 이미 그 전에 일어나서 달리고 왔는데 침대를 정돈하기 전에 납치됐는지도 모르죠."

"둘 다 틀렸어요." 데커가 말했다.

"어떻게 우리 둘 다 틀릴 수 있죠?" 재미슨이 말했다.

데커가 벽장 바닥을 가리켰다. "저기 러닝화가 있어요. 그리고 운동복도요. 밤새 비가 퍼부었는데, 신발과 옷에는 물기도 진흙도 묻어 있지 않아요. 이런 날씨에 달리지는 않았을 겁니다. 여긴 오솔길도 없고 도로는 차로 붐벼요. 그다지 안전하지 않죠."

"맞아요. 그러니까 자고 있을 때 공격당한 거죠." 재미슨이 말했다. "그건 내 말이 맞다는 뜻이잖아요."

데커가 방문과 창문을 순서대로 가리켰다. "강제 침입의 흔적도 없어요. 그 점은 경찰들이 확인했어요. 열쇠가 없으면 이 방에 들어올 수 없어요. 모텔 사무실에서 이미 그렇다고 확인해줬어요. 이 자물쇠는 진짜 열쇠를 쓰는 구식이에요. 복제 열쇠는 없어요."

재미슨은 쉽게 포기하지 않았다. "청소 담당 직원에게 빼앗았을지도 모르잖아요. 그 사람들은 분명 마스터키가 있을걸요."

데커가 침대 근처에서 앞으로 걸어오며 말했다. "뒤집힌 테이블을 좀 봐요."

두 사람이 옆에 서서 테이블을 내려다봤다.

마스가 말했다. "이건 침대 옆에 있었어요. 램프는 그 위에 있었고. 테이블이 넘어질 때 램프도 같이 떨어져 깨진 거죠. 그게 왜요?"

"테이블 다리를 봐요."

두 사람은 그 말을 따랐다.

데커가 말했다. "안에 램프 파편 하나가 끼어 있어요."

재미슨은 다리를 살피더니 알겠다는 듯 고개를 끄덕였지만, 마스는 아직 아리송한 표정이었다. 재미슨이 설명했다. "몸싸움 때문에 테이블이 뒤집혔다면 램프가 날아갔을 거예요. 그리고 테이블에서 한참 먼 데 떨어졌겠죠. 이렇게 조각이 나무에 들어가 박힐 정도로 램프가 테이블을 세게 때렸다는 건 말이 안 돼요."

"정확해요." 데커가 말했다. 그리고 석고 보드를 가리켰다. "여기도 봐요."

두 사람은 데커가 가리킨 지점을 봤다.

마스가 말했다. "아무것도 안 보이는데요."

재미슨이 고개를 저었다. "아니, 에이머스가 옳아요. 석고 보드에 아무 흔적이 없어요. 테이블은 침대 옆에 놓여 있었어요. 만약 몸싸움이 벌어졌다면 테이블이 벽에 부딪혀 넘어지면서 흔적을 남겼을 게 분명해요." 그녀가 데커를 봤다. "모두 꾸며진 거군요. 테이블을 뒤집은 다음 거기다 램프를 내려친 거죠. 누가 문을 두드렸고 대본포트가 문을 열어줬어요. 그녀를 끌고 간 후, 마치 몸싸움이 벌어진 것처럼 보이려고 방을 엉망으로 만든 거예요."

"내 의견도 그래요." 데커가 동의했다.

"왜 그런 짓을 했을까요?" 마스가 물었다.

"대븐포트를 납치한 사람이 그녀가 아는 사람이라는 걸 우리가 모르게 하려는 거죠." 데커가 대꾸했다.

재미슨이 손가락을 딱 튕기더니 말했다. "그 시간이라면 알지도 못하는 사람을 아무나 방에 들이지 않았을 거예요. 그래서 강제 침입의 흔적이 없었던 거죠."

"옳아요." 데커가 여전히 방을 휘휘 둘러보며 말했다.

마스가 감탄했다. "젠장, 당신은 그 완벽한 기억력 하나로 그렇게 모든 걸 알아낸 겁니까?"

"아니, 나는 20년간 경찰이었고 뭘 찾아야 하는지 알기 때문에 그 모든 걸 알아낸 겁니다."

마스가 재미슨을 봤다. "당신도 이 일을 꽤 잘하네요."

재미슨이 미소 지었다. "에이머스한테 옮았어요."

"아니에요." 데커가 말했다. "당신은 볼 줄 알아요, 알렉스. 때로는 나보다 더 많이 볼 때도 있죠."

"그렇지만 데커, 대븐포트는 이 동네에 아는 사람이 없어요." 재미슨이 지적했다.

"분명 있어요. 그것도 대븐포트가 믿는 사람이."

마스가 말했다. "그러면 이제 대븐포트를 납치해야 하는 이유로 돌아가는 건가요?"

재미슨이 벽에 등을 기대고 말했다. "당신 생각에는 우리가 뭘 밝혀냈는지 알아내려고 그들이……."

데커가 그녀를 봤다. "대븐포트를 때릴 것 같냐고요? 고문할 것 같냐고?"

재미슨이 핼쑥해지면서 고개를 끄덕였다.

"그보다는 협상 카드로 이용할 가능성이 훨씬 높아 보이는데요."

마스가 곤혹스러운 표정을 지었다. "협상 카드요? 뭐에 대해서?"

"당신에 대해서죠."

"내가 떠나는 게 아니었어."

보거트가 테이블 건너편의 데커를 응시했다. 남자들은 FBI가 임시 지휘 본부로 개조한 작은 건물의 사무실에 앉아 있었다. 보거트와 밀리건은 다른 요원 여섯 명과 함께 비행기를 타고 왔다. 다른 요원들은 건물의 다른 곳에서 리사 대븐포트의 소재를 파악하려 애쓰고 있었다.

"선택의 여지가 없었잖아." 데커가 말했다.

"선택의 여지는 언제나 있어." 보거트는 걱정으로 넋이 나간 듯했다. 구깃구깃한 셔츠와 노타이 차림에 머리는 온통 헝클어져 까치집 같았다.

"그럼 현실주의적 선택을 한 거지. 그리고 당신이 여기 있었더라도 아마 똑같은 일이 일어났을 거야."

"대븐포트가 그 시간에 자기 방에 들여놓을 정도로 잘 아는 사람이 누군지 모르겠어. 혹시 뭐 떠오르는 거 없나?"

"대븐포트는 알지만 우리는 모르는 사람일 수도 있지."

"그쪽에서 대븐포트를 미끼로 이용할 속셈이라면 연락할 거라고 봐야겠지."

데커가 고개를 끄덕였다. "어떻게 교환하느냐가 문제야. 이런 시나리오에서는 늘 그게 문제니까."

"산 채로 돌려받을 수 있다고 생각하지 않는 거야?"

"대븐포트는 납치범을 봤어. 그 사람을 안다고."

보거트가 한숨 쉬더니 의자에 푹 파묻혔다. "그리고 대븐포트가 그게 누군지 우리에게 말하면 곤란해질 테지."

"그럴 가능성이 크지."

"이 일의 배후가 누군 것 같아?"

"하나 이상이야."

"그게 정확히 무슨 뜻이야?"

"동기와 행위는 우리에게 많은 걸 말해주지. 이 사건에는 엇갈리는 동기와 행위 들이 있어. 그건 선수가 하나 이상이라는 뜻이야."

"뭔가가 바뀌었어. 마스가 감옥에 있던 20년간은 아무 일도 일어나지 않았잖아."

"바뀐 건 그가 사형당할 거라는 사실이지. 전에는 사형장에 그렇게 가까이 간 적이 없었으니까. 그게 그들의 행위에 기폭제 역할을 한 거야."

"몽고메리를 매수한 거?"

"그래."

"그래서 어느 '파'가 그걸 했지?"

"나도 몰라. 지금 시점에선 어느 쪽도 가능성이 있어."

"자기들이 원하는 뭔가를 마스가 안다고 생각한 거지. 마스의 아버지가 가져간 금고 속 물건 말이야."

"그게 모두가 찾는 보물이지. 마스의 아버지가 그걸 훔쳐다가 딴데 둔 거야. 그들은 마스가 그게 어디에 있는지 안다고 생각하는 거고."

보거트가 말했다. "엇갈리는 동기와 행위라는 건 뭐야?"

"정보를 원하는 측은 멜빈이 사형당하게 놔둘 수도 있었어. 정보는 20년간 수면 위로 올라오지 않았으니까. 그게 사라졌다고 생각했을 수도 있지. 그들이 멜빈을 감옥에서 꺼내주고 그걸 찾으러 갈 기회를 준 거야. 멜빈이 그게 어디 있는지 안다고 생각한 거지. 그리고 멜빈이 가서 그걸 손에 넣는 순간 현장을 덮치려고 한 걸까?" 데커는 고개를 저었다. "그건 엄청난 위험이야. 시도하기에는 위험이 지나치게 커. 그러니 안 했을 거야. 잠자는 사자를 일부러 건드릴 리 없어."

"그럼 마스를 감옥에서 꺼내준 건 누구지?"

"다른 측."

"어째서?"

"그게 양립 불가능한 문제야, 로스. 그리고 나는 그 답을 아직 알아내지 못했고."

보거트가 한 손으로 머리카락을 훑었다. "우리는 그 답을 알아낼 거야, 에이머스. 그래야만 해. 실패라는 선택지는 없어."

데커가 보거트를 가만히 바라봤다. "법정에서 내 부탁을 들어줘서 고마워."

"법원에서 전화가 왔더군. 나는 그냥 묻는 말에 대답만 했을 뿐이야."

"워싱턴 상황은 정리됐어?"

"내가 이 사건을 도로 맡게 된 걸 보면 윗선이 아마 실수했다 싶은 모양이야."

"그리고 이혼은?"

"전망이 그리 좋지 않아. 그렇지만 그쪽에는 관심이 점점 옅어지고 있어. 나는 내 일이 있어. 그거면 충분하지."

"확실한 거야?"

"아니, 하지만 그냥 그렇게 말하고 그렇게 믿을 거야." 보거트가 그렇게 대꾸하고 테이블에 놓인 파일 몇 개를 살펴봤다. "실마리가 많지 않군."

"그래, 사실 거의 없지. 재미슨에게 총을 구해주고 사용법을 가르쳐주려고 해."

보거트가 놀라서 데커를 쳐다봤다. "저쪽에서 또 납치를 시도할 것 같아?"

"아니, 하지만 나는 전에도 틀린 적이 있으니까."

"이제 내 심정을 좀 아시겠군."

데커가 일어섰다.

"어디 가려고?"

"재미슨한테 총을 구해주고, 의사한테 가보려고."

"어디 아파?"

"아니, 멜빈을 좀 지켜봐줘."

보거트는 그 말을 끝으로 방을 나서는 데커의 등을 응시했다.

* * *

데커는 재미슨이 쓸 총으로 9밀리 소형 권총을 골랐다. 텍사스에서 은닉 총기 소지 허가를 받으려면 조건을 충족해야 하지만, 재미슨이 FBI 신분증을 보여주고 보거트가 총기 소지 허가증과 함께 FBI 특수 수사 팀 소속임을 상세히 알리는 FBI 공식 이메일을 보내자 총포점 주인은 그 단계들을 건너뛰고 총을 건넸다.

재미슨이 개인 카드로 대금을 치르자 주인이 말했다. "젠장, 총을 자기 돈 주고 사야 할 만큼 연방 정부 현금이 씨가 말랐답니까?"

"아니, 탄약만요." 재미슨이 쏘아붙였다.

총포점 뒤편에 사격장이 있었다. 데커는 재미슨에게 무기를 장전하고 다루고 겨냥하는 법을 알려줬다. 그리고 그만하면 됐다 싶을 때까지 100발가량 쏘게 했다. 재미슨은 무기를 총집에 넣고 데커와 함께 그곳을 나섰다.

"총을 가지고 있으니까 싱숭생숭해요." 재미슨이 말했다.

"필요한 순간에 가지고 있지 않은 것보다는 그 편이 나아요."

두 사람은 렌터카를 몰고 사격장을 떠났다.

"어디로 가요?"

"의사한테요."

"마스 부부에 관한 건가요?"

"그래요."

"데커, 돌아가서 다른 사람들과 함께 대븐포트를 찾아야 해요."

"우리가 할 수 있는 일은 이 일을 해결하는 거예요. 대븐포트를 납치한 게 누군지, 그녀가 어디 있는지 알아내려면 아마 이게 제일 좋은 방법일 겁니다."

두 사람은 벽돌로 된 작은 사무실 건물 주차장에 차를 세웠다. 로비의 안내판을 보니 이곳의 모든 세입자가 개업의인 모양이었다. 두 사람은 찾는 것을 발견할 때까지 거의 1시간 동안 사방에

묻고 다녀야 했다.

60대 후반에 가로와 세로가 별 차이 없는 몸매를 한 간호사가 고개를 끄덕였다. "그래요. 마스 부부는 여기 환자였어요."

데커가 말했다. "그분들 이야기를 해주실 수 있나요?"

"20년이나 전인걸요."

"뭐든 좋아요."

간호사가 철제 책상 뒤에 앉았다. "백인과 흑인 부부를 처음 봐서 눈길이 가긴 했어요. 십중팔구 이 동네 최초였을걸요. 장담하는데 못마땅해하는 사람들이 꽤 있었을 거예요."

"이 병원 의사가 멜빈 마스를 받았나요?"

"맞아요. 터너 박사님요. 그분은 돌아가셨어요. 한 7년 됐어요."

"여기는 분만실이 없는 것 같은데, 분만은 지역 병원에서 했나요?" 재미슨이 물었다.

"맞아요. 사실은 내가 도와줬어요. 동네가 작잖아요. 터너 박사님은 일반 개업의였지만 웬만한 일은 다 했죠. 산부인과만 전문으로 하는 병원이 있어도 될 만큼 사람들이 많이 살지 않았거든요." 그녀가 아쉬운 표정을 지었다. "루신다 마스는 내가 본 여자 중 가장 아름다웠어요. 얼굴이 완벽 그 자체였죠. 몸매는, 음, 내 말은, 내 몸매가 딱 그녀만 같으면 얼마나 좋을까. 다리가 내 키보다 더 길었다니까요."

"그녀는 임신하고부터 여기 오기 시작했나요?" 데커가 물었다.

"부부가 이 동네에 왔을 때 이미 한 5개월쯤 된 것 같았어요. 그때 나는 여기 온 지 1년쯤 됐는데, 나한테 어디서 장을 보는지, 일할 만한 데가 있는지 물어봐서 기억해요."

데커가 재미슨을 본 후 다시 간호사를 봤다. "부부가 여기 왔을 때 이미 임신한 상태였다는 말씀이죠?"

"티가 났어요. 그다지 체중이 불지는 않았지만요. 나는 첫애 때는 18킬로그램, 둘째 때는 14킬로그램이 불었고, 그 이후 쭉 그대로인데, 루신다는 멜빈을 출산한 지 일주일 만에 마치 임신한 적도 없는 것처럼 보였다니까요. 그런 복을 타고난 사람들이 있어요. 그리고 멜빈은, 내가 확실히 말하는데, 정말 큰 아이였어요. 4.5킬로그램 가까이 됐으니까요. 자라면 엄청 크겠다 싶었죠. 그 애 아버지가 정말 컸어요. 대략 당신만 한 키에 110킬로그램은 나갔는데 지방은 전혀 없었어요. 잘못 보였다간 큰일 날 것 같은 남자였죠."

"괄괄한 성격이었나요?" 재미슨이 물었다.

간호사가 입술을 오므렸다. "그보다는 그냥 음, 행복해 보이지 않았어요. 내 말은, 그렇게나 매력적인 아내가 있는데 말이에요. 거기다 아들은 자라서 이 동네가, 그리고 아마도 텍사스가 낳은 가장 뛰어난 미식축구 선수가 될 거였는데. 그 후에 일어난 일 때문에 하는 말이 아니라, 그 사람은 그냥 항상 기본이 찡그린 표정이었어요."

"결혼 생활에 뭔가 문제가 있어 보이던가요?"

"아가씨, 문제없는 결혼 생활이란 없어요. 다만 남들보다 그걸 더 잘 숨기는 부부가 있을 뿐이죠. 그렇지만 로이가 루신다를 사랑하는 것처럼 그렇게 자기 아내를 사랑하는 남편은 한 번도 못 봤어요. 어찌나 살뜰하게 아끼던지. 아내가 임신했다고 아주 손가락 하나 까딱 못 하게 했다니까요. 동네 여기저기서 두 사람을 자주 봤어요. 남편이 아내를 위해 차 문을 열어주곤 했죠. 걸을 때는 아내 손을 꼭 잡고 걸었고요. 그 남자가 행복해 보였던 때는 사실, 아내를 보고 있을 때뿐이었어요." 간호사가 한숨 쉬었다. "남편이 나를 단 한 번이라도 그런 눈길로 봤다면 나는 너무 충격을 받아서 뇌졸중으로 쓰러졌을 거예요."

"뇌종양 진단은 언제 받았죠?" 데커가 물었다.

간호사가 자세를 똑바로 고쳐 앉았다. "뭐라고요?"

"루신다의 뇌종양요. 진단이 언제 내려졌죠?"

"루신다는 뇌종양이 없었어요."

"부검 결과 악성 교모세포종으로 드러났습니다. 4기였죠. 수술도 불가능한. 아마 살해당하지 않았더라도 남은 시간이 몇 달 안 됐을 겁니다."

간호사는 데커가 마치 외국어라도 하고 있는 것처럼 그를 멍하니 봤다. "그 진단은 여기서 내린 게 아니에요. 그건 내가 장담해요." 그리고 뜸을 들이다 입을 열었다. "교모세포종이라니. 확실한가요?"

"검시관이 발견한 겁니다. 그런 일에 실수를 저질렀을 것 같지는 않네요."

"내 생각에도 실수할 리는 없을 것 같네요." 간호사가 넋 나간 듯 말했다. "짐작도 못 했어요. 너무나 건강해 보였는데. 그리고 신문에도 루신다가 암이었다는 이야기는 전혀 없었는데요."

"경찰이 사인이 암이 아니라고 확신해서 그랬겠죠. 그리고 개인 의료 정보를 공개할 이유도 없고요. 게다가 동반 자살 가능성은 생각도 안 했을 겁니다. 자신을 죽인 후에 자기 몸에 불을 지를 수는 없으니까요."

두 사람은 이 충격적인 소식에서 헤어 나오지 못하고 있는 간호사를 두고 일어섰다. 복도를 걷던 중 데커가 복도를 따라 늘어선 문들 중 하나에 붙어 있는 간판을 봤다. 그리로 몸을 튼 데커는 재미슨이 180도 돌아서서 자신을 따라오도록 했다. 그가 문을 열고 접수계로 다가갔다. 재미슨도 따라와 그 옆에 섰다.

데커가 FBI 신분증을 보이며 말했다. "20년 전 이 병원 환자에 관해 이야기해주실 분이 필요합니다."

여자가 입을 헤 벌린 채 데커를 뚫어져라 보다가 마침내 전화기를 들었다. "잠시만 기다리세요."

1분 후 30대 초반쯤으로 보이는 남자가 흰 가운을 입고 나타났다. 장갑을 꼈고, 한 손에는 금속 치과 도구를 쥐고 있었다.

"환자 한 분만 마무리하면 됩니다. 진찰실에 들어가서 기다려주세요."

접수계원이 앞장서서 두 사람을 진찰실로 안내했다. 두 사람은 책상을 마주하고 앉았다. 재미슨이 몸을 떨었다.

데커가 그녀를 봤다. "뭐 문제 있어요?" "치과는 질색이에요. 어렸을 때 멀쩡한 이보다 충치가 더 많았거든요."

"안심해요. 정보를 얻으려고 온 거지, 충치를 때우려고 온 게 아니니까."

"그래요? 내가 장담하는데 의사가 내 치아를 본 순간 노래를 부르기 시작할걸요. '드릴을 줘요, 베이비, 드릴을.'"

2분쯤 뒤 치과 의사가 왔다. 흰 가운도 벗었고 장갑도 끼고 있지 않았다. 흰 정장 셔츠에 줄무늬 넥타이를 매고 있었다. 재미슨은 의사가 자리에 앉으려고 자기 옆을 지나가는 순간 의자에서 불안하게 몸을 뒤틀었다.

"루이스 피셔입니다. 제가 어떻게 도와드려야 할까요?"

데커가 여기 온 배경을 설명했다. 그리고 덧붙였다. "연세를 보니 선생님은 마스 부부의 치과 의사가 아니시겠군요."

"예, 그때 전 어린아이였죠. 당시 여긴 저희 할아버지 병원이었고요. 할아버지가 은퇴하시고 제가 물려받았습니다."

"여기에 아직 마스 부부의 기록이 있을까요?"

"아니요. 벌써 20년이나 됐잖아요. 그리고 사망했으니까요. 멜빈이 석방됐다는 소식은 들었습니다."

"그랬죠. 멜빈하고 아는 사이인가요?"

"아니요. 그냥 같은 고등학교에 다녔을 뿐이에요. 물론 다닌 시기는 달랐지만요. 멜빈을 모르는 사람은 없죠. 살인으로 체포됐다는 소리를 듣고는 어찌나 놀랐는지."

"그의 부모님 신원을 여기 치과 기록으로 확인했습니까?"

"아마 그럴 겁니다. 제가 기억하기로는 그…… 남은 걸로 확인하기엔 부족함이 있어서요. 음, 아시죠."

"맞습니다. 할아버님은 아직 살아 계신가요?"

"네, 여전히 이 동네에 사세요."

"저희가 혹시 그분하고 이야기를 나눠볼 수 있을까요?"

"시도해보실 수는 있겠죠."

데커가 고개를 갸웃했다. "무슨 말씀이신지?"

"치매가 있어서 유료 양로원에 계시거든요."

"머리가 맑을 때가 있으신가요?"

"가끔요. 전에는 더 많았는데. 악화 속도가 너무 빨라서 걱정이에요. 친할아버지가 나를 못 알아보는 건 무척 슬픈 일이죠."

"정말 그렇겠네요." 재미슨이 무척 안타까워했다.

데커가 말했다. "저희가 한번 시도해볼 수 있을까요?"

"어떤 목적에서인지 여쭤봐도 될까요?" 피셔가 물었다.

"정보 습득이죠. 어디서 새로운 정보가 나타나 수사를 도와줄지 모르니까요."

"정확히 뭘 수사하시는 중인가요?"

"그건 저희가 공개적으로 말씀드릴 수 있는 게 아닙니다." 데커가 무척 격식을 차린 어조로 말했다.

"아, 맞아요. 당연히 그렇겠죠." 피셔가 서둘러 종이쪽지에 주소를 적어 밀었다. "미리 전화해서 두 분이 찾아가실 거라고 일러두겠습니다."

데커가 그 이름을 봤다. "루이스 피셔 1세."

"저는 루이스 피셔 3세입니다. 아버지가 2세시고요."

데커와 재미슨이 자리에서 일어섰다. 데커가 말했다. "고마워요. 큰 도움이 됐습니다."

피셔가 자신을 보자 재미슨은 치아가 보이지 않도록 재빨리 입을 꾹 다물었다.

"더 자주 웃으셔야겠어요." 피셔가 말했다. "치아가 아주 멋지신데요."

진찰실을 나서자 재미슨이 말했다. "피셔 1세한테서 뭔가 실마리가 나오기를 빌어보자고요. 안 나오면 억지로 파내기라도 해야죠."

"그게 우리가 드릴을 하는 이유죠, 알렉스."

"제발 치과 코앞에서 그런 말 말아요."

43

루이스 피셔 1세는 유복하게 살아온 것이 분명했다. 그가 있는 시설은 상류층을 위한 사설 요양소였다. 건물은 남북 전쟁 전 대농장처럼 꾸며져 있었다. 기둥들은 높다랗고 굵직했으며, 거대한 현관은 흔들의자와 그 의자를 흔드는 노인들로 가득했다. 실내는 밝은색 벽지, 목재 휠체어 난간, 15센티미터 두께의 크라운몰딩, 두툼한 고급 카펫으로 꾸며놨다. 심지어 당구대와 구식 소다 분수를 갖춘 오락실까지 있을 정도였다.

로비 게시판은 활동 일정표로 빼곡했다. 노인들은 휠체어를 타고 산책하거나 다음번 약속 장소로 향하고 있었다. 한 여직원이 사방이 에너지와 열기로 넘치는 널찍한 복도로 데커와 재미슨을 안내했다. 직원은 바삭거리는 재질의 파란색 가운을 걸치고 있었다. 이름표에는 '뎁'이라고 쓰여 있었다. 뎁은 걸어가는 내내 노인들에게 손을 흔들고 인사했다.

"좋은 곳이네요." 재미슨이 말했다. "다들 정말 행복해 보여요."

"주에서 제공하는 시설들하고는 비교가 안 되죠." 뎁이 말했다. "그렇지만 돈을 내야 해요. 그것도 한두 푼이 아니죠. 여긴 확실히 상류층을 위한 곳이에요. 320킬로미터 떨어진 곳에서도 찾아온답니다. 딴 데는 이만한 곳이 없고, 텍사스의 이 지역은 넓고 고립돼 있거든요." 뎁이 한숨 쉬었다. "제가 저분들 나이가 됐을 때는 여기 들어올 엄두도 못 낼 거예요."

일행은 머리 위에 '기억 치료실'이라고 쓰인 간판이 걸린 이중문 앞에 다다랐다. 뎁이 카드키로 문을 열었다.

"밖에 나가서 길을 잃는 사고를 예방하기 위해서인가요?" 재미슨이 물었다.

"맞아요." 일행이 열린 문을 통과할 때 뎁이 대답했다. "혹시라도 길을 잃으면 큰일이니까요."

앞장서서 복도를 걸으며 일행을 안내하던 뎁이 옆에 있는 문을 향해 절반쯤 몸을 틀고 노크했다.

"피셔 박사님, 손님이 찾아오셨어요."

안에서 끙끙대는 소리가 들렸다.

뎁이 두 사람을 돌아봤다. "박사님은 좋은 날과 나쁜 날이 있어요. 오늘이 어떤 날인지 모르겠네요. 무척 우울해하시거든요. 우리 기억 병동의 환자분들은 그런 경우가 많답니다." 뎁은 데커의 엉덩이께에서 달랑거리는 FBI 신분증에 눈길을 보냈다. "피셔 박사님에게 뭔가 문제가 생긴 건가요?"

"그분한테는 전혀 아무런 문제도 없습니다." 데커가 대답했다.

"마음이 놓이네요. 처음 여기 오셨을 때 그분의 기억은 면도날처럼 날카로웠어요. 아마도 두 분보다 더 나았을걸요."

"죄송하지만 아마 그건 아닐 겁니다." 데커가 문을 밀어 열고 안으로 들어서면서 대꾸했다.

뎁이 놀란 얼굴로 쳐다보자 재미슨은 어색한 표정을 지었다. "말하자면 길어요. 끝나면 알려드릴게요. 고마워요."

재미슨은 방으로 들어가 데커 옆에 서서 문을 닫았다.

피셔는 침대 옆에 놓인 의자에 꼿꼿하게 앉아 있었다. 환자복 차림에 흰색 슬리퍼를 신었다. 80대 초반쯤 된 듯한데, 허리가 굽어서 잘못 건드리면 부서질 것 같았다. 고개를 들어 두 사람을 보는 노인의 얼굴이 손자와 많이 닮아 있었다.

"피셔 박사님?" 데커가 말했다.

"젠장, 당신들은 도대체 누구야?" 피셔가 호통쳤다.

"오늘은 나쁜 날인가 봐요." 재미슨이 속삭였다.

데커가 더 가까이 다가갔다. "저는 박사님 손자분 친구입니다. 이쪽도 그렇고요."

피셔가 재미슨 쪽으로 시선을 돌렸다. "쟤는 내 손자가 아니야."

"아니요. 박사님 손자분 친구라고요."

피셔가 자기 무릎을 내려다봤다.

재미슨이 그 옆에 무릎을 꿇고 앉았다. "방이 참 좋네요."

피셔가 그녀를 쳐다봤다. "나하고 아는 사이인가?"

"저는 알렉스고 이쪽은 에이머스예요."

"에이머스와 앤디. 그 코미디처럼?" 피셔가 말했다.

"아니요. 알렉스하고 에이머스요. 이쪽이 에이머스예요. 저는 알렉스고요."

피셔가 데커를 쳐다봤다. "엄청 크군."

"네, 그래요." 데커가 다른 의자를 끌어다 앉았다. "박사님께서 치과를 오랫동안 하셨다고 손자분이 그러더군요. 환자를 많이 받으셨죠."

피셔가 어리둥절해했다. "치과? 내 손자, 내 손자……."

"루이스요." 재미슨이 도와주려는 듯 말했다.

"루이스는 내 이름이야." 피셔가 으르렁댔다. 이어 더 잠잠한, 기죽은 말투로 덧붙였다. "아닌가?"

"예, 그리고 손자 이름은 박사님에게서 따온 거고요."

피셔가 손가락 관절로 머리를 두드렸다. "이게 그냥 완전히……."

"알아요." 재미슨이 달래듯 말했다. "뜻대로 안 돼서 무척 속상하시죠."

데커가 말했다. "피셔 박사님은 치과 의사셨어요. 환자를 많이 보셨고요. 마스 가족을 기억하세요? 로이와 루신다? 멜빈?"

"마스? 행성 말하는 건가? 화성을 말하는 거야? 그건…… 그건 붉은 행성이지." 피셔가 기분이 좋아진 듯 웃었다.

"아니요. 행성이 아니고요. 마스라는 성을 가진 가족요. 그 사람들은 살해당했어요. 박사님 병원의 진료 기록이 그들의 신원을 확인하는 데 쓰였고요."

"살해당해? 행성이 살해당했다고? 너…… 돌았어?"

재미슨이 데커의 팔에 한 손을 얹었다. "내가 한번 해볼게요."

재미슨은 피셔를 돌아보고는 아주 나직이 말했다. "오래전에 박사님 환자들이었어요. 20년 전에요. 그런데 살해당했어요. 시신이 불에 타서, 신원을 확인하려면 치과 진료 기록이 필요했어요. 박사님 병원의 기록 말이에요."

재미슨은 희망에 찬 표정으로 박사를 봤지만 돌아온 것은 공허한 시선뿐이었다. 1분이 지나도록 누구도 침묵을 깨지 않았다. 데커가 막 뭐라고 말하려는데 재미슨이 한 손을 들었다.

"피셔 박사님, 이가 아파요. 저 기억나세요? 루신다 마스예요. 이쪽은 제 남편 로이 마스고요. 이이도 이에 문제가 있어요. 저희를 도와주실 수 있나요? 저희는 박사님 환자예요. 박사님이 저희 기록을 가지고 계세요."

두 사람은 한참을 기다렸다. 피셔가 영영 대답하지 않을 것 같았다.

이윽고 피셔가 입을 열었다. "상악골 둘째 작은어금니."

"그게 뭐죠, 피셔 박사님?" 재미슨이 말했다.

"상악골 둘째 작은어금니." 피셔가 고개를 저으며 되풀이했다.

"그게 어쨌는데요?"

"옳지 않아."

"뭐가 옳지 않죠?"

"둘째 작은어금니. 그냥 옳지 않아."

재미슨이 피셔에게 더 바싹 다가갔다. "누구 게요? 로이요, 아니면 루신다요?"

"그냥 옳지 않아. 그렇게 말했어야 했는데. 옳지 않다고." 피셔가 데커를 올려다봤다. "젠장, 넌 누구야?"

"박사님께 무척 고마워하는 사람입니다." 데커가 일어서서 재미슨에게 말했다. "더 알아낼 만한 게 있는지 여기 남아서 좀 더 알아봐줄래요? 내가 다시 데리러올게요."

"어디 가는데요?"

"상악골 둘째 작은어금니 찾으러요."

44

"작은어금니?" 보거트가 말했다. "진심이야?"

보거트는 데커와 함께 옛 경찰 보고서를 쌓아두는 퀴퀴한 창고에 서 있었다.

"그렇게 말했어. 상악골 둘째 작은어금니. 거기에 뭔가 옳지 않은 게 있었어."

두 남자는 얼기설기 쌓아놓은 상자들이 들어찬 선반들을 응시했다.

보거트가 말했다. "경사하고 이야기해봤더니 기록이 좀……."

"정리가 잘 안 돼 있다고?" 데커가 말을 맺었다. "낙관적인 사람인가 보군." 데커가 외투를 벗고 소매를 바싹 걷어붙였다. "자, 시작합시다."

파일들은 난장판이었다. 연도들은 가끔 뒤죽박죽이었고, 상자들은 정리돼 있지 않았다. 서류가 아니라 그냥 백지만 들어 있는 상자도 한두 개 있었다. 아무 성과도 없이 6시간이 지났다. 데커의 휴대폰이 울렸다. 재미슨이 툴툴거렸다.

"택시 타고 모텔로 돌아왔어요. 남아서 뭔가 더 알아낼 수 있나 보라는 말이 영원히 그러라는 건 줄은 몰랐네요."

"미안해요, 알렉스. 다른 데 정신이 팔리는 바람에."

"어머나, 놀랍기도 해라!"

"박사가 뭔가 도움이 될 만한 다른 말을 하던가요?"

"그냥 뭔가가 옳지 않다고만요. 그냥 그 말만 되풀이했어요."

"로이 이야기인지 루신다 이야기인지에 관해서도 전혀 실마리가 없고요?"

"없어요. 그러다가 그냥 잠들어버렸어요. 그건 그렇고 내가 3시간 전부터 계속 전화했는데."

"외투를 벗어놨어요. 방금 외투를 집어 든 덕분에 전화 소리를 들었죠."

"지금 어디예요?"

데커는 알려줬다. "하지만 진전은 별로 없어요."

"방금 전까지는." 보거트가 외쳤다. 선반에서 상자 하나를 꺼내 열어놓은 참이었다.

"끊어야겠어요." 데커가 전화를 뚝 끊었다.

두 남자는 상자 내용물을 몽땅 끄집어내 테이블에 늘어놨다. 데커가 먼저 찾았다. 각자의 이름이 쓰인 마스 부부의 엑스선 사진이었다.

"여기 오기 전에 '작은어금니'를 구글에서 검색해봤지." 데커가 말했다. 휴대폰을 꺼내 입속에 치아가 가득한 사진을 불러왔다. "이것들이 작은어금니들이야." 엑스선의 점들을 가리키며 설명했다. "씹는 걸 도와주지. 오른쪽 것은 4번이고 왼쪽 것은 13번이야.

치과에서 번호를 매기는 방식에 따르면."

"아주 흥미롭군." 보거트가 비꽜다. "피셔가 말한 옳지 않다는 건 뭐지? 피셔의 병원에 있는 마스 부부의 치과 기록은 범죄 현장에 있는 시신들에서 얻은 치아 기록과 일치했잖아."

"알렉스가 알아내지 못했대. 박사가 치매가 있어서. 그렇지만 그냥 '상악골 둘째 작은어금니'를 불쑥 내뱉었⋯⋯." 데커는 말하다 말고 휴대폰을 꺼내 번호 하나를 눌렀다.

"알렉스, 피셔가 뭔가 숫자를 언급하던가요?"

"숫자요?"

"그래요."

"아니요."

"알겠어요." 데커는 실망한 기색이 역력했다.

"그렇지만 이상했어요. 두 번쯤 손가락 네 개를 들어 올렸어요."

"확실해요?"

"그래요. 그리고 마치 그게 무슨 의미라도 있는 양 계속 보더라고요."

"고마워요."

"데⋯⋯."

데커는 전화를 끊고 보거트를 돌아봤다.

"오른쪽 작은어금니였어."

두 남자는 엑스선 사진을 들여봤다.

"루신다의 엑스레이에는 아무것도 안 보이는데." 보거트가 말했다. "그렇지만 로이의 4번은 때운 흔적이 있군."

데커가 그것을 봤다. "당신 말이 맞아."

"그러니 피셔의 말은 로이 마스가 4번에 때운 흔적이 없었다는 건가? 그래서 뭔가가 옳지 않다고 한 거고? 하지만 만약 그렇다면 왜 당시에는 그 점을 지적하지 않았을까?"

데커는 다시 휴대폰을 집어 들어 피셔의 병원에 전화를 걸었고, 앞서의 치과 의사와 1분 만에 연결됐다.

"할아버님이 큰 도움을 주셨습니다." 데커가 말했다. "그런데 선생님께 여쭤볼 게 있습니다."

"좋아요. 말씀하세요." 피셔가 말했다.

"경찰이 치과 기록을 요청하면 어떤 절차를 밟는지 말씀해주시겠어요?"

"그쪽에서 법원 영장을 보내면 우리가 거기에 따르죠."

"그 과정이 어떻게 되죠? 직접 기록을 뽑습니까?"

"늘 그렇지는 않아요. 저 아니면 병원 직원 중 누군가가 그렇게 하죠."

"그 자료가 정확한지 누가 확인하죠?"

"저희 병원 문서는 모두 가능한 한 다양한 방식으로 세심하게 정리하고 교차 점검해서 라벨을 붙입니다. 또한 전자 복제본을 만들어두고요. 요즘 병원들은 다 그렇게 합니다. 오류가 생길 여지가 전혀 없죠."

"20년 전에는요?"

"그때는 달랐죠. 그래도 저희 할아버지는 기록을 아주 잘 관리하셨어요. 일일이 환자 정보를 꼬리표로 달았죠. 이름, 주소, 사회 보장 번호, 환자의 개인 파일 번호 같은 것들요."

"병원 직원들 중에 20년 전 할아버지와 함께 일했던 분이 혹시 있나요?"

"예, 멜리사 다우드요."

"그분하고 통화할 수 있을까요?"

"혹시 일이 어떤 방향으로 진행되고 있는지 여쭤봐도 될까요?"

"부탁입니다. 시간이 없어요."

"데려올 테니 기다려주세요."

1분 후 한 여자가 전화를 받았다. "멜리사입니다."

"멜리사, 저는 FBI과 함께 일하는 에이머스 데커입니다. 20년 전 파일 시스템이 궁금해서요."

"예, 피셔 박사님한테 들었어요. 당시에는 컴퓨터 시스템으로 옮기는 병원들이 많았어요. 그렇지만 피셔 1세 박사님은 구식이셔서, 우리는 아직 손으로 했죠. 타자기를 썼어요. 모든 환자 파일들에 대해 꼬리표를 작성했죠. 전부 무척 조직적이었어요. 우리의 기록 관리에 오류는 절대 없었어요."

"마스 부부 기록을 넘기라는 법원 영장 받은 걸 기억하십니까?"

"제가 직접 그 파일들을 뽑지는 않았어요, 그렇지만 그 요청은 기억해요. 전에는 그런 요청을 받은 적이 한 번도 없었거든요. 어쨌거나 살인으로는요."

"재판 당시 누가 그 기록을 인증했습니까?"

"제가 그 담당자였어요. 제가 그 기록을 관리했거든요."

"그렇다면 피셔 박사님은 거기에 관여하지 않으셨군요?"

"네, 그분은 워낙 바빠서 재판에 참석할 시간을 내실 수 없었어요. 제가 그 일을 하도록 호출된 건 그때가 유일했어요. 좀 두근두근했죠."

"피셔 박사님이 그 기록에 뭔가가 잘못됐을 수도 있다는 말씀을 하신 적이 있습니까?"

"아니요. 제가 기억하기로는요. 뭐가 잘못됐나요?" 그녀가 불안해하며 물었다.

데커는 그 질문을 무시하고 말했다. "당시에 병원 건물을 청소했던 게 누군지 기억하십니까?"

"우리 병원 건물 청소요?"

"그렇습니다."

"음, 그러니까 지금 하는 데랑 같은 회사예요. 퀄리티 커머셜 클리너스요. 이 동네 사무실은 거기서 도맡아 해요."

"그러면 거기에 병원 열쇠가 있겠군요?"

"그렇죠. 그건 정상적인 관행이에요. 단 한 번도 문제된 적이 없고요."

"고마워요."

데커가 전화를 끊고 보거트를 봤다.

FBI 요원은 그를 뜯어보고 있었다. "내가 생각하는 그 방향으로 가고 있는 건가?"

"나는 로이 마스가 그날 밤 침실에서 죽었다고 생각하지 않아. 어떤 간호사나 조무사가 기록들을 뽑아서 경찰에게 넘긴 후 다우드가 법정에서 인증한 모양이야. 하지만 그녀는 이름들하고 그 밖의 파일 분류 항목들만 들여다봤을 거야. 그리고 아마 얼마쯤 지나서, 아마 한참 지나서, 피셔 1세가 그 기록을 보고 자기가 때우지 않은 4번 작은어금니에서 때운 흔적을 본 거지."

"반대 경우도 생각해볼 수는 없나? 박사가 말한 게 루신다의 기록일 수도 있잖아. 그 여자 사진은 때운 흔적이 없었는데 피셔 박사가 거기를 때웠다거나."

"그럴 수도 있지. 박사가 왜 당시에 나서지 않았는지 모르겠어. 어쩌면 그때쯤 치매가 오기 시작했으려나." 데커가 한숨을 쉬고 덧붙였다. "이러면 궁금한 게 더 많이 생기는데."

　보거트가 고개를 끄덕였다. "내가 생각하기에 중요한 질문은 이거야. 로이나 루신다의 시신이 아니었다면 누구지?"

45

"멜빈에게 이 소식을 어떻게 알릴 셈이지?" 보거트가 물었다. 두 남자는 창고에서 모텔로 돌아가는 차 안이었다.

"그건 사실이 아니라 가설에 불과해. 증거 하나 없고."

"그렇지만 일부 사실들에 기반을 둔 꽤 그럴싸한 가설이잖아."

"죽은 척한 게 로이 마스라고 가정하면, 얼굴에 산탄총을 쏜 이유가 설명돼. 그리고 시신들이 불에 탄 것도. 치과 진료 기록은 시신의 신원을 확인하는 데 1순위로 쓰이는 거니까. 치아는 비교적 멀쩡했지."

"그렇지만 그러려면 치과에 가서 발견된 시신들 기록과 바꿔치기했어야 할 텐데."

"루신다는 동네 청소 회사에서 일했어. 분명히 퀄리티 커머셜 클리너스였을 거야. 그래서 루신다와 로이가 진료를 마친 치과에 들어갈 수 있었겠지."

"잠깐만. 다른 시신은 루신다라고 생각해?"

"몰라. 아닐 수도 있지. 로이가 살아 있고, 발견된 두 사람을 로이가 죽인 거라면, 아내 얼굴을 산탄총으로 쏜 후 시신에 불을 질렀을 거라고는 믿기 힘들어."

"그리고 아들에게 그 범죄의 누명을 씌우고? 그것 역시 이 일의 중요한 부분이잖아."

"어쩌면 가장 설명 안 되는 부분이지."

"그 두 시신이 아무래도 계속 마음에 걸려. 여긴 작은 동네야. 두 사람이 그냥 사라졌는데 어떻게 아무도 모를 수가 있지?"

데커가 말했다. "떠돌이였을지도 모르지. 여기 사람이 아니라. 그렇지만……" 말을 멈추고 눈을 감았다. 머릿속 기억의 프레임들이 앞뒤로 오가며 경찰과 멜리사 다우드가 제공한 정확한 진술들을 확인했다. 두 가지였다. 강도, 실종, 주정뱅이들 난투극이 첫 번째였다. '전에는 그런 요청을 받은 적이 한 번도 없었거든요, 어쨌거나 살인으로는요.'가 두 번째였다.

휴대폰을 꺼내 번호를 눌렀다. 1분 후 다시 멜리사 다우드에게 전화가 연결됐다. 그녀는 일하다 말고 또 불려 나온 것이 좀 불만스러운 눈치였지만, 데커는 그녀의 목소리에 담긴 짜증스러운 어조를 철저히 무시했다. 보거트도 들을 수 있도록 스피커폰을 켰다.

데커가 말했다. "아까 통화했을 때 살인 사건 때문에 치과 진료 기록에 대한 법원 영장을 받은 것은 처음이라고 하셨죠?"

"맞아요."

"그런데 말씀하시는 투가 다른 이유로 법원 영장을 받은 적은 있다는 것처럼 들렸어요."

"딱 한 번 있었어요. 이제 생각해보니까 마스 부부의 살인 사건으로 요청받기 바로 전이었어요. 음, 좀 이상하네요."

"실종자에 대한 것이었습니까?"

"맞아요. 어떻게 아셨어요?"

"사실을 기반으로 한 짐작이죠. 그 이야기 좀 해주시겠습니까?"

"우리 병원에 다니던 남자였어요. 그리고 경찰은 자기들이 숲에서 발견한 게 그 남자 시신이라고 생각했죠. 시신이 야생 동물들에 의해 훼손된 상태였어요. 그래서 그 남자가 우리 병원에 다닌 걸 알고는 기록을 요청한 거죠. 하지만 일치하지 않았어요. 그 남자가 아니었던 거죠."

"그때는 마스 부부의 살인 사건이 일어나기 전이었고요. 확실합니까?"

"네, 바로 직전이었어요."

"그 남자 이름을 기억하십니까?"

"기억해요. 댄 리어든요. 제가 알기로 경찰은 끝내 그 남자를 찾지 못했어요."

"그 남자에 대한 기록이 남아 있습니까?"

"아니요. 지금쯤은 폐기됐을 거예요."

"그 남자에 대해 말씀해주실 수 있습니까? 인종, 키, 체중 등등 뭐라도요."

"글쎄, 거한이었어요. 키가 컸는데, 한 184센티미터쯤 됐나. 몸무게는 90킬로그램이 넘어 보였고요. 당시 50대였어요. 무척 건장한 체구였죠."

"백인이었습니까, 흑인이었습니까?"

"백인요."

"가족이 있었습니까?"

"없었어요. 부인이 먼저 갔어요. 아이도 없었고요. 동네 변두리에 살면서 사람들과 어울리지 않았어요."

"직업은 뭐였습니까?"

"딱히 직업이랄 게 없었어요. 여기저기서 잡일을 했죠. 늘 누구에겐가 빚을 졌어요. 돈을 좀 벌면 금세 탕진해버리고요. 치료비가 없어서 우리가 청구서를 자주 써 보냈어요."

"고맙습니다, 멜리사. 정말 많은 도움이 됐어요."

데커가 전화를 끊고 보거트를 봤다. "늘 빚을 졌다. 돈을 좀 벌면 금세 탕진했다. 그 남자가 로이가 일하던 전당포를 찾았을 확률이 얼마나 될까? 그리고 로이가 그 남자도 같은 치과에 다닌다는 걸 알아냈다면?"

"확실히 신체적 묘사는 일치해. 아마 그 때문에 로이가 그 남자를 골랐겠지. 속임수가 먹히려면 되도록 비슷해 보여야 했을 거야. 시신의 얼굴을 훼손시키고 불에 태웠으니 그리 어렵지 않았겠지."

"로이는 자기의 대용품으로 쓰려고 댄을 납치했을 거야. 그 후 댄을 죽이고 또 다른 여자나 자기 아내를 살해한 뒤 그 시신들에 불을 지른 거지."

"그리고 아들이 죽인 것으로 누명을 씌우고 말이지. 틀림없이 그 모텔 직원하고 엘런 태너도 매수해서 시간에 관해 거짓말하게 시켰겠군."

"그리고 차가 모텔 바로 앞에서 고장 나도록 장난친 거지. 멜빈은 자기 아버지가 차를 잘 다룬다고 했어."

"그렇지만 어째서, 데커? 왜 자기 아들을 끌어들여 감옥으로 보내기 위해 그 온갖 수고를 한 거지?"

"모르겠어." 데커가 인정했다.

"어떤 이유로 멜빈을 미워했을 수도 있을까?"

"자기 아들을 미워하는 건 그렇다고 쳐. 아들을 감옥에 가두자고 이 모든 일을 하는 건 차원이 전혀 달라."

"로이 마스가 사이코패스가 아니라면 말이지."

"그 남자는 여기서 20년 동안 살면서 누구도 해치지 않았어." 데커가 지적했다. "이건 정교한 음모야. 그럴 만한 동기가 충분히 있었어야만 해."

"그러면 처음 질문으로 돌아가게 되는군. 멜빈에게는 어떻게 말할 거지?"

데커가 창밖을 내다봤다. 또 다른 폭풍이 그들 위로 내려앉고 있었다.

"전혀 모르겠어."

46

모텔로 돌아와보니 메리 올리버가 재미슨과 함께 좁은 로비에 앉아 있었다. 그들이 들어오는 것을 보고 두 여자가 일어섰다.

"대븐포트에 대한 소식 있어요?" 올리버가 숨 가쁘게 물었다.

보거트가 고개를 저었다. "할 수 있는 건 다하고 있어요. 하지만 현재까지 아무 단서도 없습니다. 지역 경찰들에게 매시간 보고를 받는데, 아무런 목격담도 없어요."

올리버는 심란한 기색이 역력한 얼굴로 시선을 내리깔았다.

"괜찮아요?" 보거트가 물었다.

올리버가 주먹을 쥐었다. "그냥 너무 절망적이에요. 처음에는 몽고메리가 나서서 멜빈을 감옥에서 꺼내주더니……."

"당신도 도왔잖아요." 재미슨이 말했다. "멜빈이 그때까지 살아서 버틸 수 있도록 해줬잖아요."

올리버는 동의할 수 없다는 듯 고개를 저었다. "그게 다 내 덕분이라고 내세울 수 있으면 좋겠지만 그럴 수가 없어요. 나는 이 사건에 함께한 지 그리 오래되지 않았어요. 게다가 사형을 중단시키기 위한 청원을 올렸지만 법원에서 거부당했죠. 다른 변호사들은 손을 털어버렸고요. 그들은 멜빈이 유죄라고 생각했어요. 그 사건에 관한 기사를 읽고 내가 먼저 멜빈한테 연락을 취했어요. 그냥 그런 직감이, 왜 있잖아요, 뭔가가 잘못됐다는 직감이 들었어요. 그리고 그때 기적처럼 몽고메리가 나타난 거죠. 그런데 이제 그 모두가 거짓말인 것으로 밝혀지다니⋯⋯."

"설마 멜빈이 유죄라고 믿는 건 아니죠?" 재미슨이 물었다.

"아니요. 이 일에는 뭔가 숨겨진 게 있어요. 훨씬 복잡한 뭔가⋯⋯. 어쨌든 지금은 대븐포트가 납치됐고, 어쩌면 다시 못 볼지도 모르는 상황이잖아요."

"그게 사실은 새로운 소식이 있습니다." 보거트가 말했다.

보거트는 엑스선 사진에서 발견한 것에 관해, 그리고 치과 기록이 바뀌었을 가능성에 관해 말해줬다. 말을 마치자 두 사람 모두 경악한 표정으로 보거트를 봤다.

"도저히 믿을 수가 없어요." 올리버가 더듬거렸다. "왜 로이 마스가 그 모든 일을 하려 했을까요?"

"좋은 질문이에요." 데커가 말했다. "그리고 우리가 답을 가지고 있지 않은 질문이죠."

올리버가 말했다. "내가 여러분하고 같이 이 일에 참여해도 될까요? 여러분처럼 전문가는 아니지만, 멜빈하고 나보다 이 일의 진상을 더 알고 싶어 하는 사람도 없을 거예요. 그리고 형사 변호사니까 따지고 보면 수사에 관해 완전히 문외한도 아니고요."

보거트가 먼저 데커와 재미슨을 본 후 말했다. "도움의 손길은 많을수록 좋죠."

"멜빈은 어디 있습니까?" 데커가 물었다.

"자기 방에요." 올리버가 말했다. "방금 갔다 왔어요. 그걸……
그 이야기를 할 건가요?"

"노력은 해봐야죠." 데커가 말했다. 그리고 걸음을 옮겼다.

* * *

데커가 방문을 두드렸다.

"누구세요?" 마스가 소리쳤다.

"데커요."

문으로 다가오는 발소리가 들리고 이어 문이 열렸다.

데커가 말했다. "산책할 생각 있어요?"

마스가 미심쩍게 쳐다봤다. "갑자기 왜요?"

"하고 싶은 말이 좀 있어서요."

"나쁜 건가요?"

"그럴 수도 있어요. 사실, 아마 그럴 거예요. 당신한테는."

"대븐포트에 관한 건가요?"

"아니요. 좀 더 개인적인 거예요. 그리고 그냥 내 말을 끝까지 들
어줬으면 좋겠어요. 알겠어요? 그리고 그다음에는, 음, 하고 싶은
말을 해도 돼요."

"젠장, 데커. 사람을 잘도 궁금하게 만드네요."

"갑시다. 비가 떨어지기 전에 다녀올 수 있을지도 몰라요. 그리
고 바람을 좀 쐬는 게 당신한테도 좋을 거예요."

두 남자는 갓길을 따라 걸었다. 데커가 양손을 외투 주머니 깊숙
이 찔러 넣었다.

마스가 불안한 눈길을 보냈다. "아 좀, 그렇게 입 꾹 다물고 있지 마요. 속이 타들어가는 것 같다고요."

데커는 깊이 숨을 들이쉬고 나서 그들이 발견한 것을 털어놨다. 말을 마칠 때까지 마스는 놀랍게도 아무 말도 하지 않았다. 사실, 데커가 눈치를 줄 때까지 아무 말도 하지 않았다.

"들었어요?"

"내가 무슨 말을 했으면 좋겠어요?"

"나도 모르죠. 아무 말이라도."

마스가 걸음을 멈추자 데커도 따라 멈췄다. 두 남자는 서로를 날카롭게 응시했다.

마스가 말했다. "정말이지, 내가 부모님에 관해 아는 게 하나도 없다는 게 분명하군요. 그러니 당신이 방금 한 말이, 젠장, 사실일 수도 있겠죠."

"아버지가 당신한테 살인 누명을 씌우려고 할 만한 이유를 뭔가 하나라도 떠올릴 수 있습니까?"

"젠장, 내 머리로는 전혀 아니에요. 없어요." 마스가 부르짖었다. "당신 노친네에 관해 누가 그렇게 묻는다면 당신은 어떻게 대답하겠어요?"

"나라면 뚜껑이 열리겠죠. 지금 당신처럼."

"바로 그래요."

마스가 다시 발을 끌며 걷기 시작했다. 데커가 보폭을 맞췄다. 트럭 한 대가 그들 옆을 쌩하니 지나쳤다. 또 다른 차가 다가왔다. 두 남자는 길에서 더 멀찍이 떨어졌다. 곧 하수구 도랑을 따라 걷기 시작했다.

눈길을 여전히 땅에 꽂은 채 마스가 말했다. "그게 아버지의 시신이 아니라면, 어머니의 시신도 마찬가지일 거라고 생각해요?"

"뒷받침할 증거가 전혀 없지만, 다른 조건이 동일하다면, 내 생각엔 어머니의 시신은 맞을 겁니다. 작은 동네에서 실종자는 한 사람으로 족하니까요. 둘이면 경찰에 경계경보가 켜지겠죠. 그 뒤 불에 탄 시신 두 구가 나왔다면요."

"그래서 내 아버지가 그냥 어머니를 죽였다? 그리고 그 후 시신을 불에 태웠다? 어떻게 그럴 수 있죠? 내 말은, 아버지가 어머니를 얼마나 사랑했는지 내가 잘 알아요. 그 사람에 관해 내가 아무리 아무것도 몰랐더라도 그것 하나만은 안다고요!"

"설명할 방법이 있을 수도 있죠."

"예를 들면요?" 마스가 쏘아붙였다.

"예를 들면 어머니가 어차피 죽을 거였다거나. 그것도 고통 없는 죽음이 아니었을 거라면. 몇 달간 고통을 겪어야 했을 수도 있어요. 어쩌면 이런 식이 더 낫다고 생각했겠죠. 잘 모르겠지만."

"그럴지도 모르죠. 하지만 우리 어머니는 절대 내게 살인 누명을 씌우는 데 가담하지 않았을 거예요."

"어쩌면 그 부분은 모르셨겠죠."

마스가 잠시 생각해본 후 짜증스럽게 말했다. "젠장, 모르겠어요. 나는 이걸 알아낼 만큼 영리하지 못해요."

"어쩌면 나도 그럴지도 모르죠."

"빌어먹을, 당신이 못 하면 누가 합니까?"

"그 살인과 방화의 목적은 당신 아버지가 도피하기 위한 거였어요. 어머니의 죽음은 암으로 설명되죠. 아버지와 함께 갈 게 아니었으니까, 유일한 방법이었죠."

"아버지의 과거로부터 도망치기 위해서였다는 건가요?"

데커가 고개를 끄덕였다. "그리고 아버지가 당신에게 그날 밤 미안하다고 말한 이유가 그거였을 수도 있어요."

"뭐요?"

"대븐포트가 최면을 걸었을 때, 당신은 어느 날 밤 집에 와서 아버지를 본 이야기를 했어요. 아버지가 좀 무서운 얼굴을 했지만 당신한테 미안하다고 말했다고요. 그게 다였어요. 아무런 설명도 없이. 그 후 아버지는 방을 나가버렸고."

"빌어먹을. 그걸 잊고 있었다니……."

"그리고 그 과거는 뭔가 틀림없이 정말 나쁜 거였을 겁니다. 그렇게 평범하지 않은 방법을 쓴 걸 보면 말이죠. 그는 댄 리어든이라는 사람을 죽였어요, 멜빈. 그리고 그 속임수를 완성하려고 그의 시신을 이용했고요. 당신은 그걸 받아들일 필요가 있어요."

"우리 노친네가 냉혈한에 살인마라는 걸요? 그래요. 그냥 받아들이죠. 몇 초만 기다려줘요." 마스가 냉소적으로 덧붙였다.

"비록 과거에는 그랬다 쳐도 마음을 고쳐먹었을 수도 있어요. 무슨 일이 일어나서 모든 게 엉망진창이 돼버린 거죠. 나는 사건의 진행 순서가 이런 식일 거라고 봅니다. 먼저 당신 어머니가 암 진단을 받았어요. 병원에서 아무것도 몰랐던 걸 보면 여기가 아니라 다른 데서 받았겠죠. 두 분은 어딘가 다른 곳에 가서 그 진단을 받은 겁니다. 그게 어딘지는 모르지만."

"알겠어요. 그다음은 뭐죠?"

"아마도 당신에게 그 나쁜 소식을 들려주고 그런 상황에서 다른 가족들이 하듯이 하려고 했을 겁니다. 그런데 그때 ESPN 방송을 타는 바람에 누가 당신 아버지와 어머니를, 또는 둘 중 한쪽을 알아봤고 모든 게 달라졌죠."

"그들이 두 분을 협박했다고 생각해요?"

"어쩌면요. 아니면 두 분이 협박받을 때까지 기다리지 않았을 수도 있어요. 그냥 행동에 나선 거죠. 두 분은 치과 진료 기록들을 바꿔치기했습니다. 당신 아버지는 리어든을 납치했고요. 엘런 태너를 안 지 얼마 안 됐다고 했죠? 전부 당신 아버지가 꾸민 일일 수도 있어요. 모텔 남자도 그렇고. 두 사람이 돈을 받고 거짓말한 겁니다. 그 후 태너는 사라졌고, 모텔 남자는 은퇴해서 플로리다로 갔죠. 아마도 은행 계좌에 있던 돈으로 그들을 매수했을 겁니다."

"그들이 뭐, 각각 3000달러도 안 되는 돈 때문에 거짓말해서 나를 감옥으로 보냈다는 말이에요?"

"나는 커피 한 잔 값에 사람 목을 자를 작자들도 본 적이 있어요." 데커가 차갑게 말했다.

"빌어먹을."

"그리고 당신은 아버지가 차를 잘 다룬다고 했죠."

"그래요. 뭐든 다 고치셨어요."

"그러니 당신 차를 고장 내 모텔 앞에서 멈추게 만드는 것쯤 식은 죽 먹기였겠죠. 아마도 당신 어머니와 리어든에게 약을 먹이고 총을 쏜 후 시신을 불태웠을 겁니다. 그런 다음 그곳을 떠났죠. 당신 차에 어머니의 피를 묻힌 것도 아마 당신 아버지일 겁니다." 데커가 잠시 숨을 골랐다. "아마도 그렇게 하려고 차로 모텔까지 갔을 수도 있어요. 그리고 당신 차에 시동이 안 걸리게 장난질을 쳐놓은 것도 그때 원래대로 돌려놨겠죠. 경찰이 와서 확인해보면 시동이 걸리도록 말이에요. 그걸로 그날 밤 당신 집 근처에서 차를 봤다는 목격담이 설명돼요. 다만 그 차는 당신 차가 아니라 아버지 차였죠."

"우리 차는 실제로 비슷하게 생겼어요. 그렇지만 내가 그날 밤 모텔에서 집에 전화해 아버지한테 나를 데리러 오라고 말했다면 어떻게 되는 거죠?"

"아마 전화를 안 받았겠죠, 멜빈. 그러면 당신은 꼼짝없이 모텔 방에 있어야 했을 거고요."

"아버지는 내가 범인으로 체포될 걸 알고 그 모든 일을 했다? 하지만 어째서죠?"

"당신 부모님이 얼굴을 알아볼 수 없는 상태로 죽었고, 시신들이 불에 태워졌다는 사실이 하도 상황에 딱딱 들어맞다 보니 부모님을 쫓던 사람들이 속임수가 아닌가 의심하기 쉬웠을 거예요. 그렇지만 로이가 자기 아들에게 살인범 누명을 씌울 거라고는 생각도 못 했겠죠. 의심도 효과적으로 해결되고, 죽음도 공식화되는 겁니다. 로이는 숨 돌릴 틈이 생기고요. 그 금고에 든 것을 가지고 도망칠 수 있도록."

"그리고 20년 후 모든 게 터져 나오기 시작하죠. 몽고메리가 매수되고? 내가 감옥에서 나오고? 대븐포트가 납치되고? 어째서죠?"

"그들은 금고에 든 뭔가를 원해요, 멜빈. 그들에게 당신은 그걸 손에 넣을 마지막 기회예요."

"아직도 그들이 대븐포트를 빌미로 연락할 거라고 생각해요?"

"그러기를 바라야죠. 그게 그녀를 산 채로 돌려받을 유일한 기회일 수도 있으니까요."

데커는 모텔 방에 앉아서 노트북을 들여다보고 있었다. 단어 하나를 입력하고 검색 결과를 훑어보는 중이었다. 사람들은 대부분 정보가 여러 페이지에 걸쳐져 있으면 건너뛰어가면서 읽는다. 그러나 데커는 건너뛰지 않았다. 하나도 빠짐없이 다 읽었다. 그리고 셋째 페이지 거의 밑바닥에서 뭔가 흥미로운 것을 찾아냈다. 이는 그를 또 다른 검색으로 이끌었고, 그는 그 페이지들 역시 몽땅 읽었다. 이는 다시금 그를 더욱 흥미로운 무언가로 이끌었다.

이윽고 데커는 의자에 등을 기대고 앉아 팔꿈치께에 놔둔 컵을 들어 물을 마시며 창문을 때리는 빗소리에 귀를 기울였다. 텍사스가 오랜 가뭄 중이라고 들었는데. 어쩌면 이제 거기서 벗어나려는지도 모르겠군. 이렇게 많은 비를 보는 것은 처음이었다. 심지어 궂은 날들이 긴 오하이오에서조차. 데커는 컵 테두리를 따라 난 둥근 물 자국에 정확히 맞춰 컵을 내려놨다. 머릿속 생각도 이처럼 말끔히 들어맞는다면 얼마나 좋을까.

초차는 스페인어가 맞았다. 마스의 기억대로 '창녀'라는 뜻이었다. 그리고 데커는 마스가 최면 상태에서 소리 내어 말하지 않으려고 한 그 '여성의 은밀한 신체 부위'가 여성의 성기를 뜻한다는 걸 알게 됐다. 그런데 초차는 스페인어권 일부 나라에서는 다른 뜻으로도 쓰였다. 스페인이나 멕시코 말고 다른 나라에서. 그리고 그다른 뜻은 뭔가를 알려줄 수도 있고, 문제가 될 수도 있었다. 데커는 그 문제가 되는 부분을 어떻게 다루어야 할지 알 수 없었다. 적어도 지금으로선. 그 말을 한 것은 마스의 아버지가 아니라 루신다였다. 그렇다. 문제가 있다.

2분 후, 데커는 마스의 방 앞에서 보초를 서고 있는 FBI 요원의 허락을 받고 방문을 두드렸다.

"얼굴만 봐도 알겠네요. 또 물어볼 게 있어서 온 거죠." 마스가 문을 열면서 지친다는 얼굴로 말했다.

"맞아요."

"당신은 피로라는 걸 못 느껴요?"

"나는 늘 피곤해요. 뚱뚱하고 몸매가 거지 같거든요."

"예전만큼은 아니잖아요. 데커, 나하고 같이 운동 시작할래요?"

"5분 만에 죽고 말걸요."

"시작은 살살 할게요."

"한번 생각해보죠. 우선 좀 물어볼게요."

마스가 한숨을 푹 쉬고는 안으로 들어오라는 몸짓을 했다. 두 남자는 침대 곁 의자에 앉았다.

데커가 말했다. "어머니한테 혹시 집안의 가보가 있었나요?"

마스가 크게 웃었다. "가보요? 빌어먹을, 데커. 뭡니까, 우리 어머니한테 뭐, 황금 항아리 같은 거라도 있었을까 봐요? 가보 같은 게 있었으면 우리가 그러고 살았겠어요?"

데커는 동요하지 않았다. "어쩌면 금이 아닐지도 모르죠. 은은 어때요?"

다시 웃음을 터뜨리려던 마스가 갑자기 흠칫했다. "빌어먹을."

"뭡니까?"

"은찻주전자가 있었어요."

"어디서 났다고 말씀하시던가요?"

"증조할머니인가 누가 주셨다고 했는데……."

"그건 어떻게 됐죠?"

"나도 모르죠. 침실 벽장에 넣어두셨어요."

"광을 내셨나요?"

"예, 가끔요."

"광을 어떻게 내셨죠?"

"그게 무슨 뜻이에요?"

"천으로?"

"네." 마스가 말을 멈추고 집중했다. 회상에 잠긴 듯했다. "그렇지만 광내기를 마무리할 때는 반드시……."

"손가락을 쓰셨나요?" 데커가 끼어들었다.

"그걸 당신이 어떻게 알죠?"

"고급 은은 원래 손가락으로 광내기를 마무리해요. 적어도 잘 훈련된 하인들은 그러죠. 어쨌거나 옛날에는 그랬어요."

"하인요?"

"집 청소, 바느질, 은 광내기, 전문가 같은 다림질 솜씨……. 그것들은 모두 아주 부유한 집에서 하인으로 일하는 사람들이 가진 기술들이죠. 그리고 어쩌면 은찻주전자는 거기서 가져온 건지도 몰라요.”

"우리 어머니가 어디 가서 부잣집 하인 일을 했겠어요? 당신 말은 무슨 영국 왕족 수준으로 들리는데요.”

"실제로 들으면 놀랄 겁니다. 그리고 어쩌면 스페인어도 거기서 배운 건지도 몰라요.”

"부자들이 우리 어머니한테 은찻주전자를 그냥 자, 가져라 하고 줬을 것 같아요?”

"아니요. 아마 훔쳤을 겁니다.”

마스가 자리에서 벌떡 일어나 데커를 내려다봤다. "우리 어머니는 도둑이 아닙니다.”

"도둑이라고 한 적 없는데요.”

"그럼 빌어먹을, 도대체 무슨 소리를 하고 있는 겁니까?”

"그 집안의 노예였을지도 몰라요.”

"노예라니, 진심이에요? 어디서요?”

"어머니가 비속어를 쓰신 적이 있나요?”

"어림없죠. 그 부분에선 아주 철저하게 점잖으셨어요.”

"그렇지만 초차라는 단어를 쓰셨죠? 그 말은 창녀나 여자의 성기를 뜻하는 비속어예요. 어떻게 봐도 그다지 점잖게 들리는 말은 아니죠.”

마스가 다시 자리에 앉아 혼란스러운 표정을 지었다. "그래요. 하지만 어머니는 많이 속상해하고 계셨어요. 그건 내가 확실히 말할 수 있어요.”

"그렇지만 그 말은 어머니와 아버지가 하고 있던 말다툼의 맥락에 들어맞지 않아요. 창녀가 어디에 끼어들죠? 어머니가 아버지를 창녀촌에 갔다거나 계집애처럼 군다고 비난하고 있었나요?”

"아니에요. 우리 노친네는 절대 바람피울 사람이 아니었어요. 그리고 누가 우리 아버지더러 계집애라고 부르는 건 상상도 안 가네요. 거기다 어머니가 아버지에게 화난 것 같지도 않았고요. 정말이지 화났다기보다는 겁이 난 것 같았어요."

"그렇다면 그 단어가 뜻이 통하지 않는다는 내 주장이 힘을 받는군요. 만약 그 전형적인 스페인어 해석을 따른다면요."

"비전형적인 해석도 있어요?" 마스가 경계심이 묻어나는 말투로 물었다.

"스페인어는 확실히 많은 나라에서 쓰이죠. 그리고 각 나라와 각 지역에서 이따금 같은 단어를 아주 다른 뜻으로 쓰기도 하고요."

"그래서 초차에 대해 찾아냈나요?"

"찾아냈죠."

"어느 나라에서요?"

"콜롬비아요. 좀 더 구체적으로는 칼리 지역에서. 나는 그 지역을 토대로 새로운 가정을 세웠습니다."

"잠깐만. 그 말은 우리 어머니가 콜롬비아 출신이라는 겁니까?"

"확실히 거기 출신이라는 말은 아니에요. 하지만 생애 중 어떤 시점에 거기 있었던 건 맞을 겁니다. 어쩌면 본인의 의지에 반해서요. 그래서 노예 이야기가 나온 거죠."

"빌어먹을, 콜롬비아에서 무슨 노예 무역이라도 한대요?"

"칼리의 마약 카르텔. 내가 좀 알아봤어요. 당시 코카인 밀거래의 중심지가 콜롬비아였어요. 마약 황제들이 사람들을 위협해서 그들 가족을 붙잡아두곤 했죠. 또 사람들을, 특히 여자들을 납치해서 집안 노예로 부리기도 했고요. 미국인을 포함해 외국인들도 잡아갔죠. 당신 어머니도 아마 그런 경우였을 겁니다. 하지만 도망치셨겠죠. 그리고 자신이 당한 짓에 대한 작은 보상으로 그 은찻주전자를 가져왔고요. 이건 정말이지 어림짐작이고, 내가 틀렸을 수도 있어요. 그렇지만 나는 어머니가 뭔가를 가져왔을 수도 있다고 생각했어요. 그냥 누구든 자기를 잡아뒀던 사람에 대한 앙갚음으로요."

"콜롬비아가 확실해요? 그걸 어떻게 확신하죠?"

"그 해석 때문에요. 그런 뜻으로 쓰이는 건 칼리 지방이 유일하거든요."

"그 해석이 뭔지 아직 말해주지 않았어요."

"초차는 바유노 지역 방언으로 '주머니쥐'를 뜻해요."

마스가 데커를 멍하니 쳐다봤다. "주머니쥐라는 해석이 왜 다른 것보다 더 말이 된다는 거죠?"

데커는 길게 숨을 들이쉬고 그냥 말해버렸다. "그 이유는, 멜빈, 그 녀석은 죽은 척할 수 있거든요. 그게 바로 당신 아버지가 한 일이죠."

"그래서 자네는 이 모든 일의 배후가 카르텔이라고 생각해?" 보거트가 물었다.

데커는 보거트의 모텔 방에서 보거트, 밀리건, 재미슨과 마주 앉아 있었다. 데커는 다른 이들에게 자신의 추론과 마스와의 대화 내용을 알려줬다.

"나도 확실히는 모르지만, 분명 그럴 가능성은 있어. 루신다가 도망쳤고 그들에게서 물건을 훔쳤다면, 그들이 루신다를 쫓아왔을 수도 있어. 어쩌면 그 후 로이와 결혼해서 둘이 함께 텍사스로 도망쳤을지도 모르지."

밀리건이 고개를 저었다. "그래서 20년 후에 그들이 ESPN에 출연한 걸 보고 카르텔이 다시 뒤쫓는다? 당신 말에 따르면 루신다는 집안 하녀였어요. 뭐 하러 그렇게까지 할까요? 그리고 당시에는 카르텔 전쟁이 심각했어요. 사방에서 마약왕들이 죽어나가지 않으면 감옥에 들어가고 있었죠. 그 일이 있고 40년이나 지난 지금, 그들이 여전히 마스 가족을 쫓고 있다고요?"

"혹시 루신다가 그들에 관해 다른 뭔가를 가지고 있다면요?" 재미슨이 말했다. "이 오랜 세월이 지나도 여전히 중요한, 정말 위협적이거나 가치 있는 뭔가를. 그리고 지금 우두머리가 된 자들이 그걸 돌려받기를 원한다면요. 어쩌면 그게 그 금고의 내용물인지도 모르죠."

"그래도 너무 멀리 갔어요." 밀리건이 말했다.

"너무 멀리 간 거 맞아요." 데커가 수긍했다. "하지만 무시할 순 없어요. 아직은요. 어쨌든 이 가정을 따라가봐야겠어요."

"어떻게요?" 밀리건이 물었다. "당신은 40년 전 이야기를 하고 있어요, 데커. 연루된 사람들은 모두 죽었거나 늙어 꼬부라졌다고요. 그리고 카르텔 특성상 죽었을 가능성이 더 높겠죠. 이제 완전히 선수 교체가 끝났다고요. 그리고 콜롬비아는 최근 20년 동안 마약 밀거래에 대해 본격적으로 엄중한 단속을 펼쳐왔어요. 대부분 다른 곳들, 멕시코 같은 곳들로 옮겨 갔죠."

"모두 사실이에요." 데커가 말했다. "그 실마리를 따라가는 한 가지 방식은 로이 마스를 찾아내는 겁니다."

보거트가 말했다. "우리 쪽 사람들이 그를 찾고 있지만 승산이 별로 없어. 자취를 감춘 지 너무 오래됐다고."

"바로 그 점이 틀렸어. 로이는 매우 최근에 모습을 드러냈거든."

"무슨 소리를 하는 겁니까?" 밀리건이 물었다. "어디서요?"

"앨라배마에서요."

"앨라배마에서 그를 본 사람은 아무도 없어요."

"퍼트리샤 브레이가 봤어요. 아발론에 탄 그 남자를 봤죠."

"잠깐." 보거트가 끼어들었다. "레지나 몽고메리를 날려버린 남자가 로이 마스란 말이야?"

"당연히 로이였지. 나이도 맞고, 체형 묘사도 맞잖아."

재미슨이 말했다. "멜빈에게 당신이 그의 아버지를 의심하고 있다고 말한 적 있어요?"

"아니요."

"말할 거예요?"

"모르겠어요. 당신 생각은 어때요?"

재미슨이 다른 사람들을 보고 말했다. "지금은 마스가 뭘 더 감당하기에는 너무 많은 걸 지고 있는 것 같아요. 확실히 알게 될 때까지 마스에게는 아무 말도 안 했으면 좋겠어요."

"동의합니다." 보거트가 말했고, 밀리건도 고개를 끄덕였다.

"그렇지만 데커, 로이 마스가 왜 레지나를 죽이려고 했을까요?" 재미슨이 물었다.

"일을 망쳐버렸으니까. 자기가 준 돈을 써버렸잖아요. 우리는 거기에 한 번 더 돌아갔어요. 그러자 로이가 뭔가 일어나고 있다는 걸 알아차린 거죠. 로이가 근처에 머무르고 있었던 건 그 때문이었어요. 우리가 레지나에게 얼마나 관심 있는지 확인하려고. 찰스 몽고메리는 죽었어요. 아이는 아무것도 몰랐고요. 레지나는 느슨한 매듭이었죠. 어쩌면 로이는 이러나저러나 그녀를 죽일 셈이었을 수도 있죠. 리어든을 죽여 그의 시신을 불태우는 것도 전혀 아무렇지 않게 해치운 사람이니까요. 그 남자는 살인자라고요."

밀리건이 말했다. "로이가 카르텔을 위해 일했을 거라고 생각해요? 어쩌면 행동 대장 같은 걸로? 그러다가 루신다를 만났을 수도 있겠군요."

"가능성이 있어요. 비록 당시 카르텔이 그물망을 넓게 던지지 않고 국내로만 발을 뻗고 있었지만요. 미국에서 백인을 데려오는 건 아마도 그들 원칙에 어긋났겠죠. 로이가 남아메리카에 있다가 거기서 루신다를 만났을 수도 있어요. 그리고 어쩌면 카르텔에서 도망치도록 도와줬을지도 모르죠."

"그렇지만 이건 모두 여전히 추론일 뿐이잖아." 보거트가 맞섰다. "그중 무엇에 대해서도 사실이라는 증거가 하나도 없어."

재미슨이 말했다. "자 그럼, 로이 마스가 멜빈을 감옥에서 꺼내주려고 몽고메리를 매수해 거짓말을 시켰다고 가정해보자고요. 하지만 멜빈이 유죄 판결을 받은 범행의 진범이 로이라면, 멜빈에게 누명을 씌운 것도 그 사람이란 말이잖아요. 왜 이제 와서 그를 감옥에서 꺼내주려고 그 온갖 수고를 했을까요?"

보거트가 말했다. "나도 바로 그게 궁금해요. 이건 뭐랄까, 너무 모순적으로 보여요."

데커가 등을 돌려 멍한 눈빛을 했다.

"데커?" 재미슨이 말했다. "그걸 설명할 수 있어요?"

데커가 재미슨을 돌아봤다. "어쩌면 이 모든 건 약속 때문인지도 몰라요."

"약속요? 누구하고요?"

"루신다 마스."

보거트가 고개를 저었다. "무슨 소린지 전혀 모르겠어."

데커가 재미슨을 돌아봤다. "멜빈이 최면에 걸렸을 때, 아버지한테 한 번이라도 사랑한다는 말을 들어본 적 있냐고 내가 물은 것 기억해요?"

"그래요. 당신이 그걸 물어보라고 해서 꽤 충격받았어요."

"내가 그걸 물어본 건 사정을 파악하고 싶어서였어요."

"사정요?" 밀리건이 어리둥절한 표정으로 말했다. "제발, 데커, 당신은 외국어를 하고 있는 것 같아요."

"나는 로이가 멜빈을 사랑했다고 생각하지 않아요. 하지만 루신 다는 사랑했죠. 아마 루신다는 로이가 하려는 일을 알았을 겁니다. 자신을 죽여서 뇌종양의 고통으로부터 구해주는 것. 아마도 두 사 람이 함께 계획했겠죠. 생각해봐요. 20년 전이었고, 부부는 작은 동네에 살았어요. 게다가 돈도 별로 없었죠. 과연 고통 없는 최후 가 가능했을까요. 그래서 두 사람은 협정을 맺었죠. 로이는 리어든 을 죽이고, 루신다는 그 실마리를 덮기 위해 치과 기록을 바꿔치기 했어요. 로이는 또 금고를 비웠죠. 로이와 말다툼을 벌이던 중, 루 신다가 초차라는 단어를 입 밖에 냈어요. 그래서 나는 루신다가 칼 리에서 얼마 동안 살았고 거기서 스페인어를 배웠다는 걸 알게 됐 죠. 또한 로이가 죽은 척할 걸 루신다가 미리 알았다는 것도 알게 됐고요. 초차의 다른 뜻은 주머니쥐예요."

"그렇지만 루신다가 그 계획에 가담했다면, 왜 다퉜지?" 보거트 가 물었다.

"뒤늦은 후회. 루신다는 아들을 사랑했어. 하지만 아파서 죽어가 고 있었지. 그 계획을 미리 알았다고 해서 루신다가 꼭 그걸 마음 에 들어 했다는 뜻은 아니야. 그건 확실히 아니었을 거야."

"도대체 얼마나 남편을 사랑했기에 아들이 자기를 죽였다는 누 명을 쓰게 놔둘 수가 있죠?" 재미슨이 물었다. "멜빈은 감옥에서 20년을 보냈다고요."

"어쩌면 감옥에 있는 편이 더 안전하리라 생각했는지도 모르죠."

이 말은 밀리건에게서 나왔다. 다른 사람들 시선이 밀리건을 향 했다.

밀리건이 말했다. "이런 식으로 봅시다. 카르텔이 ESPN 방송을 보고 이들 부부를 찾아냈다면, 어쩌면 실제로 경고나 협박을 했을 수도 있어요. 부부는 자신들이 자취를 감추지 않으면 사형 집행장이 날아들 걸 알았겠죠. 그렇지만 멜빈은 어떻게 그들과 함께 사라지죠? 대학 슈퍼스타여서 모르는 사람이 없었을 정도인데……. 드래프트돼 내셔널 풋볼 리그에서 뛸 예정이었죠. 부부는 어떻게든 몰래 도망쳐서 사라져버린다 해도 마스는 그럴 수 없었어요. 그렇다고 아들을 혼자 남겨놓고 갈 수도 없었겠죠. 카르텔이 찾아와서 멜빈을 죽이거나, 부모에 관한 정보를 털어놓으라고 고문한 후 죽일 수도 있을 테니까."

보거트가 반박했다. "그렇지만 카르텔이라면 감옥에 있는 멜빈에게 접촉할 수도 있잖아."

밀리건이 대꾸했다. "맞아요. 하지만 길거리에 있는 것만큼 쉽지는 않겠죠. 최악과 차악 중 차악이었을지도. 부부는 멜빈이 감옥에 있는 한 카르텔이 위협을 느끼지 않을 거라고 생각했을 수도 있어요. 그리고 카르텔이 멜빈이 정말 자기 부모를 죽였다고 믿는다면, 로이와 루신다가 아들에게 카르텔과 그들의 비밀에 관해 아무 말도 안 했을 거라고 생각하리라 결론 내린 거죠."

데커가 평했다. "밀리건 요원, 좋은 추론입니다."

밀리건이 씩 웃었다. "고마워요. 그리고 데커, 나를 토드라고 불러도 돼요. 우리는 같은 팀이니까."

재미슨이 말했다. "나는 그 이야기에 그다지 신뢰가 가지 않는군요."

모두가 재미슨을 돌아봤다.

재미슨이 말을 이었다. "아들을 보호하겠다고 살인 누명을 씌워요? 그리고 사형 선고를 받게 해요? 정말 훌륭한 차악이네요."

밀리건이 말했다. "그게 정답이라고 말한 건 아닙니다, 재미슨. 그냥 그럴 수도 있다고 말한 거예요."

보거트가 말했다. "좋아. 논쟁을 위해서 우리 그게 맞다고 칩시다. 그러면 로이는 왜 돌아와서 멜빈을 꺼내주기 위해 그런 일을 했을까요?"

"멜빈이 사형당하게 생겼으니까." 데커가 기다렸다는 듯 대답했다. "아마 로이는 그런 일이 일어나면 자신이 나서서 멜빈을 구하겠다고 아내한테 약속했을 거야. 그 약속을 지킨 거지."

재미슨이 말했다. "약속했을 거라는 당신 말이 그 뜻인가요?"

데커가 고개를 끄덕였다.

"이렇게 오랜 세월이 지난 후에?" 보거트가 물었다. "로이가 그동안 죽을 수도 있었어. 그러면 멜빈은 완전 망해버린 거지."

"그렇지만 죽지 않았잖아. 그리고 그 약속을 정말 지켜냈지."

"어떻게 보면 자기 아내를 무척 사랑했던 것만은 분명하네요." 재미슨이 말했다.

"나도 그랬을 거라고 생각해요." 데커가 동의했다. "어떤 심정으로 산탄총 방아쇠를 당겨서 삶에 종지부를 찍어주려고 했는지 나는 상상도 안 가요. 아무리 6개월간의 고통에서 구해주는 행위라는 걸 알았다고 해도 말이죠."

"사랑하는 사람에게 정말 그럴 수 있을까요?" 밀리건이 회의적으로 물었다.

"정말 사랑하기 때문에 할 수 있는 일일 겁니다." 데커가 말했다. "인간으로서 가장 하기 힘든 일이지만, 사랑 때문에 하는 거죠. 그리고 나는 로이 마스의 일부가 그날 밤 죽었을 거라고 생각해요.

그의 삶에서 유일하게 긍정적이었던 게 날아가버린 거죠."

"그럼 멜빈은요?" 재미슨이 물었다.

"아버지는 자기 아들을 사랑하지 않았어요. 하지만 자기가 하려는 일에 대해 미안해했죠. 그날 밤 로이가 멜빈에게 미안하다고 말한 거 기억해요? 그건 어머니에 대해서였지 아들에 대해서가 아니었어요. 그렇지만 거기에는 뭔가 어긋난 게 있어요. 나도 그게 뭔지는 잘 모르겠지만. 그러니 이제 문제는 로이 마스는 어디 있느냐인데……."

"잠깐만요." 재미슨이 끼어들었다. "어쩌면 카르텔은 이 일하고 아예 관련이 없을지도 몰라요. 토드가 말했듯 40년이나 지났으니 다들 죽었을 수도 있잖아요. 로이가 몽고메리를 매수하고, 멜빈을 꺼내주고, 그 후 레지나를 죽인 거죠. 로이가 저 밖 어딘가에 있는 유일한 사람일 수도 있어요."

데커가 고개를 저었다. "그럼 누가 대븐포트를 납치하죠?"

"로이?" 재미슨이 말했다.

"어째서죠?"

재미슨이 뭐라 말하려다 말고 멈칫했다. "이유는 모르겠어요."

"저 밖 어딘가에 다른 누군가가 있어요. 멜빈이 감옥에서 나온 것이 그들의 관심을 끌었죠."

"그들은 실제로는 로이 마스가 살아 있다고 생각할까요?" 밀리건이 물었다.

"어쩌면요. 그리고 어쩌면 멜빈이 감옥에서 나온 것이 다시금 그 금고에 있었던 것에 대한 그들의 관심을 자극했을 수도 있고요. 멜빈이 자기들을 그게 있는 곳으로 이끌어주기를 바랄지도 몰라요. 내가 앞서 말한 것처럼."

"그래서 만약 카르텔이 리사를 납치한 거라면?" 재미슨이 말을 끌었다.

밀리건과 보거트가 눈길을 교환했다.

보거트가 말했다. "돌려 말하지 않겠습니다. 우리가 대븐포트를 무사히 돌려받을 확률이 그리 높아 보이지 않네요."

"그럼 우리는 어떻게 로이 마스를 찾아내죠?" 밀리건이 어색한 침묵을 깨고 물었다.

데커가 말했다. "나는 그 남자가 가까이에 있다고 확신해요. 그러니 어찌어찌하다 보면 그냥 서로 딱 마주치게 될지도 모르죠."

"농담이죠?" 밀리건이 말했다.

데커는 대답하지 않았다.

4 449

잿빛 가랑비 속에서 데커는 마스와 함께 걸었던 길을 혼자 걷고 있었다. 머릿속은 그 사건의 또 다른 측면을 생각하느라 분주하게 돌아가고 있었다. 로이 마스를 찾아내는 한 가지 방법은 로이와 찰스 몽고메리의 관계를 알아내는 것이다. 로이가 레지나에게 돈을 먹인 거라면, 몽고메리 부부와 뭔가 관련이 있어야만 한다. 그냥 무작위로 아무나 골랐을 리 없다. 이유가 있어야만 한다. 그리고 그 답은 아마도 몽고메리의 과거 어딘가에 있을 것이다.

찰스 몽고메리는 자신이 기소당한 모든 범죄를 일일이 열거하지 않았다. 목록이 워낙 길다 보니 그 점은 이해가 간다. 그렇지만 데커는 얼마쯤 파헤쳐봤다.

몽고메리는 미국으로 돌아와 1967년 3월 육군에서 제대했다. 1968년 1월 앨라배마주 터스컬루사에서 음주 운전과 마리화나 소지 혐의로 체포됐다. 보석금을 내고 그곳을 떴다. 한 달 뒤에는 미시시피주 케인에서 도난 총기의 불법 소지 및 음주와 난동으로 체포됐다. 이번에도 보석금을 냈고, 이번에도 동네를 떴다. 많은 후속 조치를 요할 만큼 심각한 범죄가 아니었고, 분명 앨라배마주 경관을 쏘기 전까지는 그 두 주에 다시 돌아가지 않았다. 그리고 당시에는 주 경계선을 넘나드는 중앙 경찰 데이터베이스가 없었다. 그가 저지른 범죄들은 비교적 경미한 것으로, 경찰에게는 틀림없이 잡범을 쫓는 것보다 그들의 시간을 요하는 더 시급한 문제들이 있었을 것이다.

데커는 머릿속으로 시간 순서에 따라 그가 저지른 범죄들을 정리했다. 앨라배마에서는 음주 운전과 마리화나 소지. 미시시피에서는 총기 절도 및 음주와 난동. 각 사건에 보석금 납부. 그리고 두 번 다 그곳을 떴다. 그게 중요하다고 생각할 이유는 없지만 쏟아지는 빗줄기 속에서 데커는 그게 중요하지 않을 이유도 떠올릴 수 없었다. 그저 왜 그런지 알지 못할 뿐.

방으로 돌아가 의자에 앉아 창밖에 몰려드는 어둠을 응시했다. 아직 오후 5시도 채 되지 않았지만 보기에도 느끼기에도 마치 한밤중 같았다. 에너지가 줄줄 새어 나가는 것 같은 기분이었다. 이런 날씨가 계속된다면 물에 발가락 하나 담그지 않고도 익사할 것만 같았다. 그렇지만 진실을 찾고 싶은 데커의 욕망은 날씨를 이겨냈다. 뇌가 리셋 버튼을 누르자 핵심 질문이 다시 파박 섬광처럼 번득였다.

로이 마스는 왜 찰스 몽고메리를 골랐을까? 멜빈의 이름을 보고 둘을 한데 연결시켰다는 몽고메리의 설명은 거짓일 게 뻔하다. 실제로 그 과정은 거꾸로 진행됐을 것이다. 몽고메리가 마스를 발견한 것이 아니다. 로이 마스가 찰스 몽고메리를 선택했다.

유일하게 그럴 법한 이유는 그 두 남자가 전부터 서로 아는 사이였다는 것이다. 그리고 아마도 몽고메리는 마스에게 어떤 이유로든 빚을 졌으리라. 그 이유는 레지나 몽고메리와 아들에게 남겨줄 돈이라는 미끼와 더불어, 이미 사형 선고를 받아놓은 몽고메리가 로이와 루신다 마스를 죽였다고 거짓말하도록 만들기에 충분했다. 그런데 두 남자는 이전에 어떻게, 그리고 어디서 만났을까?

두 남자는 나이가 비슷하다. 로이 마스는 본명이 아니다. 따라서 베트남에서 몽고메리와 함께 복무했을 수도 있다. 로이의 지문이 사라졌으니 군 데이터베이스 검색은 불가능하겠지만. 그런데 정말 두 남자가 함께 복무했을까? 로이가 거기서 몽고메리의 목숨을 구해줬을까? 타당해 보였다.

베트남이 아니라면 어디서? 로이도 잡범이었을까? 몽고메리가 카르텔에 연루됐다면 어떤 시점에 남아메리카에 있었을지도 모른다. 아니면 멕시코에. 아니면 어떤 방식으로든 마약 거래에 발을 들였을 수도 있다. 몽고메리는 두통을 해결하기 위해 돈과 마약을 절도하게 된 과정을 이야기했다. 몽고메리가 루신다를 알았을까? 그게 여기까지 오게 된 접점일까?

데커는 눈을 꾹 감고 거칠게 얼굴을 문질렀다. 그의 뛰어난 머리로도 이것은 엄청난 수수께끼였다. 어디에서도 실마리를 찾을 수 없었다. 뭔가를 알아냈다고 생각하는 순간, 그보다 더 복잡한 또 다른 문제가 그 자리를 대신했다. 마치 암세포 하나를 없애면 그보다 악랄하고 강력한 암세포가 그 자리를 차지하듯. 그런데 데커의 뇌 뒤쪽에 자리한 뭔가가 그 두 남자의 접점을 찾아낸다면 다른 많은 문제의 답이 나올 거라고 속삭였다.

데커는 눈을 부릅뜨고 창밖을 내다봤다. 저 바깥 어딘가에 리사 대븐포트가 강제로 붙들려 있다. 아마 고문당하고 있을 것이다. 아니, 이미 죽었을지도 모른다. 데커는 자신의 첫 번째 가정이 틀렸다는 결론을 내린 터였다. 놈들은 나중에 대븐포트를 마스와 교환하려고 잡아간 게 아니다. 그리고 이제는 정보를 목적으로 데려갔는지조차 확신할 수 없다. 그렇지만 이 두 가지 이유가 모두 아니라면 어째서? 다른 게 뭐가 있기에? 가능한 세 번째 이유는 뭐지?

데커는 다시 눈을 감았다. 답은 전혀 나오지 않았다.

* * *

나머지 일행은 모텔 로비 바깥의 작은 식당에 모여 함께 식사했지만, 데커는 자기 방에서 혼자 저녁을 먹었다. 사과 한 알에 물 한 병. 겨우 두 달 전만 해도 그게 밥이 되냐며 코웃음 쳤을 것이다. 간식거리조차 안 됐으리라. 이제는 그것만으로 배가 찼다. 더 이상은 필요하지 않았다.

벨트 구멍이 하나 더 줄어들었다. 이 속도면 곧 벨트에 구멍을 새로 뚫든가 새 벨트를 사야 할 것이다. 살이 급속히 빠지고 있었다. 바람직한 방식은 아니었다. 이 사건에서 중요한 부분을 하나도 풀어내지 못했다는 무력감이 데커를 안쪽에서부터 먹어치우고 있는 듯했다. 물을 마저 마시고 병과 사과 속심을 던져버린 후 옷을 벗고 침대에 누웠다. 눈을 감았지만 머리는 꺼지지 않았다. 오히려 기어를 올리고 더욱 빨리 달렸다.

생각할 수 있는 모든 설명이 그의 뇌를 거쳐 '기각' 도장이 찍힌 채 반대편으로 나왔다. 유력해 보이던 몇 가지 결론은 결국 설명할 수 없는 사실에 부딪혀 머릿속 쓰레기통에 버려졌다. 몇 번인가 거의 다 왔다는 기분이 들 때마다 반드시 뭔가가 나타나서 망쳐놨다. 마치 루빅큐브를 가지고 노는 것 같았다. 한 번만 돌리면 되는데 도저히 풀리지 않는다. 진실은, 데커가 이 문제의 해답에 첫날보다 조금도 더 가까이 있지 않다는 것이었다. 그리고 슬슬 시간이 바닥나고 있다는, 이상하게 찜찜한 느낌이 들었다. 그럴 만한 타당한 이유를 전혀 떠올릴 수 없었지만.

데커는 눈을 떴다 감았다. 아마도 과로 상태일, 그리고 성공이 멀찍이 떨어져 있다는 신호를 받은 그의 뇌가 꺼졌다. 그는 잠들었다.

데커가 다시 잠에서 깬 이유는 단 하나였다. 칼날이 그의 목을 누르고 있었다.

5 550

데커는 꼼짝도 하지 않았다. 평소 창문을 통해 들어오는 달빛이 구름에 가려져 방 안이 캄캄했다. 지붕에 떨어지는 빗소리가 들려왔다. 데커는 칼날에 온 신경을 집중했다. 칼날은 혈액 순환의 초고속 도로인 좌측 경정맥을 누르고 있었다. 만약 잘렸다간 1분 안에 모든 피가 빠져나갈 것이다.

다른 사람의 숨소리가 들렸다. 느리고 차분했다. 당황하거나 어쩔 줄 몰라 하는 기미는 전혀 없었다. 약간이나마 안심됐다. 그 숨에서 악취가 풍겼다. 커피, 담배, 마늘이 뒤섞인 냄새가 콧구멍으로 밀어닥치는 바람에 데커는 질식할 것만 같았다. 아래를 내려다보자 칼을 쥔 아주 커다란 손이 가까스로 보였다.

목소리가 말했다. "씨발, 너 때문에 다 엉망이 돼가고 있어." 차분하고 낮으면서도 위협적인 목소리였다.

데커는 이 솔직한 서두에 관해 생각했다. 그다음 순서는 그의 목을 그어 벌리는 것일까.

"그럴 뜻은 없었어요." 데커가 말했다.

"바보 흉내 내지 마. 네가 경찰인 거 알아. 머리 좋은 것도 알고. 그렇지만 손 떼. 집에나 가. 이 일에서 손을 떼라고."

"멜빈은 어쩌고요?"

칼날이 살갗을 더욱 세게 눌렀다. 실은 너무 세게 눌러서 살을 살짝 파고들었다. 뭔가가 목을 따라 미끄러졌다. 피 한 방울. 단 한 방울이다. 경정맥은 아직 멀쩡했다.

"멜빈이 뭐?" 목소리가 물었다.

"멜빈에게는 아무것도 없잖아요."

누르는 힘이 더욱 세졌다. 데커는 다시금 따끔한 칼날을 느꼈다. 새로 피 한 방울이 목을 따라 흘러내려 티셔츠에 스며들었다.

"자유를 얻었잖아. 그거면 됐지."

"20년 만에?"

"고마워해야지."

"그러지 않는다고 말하진 않았어요."

데커는 칼날이 살갗을 더욱 깊숙이 눌러오는 것을 느끼면서도 차분하게 대꾸했다. 경정맥은 압력이 가해지는 피부 표면에 바로 노출돼 있었다. 이 남자는 자기가 하고 있는 일을 정확히 알았다. 아마 전에도 이런 일을 한 적이 있을 것이다. 그렇다고 데커의 기분이 나아지는 것은 아니었지만.

"내 말은 그냥 멜빈이 힘들어하고 있다는 거예요."

"걱정 말라고 전해. 녀석 뒤는 내가 봐주고 있으니까."

"멜빈의 어머니 때문입니까?"

칼날이 터럭만큼 물러났다. "빌어먹을, 네가 뭘 안다고 나불대?" 남자가 으르렁거렸다.

"많이는 모르죠. 사실, 모르는 게 잔뜩이에요. 그렇지만 루신다가 자기 아들을 사랑한 건 압니다. 그리고 당신은 루신다를 사랑했죠. 루신다는 당신에게 약속을 받아냈어요. 아닌가요?"

칼날이 동맥을 좀 더 세게 눌렀다. "이럴수록 너만 더 힘들어져."

"나는 그냥 멜빈을 도우려 애쓸 뿐이에요."

"그 녀석 뒤는 내가 봐주고 있다고 했잖아."

"카르텔에 맞서서?"

남자가 콧방귀를 뀌었다.

데커는 말했다. "그럼 카르텔은 아니다?"

남자는 침묵을 지켰다.

"멜빈을 감옥에서 꺼내주기 위해 몽고메리를 고른 이유가 뭐죠? 무슨 관계길래?"

"안 가르쳐줘."

"당신은 대븐포트를 데리고 있지 않죠, 아닌가요?"

남자가 머뭇거리다 되물었다. "누구?"

"우리하고 함께 있던 여자. 누군가에게 납치당했어요."

칼날이 목에서 서서히 멀어졌다.

"언제?" 목소리는 이제 위협적이지 않고 그저 경계하는 기색만 떴다.

"며칠 전에. 틀림없이 아는 사람이 납치했습니다. 자기 방에 있던 사람을 납치한 후 몸싸움이 벌어진 것처럼 보이게 위장했죠. 하지만 다 연극이었어요. 대븐포트는 납치범을 알았어요. 그러면 범위가 좁아지죠."

"왜 그 여자를 납치하지?"

"나도 몰라요. 아마 우리를 견제하기 위해서겠죠. 어쩌면 교환

조건으로 멜빈을 요구하려고. 하지만 그쪽이 우리한테 접촉하려는 기미가 전혀 없어요."

"정보를 원하나 보지."

"그럴지도 모르죠. 그리고 어쩌면 그걸 얻어냈을 수도 있겠죠. 그렇지만 나는 그들이 정말 원한 건 멜빈이라고 생각해요."

"어째서?"

"그 금고에 있던 물건. 멜빈이 그걸 가졌다고 생각하니까."

"네가 그걸 어떻게 알지?"

"탐정이잖아요. 바로 그게 내가 하는 일이죠."

"멜로는 그것에 관해 아무것도 몰라."

데커는 그 이름이 누구를 말하는 것인지 알지 못했지만, 지금은 그걸 캐묻기에 좋은 때가 아니라고 생각했다.

"그가 모른다는 건 나도 알지만, 그쪽에서는 그 사실을 모르니까요. 그가 자기들을 거기로 이끌어줄 거라고 생각하겠죠."

"빌어먹을." 남자의 욕설은 데커보다는 자신을 향한 것이었다. "그럴 줄은 생각도 못 했어……. 이렇게 오랜 세월이 흘렀는데."

"맞아요. 이해합니다. 하지만 실제로 일어났고 문제가 되고 있죠. 당신은 그런 일이 발생할 가능성을 염두에 뒀어야 했어요. 지금 벌어지고 있는 모든 일은 당신이 멜빈을 빼내준 데 따른 결과예요. 그들은 몽고메리의 이야기를 믿지 않았어요. 그리고 당신이 살아 있는 걸 알고 있고요……, 로이."

데커는 칼날이 경정맥으로 돌아올 것에 대비해 마음을 단단히 먹었다. 마침내 남자의 이름을 입에 올렸으니까. 데커는 덧붙였다. "비록 그건 당신 본명이 아니겠지만."

"손 떼라는 내 말, 못 들었나."

"들었어요. 그저 내가 아는 걸 당신에게 말하고 있을 뿐이에요. 루신다는 죽었고 당신은 아니죠. 당신은 당신 아들을 함정에 빠뜨렸고."

"아니, 난 그러지 않았어."

"그럼 어떻게 된 거죠?"

"난 네 질문에 대답해줄 필요가 없어."

"맞아요. 당신은 그럴 필요가 없죠. 당신은 칼을 가졌으니까. 나는 그냥 그들이 저 밖 어딘가에 있고, 멜빈을 원한다고 말하고 있을 뿐이에요. 그리고 당신이 과연 멜빈 뒤를 봐줄 수 있을지 나는 잘 모르겠어요."

"너는 빌어먹을 FBI하고 같이 다니지. 너는 뭘 할 수 있는데?"

"우리는 할 수 있는 모든 일을 하고 있어요. 하지만 그걸로 충분할지는 모르겠어요. 당신 말고 저 밖 어딘가에 누가 있는지 내가 전혀 모른다는 걸 감안하면 말이죠. 어쩌면 당신이 그 점에서 나를 도와줄 수도 있지 않을까요?"

데커는 남자가 뭔가 말하기를 기다렸다. 아직 거기 있다는 것은 알 수 있었다. 숨소리가 들렸다. 그리고 냄새가 났다. 바깥에서는 비가 계속해서 퍼부어댔다. 데커는 이 지긋지긋한 빗소리를 듣는 게 이번이 마지막이 아닐까 싶었다. 텍사스의 허허벌판에 있는 이 형편없는 모텔의 쓰레기 같은 침대에서 출혈 과다로 죽어가는 자신의 모습을 그려봤다.

"거기 있어요?" 데커가 물었다. "뭐 더 할 말 있습니까?"

"놈들이 네 친구를 데려갔다면, 나라면 걱정을 접겠어. 이미 늦었으니까. 그냥 원래 그런 거야."

"그렇군요. 당신이 틀렸기를 바라지만, 아마 아닐 수도 있겠죠."

"그리고 너는 이제 그만 손을 뗄 필요가 있어. 이 일은 내가 알아서 처리한다."

"당신이 레지나 몽고메리를 알아서 처리한 것처럼?"

"죽고 싶어?"

"아니요. 무슨 일이 벌어지고 있는지 알고 싶을 뿐이에요."

"어째서?"

"말했잖아요. 멜빈을 돕고 싶다고."

"아무도 그 녀석을 도와줄 수 없어. 정말이지 아무도. 그 녀석은 완전 망해버렸다고. 그 녀석 잘못은 전혀 없지만 그냥 일이 그렇게 돼버렸어."

"멜빈은 평생에 대한 계획이 서 있었어요."

"나도 그랬어. 그래도 그냥 그렇게 되는 거야. 인생이 원래 그래. 계획 같은 건 시궁창에 처박히지."

"멜빈은 당신 때문에 감옥에 갔어요, 로이."

"다른 선택지보다는 그 편이 나았어. 적어도 살아 있기는 하잖아. 안 그래?"

"지금은요."

"이 일은 내가 알아서 하도록 맡겨두고 너는 그냥 네가 온 곳으로 돌아가. 멜로도 데리고. 되도록 멀리 가. 두 번 부탁은 안 해. 다음번에 오면 네 창자를 발라줄 거야. 내 말 알아들었어?"

"알아들었어요."

"아니, 내 생각엔 알아들은 것 같지 않아. 정말이야."

데커는 공격에 대비했다.

그러나 그것은 칼이 아니라 뭔가 단단하고 무거운 것이었다. 그것이 그의 옆머리를 가격한 순간, 데커는 어둠 속으로 빠져들었다.

"이제는 당신이 운 좋은 사람이 됐네요."

데커는 눈을 깜빡이다 완전히 떴다. 마스가 내려다보고 있었다.

"썩 운 좋은 기분은 들지 않는데요." 데커가 신음했다.

"이제 내 심정을 알겠군요."

데커가 주위를 둘러봤다. "여기가 어디죠?"

"병원요. 뇌진탕이었어요. 옆머리가 마치 레이 루이스하고 한바탕 붙은 것처럼 보여요."

"사실은 딱 그런 느낌이에요."

마스가 일어나 앉으려는 데커를 손으로 내리눌렀다. "어유, 덩치 큰 친구. 아직은 아무 데도 못 가요."

데커가 도로 누웠다. "다른 사람들은 어디 있습니까?"

"보거트하고 밀리건은 무슨 일이 일어났는지 파악하는 중이에 요. 재미슨은 몇 시간째 당신 침대맡을 지켰어요. 방금 화장실에 간다고 나갔어요. 금방 돌아올 거예요. 그렇게 지극정성인 숙녀분이 곁에 있어서 좋겠어요."

데커가 마스를 올려다봤다. "나는 둔해서 그런 걸 잘 알아차리지 못해요."

마스가 의자 하나를 끌어당겨 앉았다. "내가 당신 상태에 관해서 좀 조사해봤는데요." 마스가 머리를 톡톡 두드렸다. "이 윗부분 말이에요."

"왜요?"

"그야 당신을 더 잘 이해하고 싶으니까요. 경기 영상을 공부하고 나서 전략을 짜는 것처럼요."

"그래서 뭘 알아냈죠?"

"복잡해요. 당신은 복잡해요. 동일한 사례가 하나도 없더군요. 당신 뇌가 계속 스스로 재배치한다면 내일이면 당신은 완전히 다른 사람이 될 수도 있어요. 한마디로 예측 불허죠."

"아마 그래서 내가 오늘만 사나 봅니다." 데커가 농담했다.

마스가 피식 웃었다. "당신하고 나 둘 다 그렇죠." 하지만 그 웃음은 곧 사그라졌다. "그 사람이었어요?"

"누구요?"

"누군지 알잖아요, 데커. 우리 노친네요. 그 사람이 당신을 이렇게 만든 거예요?"

문이 열리고 재미슨이 문간에 나타났다. 데커가 깨어난 것을 보더니 한달음에 뛰어왔다. "아이고 하느님, 감사합니다. 에이머스, 기분이 어때요?"

"살아는 있어요. 대략 그게 다예요. 하지만 곧 괜찮아지겠죠."

마스가 끼어들었다. "데커가 막 누가 자기를 때렸는지 말하려던 참이었어요."

재미슨이 숨을 삼켰다. "당신 알아요? 그 사람을 봤어요?"

"그 사람은 당신 아버지였어요, 멜빈. 적어도 나는 99퍼센트 확신해요."

"그렇다면 보지는 못했군요?"

"대신 목소리를 들었어요. 내 경정맥에 칼을 들이댄 채 담소를 나눴죠. 전부 다 알고 있더군요."

"그 사람이 내 이름을 말했어요?" 마스가 물었다.

"그래요. 음, 그렇다고 봐야겠죠."

"나를 정확히 뭐라고 부르던가요?"

"멜로."

마스가 고개를 돌리더니 턱을 쓱 문질렀다. "맞네."

"어디서 나온 말이죠?"

"아버지가 하던 농담이에요. 멜로라니, 정말 나하고 안 어울리죠. 나를 그렇게 부른 건 그 사람뿐이었어요. 단 한 사람뿐이었죠."

"그러니 그 사람이 맞겠군요." 재미슨이 말했다.

"그래요. 꽤 확실해요." 마스가 말했다.

"흡연자였어요." 데커가 말했다.

"네, 우리 노친네는 골초였죠."

"그가 또 뭐라던가요, 에이머스?" 재미슨이 물었다.

데커는 그가 한 이야기를 차분히 들려줬지만, 일부는 생략했다. 특히 로이 마스가 자신의 아들에 대해 드러낸 속내와 관련된 부분들은.

마스가 천천히 말했다. "나를 보호하려고 이 일을 한 거라고 했다고요? 그리고 우리 어머니가 자기에게 약속하게 만들어서 나를 꺼내줬다고요?"

"자기 입으로 그렇게 말한 건 아니지만 내 말에 반박하지도 않았죠. 그런데 한 가지 아리송한 게 있어요. 그 사람은 자기가 당신을 함정에 빠뜨리지 않았대요. 그 사람이 그런 게 분명한데도."

마스가 고개를 끄덕였다. "우리 어머니는 그 사람이 뭘 하려고 하는지 알았죠. 나를 함정에 빠뜨리고 자기는 죽은 척할 것을. 초차, 당신이 말한 것처럼요."

데커와 재미슨이 마스에게 불안한 눈빛을 보냈다.

"아마 당신이 감옥에 있으면 더 안전할 거라고 생각했을 거예요, 멜빈." 재미슨이 말했다.

"그래요. 안전하다 못해 하마터면 돌아가실 뻔했죠."

"말기 뇌종양이었잖아요. 내 추측이지만 아마 그다지 머리가 맑지 못했을 거예요. 그리고 어머니가 그 계획을 마음에 들어 하지 않았다는 건 꽤 확실해요. 그래서 말다툼을 벌인 거죠."

"그럼에도 불구하고 그 사람은 그 일을 진행했고, 나를 엿 먹였어요. 그리고 어머니는 그걸 따랐고요."

기나긴 침묵이 흘렀다.

"두 분이 무슨 생각이었는지를 추측하자면 끝이 없어요, 멜빈." 데커가 마침내 입을 열었다. "그런다고 달라지는 것도 없죠."

"맞아요. 나도 알아요."

"그렇지만 그래도 여전히 거지 같죠." 데커가 말했다.

"네, 그래요."

그를 빤히 보고 있던 재미슨이 화제를 바꾸려는 듯 재빨리 물었다. "이제 당신은 이 뒤에 카르텔이 있다고 생각하지 않는 거죠?"

"로이가 카르텔 이야기에 콧방귀를 뀌더군요. 내가 헛짚고 엉뚱한 소리를 했다는 뜻이죠. 그래서 방향을 바꿨더니 입을 다물어버렸어요.”

“대븐포트는요?” 재미슨이 약간 떨리는 목소리로 물었다.

“불행히도, 그리 희망적인 관측을 보여주지 않았어요.”

“그렇지만 자기가 내 뒤를 봐주고 있다고 말했잖아요.” 마스가 말했다.

데커가 마스를 봤다. 애원하는 듯한 그의 표정을 보기가 괴로웠다. “그렇게 말하긴 했어요, 멜빈. 당신을 보호하기 위해 최선을 다할 것 같아 보였어요.”

“어머니 때문이죠.”

“그게 전부인 것 같지는 않았어요. 당신이 완전 망했다고 하더군요. 어쩌면 회한을 느끼는 거겠죠.”

“내 생각엔 아닌 것 같아요.” 마스가 느릿느릿 말했다. “나는 그 사람이 뭔가를 느낄 수나 있는지 잘 모르겠어요.”

“당신 아버지가 당신에 관해 뭘 느끼든 느끼지 않든, 멜빈, 그건 당신하고 아무 상관 없어요.” 재미슨이 단호하게 말했다. “그건 그 사람 문제예요. 당신 문제가 아니라.”

데커가 말했다. “그 남자는 칼을 잘 다뤘어요. 그리고 70대이면서도 여전히 엄청난 육체를 가졌더군요. 나를 기절시키는 건 쉬운 일이 아니에요. 한데 그 남자는 그걸 해냈죠.”

“원래부터 황소처럼 강했어요.” 마스가 멍하니 말했다.

“당신 아버지하고 몽고메리 사이에 뭔가가 있어요. 말은 안 했지만 인정한 거나 다름없어요. 우리가 그 연결 고리를 찾아낼 수만 있다면 이 모든 일의 배후가 누군지 알아낼 수 있을지도 몰라요.”

재미슨이 말했다. “어쩌면 로이의 충고를 받아들여서 멜빈을 여기서 멀찍이 떼어놓는 게 옳을 수도 있어요.”

마스가 즉각 대꾸했다. "나는 아무 데도 안 가요."

데커가 덧붙였다. "나도 같은 생각이에요. 내가 상황을 제대로 읽고 있다면, 멜빈이 어디로 가느냐는 중요하지 않아요. 또한 로이가 누구를 피해 숨어 있는지는 몰라도, 그 누군가가 그 금고의 내용물을 노리고 있다고 생각하는 것도 분명해요."

"그렇지만 그게 뭔지에 대해서는 아무런 실마리도 없는 거죠?" 재미슨이 물었다.

"뭔가 중요한 물건인 것만은 분명하죠."

"그렇지만 카르텔이 아니라면 뭐죠?" 마스가 물었다. "우리 노친네가 그 옛날에 무슨 일에 얽혔던 걸까요?"

데커가 말했다. "그 사람은 위험한 남자예요, 멜빈. 어쩌면 그게 실마리일 수도 있어요. 그 남자가 살인자라는 것."

"뭐, 일종의 살인 청부업자라거나?"

"확실히는 모르죠. 그냥 누가 그를 해결사로 고용했더라도 놀랍지 않을 거라고 말하는 것뿐이에요."

마스가 자리에서 일어나 창가로 가 밖을 내다봤다. 혼돈과 절망을 인간의 형태로 빚어낸 듯한 모습이었다.

재미슨이 목소리를 낮춰 데커에게 말했다. "이 일은 정말이지 저 사람에게 너무 가혹해요. 어떤 심정일지 상상도 안 가요."

"나는 상상이 갑니다. 하지만 저 사람을 이 난장판에서 꺼내줄 유일한 방법은 진상을 알아내는 거예요. 아니면 남은 평생 뒤만 돌아다보며 살게 될 테니까요."

"정말 우리가 해낼 수 있다고 생각해요?"

"네, 그 전에 그들이 먼저 우리를 죽이지만 않는다면요."

"지역 경찰에 모텔 입구를 24시간 지키라고 지시했어, 에이머스." 보거트가 말했다. "대븐포트가 납치당한 후에 그렇게 해뒀어야 하는데, 멜빈과 재미슨의 방 밖에만 경호원을 세워두고 당신 방에는 안 했어. 누가 당신을 노릴 거라고는 전혀 생각 못 했거든."

보거트와 데커는 병원 복도를 함께 걷고 있었다.

"괜찮아." 데커가 말했다. "이렇게 바로 퇴원할 수 있잖아."

"그래서 그건 로이 마스였다?"

데커가 고개를 끄덕였다. "그렇게 말해도 될 거야. 어쨌든 본명이 궁금하군."

"누군 안 궁금한가."

두 남자는 병원을 나서 보거트의 차에 오른 뒤 출발했다.

주도로에 오르자 보거트가 데커를 흘끗 봤다.

"좀 어때?"

"멍청하고 더뎌. 우리가 이 사건을 맡은 뒤로 나는 줄곧 제자리

걸음만 하고 있어."

"내 말은, 몸 말이야."

"아파. 하지만 더 심했던 적도 있는데 뭐. 훨씬 심했지. 그나저나 찰스 몽고메리의 체포 기록을 몽땅 확인해야 해."

"큰 건들은 있어. 사형으로 이어진 건들."

"내가 필요한 건 사소한 것들이야. 보석금으로 빠져나간 사건들. 어느 정도는 세부 사항이 있지만, 전부가 필요해."

"그게 중요하다고 생각해?"

"우리는 로이 마스와 몽고메리의 관계를 추적해야 해. 그건 그냥 우연이 아니었어. 즉 중요하다는 뜻이지. 그 관계를 알아낼 수 있다면 이 일의 배후가 누군지 드러날지도 몰라. 그걸 알아내면, 그러면 전체 실타래가 풀리기 시작할 거야."

"어쩌면 몽고메리가 사형 선고를 받은 사건하고 관련 있을지도 모르잖아."

"아니, 그 사건들은 아주 최근에 일어났어. 로이 마스와의 연결 고리가 뭔지는 몰라도 40년이나 그보다 더 전으로 거슬러 올라갈 게 분명해."

"그 말이 맞을지도 모르겠군. 그렇지만 그렇게 오래전이라면 상세한 기록을 찾아내기가 무척 어려울 텐데."

"몽고메리는 1967년 베트남에서 돌아왔어. 그 직후 육군에서 제대했고. 그 후 일련의 경미한 범죄들에 연루됐지."

"몽고메리가 두통이 심했다고 했잖아. 전쟁에서 만신창이가 돼서. 어쩌면 단순한 반항이었는지도 몰라. 젊고 멍청했으니까."

"몽고메리가 멍청해 보였어?"

"아니, 그렇지만 우리와 만났을 때는 훨씬 나이 들고 훨씬 단련

됐잖아. 당시에는 젊은 불한당이었을 텐데 뭔들 못 했겠어."

"나는 우리가 본 남자가 젊었을 때하고 그리 많이 달라지지 않았을 거라고 생각해. 몽고메리는 베트남에서 싸웠고 부상당했어. 단순한 불한당은 아니었을 거야. 지옥에서 돌아온 병사였지. 그리고 거기에는 뭔가 다른 것도 있었어."

"뭔데?" 보거트가 재빨리 물었다.

"그걸 알아내는 게 쉽지 않아."

"뭐야, 당신 뇌가 말을 잘 안 들어?"

"내 뇌는 원래 내 말을 안 들어."

"내 말은, 나머지 우리 같은 한심한 멍청이들의 머리처럼 안 돌아가느냐고."

"뭔가가 있었어." 데커는 보거트의 말을 무시했다. "내가 뭔가를 보거나 들었는데." 그렇게 말하면서 옆머리의 멍을 만지작거렸다. "어쩌면 로이가 생각보다 나를 더 세게 때렸나 봐."

"자네는 그걸 계속 생각해봐. 그동안 나는 찰스 몽고메리에 관해 할 수 있는 한 자세히 파헤쳐볼게."

그들은 계속 길을 달렸다.

* * *

그날 저녁, 일행은 모텔에서 몇 블록 떨어진 식당에서 메리 올리버와 저녁 식사를 함께했다.

밀리건이 데커의 얼굴을 보고 말했다. "젠장, 두개골이 박살 나지 않은 걸 다행이라고 생각해야겠네요."

"아마 그러고 싶었겠죠." 데커가 말했다. "정말 나를 죽일 작정이었으면, 그냥 내 목을 긋기만 하면 됐어요."

마스가 샐러드를 썰려고 들었던 칼을 내려놨다.

"미안해요, 멜빈." 데커가 눈치채고 말했다.

"괜찮아요. 현실은 현실이죠. 우리 노친네는 돌았어요."

"아니요. 그 남자는 자기가 하는 일을, 그리고 그렇게 행동하는 이유를 정확히 알아요. 자기가 당신을 감옥에서 꺼내준 게 사람들이 당신을 노리게 만든 원인이라는 걸 알아요. 그들은 그 금고에 들어 있던 걸 원해요."

"그렇다면 그 남자가 그 내용물을 가지고 있다는 건가요?" 올리버가 물었다.

"아마도요. 내 말은, 몸에 지니고 다니지는 않지만 어딘가에 뒀겠죠. 자기 혼자만 아는 안전한 어딘가에."

올리버가 말했다. "우리가 그 남자를 찾아낼 수 있다면 그 남자가 우리를 거기로 인도하겠죠. 그러면 우리는 그 내용물이 가리키는 누군가를 뒤쫓을 수 있을 테고요. 그들이 틀림없이 리사를 잡아간 사람들일 거예요."

밀리건이 덧붙였다. "음, 말이 쉽죠. 데커의 방에 가봤는데 쓸 만한 지문이나 발자국 하나 없더라고요. 그 남자는 프로예요. 드나드는 걸 본 사람도 한 명 없어요. 거기다 자물쇠를 딴 솜씨가 아주 전문가 수준이더라고요."

"전문가 맞아요." 데커가 말했다. "로이는 누가 자기를 쫓고 있는지 알고, 그들이 뭘 원하는지도 알죠."

"그런데 우리가 그 남자를 어떻게 찾아내죠?" 올리버가 물었다. "틀림없이 뭔가 방법이 있을 텐데요."

"로이는 우리를 지켜보고 있었어요. 우리를 알아요. 우리가 FBI

소속인 것도 알고, 우리가 이 모든 일을 조사하고 있는 것도 알죠. 로이는 우리가 생각하는 것보다 가까이에 있는 게 틀림없어요."

밀리건이 말했다. "만약 그렇다면 우리가 그 남자를 못 찾을 리 없어요. 인상착의가 있잖아요. 여기가 그리 큰 동네도 아니고."

"그 남자가 이 동네를 훤히 알고 있을 수도 있죠." 재미슨이 지적했다. "그 남자가 있을 법한 지역에는 버려진 집과 농장이 널려 있을걸요."

데커가 이상한 표정으로 재미슨을 봤다. "그 말이 맞아요."

"그 남자가 머물 만한 버려진 집들이 널려 있다는 말 말이에요?"

"로이가 머물 만한 버려진 집이 하나 있다고요."

"우리 옛집을 말하는 건 아니죠?" 마스가 물었다.

"왜 아니라고 생각하죠?"

"우선 너무 빤하잖아요."

"너무 빤해서 아무도 확인하지 않는다면?" 데커가 반문했다.

"그렇지만 당신은 거기 갔었잖아요." 재미슨이 지적했다. "그다음에는 우리가 당신하고 멜빈하고 같이 갔고."

"그렇지만 누가 거길 내내 감시하고 있는 건 아니죠." 데커가 말했다. "지금 거길 지켜보고 있는 사람은 아무도 없어요. 그리고 로이가 그 금고의 내용물을 숨기고 싶어 한다면?"

올리버가 말했다. "그게 거기 어딘가에 있을지도 모른다고 생각해요?"

"보장은 없지만, 한번 가볼 만한 가치는 있죠." 데커가 마스를 응시했다. "거기에 뭔가를 숨기기 좋은 데 없어요?"

올리버가 주머니에서 휴대폰을 꺼내 화면을 들여다봤다. "멜빈의 소송건으로 문자가 왔네요." 답신을 보낸 올리버가 마스를 보며 미소 지었다. "상황이 긍정적으로 흘러가고 있어요, 멜빈. 주 정부에 친구가 하나 있거든요. 방금 그 친구가 알려준 건데, 주의 교정 시스템에 당신이 당한 일에 관한 내 진정이 올라가서 전 부서에 난리가 났대요. 마치 대가리가 잘린 닭들처럼 뛰어다니고 있다나. 자기들이 불리하다는 걸 안다는 뜻이죠. 조만간 그들이 협상 테이블에 앉게 될 거라는 뜻이기도 하고요."

"우아, 기적 같은 이야기네요!" 마스가 말했다.

"이제 여론이 당신 편이 된 것 같아요."

데커가 끼어들었다. "좋은 소식이긴 하지만 논점을 흐리지 맙시다. 멜빈, 집에 그럴 만한 데가 있나요?"

마스가 말했다. "아무리 머릿속을 뒤져봐도 떠오르는 게 없어요. 그 집은 그리 크지도 않고, 나는 뭘 숨겨야 할 만한 일이 한 번도 없었거든요."

"차고는 어때요?"

"부엌하고 이어지는 문 옆쪽 벽에 흔들리는 판자가 하나 있었어요. 어렸을 때 거기를 들여다봤더니 낡은 커피 캔이 있었던 게 기억나요. 딱히 별 생각은 안 들었어요. 그리고 아버지가 낡은 커피 캔을 굳이 거기 숨겨놓은 건지도 모르겠고요."

"한번 찾아볼 가치는 있어요. 멜빈하고 내가 오늘 밤 늦게라도 가서 확인하고 오죠."

보거트가 말했다. "혹시 모르니 토드도 같이 가도록 해. 몽고메리에 대한 정보가 곧 들어올 거예요. 남자분들이 그 집을 확인하는 동안 알렉스, 메리는 나하고 같이 그걸 살펴보면 되겠네요."

"나쁘지 않은 계획 같군요." 마스가 말했다.

53

밀리건이 앞장서서 집 앞의 울창한 나무와 수풀을 헤치며 나아갔다. 데커와 마스가 그 뒤에 바짝 붙어 따라갔다. 비는 잠시 멈췄지만, 구름은 습기로 무거웠다. 금방이라도 다시 비가 쏟아질 것 같았다. 현관에 도착하자마자 밀리건이 손을 총 손잡이에 얹은 채 조심스레 문을 밀어 열었다. 데커도 마찬가지로 준비했다.

일행은 거실로 들어가 주변을 둘러봤다. 바깥도 어두웠지만 실내는 더욱 어두웠다. 밀리건은 손전등으로 그곳을 죽 비춰봤다. 손전등을 들고 앞장서서 부엌으로 들어간 데커는 부엌에서 차고로 나가는 문으로 향했다. 차 한 대가 들어갈 정도의 작은 차고였다. 그 공간 곳곳을 손전등으로 비췄다. 밀리건 역시 똑같이 했다.

"저쪽이에요." 마스가 바깥으로 나가는 옆문 근처 벽의 한 지점을 가리키며 말했다. "판자가 고르지 않은 부분이 보이죠?"

일행은 밀리건이 비추는 손전등 빛을 따라 그 지점으로 다가갔다. 데커가 판자를 잡고 당겼다. 꽤 쉽게 움직였다. 그 뒤에 뭔가를 넣어둘 만한 작은 공간이 드러났다. 말이 공간이지, 간주(間柱)들 사이의 틈새에 불과했다. 깊이 15센티미터, 폭 45센티미터쯤 됐다. 공간의 '바닥'은 대들보였다. 그곳은 비어 있었다.

"여기다 뭔가를 숨겼을 수도 있겠네요." 데커가 지적했다. "이 정도 크기면 금고에 있던 걸 숨기기에 넉넉할 겁니다."

"그렇지만 아무것도 없잖아요." 밀리건이 말했다. "그러니 우리에게는 도움이 안 되죠."

그는 손전등으로 주변을 좀 더 비춰본 후 바닥을 비췄다. 미세한 먼지와 작은 나뭇조각으로 보이는 것들을 제외하면 말끔했다.

"판자를 잡아당겼을 때 떨어졌나 봐요." 밀리건이 말했다.

"아까 판자를 잡아당기기 전에 바닥을 봐뒀어요. 그 먼지 더미와 나뭇조각은 그 전부터 있었어요. 그리고 판자를 보면, 바닥에 있는 조각과 딱 들어맞는 틈이 있죠. 나는 이런 곳, 수십 년간 버려져 부식되고 습기 찬 곳에서는 판자를 들어내기가 훨씬 더 어려울 거라고 생각했어요. 내가 보기엔 원래 그런 상태였는데 판자를 억지로 들어낼 때 나뭇조각이 부러진 것 같아요."

"다른 사람이 이미 왔다 갔다는 뜻이군요." 밀리건이 말했다.

데커가 고개를 끄덕였다. "그것도 최근에. 왜냐하면 전에도 여기를 수색했는데 나뭇조각을 본 기억이 없거든요. 만약 그런 게 있었다면 기억에 남았을 겁니다."

마스가 흥분해서 물었다. "당신은 우리 노친네가 그 물건을 정말 여기에 숨겼다고 생각해요?"

"나야 확실히 알 수 없죠. 하지만 누가 어떤 이유로 그걸 확인한 건 분명해요. 어쩌면 로이일 수도 있고, 어쩌면 다른 사람일 수도 있죠." 데커가 주변을 둘러봤다. "그건 그렇고, 당신 아버지의 본명

머리글자는 A와 C예요."

"젠장, 당신이 그걸 어떻게 알죠?"

"벽장에도 새겨져 있었고, 로이가 앨라배마에서 차를 빌릴 때 사용한 이름하고도 일치하니까요. 아서 크랜들."

밀리건이 긴장해서 데커의 팔을 꽉 붙잡았다. "방금 누가 뒷문을 통해 집으로 들어온 것 같아요."

일행은 모두 못 박힌 듯 그 자리에 서서 귀를 쫑긋 세웠다.

"저기요." 밀리건이 말했다.

"확실히 발소리네요." 마스가 말했다.

"맞아요." 데커도 동의했다. 머리 높이에 있는 차고 문에 시선을 보냈다. "저쪽으로 나가야 할까요?"

밀리건이 말했다. "장담하는데 저 문은 안 열린 지 20년은 됐을 겁니다. 저걸 열려고 하면 열차가 선로에서 벗어나는 것 같은 소리가 날걸요. 아마도 저쪽 문도 마찬가지일 테고. 그리고 문 바로 앞에 아예 숲처럼 풀이 무성하게 자라나 있는 걸 봤잖아요. 젠장. 우리는 거기 꼼짝없이 붙들려서 아주 좋은 과녁이 될 겁니다."

"그래도 저쪽은 우리가 집에 있는 걸 알 텐데." 마스가 말했다.

"꼭 그러란 법은 없죠. 뒤쪽으로 들어오지 않았다면." 밀리건이 반박했다. "그리고 우리가 여기 있는 걸 알더라도 차고에 있다는 건 모를 수도 있어요."

"혹시 보거트가 온 게 아닐까요?" 마스가 물었다.

"보거트라면 전화했을 겁니다." 데커가 말했다. "우리가 여기 있는 걸 아는데 몰래 들어올 이유가 없죠. 달갑잖은 상황이 벌어질지도 모르는데."

"맞아요." 밀리건이 말했다.

"그럼 누구죠?" 마스가 물었다.

데커와 밀리건이 동시에 총을 꺼냈다.

"우리 뒤로 와요, 멜빈." 데커가 말했다.

"내 몸은 내가 지킬 수 있어요."

"상대가 총을 가졌다면 그럴 수 없어요." 밀리건이 지적했다.

데커가 휴대폰에 번호를 찍었다. "전화가 안 돼요. 신호가 안 잡혀요."

"여긴 여전히 아무것도 없군요." 마스가 말했다. "20년이나 지났는데도."

밀리건이 어깨를 활짝 폈다. "좋아요. 여기서 그들이 문으로 들어오길 기다릴까요? 사선(射線)이 좋아서 잘하면 저쪽에서 덮치기 전에 우리가 먼저 저쪽을 쓰러뜨릴 수도 있을 것 같은데."

"좋은 전략 같아요." 데커가 말했다. "그러려면 우리는 쪼개져야 해요. 내가 저쪽 구석을 맡죠. 토드, 당신은 반대편을 맡아요. 그러면 상대는 두 곳에서 날아오는 총탄을 상대해야 할 거예요. 멜빈은 저쪽 작업대 옆 바닥에 엎드려 있어요. 그러면 좀 나을 겁니다."

"봐요, 친구들. 두 사람이 나를 위해 목을 내놓는 건 사양해요."

"이미 이 사건을 맡은 순간 그런 거나 마찬가지예요." 데커가 대꾸했다. "이제 그냥 내가 말하는 대로 해요. 저들이 누군지는 모르지만, 이쪽으로 오는 소리가 들립니다."

각자 자기 위치로 흩어졌다. 데커와 밀리건은 서로 반대편 구석에, 즉 위에서 내려오는 차고 문 양쪽에 무릎을 꿇고 앉아 사격 자세를 취했다. 총구는 집과 통하는 문 쪽을 향하게 했다. 마스는 작업대 옆 바닥에 엎드린 채 문 쪽을 뚫어져라 봤다.

"저쪽에서 먼저 쏠 때까지 기다릴까요?" 밀리건이 말했다.

"그럴 가능성은 희박하지만 어린애들이 폐가 탐험을 왔을지도 모르니 기다려야 할 것 같아요." 데커가 말했다. "소리 질러 이쪽의 신원을 밝혀야 하지만, 아무래도 아이들은 아닐 것 같군요."

"내 생각도 그래요."

"혹시 총을 쏘게 되면 왼쪽으로 굴러요. 내가 이어서 쏘고 오른쪽으로 구를게요. 가능하면 말이에요."

"접수했어요."

그들이 들은 다음번 소리는 주방으로 통하는 문이 쾅 닫히는 소리였다. 이어 자물쇠 돌아가는 소리가 들렸다. 그다음에는 단단한 것이 다른 단단한 뭔가를 때리는 소리가 들렸다. 데커와 밀리건은 서로 마주 봤다.

"소리가 영 마음에 안 드는데." 밀리건이 콧김을 뿜었다. "무슨 장난질을 치고 있는 거지?"

"어이, 친구들." 마스가 나직이 불렀다. "타는 냄새 안 나요?"

5 554

바깥으로 나가는 문을 걷어찬 데커가 반동으로 뒤로 나가떨어졌다. 자물쇠를 열려고 해봤다. 이윽고 뒤로 물러서서 총을 쏴 손잡이를 부줬다. 다시 문을 걷어찼다. 문은 꿈쩍도 하지 않았다.

"꽉 막혔든가 못을 박아놓은 것 같아요." 데커가 외쳤다.

밀리건은 차고 문을 힘으로 들어 올리려 했다. "여기도 막혔어요."

주방과 통하는 문에서 차고로 연기가 쏟아져 들어왔다.

그쪽으로 달려간 데커와 마스는 숨이 막혀 콜록거렸다. 데커의 손전등이 연기와 어둠 속을 꿰뚫었다.

데커가 문에 손을 얹고 끙 소리와 함께 홱 잡아당겼다. "엄청 뜨거워요. 문 너머에서 불이 난 게 분명해요. 저쪽으로 나가긴 글렀어요."

"나갈 만한 다른 길이 없어요." 밀리건이 차고 건너편에서 고함쳤다.

마스가 반대쪽 벽으로 갔다가 뒤돌아 달려갔다. 밖으로 나가는 문을 어찌나 세게 들이받았는지 경첩이 떨어져 나갔다. 그렇지만 집 주변에서 자라난 관목과 넝쿨 때문에 문은 단단히 버티고 있었다. 마스가 마구 밀치고 걷어찼지만, 묵직한 관목과 질긴 포도나무에 풀어낼 수 없이 뒤엉켜 있는 문은 꿈쩍도 하지 않았다.

"젠장!" 마스가 고함쳤다.

데커의 폐가 들썩였다. 연기가 올라오자 데커는 바닥에 낮게 엎드렸다. 다른 사람들에게도 자기를 따라 하라고 외쳤다. 위로 밀어 여는 문을 향해 배를 깔고 기어갔다. 밀리건은 그 옆에 배를 대고 엎드려 있었다.

"누가 반드시 길에서 불이 난 걸 볼 거예요." 밀리건이 숨을 몰아쉬었다.

"그렇지만 소방서에 전화해서 여기 올 때쯤이면 우리는 질식해 죽은 뒤일걸요." 데커가 지적했다.

"비켜요." 마스가 말했다.

두 남자가 고개를 돌린 순간, 문을 향해 최고 속도로 달려오는 마스가 보였다. 두 남자는 재빨리 몸을 날려 비켜났다. 마스는 그들을 쌩하니 지나쳐서 위로 밀어 여는 차고 문을 어깨로 들이받았다. 뻐걱 소리만 났을 뿐 문은 꿈쩍도 하지 않았다. 엄청난 양의 연기를 들이마시곤 숨을 쉬려 애쓰던 마스는 콘크리트에 쓰러져 구역질했다.

"누가 우리를 여기 가뒀군요." 밀리건이 말했다. "불을 지르고 밖으로 나가는 문을 막아버렸어요."

데커는 밀리건의 말이 맞다는 것을 알았다. 하지만 자신들이 이 시간에 여기 올 줄 도대체 누가 무슨 수로 알았단 말인가? 데커는 차고 문 밑으로 손을 집어넣어 위로 밀었다. 문은 꿈쩍도 하지 않았다. 힘이 작용하는 각도가 부자연스럽다 보니 거의 힘을 줄 수 없었다. 한 방에 장애물을 날려버리던 몸집도 지금은 전혀 쓸모없었다. 데커는 다 놓아버리고 처음으로 그런 생각을 했다. 우리는 여기서 죽을 거야.

다음 순간, 소리가 들렸다. 총성. 바로 바깥에서. 총탄이 문을 뚫고 날아들지는 알 수 없었지만, 데커는 본능적으로 한구석으로 몸을 날렸다.

"밖에 누구야?" 밀리건이 고함쳤다.

뭔가가 문을 쳤다. 연거푸 타격을 퍼부었다. 이후 또 한 번의 총성. 그것은 문을, 벽과 만나는 지점 근처를 때렸다. 데커는 더 뒤쪽으로 갔다. 유사시에 대비해 사격 자세를 취했다. 밀리건이 앞으로 달려 나가더니 문 아래쪽에 쪼그려 앉아 위로 밀어 올렸다. 문이 서서히 올라가기 시작했다.

"도와줘요." 밀리건이 말했다.

데커와 마스가 그를 도우려고 뛰어갔다. 문이 더 빨리 올라갔다.

"가요, 어서!" 밀리건이 말했다.

그는 마스를 앞으로 밀었다.

차고 옆문과 마찬가지로, 차고 문 앞에도 잡초가 빽빽하게 자라 있었다. 콘크리트 진입로 대신 그냥 자갈밭이 이어졌는데, 흙으로 덮인 지 오래된 듯했다. 마스는 덩굴과 나뭇가지 들이 완전히 떨어져 나갈 때까지 발로 차고 손으로 후려쳤다. 데커가 그 뒤에 바짝 따라붙었다.

비틀대며 나오던 밀리건은 가시투성이 감탕나무와 집 옆쪽 벽사이에 갇혀버렸다. 밀리건의 외침을 들은 데커와 마스가 도와주러 달려갔다. 두 남자가 힘을 모으자 밀리건은 곧 자유로운 몸이 됐다. 세 남자는 비틀거리며 집에서 멀어진 뒤 땅바닥에 주저앉아 구역질하고 기침했다.

마스가 땅바닥에 등을 대고 누워 옛집을 봤다. 앞창 너머로 불길이 보였다. 금 간 유리 밖으로 검은 연기가 쏟아져 나왔다. 마스는 땅바닥에 다시 머리를 대며 눈을 감았다. 데커는 일어서서 주변을 바삐 둘러봤다. 차 시동 거는 소리가 들렸는데, 어디인지는 보이지 않았다.

"저기예요." 밀리건이 외쳤다. 그는 총을 든 채 왼쪽을 가리켰다.

찻길에 다다른 순간, 두 남자의 눈에 보인 것은 어둠 속으로 사라지는 자동차 미등뿐이었다.

"젠장!" 밀리건이 외쳤다. 휴대폰을 꺼내 전화를 걸려고 했지만 여전히 신호가 잡히지 않았다. 그는 휴대폰을 도로 주머니에 쑤셔넣고 그들이 타고 온 차로 이미 가 있는 데커를 뒤쫓아 뛰어갔다. 데커가 차에 올라타 열쇠를 점화 장치에 꽂았다. 시동이 걸리지 않았다.

"젠장, 뭐야?" 데커가 외쳤다.

차 엔진은 돌아갈 기미도 보이지 않았다.

데커가 말했다. "후드를 열어봐요."

밀리건이 후드를 들어 올리고 손전등으로 엔진을 비췄다. "배터리 케이블이에요. 싹둑 잘렸네요."

데커가 차에서 내렸다. 마스가 천천히 두 사람에게 다가왔다. 그들 뒤편의 집은 완전히 불길에 집어삼켜졌지만, 마스는 돌아보지 않았다. 잘린 배터리 케이블을 본 마스는 가슴 앞으로 팔짱을 끼고 차에 몸을 기댔다.

"빌어먹을, 도대체 차에 있던 자는 누구였을까요?" 밀리건이 물었다.

마스가 말했다. "우리 노친네였어요."

데커가 마스를 쏘아봤다. "그걸 어떻게 알죠?"

마스가 잘린 케이블을 가리켰다. "열일곱 살 때 아버지가 차를 주셔서 끌고 다녔어요. 공짜로 얻은 똥차를 아버지가 고쳐주셨죠. 그런데 내가 잠깐 정신이 나가서 과속했어요. 운 좋게도 다치지는 않았죠. 아버지가 차를 집으로 가져와서 수리했는데, 내가 다시 타려고 하니까 시동이 안 걸리더라고요. 그래서 후드를 들여다봤죠."

"그리고 잘린 케이블을 발견했군요." 데커가 말했다.

마스가 고개를 끄덕였다. "잘못을 저지르면 어떤 대가가 따르는지 교훈을 가르쳐주겠다고 하셨어요. 6개월 동안 엉덩이가 닳도록 집안일을 도운 후에야 케이블을 바꿔주셨죠."

데커는 오래전에 차가 사라져버린 쪽을 응시했다. "로이가 우리 목숨을 구해줬군요."

"어떻게 알아요?" 밀리건이 말했다. "나는 그 남자 때문에 우리가 죽을 뻔했다고 생각하고 있었는데……."

"우리가 누군가 때문에 죽을 뻔하긴 했죠. 하지만 그건 로이 마스가 아닐 거예요."

"확실해요?"

대답 대신 데커는 열린 차고 문 쪽으로 그들을 데려갔다. 연기와 날름대는 불길 때문에 좀 떨어져 서야 했다. 데커는 문이 집 벽과 만나는 오른편을 가리켰다.

"거기 뭔가로 막아놓은 게 보이죠." 데커가 지적했다. 그리고 근처에 떨어진 판자 조각 몇 개를 들어 올렸다. "아마 이것들일 겁니다. 로이가 이것들을 뜯어냈어요. 하나는 쏘아서 뜯은 것 같지만.

우리가 문간에서 들은 총성은 그 소리였을 겁니다. 덕분에 우리가 문을 들어 올릴 수 있었죠."

"그럼 다른 총성은요?" 마스가 물었다.

"우리를 실제로 죽이려고 한 누군가와 충격전을 벌인 거죠."

밀리건이 주위를 둘러봤다. "여기 어딘가에 시신이 쓰러져 있을 수도 있을까요?"

"모르겠어요."

마스가 데커를 봤다. "아버지가 우리 목숨을 구해줬다고요?"

"그래요. 구해줬어요."

"아버지가 오늘 여기 와준 게 정말 기뻐요. 안 그랬으면 우리는 지금 여기 없을 테니까." 마스는 아버지가 도망친 방향을 바라다봤다. "그냥 나한테 와서 말하면 어쩌면 서로 손을 잡을 수 있을지도 모르는데."

"그럴 수는 없어요, 멜빈."

"왜 안 되죠?"

"왜냐하면 그 사람은 살인자니까요. 로이가 앞으로 나선다면 우리는 그 사람을 체포하는 것 말고 다른 선택의 여지가 없어요."

마스가 천천히 고개를 끄덕였다. "그렇겠네요."

"당신 아버지를 뭔가 다른 사람으로 만들려고 애쓰지 마요."

"예를 들면?"

"그 말을 꼭 내 입으로 할 필요는 없을 것 같군요." 데커가 대꾸했다. "그리고 내가 진실을 찾기 위해 여기 있다는 걸 잊지 마요. 나는 당신이 결백하다는 걸 알지만, 당신 아버지가 그렇지 않다는 것도 압니다. 그 사실은 어떻게 해도 바꿀 수 없어요. 당신이 무슨 짓을 하더라도 그건 못 바꿔요. 그냥 그게 현실이에요. 당신은 남은 삶을 살아가야 해요. 그 삶을 아버지와 함께할 생각은 마요. 왜냐하면 그런 일은 없을 테니까."

데커가 걸음을 뗐다. 마스는 그 자리에 그대로 서서 흙바닥을 내려다봤다.

밀리건이 데커에게 다가갔다. "방금은 좀 심했던 것 같아요, 데커. 저 사람한테 꼭 그렇게 벽돌을 쏟아부어야 했습니까?"

"거짓 희망을 주는 게 더 낫다고 생각해요?"

"좀 더 요령 있게 할 수도 있었잖아요."

"나는 그런 거 모릅니다. 멜빈은 이미 자기 인생의 20년을 잃었어요. 가망 없는 일에 1초도 더 낭비하게 만들고 싶지 않아요."

보석. 한 인간이 적어도 일시적으로나마 감금당하지 않도록 구제해주기 위해 내는 돈.

이 관습은 사람들을 가둬놓는 철창의 역사만큼이나 오래전부터 존재했다. 이는 그저 다른 사람의 불행으로 돈을 버는 방식들 중 하나일 뿐이다. 그 개념을 바탕으로 수많은 사업이 생겨났고, 다들 번창했다. 불행은 늘 흘러넘쳤으니까.

데커는 자기 모텔 방 테이블 앞에 앉았다. 마스가 살던 집에 난 불은 진화됐지만, 피해가 컸다. 차고 문은 실제로 막혀 있었다. 차고와 집을 잇는 문은 문과 반대편 벽 사이에 긴 금속 파이프로 빗장이 질려 있었다. 경찰이 주방에서 연소 촉진제를 발견했다. 의도적 방화라는 뜻이다.

일행은 현장에서 급히 떠난 차를 목격한 사람을 찾으려고 했지만 아무도 없었다. 데커는 그 차를 본 사람이 로이 마스일 거라고 확신했다. 하지만 불을 지른 게 누군지, 그리고 어떻게 빠져나갔는지에 관해서는 짐작도 할 수 없었다. 차고 근처 집 벽에서 총구멍 몇 개가 발견됐다. 로이 마스와 거기 있었던 누군가가 총격전을 벌였다는 증거일 수도 있었다. 수사를 돕기 위해 FBI 요원들이 텍사스로 추가 파견됐다. FBI 요원 한 명이 죽음 직전까지 갔으니 당연했다.

데커가 지금 찾고 있는 것은 불완전한 기록이었다. 1960년대에 작성된 찰스 몽고메리의 최초 체포 기록은 누가 보석금을 냈는지를 포함해 보석과 관련된 일부분이 오래전에 사라졌다. 그렇지만 두 번째 체포 기록에서는 보석금을 낸 사람의 이름을 찾아냈다.

"네이선 라이언." 데커는 그 이름을 나직이 불러봤다.

라이언은 1968년 2월 22일 아침 미시시피주 케인에서 몽고메리의 보석금을 냈다. 라이언은 누구며, 왜 몽고메리를 위해 500달러를 냈을까? 당시에 이는 상당한 금액이었다. 서로 아는 사이였을까? 친구였을까? 확실히 몽고메리에게 물어보는 것은 불가능하다. 데커는 눈을 감고 머릿속으로 이 문제를 들여다볼 새로운 각도를 두루 탐색했다. 이윽고 눈을 뜨고 앞에 놓인 노트북을 열었다.

1968년 1월 11일, 앨라배마주 터스컬루사, 음주 운전 및 대마초 소지.

1968년 2월 21일, 미시시피주 케인. 음주 운전 및 불법 총기 소지.

둘 다 남부에서 벌어진 사건으로, 시간 간격이 얼마 되지 않는다. 그리고 음주 운전이 발단이다. 고집일까 아니면 습관일까? 아니면 그저 베트남에서 돌아와 세상에 환멸을 느낀 젊은 제대 군인이 엄청난 좌절감을 허튼짓으로 표현한 것일까?

몽고메리는 1967년 3월에 제대했다. 그러니 대략 10개월간 그 어떤 혐의로도 체포되지 않은 것이다. 어째서? 그런 사소한 범죄들을 저지르고 다닐 가능성은 귀환 직후가 더 높지 않나?

10개월 동안 무슨 일이 일어난 것일까? 미시시피에서 체포된 후 몽고메리는 전에 하던 짓에서 완전히 손을 턴 것처럼 보였다. 사형으로 결말을 맺은 훨씬 심각한 범죄들을 저지르기 전까지는.

데커는 다시 눈을 감고 머릿속을 떠돌았다. 이 두 사건에서 몽고메리를 잡는 데 얼마나 많은 경찰이 투입됐을까? 경찰차 한 대, 두 대, 네 대, 여섯 대? 그저 음주 운전인지 확인하려고?

당시 음주 운전자들은 지금보다 훨씬 관대한 처분을 받았다. 눈 한 번 찡긋, 옆구리 찌르기, 술이 깨도록 하룻밤 재워 보내기, 커피 들이붓기. 심지어 다치거나 죽은 피해자가 있을 때도 그랬다. 그리고 몽고메리는 분명 아무도 다치게 하지 않았다.

터스컬루사와 케인. 둘 다 1968년. 명백한 공통분모가 있을지도 모른다.

데커는 다시 노트북을 열고 온라인에 접속해 다른 것을 검색하기 시작했다.

1968년 1월, 앨라배마주 터스컬루사.

1월 10일, 전미흑인지위향상협회의 한 지국에서 폭탄이 터졌다. 네 사람이 죽었다. 민권 운동가 세 명과 뉴욕 출신 변호사 하나. 모두 흑인이었다. 이와 관련해 체포된 사람은 아무도 없었다.

그리고 찰스 몽고메리가 거기 있었다. 음주 운전과 대마초 소지로 체포돼 이튿날 보석금을 냈다.

데커는 다시 검색했다.

1968년 2월, 미시시피주 케인.

이 달에는 많은 일이 있었다. 그렇지만 가장 많은 머리기사를 내놓은, 가장 두드러진 한 사건이 있었다. 그리고 지금은, 가장 많은 디지털 바이트를 남겼다. 2월 21일, 아프리카계 미국인 교회에서 목사와 청소년 합창단 소속 소녀 네 명을 포함한 열다섯 명이 폭탄 테러로 목숨을 잃었다. 그리고 이튿날 찰스 몽고메리가 총기 소지와 음주와 난동 혐의에 대한 보석금을 냈다.

몽고메리가 이 폭탄 테러들이 자행된 것과 동일한 시기에 이 두 도시에 그저 우연히 있었을 확률이 과연 얼마나 될까 싶었다. 그게 단순히 우연이라면, 그는 우연의 황제이리라.

데커는 '네이선 라이언'이라는 이름을 입력하고 '미시시피주, 케인'을 덧붙였다. 그 후 '폭탄 테러'라는 단어를 추가해 엔터키를 눌렀다. 처음 검색 결과 몇 개를 훑었다. 다섯 번째 검색 결과에 이르렀을 때, 데커는 뭔가를 발견하고 화면에 완전히 빨려들었다. 1999년 3월 2일 미시시피주 케인에서 '세상을 떠난' 네이선 베드퍼드 라이언의 부고였다.

남자는 37년간 지역 정계에 몸담았고, 부시장까지 올랐다. 심장 마비로 책상 앞에서 죽었다. 이 남자가 그 네이선 라이언과 동일 인물이라면, 이는 찰스 몽고메리를 보석으로 꺼내줬을 때 그가 현직에 있었다는 뜻이다. 그리고 데커의 감으로는 그것은 거의 확실했다.

다시 보석 보고서를 들여다봤다. 기록된 이름은 '네이선 B. 라이언'이었다. 부고의 이름은 '네이선 베드퍼드 라이언'이었다. 아마도 남부 연맹 측 장군인 네이선 베드퍼드 포러스트에게서 따왔을 테지. 부고를 계속 읽던 데커는 한 문장에서 멈췄다.

고인은 사망자를 열다섯 명 낸 교회 폭탄 테러 현장에 처음 도착한 사람 중 하나였다.

이것이 '폭탄 테러'라는 단어를 추가했을 때 이 검색 결과가 뜬 까닭이었다. 고마워, 구글.

데커가 읽은 교회 폭탄 테러 관련 기사에는 생존자의 이름이 전혀 실려 있지 않았다. 그래서 데커는 라이언이 현장에 도착했을 때 뭘 했는지, 뭘 하긴 했는지 정확히 알 수 없었다. 어쩌면 그냥 시신 회수 작업을 도우러 가 있었는지도 모른다. 라이언의 흐릿한 사진이 하나 있었다. 확실히 백인이었다. 데커는 라이언이 어쩌다 현장에 처음 도착한 사람들에 속할 정도로 흑인 교회에 가까이 가 있었는지 궁금했다. 1968년 케인이라면 흑백 분리 정책이 상당히 철저했을 텐데.

라이언은 몽고메리의 보석금을 냈다. 라이언은 시장 사무실에서 일했다. 라이언은 폭탄 테러 현장에 처음 도착한 사람들 중 하나였다. 그리고 1968년 케인 부시장에게 500달러는 결코 적은 돈이 아니었을 것이다. 데커는 자금원이 따로 있지 않을까 궁금했다. 이 두 사건이 일어난 지 거의 50년이 됐다. 그 장소들을 찾아간다면, 그 일에 관해 뭔가를 들려줄 사람이 아직 남아 있을까? 데커는 일어서서 보거트를 찾으러 갔다.

데커가 자신이 찾아낸 것을 개략적으로 설명하자 보거트가 물었다. "그래서 어떻게 하자는 건데?"

"어디든 이 문제를 풀기 위해 찾아가봐야 할 곳으로 찾아가보자는 거지."

데커, 보거트, 재미슨, 마스는 터보프롭 여객기를 타고 댈러스까지 간 후 멤피스행 직항으로 갈아탔다. 거기서부터 미시시피주 케인까지는 차로 갈 생각이었다. 밀리건은 텍사스에 남아서 대븐포트 수색 작업을 지휘하고 다른 연방 요원들과 협력해 마스의 옛집 방화 사건을 조사하기로 했다. 올리버는 마쳐야 할 작업이 있어서 나중에 합류할 예정이었다.

케인까지는 차로 3시간 가까이 걸렸다. 중간에 투펄로를 지나야 했다.

"엘비스의 출생지죠." 차가 투펄로 진입 표지판을 지나칠 때 재미슨이 말했다.

보거트가 창밖을 보며 멍하니 말했다. "그래도 비는 안 오네요."

케인에 도착하자 일행은 곧장 경찰서로 차를 몰았다. 보거트가 미리 전화해둬서 행정과 소속 중년 여성이 일행을 기다리고 있었다. 여자는 자신을 완다 피어스라고 소개했다. 정장 바지와 진녹색

블라우스 차림의 그녀는 왠지 불안한 표정을 짓고 있었다. 피어스는 흠집투성이 테이블과 상태가 썩 좋아 보이지 않는 의자들이 놓인 작은 회의실로 일행을 안내했다. 콘크리트 블록 벽에는 노란 페인트가 칠해져 있었다. 모두 자리에 앉았다.

"저희는 음, FBI에서 찾아오시는 일이 별로 많지 않아서요." 피어스가 어색하게 입을 열었다.

보거트가 말했다. "이렇게 시간 내주셔서 감사합니다."

데커가 말했다. "네이선 라이언에 관해 말씀해주시겠습니까?"

피어스가 고개를 끄덕이고는 가지고 들어온 파일 하나를 펼쳤다. "저는 케인 토박이라 그 집안 사람들을 몇 명 알아요. 그렇지만 보거트 요원에게 연락을 받고 좀 더 자세히 알아보려고 라이언에 관해 찾아봤어요. 그분은 여기 지방 정부에서 오랫동안 일했어요. 심장 마비로 책상 앞에서 죽었죠. 거의 20년 전 일이에요."

"그분이 부시장이었습니까?" 보거트가 말했다.

"맞아요." 피어스가 마스를 봤다. "잠깐만요, 당신은?"

"당신 생각이 맞아요." 데커가 조바심치며 말했다. "그건 그렇고 당시 시장은 누구였습니까?"

"부시장에게 관심이 있으신 줄 알았는데요." 피어스가 대꾸했다.

"그랬죠. 지금은 시장에게 관심이 있습니다."

"어째서죠?"

"왜냐하면 제 경험상 부시장들은 상관의 허락이 떨어지지 않는 한 손 하나 까딱하지 않거든요. 이 경우, 찰스 몽고메리라는 주정뱅이를 보석으로 꺼내준 것처럼요."

"아, 그렇군요. 당시 시장은 국회 의원이 됐어요."

"이름이 뭐죠?"

"서먼 휴이요."

보거트가 즉각 말했다. "아는 이름 같은데."

피어스가 고개를 끄덕였다. "휴이 씨는 트래비스 휴이 씨의 아드님이에요. 주지사를 지내고 1950년대에 미국 상원 의원이 돼 눈부신 경력을 쌓은 분이죠."

보거트가 끼어들었다. "서먼 휴이는 일개 '국회 의원'이 아닙니다. 조세무역위원회 의장이니까요. 누가 뭐래도 국회에서 가장 강력한 위원회죠."

"그야 연방 정부의 지갑 끈을 쥐고 있으니까요." 재미슨이 덧붙였다.

"맞아요. 그리고 어쩌면 다음번 백악관 대변인이 될 거라는 소문이 있어요. 그러면 대통령 후보 서열 2위에 등극하는 거죠." 피어스가 자랑스레 말했다.

"서먼은 여기 케인에서 자랐나요?"

"태어나고 자랐죠. 휴이 집안은 미시시피 정계의 귀족 가문이에요. 우리를 잘 보살펴줬죠."

데커가 말했다. "당신들이 워싱턴에서 교부금을 넉넉히 받는다는 뜻이군요."

"공정하게 우리 몫을 받는다는 뜻이죠." 피어스가 고집스럽게 대꾸했다.

"그 사람은 지금 몇 살이죠?" 데커가 물었다.

"제가 알기로는 70대 초반일 거예요."

"1968년에는 아직 20대였겠군요?"

"그렇겠죠."

"그런데도 이미 시장이었다고요?"

"음, 그분 아버지가 진짜 실세였거든요. 아들이 출마하기로 마음먹은 순간 당선은 기정사실이었을 거예요. 그 노친네를 막아설 사람은 아무도 없었으니까요. 그분의 정당 조직은 너무나 강력했죠. 휴이라는 이름 하나만으로도 당선은 당연한 결과였어요."

"교회 폭탄 테러에 관해서는요?" 데커가 방향을 틀었다. "보거트 요원이 우리가 거기에도 관심이 있다고 말씀드렸을 텐데요."

"사건이 난 곳은 세컨드 프리먼스 침례교회예요. 하지만 저는 찰스 몽고메리가 라이언 씨에게 보석금을 받은 것과 그 폭탄 테러 사이에 어떤 관계가 있다는 건지 이해가 안 가네요."

"그런 사람 여기도 있습니다." 데커가 말했다. "그 폭탄 테러에 관해 뭔가 알려주실 수 있나요?"

"그 일이 일어났을 때 저는 아직 태어나지도 않았는걸요. 어쨌든 그건 여기서 일어난 가장 끔찍한 사건 중 하나예요. 어린아이들까지 포함해 열다섯 명이나 죽었거든요. 여자애들은 청소년 합창단 소속이었어요. 아이들이 온 마음을 다해 노래를 부르는데, 그 순간 폭탄이 터졌다고 상상해보세요. 너무 끔찍하죠."

"그 일을 저지른 사람은 끝내 잡히지 않았죠?"

"네, 끝내 잡히지 않았어요."

"용의 선상에 오른 사람이 있습니까?" 보거트가 물었다.

"요원님의 연락을 받고 나서 파일을 찾아봤어요. 몽고메리라는 사람은 한 번도 거론되지 않았어요. 알고 싶은 게 그거라면요."

"누구 다른 사람은요?"

"당시에는 KKK단이 맹활약하고 있었죠. 위협들이 있었어요. 남부의 다른 곳들에서도 폭탄 테러가 일어났죠. 1963년 버밍햄에 있던 그 교회도 포함해서. 민권 운동이 한창 뜨겁던 시절이었어요.

수없이 많은 나쁜 일이 일어났죠. 망할, 버밍햄에서는 폭탄 테러가 어찌나 자주 일어났는지 사람들이 그곳을 '뻥밍햄'이라고 불렀을 정도예요."

"이곳의 폭탄 테러는 어떻게 벌어졌습니까?" 데커가 물었다.

"다이너마이트요."

"폭발물을 설치하는 걸 목격한 사람이 아무도 없었나요?" 재미슨이 물었다.

"확실히 없었던 모양이에요."

데커가 말했다. "귀하의 사무실이 보거트 요원에게 먼저 제공한 정보에 따르면 목사가 받은 협박 때문에 경찰이 교회를 감시하고 있었다던데요. 목사는 마틴 루서 킹 주니어와 함께 여러 차례 행군했죠. 공민권법하에 케인시와 미시시피주를 상대로 차별적 행위들에 대한 소송을 제기하는 데도 참여했고요."

"네, 맞아요."

"그렇다면 경찰이 지켜보고 있는데 어떻게 교회 하나를 날려버리고 열다섯 명의 목숨을 빼앗고도 남을 대형 폭탄을 설치하는 걸 아무도 못 볼 수 있죠?"

피어스는 그저 고개를 저었다. "그저 짐작만 할 뿐이죠."

"우리는 짐작보다 더 많은 게 필요합니다."

"그렇지만 너무 오래전 일이라서, 이제 와서 확실한 답을 찾아낼 수 있을지 모르겠어요."

"음, 버밍햄 사건에서는 오랜 세월이 흐른 뒤에 마침내 몇몇 남자를 범인으로 기소했어요. 그러니 어쩌면 우리도 여기서 같은 일을 할 수 있을지 모릅니다. 서먼의 아버지, 트래비스 휴이에 관해 말씀해주실 수 있습니까?"

"그분에 관해 어떤 걸요?"

"그 사람의 정치적 견해요."

"좋은 분이셨어요. 주를 아주 잘 보살펴주셨어요."

"제 말은, 공민권법에 대한 그분의 입장은 어땠습니까?"

피어스가 얼굴을 찌푸렸다. "제가 그걸 어떻게 알겠어요?"

"1950년대에 미시시피 주지사를 지냈고 그 후 미시시피주 대표 상원 의원이었다면, 아무래도 정치적 견해가 휴버트 험프리(흑인 민권 향상에 적극적이었던 정치인./옮긴이)보다는 조지 월리스(앨라배마 주지사였으며, 인종 차별 철폐 조치에 반대한 것으로 유명하다./옮긴이)에게 더 가깝지 않았을까요?"

"정말이지 제가 뭐라고 말씀드릴 수 있는 게 아니에요. 저는 그분을 알지도 못하는걸요."

"그렇지만 그런 출중한 인물이라면 틀림없이 그 사람의 과거 이력에 관한 뭔가가 있지 않을까요?"

"보세요. 휴이 씨가 인종차별주의자였느냐고 물으시는 거라면 저는 그냥 이렇게 대답할게요. 제 한정된 지식을 바탕으로, 그분은 당시 사람이었다고요. 그리고 우리 주를 잘 보살펴주셨다고요."

"그분의 아들도 같은 시각을 가졌을까요?"

"지금은 1950년대가 아니잖아요." 피어스가 대꾸했다.

"문제는 그걸 모르는 사람이 많다는 거죠."

"서면 휴이의 신조가 궁금하신 거라면 가서 직접 물어보라고 권하고 싶네요."

"우리는 몽고메리 씨의 체포 기록을 일부밖에 보지 못했습니다. 어디서 체포됐는지 적혀 있나요?"

피어스는 파일을 내려다보고는 페이지를 몇 장 넘겨가며 훑어봤다. "그래요. 있어요."

"교회와 얼마나 가까웠습니까?"

머릿속 점선들이 그제야 하나로 연결된 듯, 피어스의 몸이 뻣뻣하게 굳었다. "음, 그러니까, 실제로 그 교회에서 몇 블록밖에 떨어지지 않은 것 같네요."

"그 교회를 지키고 있던 경찰들이 몽고메리 씨를 추적해 체포한 경찰들과 동일 인물일 가능성이 있나요?"

"저로서는 확실히 알 방법이 없군요."

"거기 가지고 계신 체포 보고서에 경찰들의 성명이 적혀 있을 텐데요."

"그래요. 하지만 당시에 교회를 지키고 있던 경찰들이 누군지는 알 수 없어요."

"그렇지만 그 경찰들이 동일 인물일 가능성은 있죠?"

"가능성이야 어느 경우에나 있죠." 피어스가 날카롭게 대꾸했다.

"경찰 보호하에 있던 교회에 어떻게 그 폭탄을 설치하고 폭파할 수 있었는지에 관해 당시에는 어떤 설명이 제시됐습니까?"

"어떤 설명이 제시되긴 했는지 잘 모르겠네요. 체포된 사람이 아무도 없었으니까요. 그냥 그걸 저지른 누군가가 어찌어찌해서 경찰들 눈을 피해 빠져나갔나 보다 한 것 같아요."

"당시 자신들이 어디 있었는지에 관한 경찰들의 증언은요?"

"파일에 그 부분에 관한 건 전혀 없었어요."

"그렇지만 그 경찰들이 실제로 몽고메리를 쫓았고 결국 체포했다면, 그건 그동안 그 교회를 지키는 사람이 아무도 없었다는 뜻이죠, 그렇죠?"

"그 전제를 꼭 받아들여야만 한다면 그렇다고 해야겠죠. 꼭 그래야 할 이유는 없지만."

"몽고메리 씨가 체포된 시각은 밤 9시 10분이고요?"

"파일에 따르면 그래요. 맞아요."

"폭파 시간은요?"

피어스의 시선이 파일로 떨어졌다. 대답하는 목소리가 살짝 떨렸다. "가장 합리적인 추정은 9시 15분이에요."

"우연치고는 흥미롭군요." 보거트가 준엄하게 말했다.

"저기, 저를 그런 눈으로 보지 마세요. 이미 말했지만 당시 저는 태어나기도 전이었다고요." 피어스가 쏘아붙였다.

"부고에 따르면 네이선 라이언이 현장에 처음 도착한 사람들 중 하나였다고 하더군요." 데커가 말했다.

"저도 그걸 읽었어요. 보거트 요원의 연락을 받고 나서요. 그 전에는 몰랐던 사실이에요."

"교회는 흑인 거주 지역에 있었습니다. 밤이었고요. 라이언이 도대체 왜 그 지역에 있었을까요? 그 근방에 살았습니까?"

피어스가 데커에게 그리 살갑지 못한 시선을 던졌다. "정말 폭탄 테러를 벌일 수 있도록, 이 몽고메리라는 사람이 경비 중인 경찰을 경비 초소에서 끌어내는 데 이용됐다고 말씀하시는 거예요?"

"아니요. 저는 지역 경찰이 무슨 일이 벌어지고 있는지 정확히 알았고, 폭탄을 설치하고 폭파할 수 있도록 경비 초소를 떠나라는 지시를 받았다고 말하는 겁니다."

피어스의 낯빛이 창백해졌다. "지시를 받아요? 누구한테서?"

"그건 우리가 알아내야겠죠." 데커가 대꾸했다.

그 지역에 사는 여러 라이언들과 통화한 끝에, 일행은 소박한 교외의 작고 깔끔한 단층집에 도착했다. 커다란 나무들이 집에 그늘을 드리웠고 즐겁게 뛰노는 아이들의 웃음소리가 하늘로 메아리쳤다. 밀드러드 라이언은 80대 후반으로 성긴 백발이 분홍빛 두피를 덮고 있었다. 세월의 무게에 등은 굽고 뼈대는 쭈그러들었다. 작은 얼굴을 집어삼킬 듯한 커다란 검은 뿔테 안경을 쓰고 있었다. 라이언은 딸의 집 침실에서 숄을 두르고 안락의자에 앉아 있었다. 딸인 줄리 스미더스가 침실 문간에 선 데커와 일행에게 미심쩍은 눈길을 던졌다.

"정말이지, 어머니가 여러분한테 뭘 알려드릴 수 있을지 모르겠어요. 이미 오래전 일이고 어머니 기억력도 그리 좋지 않거든요."

작은 키에 몸매가 불도그 같은 그 여자는 얼굴에서도 그 견종 특유의 고집스러운 성격이 엿보였다.

보거트가 부드럽게 말했다. "그냥 몇 가지만 간단히 여쭤보면 됩니다. 그럴 상태가 아니시면 갔다가 나중에 다시 오겠습니다."

단어를 하나하나 손가락으로 짚어가며 성경을 읽고 있던 라이언이 눈을 들어 올려다봤다. "그냥 들어오시라고 하렴, 줄스. 그리고 물어보시라고 해. 나는 준비가 됐단다." 미시시피 토박이임을 알 수 있는, 길게 잡아 늘이는 듯한 말투였다.

데커가 말했다. "청력에 문제가 있으신 것 같지는 않은데요."

"그냥 어머니를 피곤하게만 하지 마세요." 스미더스가 경고했다.

딸이 자리를 뜨자 데커와 일행은 조심스레 안으로 들어갔다. 라이언이 의자 두 개를 가리켰다. 하나에는 재미슨이, 또 하나에는 보거트의 양보로 데커가 앉았다. 데커는 앉은 채로 의자를 라이언에게 더 가까이 가져갔다. 보거트와 마스는 그 뒤에 섰다. 라이언이 그들 모두를 올려다봤다.

"이렇게 많은 분이 찾아온 건 오랜만이네." 라이언이 말했다.

보거트가 배지를 보여주면서 말했다. "라이언 부인, 저희를 만나주셔서 감사합니다."

"별말씀을. 어쩐 일로 오셨다고?"

데커가 말했다. "부군 성함이 네이선 맞으시죠?"

"그이는 죽었어요. 오래전에."

"저희도 압니다. 그런데 그분에 관해 몇 가지 여쭤보고 싶은 게 있습니다. 1968년 교회 폭탄 테러 사건과 관련된 일입니다. 그 사건 기억하십니까?"

이미 쪼그라든 노인이 이 말에 한층 더 쪼그라드는 것처럼 보였다. "맙소사, 그 일을 누가 잊을 수 있겠어요? 그 작은 유색인 아이들을. 그건…… 정말 안타까운 일이었지." 노인이 고개를 저었다. "악마의 짓이야. 내 생각은 그때나 지금이나 변함없어요."

"부군이 폭탄 테러 현장에 거의 맨 처음 도착하신 분이라고 알고 있습니다. 그분의 부고에 그렇게 쓰여 있더군요."

노인은 잠시 얼어붙었다가 데커를 올려다봤다. "정확히 뭐 때문에 이러는 거죠?"

"그 살인에 대해 결국 아무도 체포되지 않았다는 걸 아십니까?"

"알아요."

"저희는 누가 그 일을 저질렀는지 알아낼 수 있을지 알아보러 이렇게 왔습니다."

"아마 전부 죽었을 텐데."

"어쩌면요. 하지만 아닐 수도 있습니다. 당시 젊었다면 아직 살아 있을 수도 있습니다. 부인처럼요."

"나는 그 일에 관해 아는 게 하나도 없어요."

"생각보다 많은 걸 아실 수도 있습니다." 보거트가 말했다.

고개를 든 노인은 그제야 마스를 본 듯한 눈치였다. "방금 내가 '유색인'이라고 말했을 때 비하하려는 뜻은 전혀 없었어요. 그냥 우리가 당시 쓰던 말이 그랬어요. 아프리카계 미국인이나 흑인이라고 말했어야 하는데……. 미안해요, 젊은이."

"괜찮습니다." 마스가 대답했다.

"그냥 그 당시에는 달랐지." 라이언이 웅얼거렸다. "그냥 모든 게 달랐어요."

"부인이 저희 질문 몇 가지에 답해주실 수도 있을 겁니다." 데커가 유도했다.

"나는 늙었어요. 많은 걸 기억하지 못하죠. 게다가 그건 아주 오래전 일이잖아요. 나는, 나는 그냥 혼자 있게 해줬으면 좋겠는데."

라이언이 도로 성경을 내려다봤다. 손가락으로 글자를 훑고 입술을 달싹이면서 속으로 그 구절들을 따라 읽었다.

재미슨이 입을 열었다. "성경을 매일 읽으세요, 라이언 부인?"

그 말에 데커가 재미슨을 봤다.

라이언이 끄덕였다. "『신명기』를 읽는 중이에요. 히브리 성경의 다섯째 권이지. 알아요? 젊은 사람들은 더는 성경을 읽지 않아. 비디오 게임을 하거나 텔레비전으로 쓰레기 같은 것들을 보느라고."

"이스라엘 민족에게 모세가 들려주는 세 편의 설교죠." 재미슨이 대꾸했다. 그 말에 남자들은 물론이고 라이언도 놀랐다. 재미슨이 설명했다. "삼촌이 목사셨어요. 저는 주일 학교에서 아이들을 가르쳤고요. 이스라엘 민족은 모아브 평원에 있었죠. 언약의 땅에 들어가기 직전, 40년간의 방랑을 끝내고. 첫 설교에서 그 설명이 나오죠."

"대단하군요, 아가씨." 라이언이 말했다.

"자, 제 기억이 맞다면……." 재미슨이 말을 이었다. "셋째 설교는 이스라엘이 믿음을 어기고 그로 인해 자기들의 땅을 잃은 사연이죠. 그리고 회개만 하면 그 모든 걸 바로잡을 수 있다고 하고요. 제 생각에는 그게 그들에게 큰 위안이 됐을 것 같아요."

재미슨을 응시하던 라이언이 물었다. "어째서죠?" 격렬한 감정을 억누른 낮은 속삭임이었다.

"우리와 마찬가지로, 이스라엘 민족은 한낱 인간이었으니까요. 그들은 실수를 저질렀어요. 하느님은 그걸 아셨고요. 그래서 그들이 넘어져도 다시 일어날 수 있는 또 다른 기회를 주셨죠. 회개하는 한, 죄를 회개하는 한은요. 옳은 일을 하려고 노력해라. 정말 어려운 일이죠. 그리고 진정한 믿음이 필요하고요."

재미슨이 입을 다물고 라이언의 얼굴을 가만히 바라봤다.

노인이 느린 동작으로 성경을 덮어 침대 옆 테이블에 올려놓은 뒤 무릎 위에서 양손을 맞잡고 말했다. "여러분은 뭘 물어보려는 건가요?"

데커는 재미슨에게 고마움이 담긴 눈길을 보낸 뒤 라이언을 돌아봤다. "부군께서 그날 밤 폭탄 테러 현장에 거의 맨 처음 도착했을 정도로 그 교회에 가까이 가 있었던 이유를 아십니까? 저희가 알아본 바로는 교회가 주택가 한복판에 있어서 폭발이 일어났을 때 분명히 주민들이 뛰쳐나왔을 텐데요. 뭔가 이유가 있어서 차로 그곳을 지나고 계셨던 걸까요? 혹시 그 이유를 말씀하신 적 있습니까?"

라이언이 목청을 가다듬더니 성경 옆에 놓인 컵을 들어 물을 마시며 잠시 뜸을 들였다. "네이선은 착한 남자였어요. 여러분이 그걸 알아줬으면 해요. 그이는 좋은 남자였어요." 노인이 좀 더 단호하게 덧붙였다.

"분명히 그러셨을 거라고 확신합니다." 데커가 말했다.

"미시시피는 당시 콩가루가 돼가고 있었어요. 맙소사, 남부 전체가 그랬지. 1940년대부터 1960년대까지, 그리고 그 이후로도 줄곧 그랬지만. 폭동, 린치, 총격, 폭탄 테러, 방화. 사람들이 줄줄이 죽어나갔어요. 연방 보안관들이 사방에 있었지. 주 방위군도. 유색인들이……." 노인이 여기서 말을 멈추고 마스를 흘끗 쳐다봤다. "……그러니까 아프리카계 미국인들이 백인들에게 이런저런 것들을 내놓으라고 요구했어요. 그 모든 상황이 우리를 영혼까지 뒤흔들어놨어요. 킹 박사는 마치 바다로 행군하는 셔먼 장군 같았답니다. 많은 사람이 세상의 종말이 왔다고 생각했어요."

"부인도 그렇게 생각하셨나요?" 재미슨이 물었다.

"나는 겁이 났어요." 노인은 인정했다. "내가 아는 세계가 뒤집히고 있었으니까요. 저기, 오해는 하지 말아요. 나는 놀라지는 않았어요. 맙소사, 내가 그 사람들이었다면 나도 똑같은 것들을 내놓으라고 요구했을 테니까요. 하지만 봐요. 나는 그 사람들이 아니잖아요. 이해가 안 간다면 할 수 없지만." 노인이 마스를 응시하다가 고개를 돌렸다. "그리고 나는 하나의 특정한 방식으로 자랐고, 그 방식으로 세상을 배웠어요. 다행스럽게도 이제 더는 그런 식으로 가르치지 않지만. 적어도 대놓고는 말이에요." 노인이 다시금 마스를 불안하게 흘끗 보면서 덧붙였다. 노인이 입을 다물었고 아무도 그 침묵을 깨지 않았다.

잠시 뒤 노인이 다시 입을 열었다. "시드니 휴스턴 목사가 그 교회의 목자였지. 그분 설교는 다른 누구하고도 달랐답니다. 그건 내가 장담해요."

"부인께서 그걸 어떻게 아십니까?" 데커가 물었다. "예배에 참석하신 적이 있나요?"

안경에 가려진 눈이 동그래졌다. "아이고 하느님, 아니요. 그랬다간 멍석말이를 당해 마을에서 쫓겨났을 거예요. 휴스턴 목사가 이따금 교회 앞마당에 나와서 설교했거든. 그러면 목소리가 바람을 타고 들려왔어요. 심후하고 힘 있는 목소리였죠. 그럴 때면 사람들이 가까이 가서 귀동냥하곤 했어요. 그분은 성서를 알았어요. 그리고 그 메시지를 힘 있게 전달했죠. 내가 다니던 교회는 거기 비하면 따분하기 그지없었어요."

"그렇군요." 데커가 추임새를 넣었다.

라이언은 더 빨리, 더 확신 있는 태도로 말하기 시작했다. "그분은 선동가였어요. 정말 그랬지. 킹 목사가 셀마에서 하던 일을 그

443

분은 케인에서 하기 시작했어요. 그 마셜(미 대법원 최초의 흑인 법학자./옮긴이)이라는 친구가 남부 전역의 법정에서 하고 있었던 그런 일들을. 그러다 보니 이 근방의 힘 있는 몇몇 사람하고 대립하는 처지가 됐죠."

"그 사람들이 누구인지 아십니까?" 데커가 물었다.

"네이선은 시장 사무실에서 일했어요. 당시 부시장이었지."

"시장은 서먼 휴이였고요."

라이언이 무시하듯 손을 휘휘 내저었다. "서먼 휴이가 그 자리에 앉은 건 오로지 제 아비 덕분이었어요. 아직 남자라고도 할 수 없는, 대학을 갓 나온 어린애였으니. 마땅히 네이선이 시장이 됐어야 했지만, 트래비스 휴이가 한마디 하자 그걸로 끝이었어요." 라이언이 씁쓸하게 말했다. "당시 우리 중 많은 사람이 트래비스 휴이를 영웅 취급했거든. 우리의 수호자로 본 거지."

"그리고 지금은요?" 재미슨이 물었다.

라이언이 성경을 가리켰다. "그 사람은 가짜 선지자였어요. 악과 증오 그리고 폭력을 퍼뜨리는."

"그 사람이 교회 폭탄 테러와 관계있다고 생각하시나요?" 데커가 물었다.

"트래비스 휴이는 아니에요. 절대 자기 손을 더럽힐 사람이 아니었지."

"그러면 그 아들은요?"

라이언은 다시 한 번 쪼그라드는 듯했다. 노인은 고개를 저으며 말했다. "나야 알 수 없죠."

"부군은 어떻습니까?"

라이언이 길게 한숨을 내쉬었다. "내 생각에, 내 생각에 네이선은 좀 낌새를 챈 것 같아요. 뭔가……." 목소리가 잦아들었다. 어쩔 줄 몰라 하는 기색이었다. 마치 이 오래전 기억들에 꼼짝달싹할 수 없게 포위된 것 같았다.

"부군은 뭔가 나쁜 일이 일어날 것을 미리 아셨던 겁니까?" 데커가 물었다. "그래서 그분이 그날 밤 교회 근처에 계셨던 거고요?"

노인이 거의 알아볼 수 없을 정도로 살짝 고개를 끄덕였다. 가냘픈 어깨가 떨렸다.

재미슨이 한 손을 뻗어 위로하듯 노인의 팔에 얹었다. "라이언 부인, 괜찮아요. 저는 부군께서 옳은 일을 하려던 거라고 생각해요."

라이언이 훌쩍거리며 티슈로 코를 풀었다. "그이는 좋은 남자였어요. 하지만 그리 좋은 사람들하고 같이 일하지는 못했죠."

"그분이 보석금을, 찰스 몽고메리라는 남자를 위해 500달러를 낸 걸 아십니까?"

노인이 티슈로 코를 문질렀다. "그이한테 들었어요. 그 돈은 확실히 그이 돈이 아니었어요. 우리는 그런 돈을 길에 뿌리고 다닐 정도로 부자가 아니었거든. 알지도 못하는 사람의 보석금을 낸다니, 어림도 없지."

"그렇다면 그분은 그렇게 하라는 지시를 받은 겁니까? 그리고 그 돈을 받았고요?"

"맞아요."

"누가 줬는지 아십니까?"

"그이는 부시장이었어요. 그게 누군지는 천재가 아니라도 쉽게 짐작할 수 있지."

"그렇다면 서먼 휴이가?"

"어쩌면 그 사람 아버지가 줬을 수도 있죠. 나도 모르지만. 트래비스는 남부의 민주당 탈당파였어요." 라이언이 덧붙였다. "그리고 워싱턴에서 좋은 동반자를 찾아냈죠. 서굿 마셜의 대법관 임용을 방해할 뻔했는데, 그거 알아요?"

"아니요. 몰랐습니다."

"나는 그런 일들을 캐지 않았지만, 남편은 캤어요. 그이는 휴이 집안을 그리 대단하게 여기지 않았어요. 하지만 미시시피에서 살았으니 입을 다물어야 했지. 그이가 정계에 몸담은 건 좋은 일을 하고 싶어서였어요. 하지만 당시 미시시피에서 좋은 일을 하기란, 그게 흑인들을 위해 좋은 일을 한다는 뜻이라면, 쉽지 않았어요."

"아마도 부군의 그런 입장은 인기를 얻지 못했을 겁니다." 보거트가 말했다.

"당시 미시시피에서 경력을 쌓고 싶으면 시키는 대로 따라야 했어요. 부양할 가족이 있는 그이에게는 어쩔 수 없는 부분도 있었죠. 그렇다고 무작정 다른 사람들이 한 일을 옳다고 믿지는 않았어요. 그이는 정말 그러지 않았어요."

"분명 그러셨을 거예요." 재미슨이 말했다.

"그이는 이런저런 일들을 했답니다. 사람들을 돕기 위한 작은 일들을 했지. 감시망을 피해가면서." 노인이 마스를 봤다. "그이는 당신 같은 사람들을 도왔답니다. 자기가 할 수 있는 한에서는 힘껏."

"시대를 앞서간 분 같네요." 마스가 대꾸했다.

노인이 고개를 끄덕였다. "린든 존슨은 공민권법을 통과시키고 나서 남부를 잃었어요. 남부 민주당 파가 그 사람에게서 등을 돌린 거지. 망할, 트래비스 휴이는 확실히 그랬어요. 격분했죠. 네이선이 그러더라고요."

데커가 말했다. "부인은 트래비스 휴이가 폭탄 테러에 관여해 손을 더럽힐 사람이 아니고, 아들이 그랬을지는 알 수 없다고 하셨는데, 혹시 서먼 휴이가 그 폭탄 테러에 관여했을 가능성이 있다고 보십니까?"

라이언은 성경을 내려다보더니 손을 뻗어 앞서 읽던 장을 펼쳤다. 데커는 대답하지 않으려나 보다고 생각했다.

"콩 심은 데 콩 난다는 말이 있지. 휴이 집안 밭에는 그 말이 딱 들어맞아요."

데커가 다른 사람들을 봤다. "그럼 서먼 휴이가 연루됐다고 생각하시는 겁니까?"

"나도 모른다니까. 하지만 서먼한테 아주 친한 친구가 둘 있었다는 건 말해줄 수 있어요. 삼총사라고, 당시 사람들은 그렇게들 불렀지. 이곳에서 아주 제대로 이름을 날렸답니다."

"왜죠?" 보거트가 물었다.

"달리 뭐가 있겠어요? 고교 미식축구죠."

그 뒤로도 데커가 몇 가지 질문을 더 던졌지만, 노인의 대답은 그게 마지막이었다.

일행은 모두 스미더스의 집 앞에 세워둔 차에 올라 차창 밖을 내다보고 있었다.

보거트가 먼저 입을 열었다. "조세무역위원회 의장과 유력한 다음번 백악관 대변인. 인정하지 않을 수 없네. 이렇게 연결될 줄은 예상도 못 했어."

재미슨이 말했다. "그 남자가 삼총사 중 하나라고 했죠? 다른 둘은 누구일지 궁금하네요."

데커가 말했다. "그야 쉽게 찾아낼 수 있죠."

"어디서?"

대답한 사람은 마스였다. "고교 미식축구 스타였다면서요? 거기서 시작하면 되지 않을까요?"

데커가 그를 봤다. "우리하고 같이 다니더니 탐정이 다 됐네요, 마스."

케인 고등학교는 도시 한가운데 있었다. 교무실로 찾아간 일행은 도서관으로 안내를 받았다. 정장 바지와 스웨터를 입은 젊은 여자가 도서관에서 일행을 맞았다.

"삼총사요?" 그들의 질문에 여자가 되물었다. "들어본 적 있어요. 분명히……."

"미식축구와 관련해서요." 마스가 대답했다. "1960년대에요. 서먼 휴이 맞죠?"

"맞아요. 그거예요. 여기서 일한 지 아직 몇 년 안 됐지만, 연감을 모아놓은 장소는 알려드릴 수 있어요."

일행은 1920년대부터 학교의 모든 연감이 보관된 책장으로 안내받았다. 서먼 휴이의 정확한 나이를 파악했으니 고등학교를 졸업한 연도도 추정할 수 있다. 해당되는 연감을 찾아낸 재미슨이 페이지를 천천히 넘기는 동안, 나머지 일행은 어깨 너머로 들여다봤다. 마스가 먼저 발견했다. 아마도 미식축구 팀을 모아놓은 페이지들에 있었기 때문이리라.

"삼총사다." 마스가 말했다.

미식축구 유니폼을 입은 세 젊은이의 사진이었다. 사진 밑의 설명에는 이렇게 쓰여 있었다.

서먼 휴이, 대니 이스틀랜드, 로저 매클렐런. 삼총사.

마스가 이 세 인물을 가리켰다. "어떻게 줄을 서 있는지 보여요? 휴이가 쿼터백이고, 다른 둘이 하프백이에요. 포즈는 비어 오펜스를 응용한 거예요. 그렇게 하면 트리플 옵션을 운용할 수 있죠. 우리 텍사스 대학 팀이 가끔 이 전형을 변용하곤 했어요."

"이 전형은 1960년대에 만들어졌죠. 이들이 고등학생일 때." 데커가 덧붙였다.

보거트가 젊은 남자들의 사진을 들어봤다. "대니 이스틀랜드하고 로저 매클렐런? 떠오르는 게 없는데."

"구글 검색 들어갑니다." 재미슨이 말했다.

재미슨은 휴대폰 자판을 두드리고는 잠시 기다렸다가 검색 결과를 훑어봤다. "이게 그 대니 이스틀랜드하고 동일 인물에 대한 결과인지 확인 좀 할게요." 자판을 좀 더 두드리자 결과가 떴다. 서둘러 읽어 내렸다.

"빌어먹을!"

"뭡니까?" 데커가 물었다.

"대니 이스틀랜드는 꽤 잘나가는 사람이네요. 정부 국방 계약 업체의 창립자 겸 CEO예요. 여기 쓰여 있기로는 원래 무기를 만들다가 5년쯤 전에 정보 수집 쪽으로 옮겼다는데, 알고 보니 그게 영리한 행보였던 거죠. 작년에는 50억 달러도 넘는 수익을 올렸어요. 대부분 미국 국방부를 상대로요. 본사는 조지아주에 있지만 미시시피주 잭슨에도 지사가 있어요. 그 외에도 수두룩해요. 이 기사에 따르면 이스틀랜드의 총 자산 가치는 10억 달러가 넘어요. 주로 생활하는 집은 애틀랜타에 있대요."

"다른 두 총사는 어때요?" 보거트가 물었다.

재미슨은 로저 매클렐런을 검색했다. "이런 젠장맞을!" 검색 결과가 뜨자 재미슨이 욕설을 내뱉었다.

세 남자의 시선이 재미슨에게 집중됐다.

"뭐죠?" 보거트가 물었다.

재미슨이 그를 올려다봤다. "로저 매클렐런은 미시시피주 케인의 현직 경찰서장이에요."

데커가 말했다. "아이러니한 일이군요. 바로 그 시의 교회에서 일어난 테러 행위에 가담한 장본인이라면 말이죠."

보거트가 말했다. "좋아. 우리는 여기서 아주 가볍게 움직일 필요가 있어요. 우리가 휴이 집안을 캐고 다닌다는 걸 다들 알게 됐을 거예요. 경찰서의 피어스가 이미 우리 움직임을 매클렐런에게 보고했다는 데 돈을 걸 수도 있어요."

"매클렐런은 아마도 이미 휴이나 이스틀랜드와 접촉했겠죠." 재미슨이 말했다.

"분명 그랬을 겁니다. 그러니 우리는 아주 조심해야 해요. 열 받은 휴이가 FBI 국장에게 전화를 거는 바람에 이 사건에서 끌려 나가게 되는 건 우리가 가장 바라지 않는 거니까요."

"살인에는 공소 시효가 없어." 데커가 지적했다.

"그야 그렇지만, 워싱턴 D.C.에서 서면 휴이는 350킬로그램급 고릴라라고."

"잠깐만요." 재미슨이 끼어들었다. "그들이 대븐포트를 납치했다고 생각해요? 그렇다면 아주 최근 범죄가 성립하는데요."

보거트가 고개를 저었다. "서면 휴이가 그런 일에 개입했을 것 같지는 않습니다."

데커가 말했다. "만약 휴이가 그 교회 폭탄 테러에 관여했다는 증거를 로이 마스가 가지고 있다면, 그리고 그 증거가 세상에 드러난다면, 휴이는 그냥 경력만 잃는 게 아니야. 남은 평생을 감옥에 처박혀 보낼 가능성이 높지. 그걸 감안하면 그 남자가 못 할 게 없을 것 같은데."

마스가 말했다. "우리 아버지가 가진 증거가 뭘까요?"

"뭔지 모르지만 그 금고에 들어 있던 거겠죠." 데커가 말했다.

마스가 떨리는 목소리로 물었다. "우리 아버지가 그 폭탄 테러에 관여했을 거라고 생각해요?"

"나도 몰라요, 멜빈. 하지만 어떻게 된 건지는 몰라도 그 사람은 무척 힘 있는 남자를 묻어버릴 수 있는 뭔가를 손에 넣었어요. 도피해서 이름을 바꾼 것도 놀라운 일이 아니죠."

마스가 뭔가 말하려고 했지만 아무런 말도 나오지 않았다. 그냥 고개만 저었다.

데커가 연감을 책장에 도로 꽂는 동안 나머지 일행은 문간으로 향했다. 그런데 갑자기 뭔가가 떠올랐는지 데커가 연감의 한 페이지를 찢어내 주머니에 넣었다. 그리고 다른 페이지를 펼쳐서 똑같이 했다. 그런 다음 연감을 책장에 다시 꽂고 차로 향하는 일행에 합류했다.

모두 차에 오르자 보거트가 시동을 걸었다. "좋아요. 할 일이 많아요. 하지만 앞서 말했듯 우리는 가볍게 시작할 겁니다. 자세한 내용이 지역 주민들에게 새 나가는 건 전혀 바람직하지 않아요."

"아, 젠장." 뒤창을 내다보며 재미슨이 말했다. "그러기엔 너무 늦은 것 같은데요."

모두 돌아봤다. 경찰차가 그들 뒤로 다가오고 있었다.

경찰 둘이 내렸다. 둘 다 40대로 관자놀이가 희끗하고, 복부가 약간 물렁해 보였다. 둘은 각각 차 양편으로 나뉘어 다가왔다. 보거트가 차창을 내렸다. 이미 FBI 신분증을 꺼내놨다.

경찰이 몸을 기울였다. "친구분들, 별일 없습니까?"

"그냥 잘 지내고 있습니다, 경관님." 보거트가 대꾸했다.

경찰이 신분증을 봤다. "그렇군요. 여러분이 이곳에 오셨다는 소식을 들었습니다. 그래서 저희가 이렇게 찾아뵌 겁니다. 여러분이 뭘 수사하고 계신지 몰라도, 매클렐런 서장님이 우리가 혹시 도와드릴 게 없나 궁금해하셔서요."

"대단히 감사합니다. 지금으로선 딱히 이렇다 할 게 없네요."

데커는 조수석 창 쪽에 서 있는 경찰을 빤히 쳐다봤다. 남자 역시 데커를 빤히 봤다. 남자의 한 손은 근무용 권총의 손잡이에 놓여 있었다. 데커는 남자에게 고개를 끄덕이며 웃어 보였다. 응답은 없었다.

보거트 쪽에 있는 경찰이 말했다. "그냥 동업자들끼리 친목 도모할 겸 여러분 모두 시간을 좀 내서 서장님을 만나보시면 어떨까요? 서장님은 이곳에서 일어나는 일을 훤히 꿰고 있다는 데 자부심을 느끼시거든요. 그리고 여러분이 살기 좋은 우리 시에 무슨 문제로 오셨든, 우리 서장님이라면 도움을 드릴 수 있을 겁니다."

비록 요청의 형식을 취했지만, 그 어조에서 거절이 그다지 환영받지 못할 것임을 분명히 알 수 있었다.

"얼마든지요." 보거트가 말했다.

일행은 순찰차를 따라가 아까 피어스를 만난 곳과는 다른 경찰서 앞에 차를 세웠다. 경찰들은 일행을 호위해 복도를 지나갔다. 한 경찰이 '경찰서장 로저 G. 매클렐런'이라고 쓰인 명패가 달린 문을 두드렸다.

"들어와요." 단호한 목소리가 들렸다.

경찰은 문을 열고 네 사람에게 안으로 들어가라는 몸짓을 한 후 그들 뒤로 문을 닫았다. 사무실은 널찍했다. 가로세로 5미터가 조금 넘어 보이는 방은 고급 패널을 빙 둘렀고, 책장에는 평생 동안 법 집행 분야에서 받아온 표창과 추천장 들이 진열돼 있었다. 한쪽 벽에는 다양한 고위 공직자들, 프로 운동선수들, 얼굴이 제법 알려진 컨트리와 웨스턴 계열 가수들과 함께 찍은 사진들이 자랑스레 걸려 있었다. 한쪽 공간에는 가죽 의자 몇 개, 안락해 보이는 소파, 그리고 각종 잡지들이 수북이 쌓인 커피 테이블이 있었다. 잡지는 주로 경찰과 총기에 대한 것이었다. 복잡한 조각이 새겨진 거대한 책상 뒤편 깃대에는 미시시피주 깃발이 꽂혀 있었다. 미국 국기는 코빼기도 안 보였다.

책상 뒤에 앉아 있는 남자는 키가 컸다. 노령에도 불구하고 몸매가 군살 하나 없이 탄탄했다. 의전용 제복 차림으로, 훈장들과 리본들이 가슴을 장식하고 있었다. 회색빛 턱수염은 잘 다듬었고, 빠지기 시작한 머리는 뒤로 말끔히 빗어 넘겼다. 얼굴은 두 세기쯤 걸쳐 밀물에 깎여 나간 화강암처럼 매끈했다.

남자가 일어서서 한 손을 내밀었다. "매클렐런 서장입니다." 그는 한 사람, 한 사람과 악수를 나누며 말했다. "여기 좀 앉으시겠습니까?" 그는 책상을 돌아와 일행에게 앉을 자리를 배정해준 후 그들 맞은편에 앉았다. "다들 뭐 마실 것 좀 드릴까요? 커피도 나쁘지 않지만 병에 든 생수도 있습니다."

일행은 정중히 사양했다.

매클렐런은 뒤로 물러앉아 일행을 건너다봤다. "이렇게 와주셔서 감사합니다. FBI가 찾아왔다는 소문에 제가 귀를 쫑긋 세운 걸 여러분은 분명 이해해주시겠죠."

"당연하죠. 그 말씀을 피어스 씨와 말씀을 나눴다는 뜻으로 생각해도 되겠습니까?" 보거트가 말했다.

"실은 꼭 그럴 필요도 없었습니다. 이렇게 작은 동네에서는 소문이 빨리 퍼지게 마련이죠. 사방에 눈과 귀가 있거든요." 매클렐런이 긴 팔을 뻗어 자기 책상에서 머그잔을 집어 들고 한 모금 홀짝였다.

데커는 그 컵에 '비르투테 엣 아르미스(Virtute et armis)'라는 문구가 찍혀 있는 것을 눈여겨봤다.

매클렐런이 그 시선을 알아차리고 말했다. "위대한 미시시피주의 공식 좌우명이죠."

"용맹과 무기로." 데커가 말했다.

"라틴어를 읽을 줄 아십니까?"

"아니요. 그냥 어디선가 본 기억이 나서요."

매클렐런은 머그잔을 내려놨다. "자, 우리 친구분들은 무슨 일로 여기까지 오셨을까요?" 좌중을 둘러보던 눈길이 이윽고 마스에게서 멈췄다. "이런, 내가 아는 분이로군. 그렇지만 자네는 FBI 요원이 아닐 텐데."

"예, 아닙니다. 저는 멜빈 마스입니다."

"망할, 맞군. 자네가 대학 시절 미식축구 하는 걸 봤지. 나도 미시시피 대학에서 공 좀 잡아봤지. 내가 자네를 태클할 일이 없었던 게 다행이야. 대형 트럭에다 페라리 엔진을 단 것 같았어. 엄청난 선수였지, 젊은이는."

"고맙습니다."

데커는 매클렐런이 말하는 동안 눈을 감고 있었다. 머릿속에 선이 그어지는 순간, 한줄기 섬광이 비쳤다. 미시시피 대학. 데커는 눈을 떴다.

매클렐런이 말했다. "그리고 나는, 그러니까 자네 상황은 들었네. 이제라도 나오게 돼 정말 다행이군. 퍽 부당한 일이었던 모양인데."

"저도 그렇게 생각하고 있습니다." 마스가 짧게 대꾸했다.

매클렐런이 다시 보거트 쪽으로 눈길을 돌렸다. "자, 여러분이 제게 뭐라도 알려주실 만한 게 있을까요?"

"그냥 좀 더 최근 사건과 관계가 있을까 싶어서 과거의 일 몇 가지를 들여다보고 있을 뿐입니다."

매클렐런이 고개를 끄덕였다. "나는 당신의 시간을 빼앗을 마음이 없습니다, 보거트 요원. 나는 바쁜 사람이고, 당신 역시 그렇죠. 내가 알기로는 1968년에 여기서 일어난 교회 폭탄 테러에 관해 묻고 다니신다더군요. 아시다시피 결국 아무도 체포되지 않았죠. 아주 오래전 경찰에 처음 들어왔을 때 나 역시 그 사건을 해결하려고 노력해봤어요. 케인 경찰이라면 다들 한 번쯤은 그러려고 하듯이 말입니다."

"그래서 뭔가 진척을 보셨습니까?"

"전혀요. 노력이 부족한 건 아니었어요. 그 일이 이 시의 평판에 시커먼 오점을 남겼다는 건 내가 분명히 말씀드리죠. 다른 무엇보다도 그 사건을 해결하고 싶지만, 너무 오래전 일 아닙니까?" 매클렐런이 어깨를 으쓱했다. "그래서 여러분은 빛이 좀 보입니까?"

보거트 역시 어깨를 으쓱했다. "아직은 때가 일러서요."

매클렐런이 다시 마스를 봤다. "마스 씨가 여기 와 있으니 말씀인데, 이 젊은이가 그 일에 어떤 식으로든 관련됐다고 보면 되겠습니까?"

"그건 두고 봐야 할 것 같습니다. 아직 갈 길이 멀고, 다른 곳들도 좀 들러봐야 해서요."

"그게 어딘지 여쭤봐도 될까요?"

"미시시피는 아닙니다. 이건 여러 주를 넘나드는 조사입니다. 만약 우리가 미시시피에서 뭔가 도움이 필요하게 되면 서장님께 제일 먼저 전화 드리겠다고 약속하죠."

"그래주신다면야 더 바랄 게 있겠습니까?"

서장이 자리에서 일어서자 일행도 따라 일어섰다. 다시금 악수가 오갔다.

매클렐런의 시선은 마스에게 가장 오래 머물렀다. "자네가 두 번째 기회를 얻게 돼서 기쁘네, 젊은이. 자네는 분명히 이 기회를 잘 이용할 수 있을 거야. 행복한 미래를 찾기 빌겠네. 옛날보다 좋은 미래를. 그냥 계속 앞만 보고 가게. 돌아보지 말고. 자네는 잘해낼 거야."

마스는 기묘한 표정을 지었지만 말없이 고개를 끄덕였다. 일행은 경찰서를 나와 자신들의 차로 돌아갔다.

재미슨이 몸서리쳤다. "좋아요. 그 남자는 충분히 정중했는데 나는 왜 소시오패스와 회담을 마치고 온 기분이 들죠?"

마스가 한마디 했다. "그 사람은 내가 과거가 아니라 미래에 집중하기를 바라더군요."

"나는 이 만남이 우리 모두를 겨냥한 거라고 생각해요." 데커가 말했다.

"서장은 이 시에서 일어나는 일은 모두 자기 귀에 들어온다는 것을 우리에게 분명히 인식시켰습니다." 보거트가 말했다.

재미슨이 말했다. "우리가 뭘 물어봤는지 피어스가 그 남자한테 미주알고주알 일러바쳤을 거예요. 어쩌면 불한당을 몇 명쯤 보내 딱한 라이언 부인을 닦달할지도 모르죠. 그러면 부인은 삼총사 이야기를 했다고 말할 거예요. 그 남자는 곧 자기가 우리의 관심을 한 몸에 받고 있다는 걸 알게 되겠죠."

보거트가 말했다. "요원 몇 사람과 통화해야 할지도 모르겠네요. 일거수일투족을 감시당하는 느낌이에요."

"처음부터 너무 세게 밀어붙이는 게 아닌데 그랬어요." 재미슨이 말했다. "주전들 중 하나가 빌어먹을 경찰서장일 줄 우리가 어떻게 알았겠어요."

"어쩌면 그걸 이용해 상황을 우리에게 유리하게 돌려놓을 수 있을지도 모르죠." 데커가 말했다.

"어떻게?" 보거트가 물었다.

"새를 쫓기 위해 개를 풀어놓는 거지."

"구체적으로 그 방법이 뭔데?" 보거트가 물었다.

데커가 말했다. "호텔에서 만납시다." 그러고는 등을 돌려 경찰서로 되돌아갔다.

6 660

몇 분 후, 데커는 서장실에서 매클렐런과 마주 앉아 있었다.

서장이 데커를 훑어봤다. "내 말에 기분 나빠 하지 않았으면 좋겠네, 젊은이. 자네는 FBI에서 일하기에는 몸매가 좀 아니지 싶은데."

"다이어트에 들어가기 전 제 모습을 보셨어야 하는데 말이죠." 데커는 말없이 상대를 뜯어봤다.

"뭔가 다른 할 이야기가 있나? 친구분들은 자네만 두고 먼저들 돌아간 건가?"

"그쪽은 다른 것을 좀 확인해야 해서요. 저는 다시 와서 서장님하고 이야기를 좀 해야겠다고 생각했어요."

"왜? 뭐에 관해서?"

"사총사?"

"다시 말해주겠나?"

"사총사?"

"삼총사를 말하는 건가? 그 소설에 나오는? 아니면 내가 모르는 뭔가가 있나?"

"제가 생각하는 건 좀 더 이 지역과 관련된 겁니다. 찰스 몽고메리를 제4의 총사로 포함시킨 거죠."

"누구?"

"서장님은 그 남자하고 미시시피 대학에서 같이 미식축구를 하지 않았습니까? 팀에 있던 시기가 서로 일치하던데요."

"뭐라고 말해야 할지 모르겠군. 하도 오래전 일이라서 말일세. 기억은 흐려지게 마련이지."

"그 남자 일은 걱정 안 하셔도 됩니다. 이미 죽었으니까요. 앨라배마 당국에 의해 사형당했죠. 말씀 안 드려도 이미 아시겠지만."

"아니, 몰랐는데."

"다른 식으로 말씀드려야 할지도 모르겠군요."

"한번 말해보게."

"삼총사, 케인 고등학교 연감에도 그렇게 나와 있죠. 서장님, 대니 이스틀랜드, 서먼 휴이. 비어 포지션으로요. 쿼터백 하나하고 하프백 둘. 휴이가 쿼터백을, 서장님과 이스틀랜드가 돌격대를 맡았죠. 그게 잘 먹히던가요?"

"대니는 스피드로 승부하는 쪽이었지. 나는 힘으로 밀어붙였고. 우리는 두 번 연달아 주 챔피언을 차지했다네. 미식축구는 미시시피 주민들의 취미 활동에서 2위를 차지하지. 1위는 교회 가는 거고."

"그렇군요. 그러니 어쨌든 삼총사였죠. 평생의 친구들."

"내가 이해할 만한 방식으로 이야기해줄 수 있겠나?"

"한번 이렇게 말해보죠. 몽고메리가 술을 마시고 차를 몰아 근무 중인 경찰들이 추격전을 벌일 핑계를 만들고, 그 틈에 당신 친구들이 그 더러운 짓거리를 한다는 게 당신 발상이었습니까? 아니면 쿼터백 휴이가 말한 건가요? 아무튼 그게 몽고메리의 역할이었죠. 음주 운전으로 터스컬루사의 전미흑인지위향상협회 건물을 지키는 경찰들의 신경을 분산시키는 것. 나중에는 여기 케인의 교회에서도 그랬고요."

매클렐런이 데커에게 짐짓 안타까운 표정을 지어 보였다. "딱하게도 헛소리를 하고 있군. 약이나 술에 취한 건 아닌지 확인해봐야 하나?"

데커는 의자에 등을 기대고 의도적으로 생각에 잠긴 표정을 지었다. 사실 생각할 거리는 거의 없었지만. 어떤 식으로 이야기를 풀어나가야 할지는 이미 정확히 알고 있었다.

"자, 그 로이 마스, 본명이 뭔지는 모르겠지만 하여튼 그 사람이 제4의 총사일 수도 있죠. 비록 폭탄 테러 현장 두 곳 모두에서 신경을 분산시키는 역할을 맡은 건 몽고메리였지만 말입니다. 당신은 로이를 가명이 아니라 본명으로 알고 지냈을 겁니다. 그 남자의 이름은 A로 시작하고 성은 C로 시작하죠. 내가 아는 건 그게 답니다." 데커는 망치로 일격을 날리기 전에 말을 멈췄다. "바로 요전에 만났는데 자기 진짜 이름은 말해주지 않더군요."

이 정보에 대해 경찰서장이 유일하게 나타낸 반응은 안면 근육의 작은 경련이었다. 데커가 기억하기로는 원래 있던 증상은 아니었다.

데커는 짐짓 당황한 척했다. "죄송합니다. 서장님은 그 남자가 살아 있다는 걸 모르셨나 보군요. 텍사스에서 있었던 그 일? 그건 모두 교묘한 속임수였어요. 멜빈은 그 덕분에 자기가 저지르지도 않은 일로 인생의 20년을 허비해야 했지만 말입니다."

매클렐런이 입술을 핥았다. "그래서 자네는 그 로이라는 사람이 살아 있다고 말하는 건가?"

"바로 그겁니다. 잠들어 있던 내 목에 칼을 들이대더군요. 아주 무서운 사람이죠. 눈 하나 깜짝하지 않고 사람을 죽이는. 그렇지만 서장님은 그 남자가 아직 살아 있을 가능성이 있음을 모르지 않았을 겁니다. 아니면 적어도 몽고메리가 멜빈을 감옥에서 꺼내려고 나섰을 때 그 가능성을 떠올렸을 겁니다. 로이가 나타나 그에게 돈을 먹이지 않았다면 몽고메리가 굳이 그런 일을 해야 할 이유가 없었으니까요. 그리고 그건 로이가 죽었다면 불가능한 일이죠. 삼총사야 멜빈을 감옥에서 꺼내주기 위해 1달러도 낼 마음이 없었을 테니 말입니다."

"나는 자네가 무슨 헛소리를 지껄이는지 모르겠네. 그 점은 이미 분명히 한 것 같은데."

"걱정 마세요. 몰래 녹음 같은 걸 하지는 않으니까요. 아마 해봤자 불법일 테죠. 그렇지만 서장님은 내가 계속 이야기하기를 바랄 겁니다. 맞죠?" 데커가 반쯤 일어섰다. "아니면 내가 그냥 나가면 좋겠습니까? 뭐, 좋으실 대로 하죠."

매클렐런이 양손을 펼쳤다. "많이 아는 편이 적게 아는 것보다 항상 더 낫다는 게 내 지론이라네."

"그렇게 생각하실 줄 알았습니다." 데커가 도로 자리에 앉으며 말했다. "어쨌든 그 남자는 그 물건을 가지고 있어요, 서장님. 서장님은 물론 그걸 입에 올리는 걸 꺼리시겠지만, 그건 사실입니다. 이 오랜 세월이 지나 그게 서장님 엉덩이를 물어뜯으러 돌아오고 있다니, 물론 받아들이기 쉽지 않겠죠."

"그 물건?"

"확고한 물증. 살인에는 공소 시효가 없죠. 물론 아시겠지만."

"사실 그건 알고 있다네. 그 밖에 다른 이야기는 무슨 소린지 도통 모르겠지만." 매클렐런이 낄낄거렸다. "자네는 너무 빨라서 따라잡기가 힘들군."

"나는 서장님에게 자백을 받아내려고 여기 있는 게 아닙니다. 그런 일은 일어나지 않을 테니까요. 서장님은 독극물 주사를 맞게 될 때까지 계속 바보 흉내나 내고 있어요."

매클렐런이 머그잔을 들어 한 모금 마셨다. "또 못 알아들을 말을 하는군, 덩치 큰 친구. 이름이 뭐라고 했지?"

"에이머스 데커. 내가 오하이오주에서 미식축구 선수였던 거 압니까? 우리가 텍사스 대학에서 시합할 때 멜빈이 나를 완전히 짓밟고 지나갔죠. 좋은 선수들이라면 꽤 봤고 같이 경기도 많이 해봤지만, 멜빈은 내가 본 러닝백 중 최고였어요." 데커는 서장 쪽으로 몸을 기울였다. "핵심은, 서장님, 나는 멜빈의 노친네를 상대하느니 멜빈의 축구화가 내 얼굴을 밟고 지나가는 편을 기꺼이 택할 겁니다."

"정말인가? 왜 그렇지, 젊은이?"

"왜냐하면 멜빈에게는 양심이란 게 있거든요. 그 노친네는 그게 없고요. 그 남자는 확실히 당신 패거리가 자기에게 엿을 먹였다고 믿고 있어요. 당신이 텍사스에 있던 그 남자를 찾아내 뒤쫓았을 때, 그 남자는 그 때문에 모든 걸 잃고 말았죠. 아마 자신이 평생 유일하게 사랑했을 사람을. 아들은 감옥에 가게 됐고요. 하지만 루신다를 잃은 것에 비하면 그건 별거 아니었죠. 그리고 내 목에 칼을 갖다 댔을 때, 그 남자가 당신들 모두를 어떻게 할 계획인지 알려주더군요."

"그 남자가 그러던가?"

"나는 과잉기억증후군이 있습니다. 그게 뭔지 압니까?"

매클렐런이 고개를 저었다. "전혀 모르겠는데. 주의력 결핍증과 비슷한 말처럼 들리는군."

"그건 내 기억력이 완벽하다는 뜻입니다. 결코 아무것도 잊지 못한다는 뜻이죠. 그러니 내 경우, 시간은 상처를 치유해주지 않습니다. 왜냐하면 내 기억은 지금도 그 일이 일어난 날과 똑같이 선명하니까요. 아무리 시간이 흘렀어도 상관없이."

"그리 좋게 들리지는 않는군."

"거지 같죠, 사실."

"그래서 하고 싶은 말이?"

"로이 마스도 같은 증상을 가졌을 수 있다는 거죠. 다만 단 하나의 기억에 대해서만 말이에요. 아내. 시간은 아내 잃은 그 남자의 상처를 치유해주지 않았습니다. 그 남자는 그 일을 당신들 세 사람의 탓으로 생각하고 있죠. 그리고 그건 서장님 앞날의 안녕에 이롭지 못할 겁니다."

매클렐런이 몸을 앞으로 숙였다. "미안하지만 젊은이, 나를 위협하는 건가?"

"당신은 경찰서장이지만, 인정하시죠. 여기는 작고 별 볼 일 없는 촌 동네에 불과해요. 로이는 동네 술집에서 맥주 한잔하고 있는 당신을 습격하거나, 아니면 당신이 가는 햄버거 가게에서 햄버거를 뒤집고 있을 수도 있어요. 그에겐 식은 죽 먹기죠. 대니 이스틀랜드는, 이제 돈이 있으니 아마도 더 단단한 호두 껍질에 둘러싸여 있겠지만, 결국 그것도 깨질 겁니다. 왜냐하면 산더미 같은 돈도 로이 같은 사이코패스가 노리고 있을 때는 별 소용이 없는 법이거든요. 그다음으로는 서면 휴이, 그 거물 국회 의원이 있죠. 그래도 백악관 대변인으로 임명되기 전에는 요인 경호 같은 건 받지 못해요. 탕, 탕, 탕. 그렇게 가는 거죠. 로이 마스가 가진 가장 큰 장점은 자기 목숨에 연연하지 않는다는 겁니다. 사실, 내 생각에는 오히려 죽고 싶어 하는 것 같아요. 그렇지만 그 전에 먼저 게임을 끝내야 겠죠.”

“그래서 자네는 이게 게임이라고 생각한다, 그건가?”

데커가 일어섰다. “사실은 그렇지 않습니다. 당신네 개자식들이 내세로 날려 보낸 그 교회 사람들이나 전미흑인지위향상협회 사람들도 그걸 게임이라고는 생각하지 않았겠죠.”

“아주 터무니없는 혐의를 씌우는군. 자네를 명예 훼손으로 걸 수도 있어.”

“소가 접수될 때쯤이면 서장님은 로이의 다음번 희생자가 돼 영안실 침대에서 안식을 취하고 있을 겁니다. 그도 아니면 우리가 내 명예 훼손죄를 서장님의 특수 살인죄로 돌려놓기 충분한 증거를 수집했든가.”

문간으로 걸어가던 데커가 다시 돌아봤다. “한 가지 더. 로이 마스는 찰스 몽고메리의 아내를 살해했습니다. 이유는 알 필요 없고, 그냥 그 남자가 한 짓이라는 것만 알아두세요. 그리고 그 남자가 택한 살인 무기는 정교하기 이를 데 없는 폭발 장치라서 경찰은 그 흔적을 전혀 발견하지 못했습니다. 쾅, 그렇게 가버렸죠. 그냥 그렇게. 어째 그 교회하고 좀 비슷하네요. 안 그렇습니까? 그 폭발물도 그 남자가 만든 건지 궁금하네요. 만약 그렇다면 그 남자는 아주 실력이 뛰어난 거죠. 빌어먹을, 그것만은 분명해요.” 데커는 주위를 둘러봤다. “어쩌면 여기에도 이미 하나 심어놨을지 모르겠군요. 아니면 당신 차나 집에."

"빌어먹을, 나한테 원하는 게 뭐야?" 매클렐런이 물었다.

"바로 그겁니다. 나는 서장님한테 원하는 게 아무것도 없어요. 전혀 아무것도."

데커는 문을 열고 걸어 나갔다.

61

"그래서 잘한 일이라고 생각해?" 보거트가 데커에게 말했다.

두 사람은 케인시 광장에 있는 보거트의 호텔 방에 앉아 있었다.

데커는 콜라 한 캔을 비우고 입을 닦았다. "이미 저지른 일이야. 서장은 가만히 앉아 있지 않을 거야. 뭔가 하겠지. 전화를 걸든, 이메일을 보내든, 차를 타든, 비행기에 오르든."

"그 남자가 정말 평정을 잃을 거라고 생각해? 내가 보기엔 꽤 단련된 것 같던데."

"내가 그자한테 더욱 터프한 사람이 댁을 노리고 있다고 했거든."

"로이 마스?"

데커가 고개를 끄덕였다. "그리고 매클렐런의 사무실에서, 그거 눈치챘어?"

"구체적으로 뭐?" 보거트가 물었다.

"명예로운 사진들을 걸어놓은 벽."

"사진이 많던데. 사실 내가 본 건 서먼 휴이하고 같이 찍은 것 하나쁘이지만."

"그 이야기를 하는 게 아니야. 거기 없었던 것 말이야."

"무슨 소린지 모르겠는데."

"벽에 걸었다가 내려진 사진이 있어. 그 자리가 검게 변해 있었 거든."

"왜 사진을 내렸을까?"

"이유는 단 하나야. 우리가 거기 찍힌 누군가를 알아볼까 봐."

"빌어먹을, 그게 도대체 누구야?"

"나도 모르지."

보거트가 데커를 쏘아봤다. "왜 자네 말이 안 믿기지?"

"그리고 뭔가 다른 게 있어. 매클렐런은 놀란 척하려고 했지만 로이가 살아 있다는 걸 이미 알고 있었어. 내 말은, 진짜로 알았다 고. 그냥 추측이 아니라."

"어떻게?"

"나도 모르지. 하지만 매클렐런은 허점을 보일 거야. 우리는 그 순간을 덮치기만 하면 돼."

"그 대신 매클렐런이 패거리와 힘을 합쳐 우리를 방해한다면?"

"그럴 가능성은 항상 있지."

"전략이 있으면 나하고 의논해줬으면 좋겠어. 혼자 앞서가서 실 행에 옮기기 전에."

"나는 그냥 순간을 놓치고 싶지 않을 뿐이야. 그건 그렇고 우리 가 지금까지 알아낸 게 뭐지?"

"서장의 전화기와 인터넷에 추적기를 달아놨어. 지역 요원들에 게 그의 움직임을 감시하게 했고. 실제로 평정을 잃고 다른 총사 중 누구한테 달려가거나 이메일을 보낸다면 우리가 알게 될 거야.

하지만 현재까지는 전혀 움직이지 않고 있어."

데커는 손목시계를 확인했다. 시간이 늦었다.

"잠을 좀 자둬야 할 것 같아."

* * *

새벽 2시에 휴대폰이 울렸을 때 멜빈 마스는 침대에서 뒤척이고 있었다. 마스는 핸드폰을 낚아채듯 집어 들어 화면을 들여다봤다.

10분 뒤에 차로 나와요. 할 말이 있어요. 데커.

"젠장." 마스가 투덜거렸다.

주섬주섬 옷을 입고 방을 나섰다. 주차장은 코앞이었다. 차를 찾으려고 주변을 둘러봤다.

"멜로?"

그 소리에 마스는 얼어붙었다. 이윽고 천천히 돌아섰다. 아버지가 3미터쯤 떨어진 차 옆에 서 있었다.

"어떻게?" 마스가 입을 열었다.

"전에 네 친구의 모텔 방에 잠입했을 때 휴대폰에서 네 연락처를 알아냈지. 비밀번호 좀 걸어두라고 해라. 너는 이름만 보고 데커가 보낸 문자라고 착각했겠지."

"아버지, 빌어먹을. 도대체 뭘 하는 거예요?"

"여기선 안 돼. 드라이브 좀 하자." 로이가 차를 가리켰다.

마스는 한 걸음 물러섰다.

"멜로, 내가 널 해치고 싶었다면 진작 그랬어."

"어디로 갈 건데요?"

"그냥 드라이브나 좀 하자고. 그런 뒤 도로 여기 데려다줄게. 약속하마."

"숨이 붙은 채로 돌아오는 거 맞죠?"

"약속한다, 멜로. 나는 너를 해치지 않아. 너에겐 이미 할 만큼 했다고 생각한다."

마스는 주위를 둘러본 후 아버지에게 다가갔다. 두 남자는 차에 올랐다. 로이는 후진해서 주도로로 나가 액셀러레이터를 밟았다. 별은 모두 자취를 감췄고 구름이 모여들었다. 길 위에 다른 차는 한 대도 없었다.

마스가 아버지를 곁눈질했다. "발을 저시던데요."

"그래, 늙어가는 거지." 로이가 운전대를 잡은 채 아들을 응시했다. "너는 나를 미워해야 한다, 멜로. 그러지 않으면 네 머리에 문제가 있는 거야."

"아버지가 나한테 왜 그런 짓을 했는지 이해하려고 노력은 해보고 싶어요."

"내가 그 뚱보 녀석한테 몇 마디 한 게 있는데."

"그래요. 좀 듣긴 했지만, 전부는 아닐 거예요. 아마 내 마음을 생각해서 그랬겠죠."

로이가 껄껄 웃었다. "나는 그런 문제 없어."

"어머니한테는 있었죠."

로이의 얼굴에서 웃음기가 사라졌다.

"아버지가 어머니를 죽였죠, 아닌가요? 어머니 얼굴을 내 총으로 쐈죠?"

"암이 네 어머니 뇌를 파먹고 있었어. 우리는 치료할 돈이 없었단다. 의사들이 말하길…….”

"진단을 받으러 어디로 갔었어요?"

"멕시코. 네 어머니하고 나는 거기서 산 적이 있거든. 그리고 거기서 실험 중인 뭔가를 해봤지만 아무 도움이 되지 않았어. 그리고 우리는 그곳의 누구도 알기를 원하지 않았어. 그냥 혹시 모르니까 말이다."

"데커 말로는 어머니가 칼리에서 노예였을 수도 있대요. 도망칠 때 그 은찻주전자를 훔쳤을 거라면서요."

"그 뚱보는 뇌도 큼지막한가 보구나. 정확히 노예는 아니었지만, 그렇다고 자유의 몸도 아니었다. 하지만 그자들은 아주 부자였지. 네 어머니는 굶지 않았어. 한뎃잠을 자지도 않았고. 그렇지만 떠날 자유가 없었어. 그리고 놈들은 확실히 네 어머니에게 친절하지 않았지."

"그래서 어머니는 어떻게 도망쳤죠?"

"나를 만나서. 나는 일 때문에 거기 갔었다. 네 어머니를 잡아두고 있던 자들이 내 고용주들하고 아는 사이였거든. 자동차에 문제가 있어서 그걸 고치러 거기 간 거지. 놈들은 빌어먹을 성에 살면서 롤스로이스하고 벤틀리를 몰았어. 평생 일해본 적이 단 하루도 없을걸. 거기서 네 어머니를 알게 됐단다. 우리는 이야기를 나눴어. 그 후 계획을 세웠지. 내가 네 어머니를 거기서 꺼내줬어."

"아버지가 그 사람들을 죽였어요?"

로이가 마스를 쳐다봤다. "왜, 그러면 안 되냐?"

마스는 창밖을 내다봤다.

로이가 말했다. "우리는 찻주전자를 가져왔어. 팔려고 그런 게 아니야. 우리가 그걸 가지고 있던 거 너도 알지? 네 어머니는 그냥 놈들한테서 뭔가를 가져오고 싶어 했어. 온갖 수모를 당했으니까."

"아버지는 어떻게 어머니를 죽일 수 있었어요?"

로이가 눈에 띄게 움찔했다. 그가 도로에서 벗어나 표시등을 끄고 차를 세웠다. "너는 내가 어느 날 아침 일어나서 네 어머니 머리를 산탄총으로 쏘기로 마음먹었을 것 같으냐? 그래?"

"내가 아는 건 아버지가 이 일을 꼼꼼히 계획했다는 것뿐이에요. 아버지는 어떤 남자를 죽이고 자신도 죽은 것처럼 보이게 꾸몄죠. 그러고 나서 내가 그걸 뒤집어쓰도록 함정에 빠뜨렸고요. 나는 내셔널 풋볼 리그에서 뛰는 대신 반평생을 철창 안에서 보냈어요. 하마터면 사형당할 뻔했다고요."

"그들이 너를 죽이는 걸 보고만 있을 순 없었다, 멜로."

마스가 주먹으로 대시보드를 어찌나 세게 쳤는지 그 자리가 움푹 파였다. "내 이름은 멜빈이에요, 빌어먹을."

다음 순간 들리는 소리는 두 남자의 숨소리뿐이었다.

"알았다, 멜빈. 네가 방금 한 말은 모두 진실이야. 내가 그 남자를 죽였어. 네 어머니가 치과 진료 기록을 바꿔치기했고. 내가 네 어머니를 죽였지. 시신들에 불을 지른 것도 나고. 그 계집애하고 모텔 녀석한테 그런 일을 시킨 것도 나다. 네 차를 고장 낸 것도 나고. 내가 너를 모함했다. 네가 감옥에 간 건 나 때문이야."

"왜요? 나한테 왜 그랬어요?"

"거기 있는 게 제일 안전했으니까. 네 엄마도 그렇게 생각했지."

"개소리!" 마스가 고함쳤다.

그러자 로이가 총을 꺼냈다. 그는 그 총을 마스에게 겨누는 대신 둘 사이에 내려놨다.

"그러면 이 총을 집어 들어라. 내 머리에 겨누고 빌어먹을 방아쇠를 당겨버려, 멜로. 네가 배짱이 있다면 말이야."

마스는 믿기지 않는다는 표정으로 총을 내려다봤다. 그리고 손을 내려 총을 집어 들고 아버지를 겨눴다.

"젠장, 너는 어째 총 쥐는 법도 모르냐? 그건 산탄총이 아니란 말이다. 주로 쓰는 손으로 당기고 다른 손은 감싸 쥐어야지. 아무리 이렇게 가까운 거리여도. 빌어먹을. 하긴 그게 중요하겠냐. 네가 앉아 있는 자리에서는 빗맞히기가 오히려 힘들 텐데. 그렇지만 네 손이 내 피와 뇌를 말 그대로 뒤집어쓸 게다."

로이는 평온하게 고개를 돌려 앞창 너머를 응시하며 나지막하게 휘파람을 불었다.

마스가 말했다. "내가 아버지를 죽였으면 하는 것 같네요."

"그런 마음도 있긴 하지. 그냥 끝장내라. 나는 지쳤다, 멜빈. 오랜 시간이었어. 한순간도 좋지 않았다."

"그럼 삼총사는요?"

이 말에 로이가 너털웃음을 터뜨렸다. "네가 매클렐런한테 가는 걸 봤다. 로저 녀석은 어떻더냐? 제복을 빼입고 훈장을 주렁주렁 달기 좋아하는 녀석이었는데. 미시시피 대학을 졸업한 후 베트남전에 여러 차례 징병 유예를 받았지. 서먼하고 대니도 마찬가지였고. 녀석들 애비들이 다 알아서 처리해준 거야. 여기서 유색인들을 죽이느라 바빠서 베트콩하고 싸우실 틈이 있어야지. 그리고 베트콩은 총에는 총으로 맞대응하니까. 엄청난 차이점이지, 망할."

"아버지는 베트남에 갔었어요?"

"나를 쏠 거냐, 안 쏠 거냐?"

마스는 천천히 총을 내려 둘 사이에 놨다. 로이는 무시하는 시선을 보내고 어깨의 권총집에 총을 도로 집어넣었다.

마스가 말했다. "아버지가 집에 왔었죠. 우리를 화재에서 구해준 거죠."

로이가 어깨를 으쓱했다.

"왜 그랬어요?"

"안 될 것 없잖냐."

"아버지는 사람들이 죽거나 말거나 신경 쓰는 사람이 아닌 것 같아서요."

"그건 우리 집이었으니까. 네 어머니하고 내 집. 놈들은 거기 올 권리가 없어. 그리고 그 뚱보한테 네 뒤는 내가 봐준다고 했거든."

"아버지가 이 모든 일을 한 거죠, 맞죠? ESPN 방송 때문에?"

로이가 어깨를 으쓱했다. "너는 너무 유명했어, 멜로. 언젠가는 일어날 일이었지. 네 어머니는 매일 밤 그런 일이 일어나지 않기를 기도했지만, 우리는 언젠가 그 기도들이 거절당하리란 걸 마음속 깊은 곳에서 알고 있었다. 그러다가 그날이 왔지."

"놈들이 아버지한테 접촉해왔나요? 협박했나요?"

"그냥 놈들 발밑에서는 풀 한 포기도 자라지 못한다고 해두자."

"그렇지만 아버지는 성형 수술을 받지 않았어요? 그 흉터?"

로이가 껄껄 웃었다. "먹고 죽을 돈도 없었는데 무슨. 그 흉터는 여자를 놓고 싸우다가 생긴 거야."

"무슨 여자요?"

"네 어머니. 네 말이 맞아. 네 어머니의 주인이었던 자들을 내가 죽였다. 그들 모두를. 죽어도 싼 것들이었지."

"어머니는 그래도 아버지를 따라나섰어요? 살인자인데도?"

"놈들이 네 어머니한테 한 짓을 안다면 그렇게 묻지 않을 거다."

"그렇게 심한 건 아니었다고 아버지가 그랬잖아요."

"거짓말이야. 그건 지옥이었어. 네 어머니는 그 집안 소유의 창녀 겸 하녀였다. 심지어 손님이 오면 내주기도 했지."

"레지나 몽고메리도 아버지가 죽였어요?"

"그 여자는 천치였어. 그냥 석양 속으로 사라졌으면 됐을걸. 자기 남편이 튀겨질 때까지도 못 기다리고 쓰레기를 잔뜩 사들이는 바람에 일을 망쳐버렸지."

"아버지는 애초에 왜 그 부부에게 접근했어요?"

"뻔하잖아. 너를 사형에서 구해주려고 그런 거지."

"나를 20년간 감옥에 있도록 놔뒀잖아요."

"그렇지만 네가 죽도록 놔둘 작정은 아니었다."

"왜요?"

"왜냐하면 네 어머니한테 그러지 않겠다고 약속했으니까."

"나는 정말 아버지를 이해할 수 없어요. 빌어먹을, 아버지가 도대체 누군지도 모르겠어요."

로이가 마스를 돌아봤다. "너는 그냥 내가 네 어머니를 세상 그 무엇보다 사랑했다는 것만 알면 돼. 나는 그녀를 위해 내가 가진 모든 걸 희생했어. 네 어머니를 위해서라면 못 할 일이 없었다."

"어머니를 죽였잖아요!"

로이가 소리 질렀다. "왜냐하면 네 어머니가 그러라고 했으니까!"

갑자기 두 남자가 함께 앉아 있기에는 차 안이 너무 좁아 보였다. 마스는 도저히 아버지를 쳐다볼 자신이 없어서 그저 멍하니 앞창 너머를 응시했다.

로이가 억누른 목소리로 말했다. "그래, 내가 그랬다. 왜냐하면 네 어머니가 부탁하는 건 항상 뭐든 했으니까. 심지어 그 일조차." 마스를 돌아봤다. "그날 밤 죽은 건 네 어머니만이 아니야. 나도 그

때 죽었다."

"그리고 아버지는 나를 감옥에 넣었죠."

로이가 마른세수했다. "놈들이 너를 죽였을 거야. 다른 방법이 없었어."

"그 금고의 내용물을 내가 가지고 있다고 생각해서요?"

로이의 표정이 굳어졌다. "또 데커냐? 그놈은 정말 머리가 좋구나. 기회가 있을 때 목을 땄었어야 하는데."

"초차." 마스가 말했다.

로이가 마스를 봤다. "그게 뭐?"

"주머니쥐 흉내를 낸다는 뜻이죠. 죽은 척하는 거. 아버지가 그랬던 것처럼."

"내가 말했듯 무덤보다는 감옥이 나아. 이놈들은 진짜배기야. 눈에 띄면 그 길로 죽음이지."

"아버지가 교회를 폭파했어요? 그리고 전미흑인지위향상협회 사무국도요? 아버지였어요?"

"적당히 까불어라."

"간단한 질문이잖아요. 맞아요, 틀려요?"

"뭐, 자백이라도 듣고 싶은 거야?"

"어린애들이었어요, 아버지. 합창단 말이에요."

로이가 고개를 돌렸다. "그애들은 거기 있어서는 안 됐어. 합창단 연습이 늦어졌던 거지."

"그래도 아버지는 했잖아요."

"그건 내가 어쩔 수 없는 부분이었어."

"그러세요? 그래서 아버지는 완전히 결백하다?"

로이가 껄껄 웃었다. "빌어먹을, 그 말이 내 입에서 나오는 건 절대 못 들을 거다."

"데커가 매클렐런한테 아버지가 그들을 노리고 있다고 말했어요. 겁주려고요."

"그래? 그렇다고 내가 새털만큼이라도 신경 쓸 것 같으냐?"

"정말이에요? 아버지가 어머니를 죽인 건 놈들 때문 아니었어요? 내 말은, 놈들이 없었다면, 그때 아버지가 놈들을 끝장낼 배짱이 있었다면 어떻게 됐을까요?"

로이가 양손을 내려다봤다. "그렇게 간단한 일이 아니었어."

"나한테 그 이야기를 해주세요. 나를 여기로 데려온 건 아버지잖아요. 분명 이야기가 하고 싶었던 거죠. 그러니 목숨보다도 더 사랑한 '유색인' 여성과 결혼한 남자가 어쩌다 흑인 아이들을 날려버리는 일당하고 한편이 된 건지, 어디 한번 말씀해보세요."

"그쯤이야 쉬웠지. 나는 인종차별주의자 개새끼였으니까. 그냥 매클렐런이나 놈의 짝패들하고 똑같았어."

"똑같았다고요?"

"네 어머니를 만나기 전까지는."

"뭐, 그 후에 아버지의 인종차별주의적 성향이 그냥 사라져버렸고요?"

"아니. 하지만 다시는 그런 식으로 사람을 해치지 않았어."

"나를 해쳤잖아요! 나는 흑인이에요. 당신이 내 인생을 훔쳤어요. 당신 친아들의 인생을요."

로이가 고개를 돌려 마스를 봤다. "그게 말이다, 멜로. 너는 내 아들이 아니야. 내가 구해냈을 때 네 어머니는 이미 임신한 상태였어."

마스는 망연자실한 눈빛으로 로이를 응시했다. "당신이 내 아버지가 아니라고요?" 가까스로 입을 열어 물었다.

"그래, 아니야."

"그러면 누구예요?" 마스가 숨을 삼켰다.

"네 어머니를 몇 번이고 강간한 새끼. 내가 더는 그러지 못하게 만들었지. 놈의 목을 따서."

62

마스는 비가 조금씩 떨어지는 가운데 주차장에 서서 멀어져가는 차의 미등을 바라보고 있었다. 이처럼 지구상의 다른 모든 사람에게서 멀어진 듯한 기분을 느낀 것은 처음이었다. 마치 역병의 습격을 받아 숨이 붙어 있는 사람은 그 하나뿐인 것 같았다. 그런 절대적 고독이라면 오히려 반가웠으리라. 두 번 다시는 다른 누구와도 이야기하고 싶지 않은 기분이었으니까.

미등의 마지막 깜빡임이 잦아드는 순간, 마치 누군가가 그의 혈관을 잘라버린 것만 같았다. 마스는 아스팔트 위에 무너졌다. 먼저 무릎을 꿇고, 이어 배를 깔고 엎드렸다. 머릿속에서 너무나 많은 것이 펑펑 돌아가고 있어서 도저히 처리할 수 없었다. 엄두조차 낼 수 없었다. 욕지기가 밀려왔다. 사지가 마비된 것 같았다.

빗발이 거세지기 전까지, 마스는 얼마 동안 그냥 그 자리에 엎드려 있었다. 마침내 간신히 일어나 비틀대며 방으로 돌아가 침대에 쓰러져 그대로 가만 누워 있었다. 1시간쯤 지났을 때, 그는 천천히 몸을 일으켜 침대 한쪽 구석에 걸터앉았다.

아버지는 아버지가 아니었다. 그 남자는 살인자였다. 그 남자가 마스에게 살인 누명을 씌웠다. 마스에게서 인생의 20년을 빼앗아 갔다. 마스의 일평생은 가짜였다.

* * *

마스는 방을 나와 데커의 방문을 두드렸다. 몇 마디 신음과 투덜 거림에 이어 문이 열렸다.

"왜 이렇게 일찍 일어났어요?" 데커가 물었다. 하지만 마스의 안 색을 살핀 후 재빨리 안으로 들였다.

마스는 자리에 앉아 방금 일어난 일을 들려줬다. 데커는 마스가 말을 마칠 때까지 한마디도 하지 않았다.

"유감이에요, 멜빈."

"당신의 빌어먹을 동정은 필요 없어요. 그냥 이 일을 밑바닥까지 파헤치고 싶어요."

"내가 하려는 게 바로 그거예요."

마스가 서서히 고개를 들었다. "그 사람이 내 아버지가 아닌 걸 알고 있었어요?"

"그걸 묻는 이유가 뭐죠?"

"왜냐하면 당신은 젠장, 모르는 게 없어 보이니까요. 그게 이유 예요. 그래서 알고 있었어요?"

데커는 대꾸하지 않았다.

"데커!"

"그게 정말 중요합니까?"

"그래요."

"좋아요. 짐작은 했어요."

"어떻게?"

"그 사람이 당신한테 한 번도 사랑한다고 말하지 않았으니까요."

"빌어먹을, 당신이 그걸 어떻게 알아요?"

"당신이 말했어요. 최면에 걸렸을 때. 그리고 그 사람은 당신한테 살인 누명을 씌웠죠, 멜빈. 내가 알기로 그런 짓을 할 수 있는 아버지는 많지 않아요. 그 사람이 몽고메리를 매수한 건 당신 어머니를 위해서였어요. 그리고 자기 아들을 함정에 빠뜨리지 않았다는 그 사람 말은 사실이었어요. 당신은 그 사람 아들이 아니니까요. 그렇지만 그 무엇도 당신 문제는 아니에요. 그 사람 잘못이죠."

"나는 그렇게 느껴지지 않아요."

"아마 지금은 아니겠죠." 데커가 자리에서 몸을 틀면서 화제를 전환했다. "그 사람이 어디로 갔는지 혹시 짐작이 가요?"

"거기까지는 미처 신경 쓰지 못했네요."

"그것 말고 말해줄 만한 건요?"

"당신이 매클렐런하고 그 친구들을 겁주려고 아버지…… 그러니까 로이가 그들을 노리고 있다고 한 걸 말했어요."

"그랬더니 뭐라던가요?"

"자기는 그 사람들한테 새털만큼도 관심 없다고요."

"당신은 그 말을 믿어요?"

"그 사람은 나한테 거의 모든 것에 관해 거짓말했어요. 사실 모르겠어요."

"나는 안 믿어요. 어쩌면 예전에는 그 친구들에게 관심이 없었을지 몰라도, 이제는 아닐 거라고 생각해요."

"어째서요?" 마스가 물었다.

"지기 싫어하는 남자라는 인상을 받았거든요. 삼총사는 로이가 가진 게 필요해요. 그리고 그걸 얻기 위해서라면 무슨 짓도 가리지 않을 거예요. 로이를 죽이는 것도 포함해서 말이죠. 그리고 당신도. 그리고 우리도. 그게 지금 상황이에요. 나는 로이가 조용히 갈 거라고는 생각하지 않아요. 자기가 가진, 그들에게 불리한 그게 뭔지 혹시 조금이라도 단서를 주던가요?"

마스가 고개를 저었다. "그렇지만 그건 금고에 들어 있었어요. 그건 확실해요."

"그리고 여기 교회 폭탄 테러를 거들었다고 했어요?"

"말 안 했어요. 그렇지만 자기가 다른 놈들처럼 인종차별주의자 개새끼였다고 하더군요."

"당신 어머니를 만나기 전까지?"

"빌어먹을, 데커, 당신 독심술사예요, 뭐예요?"

"아주 간단해요, 멜빈. 그 사람이 여전히 인종차별주의자였다면 흑인 여자하고 결혼을 안 했겠죠."

"그래요. 맞아요." 마스가 멍하니 말했다. "그 사람이 그랬어요. 자기가 내 친아버지를 죽였다고요. 강간범이었대요."

"그래요. 그건 이미 말했잖아요."

"젠장. 그러니까 나는 강간범 친아버지와 살인자 양아버지를 둔 셈이죠."

"그게 당신이라는 인간하고 무슨 상관이죠? 어느 쪽도 당신이 고른 시나리오가 아니잖아요."

"나는 여전히 그 한복판에 있어요."

"우리가 거기서 당신을 꺼내줄 거예요, 멜빈."

마스가 고개를 저었다. "아무리 당신이라도 그렇게까지 뛰어날 순 없어요. 나는 이제 끝났어요. 내가 아는 한 텍사스는 나를 다시 감옥에 처넣을 방법을 찾고야 말 거예요. 어쩌면 그게 내가 있어야 할 곳인 것 같다는 생각도 들어요."

"정말 그렇게 생각한다면 가서 자수해요."

"뭐라고요?"

"나는 자기 연민 같은 건 취급 안 합니다, 멜빈. 그러기에는 너무 바쁘거든요. 당신도 마찬가지고요. 당신은 나와 함께 이 일을 하겠다고 말했어요. 도중에 생각을 바꾸는 건 나한테 전혀 도움이 안 돼요. 우리 둘 다한테 시간 낭비라고요."

"당신은 사탕발림 같은 건 알지도 못하는군요. 그렇죠?"

"내 뇌는 그런 식으로 생겨먹지 않았거든요."

"운이 좋네요."

"때로 내가 얼마나 불운한가를 알면 놀랄 겁니다."

"마치 내가 그 오랜 세월 동안 모르는 사람하고 같이 살았던 것 같아요. 나는 그 남자를 안다고 생각했는데, 실은 전혀 몰랐던 거예요."

"핵심은, 멜빈, 당신이 당신 어머니를 알았다는 겁니다. 그리고 어머니는 당신을 진심으로 사랑했어요. 거기에는 거짓이 없어요. 그리고 어머니의 사랑은 로이 같은 남자가 보통은 하지 않았을 일을 하게 만들었죠. 당신을 사형에서 구하는 것 같은. 그래요. 어쩌면 그 남자는 당신을 사랑하지 않았어요. 그리고 당신 아버지도 아니고요. 하지만 나는 당신 어머니가 그 모든 걸 보상하고도 남을 만큼 당신을 사랑했다고 생각해요."

마스는 잠시 침묵을 지켰다. "당신 뇌는 이런 식으로 생겨먹지 않았다면서요."

"나는 사랑을 알고, 그게 사람들을 어떻게 바꿔놓을 수 있는지 알아요, 멜빈. 좋은 쪽으로도, 나쁜 쪽으로도 말이에요. 내 뇌가 얼마나 많이 변했든 그것만은 항상 기억할 겁니다."

663

데커는 침대 가장자리에 앉았다. 바깥은 아직 어두웠다. 마스는 자기 방으로 돌아갔다. 데커는 방금 일어난 일을 아직은 아무에게도 말하지 말라고 일러뒀다. 왜 그렇게 시켰는지 스스로도 모르지만, 뭔가 옳지 않다는 느낌이 들었다. 그들이 터스컬루사에 가야 할까? 수수께끼의 답이 바로 여기 있다는 걸 아는데?

삼총사. 매클렐런, 이스틀랜드, 휴이.

데커는 자신이 진실을 알고 있다고 생각했다. 다만 입증할 방법이 없었다. 증거가 필요했다. 확실히, 로이 마스는 충분한 증거를 가지고 있었다. 유일한 문제는 로이 마스에게 다가갈 방법이 없다는 것이었다. 심지어 다가가더라도 과연 그를 설득해서 가진 것을 내놓게 할 수 있을까? 로이 또한 살인자였다. 그들은 로이가 레지나 몽고메리를 살해했다는 사실을 알고 있었다. 그리고 로이는 자신이 그 폭탄 테러에 연루됐다고 멜빈에게 자백한 것이나 다름없다. 그들에게 붙잡힌다면 로이는 남은 평생을 감옥에서 보내야 할 터였다. 어쩌면 사형 선고를 받을 수도 있었다.

로이는 협력해야 할 이유가 전혀 없다. 심지어 그들이 거래를 제의하더라도 긴 옥살이를 피할 방법은 없다. 나이를 감안하면 그것은 곧 종신형이나 다름없다. 세상 물정을 모르는 것도 아니고, 로이가 이런 제안을 덥석 받아들일 거라고는 생각할 수 없었다. 그렇게 삼총사는 갑자기 난공불락의 요새가 됐다.

그렇지만 데커는 그대로 가만 둬둘 수 없었다. 사람들은 자기가 한 일에 책임을 져야 한다. 얼마나 많은 시간이 흘렀든 그건 문제가 되지 않는다. 그들 때문에 죽은 사람들이 살아 돌아오지 못하는 한 반드시 책임을 져야 한다. 살인자들은 모두 승승장구했다. 이스틀랜드의 경우에는 엄청난 부를 얻었다.

데커는 좀 더 고심했다. 금고의 내용물. 로이가 그걸 몸에 지니고 다닐 리 없다. 잡히면 빼앗기기 십상이니까. 같은 이유로, 자기가 묵고 있는 곳에도 둘 리 없다. 그러나 쉽게 접근할 수 있는 곳에 보관해야 한다. 조건이 약간 좁혀지지만, 충분할 정도는 아니었다.

뭔가를 숨겨둘 만한 장소는 수두룩했다. 옛집은 아닐 것이다. 너무 위험하니까. 사방에서 수많은 눈이 지켜보고 있다. 게다가 이제는 불까지 났다. 그럼 어디에?

데커는 로이 마스와 독대했을 때로 기억의 프레임을 팔락팔락 넘겼다. 눈으로 본 모든 것을 다시 훑고, 귀로 들은 모든 단어를 되새겼다. 그런 다음에는 뭐라도 도움이 될까 해서 로이가 멜빈에게 한 말들을 떠올려봤다. 로이가 그 말 속에 은닉 장소에 대한 일종의 암호나 언질 같은 것을 일부러 숨기지는 않았을 것이다. 그보다는 섬세한 방식일 것이다. 심지어 의도적인 것이 아닐 수도 있다. 뭔가가 있었나? 있었더라도 데커에게는 답이 떠오르지 않았다.

그리고 대븐포트의 납치범들은 여전히 아무런 연락도 없었다. 왜 아무 이유도 없이 사람을 납치한단 말인가? 그럴 리 없다. 이유가 있어야만 한다. 몸값이나 협상 도구가 목적이 아니라면, 그러면 뭐지? 이번에도 데커는 답을 떠올릴 수 없었다.

그렇다면 다시 원래 질문으로. 그들은 터스컬루사로 가야 할까? 폭탄 테러를 당한 전미흑인지위향상협회 사무실이 있던 곳을 살펴볼 예정이었다. 몽고메리가 거기 있었음을 알았다. 삼총사의 공범이나 하수인에게 보석금을 받았을까? 증명할 방법이 없다. 기록은 이미 오래전에 사라져버렸다. 재판을 걸어볼 만한 꼬투리도 전혀 없다. 수색 영장도 얻어내지 못할 것이다. 그리고 어쨌거나 뭘 수색한단 말인가? 세 범죄자들은 유유히 빠져나갈 것 같았다. 순간, 좌절에 빠진 데커는 침대에 드러누웠다.

휴대폰이 울렸다. 시간을 확인했다. 오전 6시 5분이었다. 보거트였다. 억누른 목소리였다.

"워싱턴 D.C.에 불려가는 중이야. 전체 팀하고 같이."

"왜?"

"FBI가 새로운 본부를 세울 계획이래. 후버 빌딩이 무너지기 일보 직전이라."

"그게 당신하고 무슨 상관인데?"

"FBI가 이른바 '불필요한 조사에 세금을 허비하는' 동시에 새 시설을 위한 비용 책정을 원한다는 이유로 미국 의회에서 질의가 들어온 모양이야. 그래서 나는 국회로 가서 증언하도록 소환당했어. 그때까지 이 청문이 유예됐어."

"내가 맞혀볼게. 조세무역위원회지?"

"서먼 휴이는 확실히 그보다 더 섬세해. 그 하부 위원회 중 하나야. 아주 끝도 없이 많지. 휴이는 전혀 모습을 드러내지 않을 거야. 놈의 손은 깨끗할 거야. 하지만 나는 가야 해."

"알아들었어."

"가기 전에 내가 알아둘 만한 게 뭐 있나?"

데커는 마스와 로이의 언쟁을 알려줘야 할지 잠시 고민했다. 하지만 보거트가 알아봤자 뭘 할 수 있겠는가. 경력을 말아먹지 않으려면 보거트는 워싱턴 D.C.로 가야 했다. 괜히 신경 쓰이게 하지 말자.

"아무것도. 행운을 빌어."

"행운은 나보다 자네한테 더 필요할 것 같은데, 데커. 그리고 일이 이렇게 돼서 미안해. 내가 정신 사납게 자꾸 들락날락하는 것 말이야."

"이쪽 일이 원래 그렇지 뭐."

데커는 전화를 끊고 도로 침대에 등을 대고 누웠다. 삼총사의 반격이 시작됐다. 휴이가 사격을 개시했다. 데커는 매클렐런과 이스틀랜드의 꿍꿍이가 궁금할 따름이었다. 그들을 겁주려던 자신의 계획은 그저 역효과를 낸 것일까? 그것도 아주 장대하게?

664

"갔다고요?"

재미슨은 모텔 식당의 테이블 맞은편에 앉아 있는 데커를 응시했다.

데커가 고개를 끄덕였다. 마스는 옆자리에 앉아 있었다.

"휴이 짓이에요." 데커가 마스를 쳐다봤다. "알렉스한테 어젯밤 일을 들려줘요."

마스가 잠시 시간을 들여 그 이야기를 풀어놨다.

이야기가 끝나자 재미슨이 말했다. "알겠어요. 그래서 로이는 우리를 돕지 않겠다는 거죠. FBI는 사건에서 떨려났고요. 우리는 그무엇에 대해서도 아무런 증거가 없고. 그렇다면 우리는 지금 아무런 엄호도 없이 호랑이 굴에 들어와 있는 꼴이네요."

"여기를 떠나고 싶어요?" 데커가 물었다.

"모르겠어요. 당신은 뭘 하고 싶어요? 진실을 찾아낸다는 말은 하지 마요. 그건 이미 아니까. 나는 우리가 오늘, 바로 지금 이 순간 뭘 할지를 말하는 거예요. 생명을 유지한다는 목표도 썩 나쁘진 않죠."

마스가 말했다. "합리적인 말씀이네요."

데커가 말했다. "로이가 뭘 가졌는지 우리가 알아낼 수만 있다면……." 그러더니 갑자기 안색이 환해졌다. "멜빈, 당신 어머니의 무덤이 어디죠?"

"없어요. 화장하고, 재는 흩뿌렸죠."

"확실해요?"

"그 자리에 있었어요, 데커. 내가 재를 뿌렸어요. 체포되기 전에요. 아버지…… 음, 내가 아버지라고 생각한 남자한테도 똑같이 했어요. 물론 이제는 그게 아니라는 걸 알지만. 그것은 사실 그 사람이 죽인 남자의 재였죠."

마스는 입을 다물고 자기 접시를 내려다봤다. 음식은 건드리지도 않은 채였다. 재미슨이 마스를 바라봤다. 데커는 턱을 문질렀다.

"남자분들이 아주 유쾌해 보이네요."

고개를 들자 메리 올리버가 바퀴 달린 여행 가방을 끌고 다가오는 모습이 보였다. 올리버는 빈 의자에 앉아서 지친 기색으로 얼굴을 문질렀다.

"동이 트기 전에 출발했어요. 비행기를 세 번이나 갈아타고 왔어요. 보면 알겠지만, 아직 체크인도 못 했네요." 올리버가 주위를 둘러봤다. "보거트 요원은 어디 있어요?"

"보거트와 그의 팀은 워싱턴의 호출을 받고 돌아갔어요." 재미슨이 대답했다.

"또 이런 일이. 농담하는 거예요?"

재미슨이 고개를 저었다. "농담이었으면 좋겠네요."

"대븐포트에 관한 소식은요?" 올리버가 물었다.

데커가 대답했다. "몸값 요구는 없었어요. 전혀 아무런 소식도 없었어요."

올리버는 테이블 한복판의 접시에 쌓여 있는 토스트 더미에서 한 조각을 집어 들어 버터를 바르기 시작했다. "미안해요. 어쩜 비행기를 세 번이나 갈아타는데 땅콩 하나 안 주지 뭐예요. 무슨 비행기가 다들 딱 내 차만 하더라고요." 올리버가 토스트를 베어 물고 한숨을 쉬었다.

마스가 불안하게 말했다. "법적인 부분은 어떻게 진행되고 있습니까?"

올리버가 공감이 가득한 표정으로 마스를 바라봤다. "그건 걱정할 필요 없을 것 같아요, 멜빈. 내가 아는 바로 텍사스 검사실은 당신을 가까이 가고 싶지 않은 독사 구덩이로 결론 내렸거든요. 적어도 지금으로서는요. 뭔가 하려면 나한테 먼저 신호가 올 거예요."

마스가 안도의 한숨을 내쉬었다. "적어도 그건 좋은 일이네요."

올리버가 마스를 뜯어봤다. "멜빈, 뭐가 잘못됐나요?"

마스가 올리버를 쳐다봤다. "무슨 뜻이에요?"

"이만큼 같이 있었으면 당신 기분 정도는 알아차릴 수 있어요. 뭔가 걱정거리가 있죠?"

재미슨이 말했다. "지난밤에 아버지가 멜빈을 찾아왔대요."

"물론 내 진짜 아버지는 아니었지만."

올리버는 먹던 토스트가 목에 걸린 듯했다. "뭐라고요?"

마스가 올리버에게 그 이야기를 들려줬다.

올리버의 얼굴에 충격이 드러났다. "맙소사, 상상도 못 했어요……. 내 말은." 말을 끊고 마스의 손을 다독였다. "끔찍한 일이네요."

데커가 말했다. "그건 로이한테 우리를 도울 이유가 전혀 없다는 뜻이기도 하죠."

"그렇지만 잠깐만요. 아직 이해 안 가는 게 있어요. 여러분은 지금까지 뭘 발견했죠?"

마스와 재미슨은 데커를 봤다. 데커가 목청을 가다듬었다. "요주의 인물이 몇 있어요. 그들한테 불리한 증거는 하나도 없지만요."

"그들이 누구죠?"

"우선은 이 시의 경찰서장. 로저 매클렐런요." 재미슨이 말했다.

"경찰서장이라고요! 잠깐만. 우리가 정확히 무슨 범죄를 이야기하고 있는 거죠?"

"1960년대의 폭탄 테러요."

올리버가 당황스러운 표정을 지었다. "무슨 이야기인지 전혀 이해가 안 가요. 폭탄 테러라고요?"

데커가 말했다. "몇 가지 실마리를 따라갔어요. 그리고 몇 가지 사실을 알게 됐죠. 물론 아직 증거가 더 필요해요."

웨이트리스가 다가와서 올리버에게 커피를 권했다. 올리버가 대꾸했다. "네, 아주 진하게 타주세요."

웨이트리스가 웃으며 올리버 앞에 놓인 잔을 들어 올렸다. "이거 교체해드릴게요, 손님, 지저분하네요."

"고마워요."

그때 데커가 따귀라도 맞은 듯 몸을 움찔했다. 소리 없이 입술을 달싹여 한 단어를 말했다. '교체하다.'

올리버가 데커를 돌아보자 데커는 즉각 다시 집중했다. "증거를 손에 넣을 수 있다고 생각해요?"

"그렇게 할 방법이 몇 가지 있습니다. 물론 쉽지 않겠죠."

웨이트리스가 돌아와 올리버와 나머지 모두에게 새로 커피를 따라줬다. 그녀가 가기를 기다렸다가 올리버가 물었다. "내가 뭘 하면 도움이 될까요? 법적인 문제라면 내가 확실히 도와줄 수 있어요."

데커가 고개를 끄덕였다. "고마워요. 아마도 분명 도움이 필요할 겁니다."

재미슨이 덧붙였다. "관건은 로이 마스의 금고에 뭐가 있었는지 알아내는 거겠죠. 그거면 증거로 충분하고도 남을 거예요."

올리버가 말했다. "멜빈이 로이와 만났으니, 이제는 그 남자가 근처에 있다는 걸 알게 됐네요."

"근처에 있었죠." 데커가 바로잡았다. "하지만 지금쯤은 멀리 갔을 수도 있어요. 특히 비행기를 탔다면 말이에요."

마스가 다른 사람들을 둘러봤다. "나는 우리가 이걸 끝까지 파헤쳐야 하는지 잘 모르겠어요."

모두의 눈길이 마스에게 쏠렸다.

올리버가 말했다. "멜빈, 우리는 그래야 해요."

"어째서요? 과거의 잘못을 바로잡으려고? 내 셈법으로는 우리 수사 때문에 한 아이의 어머니가 살해당했고, 그 아들은 고아가 됐어요. 내가 아버지라고 생각한 남자는 돌처럼 냉정한 살인자였고. 내 어머니는 그 남자가 쏜 총에 머리가 날아가기 전에 뇌종양으로 죽어가고 있었죠. 데커, 밀리건, 나는 이 개자식들이 놓은 불에 하마터면 죽을 뻔했고요. 거기다 1960년대 범죄들까지? 그런 짓을 저지른 자식들을 붙잡고 싶지 않다는 건 아니지만, 그 대가가 뭐죠? 다음번에는 당신이 살해당할 건가요, 메리? 아니면 알렉스? 아니면 데커?"

데커가 말했다. "그건 우리 모두 이미 각오한 겁니다."

"나는 아니에요. 어쩌면 나는 그냥 남은 삶을 계속 살아가는 게 낫지 않을까 싶어요." 마스는 사람들이 미처 뭐라 대꾸할 말을 찾기 전에 일어서서 자리를 떴다.

"심란하고 낙심해서 그래요." 올리버가 말했다. "내가 이야기해 볼게요."

"지금은 가만 놔둬요." 데커가 말했다. "잇따라 받은 충격들에 대처해야 해요. 충격은 누적되니까요. 마스가 여전히 서 있다는 게 놀라울 정도예요."

"마스는 강인한 사람이에요." 올리버가 지적했다.

"그래야 할 겁니다." 데커가 대답했다. "우리 모두 그래야 할 거예요."

곤히 잠들어 있던 데커는 또다시 강제로 깨워졌다. 이번 남자는 복면 차림이었다. 장갑 낀 손이 데커의 입을 막았다. 다른 손은 반자동 권총을 쥐고 있었다. 총구는 데커의 관자놀이에 놓여 있었다. 잠에서 깨어나는 방식치고는 정말 엿 같았다.

"이제부터 내가 하는 말을 정말 귀담아들어야 해." 남자가 나직하게 말했다. "알아들었으면 고개를 끄덕여."

데커가 고개를 끄덕였다.

"두 가지 선택지가 있어. 하나, 지금 하는 일을 접고 고향으로 돌아간다. 네 친구는 이미 감옥에서 나왔고, 다시 들어갈 일은 없어. 그건 우리가 보장한다. 너는 이 일을 더는 파헤치지 않아. 첫째 선택지 알아듣겠나?"

데커가 고개를 끄덕였다.

"둘째 선택지는 네가 조사를 계속하는 거야. 그 결과로 너는 가까운 사람들을 하나씩 잃게 될 거다. 재미슨이 첫째고, 다음은 올리버야. 썩 아름다운 일은 아닐 거야. 하지만 내가 장담한다. 두 번 말 안 해. 한 발만 더 내디디면 그들은 죽는다. 다음은 너고. 둘째 선택지의 결과를 알아듣겠나?"

데커는 한 번 더 고개를 끄덕였다.

그 후 뭔가가 데커의 목을 찔렀다. 눈동자가 안와 뒤로 넘어갔다. 그리고 데커는 기절했다.

* * *

얼마쯤 후, 눈꺼풀이 살짝 파닥거리다 뜨였다. 데커는 너무 급히 일어나 앉는 바람에 어지러움을 느꼈다. 토할 것 같았지만 몇 번 깊이 숨을 내쉬자 속이 가라앉았다. 주사를 맞았던 목을 어루만졌다. 강력한 약물이었다. 데커는 1초 만에 정신을 잃은 것 같았다. 천천히 발가락으로 바닥을 건드려본 후 일어섰다. 처음에는 몸이 벌벌 떨렸지만 이내 균형을 찾을 수 있었다.

욕실로 걸어 들어가 얼굴에 물을 축였다. 손목시계를 확인했다. 오전 6시. 얼마나 오래 정신을 잃고 있었는지 짐작도 가지 않았다. 여기 있었던 누군가는 이미 오래전에 가버렸다. 그것만은 분명했다. 침대로 돌아가 가장자리에 앉았다. 두 개의 선택지. 두 개의 아주 다른 선택지.

데커는 끙 소리를 내고 커다란 한 손으로 두 눈을 가렸다. 잠시 동안 그대로 앉아 있던 데커는 이윽고 마음을 정했다. 옷을 챙겨 입고 마스의 방으로 가서 문을 두드렸다.

"누구세요?" 목소리가 바로 대답했다. 마스는 이미 깨어 있던 것이 분명했다. 아니면 아예 한숨도 안 잤거나.

"데커예요. 이야기를 좀 해야겠어요."

마스가 문을 열자 데커가 성큼 들어섰다. 마스가 문을 닫았다. 커다란 두 남자가 방 한복판에서 얼굴을 마주했다.

"봐요." 마스가 입을 열었다. "내가 당신한테 약속한 건 알지만, 그건 이 사건이 이렇게 1960년대로 방향을 틀기 전이었어요. 저기 어딘가에 있는 건 로이만이 아니에요. 그 사람 하나만으로도 충분히 위험한데, 살인자들이 우리를 노리고 있다고요."

데커가 말했다. "압니다. 그들이 조금 전 내 방에 왔었어요."

마스는 데커를 빤히 쳐다봤다. "지금 뭐라고 했어요?"

데커가 두 가지 선택지를 차분히 설명했다.

"그래서 그 사건을 접을 건가요?"

"나는 아니에요. 하지만 당신들 세 사람은 이곳을 당장 떴으면 좋겠어요. 보거트한테 연락해서 방금 있었던 일을 말할 거예요. 이 모든 일이 끝날 때까지 피신처를 마련해줄 겁니다."

"당신이 죽을 때까지라는 뜻이겠죠."

"미래는 나도 알 수 없어요, 멜빈."

"나한테는 아주 선명히 보이는데요. 당신이 사건을 쫓으면 그놈들이 당신을 죽일 거예요."

"그래도 그건 내 선택이죠."

"왜 이 일을 위해 목숨까지 내걸죠? 당신 일도 아닌데."

"내 문제 맞아요. 내가 내 문제로 만들기로 결정했으니까."

"이해할 수가 없네요. 정말 이해가 안 가요."

데커가 의자에 앉아 마스를 올려다봤다. "이 모든 건 라디오 타이밍 때문이었어요, 멜빈."

마스가 침대 가장자리에 풀썩 주저앉았다. "그 한마디로 다 정리

되네요. 그렇죠?"

"오하이오주에서 버지니아주의 새 직장으로 차를 몰고 가던 중이었어요. 무슨 생각이 들었는지 라디오를 켰죠. 그리고 바로 그 순간, 그 이야기가 나왔어요."

"무슨 이야기요?"

"당신 이야기요, 멜빈. 어디선가 1분만 타이밍이 어긋났어도 못 들었을 거예요. 그랬다면 그 이후 일어난 그 모든 일이 일어나지 않았겠죠."

"그래서 운명을 믿는다?"

"아니요. 내가 믿는 건 내 얼굴을 빤히 들여다보는 뭔가를 못 본 척하면 안 된다는 겁니다."

"놈들이 당신을 죽이겠다고 했잖아요."

"덕분에 희망을 얻었죠."

"빌어먹을, 제정신이에요?"

"그자들이 겁을 먹지 않았다면 왜 날 위협했겠어요?"

"당신은 겁을 먹어야 해요."

"이미 겁먹고 있어요. 미식축구 구장에 발을 들여놓을 때마다 겁을 먹었죠. 경찰이 된 후 순찰을 나갈 때도 그랬고요. 그렇다고 내가 내 일을 하는 걸 그 누구도 막을 순 없었어요."

"그래서 당신은 남겠다는 겁니까?"

"그래요. 나는 남을 겁니다."

마스가 한숨을 푹 쉰 후 비좁은 방 안을 둘러봤다. 마치 필요한 답이 모두 그 안에 있는 것처럼.

"그럼 나도 남을래요."

"그러면 안 돼요, 멜빈. 당신은 인생의 20년을 잃었어요. 나 때문에 그 나머지까지 잃게 만들 순 없어요."

"당신 말마따나 이건 내 선택이에요. 놈들은 이미 우리를 한 번 죽이려고 했어요. 나 진짜 열 받았다고요. 그리고 나는 열 받았을 때 경기장에서 제일 잘 뛰었죠. 자칭 통제하의 광분 상태라고나 할까요?"

"우리하고 경기했을 때도 분명 그런 상태였겠군요."

"그랬어요. 2쿼터에서 당신 팀 노즈태클이 나더러 달리는 꼴이 계집애 같다고 했거든요."

"원래 천치 같은 놈이었죠."

"나는 남아요, 데커. 지금 여기서 발을 빼고 나서 당신한테 무슨 일이라도 생기면, 나는 남은 평생 그걸 지고 살아가야 할 거예요. 그렇게는 살 수 없어요."

"우리가 평생지기도 아니잖아요."

"그렇지만 당신은 나를 위해 당신 목숨을 걸었어요. 내가 꿈에도 몰랐을 내 과거에 관한 진실들을 밝혀냈고요. 지금 당신을 두고 발을 뺄 순 없어요."

데커가 천천히 고개를 끄덕였다. "재미슨과 올리버가 순순히 받아들이지 않을 텐데요."

"우리가 여기를 계속 캐는 동안, 보거트가 두 사람에게 워싱턴 D.C.로 와서 다른 각도에서 사건을 살펴보기를 원한다고 말하면 돼요. 당신이 그렇게 말하면 받아들일 거예요."

"그 말을 믿을 거라고 생각해요?"

"오늘 밤 당신이 당한 일을 보거트에게 말하면 그 사람이 어떻게 해서든 믿게 만들겠죠. 메리는 내 소송을 진행하러 텍사스로 돌아가면 될 거예요. 메리의 경우, 그렇게 하는 건 완벽하게 자연스러운 수순이에요. 그리고 재미슨은 워싱턴 D.C.로 가면 돼요. 처음에는 우리도 같이 가는 거예요. 의심을 사지 않게."

"그럴싸한 전략 같네요. 그리고 상황이 곤란해지면 통제하의 광분 상태 전략을 펼치는 거예요."

"언제든 꺼내 쓸 수 있게 내 뒷주머니에 넣어뒀어요."

"지금은 4쿼터예요, 멜빈."

"나는 그때 제일 잘 뛰어요."

"당신이 내놓을 수 있는 게 몽땅 다 필요할 거예요."

"나하고 교체할 선수가 있는 것도 아니니까요. 아마 당신도 그럴걸요. 내기해도 좋아요."

데커가 한순간 마스를 응시했다.

"뭡니까?" 마스가 물었다.

"그 말 다시 해봐요. 식당에서 웨이트리스도 그 말을 했어요."

"무슨 말요?"

"교체."

"교체? 그게 우리한테 무슨 도움이 되죠?"

"내 말 믿어요. 도움이 돼요. 사실 그것으로 모든 게 바뀔 수도 있을 거예요."

666

"세상에, 우리가 지금 여기서 뭘 하는 거죠, 데커?" 재미슨이 물었다.

일행은 워싱턴 D.C.로 날아와 FBI 워싱턴 현장 사무소의 빈 사무실에 와 있었다.

데커가 테이블에 펼쳐진 바인더들을 가리키며 대꾸했다. "다른 사건을 작업하는 중이에요."

"하지만 어째서요?"

"왜냐하면 우리는 이전 사건에서 막다른 골목에 부딪혔으니까요. 완전히 접었다는 말은 아니에요. 하지만 현재로선 다른 사건에 초점을 맞춰보자는 거죠."

"메리 올리버는 어쩌고요?"

"텍사스에서 멜빈의 소송건을 처리하고 있어요. 올려야 할 서류들이 더 있거든요. 멜빈은 그 돈이 필요해요. 그마저도 없으면 빈털터리나 다름없는 처지니까."

"멜빈은요? 지금 어디 있어요?"

"근처에 있어요. 지금은 그냥 가만히 있어요."

재미슨이 도로 의자에 몸을 묻었다. 가슴 앞에서 팔짱을 끼고 고집스러운 표정을 지었다. "당신이 이렇게 그냥 포기하다니 도저히 믿기지 않아요."

"나는 포기하지 않아요." 데커가 체념한 표정을 지으며 입을 다물었다가 다시 말을 이었다. "협박을 받았어요. 미시시피의 호텔 방에서, 복면을 쓰고 총을 든 남자한테서요. 우리가 물러서지 않으면 모두 없애버리겠다고 했어요. 당신, 나, 멜빈, 대븐포트, 올리버, 몽고메리의 아이, 모두를. 모두 다 죽여버리겠다고 했어요."

재미슨이 바짝 다가앉았다. "이런 젠장. 그래서 그 사람들이 대븐포트를 데리고 있대요? 보거트에게는 말했어요?"

"했어요. 하지만 속수무책이죠, 뭐. 휴이가 수를 써서 보거트는 여기 붙들려 있고."

"그럼 우리는 그냥 뭐, 손 놓고 있어요?"

"지금은 그래야 해요. 어쩌면 나중에는 뭔가 할 수 있을지도 모르지만요."

재미슨이 앞에 놓인 바인더들을 봤다. "이 사건들 중에는 우리가 맡고 있던 것만큼 흥미로운 게 하나도 없어요."

"같은 생각이에요. 하지만 우리는 영리하게 굴어야 해요."

재미슨이 데커를 흘끗 쏘아봤다. "혹시 내가 걱정돼 그러는 거면, 내 몸은 내가 알아서 지킬 수 있어요. 나는 총도 있다고요."

"사실, 멜빈과 메리 올리버가 더 걱정이에요."

"그래서 범죄자들이 이겼다는 말이에요, 지금?"

"지금은 그자들이 이겼어요. 하지만 이건 장기전이에요, 재미슨.

그리고 나는 늘 장기전을 염두에 두고 경기하죠."

* * *

데커는 그날 더 늦은 시간에 보거트를 만났다.

보거트가 말했다. "나는 여기서 몇 주 동안 의회에서 증언하기 위해 윗분들을 준비시켜야 돼. 그동안에는 공식적으로 현장에서 열외 상태야."

"휴이가 불안해하고 있다는 건가?"

"그건 좋은 일이 아닐 수도 있어."

"우리가 그자들의 살인 혐의를 입증할 수 있다고 그쪽에서 생각한다면 그건 좋은 일이지."

"자네는 자네 호텔 방에서 협박받았어, 데커. 이 사람들은 손 놓고 있지 않을 거야."

"같은 생각이야. 하지만 우리에게는 증거가 없어."

"끝내 증거를 못 찾을지도 몰라."

"우리가 로이 마스에게 접촉할 수만 있다면 찾을 수도 있지."

"그 남자는 아마 여기하고는 아무런 인도 조약도 체결되지 않은 나라에 가 있을걸."

"아직 가능성이 있어."

"자네가 죽을 가능성이 더 높지. 내 조언은 자네가 가만 엎드려서 이 일이 좀 잠잠해질 때까지 기다려야 한다는 거야. 나는 자네를 보호해줄 힘이 없어." 보거트가 데커를 날카롭게 응시했다. "하지만 물론 자네는 내 조언을 듣지 않겠지."

"그렇다고 그게 좋은 조언이 아니라거나 내가 고마워하지 않는다는 뜻은 아니야. 그건 좋은 조언이고, 물론 고맙게 생각해. 하지만 안 돼. 그럴 순 없어. 이자들은 살인자야. 그리고 그 대가로 망해야 해. 아주 간단하지."

"그리고 자네는 그 과정에서 죽고?"

"법 집행관이라면 누구나 매일 대답해야 하는 질문 아닌가. 그래도 그들은 여전히 제복을 입고 문을 나서지."

"그렇지만 자네는 더 이상 경찰이 아니잖아."

"마음은 경찰이야."

"그리고 마스는?"

"같이 뛰기로 했어."

"그게 현명한 생각이라고 확신해?"

"그 사람은 성인이야. 내가 막을 순 없다고. 그리고 우리가 따로 있는 것보다 함께 있는 편이 더 안전할지도 몰라. 왕년의 선수 둘이 서로를 위해 블로킹하는 거지."

"우리가 사건에서 끌려 나왔으니 매클렐런이 다른 자들과 접촉하려고 움직이면 추적한다는 자네의 원래 계획은 이제 쓸모없어졌어."

"나도 알아. 각도를 달리해서 접근해야지."

"내가 재미슨을 여기 붙잡아뒀으면 좋겠어?"

"그래주면 고맙겠어. 재미슨은 내 계획을 전혀 몰라."

"자네들 둘이서 위험한 길로 가는 동안? 1950년대 동화 같군. 재미슨은 곤경에 빠진 가련한 아가씨가 아니야."

"그래, 재미슨은 그렇지 않아."

"그런데?"

"그런데 나는 그냥 그러고 싶어. 재미슨은 현장에서 공로를 세우긴 했지만 경찰이 아니니까."

"그건 마스도 마찬가지잖아."

"마스는 당신과 나를 합친 것보다 더 세잖아. 솔직히 이 사건에서 마스가 내 곁에 있으니 안심되는 것도 사실이야. 이 일에 누구보다도 더 많은 게 걸려 있는 사람이기도 하고. 거기다 본인 스스로 마지막까지 남겠다고 결심했어."

"근육 대 총이라? 어느 쪽이 이길 것 같아?"

"근육 대 뇌라면? 어느 쪽이 이길 것 같은데?"

"그래서 계획이 있다?"

"계획이야 있지."

"들려줄 마음은 없어? 혹시나 뭔가가 잘못될 경우를 대비해서."

"그럴 수 없어."

"젠장, 왜 그럴 수 없다는 거야?"

"엄밀히 말해 합법적인 게 아니야. 당신을 곤란하게 만들고 싶지 않아."

"적어도 뭘 기반으로 하는지는 말해줄 수 있어?"

"과거에 일어난 교체를 기반으로 해."

보거트는 미심쩍어하며 데커를 뜯어봤다. "그게 무슨 뜻이야?"

"바로 그 뜻이야."

삼총사는 모든 상황에 대한 보고를 받았다. 그것도 개인 비행기에서.

비행기는 대니 이스틀랜드의 소유였다. 더 정확히 말하자면 이스틀랜드가 정부와의 국방 계약으로 세운 회사 소유였다. 이전에는 주로 1000달러짜리 윙너트와 100만 달러짜리 타이어의 영역이었다. 이제는 한 건에 10억 달러짜리인 소프트웨어와 방첩 플랫폼으로 옮겨 갔다.

총보다는 사이버 분야를 더 많이 다루게 되면서 이스틀랜드의 비행기도 더 커졌다. 제조비는 훨씬 낮아졌고, 1조 바이트짜리 헛소리를 늘어놓으며 '엉클 샘'에게 바가지를 씌우는 능력은 한층 더 발전했다.

세 남자는 이제 70대였다. 셋의 생일은 서로 2주 간격이었다. 세 남자는 케인의 슈퍼스타였다. 그 작은 시가 배출한 시민 중 가장 유명한 인물들이었다. 이스틀랜드, 초거대 자본가. 휴이, 최고위층 정치가. 매클렐런, 영원한 경찰. 세 남자가 G5의 유일한 탑승객이었다. 앞쪽의 문 닫힌 조종석에는 조종사 두 명이 앉아 있었다.

3만 7000피트 상공에서 세 남자는 반짝거리는 마호가니 테이블을 사이에 두고 마주 앉아 있었다. 매클렐런이 자신과 나머지 둘을 위해 술을 따랐다. 남자들은 세월에 얼굴이 닳아버렸다. 육체가 시들기 시작했다. 셋 모두 탁월한 건강 관리의 혜택을 누리고 있으니 앞으로 살날이 10년이나 20년쯤 더 남았겠지만, 어쩌면 그게 모두 좋은 날만은 아닐지도 모른다. 남자들은 그 점을 확실히 알았다.

여전히 이스틀랜드를 따라다니는 젊은 여자들이 있었지만, 그것은 오로지 그의 돈 때문이었다. 세 번째 아내에게 심하게 데인 이스틀랜드는 다시 법적 결혼에 얽매이는 것이 썩 내키지 않았다. 이제는 그보다 사업에 집중하면서, 섹스가 필요할 때면 여자를 불러다가 돈을 준 후 치워버렸다. 그 편이 훨씬 편했다. 세 아내와 세 아이를 낳았는데, 모두 실망만 안겼다. 이스틀랜드가 아주 젊었을 때부터 돈을 벌었기 때문에 자식들은 은수저를 물고 태어났다. 그리고 이스틀랜드에게는 손주가 한 명도 없었다. 그의 쓸모없는 자식들은 그것조차 어려운 모양이었다. 요즘 이스틀랜드의 고민은 자신의 재산을 누구에게 물려줘야 하느냐였다.

서먼 휴이는 홀아비다. 40년 넘는 세월을 함께한 아내가 지난여름, 유방암과의 오랜 전투에서 지고 말았다. 하지만 외로움을 달래줄 자식 넷과 손자 열둘이 있었다. 게다가 30년간 함께 산 남편을 최근에 잃은, 워싱턴 D.C.의 유력자인 좋은 재혼 상대도 있었다. 그렇지만 그 누구도 떠난 아내를 대신할 순 없었다. 아내가 없으니 미아가 된 것 같은 기분이었지만, 휴이에게는 한 나라의 지갑끈을 관리한다는 임무가 있었다. 선거철마다 정치보다는 남의 발목을 잡는 데 혈안이 된 사람들이 국회로 오다 보니 일이 갈수록 더 어려워졌다. 휴이는 한참 전에 국회를 떠나 로비스트나 자문 위원으로 큰돈을 벌 수도 있었다. 그랬다면 힘든 일은 젊은 녀석들에게 맡겨두고 전화 통화나 하고 식사 약속이나 잡으면서 소일할 수 있었을 것이다. 그렇지만 휴이는 그러지 않았다. 죽을 때까지 지금 하고 있는 일을 놓지 않을 작정이었다. 그는 자신이 나라를 위해 좋은 일을 하고 있다고 믿었다. 실상 그것이 그에게 유일하게 남은 전부였다.

로저 매클렐런은 사복 차림이었다. 셋 중 매클렐런이 가장 가난했다. 소도시의 경찰은 보수가 그다지 짭짤하지 않은 법이다. 40년 전에 결혼한 여자는 살아 있지만 15년 전에 헤어졌다. 이유는 요즘 어느 이혼 사례에서나 흔히 언급되는 '극복할 수 없는 성격 차'였다. 전처가 이혼 서류에 수년간의 신체적 학대에 대해 기록했다면 더 정확했겠지만. 아이들의 경우도 마찬가지였다. 다들 커서 뿔뿔이 흩어졌고 다시는 돌아오지 않았다. 왜 돌아오겠는가. 매클렐런은 한창때부터 성격이 괄괄했다. 고등학교에서도 그랬고, 나중에 미시시피 대학에 들어가서도 그랬다. 미식축구 시합에서 질 때마다 친구인 두 총사는 매클렐런이 이긴 팀 선수들을 공격하지 못하도록 뜯어말려야 했다.

휴이가 술잔을 홀짝였다. 이스틀랜드는 한 모금 마셨다. 매클렐런은 단숨에 잔을 비우고 다시 한 잔 더 따르려고 일어섰다.

매클렐런이 다시 자리에 앉았을 때 휴이가 목청을 가다듬고 말했다. "최악의 상황은 지나갔다고 확신해. FBI가 공식적으로 사건에서 손을 떼고, 워싱턴 D.C.로 돌아왔어."

이스틀랜드는 고개를 끄덕였지만 매클렐런은 마치 지구가 평평

하다는 말이라도 들은 듯한 표정으로 친구들을 쳐다봤다.

"무슨 헛소리야, 휴." 매클렐런이 쏘아붙였다.

휴이를 '휴'라고 부를 수 있는 사람은 그와 이스틀랜드뿐이었다.

이스틀랜드가 고개를 저었다. "내 생각은 달라, 맥. 놈들은 꼬리를 다리 사이에 집어넣고 D.C.로 돌아갔어."

"어림도 없는 소리. 그 뚱보 녀석이 내 사무실로 찾아와서 뭐라고 했는데⋯⋯."

"데커." 휴이가 끼어들었다.

"그 뚱보 녀석이 우리에 대해 확실한 증거를 가지고 있다는 둥, 우리를 감방에 처넣고 문을 닫아버리는 데는 염병할, 아무것도 더 필요 없다는 둥 연신 나불대더란 말이야. 너희 둘은 그걸 못 들었잖아. 하지만 나는 염병할, 똑똑히 들었다고. 놈은 우리를 노리고 있어. 나는 왕년에 범죄자들이라면 볼 만큼 본 사람이야. 너희 둘하고 달라. 그런 표정을 전에도 본 적 있어. 그놈은 우리를 노리고 있다고."

"그냥 그자의 희망 사항이겠지." 휴이가 말했다. "나는 믿을 만한 관계자에게서 조사가 공식적으로 끝났다고 들었어."

"믿을 만한 관계자!" 매클렐런의 외침에는 불신이 가득했다. "워싱턴 D.C.에 말이지. 나는 그런 게 있다고 생각하지 않아."

이스틀랜드가 말했다. "내 첩보원들에게 알아보라고 시켰어. 물론 무슨 일인지는 전혀 알려주지 않았고. 그들 역시 같은 결론을 내렸어."

"그 첩보원들이란 게 이라크가 대량 살상 무기를 가지고 있다고 생각한 바로 그 작자들 아니야?" 매클렐런이 반박했다. "만약 그렇다면 나는 너희의 그 염병할 첩보에 내 집을 걸고 싶진 않은데."

휴이가 발끈했다. "맥, 제발 아무 문제도 없는데 굳이 문제를 만들어내려고 하지 마. 놈들은 아무런 증거도 없어. 증거를 손에 넣을 방법이 전혀 없다고."

"너희는 에런 캘러핸, 아니, 이제 로이 마스라고 불러야 하나. 아무튼 그 빌어먹을 자식을 잊었어? 놈에게 증거가 있어. 그리고 그 새끼는 살아 있다고."

"그 말은 들었어. 그렇지만 그게 사실이라는 결정적인 증거는 없어." 휴이가 지적했다.

"염병할, 도대체 제 아비 말고 그 유색인 애새끼를 감옥에서 꺼내줄 사람이 달리 누가 있겠어? 염병할 캘러핸은 왜 유색인하고 결혼한 거지? 도저히 이해할 수 없어. 놈은 우리하고 한패였잖아."

이스틀랜드가 대꾸했다. "캘러핸은 한 번도 우리하고 한패가 아니었어. 우리가 돈을 주고 샀지. 처음부터 우리의 명분을 믿지 않았어. 그냥 돈 때문이었다고."

"놈은 우리처럼 생각했어." 매클렐런이 우겼다. "백인이 응당 생각해야 하는 방식으로 생각했다고, 내 말은."

"ESPN의 그 영상을 보고 나서 네가 그를 쫓지만 않았다면 우리가 이런 곤경에 처할 일도 없었겠지." 이스틀랜드가 부르짖었다. "'잠자는 개의 코털을 건드리지 마라.'라는 말도 못 들어봤어? 놈은 수십 년간 우리 비밀을 묻어뒀어, 맥. 그런데 그때 네가 벌집을 쑤신 거야. 덕분에 지금 우리가 어디에 와 있는지 좀 보라고."

매클렐런이 외쳤다. "나는 머리 위에 대롱거리는 칼을 못 본 척하면서 살 수 없어. 너희야 돈이 산더미처럼 있고, 그걸로 잘난 변호사들을 잔뜩 데려올 수 있겠지. 놈이 입을 열더라도 너희는 싸워서 물리치면 그만이야. 하지만 나는 아니야. 나는 평범한 시민들을 보호하는 데 내 평생을 바쳤어. 대니, 너는 부자가 되고, 휴, 너는 워싱턴 D.C.에서 널찍한 사무실을 차지하는 동안 말이야. 그러니 내가 내 궁둥이를 스스로 지키려고 하는 걸 부디 양해해주셨으면 좋겠군." 매클렐런이 어찌나 격분했는지 순간 테이블을 넘어 이스틀랜드에게 달려들 것만 같았다.

휴이가 재빨리 달랬다. "알았어. 진정 좀 해. 침착하게 생각해보자고. 냉정을 잃어선 안 돼. 제발, 맥. 우리는 적이 아니야."

매클렐런은 이스틀랜드를 좀 더 노려보다가 결국 다시 자리에 앉았다.

휴이가 말했다. "놈이 살아 있다고 치고, 왜 이제 와서 나서려는 거지? 놈도 감옥에 가게 될 텐데."

매클렐런이 외쳤다. "맙소사, 너희 둘은 세상에서 가장 높은 데 올라가 앉아 있으니 너희가 남들보다 머리가 좋은 줄 알지? 놈은 직접 나설 필요가 없어. 그냥 가진 걸 《뉴욕타임스》에 이메일로 보내면 그뿐이야. 아니면 CNN이나. 아니면 법무부나. 빌어먹. 너희는 놈이 뭘 가졌는지 잘 알잖아. 놈이 우리한테서 그걸 훔쳐 갔으니까. 그 온갖 똥 덩어리를. 우리가 한 짓의 증거를 만들어놓다니, 얼마나 어리석었는지 몰라."

"그럴 거였다면 지난 40년 동안 언제든 할 수 있었어." 이스틀랜드가 참을성 있게 지적했다. "그런데도 아직 안 했지."

"대니 말마따나 잠자는 개를 가만 놔두면 이번에도 무사히 넘어갈 거야." 휴이가 덧붙였다.

"상황은 그냥 이전하고 똑같이 흘러가겠지." 이스틀랜드가 덧붙였다. "배를 일부러 흔들지 말자고."

매클렐런이 고개를 거칠게 흔들었다. "너희는 도통 말귀를 못 알아먹는구나. 너희가 데커의 그 눈빛을 못 봐서 그래. 내가 놈의 뒤를 좀 캐봤거든. 중서부 출신의 머리 좋은 경찰 녀석이야. FBI에서 꾸린 새 특수 수사 팀에 합류하도록 요청받았지. 뭐 그건 그렇다 치더라도, 나는 눈빛을 읽을 줄 알아. 필드에서 쿼터백의 눈빛을 읽는 게 내 전문이었어. 마지막 3년간 고교 콘퍼런스에서 나보다 더 많이 가로채기 한 사람 있어? 누구? 말해봐!"

"아무도 없지." 이스틀랜드가 지친 듯 대꾸했다. "쌍방향 맥, 공격과 수비."

"정답이야. 그런 내가 너희에게 이 데커라는 놈이 그리 쉽게 주저앉지 않을 거라고 말하고 있어."

"그래, 너는 네 생각을 무척 명확히 밝혔어." 휴이가 말했다.

이스틀랜드가 말했다. "그래서 넌 우리가 정확히 뭘 어떻게 했으면 좋겠어, 맥? 그냥 있는 그대로 말해봐."

매클렐런은 술잔을 비우고 잠시 뜸을 들이면서 대꾸할 말을 생각했다. "옛날 같았으면 그 답은 충분히 명확했겠지."

이스틀랜드가 휴이를 쳐다봤다. 휴이는 매클렐런에게서 시선을 떼지 않았다.

"네 말은 뭐, 놈을 날려버리기라도 하자는 거야?" 휴이가 말했다. "그건 50년 전 방법이야, 맥. 지금은 시대가 달라졌어. 이제는 다른 세상이야."

매클렐런이 주먹으로 테이블을 꽝 쳤다. "당시 우리는 우리 삶의 방식이 위협받자 행동에 나섰어. 염병할, 예전의 우리는 잠자는 개를 깨우는 걸 절대 겁내지 않았다고. 이제 우리는 다시 위협받고 있어. 그리고 우리가 행동을 취해야 한다는 게 내 생각이야. 세상은 그리 많이 변하지 않았어. 사실 내가 보기에는 시계추가 다시 제자리로 오려고 흔들리고 있는 것 같아. 사방에서 그런 조짐이 보인다고. 사람들은 나라를 되찾고 싶어 해. 정치가들도 그렇게 말하고 있잖아. 법들도 통과되고 있고. 빌어먹을. 휴, 지금 네가 있는 자리처럼 높은 곳에서 보면 그게 다 보일 거 아냐. 사람들은 이 개판을 더는 두고 보고 싶어 하지 않는다고. 이젠 그럴 때도 됐지. 염병할, 다른 건 다 관두더라도 미국의 미래 세대를 위해서 말이야."

휴이는 창밖에서 제트기 밑으로 흘러가는 흰 구름을 내려다봤다. "당시 우리가 한 짓은 멍청했어. 우리는 젊었고 성급했어. 그건 실수였어."

"진심으로 하는 소리는 아니겠지?" 매클렐런이 말했다.

휴이가 그를 봤다. "당연히 진심이지. 나는 법조인이야. 30년도 더 넘게 의회에 몸담고 있었어. 누가 뭐래도 국회에서 가장 중요한 위원회의 의장이고."

"제기랄, 어쩌고저쩌고." 매클렐런이 텅 빈 잔을 흔들며 말했다. "지금 상황에서 그런 소리는 개똥만큼도 의미가 없어. 개똥만큼도! 그러니 내 앞에서 그런 헛소리는 부디 삼가주시죠, 위대하신 나리."

"나는 공개 상장사의 CEO야, 맥." 이스틀랜드가 말했다. "더는 1960년대가 아니야. 휴의 말이 옳아. 우리는 더 이상 뇌가 엉덩이에 처박힌 젊은 불량배가 아니라고."

매클렐런이 그들에게 손가락질했다. "이 나라를 지금 같은 싱크홀에 처박은 게 바로 그런 태도지. 선한 사람들이 손을 놓고 있을 때 나쁜 일이 일어나는 법이거든."

이스틀랜드가 휴이와 눈길을 교환했다.

휴이가 말했다. "우리는 늘 일을 벌이기 전에 투표하지, 안 그래?"

이스틀랜드가 대답했다. "그래."

휴이가 말했다. "나는 현 상황이 변하지 않는 한 뒤로 물러나 더는 아무 일도 벌이지 않는다는 데 한 표."

"동의." 이스틀랜드가 말했다.

매클렐런이 그들을 쏘아본 후 말했다. "너희 둘은 정말 겁쟁이 호모 새끼들이 돼버렸구나."

"우리는 좀 더 현실적이 된 거야, 맥." 휴이가 말했다. "그리고 우리는 투표했어. 결과를 따를 거지?"

매클렐런이 말했다. "그래, 제기랄. 따를 거야. 적어도 지금은. 그렇지만 너희도 상황이 바뀌면 우리가 이 개자식들을 죽인다는 데 동의해야 될 거야." 두 남자가 아무 대답도 않자 그의 언성이 높아졌다. "동의할 거냐고. 아니면 또다시 투표나 하고 염병할 꼬리를 다리 사이에 말아 넣고 도망칠 거야?"

"상황이 달라지면 행동에 나설게." 이스틀랜드가 말했다. 휴이가 고개를 끄덕였다.

"죽인다는 거지, 네 말은?" 매클렐런이 꼭 짚어 말했다.

"만약 필요하다면." 이스틀랜드가 말했다. "나는 이 일로 감옥에 갈 생각 없어. 너무 오래전 일이고, 이미 대가를 다 치렀다고 믿어. 그리고 우리는 좋은 일도 많이 했다고."

"아멘." 휴이가 말을 받았다. "평생에 걸친 봉사. 그걸로 균형을 맞췄지. 우리가 한 일에 대해서조차." 그리고 덧붙였다. "50년간의 올바른 삶 대 우리가 지금 후회하는 몇 가지 성급한 행위들. 나는 오랜 세월 동안 많은 사람을 도왔어. 내 양심은 깨끗해. 하느님은 나를 용서하셨을 거야. 나는 진심으로 그렇게 믿어."

"나도 같은 마음이야." 이스틀랜드가 끼어들었다. "나는 수백만 달러를 기부했어. 세계를 더 나은 곳으로 만들려고 애썼지. 심지어 흑인 아동과 멕시코인을 위한 프로그램에도 지원금을 보냈어. 도움의 손길을 줬다고. 알다시피 아버지가 감옥에 들어가 있는 아이들이 너무 많아. 무척 슬픈 일이지. 어쨌든 나는 내 과거와 화해했어. 나는 지금의 내 모습이 마음에 들어. 젊을 때는 누구나 실수하는 법이야. 우리가 그랬듯이. 하지만 우리는 그 빚을 갚았어."

"너희는 과거를 후회할지 몰라도 나는 절대 아니야, 빌어먹을." 매클렐런이 쏘아붙였다.

"그런 식으로 말하지 좀 마." 이스틀랜드가 지친 듯한 목소리로 말했다. "세상이 달라졌어. 아무리 미시시피에서라도, 그런 말을 입 밖에 냈다가는 경찰서장직을 유지할 수 없을 거야. 안 된다고. 정 어쩔 수 없다면 속으로 생각해. 제발 머릿속에만 담아두라고."

"아무렴. 정치적으로 올바른 경찰 어쩌고 하는 개소리 말이지." 매클렐런이 으르렁거렸다. "너희가 그런 병신들이 돼가고 있다는 소리는 듣고 싶지 않은데."

이스틀랜드가 말했다. "세상이 달라졌다고 말하는 거야. 내 거래 상대 중에는 흑인 장군이 몇 명 있어. 내 CFO도 흑인이야. 심지어 내 가까운 친구 중에도 흑인이 하나 있을 정도라고."

"내겐 흑인 공동체 사람들이 있어." 휴이가 덧붙였다. "나는 미시시피 대표잖아. 흑인 유권자가 많을 수밖에 없지, 젠장. 그렇다고 내가 그들이 원하는 것에 대부분 동의하는 건 아니지만. 어차피 중요한 건 정부 교부금이야. 하지만 그들은 미시시피에 살고, 어디 다른 데로 갈 것도 아니니까."

"개소리, 내가 보기엔 아주 죽고 못 사는 것 같은데." 매클렐런이 경멸하듯 말했다. "아주 좋아죽는 게 누가 보면 그놈들이 백인인 줄 알겠어."

"우리는 절대 그러지 않아." 이스틀랜드가 말했다. "하지만 그들을 상대해야만 해. 그게 핵심이야."

"우리는 예전에 선한 싸움을 했어." 휴이가 말했다. "그리고 불행히도 졌지. 그걸 받아들여야 해. 우리의 생각이 바뀐 건 아니지만, 행동하는 방식을 바꿔야 해. 그러지 않으면 나는 의석을 잃고 대니는 회사를 잃게 될 거야. 지금은 상황이 훨씬 더 힘들어졌어, 맥. 너도 알잖아. 우리는 그걸 받아들여야 해. 정말 그래야 해. 어쨌든 내가 그 사람들을 죽인 걸 후회하는 건 사실이야. 우리 주장을 전달할 다른 방법도 있었어. 죽일 필요는, 아이들을 죽일 필요는 없었지. 나는 요즘도 그 생각이 나."

"너희 노친네가 지금 네가 하는 소리를 들었어야 하는데." 매클렐런이 역겹다는 투로 말했다. "무덤에서 돌아누우셨을걸. 그분은 자신의 신조를 아는 사내였지. 1센티미터를 내주면 놈들은 1킬로미터를 치고 들어와. 그리고 작은 유색인 녀석들은 자라서 큰 유색인 녀석들이 되지. 게다가 이제는 호모하고 레즈비언도 있어. 아, 트랜스 괴물도 있지. 너희 생각엔 지금 이게 미국처럼 보인다는 거야? 그래?"

이스틀랜드가 말했다. "상황이 달라지면 우리가 행동을 취할 거라고 내가 약속할게. 나한테는 자원이 있어. 어떤 계획이든 실행에 옮길 수 있어."

"그 자리에 나도 있었으면 좋겠군." 매클렐런이 대꾸했다. 그리고 휴이를 빤히 쳐다봤다. "하지만 우리 용맹하신 국회 의원님도 과연 그러실지는 잘 모르겠네. 선한 싸움을 하기에는 이제 잃으실 게 너무 많아서 말이야, 그렇지 않아, 휴?"

휴이와 이스틀랜드가 목석처럼 자리에 앉아 있는 동안 매클렐런은 술을 한 잔 더 따르더니 채워진 잔을 들어 올렸다. "망할, 소년들이여, 우리 적어도 노력하는 흉내는 내보자고. 씨발, 삼총사를 위해."

두 남자가 머뭇대며 잔을 들어 올렸다.

매클렐런이 비운 잔을 카펫에 내던지며 중얼거렸다. "그리고 우리 그냥 좋았던 옛 미국에 작별의 입맞춤이나 하자고." 그가 이스틀랜드를 한 손가락으로 가리켰다. "상황이 지금과 달라지면, 분명히 그렇게 되겠지만, 그 뚱보는 내 거야. 놈은 바로 내 사무실에서 나를 위협했어. 누구도 그러고 무사히 넘어갈 수 없어. 그러니 데커는 너희의 진정한 친구가 처리한다. 알겠지?"

이스틀랜드가 말했다. "나를 믿어. 그놈은 네 마음대로 해."

"집에 없는 거 확실해요?" 마스가 물었다.

그들은 로저 매클렐런의 소박한 집을 길 건너편에서 응시하고 있었다. 집은 미시시피주 케인시 외곽에서 자갈 깔린 시골길을 20분쯤 가야 나오는, 나무가 울창한 터에 세워져 있었다.

"잭슨에서 열리는 경찰서장 총회에 갔어요. 적어도 내일까지는 안 돌아올 겁니다."

"그런 정보를 어떻게 얻었죠?"

"FBI란 든든한 정보원이 있거든요."

"경보 시스템은?" 마스가 불안하게 물었다.

"없어요. 그 남자는 경찰서장이에요. 감히 그의 집에 침입하려는 사람이 어디 있겠어요?"

"여기 있잖아요."

"나 혼자 할 수 있어요. 당신은 차 안에 있어도 돼요."

"아니에요. 둘이 하는 편이 훨씬 더 빠를 거예요."

"정말 괜찮겠어요?"

"아니요. 하지만 해치웁시다." 마스가 말했다.

두 남자는 차에서 내려 재빨리 자갈길을 가로질러 집 뒤편으로 돌아갔다. 데커가 손전등으로 자물쇠를 비쳤다. "그냥 핀 한 개짜리네. 무거운 연장은 필요 없겠어. 기다려봐요."

데커가 자물쇠에 연장을 넣고 몇 번 달각거리자 문이 활짝 열렸다. 안으로 들어선 데커가 등 뒤로 문을 닫았다.

"우리가 정확히 뭘 찾고 있는 거죠?" 마스가 물었다.

"매클렐런의 사무실에서 없어진 사진이 하나 있어요."

"그렇군요."

"우리는 그걸 찾을 겁니다."

"그게 뭘 증명해주는데요?"

"아마도 교체가 실제로 벌어졌다는 걸 입증해주겠죠."

"그게 무슨 뜻이냐고요."

데커가 묘한 얼굴로 마스를 봤다. "그냥 먼저 그것부터 찾아내고 이야기는 나중에 합시다."

"그런데 그게 왜 여기 있을 거라고 생각하죠?"

"매클렐런은 비밀주의자예요. 꿍꿍이가 있죠. 우리가 여기 온 걸 알고 그 사진을 치운 게 분명해요. 왜냐하면 우리를 초대해서 '잡담'하는 게 그 남자의 전략이었으니까요. 우리가 떠난 뒤 그 사진을 도로 걸어놓지는 않았을 겁니다."

"왜요? 우리가 경찰서에 침입해서 그걸 훔치기라도 할까 봐요? 말이 안 되잖아요."

"아니, 왜냐하면 그 개자식은 편집증이니까요. 심지어 자기 부하들도 못 믿을걸요. 그리고 그걸 없애지도 않을 겁니다. 그건 그 남자한테 패배를 뜻할 테니까요. 그러니 집으로 가져올 수밖에요."

두 남자는 이층집의 아래층을 수색했다.

"젠장." 선반의 책들을 다 훑고 난 마스가 내뱉었다. "이 작자는 확실히 과거에 살고 있네요. 책들이 전부 백인의 우월함을 운운하면서 나 같은 사람들을 억압하고 백인들이 무기를 들고 나라를 되찾아야 한다는 내용이에요."

"우리가 나라를 잃은 줄은 미처 몰랐네요."

"요즘이 어떤 시댄데……. 정말 고리타분한 작자군요."

"실은 그렇지 않아요. 이 책들은 대부분 지난 5년 사이에 쓰인 겁니다. 분명히 옛 시절을 갈망하는 자들이 건재하다는 거죠."

마스가 고개를 저었다. "이게 언젠가 흘러간 과거가 될 날이 올까요?"

"나도 모르죠. 그냥 나는 사진을 찾고 싶을 뿐이에요. 자, 위층으로 갑시다."

2층에는 방이 세 칸뿐이었다. 하나는 욕실, 하나는 침실, 그리고 남은 하나는 매클렐런의 서재였다. 서재는 가로세로 4미터 반 정도 크기였다. 낡고 옹이 있는 소나무로 만든 책상에는 컴퓨터가 놓여 있었다. 책장에는 책과 잡지가 빼곡하고, 컴퓨터 옆에는 검은색 표지의 일기장 한 권이 보였다. 책상 한쪽에는 지구본이 자리 잡고 있었다. 그 옆에는 유선 전화와 구식 펜들이 꽂힌 유리 상자가 있었다. 압지 한 장과 은제 레터 오프너가 장식 효과를 완성했다. 데커가 컴퓨터를 살피는 사이 마스는 일기장을 넘겼다.

"뭔가 도움이 될 만한 거라도 있나요?" 데커가 물었다.

"여기에 자필 서명 자백서라도 있을까 봐요? 아니요. 대체로 그냥 개소리예요. 그것도 수준이 바닥인, 세상이 어떤 모습이어야 하는지에 대한 자기 생각들. 어떨 것 같아요? 그 세상에는 나 같은 피부색을 가진 사람들이 있을 자리가 없어요." 마스가 일기장을 내려놓고 책상 서랍들을 뒤지기 시작했다.

데커가 컴퓨터 앞에 앉아서 자판을 몇 번 두드렸다. "암호를 걸어놨어요. 어련하실까."

마스가 선반의 내용물을 훑기 시작하는 사이 데커는 물러나 앉아 잠시 생각에 잠겼다.

"한 장 한 장씩 살펴봐요, 멜빈. 아래층에서 했던 것처럼요. 어쩌면 액자에서 빼서 잡지에 끼워 넣었을지도 몰라요."

데커는 비밀번호를 풀려고 계속 시도했다. "됐다."

마스가 다가와 어깨 너머로 들여다봤다. "뭐였어요?"

"인종 차별 대마왕, '조지 월리스', 몽땅 대문자로요."

"농담하는 거예요?"

"우리 훌륭하신 경찰서장님이 온라인에서는 어디 가서 노시나 봅시다." 데커가 웹브라우저를 열고 검색 기록을 훑었다. "음, 백인 우월주의 단체, 자경단, 기본적으로 종류를 막론하고 다양성을 지지하지 않는 모든 사이트에 관심이 있네요."

"그것 참 놀랍네요."

"이제 이메일을 봅시다."

데커가 실망해서 몸을 젖혔다. "좋아. 이 남자는 진짜 영리하든가 아니면 진짜 구식이네요. 이메일이 없어요. 심지어 계정도 못 찾겠어요."

"다른 건요?"

"하드 드라이브가 거의 텅 비어 있어요. 그다지 볼만한 게 없어요. 편견에 물든 짝패들이 보내주는 똥 덩어리들을 건져 올리는 데

주로 이용하는 게 분명해요."

데커는 컴퓨터를 끄고 일어나 마스와 함께 책장의 책과 잡지 들을 훑었다. 1시간 후, 두 남자는 모든 페이지를 훑고도 아무런 성과도 보지 못했다.

마스가 말했다. "무단 침입씩이나 해서 들어왔는데 헛수고가 아니었으면 좋겠네요. 놈들에게 붙들렸다간 나는 도로 감옥행이거든요. 그리고 당신도 그리 다를 것 같지 않고요."

"매클렐런이 우리를 붙잡는다면, 그자가 우리한테 할 짓에 비하면 감옥에 가는 건 꽃길일 겁니다."

"그렇겠네요."

데커가 방을 둘러봤다. "모든 곳을 수색했어요."

"여기 없는지도 몰라요. 뭔가를 숨길 때 쓰는 다른 장소가 있을지도 모르죠."

"어쩌면요. 하지만 내 감으로는 왠지 이 남자가 물건을 집 안 가까이에 두기를 좋아할 것 같아요."

"사진을 넣어놓을 수 있는 곳은 몽땅 살펴봤잖아요."

데커가 마스에게 날카로운 눈빛을 보냈다. "3차원적인 것을 2차원적인 것에 숨길 순 없어요. 하지만 그 역은 참이 아니죠."

"도대체 무슨 소리예요?"

데커가 지구본에 손을 올렸다.

"무슨 말인지 이해가 안 돼요."

"내가 보기에 매클렐런은 세계에 관심이 있는 사람 같지 않았어요. 지구상에는 다양성이 지나치게 많죠. 그렇다면 왜 이게 책상 위 바로 손 닿는 자리에 놓여 있는 걸까요? 인류의 나머지 절반이 어디 사는지 알고 싶어서? 그건 절대 아닐걸요."

데커는 허리를 숙여 지구본 표면을 살펴봤다. 손가락 하나로 적도를 따라가다가 손톱으로 쿡쿡 찌르고 눌러봤다. 이어 북극권 한 계선을 살펴본 후 남쪽으로 향했다. 그러다가 손가락으로 그린란드 바닥 근처의 한 지점을 눌렀다.

"레터 오프너 줘봐요."

마스가 그 말을 따랐다. 데커가 한쪽 끝을 지구본의 작은 틈에 조심조심 밀어 넣고는 아주 부드럽게 앞뒤로 쑤석거렸다.

"젠장, 그러다가 박살 나겠어요." 마스가 외쳤다.

지구본이 금속 반구 두 쪽으로 갈라졌다. 한 반구의 가장자리가 다른 반구 속으로 포개졌다. 그리고 그 속에서 돌돌 말린 사진이 한 장 나왔다.

데커가 사진을 조심스럽게 꺼냈다. "가장자리가 딱 맞물리지 않은 게 눈에 띄었어요. 전에도 열어본 적이 있었던 겁니다. 사진을 찍어놓고 도로 넣은 뒤 지구본을 다시 하나로 맞춰놔야겠어요. 우리가 이걸 찾아냈다는 사실을 알면 안 되니까요."

마스는 마치 눈앞의 상대를 물려고 도사린 방울뱀을 보듯 돌돌 말린 사진을 응시했다.

"데커, 그 사진에 누가 찍혀 있을지 알아요?"

"알 것 같아요." 데커가 천천히 사진을 펼쳐서 확인했다.

"당신 생각이 맞았어요?" 마스가 물었다.

데커가 그 사진을 서서히 마스를 향해 돌렸다. "맞았어요."

사진에 찍힌 인물을 본 마스의 무릎이 꺾였다. 데커는 남은 손으로 마스가 넘어지지 않도록 붙잡아줘야 했다.

"이런 젠장, 도저히 믿기지 않아요." 마스가 책상 한쪽을 붙잡으며 외쳤다.

"내 심정도 같아요."

"빌어먹을, 이게 도대체 무슨 뜻이죠?"

"우리에게 마침내 공격 찬스가 왔다는 뜻이죠."

6 669

FBI 워싱턴 현장 사무소 회의실에는 여섯 명이 앉아 있었다. 데커, 마스, 보거트, 밀리건, 재미슨, 올리버.

보거트가 말했다. "여러분도 알다시피, 우리는 다른 문제들을 해결하기 위해 그 사건 수사에서 철수했습니다. 하지만 리사 대본포트 찾기를 포기한 건 아니었죠. 쉬지 않고 노력하고 있었어요."

"뭔가 실마리라도 있나요?" 재미슨이 물었다.

밀리건이 입을 열었다. "두어 가지요. 그렇지만 결국은 아무 성과도 얻지 못했습니다. 몸값 요구도 없었고요. 어떤 종류의 연락도 전혀 없었어요. 희한한 일이죠."

마스가 올리버를 봤다. "텍사스 법정은 어떻게 돼가요?"

"좋은 소식하고 나쁜 소식이 있어요. 좋은 소식은 텍사스가 당신을 감옥으로 돌려보내려고 할 것 같지는 않아 보인다는 거예요. 앞서도 말했지만."

"그건 엄청 좋은 소식이네요." 재미슨이 말했다.

"나쁜 소식은 그 앙갚음으로, 당신이 감옥에서 당한 폭행으로 내가 제기한 손해 배상 소송에 그쪽이 악착같이 맞서 싸울 거라는 점이죠."

"뭐 놀랍지도 않네요." 데커가 말했다. "그렇게 해서라도 깎인 체면을 세우려는 거겠죠."

보거트가 말했다. "로이 마스가 멜빈과 만난 일을 데커가 우리한테 알려줬어요. 그리고 로이가 멜빈의 친아버지가 아니라는 사실도요. 나는 삼총사와 대븐포트의 실종을 포함한 이 모든 일이 유관하다고 믿긴 하지만, 강력한 증거가 없으면 어쨌든 속수무책이에요."

데커가 몸을 숙였다. "로이가 그 사건에 대한 우리 이론을 어느 정도 확인해줬어요. 한패였던 인종차별주의자들하고 사이가 틀어져서 도피 중이었다고요. 그렇지만 그 남자는 놈들에게 불리한 증거를 가지고 있었어요. 금고에 들어 있었죠. 50년 전에 저지른 범죄를 증명하는 이 증거는 내로라하는 권력자 몇 사람을 실각시킬 겁니다."

"그 사람들이 누군지 말하던가요?" 올리버가 물었다. "하나는 경찰서장이라고 전에 그랬죠."

"네, 맞아요. 이제 우리가 할 일은 로이를 찾아내 그 증거를 손에 넣는 겁니다."

"데커, 그건 우리가 계속 노력해온 일이잖아요." 재미슨이 짜증스럽게 말했다.

"알아요, 알렉스. 그런데 이제는 우리가 더 좋은 기회를 얻은 것 같아서요."

"무슨 말이에요?"

"우리가 비장의 무기를 가졌을지도 모르거든요."

"좀 자세히 설명해줄래요?" 밀리건이 물었다.

"내가 멜빈하고 같이 탐사를 갔었어요. 그리고 이 사건을 뻥 터뜨려줄 만한 걸 발견했죠."

"감질나게 굴지 마요, 데커." 재미슨이 외쳤다.

"교체가 실제로 일어났다는 증거예요."

"교체요?" 밀리건이 말했다.

"맞아요."

"그게 정확히 무슨 뜻이죠?"

"이 사건에서 한 사람이 다른 사람하고 자리를 바꿨다는 뜻이죠." 데커가 주머니에서 뭔가를 끄집어냈다. "그리고 이게 그 증거고요."

모두가 볼 수 있도록 데커가 사진의 복사본을 뒤집었다.

의자 하나가 쓰러지더니 두 발이 문을 향해 달려갔다. 문은 잠겨 있었다. 메리 올리버가 뒤돌아서서 나머지 모두를 마주했다. 얼굴은 잔뜩 일그러져 보기 흉한 덩어리가 돼 있었다.

"이 개자식!" 올리버가 데커에게 소리쳤다. 이어 그에게 덤벼들려고 했지만 보거트에게 팔이 붙들려 벽으로 밀쳐졌다. 밀리건과 재미슨이 당혹스러운 표정을 지었다.

"이게 무슨 상황이죠?" 밀리건이 물었다.

데커는 자신이 들고 있는 사진을 가리켰다. "이건 케인 경찰서장로저 매클렐런의 사진입니다." 그리고 뜸을 들인 후 말을 이었다. "메리 올리버하고 같이 찍은 거죠."

보거트가 뒤집힌 의자를 바로 세우고 올리버에게 손짓했다. "앉아요."

올리버가 부르짖었다. "당신들은 나한테 명령할 수 없어. 지금 당장 나를 여기서 내보내줘. 이건 불법 감금이야."

재미슨이 말했다. "하지만 당신이 사진에 찍혀 있잖아요. 매클렐런하고 같이!"

"그래서 뭐? 사진 찍으면 안 된다는 법이라도 있어?" 올리버가 보거트를 홱 돌아봤다. "나를 당장 여기서 내보내주지 않으면 FBI에 엄청나게 거대한 소송을 제기해서 당신의 다음번 부임지를 실직 사무국으로 만들어주겠어."

"내 생각엔 힘들 것 같은데요." 데커가 말했다. "내가 앞서 보거트 요원에게 설명했듯, 당신은 리사 대븐포트 납치범으로 체포되고 기소될 테니까요."

"대븐포트? 미쳤어? 당신들은 나하고 그 범죄를 연관시킬 증거가 하나도 없잖아."

"대븐포트는 자기가 아는 사람이 아니었다면 그렇게 늦은 밤에 문을 열어주지 않았을 겁니다. 그 범죄 현장은 우리가 심한 몸싸움이 벌어졌다고 생각하도록 조작됐죠. 하지만 그건 사실이 아니었어요."

"그럼 내가 대븐포트를 납치해야만 할 동기도 설명해보시지?"

"교체. 당신은 대븐포트가 사라지자 우리 조사를 돕겠다고 자원했죠. 진심 어린 동료 역할을 놀랍도록 잘하더군요. 심지어 죄의식까지 살짝 끼었어서. 어쨌든 대븐포트가 사라지자 당신이 수사의 중심 자리를 차지했어요. 그리고 우리 모두가 고생해서 알아낸 결과를 고스란히 매클렐런한테 넘겼죠. 매클렐런은 아마도 텍사스에 부하들을 두고 있었을 거예요. 우리가 멜빈의 집을 찾아갈 계획을 짜던 도중에 당신이 휴대폰을 집어 들었죠. 당신은 멜빈의 소송과 관련해 텍사스의 친구가 보낸 문자에 답장한다고 말했어요. 그런데 나는 당신 옆에 앉아 있었는데도 휴대폰 벨 소리나 진동 소리를 전혀 듣지 못했죠. 당신은 그렇게 거짓말하고 당신 짝패들에게 우리 계획을 미리 알려줘서 그들이 먼저 거기 가서 수색할 수 있게 했어요. 그리고 나중에 분명히 다시 문자를 보내서 멜빈이 우리한테 말한, 차고의 비밀 장소에 관해 알려줬을 겁니다. 그래서 우리가 거기 도착했을 때는 그곳이 이미 수색당한 뒤였던 거죠."

밀리건이 분노했다. "그 후 놈들은 우리를 죽이려 했고!"

"당신은 미쳤어. 나는 매클렐런을 알지도 못해. 그 사진은 어딘가의 행사에서 찍힌 거야. 그때 찍힌 사진들이 많다고."

"우리 본론으로 들어갑시다, 올리버." 데커가 말했다. "당신은 그냥 우연히 멜빈의 사건을 맡기로 마음먹은 게 아니에요. 그렇게 하라는 명령을 받은 거죠."

마스가 올리버를 봤다. "당신은 내 가족, 내 아버지, 아니 적어도 내가 아버지라고 생각한 사람에 관해 잔뜩 물어봤죠. 사형당하기 전에 나한테서 정보를 뽑아내려고 그랬던 거군요. 내가 그 금고의 내용물이 있는 곳을 아는지 알아내려고."

"나는 당신을 위해 엉덩이가 닳도록 일했어."

보거트가 말했다. "아까 데커가 나한테 그 사진을 보여준 후 내가 당신 뒤를 좀 캐봤어요. 당신의 법적 작업은 단순히 사무적인 수준이더군요. 그리고 멜빈이 다시 체포됐을 때, 그를 법정에서 구해준 건 당신이 아니라 데커였어요. 당신이 멜빈을 위해 텍사스주에 제기했다는 '소송'도 확인해봤어요. 그런 건 있지도 않더군요."

"매클렐런 같은 인종차별주의자의 추종자인 당신이 실제로 흑인을 돕기 위해 몸을 일으킬 수는 없었겠죠." 데커가 지적했다. "하지만 그 모든 건 핵심이 아니에요. 우리는 당신을 납치 죄로 기소할 겁니다. 그러면 연방 교도소에서 대략 20년에서 종신형까지 견적이 나오죠. 그리고 만약 대븐포트가 죽었다면 사형 선고까지 내다볼 수 있고요."

"증거가 없잖아! 그리고 텍사스의 소송? 내가 이 남자한테 돈을 받고 있는 것도 아니잖아." 올리버가 엄지손가락을 세워 마스를 가리켰다. 그러다 문득 안색을 바꾸고 억지웃음을 지으며 덧붙였다. "아마 접수상 오류가 있었나 봐. 내가 꼭 바로잡을게요."

데커가 보거트를 봤다. "좀 더 설득이 필요하겠는데."

"우리는 귀하의 휴대폰과 온라인 계정에 대한 수색 영장이 있습니다."

"무슨 근거로?" 질문이라기보다는 비명에 가까웠다.

"귀하가 우리의 핵심 수사 대상과 가까운 지인이라는 사실을 근거로요. 그처럼 큰 우연은 존재하지 않거든요. 영장 담당 판사도 우리 논리에 동의했어요."

데커가 덧붙였다. "우리는 귀하와 매클렐런이 주고받은 장문의 이메일 네 통을 찾아냈습니다. 귀하는 우리 수사 상황을 그쪽에 계속 알려주고 있었죠. 그것 자체가 수사 방해입니다. 또한 귀하가 리사의 이름 대신 이니셜인 'LD'를 써서 그녀의 상태를 물은 문자도 있고요." 데커가 몸을 숙였다. "자, 아직도 우리가 귀하를 기소할 수 없다고 생각한다면 어디 일어서서 여기를 나가보시죠."

"변호사를 불러줘요."

"귀하는 아직 기소되지 않았습니다." 보거트가 말했다. "그러니 그럴 자격이 안 되죠."

올리버는 의자에 풀썩 기대앉아 다른 이들을 둘러본 후 데커를 노려봤다. "빌어먹을, 도대체 원하는 게 뭐예요?"

"리사 대븐포트가 안전하고 무사히 돌아오기를 원합니다. 귀하는 그렇게 만들기 위해 우리에게 협조하고, 또한 우리가 매클렐런과 그 패거리를 잡아넣는 데 협조해야 합니다. 그러고 나면 사법부에서 당신에게 썩 나쁘지 않은 거래를 제시할 수도 있겠죠."

올리버는 아무 말도 하지 않았다.

데커가 몸을 좀 더 가까이 기울였다. "리사 대븐포트는 아직 살아 있습니까?"

올리버는 아무 말도 하지 않았다.

데커가 벌떡 일어섰다. "좋아요, 보거트 요원. 이 여자를 기소하고 체포합시다. 우리는 이 여자의 도움 없이도 삼총사를 붙잡을 거고, 그러면 다들 감옥에서 평생을 보내든가 독극물 주사를 맞게 되겠죠. 이 여자도 포함해서요."

"좋은 계획 같군요." 보거트가 그렇게 말하고 밀리건에게 고개를 끄덕였다.

밀리건이 올리버의 팔을 움켜잡았다. "일어서주십시오."

반응이 없자 밀리건은 올리버를 거칠게 일으켜 세웠다. "메리 올리버, 귀하를 다음과 같은 죄목으로 체포합니다……."

"기다려. 기다려요." 올리버가 가쁜 숨을 몰아쉬며 말했다.

모두 그녀에게 기대에 찬 눈빛을 보냈다.

"나…… 나는 대븐포트가 아직 살아 있는지 어떤지 몰라요."

"그러면 당신이 알아내면 되겠군요." 보거트가 말했다. "그런 다음 우리한테 그녀가 있는 곳을 말해주시죠."

"나…… 나는 그들이 대븐포트를 어디로 데려갔는지 몰라요. 나한테 말해주려고 하지 않아요."

"영 성의가 없어 보이네요." 데커가 말했다. "거래를 원한다면 스스로 얻어내야죠. 대븐포트가 어디 있는지 알아내요."

보거트가 말했다. "우리는 당신의 행적 하나하나를 감시하고 귀를 쫑긋 세우고 있을 겁니다. 당신이 발각된 걸 한패에게 알리려고 생각만 해도 당장 기소해 두 번 다시 햇빛을 볼 수 없게 만들어드리죠."

올리버의 입이 쩍 벌어졌다. 이윽고 나지막한 흐느낌이 새어 나왔다.

데커가 경멸하듯 말했다. "지금 그러고 있을 시간이 없습니다. 대븐포트를 아직 죽이지 않았다 해도 언제 죽일지 모르잖아요. 지금 당장 행동에 나서야 합니다."

"나더러 어떻게 알아내라고요?" 올리버가 흐느꼈다.

"내가 그 방법을 정확히 알려드리죠." 데커가 말했다.

"염병할. 그런 말을 이제야 하면 어떡해?" 매클렐런이 전화기에 대고 고함쳤다.

올리버가 말했다. "방금 알아낸 거예요, 로저. 알자마자 전화한 거라고요."

"그 여자가 마스한테 최면을 걸었다고? 그래서 그놈이 그 여자한테 이런저런 소리를 늘어놨다고?"

"그래요. 방금 데커가 그랬어요."

"금고 이야기까지 나왔다면 이러고 있을 때가 아니잖아. 놈이 정말 그것까지 털어놨단 말이야?"

"그런 게 분명해요. 데커가 그 여자를 만나서 몇 가지 정보를 얻어낼 참이었대요. 그런데 우리가 이미 대븐포트를 데려간 후였죠."

"젠장. 그동안 내가 그 여자를 쭉 데리고 있었는데 그 여자가 알지도 모른다고? 정말 아는 거 확실해?"

"충분히 가능해요. 그러니 그 여자하고 이야기할 필요가 있어요." 올리버가 뜸을 들였다. "제발 말해줘요, 그 여자가 아직……."

"그건 내가 알아서 처리할게." 매클렐런은 말을 자른 뒤 전화를 끊었다. 그러곤 서둘러 건물을 나가 차에 올라탔다.

* * *

매클렐런은 차로 꼬박 1시간을 달려 아버지에게 물려받은 100에이커 정도의 토지 한복판에 있는 작은 농가에 도착했다. 문이 떨어져 나가기 직전인 목조 가옥 앞에 미끄러지듯 차를 세웠다. 앞에는 다른 차 한 대가 서 있었다.

매클렐런이 집을 향해 달려가는데 한 남자가 문간에 나타났다. "전화 받았습니다." 남자가 말했다. 작은 키에 어깨가 넓고 손이 두툼했다. 허리띠에는 권총이 꽂혀 있었다.

매클렐런은 남자를 밀치고 거실로 들어섰다. 세 걸음 만에 거실을 가로질러 작은 방 문을 열었다. 대븐포트가 의자에 앉아 있었다. 묶이고 재갈이 물린 채 안대까지 쓰고 있었다. 매클렐런은 다른 의자를 끌어다 마주 보고 앉았다. 대븐포트는 문이 열리는 소리에 긴장했는지 허리를 의자 등에 대고 꼿꼿이 세운 모습이었다.

매클렐런이 손을 뻗어 재갈을 풀었다. "우리 이야기를 좀 해야겠는데."

대븐포트가 입술을 핥고 몇 번 침을 삼켰다. "물 좀 주세요."

매클렐런이 테이블에서 플라스틱 병을 집어 들어 뚜껑을 열고 대븐포트의 입술에 갖다 댔다. 대븐포트는 조금 마시다 콜록거리고는 좀 더 마셨다.

매클렐런이 말했다. "네가 멜빈 마스에게 최면을 걸었다지?"

대븐포트가 천천히 고개를 끄덕였다. "맞아요."

"무슨 말을 하던가?"

"별로 많이 하지는 않았어요."

"그 이야기를 들어야겠어. 자세히."

"생각을 좀 해봐야 해요. 기력이 너무 없어요."

매클렐런이 대븐포트의 어깨를 움켜쥐고 흔들었다. "빨리 생각해내."

발소리가 들리자 매클렐런은 고개를 돌려 조금 전 남자가 거기서 있는 것을 확인했다. 그리고 다시 대븐포트를 돌아봤다. 옷도 얼굴도 지저분했다. 뺨에는 멍이 들고 앞이마에는 베인 상처가 있었다. 그새 더 마르고 창백해졌다. 목은 쓸 일이 없어서 잠겨 있었다.

"왜 이런 짓을 하는 거죠?" 대븐포트가 물었다. "제발, 나는 아무것도 몰라요. 나를 그냥 보내줘요."

매클렐런이 권총을 꺼내 대븐포트의 관자놀이에 갖다 댔다. 살갗에 닿는 금속에 대븐포트의 몸이 뻣뻣하게 굳었다.

매클렐런이 말했다. "그냥 마음을 차분히 가라앉히고 놈이 한 말을 하나도 빠짐없이 들려주면 돼. 그런 다음에 네 앞날에 관해 이야기하자고."

대븐포트가 덜덜 떨면서 마스가 최면에 걸렸을 때 한 말을 들려줬다.

"그게 다야?" 말을 마치자 매클렐런이 말했다.

"그래요." 대븐포트가 대답했다.

"아무것도 감추는 게 없단 말이지?" 매클렐런이 총구로 대븐포트의 관자놀이를 더 세게 눌렀다.

"하느님께 맹세코 없어요."

매클렐런이 총을 거둬 도로 총집에 꽂았다. 그리고 이게 어떻게 된 영문인지 이해하려 머리를 쥐어짜면서 그녀를 뚫어져라 노려봤다. 그때 등 뒤에서 다른 남자가 움직이는 소리가 들렸다.

"좋아. 이 여자를 처리해야겠어." 매클렐런이 말했다. "그것도 지금 당장."

"그건 우리가 알아서 하지." 목소리가 대꾸했다.

몸을 홱 돌린 매클렐런은 보거트와 자신에게 겨누어진 총구를 봤다. 다른 남자는 밀리건에게 붙잡혀 수갑이 채워지고 있었다. 데커, 마스, 재미슨이 방으로 들어섰다.

보거트가 매클렐런에게 명령했다. "일어서서 손을 머리 위로 올려. 총을 잡을 생각만 해도 이 자리에서 바로 쏴버리겠다. 그러면 나야 고맙겠지만."

매클렐런이 서서히 일어서서 손을 머리 위로 올렸다.

대븐포트가 외쳤다. "보거트 요원?"

마스와 재미슨이 서둘러 다가가 묶은 것을 풀어주고 안대를 내렸다. 대븐포트는 밝은 빛에 적응하려고 부은 눈을 급히 깜빡였다. 그리고 마스의 도움을 받아 떨리는 다리로 간신히 일어섰다.

매클렐런의 눈은 오로지 데커만을 좇았다. 밀리건이 다가와서 수갑을 채울 때 그가 고함쳤다. "이 뚱보 개자식. 네가 올리버를 이용해 나를 속였군."

"그래, 우리가 그랬지." 데커가 말했다. "올리버는 더 좋은 조건으로 거래하게 될 거야. 그리고 당신도 그럴 수 있지. 다른 두 총사를 불기만 하면."

매클렐런이 데커에게 덤벼들려고 했지만 뒤쪽에 있던 밀리건에게 붙들려서 꼼짝도 할 수 없었다.

보거트가 말했다. "그래 봤자 당신만 다쳐, 매클렐런. 그러니 냉정해지시지. 이송 차량이 당신하고 당신 친구들을 데리러 이리로 오는 중이야."

일행은 햇빛 아래로 걸어 나갔다. 차가 도착하기를 기다리면서 데커가 말했다. "입장이 바뀌었다면 친구들은 1초 만에 당신을 포기했을 텐데. 그건 당신도 알지? 그 친구들은 당신이 대븐포트를 납치했다는 걸 알긴 하나?"

매클렐런이 몸을 돌려 데커를 마주 봤다. "염병할, 너 따위가 뭘 안다고 나불대?"

"당신들 셋이서 교회 한 곳하고 전미흑인지위향상협회 사무국에 폭탄 테러를 한 건 알지."

매클렐런이 비웃었다. "개뿔도 모르는 새끼가." 그러고는 데커의 발치에 침을 찍 뱉었다.

"당신이 그들을 포기한다면 형량이 줄어들 거야. 그렇게 많이는 아닐지 몰라도 적어도 무의미하진 않겠지. 그리고 이스틀랜드와 휴이에게 무임승차권을 줄 이유도 없지 않나?"

"무슨 소린지 하나도 모르겠는데. 둘 다 선량하고 이해심 많은 남자들이야."

"그래서 정말로 당신 혼자 죄를 지고 가겠다?"

"무슨 죄? 나는 저쪽에 있는 내 친구하고 같이 내 집을 점검하러 왔다가 이 숙녀가 꽁꽁 묶여 있는 걸 발견했을 뿐이야." 매클렐런이 대븐포트를 가리키며 덧붙였다. "저 여자를 풀어주려는데 네놈들이 나타난 거지."

"저분 말씀하고는 다른데."

"그 여자 말하고 내 말이 다를 수도 있겠지. 그런데 내 친구 말도 그 여자 말하고는 다를걸."

"아무도 그 개소리를 믿어주지 않으리란 건 댁도 아실 텐데." 보거트가 말했다.

밀리건이 한마디 보탰다. "우리한테는 메리 올리버가 있어. 그 여자가 당신을 지목했지."

"그 여자가 너희한테 뭐라고 했는지 몰라도 다 개소리야."

"우리는 그 여자가 댁하고 통화한 내용을 녹음했어. 댁이 여기 온 이유가 그거잖아."

"내 생각엔 아마도 재판이 있는 이유가 그거겠지. 진실에 다가가기 위해서. 그리고 케인 사람들은 나를 믿을걸."

"과연 우리가 이 재판을 케인에서 열지 난 잘 모르겠는데." 보거트가 말했다.

"변호사라는 게 있는 이유가 그거지. 나는 보석을 신청할 거지만, 걱정은 마. 법정에는 꼭 출두할 거니까. 난 공동체에 강력한 끈을 가진, 훈장을 잔뜩 받은 경찰서장이야. 내 기록에는 벌점 하나 없다고. 도주의 위험이 전혀 없지." 그의 말에는 약간의 웃음기마저 담겨 있었다.

밀리건이 내뱉었다. "이 개자식, 혀를 잘 놀리는 건 알아줘야겠네요."

데커가 말했다. "당신이 그렇게 생각하거나 말거나, 매클렐런 서장, 우리는 당신을 납치로 확실히 엮었어. 당신은 여생을 감옥에서 썩게 될 거야. 지금은 당신의 두 친구가 같은 대우를 받게 만들 수 있는 기회야. 아마 FBI에서는 분명히 당신네 셋이 같은 감옥에 가도록 배려해줄걸. 오렌지색 점프슈트를 입은 삼총사라니. 얼마나 멋질지 한번 생각해봐."

언덕배기를 올라오는 이송 차량이 보이더니 이윽고 그들 가까이까지 다가왔다.

"갑시다." 보거트가 매클렐런의 팔을 움켜쥐었다.

그때 총탄이 날아와 매클렐런의 이마를 정통으로 명중시켜 그 자리에 제3의 눈을 찍었다. 매클렐런은 보거트에게 기대는가 싶더니 뒤로 넘어져 땅바닥에 쓰러졌다. 밀리건이 무기를 꺼냈다. 마스는 재미슨과 대븐포트를 붙잡아 흙바닥에 밀쳤다. 데커는 매클렐런의 시신을 봤다. 머리의 상처에서 흘러나온 피가 주변에 고이고 있었다. 데커는 매클렐런과 한패인 남자를 향해 몸을 날렸다. 남자는 충격에 빠져 멍하니 서 있었다.

두 번째 총탄이 수갑 찬 남자의 가슴을 맞혀 견갑골 사이를 날려버렸다. 남자가 데커에게 기대어 쓰러졌다. 데커는 남자의 등을 뚫고 나온 총탄이 흙을 때리기 전, 그 궤적을 고스란히 느꼈다. 남자가 미끄러지듯 땅으로 쓰러졌다. 심장을 찢어발긴 총탄은 그를 즉사시켰다. 죽은 두 남자가 아직까지는 살아 있는 여섯 사람과 함께 땅에 누워 있었다.

이송 차량 앞 좌석에서 요원 둘이 뛰어내려 그 뒤에 숨었다. "총알은 저쪽에서 날아왔습니다." 한 요원이 동쪽을 가리키며 외쳤다.

보거트가 되받아 소리쳤다. "여기 지원 병력 좀 불러줘요. 그리고 헬리콥터를 불러서 누군지 추적할 수 있나 알아보고."

죽은 남자를 몸 위에 덮어쓴 채 흙바닥에 누워 있는 데커는 이미 너무 늦었음을 알았다.

대븐포트는 입원해서 밤새 철저히 검진받을 예정이었다. 적어도 육체적으로는 빠른 시일 내 완벽히 회복할 수 있을 것 같았다. 하지만 정신적, 정서적 부분은 시간이 좀 걸릴 듯했다. 재미슨과 밀리건은 다른 FBI 요원 몇 명과 함께 병원에서 그녀 곁을 지켰다. 행여 또 무슨 일을 당할 위험을 감수할 수는 없었다. 매클렐런과 다른 남자는 지역 영안실에 있었다. 그들을 죽인 자는 흔적도 없이 빠져나갔다. 데커가 짐작하기에는 지원 병력이 미시시피의 그 외딴 지역에 도착했을 즈음에는 이미 테네시까지 가고도 남았을 것 같았다.

데커, 보거트, 마스는 영안실 사무실의 테이블에 둘러앉아 주요 목격자를 잃은 상황을 놓고 생각에 잠겼다.

"올리버는 휴이나 이스틀랜드와 아무런 접점이 없어." 보거트가 말했다. "만난 적도 없고, 어떤 방식으로도 그 어떤 접촉도 하지 않았지. 전부 매클렐런을 통해서였다고."

"분명히 의도적이었을 거야." 데커가 말했다. "이스틀랜드와 휴이는 잃을 게 훨씬 많으니까. 그들은 고인이 된 경찰서장보다 훨씬 더 영리하고 교묘하지. 서장은 그들의 투견에 불과했어."

"매클렐런의 자료를 전부 다 들여다봤지만, 그의 컴퓨터는 거의 비어 있고 뭔가 적어놓은 것도 전혀 없어. 다른 두 총사하고 무슨 이야기를 했든 직접 만나서 한 게 분명해."

"지금 우리는 갈 길이 먼데, 그 길에 구멍까지 숭숭 뚫려 있는 처지야." 데커가 지적했다. "거의 50년이나 지난 범죄이다 보니 더욱 그럴 수밖에 없어."

마스는 아무 말 없이 멍하니 고개만 끄덕였다.

데커가 말했다. "물론 매클렐런과 짝패를 죽게 만든 건 놈들이야. 그러니 매클렐런을, 또는 우리를 감시하고 있었던 게 분명해. 매클렐런이 사무실에서 뛰쳐나가는 걸 보고 그곳까지 따라온 거겠지. 아니면 이스틀랜드와 휴이 역시 그곳을 알았을 수도 있고. 매클렐런이 아버지에게 물려받은 곳이니까. 어쩌면 대븐포트를 그곳에 가둬뒀다고 매클렐런이 말했을 수도 있지."

보거트가 말했다. "그건 나도 알고 당신도 알지만, 그걸 입증할 수 없잖아. 총탄을 회수했지만, 그것을 결부시킬 무기는 결국 발견하지 못할 거야. 내 짐작엔 국방 분야에서 일하고 돈도 썩어나는 이스틀랜드가 프로를 고용해서 일을 맡겼을 것 같아. 그리고 그 프로는 보수를 챙겨 이미 어딘가의 섬에 가 있겠지. 우리는 청부의 증거를 찾으려고 이스틀랜드의 장부를 뒤질 만한 그럴싸한 명분조차 없어. 게다가 그 작자는 아마 세상에 존재하는 회계 술수는 몽땅 훤히 알고 있을걸. 건초 더미에서 바늘을 찾는 격이지."

"그렇지만 우리는 리사를 되찾았잖아요." 마스가 말했다.

"하느님 감사합니다." 보거트가 덧붙였다.

보거트가 데커를 보자 그 역시 동의의 뜻으로 고개를 끄덕였다. "우리는 반드시 놈들 모두가 책임을 지도록 만들어야 해."

"나도 마음이야 굴뚝같지. 하지만 어떻게? 매클렐런이 죽는 바람에 휴이나 이스틀랜드를 엮어 넣을 만한 아무런 증거가 없다고."

"방법은 하나뿐이야." 데커가 말했다.

"뭔데?" 보거트가 물었다.

대답한 사람은 마스였다. "로이 마스요."

데커가 고개를 끄덕였다. "우리에게 필요한 정보를 몽땅 가지고 있지."

"아주 좋아, 데커. 그 사람 주소를 알려주면 내가 당장 가서 데려오지." 보거트가 빈정거렸다.

"그보다는 그쪽에서 우리를 찾아오도록 만들어야 해."

"어떻게? 우리는 그 사람과 접촉할 방법이 전혀 없는데."

"없긴 왜 없어."

마스가 데커를 쳐다봤다. "있다고요?"

"당신이 받은 문자에 답신을 보내요, 멜빈. 그 사람이 나인 척하고 보낸 문자에."

마스가 휴대폰을 꺼냈다. "젠장, 그걸 잊고 있었네."

보거트가 데커를 쳐다봤다. "좋아. 그런데 뭐로 유인해낼 건데?"

"우리는 늘 미끼가 있었어. 그냥 그걸 한 번도 제대로 써먹지 않았을 뿐이지."

"아, 그렇게 명쾌하게 말해줘서 고마워." 보거트가 냉랭하게 말했다. "그런데 머리가 나쁜 사람들을 위해서 좀 더 설명을 부탁해도 될까?"

"로이의 아내." 데커가 대꾸했다.

"우리 어머니가 이 일하고 무슨 상관이죠?" 마스가 물었다.

대답 대신 데커는 자리에 앉아 종이쪽에 뭐라고 끼적인 후 마스에게 건넸다. "이걸 문자로 찍어 보내고 어떻게 되나 봅시다."

보거트가 다가와 마스의 어깨 너머로 쪽지 내용을 읽었다. 그리고 데커를 쳐다봤다. "이게 정말 효과가 있을 거라고 생각해?"

"그게 효과가 없다면 다른 뭐가 효과가 있을지 난 모르겠는데."

초조한 듯 턱을 문지르던 보거트가 마스에게 고개를 끄덕였다. "그렇게 해요. 데커가 말한 대로. 어차피 우리가 더 잃을 게 있을 것 같지도 않고."

휴대폰에 조심스레 메시지를 입력한 마스의 손가락이 전송 버튼 위를 맴돌았다. 그가 보거트를 보고, 이윽고 데커를 봤다. "그 사람은 진심으로 어머니를 사랑했어요. 죽일 수 있을 정도로 사랑했어요."

"내가 믿는 게 바로 그겁니다, 멜빈. 사실 내가 믿을 거라고는 오로지 그것밖에 없어요."

마스가 전송 버튼을 눌렀다. 보거트가 깊이 숨을 들이쉬었다.

"자, 우리 이게 제발 효과가 있기를 기도합시다, 빌어먹을. 내 생각에 우리한테 플랜B는 없는 것 같으니까."

72

건방진 자식. 배짱은 있구나.

문자는 사흘 후 새벽 2시에 왔다. 핑 하는 소리가 선잠을 자던 마스를 깨웠다. 마스는 일어나서 문자를 두 번 읽은 후, 데커에게 전화해서 읽어줬다. 일행은 이제 워싱턴 D.C.의 한 호텔에 묵고 있었다. 5분도 안 돼 데커가 마스의 문을 두드렸다.

옷을 다 갖춰 입은 데커를 보고 마스가 말했다. "아예 한숨도 안 잤어요?"

"자려고 했는데 도저히 잠이 안 와서요."

"나도 마찬가지예요."

데커는 문자를 본 후 휴대폰을 톡톡 두드렸다. "호기심이 생긴 동시에 열을 받았군요. 하지만 아마 열 받은 것보단 호기심이 더 클 겁니다."

데커가 메시지를 입력한 뒤 마스가 볼 수 있도록 들어 올렸다.

나도 그렇게 생각해요. 그래서 우리가 어디로 가면 되죠?

마스가 고개를 끄덕이자 데커가 전송 버튼을 눌렀다. 두 사람은 기다렸다. 그리고 또 기다렸다. 새벽 5시가 지났을 즈음 마침내 답신이 왔다.

데커가 말했다. "저쪽도 한숨도 못 잤나 봐요."

메시지는 더욱 퉁명스러워졌다.

이게 개수작이면 넌 뒤진다. 데커도 마찬가지고. 나중에 연락하마.

"돌려 말하지 않고 직설적인 게 마음에 드네요." 데커가 말했다.

* * *

이튿날 밤 '나중에 연락'한다던 문자가 왔다.

터스컬루사. 오늘 밤 기준 이틀 밤 후. 자정. 너하고 데커만. 10킬로미터 안에 딴 놈이 하나라도 있으면 두 번 다시 나 볼 생각 마라.

문자에는 주소가 하나 딸려 있었다.

데커는 눈을 감고 자신의 기억을 그 주소로 날려 보냈다. "1968년에 폭탄 테러를 당한 전미흑인지위향상협회 사무실 자리군요."

"거기서 우리를 기다리고 있을까요?"

"그러기에는 지나치게 조심성이 많죠."

"당신하고 나 둘만이라고 했어요."

"진지하게 하는 말일 겁니다."

"보거트하고 FBI는 어쩌죠?"

"난 로이의 말을 곧이곧대로 받아들일 거예요. 다른 사람들이 근처에 얼씬이라도 하면 두 번 다시 그를 볼 수 없습니다, 멜빈. 그러면 모든 게 끝이에요."

"우리한테는 올리버하고 매클렐런이 있잖아요. 그걸로 충분하지 않아요?"

"나한테는 아니에요. 의회에서 무소불위의 권력을 휘두르는 재수 없는 자식에다, 아이들까지 포함해 한 무더기의 사람들을 날려버린 갑부가 아직 건재해요. 그걸 못 본 척할 순 없어요."

"나도 마찬가지예요. 그럼 어떻게 하면 되죠?"

"보거트 몰래 빠져나가는 게 쉽지는 않겠지만, 불가능하지도 않죠. 사실, 우린 해내야만 돼요."

"우리가 거기 갔는데 그 사람이 그냥 우리를 죽일지도 몰라요. 그 사람은 미쳤어요, 데커. 나는 봐서 알아요. 당신도 봤잖아요."

"대안이 있다면, 멜빈, 나도 그걸 택할 거예요. 하지만 없잖아요."

"좋아요. 그럼 다시, 우리는 어떻게 하면 되죠?"

"비행기를 타거나 렌터카를 빌릴 수는 없어요. 그러려면 신용 카드가 필요하고, 그걸 확인하는 것쯤은 보거트한테 식은 죽 먹기일 테니까요."

"그럼 어떻게 해요?"

"내가 가진 현금으로 버스 정도는 탈 수 있을 거예요. 그렇게 할래요?"

마스가 데커를 보고 고개를 저었다. "버크아이스와 롱혼스가 같은 버스에? 빌어먹을. 세상의 종말이 오려나 보군요."

* * *

워싱턴에서 터스컬루사까지 가려면 버스를 두 번 갈아타야 했고 거의 24시간이 걸렸다. 차는 버지니아의 '발가락'을 밟고 테네시를 거쳐 조지아의 정점을 찍은 후 앨라배마를 대각선으로 횡단해 버밍햄을 지그재그로 지나갔다. 저녁 7시 터스컬루사에 도착할 예정이었다. 둘 다 보거트가 추적할 수 없도록 휴대폰 전원을 꺼놨다.

두 남자는 몸집에 비해 너무 작은 의자에 비집고 앉아 가는 내내 거의 자다 깨다 했다. 데커는 가방 하나에 먹을거리와 물 몇 병을 넣어 왔다. 두 남자는 대화를 나누다, 지나가는 풍경을 구경하다, 다시 대화를 나눴다. 버스가 거의 만석이라 목소리를 낮춰야 했다. 마침내 터스컬루사 거리로 내려섰을 때, 두 남자는 팔다리를 있는 대로 쭉쭉 뻗어 기지개를 켰다.

"미식축구 선수 시절, 버스를 타고 여행 다녔던 생각이 나네요." 데커가 말했다.

마스가 우습다는 얼굴로 그를 바라봤다. "오하이오 주립 대학처럼 큰 곳에서 비행기도 안 태워줬어요?"

"아니요. 태워주죠. 고등학교 때 그랬다고요."

"텍사스에서 한번 뛰어봐요. 경기하려고 차를 타고 화석이 될 때까지 가도 여전히 그 빌어먹을 주를 벗어나질 못한다니까요."

데커는 주변을 둘러보고 손목시계를 확인했다. "시간을 좀 죽여야겠어요. 접선 장소를 찾은 다음 저녁이나 먹어둘까요?"

"좋죠. 그래놀라 바하고 트레일 믹스는 이제 질렸어요. 스테이크하고 감자가 먹고 싶어요."

"재미슨 탓이에요. 나를 꼬챙이로 만들 작정인지……."

두 남자는 몇 블록 걸어가 현금을 받는 호텔을 찾아낸 뒤 가방을 놔두고 식당을 찾아 나섰다. 5분 후, 식당을 발견한 두 사람은 테이블에 앉아 주문했다.

마스가 창밖을 응시했다. "앨라배마하고 붙으러 여기 와본 적 있어요?"

"한 번요. 엉덩이를 걷어차였죠."

"우리도 여기서는 졌어요. 홈구장에서는 이겼지만."

두 남자는 침묵에 잠겼다.

"그리웠던 적 있어요?" 마스가 물었다.

"뭐, 미식축구요?"

"아니면 뭐겠어요?"

"나는 당신 급이 아니었어요, 멜빈."

"어이, 그런 소리 마요. 내셔널 풋볼 리그까지 갔으면서. 나보다 훨씬 나아요."

"그 이야기는 하지 맙시다. 당신은 상황상 어쩔 수 없었잖아요. 그리고 나는 겨우 한 경기밖에 버텨내지 못했어요."

식사가 나왔다. 본격적으로 덤벼들기 전에 마스가 말했다. "기분이 어땠어요?"

데커는 냅킨을 펼치고 있었다. "무슨 기분요?"

"그 구장을 걷는 기분. 8만 명이 관중석에 있는 걸 보는 기분. 세계 최고 선수들하고 경기하는 기분 말이에요."

마스의 진지한 표정을 본 데커는 이 질문이 그에게 얼마나 중요한가 바로 알아차렸다.

"믿기지 않았죠, 멜빈. 그 터널을 달려 나와 축구화로 잔디를 밟는데 심장이 어찌나 빨리 뛰는지 이러다 킥오프도 하기 전에 뇌졸중이 오겠다 싶을 정도였어요. 그렇게 북받치는 심정은 그 전으로도 그 후로도 한 번도 못 느껴봤어요. 마치 모든 사람이 나를 향해 환호하는 것 같았어요. 머리로는 아닌 걸 알면서도. 그건…… 그건 내 인생 최고의 순간 중 하나예요, 빌어먹을."

마스가 씩 웃더니 냅킨을 걸치고 나이프와 포크를 집어 들었다. "알겠어요. 정말 알겠어요." 그러고는 회한에 차서 덧붙였다. "틀림없이 정말 굉장했을 거예요."

"당신은 분명 역대 최고 선수가 됐을 거예요."

마스가 고개를 저었다. "그거야 모르죠. 나는 테일백이었어요. 부상 한 번이면 모든 게 끝나죠. 게다가 대학 경기를 박살 내고 나왔더니 내셔널 풋볼 리그의 형님들에게는 상대가 안 된다는 걸 깨닫고 만 본보기가 이미 수두룩하잖아요. 아니면 무릎이 망가져서 찰나의 차이를 만드는 순간 가속도를 잃는 바람에 어느 틈새를 뚫고 갈지, 어디로 질러갈지 결정할 때 그 작은 이점이 없어지는 거죠. 그러면 간 거예요. 끝이에요. 이 고깃덩이는 치우고 다음 걸 가져와."

"나더러 내기하라면 당신이 한 방에 가는 것보다는 배리 샌더스나 에밋 스미스 같은 스타가 된다는 데 걸 겁니다."

마스가 낄낄댔다. "고마워요, 데커, 나를 그렇게나 믿어주다니."

"그냥 입에 발린 소리가 아니에요. 나는 프로에서 뛰어봤잖아요. 우리 팀 러닝백들은 당신의 국부 보호대를 나를 급도 안 됐어요."

마스가 스테이크를 썰던 손을 멈췄다. 뭐라고 비꼬려던 그는 데커의 얼굴에 떠오른 진지한 표정을 봤다. 두 남자의 눈길이 서로 얽혔다.

마스가 말했다. "고마워요. 정말이지 나한테는 큰 의미예요."

두 남자는 침묵 속에서 식사를 마쳤다. 식사가 끝난 뒤 데커가 맥주 두 병을 주문했다. 두 사람은 잔을 부딪쳤다. 데커는 맥주를 한 모금 마신 후 잔을 내려놨다. 불안하고 초조했다. 손가락으로 테이블을 두드렸다. 뭔가 하고 싶은 말이 있는데 그 말들이 머릿속에서 명확한 형태를 갖추지 못하고 있었다.

데커가 안절부절못하는 것을 알아차리고 마스가 물었다. "어이, 괜찮아요?"

마음을 진정시키려고 심호흡한 데커는 마스의 걱정하는 표정을 보자 마침내 딱 맞는 말을 떠올렸다.

"오늘 밤 무슨 일이 일어나든, 당신을 알게 돼 정말 영광이라는 걸 알아줬으면 좋겠어요, 멜빈."

데커가 이 말을 입 밖에 내기가 얼마나 어려웠을지 마스는 이해하는 눈치였다. 그가 씩 웃으며 말했다. "빌어먹을, 그냥 당신이 그때 라디오를 켜서 정말 기뻐요."

두 남자가 맥주를 마시던 중 마스가 말했다. "상황이 어떻게 흘러갈 것 같아요?"

"우리는 그 사람이 정해놓은 경기 규칙을 따랐고 둘이서만 왔으니 모습을 드러내겠죠. 그렇지만 이 모든 일이 교본처럼 일직선으로 흘러가리라곤 생각하지 않아요. 그 사람은 우리한테 커브볼을 던질 겁니다. 원래가 그렇게 생겨먹은 사람이니까요."

"커브볼이라면 어떤 종류죠?"

"나도 그걸 알고 싶네요. 내가 한 건 미식축구지 야구가 아니거든요."

두 남자는 자정을 1분 앞두고 로이가 알려준 주소에 도착했다. 거리는 텅 비어 있었고, 밤공기는 쌀쌀했지만, 하늘은 청명했다. 로이가 다시 연락하리라 생각한 데커는 마스의 휴대폰을 도로 켜게 했다.

데커가 뒤돌아봤다. "저거 좋네요."

"뭐가요?" 마스가 따라 돌아보며 물었다.

"전미흑인지위향상협회 사무실 자리에 공공 도서관을 세운 거요. 책을 많이 읽는 사람들은 그러지 않는 사람들에 비해 훨씬 더 인내심과 열린 마음을 가지게 되죠."

"끝내주네요. 우리, 세상 모든 사람에게 도서관 카드를 발급해줍시다."

5분 더 기다린 끝에 이윽고 마스의 휴대폰이 울렸다. 로이가 문자를 보냈다.

서쪽으로 곧장 800미터 걸어와라. 연석에 검은 포드가 서 있을 거다. 열쇠는 앞 좌석 밑에. 내비게이션은 조수석에 놔뒀다. 나는 지금 이 순간, 너희를 지켜보고 있다. 누굴 달고 오면 영영 작별이다.

"이제 시작이군요." 데커가 긴장한 어조로 말했다.

"총 가져왔어요?"

데커가 고개를 끄덕였다. "제발 쓸 필요가 없기만 빕니다. 그건 누군가가 우리를 쏠 거라는 뜻이니까요."

두 남자는 서쪽으로 800미터를 터벅터벅 걸어가 연석에 서 있는 검은 포드를 찾아 올라탔다. 데커는 열쇠를 찾고 마스는 내비게이션을 확인했다.

"이 길을 따라 서쪽으로 가면 82번 도로에 이를 겁니다. 거기서부터는 내비게이션을 따라가야 해요."

차는 얼마 동안 달리다가 82번 도로에 이르러 길을 벗어났다.

"촌구석으로 들어가는 것 같은데요." 데커가 말했다.

"우린 이미 촌구석에 있어요, 데커." 마스가 반박했다. "주변을 둘러봐요. 아무것도 없지." 마스가 슬슬 불안함을 드러냈다. "우리를 습격할 것 같아요? 우리를 죽일까요?"

"그러고 싶었다면 기회는 얼마든지 있었어요, 멜빈."

"그래요. 당신 말이 맞는 것 같네요."

"아닐 수도 있어요. 당신 말마따나, 그 남자는 사이코니까요."

"기운 나게 해줘서 고맙네요."

데커가 계속 백미러를 확인했다. "우리를 지켜보고 있다고 했는데, 뒤에 아무도 안 보여요."

"뺑을 쳤나 보죠."

"뺑쟁이 같지는 않던데요."

마스도 뒤돌아봤다. "헤드라이트를 끄고 운전하고 있을지도 몰라요."

"그럴 수도 있겠네."

마스의 지시에 따라 세 번 더 꺾은 후, 차는 마침내 길에서 한참 떨어진 다 쓰러져가는 집에 다다랐다. 2킬로미터 이내에 집 한 채 없었다.

"이보다 외롭고 으스스해 보이기도 힘들 것 같은 집이네요." 차가 집 앞에 서자 마스가 말했다.

데커가 말했다. "다른 차는 안 보이는데요."

1초 후 집 한쪽 옆에서 헤드라이트 한 쌍이 반짝 켜졌다 꺼졌다. 데커와 마스는 차에서 내렸다. 다른 차의 문이 열렸다. 로이 마스가 거기 서 있었다. 로이가 달빛 속으로 걸음을 내디뎠다. 그는 물 빠진 작업복, 코트, 플란넬 셔츠, 작업용 부츠 차림이었다. 오른손에 든 커다란 총의 총구가 그들을 겨냥했다.

데커가 다가서며 말했다. "그럴 필요는 없을 것 같은데요."

"네 허리띠의 총은 어쩌고, 데커. 불룩한 게 여기서도 보인다. 그 커다란 배보다 더 튀어나왔어."

"예전보다는 많이 줄어든 건데요."

"축하해. 총구를 앞으로 해서 꺼내."

데커가 지시를 따라 로이에게 총을 건넸다.

"안으로." 로이가 말했다.

로이는 두 사람을 뒤따라 들어갔다.

좁은 방에서는 곰팡내와 썩은 내가 풍겼다. 로이가 두 사람을 앞질러 가 뒤집힌 포장 궤짝에 놓인 캠프용 손전등을 켰다. 곧바로 방이 환해졌다. 빛이 실내를 가로질러 그림자를 던졌다.

로이가 데커의 총을 주머니에 쑤셔 넣고 벽에 등을 기댔다.

"그래, 그 여자를 되찾으셨다고."

"대븐포트 일은 어디서 들었어요?" 데커가 물었다.

"뭘 어디서 들어. 그냥 로저 매클렐런이 케인 외곽의 자기 노친네 농장에서 날아갔다기에 머리 좀 굴려봤지. 여자가 죽었다는 말은 전혀 없었거든. 그래, 그 여자를 되찾았나?"

"그래요."

"맥은 죽었어. 너희가 바라던 대로 됐잖아. 그런데 나는 왜 찾고 난리야?"

"아직 죄과를 치르지 않은 사람이 두 명 더 있잖아요." 데커가 말했다. "그래서 찾았죠."

"인생이란 게 그렇게 원하는 대로 다 되진 않아. 세상이 원래 그래. 여기 멜로한테 물어봐."

"그러면 왜 우리를 만나주겠다고 했어요?" 마스가 물었다.

"아마 호기심에 못 이겨서 그랬나 보지."

"그게 다가 아닐 텐데요." 데커가 말했다. "당신은 한때 그 패거리에 속했고, 어쩌면 비공식적인 제4의 총사였을 겁니다. 하지만 그들한테 등을 돌렸죠."

"무슨 소린지 전혀 못 알아듣겠는데."

대답 대신 데커는 케인 고등학교 연감에서 뜯어낸 종이쪽을 꺼냈다.

"당신은 왼쪽에서 네 번째죠, 에런 캘러핸."

"뭐라고요?" 마스가 그 종이를 보며 외쳤다.

"로이 마스의 본명은 에런 캘러핸이에요. 당신은 물론 변했어요,

로이. 하지만 이게 당신인 건 쉽게 알아볼 수 있죠. 그 삼총사하고 같이 케인 고등학교를 다녔다는 것도."

"제법이군, 데커. 어떻게 알아냈지?"

"텍사스의 당신 방 벽장에서 두 사람의 이니셜을 발견했어요. AC하고 RB. 연감에서 성이 C와 B로 시작하는 학생들의 단체 사진 페이지를 뜯어냈죠. B로 시작하는 성을 가진 사람 중에는 당신 같아 보이는 사람이 아무도 없었어요. 하지만 C에는 있더군요. 그러니 RB는 틀림없이 루신다의 본명 이니셜이겠죠."

"록산 배럿." 로이가 마스를 봤다. "그게 네 어머니의 본명이다. 루신다라는 이름을 더 좋아했지만."

"마스라는 성을 고른 이유가 있습니까?" 데커가 물었다.

로이가 피식 웃었다. "그 붉은 행성이 항상 마음에 들었거든. 어렸을 때부터. 멋져 보였지."

데커가 고개를 끄덕였다. "당신은 그들과 같은 미식축구 팀에 있었어요. 레프트 태클로. 당신이 휴이의 사각지대를 엄호했다는 뜻이죠. 휴이는 쿼터백이었으니."

"그 자식은 평범한 쿼터백이었지만 우리 덕분에 빛을 봤지. 매클렐런은 미친개 풀백 겸 D-사이드의 세이프티였고. 한데 뒤엉켜 있으면 무릎을 물어뜯는 부류. 이스틀랜드는 미꾸라지 같은 스캣백이었어. 패스 경로에서 결코 중간을 넘어가는 법이 없고 러닝 플레이에서는 늘 붙들리기 전에 경기장을 벗어났지. 얻어맞는 걸 아주 질색했거든. 계집애 같은 자식. 그렇지만 잘생기고 머리가 좋은 데다 집에 돈까지 있어서 승승장구하니 어디서고 그 자식만 나타났다 하면 여자애들이 팬티를 내렸지. 그 자식하고 서면 말이야. 하긴 서면은 그 노친네 때문이었어. 그 노친네는 미시시피의 거물이었지. 모르는 사람이 없었으니까."

데커가 말했다. "휴이 1세는 철저한 인종차별주의자였죠. 조지 월리스 말마따나 '분리 정책이여, 영원하라'."

"당시 미시시피에서 그건 당연한 거였어. 아마 일부 지역들에서는 여전히 그럴걸."

"그 자식들하고 같이 자랐어요?" 마스가 말했다.

"내가 그러고 싶어서 그런 것도 아니잖아. 그렇지만 나는 그 무리에 결코 들지 못했어. 혈통이 나빴거든."

"그들이 그 두 곳을 폭파하는 걸 도왔어요?"

"이미 말했잖아, 멜로. 다시 말할 필요는 없을 것 같은데."

데커가 말했다. "당신은 그들을 묻어버릴 증거를 가지고 있죠. 그래서 폭탄 테러 후 자취를 감춘 거고요."

"내가 떠난 건 내 선택이었어."

"어째서죠?"

"내 이유는 내 이유야. 너하곤 상관없어."

"아이들 때문에요? 그 교회에서 죽은 아이들?"

"왜 내가 그 유색인 애들한테 신경 쓸 거라고 생각하지?"

"그 아이들이 거기 있어서는 안 됐다고 본인 입으로 말했잖아요. 그건 계획에 없었다고." 마스가 말했다.

"그리고 당신은 흑인 여자하고 결혼했고요." 데커가 덧붙였다.

로이는 어깨만 으쓱할 뿐 아무 말도 없었다.

"당신은 그 개자식들을 무너뜨릴 수 있어요, 로이. 거의 50년이나 지났지만요. 그게 정의 아닌가요?"

"내가 왜 그런 데 신경 써야 하지? 나는 그냥 살아남기만도 바쁜 사람이야."

"이스틀랜드의 깡패들이 매클렐런을 죽였어요. 그리고 휴이가 손을 써서 FBI 조사에 깽판을 놔버렸고."

"나는 하나도 놀랍지 않아. 머리 쓰는 건 늘 그 두 놈들 담당이었으니까. 매클렐런은 그냥 투견이었어. 그래서 경찰이 된 거지. 우리 맥이 제복을 입고 다니면서 얼마나 많은 골통을 깨부쉈을지 궁금하네."

"수두룩하죠." 데커가 말했다. "그리고 그 대부분이 흑인 골통이었을 거라고 장담합니다."

"그렇지만 폭탄 테러는 왜 한 거죠?" 마스가 물었다. "당신 말마따나 그들은 승승장구하고 있었어요. 휴이는 아버지의 연줄이 있었고요. 그런데 어째서?"

"바로 그거야, 멜로. 휴이 1세. 사실로 확인된 건 아니지만, 나는 그 노인네가 그런 짓을 하도록 그들을 부추겼다는 강력한 심증을 갖고 있어."

"그렇지만 왜 그걸 따랐죠? 나중에 그 일이 자기들 발목을 잡을 걸 어떻게 몰랐을 수 있죠?"

"그들은 젊었고, 자기들이 천하무적이라고 생각하는 불한당이었으니까. 정말이지 자신들을 자기들 삶의 방식을 지키려고 싸우는 삼총사처럼 생각했지. 백인의 삶을 지키는 수호자라고 말이야. 네가 그때 그들의 모습을 봤어야 해. 어찌나 고고한 척들을 하셨는지. 마치 저희가 하느님의 사역이나 뭐 그런 어떤 숭고한 의무라도 맡고 있는 것처럼 굴었지. 빌어먹을 1860년대 사람들 같았어."

"그래서 남부를 하느님이 원하시는 방식으로 지키기 위해서 선한 싸움을 하고 있었다?" 마스가 말했다.

"뭐 그런 거지. 나는, 난 그저 돈이 목적이었고."

"참 고귀하기도 하셔라." 마스가 역겹다는 투로 말했다.

"빌어먹을, 너는 폭탄에 날아간 교회나 전미흑인지위향상협회 사무실이 여기밖에 없을 것 같아? 젠장, 1950~1960년대 남부는 딱 중동 같았어. 옛날 뉴스 영상 본 적 있어? 그 시절엔 소방 호스로 사람을 두들겨 팼어. 개들이 여자들을 공격하고. 사방이 폭탄으로 날아가고. 점심 사 먹으려고 줄을 서 있다가 얻어맞고. 시체들이 나무에 매달려 있질 않나. 총알이 쌩쌩 날아다니질 않나."

"저는 30년 전 텍사스에서 백인과 흑인 부모 밑에서 자란 처지다 보니 인종 차별 같은 건 구경도 못 했네요." 마스가 빈정거렸다.

로이가 웃으며 고개를 저었다. "어쨌든 아들은 늘 제 아비한테 칭찬받기 위해 살았지. 서먼은 아버지의 발자취를 따라 전국 무대에서 뜰 거였어. 이건 내 추측이 아니야. 고등학교 내내 그 이야기밖에 안 했거든. 그리고 이스틀랜드는 늘 사업에 뜻이 있었고. 하느님 콤플렉스도 있었는데, 돈이 너무 심하게 많으면 그렇게 되는 경우가 있더라고. 이스틀랜드와 휴이는 빛나는 갑옷을 입고 백합 같은 순백의 왕국을 지키는 기사들이었지. 미래의 정치가와 미래의 사업가, 그 둘은 천생연분이었어. 그리고 맥이 가담한 이유는, 음, 너도 아마 봤겠지만, 그 자식은 저하고 다르게 생긴 사람들을 좋아하지 않았어."

"당신은요?" 데커가 물었다. "당신은 왜 함께했습니까?"

"내 말을 뭐로 들은 거야. 이미 말했잖아. 돈이라고! 인정해. 나는 당시 레밍이었어. 그냥 군중을 따랐지. 휴이는 권력이 있었어. 이스틀랜드는 돈이 있었고. 그 세계에서 잠깐 살아보니까 내 진짜 세계보다 훨씬 낫더라고. 내 부모는 소작민이나 다를 바 없었거든. 학교에 들어간 뒤에야 화장실이란 델 처음 가봤을 정도니. 틈날 때마다 밭으로 나가 부모님을 도와야 했고, 도시락은 늘 스스로 싸 갔지. 그렇다고 오해하진 마. 우리 부모님은 열심히 일하셨어. 하지만 한 손에 쥐고 비빌 동전 두 푼도 없었지."

"그래서 그냥 따라갔다?"

"빌어먹을. 그래. 돈을 줬으니까. 개같이 많은 돈을. 다른 일을 하면서 벌 수 있는 것보다 훨씬 많았어. 나는 뭘 만들고 고치는 데 재주가 있었어. 모터, 트랜스미션, 가전제품."

"그리고 폭발물도." 데커가 덧붙였다.

"고등학교 때 처음 작은 파이프 폭탄을 만들었지. 그러다 더 큰 걸로 옮겨 갔고. 놈들이 구해다 준 원료로 타이머가 달린 폭발물을 만들었어."

"찰스 몽고메리는 교란을 맡았고요."

"젠장, 그 지역 경찰들은 무슨 일이 일어날지 알았어. 맞아. 몽고메리가 위장 음주 운전으로 경찰들이 교회를 떠날 핑계를 만들어 줬지."

"터스컬루사의 전미흑인지위향상협회 사무실도 똑같았죠?" 데커가 물었다. "몽고메리가 교란 작전을 펴서 폭탄을 설치할 수 있게 한 거죠?"

"나는 거기 없었지만, 아마 그랬겠지. 협박이 있어서 경찰들이 그 사무실을 감시하고 있었다는 말을 나중에 휴이한테 들었어."

"몽고메리를 매수해서 끌어들인 건 누구죠?"

"매클렐런하고 이스틀랜드."

데커가 고개를 끄덕였다. "그 두 남자하고 같이 미시시피 대학에서 미식축구를 했죠."

"맞아. 몽고메리는 대학을 자퇴하고 징집당해 베트남에 갔다가

망가져서 돌아왔지. 그는 돈이 필요했고, 놈들은 돈이 있었어. 멜로가 감옥에서 나올 수 있게 우리를 죽였다는 거짓 자백을 시키려고 그 자식을 찾았을 때 나도 같은 수법을 썼지. 어차피 죽을 처지라면 마다하지 않을 거라고 생각했거든. 그리고 몽고메리는 자기아이를 돌봐주고 싶어 했어. 적어도 레지나 말로는 그랬다더군."

"그래서 어떻게 됐죠?" 데커가 물었다. "왜 사라져서 이름을 바꾸고 도망쳤죠?"

로이는 즉각 대답하지 않았다. "스무고개나 하자고 너희랑 만나주겠다고 한 게 아니야."

"알겠어요. 하지만 그래도 만나러 나왔잖아요. 뭔가 사이가 틀어질 만한 일이 있었나요?"

"왜 그런 말을 하지?"

"왜냐하면 당신은 그들이 원하는 걸 가지고 있으니까요. 뭔지는 몰라도 금고에 들어 있던 그것. 그들은 당신이 살아 있는 걸 알아요, 로이. 찾을 때까지 결코 멈추지 않을 거예요."

"내가 그걸 걱정할 것 같아?"

"나야 모르죠. 그냥 우리한테 증거를 넘기고 우리가 그걸 이용해 그들을 무너뜨리도록 협조하는 게 어때요?"

"그럼 뭐, 나를 그냥 석양을 향해 걸어가게 놔주겠다고?"

"그게 그들에 대한 당신의 협상 카드였죠, 그렇죠? 그들이 쫓아오면 그걸 곧장 당국에 넘기겠다고 협박했나요?"

"염병할. 정답이야."

"당신이 폭탄으로 무슨 짓을 했는지 어머니도 알았어요?" 마스가 물었다.

"내가 한 짓을 알았다면 네 어머니가 나하고 결혼했을 것 같아?"

로이가 데커의 눈길을 맞받았다. "ESPN 방송이 나간 뒤 나는 편지를 받았어."

"그들이 당신을 협박했나요?"

"당연한 걸 뭘 물어. 그리고 그때 마침 나는 루신다가 곧 죽으리란 걸 알게 됐지. 대략 몇 달쯤 남아 있었어. 정말 어찌할 바를 모르겠더군."

데커가 말했다. "하지만 당신은 꽤 오랜 세월 동안 그들에 대한 증거를 감추고 있었잖아요, 로이. 당신을 텔레비전에서 보고 나서, 그들이 왜 그렇게 열심히 당신을 뒤쫓은 거죠? 그러면 오히려 당신을 자극해 그들의 비밀을 폭로하게 만들 수도 있잖아요."

"매클렐런 짓이었어. 나는 협박장을 보낸 게 녀석이라고 확신해. 휴이와 이스틀랜드라면 손가락 하나 까딱 안 하고 그냥 뭉개고 있었을 거야. 그렇지만 로저는 원래 그렇게 생겨먹질 않았지. 내가 아는 한 그 개자식은 그 오랜 세월 동안 내가 한 일을 곱씹고 있었을 거야. 배신당했다고 생각했겠지. 그리고 놈은 누가 자기 머리 위에서 뭔가를 대롱거리고 있는 걸 좋아하지 않아. 놈이 나를 쫓으면서 다른 둘도 억지로 끌고 온 게 분명해."

데커가 고개를 끄덕였다. "그게 사실일 것 같아요. 나도 그 남자를 만나봤거든요. 그런데 레지나 몽고메리가 그 물건들을 사들이는 데 쓴 돈은 어디서 났죠?" 데커가 물었다. "당신은 루신다의 치료비도 못 댔잖아요."

"금고 몇 개 털고, 사기 몇 번 치고, 강도질에다 무장 강도도 좀 했어. 시간이 좀 걸리긴 했지만 현금을 넉넉히 모았지. 그런데 그 멍청한 년이 마구 질러대는 바람에 모든 게 어그러진 거야. 이사 갈 때까지만 참으라고 했는데 그새를 못 기다리고, 멍청한 계집.

그래서 내가 그 사소한 문제를 해결해야 했지."

"당신이 사라졌을 때 당신 대역이 된 그 남자, 댄 리어든은요?"

"너무 불쌍하다고는 생각하지 마. 리어든이 어떤 놈이었는지 알아? 소아성애자에다 살인범이었다고. 굳이 찾으려는 사람도 없었지. 놈의 옛집에 묻혀 있는 어린애가 아마 대여섯은 될걸."

"당신은 아무한테도 그 이야기를 안 했고요?" 데커가 말했다.

"대신 놈의 대가리를 날려버렸지. 내가 여러 사람의 돈과 시간을 절약해준 거야."

"어쨌든 그들은 이제 당신이 살아 있는 걸 알아요, 로이. 그리고 당신과 멜빈을 노릴 거예요."

"나는 멜로보다 훨씬 찾기 힘들걸."

"당신은 그래도 괜찮아요?"

"너는 안 괜찮아도 나는 괜찮은 일이 수두룩하지."

"루신다가 동의하지 않았을 거라 해도요?"

대답 대신 로이는 휴대폰을 들어 올렸다. "이 문자 네가 쓴 거지? 안 그래? 첫 문자. 멜로가 이렇게 청산유수일 리 없거든."

화면에는 이렇게 쓰여 있었다.

루신다가 정말 이런 걸 바랐을까요, 로이? 루신다의 아들인데, 당신 아내가 남긴 유일하게 살아 있는 존재잖아요. 루신다라면 당신이 어떻게 하길 바랄까요?

"공정한 질문이죠." 데커가 말했다.

"그렇지 않다고 말한 적은 없는데."

"루신다는 당신이 어떻게 하길 바랄까요? 이건 멜빈을 위한 것만도 아니에요. 살해당한 아이들, 결코 어른이 돼서 자기 아이를 가질 수 없게 된 그 작은 여자아이들을 위한 것이기도 하죠."

"내 마음을 움직이려고 너무 애쓰지 마. 거긴 별로 남아 있는 게 없으니까."

"나는 그 말 안 믿어요. 왜냐하면 당신은 멜빈을 감옥에서 꺼내 줬잖아요. 이 사람의 목숨을 구해줬잖아요."

"그랬더니 네가 보따리를 내놓으라고 들볶고 있지."

"그야 일이 아직 끝나지 않았으니까요."

"네 일이겠지. 내 일이 아니라."

"밤새 이렇게 말꼬리나 잡으며 빙빙 돌고 싶으면 어디 마음껏 해보시죠. 그래 봤자 아무것도 해결되지 않겠지만."

두 남자가 서로를 응시했다.

"뭐가 너를 움직이게 만드는지 알고 싶어지는군, 데커." 로이가 말했다.

"우리는 당신 생각보다 좀 더 비슷할지도 몰라요."

"아, 나는 우리가 무척 비슷하다고 생각해." 로이가 고개를 떨어 뜨렸다. "내가 그 물건을 주면 정말 나를 그냥 보내줄 수 있어?"

"이스틀랜드와 휴이를 잡아넣기에 충분한 증거를 손에 넣으면, 맹세컨대 나는 당신을 찾는 데 내 시간을 쏟아부을 생각이 전혀 없어요."

"그렇지만 FBI는 그러려고 할 수도 있잖아."

"그럴지도 몰라요. 하지만 당신 말마따나 당신은 찾아내기 힘든 사람이죠."

잠시 생각에 잠긴 듯했던 로이가 뭐라고 말하려다 말고 그대로 얼어붙더니 그들 뒤편을 응시했다. 표정이 굳었다.

"너희가 감히 나한테 엿을 먹여? FBI를 달고 오다니."

데커가 뒤돌아보고 다시 로이를 봤다. "아니에요. 우리는 안 그 랬어요. 그렇다는 건 밖에 있는 게 다른 편이라는 뜻이죠."

74

로이는 곧바로 손전등을 끄고 집 안을 어둠 속에 빠뜨렸다.

"내 총을 줘요."

"바깥에 있는 게 FBI가 아닌지, 네가 속임수를 쓰는 게 아닌지 내가 어떻게 알아?" 로이가 맞섰다.

그 순간 총탄이 창문을 박살 냈다. 모두 바닥에 납작 엎드렸다.

"FBI는 보통 신분을 밝히고, 대개 사람들이 안에 있는 건물에 총질하진 않죠."

다음 순간 확성기로 증폭된 목소리가 터져 나왔다.

"거기 있는 거 안다, 캘러핸! 물건 가지고 순순히 나와!"

"젠장." 로이가 투덜댔다. 그러곤 데커의 총을 슬그머니 꺼내 돌려줬다.

"여기서 나가는 다른 길이 있나요?" 데커가 물었다.

"뒷문. 하지만 놈들이 이미 장악했을 거라고 봐야겠지."

그 말을 확인해주듯, 집 뒤쪽에서 총알 한 방이 날아들었다.

"알겠어요. 그쪽은 텄군요." 데커가 말했다.

"놈들은 우리를 포위했어. 그냥 우리가 나올 때까지 기다리면 그만이야."

데커가 휴대폰을 꺼냈다.

로이가 고개를 저었다. "소용없어. 여기는 이동 통신 기지국 지도상에도 안 나오는 동네야. 이 동네엔 아무도 안 살아. 내가 여기를 접선 장소로 고른 이유가 그거거든."

"그렇담 우리는 완전 망했군요." 마스가 말했다.

"ESPN 방송이 나간 순간 너는 이미 망한 거야, 멜로."

"그래서 이게 내 잘못이라고요?"

"누구 탓인가 따지기에는 때가 좀 늦은 것 같은데요." 데커가 끼어들었다.

데커가 창가로 기어가 밖을 내다봤다.

"아무것도 안 보여요. 그렇지만 그 총성은 확실히 고출력 라이플 같았어요. 매클렐런을 죽인 거랑 같은 종류죠." 데커가 서둘러 두 사람에게 돌아왔다. "저들은 정말로 당신이 그 물건을 가지고 다닌다고 생각할까요?"

"아니. 하지만 내가 그게 있는 곳까지 자기들을 안내해주길 원하겠지."

"어디 있는데요?"

"그건 못 가르쳐줘. 나는 지금 안전망이 필요하거든."

"놈들이 우리를 죽일 거예요, 로이." 데커가 말했다.

"틀림없이 너희 뒤를 밟아 여기까지 왔을 거야. 아니면 어떻게 왔겠어?"

"아무도 우리를 미행하지 않았어요."

"이스틀랜드는 첩보 회사 수장이야, 멍청아. 그 자식이 감시 하나 못 할 것 같아?"

데커가 마스를 돌아봤다. "그 말이 맞을 수도 있겠네요."

"내 말이 맞아. 애초에 너희 같은 멍청이들을 만나주는 게 아니었어."

"우리도 딱히 당신이 보고 싶어서 온 건 아니거든요." 마스가 말대꾸했다. "애초에 당신이 이 모든 일을 시작하지만 않았어도."

"전에도 당신한테 물어봤지만 대답을 듣지 못했죠." 데커가 말했다. "당신은 범죄 증거를 챙겨 도망쳤어요, 로이. 왜 그랬죠?"

"지금이 그런 이야기를 할 때라고 생각해?"

"기회가 다시 올 것 같지 않아서요."

확성기 소리가 들려오자 로이가 창가를 바라봤다.

"1분 후 발포한다. 그리고 우리는 소이탄 공격을 준비 중이다."

"젠장." 로이가 데커를 쳐다봤다. "그래, 네 말 맞아. 어린애들을 죽이는 건 계획에 없었어. 삼총사는 털끝만큼도 신경 쓰지 않았지만. 그 일을 계기로 나는 빠지고 싶어졌어. 그렇지만 놈들은 나를 놔주려 하지 않더군. 그 점을 분명히 했지."

"그래서 어떻게 했죠?"

"휴이 1세의 금고에서 그 증거를 훔쳤지. 그 노인네는 놈들이 한 짓을 자랑스러워했지만 그 물건이 밖으로 나오게 둘 정도로 멍청하지는 않았거든. 나는 호기심이 많아. 그들의 작은 고해 성사를 촬영한 게 나였지. 휴이 1세가 금고 여는 걸 몇 번 보면서 조합을 알아냈어. 그 금고에 그걸 넣어뒀으리라고 짐작했거든. 그걸 챙겨서 놈들한테 내가 뭘 가졌는지 알려주는 쪽지를 남기고 쌩하니 날랐지."

마스가 멍하니 말했다. "그리고 흑인 여자하고 사랑에 빠졌군요. 참 아이러니하네."

로이의 얼굴에 불현듯 회한이 어렸다. "그게 바로 사랑이란 거지. 그냥…… 그게 말이지, 제어가 안 돼. 나는 너희 어머니를 사랑했고, 너희 어머니는 나를 사랑했어. 서로 눈이 마주친 순간부터."

"그렇지만 나는 아니었죠. 당신은 나를 한 번도 사랑하지 않았어요."

"네가 자랑스러웠다. 멜로, 미식축구 구장에서 네가 활약하는 걸 볼 때마다 말이야. 하지만 내가 너를 결코 사랑할 수 없었던 건 네가 흑인이라서가 아니었어."

"그럼 대체 왜요?"

"너를 볼 때마다 내가 평생 진심으로 사랑한 유일한 사람을 다치게 한 그 개자식이 보였거든. 네 잘못은 아니야. 내 말이 뒤죽박죽으로 들리는 건 나도 알아. 사실 너와 전혀 상관없는 일이라는 걸 머리로는 알았지만 어쩔 수 없었다. 그냥 그게 내 감정이었어." 로이가 뜸을 들였다. "빌어먹을, 그냥 있는 그대로 말하는 게 낫겠다. 전부 다. 네 친부? 나는 너한테 거짓말했어. 나는 네 어머니한테 그런 짓을 한 네 친부를 죽이지 않았어."

"뭐라고요?" 마스가 외쳤다.

"노력 안 한 건 아니야. 하지만 놈은 너무 부자였고, 너무 보호를 잘 받고 있었지. 나는 놈의 패거리한테 거의 죽을 뻔했어." 로이가 흉터를 가리켰다. "놈들한테 받은 선물이지. 평생 동안 나를 따라다닌 몇몇 부상과 함께. 그 새끼는 콜롬비아에서 여전히 아주 멀쩡히 잘 살고 있어. 그 생각을 할 때마다 피가 끓어오르는 것 같아."

"나한테 이 이야기를 하는 이유가 뭐예요?"

로이가 처음으로 불안감을 드러냈다. "왜냐하면 그게 내가 너한테 살인 누명을 씌운 진짜 이유니까, 멜로. 너를 보호하기 위해서가 아니었어. 그리고 네 어머니는 내가 그렇게 할 줄 몰랐지. 그냥 내가 사라질 거라고만 생각했어. 너한테 누명을 씌우려는 내 계획을 알았다면 네 어머니는 결코 허락하지 않았을 거야. 빌어먹을. 아마 나를 죽이려고 했을걸."

"왜요?" 마스가 물었다.

"정말 그걸 꼭 말해줘야 알겠니?"

"네, 그래요."

"왜냐하면 어쩌다 너를 갖게 됐느냐와는 상관없이, 네 어머니는 너를 세상의 그 무엇보다 사랑했으니까." 로이가 말을 멈췄다가 체념한 듯 덧붙였다. "심지어 나보다도 더 말이야."

마스는 로이가 눈을 내리깔고 말을 이을 때까지 그를 쳐다봤다. "네게 누명을 씌우는 게 내가 그 개새끼에게 복수할 수 있는 유일한 방법이었다. 빌어먹을. 그 개자식은 아마 네 존재를 알더라도 네게 전혀 관심 없을 텐데도. 그래도 네 안에는 놈의 일부가 있었지. 그리고 그게 내 손이 닿는 유일한 부분이었고. 나는 놈에게 복수하기 위해 너를 함정에 빠뜨린 거야."

긴 침묵이 지나갔다.

"꽤나 역겨운 짓이네요. 애먼 사람한테 복수하다니." 데커가 말했다.

마스가 한때 아버지라고 생각했던 남자를 망연자실 바라봤다.

로이가 어깨를 으쓱했다. "앞서 말했듯이, 데커, 인생은 완벽하지 않고 나도 마찬가지야. 내가 한 일은 내가 한 일이고, 너한테든 누구한테든 내가 변명할 이유는 없어."

"캘러핸!" 확성기로 증폭된 목소리가 외쳤다. "시간 다 돼간다!"

데커가 문간을 바라봤다. "그래서 바깥에 있는 저 남자들을 어떻게 해야 할까요?"

"놈들이 원하는 걸 준다면 나는 빠져나갈 수 있을지도 몰라."

"그러면 놈들이 우리를 그냥 보내줄 거라고요?"

"어쩌면 나는. 너희 둘은 스스로 알아서 나가야겠지."

"이 개자식!" 마스가 외쳤다. 로이에게 덤벼들려고 했지만 로이가 총을 겨눴다.

"너를 쏘고 싶진 않다, 멜로."

"내가 당신을 쏠 겁니다." 데커가 말했다.

"아니." 로이가 말했다. "나는 등에도 총을 쏠 수 있어. 하지만 너는 못 할걸. 이제 너희가 허락한다면 나는 그만 가봐야겠어."

어둠 속에서 문 쪽으로 가던 로이가 데커에게 부딪혔다. 그는 균형을 잃지 않으려고 데커를 붙잡았다. "정말 살이 빠지고 있긴 하군, 데커. 살을 빼면 이로운 점이 많지." 로이가 데커를 놔주고 창밖을 향해 외쳤다. "나간다. 네놈들은 그 물건이 어디 있는지 궁금할 테니 우리는 거래할 수 있을 거야. 하지만 너희가 나를 쏘면 그 물건은 너희가 원하지 않는 곳으로 가게 될 거다. 장담하지."

"거기 너하고 같이 있는 다른 놈들은 어쩌고?" 바깥의 목소리가 외쳤다.

로이는 두 사람을 거들떠보지도 않았다. 그가 고함쳤다. "내 알 바 아니야."

"이 개자식!"

마스가 포효했지만 데커가 그를 붙잡았다.

"보내줘요, 멜빈."

"왜요? 저 인간은 살고 우리는 죽으라고?"

"그렇게 계집애처럼 굴지 마라, 멜로." 로이가 빈정거렸다. "어쩌면 여기서 나가게 될지도 모르잖냐? 아니면 저세상에서 만나자꾸나."

"아니, 당신하곤 만날 일 없어." 마스가 말했다. "나는 어머니하고 같이 있을 거야. 그리고 당신이 어디 가 있을진 스스로가 잘 알겠지."

"나 나간다." 로이가 총을 들어 올린 채 문간으로 걸어갔다.

데커가 창밖을 내다보는데 세 남자가 앞으로 달려 나왔다. 각자 라이플을 한 정씩 들고 위장복 위에 방탄복을 입고 있었다. 남자들이 로이를 에워쌌다.

"어디 있지?" 하나가 말했다.

로이가 작은 집을 돌아봤다. "어이, 멜로, 네 어머니한테 내 말 좀 전해다오……." 로이의 목소리가 갈라지면서 갑자기 눈에 눈물이 맺혔다. "내가 사랑한다고 전해줘, 멜빈. 언제까지고 변함없을 거라고. 무슨 일이 일어나더라도."

"젠장." 데커가 외치면서 마스를 붙잡아 뒤쪽으로 밀쳤다. 마스는 바닥 위로 미끄러지며 뒤쪽 벽에 쾅 부딪혔다. 데커가 그에게 달려가 자신의 커다란 몸으로 그를 뒤덮었다.

바깥에서 로이가 외투 자락을 벌렸다. 허리에 두른 셈텍스(불법 폭탄 제조에 쓰이는 강력한 폭약./옮긴이) 팩들이 폭파 장치에 연결돼 있었다. 로이를 에워싼 남자들이 도망가려고 등을 돌렸다. 그렇지만 이미 늦었다. 로이 마스가 폭파 장치를 켰다. 그리고 네 남자는 그대로 사라져버렸다.

75

데커는 마스를 건너다보며 앉아 있었다. 두 사람이 있는 곳은 터스컬루사의 한 호텔 방이었다. 보거트는 선 채 그 두 사람을 지켜보고 있었는데, 썩 유쾌한 표정은 아니었다.

로이 마스가 몸에 두른 폭탄을 폭파시켰을 때 그들이 있던 집의 일부가 무너졌다. 데커와 마스 둘 다 간발의 차이로 심각한 부상을 피해 그 잔해를 빠져나왔다. 두 사람은 라이플을 든 남자들이 타고 온 트럭을 몰아 통화가 가능한 곳까지 갔다. 먼저 경찰이 왔고, 그 후 보거트가 팀원들과 함께 비행기를 타고 도착했다. 데커와 마스는 지역 병원으로 이송돼 밤을 보낸 후 풀려나 보거트와 만났다.

보거트와 같이 비행기를 타고 온 재미슨이 옆에 서 있었다. 재미슨의 표정 역시 FBI 요원보다 조금도 더 유쾌해 보이지 않았다.

"나를 좀 끼워줄 생각은 안 들었어?" 보거트가 데커에게 말했다.

데커가 어깨를 으쓱했다. "당신은 공식적으론 이 사건에서 손을 뗐잖아, 로스. 골치 아픈 일에 엮이게 만들고 싶지 않았어. 그리고 로이가 우리끼리만 오라고 했고."

"그 사람 말은 들으면서 내 말은 안 들어?"

"그게 유일한 방법 같았어." 데커가 대꾸했다.

"나는 어떻고요?" 재미슨이 양손을 엉덩이에 얹고 찡그린 표정으로 쏘아붙였다.

"미안해요, 알렉스." 데커가 할 수 있는 말은 이것이 전부였다.

보거트가 말했다. "그래서 로이는 죽었고. 다른 남자들은 산산조각 나서 날아갔고. 우리는 그 현장에서 그들과 이스틀랜드나 휴이와의 연결 고리를 전혀 발견하지 못했고."

마스가 고개를 저었다. "아직도 안 믿겨요. 그 사람이 그냥……자폭하다니."

"그 사람이 우리를 구해줬어요, 멜빈. 음, 사실은 당신을 구해준 거죠. 내 생사 따위에는 전혀 관심 없었을 테니까요."

"그렇지만 왜요? 내가 그 온갖 거지 같은 일을 겪게 만들고 나서 왜? 우리 어머니 때문이었을까요?"

"나는 그렇게 생각하지 않아요. 내가 생각하기에는 당신 때문인 것 같아요."

"그 사람은 나를 사랑하지 않았어요. 나를 미워했어요. 나한테 살인 누명을 씌웠다고요. 그 사람한테는 그게 그 상황을 벗어나는 쉬운 방법이었던 거겠죠."

"내가 보기엔 그 어떤 상황에서도 자폭이 상황을 벗어나는 쉬운 방법이 될 것 같지는 않은데요." 재미슨이 지적했다.

"애초에 왜 거기로 폭탄을 가져왔을까요?" 마스가 물었다.

데커가 말했다. "위험한 판을 벌이는 타입이었어요. 이스틀랜드의 능력을 몰랐던 것도 아니니, 우리가 미행당할 거라고 짐작했을 수도 있죠."

보거트가 말했다. "이유가 뭐든, 우리는 아무것도 얻어내지 못했어. 로이가 우리의 마지막 희망이었어. 그런데 이제 그는 가버렸지. 이스틀랜드와 휴이는 위기를 넘긴 셈이야."

"아직은 아니야." 데커가 말했다.

다들 그를 돌아봤다.

데커가 외투 주머니에서 뭔가를 꺼냈다. 폭발 때 날아온 벽의 못에 맞은 팔이 여태 욱신거렸다. 데커가 그 물건을 들어 올렸다.

"자네 지갑이야?" 보거트가 말했다.

"로이의 지갑이야."

"도대체 그걸 어떻게 손에 넣었죠?" 마스가 물었다.

"내가 한 게 아니에요. 로이가 자폭하러 나가기 전에 '실수로' 내 주머니에 슬쩍 집어넣었어요."

"그 사람이 왜 그런 일을 했을까?" 보거트가 물었다.

데커가 지갑을 열어 안에 든 유일한 물건을 꺼냈다.

"그게 뭐죠?" 재미슨이 물었다. "신용 카드인가요?"

"아니요. 도서관증요."

"도서관증이라고?" 보거트가 물었다. 그리고 마스를 돌아봤다. "책을 많이 읽는 사람이었나요?"

"평생 책을 잡고 있는 건 한 번도 못 봤어요."

"밤에 당신한테 읽어준 이야기책을 빼면 말이죠." 데커가 말했다.

"맞아요. 어떻게 그걸 기억……." 마스가 말을 하다 말고 멈췄다.

"어째서 도서관증이죠?" 재미슨이 물었다.

"우리한테 메시지를 남긴 거라고 생각해요." 데커가 일어섰다. "갈까요?"

* * *

호텔에서 옛 전미흑인지위향상협회 사무실 터에 세워진 도서관까지는 차로 10분밖에 안 걸렸다. 일행은 보거트의 렌터카를 타고 갔다. 보거트는 도서관 건물 앞까지 가서 연석에 차를 댔다. 데커가 앞장서서 도서관으로 들어갔다. 안내대에는 잔뜩 쌓인 책들 뒤로 중년 여자가 앉아 있었다. 데커가 사서에게 도서관증을 건넸다.

"맡겨둔 책이 있는데요."

사서가 도서관증을 건네받아 앞에 놓인 컴퓨터로 확인했다. 해당 화면이 떴다.

"회원님이 보실 게 아닌 것 같은데요."

"제 조카 겁니다. 읽기를 배우고 있거든요."

사서가 미소 지었다. "일찍부터 책 읽는 습관을 들이면 평생 독서가가 되죠. 금방 가져올게요." 그러고는 자리에서 일어나 책 더미들 뒤로 사라졌다.

재미슨이 말했다. "상황이 어떻게 돌아가고 있는 건지 말해주긴 할 건가요, 에이머스?"

"그 사람이 무슨 책을 맡겨놨죠?" 마스가 물었다.

"『아기 돼지 삼 형제』요." 사서가 다시 그들의 시야로 들어오면서 대답했다. "전에도 한 번 대여하신 적이 있더군요." 사서가 데커에게 말했다.

"맞아요. 우리 조카가 무척 좋아해서요."

"이 책은 고전이죠. 나도 손자들에게 읽어주는데 크고 못된 늑대가 등장할 때면 아직도 겁이 난답니다. 그리고 그림이 정말 굉장하죠." 사서가 데커에게 책과 도서관증을 건네며 말했다.

"고맙습니다."

일행은 차로 돌아왔다.

"빌어먹을. 이게 대체 다 뭐야?" 보거트가 물었다.

마스가 말했다. "그건 우리 아버지…… 아니 로이, 아니 캘러핸이 나한테 읽어주던 책이에요."

데커가 덧붙였다. "그 사람은 그 크고 못된 늑대 캐릭터를 정말 좋아했군요. 아마 늑대 역할에 감정 이입을 했나 봐요."

"잠깐만요." 재미슨이 말했다. "그럼 그 세 마리 아기 돼지는?"

"삼총사죠, 당연히." 데커가 말했다. "다만 로이는 그들을 주인공이 아니라 돼지들로 본 겁니다. 그리고 자신은 그들을 잡아먹고 싶어 하는 커다랗고 못된 늑대고."

"그렇지만 늑대는 실패했지." 보거트가 말했다.

"동화 속에서는 그랬지. 현실에서는 어떻게 되나 어디 한번 보자고."

데커가 차 뒷좌석에 앉아 양손으로 페이지를 펄럭펄럭 넘겼다. 끝까지 넘겼지만 아무것도 발견하지 못했다.

재미슨이 말했다. "데커, 책등 꼭대기를 봐요. 몇 장이 뜯겨 나갔어요."

그것을 확인한 데커가 틈새에 손가락을 넣어보려고 했지만 그러기엔 그의 손이 너무 컸다.

"누구 손전등 있어요?" 데커가 물었다.

보거트가 재킷에서 펜라이트를 꺼내 건넸다.

데커가 틈새에 불을 비췄다. "저기 뭔가가 있어요."

"그냥 책등을 북 찢어버려." 보거트가 말했다.

"책을 망가뜨리긴 싫어." 데커가 말했다.

"제기랄. 잠깐만 기다려." 보거트가 렌터카 트렁크로 가더니 여행 가방을 꺼냈다. "아직 호텔에 체크인도 못 했지 뭐야." 보거트가 투덜대면서 옷가방을 꺼내 정장이 걸려 있는 금속 옷걸이를 꺼냈다. 그가 뒤창으로 데커에게 옷걸이를 건넸다. "여기, 이걸로 해봐."

데커가 옷걸이 고리를 구부려 틈새에 들어맞게 만든 후 안으로 집어넣었다. "확실히 뭔가 느껴지는 게 있어." 데커가 몇 분 더 애쓴 끝에 말했다. "좋았어, 나온다." 서서히 옷걸이를 잡아당기자 이윽고 열쇠 대가리가 보이기 시작했다.

일행 중 가장 손가락이 가는 재미슨이 틈새로 조심조심 손을 넣어 열쇠를 꺼냈다. 열쇠에는 뭔가 끈끈한 덩어리가 들러붙어 있었다.

데커가 말했다. "아마도 열쇠에 풀 같은 걸 묻혀서 책등 안으로 밀어 넣었나 봐요. 그러면 쉽게 빠지지 않을 테니까."

"이 열쇠로 뭘 열어야 하지?" 보거트가 물었다.

재미슨이 열쇠를 들어 올렸다.

데커가 말했다. "나더러 추측하라면 금고 열쇠 같은데."

"그래. 하지만 무슨 은행? 터스컬루사에 은행이 한 군데도 아니고, 심지어 터스컬루사에 있는 은행인지도 모르잖아."

재미슨이 창밖을 내다봤다. "어차피 다른 조건이 동일하다면 도서관 바로 옆에 있는 은행을 시험해보면 어때요?"

보거트가 입을 쩍 벌렸다. "그럴싸한 생각 같군요."

일행은 은행으로 행군했다. 보거트의 FBI 배지와 신분증 덕분에 상황은 신속히 진행됐다. 열쇠는 실제로 그 은행 것이었다.

지점장이 영장의 필요성을 거론하자 보거트가 말했다. "받아 오는 거야 어렵지 않죠. 하지만 그러는 사이 살인자 몇 명이 죗값을 치르지 않고 빠져나갈 위험이 있어서요."

"그렇지만 권리는 금고 주인한테 있습니다." 은행 지점장이 말했다.

데커가 로이 마스의 흐릿한 사진을 들어 올렸다. "이 사람이 금고 주인입니까?"

지점장이 사진을 뜯어봤다. "네, 그런 것 같네요."

"그 사람은 개의치 않을 겁니다. 죽었거든요."

지점장이 일행을 금고로 안내했다. 그들이 가져온 열쇠와 은행이 맡아둔 복제 열쇠를 집어넣어 금고를 꺼낸 후 지점장은 그들이 내용물을 훑어보도록 남겨두고 자리를 떴다.

데커가 마스를 쳐다봤다. "자, 준비됐어요?"

"준비라면 이미 오래전부터 하고 있었어요, 데커."

데커가 상자를 열자 모두들 내용물을 내려다봤다. 데커가 천천히 그중 하나를 꺼냈다. 사진이었다. 보거트는 편지 한 장을 꺼내 읽기 시작했다. 마스는 지도 한 장과 글이 적힌 종이 몇 장을 꺼냈다.

재미슨은 DVD를 집어 들었다. "1960년대에는 이런 게 없었는데. 로이…… 아니 캘러핸이 여기다 뭘 구워놓은 게 틀림없어요."

노트북으로 DVD 영상을 보는 것을 포함해, 금고 내용물을 전부 검토하는 데 1시간쯤 걸렸다. 영상은 필름으로 촬영된 것을 나중에 DVD로 옮긴 것 같았다. 영상을 다 본 후 데커가 다른 이들을 쳐다봤다. 모두의 경악한 눈길이 데커에게 쏠렸다. 커다랗고 나쁜 늑대가 마침내 돼지들을 잡았다. 데커가 천장을 올려다봤다.

"고마워요, 에런 캘러핸. 어디 있는지는 모르지만."

7 76

"캘러핸이 갖고 있던 증거가 워낙 압도적이라 이스틀랜드하고 휴이 둘 다 사형 선고만이라도 피해보려고 유죄 협상 중이에요." 보거트가 말했다.

일행은 멜빈 마스의 사건을 처음 살펴본 콴티코의 그 회의실에 있었다. 대븐포트와 밀리건을 비롯해 모든 팀원이 한자리에 모였다. 마스도 있었다.

"삼총사는 자기들이 하려는 일을 철저히 문서로 기록하고 싶었던 모양입니다." 밀리건이 말했다. "폭탄을 들고 있는 자신들의 사진, 계획 중인 일에 관해 서로 주고받은 자필 편지들, 그리고 거사 후에 그 일을 어떻게 실행에 옮겼는지 상세히 적어놓은 편지 등 증거가 엄청나요. 심지어 자기들이 한 짓을 빼기는 듯한 영상도 찍었죠. 정말로 자랑스러웠던 겁니다. 전미흑인지위향상협회 사무실하고 교회 지도. 이름에 체크 표시를 해둔 희생자 명단. 끝도 없어요. 믿기지가 않아요."

보거트가 덧붙였다. "다 같이 KKK 의상을 입고 있는 사진, 심지어 휴이 1세와 함께 올가미랑 인종 차별적 욕설이 적힌 피켓을 들고 찍은 사진까지. 도대체 사람이 어디까지 멍청할 수 있는 거죠?"

데커가 말했다. "자기들이 천하무적이라고 생각한 거죠. 휴이의 아버지는 미시시피 최대 거물에, 이스틀랜드의 부모는 부자였고, 매클렐런은 모두가 죽을 만큼 두려워하는 투견이었어요. 거기다 자기들이 하느님의 일꾼이라고 믿었으니……."

"그보다는 악마의 일꾼 같은데." 재미슨이 끼어들었다.

"그렇지만 매클렐런은 죽었고, 다른 둘은 감옥으로 가는 중이죠. 천하무적 좋아하시네." 보거트가 말했다.

마스가 씩 웃었다.

데커가 마스를 응시했다. "뭡니까?"

"그냥 오렌지색 죄수복을 입은 그 두 작자가 바닥에 대걸레질이나 하면서 남은 평생을 코딱지만 한 감방에서 보낼 걸 생각하고 있었어요. 고소해죽겠네."

재미슨이 말했다. "말 나온 김에, 메리 올리버는 어떻게 되죠?"

보거트가 말했다. "협상이 성사됐어요. 하지만 그래도 상당 기간 실형을 살 겁니다."

"잘됐네요." 대븐포트가 말했다. "그 사람이 내 방문을 두드렸을 때 나는 아무 생각 없이 방에 들였죠. 그다음에 기억나는 건 어떤 남자가 나를 붙잡고 내 코에 뭔가를 들이댔다는 것뿐이에요. 그리고 모든 게 캄캄해졌죠. 이제 죽는구나 했어요."

"죽었을 거예요." 보거트가 말했다. "우리가 당신을 찾아내지 못했으면요. 그리고 고맙다는 말은 데커한테 하면 돼요."

대븐포트가 데커에게 따뜻한 미소를 지어 보였지만 데커는 보지도 못한 것 같았다.

"멜빈은 어떻게 되죠?" 재미슨이 물었다.

보거트가 의자에서 몸을 쭉 뻗었다. "멜빈, 당신은 감옥으로 돌아가지 않을 겁니다. 이 모든 일이 뉴스에 나오고 진실을 찾는 과정에서 당신이 한 활약이 부각되면서, 텍사스는 당신을 도로 감옥에 처넣으려고 하는 데 흥미를 잃었죠."

"손해에 대한 소송은?" 데커가 물었다.

"그 이야기를 꺼내줘서 기쁘군." 보거트가 말했다. "우리가 법무부 변호사들을 투입했어. 멜빈, 당신이 엄청난 영웅이 돼버리는 바람에 텍사스는 당신이 당한 일에 대해 정당한 보상을 거부한다는 비난을 피하고 싶은 모양이에요. 당신이 억울하게 옥살이한 것 말입니다. 그리고 그 후 몇몇 교도관이 관여한 모의로 교도소에서 거의 살해당할 뻔하기도 했고. 해서 그쪽에서 제안해왔는데, 그 이야기를 해줄게요. 법무부 변호사들이 주 당국에 당신이 내셔널 풋볼 리그에 갔으면 얼마나 벌었을지 최대치로 잡으라고 했답니다."

보거트가 주머니에서 접힌 종이쪽을 꺼내 마스에게 밀어 보냈다. 마스는 몇 초 동안 쪽지를 가만히 내려다보기만 했다.

"펼쳐봐도 돼요, 멜빈." 데커가 말했다.

"감질나서 죽을 것 같아." 재미슨이 보탰다.

마스가 천천히 종이를 펼쳐 거기 적힌 숫자를 응시했다. 숨죽여 동그라미 개수를 셌다.

"이런 젠장." 어깨 너머로 넘겨다보던 데커가 말했다.

그것을 보려고 벌떡 일어났던 재미슨은 하마터면 바닥에 주저앉을 뻔했다. "어머나 세상에."

마스가 보거트를 올려다봤다. "내셔널 풋볼 리그에서 20년을 뛰었더라도 이렇게 많은 돈은 못 벌었을 거예요."

"연방 정부도 적잖이 보탰다고 말해두죠. 그리고 그건 모두 면세예요. 한번 믿어달라고 '엉클 샘'이 한턱 크게 쐈어요. 그러니 그 돈은 몽땅 당신 겁니다."

데커가 그의 등을 철썩 때렸다. "엄청난 거부가 된 기분이 어때요, 멜로?"

마스가 씩 웃더니 이윽고 껄껄대기 시작했다. 웃음이 멈춰지지 않았다. 급기야 다른 이들에게도 전염됐다. 심각한 업무로 복도를 오가던 사람들은 도대체 무슨 일이 그다지도 재미있는지 궁금해하며 걸음을 멈추고 회의실을 쳐다봤다.

* * *

일주일 후, 데커는 워싱턴 공항까지 차로 마스를 바래다줬다. 마스는 새 옷을 입고 더 많은 옷으로 가득 찬 여행 가방 두 개를 가지고 있었다. 모두 새것으로, 마스의 평범하지 않은 신체 조건에 맞춰 재단한 옷들이었다.

"정말이지 나한테 이런 일이 일어나다니 믿기지 않아요, 데커."

"믿어요. 내일 아침 눈을 떠도 그건 모두 여전히 거기 있을 테니까요."

"당신이 돈을 좀 받아줬으면 좋겠어요. 젠장, 당신이 번 거잖아요. 당신 아니었으면 나는 여전히 감옥에 있었을걸요."

"멜빈, 나는 돈 관리에 젬병이에요. 아마 며칠이면 빈털터리가 돼 있을 겁니다."

"그러면 내가 당신을 위해 한 덩어리 따로 떼서 계좌에 넣어둘

게요. 그걸로 투자할게요. 감옥에 있을 때 시장을 공부했어요. 경영학 학위도 있고요. 섭섭잖게 챙겨줄게요."

"정 그러고 싶으면 그렇게 해요. 그래주면 나야 고맙죠."

몇 분간 침묵 속에서 데커는 러시아워의 혼잡한 도로를 헤치고 나아갔다.

"잠시 텍사스로 돌아가 지낼 거고, 그다음 계획은 뭐죠?"

"옛집이 거의 타서 무너진 건 알아요. 하지만 한 번 더 봐두고 싶어요." 마스가 말을 멈췄다. "그러고 나서 앨라배마로 갈까 생각 중이에요."

"앨라배마요? 터스컬루사를 말하는 거예요?"

"아니요. 몽고메리 가족이 살던 데요."

데커가 흥미롭다는 표정을 지었다. "알겠어요. 그런데 왜요?"

"전화를 몇 통 했어요. 알고 보니 하울링 쿠거스에 러닝백 코치가 필요하다더라고요."

"토미 몽고메리의 팀 말이에요?"

마스가 고개를 끄덕였다. "그 아이는 양친을 모두 여의었잖아요. 심지어 어머니는 캘러핸한테 살해당한 거고. 뭐랄까 책임감 같은 게 들어요."

"하지만 당신 책임이 아니잖아요."

"그래도 그러고 싶어요. 그리고 나는 토미를 도울 돈이 있잖아요. 그 아이를 위해 신탁을 들어주고 싶어요. 그 아이가 고통을 겪어야 할 이유는 없으니까요."

"전혀 없죠. 정말 마음씨가 곱군요, 멜빈."

"당신 생각엔 내가 좋은 코치가 될 것 같아요?"

데커는 마스를 잠깐 보다가 고개를 돌렸다. 마스가 원하는 건 그저 약간의 격려뿐임을 모르지 않았다. '옛날의' 데커라면 아무 고민 없이 격려해줬을 것이다. 그냥 쉽게 떠오른 말을 쉽게 입 밖에 냈으리라. 하지만 '새로운' 데커는 거기까지 가려면 훨씬 더 애써야 했다. 기억이 완벽해진 반면 뇌의 나머지 대부분, 사회적 신호들과 감정들 및 대다수가 당연히 이해하는 사소한 메시지들을 포착하는 부분들은 완벽과 거리가 멀었다. 그렇지만 마스를 다시 본 순간 어떤 강렬한 기억이 데커를 사로잡았다. 롱혼스의 스타 러닝백이던 멜빈 마스에 대한 기억이었다. 버크아이스의 데커를 짓밟고 또 다른 영광의 터치다운을 향해 가던 마스. 그 구장의 기억은 그의 머릿속에 뒤엉켜 있던 말들을 쭉 펼쳐 명쾌한 사고의 직선을 이루게 했다.

데커가 말했다. "어디 봅시다. 역대 최고 대학 러닝백 중 한 사람, 하이즈먼 최종 후보, 그리고 내셔널 풋볼 리그 명예의 전당에 1순위로 뽑혔을 남자. 고교 미식축구 팀이 당신을 데려다 뭐에 써먹을 생각인지 모르겠네요."

마스가 민망한 듯 낄낄거렸다. "나는 공을 다룰 줄 알아요, 데커. 다만 남들한테 그 방법을 가르칠 수 있을지 잘 모르겠어요."

"내 생각엔 토미가 좋은 스승을 만나게 될 것 같은데요."

차가 공항에 도착하자 데커는 가방을 내리는 마스를 거들었다. 두 남자는 터미널 앞에서 마주 섰다.

"이제 작별인 것 같군요. 적어도 지금은요."

데커가 말했다. "지금은요. 그렇지만 연락 끊지 마요."

"앨라배마로 하울링 쿠거스의 경기를 보러 와요. 재미슨하고 보거트도 데려오고요."

"약속하죠."

서로를 어색하게 잠시 바라보다가 마스가 먼저 데커를 곰처럼 부둥켜안았다. 데커 역시 조심스레 그 포옹을 되돌려줬다.

마스가 말했다. "당신한테 어떻게 고맙다는 말을 해야 할지 모르겠어요. 지금까지 살면서 당신처럼 좋은 친구를 가져본 건 처음이에요."

"버크아이스가 롱혼스한테 그런 말을 듣게 될 줄이야."

"내 말뜻 알잖아요."

데커는 이번에는 망설이지 않았다. 서로 상대 팀에서 맞붙던 기억을 떠올리며 말했다. "당신 말뜻 알아요, 멜빈. 그리고 나도 같은 마음이에요."

"혹시 압니까. 우리가 언젠가 다시 엮일지. 나는 이 수사 일이 슬슬 마음에 들려고 하거든요."

"사실 당신은 재능이 있어요."

"건강히 잘 있어요." 마스가 애써 웃음을 보였다. "그리고 너무 꼬챙이가 되지는 말고요."

"그 걱정에 잠 설치진 말고요."

두 남자가 다시 한 번 포옹을 나눈 후, 마스는 가방들을 들고 공항 터미널로 들어갔다.

데커는 그 남자의 커다란 뒷모습이 시야에서 사라질 때까지 계속 응시했다. 그러고 나서 다시 차에 올랐지만 곧장 차를 몰아 떠나지는 않았다. 대신 라디오를 켰다. 내셔널 퍼블릭 라디오에 채널을 맞췄다.

지난 신년 전날을 돌이켜봤다. 그때도 지금처럼 라디오를 켰고, 자신의 인생과 다른 수많은 사람들의 인생을 바꾼 한 이야기를 들었다. 물론 가장 크게 바뀐 것은 멜빈 마스의 인생이었다.

데커는 다시금 터미널 쪽을 바라보면서 자신에게 인생에서 가장 좋은 친구라고 말하던 멜빈 마스의 모습을 머릿속으로 불러냈다. 불현듯 개회식 날 구장으로 걸어 들어가면서 느낀 바로 그 감정이 밀어닥쳤다. 8만 명에게 환호받았던, 또는 그렇게 느꼈던 에이머스 데커. 아내와 결혼한 날과 딸이 태어난 날을 제외하고 그건 그의 평생에서 가장 좋았던 경험이었다. 하지만 이제 내셔널 풋볼리그의 그 놀라운 순간은 4위로 한 계단 내려섰다. 멜빈 마스가 그의 가장 좋은 친구가 된 것 다음으로.

옮긴이 김지선

서울에서 태어나 서강대학교 영문학과를 졸업하고 출판사 편집자로 근무했다. 현재 번역가로 활동하고 있다. 옮긴 책으로 『반대자의 초상』, 『사랑의 탄생』, 『페미니스트 유토피아』, 『오만과 편견』, 『엠마』, 『라이프 오어 데스』 등이 있다.

괴물이라 불린 남자

초판 1쇄 발행 2017년 11월 10일
초판 7쇄 발행 2020년 11월 23일

지은이 데이비드 발다치
옮긴이 김지선
펴낸이 신경렬

편집장 김지연
마케팅 장현기 · 정우연 · 정혜민
디자인 이승욱
경영기획 김정숙 · 김태희
제작 유수경

펴낸곳 (주)더난콘텐츠그룹
출판등록 2011년 6월 2일 제2011-000158호
주소 04043 서울시 마포구 양화로12길 16, 7층(서교동, 더난빌딩)
전화 (02)325-2525 | **팩스** (02)325-9007
이메일 boheme@thenanbiz.com | **홈페이지** www.thenanbiz.com
ISBN 979-11-5879-074-5 03840